诗经诠译

（增订本）

华锋
边家珍
乘舟
译注

中原出版传媒集团
中原传媒股份公司
大象出版社
·郑州·

图书在版编目(CIP)数据

诗经诠译／华锋，边家珍，乘舟译注. — 2版(增订本). — 郑州：大象出版社，2019. 5 (2024. 5 重印)
ISBN 978-7-5347-9779-8

Ⅰ. ①诗… Ⅱ. ①华… ②边… ③乘… Ⅲ. ①古体诗-诗集-中国-春秋时代②《诗经》-译文 Ⅳ. ①I222. 2

中国版本图书馆 CIP 数据核字(2018)第 075327 号

诗经诠译(增订本)

SHIJING QUANYI (ZENGDING BEN)

华 锋 边家珍 乘 舟 译注

出版人 汪林中
书名题签 王刘纯
责任编辑 孙 波
责任校对 钟 骄
封面设计 王莉娟

出版发行 大象出版社(郑州市郑东新区祥盛街 27 号 邮政编码 450016)
发行科 0371-63863551 总编室 0371-65597936
网 址 www.daxiang.cn
印 刷 河南文华印务有限公司
经 销 各地新华书店经销
开 本 787 mm×1092 mm 1/16
印 张 44.25
字 数 629 千字
版 次 2019 年 5 月第 2 版 2024 年 5 月第 4 次印刷
定 价 78.00 元
若发现印、装质量问题，影响阅读，请与承印厂联系调换。
印厂地址 新乡市获嘉县亢村镇工业园
邮政编码 453800 电话 0373-5969992 5961789

序

《诗经》是中国第一部诗歌总集，在中国文化史上占有重要地位。

《诗经》全面地反映了从殷末周初到春秋中期这个漫长时代的社会现实，真实地描绘了上自天子诸侯、下至庶民奴隶的生活状况，生动地表现了那个时代人们的思想和喜怒哀乐的感情，特别是它那“饥者歌其食，劳者歌其事”的创作精神，奠定了中国文学现实主义的优良传统，对后世文学的发展影响深远。

实际上，《诗经》对后世的影响绝不局限于文学的范畴，它的影响要广泛得多。无论在《诗经》产生之初，还是在以后两千多年的封建社会中，它都不是作为纯文学典籍而存在的。当年儒学的创始人孔子以《诗》教弟子，是把它作为一部生活教科书使用的，要求学生从中学到“迩之事父，远之事君，多识于鸟兽草木之名”的知识和本领，带有很强的实用目的。到汉武帝“罢黜百家，独尊儒术”之后，在大力推行文化专制的氛围中，《诗经》又被推上国家法典的地位，被运用到国家和社会生活的各个方面，成了维护统治秩序的重要工具。唐高宗颁《五经正义》为科举考试的依据之后，直至清朝覆亡，《诗经》这种作为治国、教化“圣典”的地位又得到了加强，影响日益加深，在社会的政治、经济、文化、教育、道德、伦理、思想、艺术乃至民风民俗等诸多领域中，无不渗透着“诗教”的精神。因而，可以毫不夸张地说，《诗经》对中国历史和中华民族性格的影响之大、之深，在古代文化典籍中是无与伦比的。因此，要想真正了解中国，深刻认识它的历史和民族的特点，《诗经》就是一部不能不读的书。

当今中国正处在社会历史转型时期，与此相应，文化也正在经历一个更新、重构的变革过程。在这个过程中，一切往昔的文化传统和外来的文化形态，都不可避免地要经过现代人们生活的重新检验，按照“适者生存”的原则进行选择，决定取舍。毋庸讳言，《诗经》在今天业已失去了往昔作为“圣典”的意义；但作为一种文化典籍和文学作品，还依然受到广大人民的欢迎。究其原因，除人们对祖国优秀的传统文化热爱之外，《诗经》自身所具有的强大的艺术魅力，使它具有永恒的价值，才是最根本的。

华锋等几位同志，长期从事古代文学的教学与研究工作，对“诗经学”功夫尤深。他们通力合作，在博采众长的基础上，对《诗经》全部作品又作了新注、语译和评析，并依汉语拼音方案给原文逐字标出读音，甚便读者，这就大大地扩大了读者层面。我想，如果有更多的学者能够分出一部分精力来从事这项工作，那么对进一步普及古代文化知识，提高青少年的文化素养，促进精神文明建设，肯定会大有裨益。

我相信，他们精心编写的这本《诗经诠译》，是会受到广大读者的喜爱的。

白本松

1995年9月于河南大学

写在《诗经诠译》出版之际

(一)

《诗经》是中国先秦时期的诗歌总集,先秦时期又称作《诗》或《诗三百》。自春秋末期孔子以《诗三百》教授门徒后,《诗三百》被视为修身、齐家、治国、平天下的教科书,汉人视其为经典,尊为《诗经》,成为儒家最重要的经典著作之一。在漫长的历史发展过程中,《诗经》既是封建知识分子科举、仕宦的必读经书,也是他们进行文学创作的基础。程千帆师在《詹詹录》中说:“汉以前的群经子史,是中国古代一切学术的源头。研究古典文学的人如果对这样一些经典毫无了解,对在这样一些经典哺育之下成长起来的作家及其作品,也就很难读透。”《诗经》是先秦、两汉典籍中最为重要的一部,对中国古代文化影响也最为深远,近现代学者莫不视其为研究中国古代文化的基础,研究著述不厌其多。华锋、边家珍、乘舟三位先生有感于《诗经》文字难识,旧注又不尽如人意,别具慧眼,通力合作撰成《诗经诠译》一书,使得从事文学创作的人有所借鉴,又可作为研究中国古代文学和古代文化的人学习的基础,其有益于艺林自不待言。

（二）

《诗经诠译》的体例对于初学者颇为有利。除原文外，每首诗都有注音、译文、评析、简注，繁简适宜，便于读者学习。

《诗经》的读音，随着古代语言的变化而变化，先秦时期的读音实难考求。尽管当代出版的有关《诗经》的注疏本常常强调某字古音当读作“某”，其依据者莫非汉代以后的旧注，并不是先秦时期的古音。所以，《诗经诠译》的作者采用较为变通的方法，一般以今音为主，兼顾古音。同时，直接注音的方式既有利于初学者诵读，又省去了在注释中对古音的烦琐推求。当然，这样做也有不利的一面，就是无法体味出《诗经》用韵的精妙之处。因为古今音读法不同，用今音来读，《诗经》中有些篇章好像是没有韵脚的。不过，两者相比较，利大于弊，读今音更有利于读者的掌握。

《诗经》的译文，历来是注释者关注的重点。有人以信达为宗，认为诗无法翻译，强调《诗经》的译文要贴切明白；有人强调要雅致，认为《诗经》是优美的诗歌，必须译成优美的诗句。鱼和熊掌，不可兼得。《诗经诠译》的作者妥善地解决了这一问题。他们采用浅近的语言，以直译为主，以意译为辅，略加个别的衬字，写成节奏、韵律极佳的七言诗，韵味悠长，既保存了《诗经》诗体的特点，又准确地阐释了《诗经》的诗句。如《诗经·小雅·鱼丽》首章“鱼丽于罶，鲿鲨。君子有酒，旨且多”四句，质朴无文。作者译为：“篓中鱼儿蹦得欢，鲿鱼鲨鱼盛满盘。君子家有飘香酒，甘醇清洌一坛坛。”神采顿出，既准确传达了原来诗句的意思，又像是经过重新创造的艺术珍品。

《诗经诠译》的评析颇具功力，具有很高的学术水平。作者往往结合先秦时期的社会历史、风俗人情来解释诗歌的主旨，清除汉儒及后人对《诗经》的种种误会和臆说。特别是《诗经诠译》的作者结合中国古代文学史的发展，探本寻源，指出《诗经》中诗篇对先秦儒、道等学派形成的思想影响和对后世文学的影响，要言不烦，立论精深。如作者指出《柏舟》诗所用手法实即屈原《离骚》“香草美人”手法之所本，其诗具有深沉之忧患意识，确是发前人之所未发。再如作者结合先秦民俗对《绸缪》《东门之枌》的解释，言简意赅，令人心折。同时，为了帮助初学者学习《诗经》，作者在评析时也注意分析其篇章大意和艺术特色，以求雅俗共赏。

由于《诗经诠译》的作者很好地解决了《诗经》的读音和章句大意，其注释就采用简注形式，不做过细的考辨，而是对旧注择善而从，断以己意，使之成为《诗经诠译》中注音和译文的补充，显见作者是有意引导读者去精读原文，提高修养。

（三）

《诗经诠译》的三位作者俱为学有专长的文史研究者。华锋先生乃先师华锺彦先生季子，自幼随父习读《诗经》。边家珍、乘舟两位先生乃我同门学兄，对《诗经》颇有研究。先师华锺彦先生曾撰有《诗经汇通》(未刊稿)一部，精义迭出，用以授徒。华锋、边家珍、乘舟三位先生所撰《诗经诠译》，实际上是运用《诗经汇通》的研究成果对《诗经》进行诠释和翻译，便于一般读者学习。我恳切希望三位学兄能再接再厉，将先师华锺彦先生的《诗经汇通》整理出版，完成其未竟之事业，流惠于后人。我翘首盼望着这一天的到来。

曾广开

1995年9月于开封贡院碑旁

《诗经》臆语

《诗经》是我国第一部诗歌总集，收录了殷商末期至春秋中叶600多年的305篇作品，在先秦典籍中只称《诗》或按其诗篇的约数称《诗三百》《诗三百篇》，《诗经》是汉儒把它尊为经典后的称呼。

《诗经》是部重要典籍，一经问世便受到时人的重视。《左传·隐公元年》引《大雅·既醉》："孝子不匮，永锡尔类。"这是最早引《诗》的记录。孔子开学习、研究《诗经》之先河。《庄子·天运篇》有："丘治《诗》《书》《礼》《乐》《易》《春秋》六经，自以为久矣，孰知其故矣。"开称《诗》为经的新时代。到了战国末年，荀子已将《诗》列为诸经之首，倍加重视。但《庄子》《荀子》都是私书，只能代表一家之言。直到汉宣帝时，"诏诸儒讲五经同异，太子太傅萧望之等平奏其议，上亲称制临决焉"（《汉书·宣帝纪》），《诗》被钦定为经典著作，《诗经》这一称谓方由政府正式确定下来，并相沿至今。与此同时，《诗经》也以其博大精深的内容吸引了无数文人学者去研究和探讨，开创了《诗经》研究的新纪元。经学家们把它作为教化的工具，政治家们把它当作改革的旗帜，史学家们要在它那里找出有利于自己观点的依据，思想家们则要从中探索前人的思维模式与规律，文化学家们要研究两千多年来风俗民情的嬗变与发展，文学家们要从诗篇中汲取营养来丰富自己的创作，语言学家们要依据它对上古音韵加以考证，博物学家们要搞清楚书中那些草木鱼虫飞禽走兽是什么纲类。《诗经》成为一座取之不尽、用之不竭的文化艺术宝山,引起不知多少文人学者去攀登,甚至由此产生了“诗经学”“诗经研究史”。可以毫不夸张地说,古往今来,没有任何一部诗集,能引起这么多人的兴趣,这其中固然有历史的原因,但与作品本身亦有极重大的关系。时至今日,我们对《诗经》的认识也随着时代的进步上了一个新台阶。我们开始以哲学、宗教、美学、文化的角度去审视这部古老的诗集。我们认为,这部典籍不仅是我国古典诗歌的精华,更是打开我国人民审美观念、道德观念、宗教观念、思维模式形成之谜的一把钥匙。梁启超先生说:“现存先秦古籍,真赝杂糅,几乎无一书无问题,其真金美玉、字字可信者,《诗经》其首也。”(《要籍解题及其读法》)可见,普及对《诗经》的了解,借以增强人们对民族文化的认识,探索《诗经》在民族文化形成过程中所起的重要作用,对提高民族自信心与民族自豪感是十分必要的。这就是我们编写《诗经诠译》最原始的动机。

关于《诗经》文本及与此有关的直接或间接的社会、文化背景,前人研究多矣,我们不主张对文本进行外部的而不是内部的研究,也反对进行烦琐主义的考证,更不准备用已发生的历史事实来证实诗篇所反映的内容,只企图将诗篇所反映的真实面貌告诉读者。而在此文中,对若干热门课题稍加叙述,以使读者能获得一个完整的认识。

一、关于《诗经》的分类

《诗经》分为风、雅、颂三类,这在《周礼·春官》中就有记载,但对分类依据的认识分歧很大。《诗序》认为是从思想意义的角度划分的,朱熹认为是依据作者之不同而划分的,亦有认为是依据作品内容之不同而划分的。众说皆有偏颇,较为接近事实真相的是音乐说:风诗为乡土之音,即诸侯所辖地域的地方俗乐;雅诗为朝廷之音,即中央政权所在地的音乐;颂诗为宗庙之音,即宗庙祭祀时的舞乐。与此相类似的是乐器说,即风、雅、颂之不同在于演唱时使用的乐器不同。章太炎先生《大雅小雅说》认为:雅是一种类似鼓的乐器;张西堂先生《诗经六论》认为:“颂”与“镛”通用,“镛”即“钟”,钟则是人们常用的乐器;郭沫若先生《甲骨文字研究·释南》认为:“南”即

"铃",铃也是一种乐器。由此郭老提出:"《诗》之《周南》、《召南》、大小雅,揆其初当以乐器之名,孳乳为曲调之名,犹今人之言大鼓、花鼓、鱼琴、简板、梆子、滩簧耳。"这个看法很精辟,它进一步证实了《诗经》分类音乐说,正因为诗的分类依据是音乐,所以才使用了不同的乐器伴奏。

二、关于"二南"的争论

《诗经》国风分为周南、召南、邶、鄘、卫、王、郑、齐、魏、唐、秦、陈、桧、曹、豳。争议较大的是"二南"。"二南"是指周公、召公的封邑,不是封国。《史记·燕召公世家》有:"其在成王时,召公为三公:自陕以西,召公主之;自陕以东,周公主之。"故王夫之《诗经稗疏》说:"盖周公、召公分陕而治,各以其治登其国风。则周南者,周公所治之南国;召南者,召公所治之南国也。北界河洛,南逾楚塞,以陕州为中线而分之。"今三门峡市博物馆尚存周召分界石,那斑驳的石柱,仿佛是一部无言的史书,记载了流逝的岁月,记录了宗周王室的兴盛与衰亡,令人神思遐想,不能自已。因为"二南"的名称与十三国风有异,"南"又是一种乐器,《论语》仅提到过周南、召南、雅、颂,未提及风,故前人多有主张"二南"独为一体的观点。程大昌、顾炎武、崔述、梁启超等大家皆认同此说。此说疏漏甚多,高亨在《诗经简述》一文中说:"《左传·隐公三年》:'风有《采蘩》《采蘋》。'"《采蘩》《采蘋》都是《召南》的一篇,可见,《左传》的作者认为《周南》《召南》属于风。《周礼·大师》《礼记·乐记》《荀子·儒效》论《诗》,都是风、雅、颂三类并举,而不及南。可见《周礼》作者、《乐记》作者和荀卿都认为《诗经》只有风、雅、颂三类,"南,属于风,不是自为一类"。这已基本阐明了"南"非一体之说。而且就"二南"本身讲,其作品反映妇女劳动、婚嫁、归宁、思夫等主题的有17篇,占"二南"总篇数的68%,与十三国风差异不大。"二南"虽大量使用虚词,仅"兮""矣""之"出现的篇幅就占全部作品的56%,但这与郑风相比,仍有逊色。在"二南"25篇诗作中,有24篇使用了重章叠句的篇章结构,与十三国风诗篇的结构也基本持平。可见从思想到艺术,"二南"与十三国风均为一体,不应将其独自标出。

三、关于《诗经》的作者

《诗经》的作者，诗序已“认定”了许多。某公、某侯、某王、某妃之作，比比皆是，这种论断，我们自然难以苟同。依我们看，确定诗的作者，首先要取得内证，其次得依据《左传》等史书，不能想当然。依我们看，《诗经》的作者能确定的有6篇。《鄘风·载驰》为许穆夫人所作，《左传·闵公二年》有许穆夫人赋《载驰》，且诗与史合，故可认定。《小雅·节南山》有“家父作诵，以究王汹”，可认定家父为该诗作者。《小雅·巷伯》有“寺人孟子，作为此诗”，可认定寺人孟子为此诗作者。《大雅·崧高》有“吉甫作诵，其诗孔硕”，《大雅·烝民》有“吉甫作诵，穆如清风”，故可认定此二诗的作者为吉甫，即宣王时代的尹吉甫。《鲁颂·閟宫》有“奚斯所作，孔曼且硕”，可以认定此诗为奚斯所作。以下3篇的作者也基本可以确定，或至少可以作为一说。《左传·僖公二十四年》载：“召穆公思周德之不类，故纠合宗族于成周而作诗，曰：‘常棣之华，鄂不韡韡。’”故《小雅·常棣》的作者为召公虎。《国语·楚语》有：“昔卫武公年数九十有五矣，犹箴儆于国……于是乎作《懿》戒以自儆也。”前人以为“懿”“抑”相通，故有《大雅·抑》之作者为卫武公一说。《左传·文公元年》有：“周芮良夫之诗曰：‘大风有隧，贪人败类。听言则对，诵言如醉。匪用其良，覆俾我悖。’”此诗为《大雅·桑柔》第十三章，故此诗作者可认定为芮良夫。此外，传统说法认为《小雅·小弁》为太子宜臼所作，《小雅·白华》为申后所作，《大雅·江汉》为召虎所作，《商颂·殷武》为宋襄公所作，虽无具体实证，但《诗序》以降，多有从之，亦可备一说。除此13篇，其余的292篇诗歌作者难以详考，在没有新的理由和充分的证据之前，暂作存疑为好。

四、《诗经》的成书与推广

一部诗集，时间上下绵延6个多世纪，作者囊括了当时社会各个阶层的人员，作者的足迹遍布陕西、山西、山东、河南、河北、湖北、安徽等广袤的土地，在语言、文字、音韵尚未统一，交通、信息极不发达，甚至整个国家都处于一个松散的联邦政权时代的局面下，这部语言统一、音韵一致、结构完善的诗集能够产生并流传下来，这本身就是一个奇迹。奇迹的创造者就是周太师。周太师——这些优秀的诗人兼音乐家们，首先是搜集诗，然后是用统一的音韵、文字去改造诗，最后将它推广出去。没有他们的努力，便没有《诗经》的今天。关于诗的搜集，前人有“采诗说”和“献诗说”两种。《国语·周语》《国语·晋语》《左传·襄公十四年》均有“献诗说”的记载，白纸黑字，毋庸置疑。“采诗说”主要见于《礼记·王制》《汉书·食货志》《汉书·艺文志》，《左传·襄公十四年》引《夏书》佚文，《孟子·离娄篇》也有隐约的记载，此说后世虽有许多相左的意见，但亦可基本确立。因为在那个时代，没有任何个人有能力从事这一工作，只有通过权力机构，才能完成大面积的搜集工作，然后加以筛选、加工、润色，并推广出去。以往，人们对搜集诗十分重视，认为这是满足统治者燕飨、充当教育贵族子弟教材以及了解民情的需要，事实上，搜集、整理诗的真正目的在于推广诗，推广诗的真正目的在于加强王室与地方的紧密联系，强化王族的统治。众所周知，周王室为了有效地统治各地，曾大封诸侯，让那些与王室有密切血缘关系的贵族、那些立有军功的臣子代表王室去管理地方。为了保证这些被分封到各地的贵族不为各地的方言、不同的习俗所“异化”，周王室通过诗歌，用统一的语言、文字、音韵去加强中央与地方的联系，用代表王室思想的作品去统一各诸侯国贵族们的政治观点、审美意识、道德情操及宗教信仰等，也就是说，诗被用来作周王室加强内部联系的黏合剂，成为周王室维系中央与地方联系的重要手段之一。《礼记·乐记》有：“乐者为同，礼者为异；同则相亲，异则相敬。”可见，礼是用来区分君臣上下、亲疏贵贱的；乐是用来团结内部、使之相亲相爱的。自然，乐并不等于诗，但乐与诗有着密切联系，尤其是在歌、乐、舞三位一体的时代，关系尤为密切。文学作品直接服务于政治，《诗经》大约是首开其例了。

五、孔子与《诗经》

孔子是第一个将《诗经》选作教学内容的教师，又是第一位研究《诗经》

的大师。他精辟地提出："《诗》三百，一言以蔽之，曰'思无邪'。""《诗》，可以兴，可以观，可以群，可以怨。迩之事父，远之事君，多识于鸟兽草木之名。""不学诗，无以言。"……一部《论语》，竟有14处言及《诗》，孔子真正领会了《诗》的精髓。他从《诗》中领会到周人端庄方正的理性精神，从《诗》中悟出了中和之美的本质特征，更从《诗》中提炼出美刺的讽喻意识，他对《诗》的研究已完全突破了文学的藩篱，是立体地、多层次、多角度、全方位地俯视与研究。多年来，人们习惯于围绕着孔子"删诗说"成立与否争论不休，其实大可不必。因为《诗经》成书是一个漫长的过程，《左传·隐公元年》便有引诗，而此时《诗经》中许多诗篇尚未问世；《论语·八佾》有"巧笑倩兮，美目盼兮，素以为绚兮"，今本《诗经》便无最后一句；《荀子·天论》引《诗经》"礼义之不愆，何恤人之言兮"，今本《诗经》无此言。可见从鲁隐公元年到战国末年，《诗经》作为一部典籍，始终处于流动状态，处于不断更新、补充、删节、完善的过程。孔子作为参与这一活动的重要学者，理应受到重视。从最新考古发现看，孔子删诗说很可能成立。研究孔子对《诗经》的认识与评价，尤其是研究孔子从《诗经》中汲取精华，创造具有中国特色的意识形态理论——儒学的过程，对于研究古代哲学、宗教、文化、思想的发展与流变，具有十分重要的意义。

六、《诗经》的大序与小序

毛诗学派能取代三家诗，《诗序》起了重要的作用。因此，读《诗经》必须研究《诗序》，似乎是一条不成文的规定。两宋之前，《诗序》的确是金科玉律，无人敢质疑。宋人以大胆的、创新的目光审视以往的一切，诞生了以欧阳修为首的疑序派，朱熹成为集大成者。两宋之后，存序派、废序派唇枪舌剑千余年，可谓难解难分。对此热门话题，我们认为，首先，《诗序》的作者问题。《后汉书·儒林传》："宏从曼卿受学，因作《毛诗序》，善得《风》《雅》之旨，于今传于世。"此说历来有疑问。近年，安徽阜阳出土了西汉汝阳侯夏侯灶的墓葬，其中有《诗》之简片170余条，其中三条与《诗序》有关，可见《诗序》至少产生于西汉前期，很可能是东汉卫宏在各家基础之上汇总而成，故《后汉书》有此言。其次，大序、小序的划分本是极简单的问题，结果让经学家们搞得神乎其神。我们认为，《关雎》篇前面的一大段文字应为大序，每篇前面类似解题的文字为小序。但大序又与《关雎》篇的小序夹杂在一起：从“《关雎》，后妃之德也”开始至“风以动之，教以化之”，为《关雎》小序的前一部分，再从“是以《关雎》乐得淑女”至结束，为《关雎》小序的后一部分，两部分合在一起，即《关雎》篇的小序。中间的一大段，即“诗者，志之所之也……正始之道，王化之基”，为大序。至于大序为何套在小序之中，便不得而知。再次，《诗序》存废之争的本质是要以自己的观点来解释《诗经》，以获得学术上的领导权。但这一斗争在客观上打破了毛诗学派独步天下的事实，促进了《诗经》研究，这倒是争论者所始料不及的。最后，我们认为，《诗序》以总结《诗经》创作经验为中心，概括并发展了先秦以来儒家对诗歌的认识，就诗歌的基本特征、社会作用、文学与社会的关系等问题提出了自己的观点，尤其是其美学思想，对后世影响极大。李泽厚先生称之为“东汉儒家美学的一篇不可忽视的重要文献”（《中国美学史》），所言不虚。

七、《诗经》的思想与内容

《诗经》是周代社会生活的一面镜子，全面反映了西周初年至春秋中叶周代社会的政治、经济、思想、文化及社会生活。为更好地阐述这一问题，我们从《诗经》所反映的社会生活及周代社会的思想意识两方面论述，以证实《诗经》内容之博大精深、包罗万象。

第一，《诗经》全面反映了周人的劳动生活，农耕、蚕桑、采摘、纺织、染色、建筑、狩猎、捕鱼、缝纫、搓绳、修缮、畜牧等，不一而足。这些反映劳动生活的诗篇，不仅反映了劳动是社会生活的第一需要，劳动人民是物质财富的第一创造者，也反映了劳动人民对劳动的热爱及贵族统治者对劳动的偏见（如“二雅”中仅有反映狩猎和畜牧的诗篇）。更重要的是，我们通过对反映劳动生活诗篇的研究，可以全面认识周代生产状况、产品的分配、生产力和生产关系之间的矛盾，可以了解周代的经济制度和经济思想。

第二,《诗经》反映了周人的爱情、婚姻及家庭生活,对于我们认识当时的价值观念、审美观念,了解当时的社会风俗、婚礼仪式等,有极高的史料价值。如反映爱情生活的作品,或描写对爱情的大胆追求和坦率表白,或描写青年男女在一起游戏时的快乐和幽期密约时的兴奋,或描写真挚的相爱和刻骨的相思,或描写失恋时的痛苦和爱情受阻时的反抗情绪。可以说,这些作品记录了青年男女相亲相爱的全过程,全方位、多层次、多角度地反映了周代劳动人民的爱情观,有着较高的审美价值。家庭是人类社会的细胞,婚姻是延续人类社会的纽带,先民们十分重视婚姻问题,《诗经》中也有数量可观的反映婚姻问题的诗作,这些作品记述了媒人的活动,突出了媒人在婚姻问题上的重要地位,记述了隆重的迎亲仪式和繁杂的新婚典礼,甚至记录了一曲曲动听的赞美新郎、新娘的颂歌,再现了那热烈、喜悦、欢乐的场面,为我们研究上古时的民俗风情及婚姻制度,提供了宝贵的资料。作为农业部族的周人,十分重视家庭的稳定,把能否治理好家庭视为是否具有行政管理能力的标志之一,《大雅·思齐》有"刑于寡妻,至于兄弟,以御于家邦",即为例证。《诗经》中许多诗篇,或描写夫妻间融洽和睦的家庭生活,或描写夫妻分别时难舍难分的情感,或抒发久别重逢的喜悦,或抒发深切的悼亡之痛,或记录信誓旦旦的诺言,或记录弃妇们发自心底悲怆的呼声,生动地再现了三千年前家庭生活的全貌。这些作品,感情缠绵细腻,风格婉约多姿,成为《诗经》中思想性、艺术性最高的作品之一。

第三,《诗经》反映了周人的兵役、徭役及战争生活。兵役、徭役是统治者强加在人民身上的沉重负担,尤其是西周后期"王道衰,礼义废,政教失,国异政,家殊俗"(《诗大序》),再加上"四夷交侵,中国皆叛,用兵不息"(《小雅·何草不黄》序),使得兵役、徭役格外沉重。大量诗篇通过服役者的悲鸣及他们对亲人的思念,反映出服役者为自身受到不公正待遇的反抗,从而揭示了兵役、徭役制度的不合理。值得注意的是,这类作品有许多是下层官吏所创作的,揭示了统治阶级内部劳逸不均、分配不公的矛盾,从而再现了那个危机四伏、矛盾重重、"山雨欲来风满楼"的时代特征。《诗经》中的思妇之作,无论是含情脉脉的期待还是以酒消愁的苦闷,无论是怒气冲冲的埋怨还是激烈铿锵的誓言，都从另一个侧面反映了不合理的兵役、徭役制度给服役者的亲人家属带来的巨大精神痛苦，有力地鞭挞了周代的兵役、徭役制度。这类作品感情丰富，描写细腻，语言诚挚，生动感人，以其特有的艺术魅力和悲剧气氛，吸引了千万读者。战争伴随着人类的诞生来到人间后，就没有停止过一天。这些血与火的战争，客观上成为促进人类文明进步的催化剂，加快了各族人民之间的往来与融合，但在当时，却给人民带来无数灾难。《诗经》非常重视战争的记叙，这些诗作中没有短兵相接的搏斗，没有血肉横飞的厮杀，有的只是对天子功德的歌颂，对将帅英武的赞美，对王师军容的强大及部队武器装备之精良的褒誉。自然，这与周人以修明文德、崇尚礼义为上征战杀伐为下的思维模式有关，同时，这也是周人推崇谦恭和顺、温柔敦厚的理性精神的反映，是周人追求中和之美的潜意识的流露。毫无疑问，这些诗作奠定了我国两千年来战争诗的基本模式与格调，影响可谓大矣。

第四，《诗经》反映了周人的政治生活。所谓政治，是指阶级与阶级之间的斗争及本阶级内部不同利益、集团之间的斗争。《诗经》所反映的政治生活，首先就是奴隶们对奴隶主贵族的揭露与批判，这些诗作将统治者的凶狠残暴、贪得无厌、荒淫奢靡、道德沦丧等种种丑行暴露于光天化日之下，将他们永远钉在历史的耻辱柱上。这些作品记录了周代人民反抗斗争的轨迹，反映了人民参与意识的提高与成熟，具有强烈的批判精神，堪称现实主义文学佳作。“二雅”之中有一批贵族知识分子在厉、幽时期，出于对国家前途、社会安宁及人生价值能否实现等问题的冷静思考，创作出一篇篇充满忧患意识的诗作。这些作品描写了国势衰微、夷族入侵、危机四伏、怨声载道的形势，抒发了身受排斥、不为重用、报国无门、前途渺茫的苦闷，宣泄了被诬罹祸、处境困顿、忧谗畏讥、举步艰难的怨愤，批判了昏君党人专擅权力、倒行逆施、祸国殃民的种种罪行，表现了诗人强烈的历史责任感和使命感，塑造了一批形象鲜明生动的贵族知识分子形象。这些诗作，以其深沉的民族忧患意识与浓郁的抒情风味，成为《诗经》中对后世最有影响的诗篇。中国知识分子关心国计民生，拯世济民的性格特征的形成，他们洁身自爱、崇尚理性、不肯向恶势力低头的道德品质的形成，均与此有关。所谓“风雅”“寄兴”中的“雅”，正是就此类作品而言。

第五，《诗经》反映了周人的宗教生活。宗教是客观存在的社会历史现象，与社会物质生活及精神文化生活的各个层面有着千丝万缕的联系，《诗经》对周人的宗教生活有全面的反映。周人继承了殷人的宗教观念，并结合农业民族的特点，形成了对“天”“帝”神特有的崇拜，对祖先神的崇拜及对与农业有关的神灵崇拜的宗教观念，从隆重的祭祀场景到繁杂的祭典过程，从周人祭祀天帝、祖先时的虔诚心理到祭祀时尸、祝、主祭人之间的对话，甚至占卜算卦、圆梦解梦，《诗经》均有明确记载。尤其值得注意的是，大雅和周颂中各有一组颂扬祖先的诗作，大雅中的《生民》《公刘》《绵》《皇矣》《大明》被誉为周族的史诗，记载了先民们沿着古老的黄河，在荒陌的土地上不断地开拓耕耘，创造出灿烂的古代文明的过程。诗篇充满了对祖先英雄业绩的自豪感和崇敬心理，显示出中华民族先辈们勤劳、善良、勇敢、顽强的性格特征，有着极高的史料价值。周颂中的《我将》《武》《赉》《般》《酌》《桓》为武王建国初期组歌《大武》，歌颂了武王的赫赫武功，对于巩固政权，镇压反对派势力，起到了一定的作用。可见，在中国，宗教一开始便与政治、文学结下了不解之缘，宗教政治化是周人宗教的一大特色。祭坛就是文坛，宗教仪式、宗教思想大量保存在抒情诗集中，这是周人宗教的另一大特色。

第六，《诗经》记载了贵族的燕飨生活。以往人们对这些作品不太重视，其实，这些诗作是周人礼乐制度的反映，是我国饮食文化、酒文化的最早记录。更重要的是，周人有意识地在这轻歌曼舞、灯红酒绿的和谐气氛中，培养贵族清高文雅的情操，去联络感情，增加血缘意识，加强宗法制国家的基础。从某种程度上讲，这些诗作也反映了周人的伦理思想和道德观念，有一定的认识价值。

总之，《诗经》的内容十分丰富：天文地理，政治经济，祭祀典礼，战争行役，定国建都，燕飨欢聚，君王贵族，将军大夫，君子淑女，农夫商贾，思妇弃妇，宠妃佞臣，狩猎耕耘，采摘放牧，迎亲送葬，怀人悼亡，幽期密约，闺中洞房，草木鱼虫，飞禽走兽，莺啼马嘶，水影山光，火山地震，祈祷祝愿，占卜圆梦。这些全囊括在诗中，其信息量之大，资料价值之可贵，至今令人惊叹不已。整理《诗经》的内容，是我们始终应该进行的一项重要工作。

作为一部抒情诗集，《诗经》不仅记录了风云变幻的社会生活，而且反映了那一时代各个阶层的思想意识，成为我们研究中国古代思想发展史的重要依据。其一，《诗经》反映了早期知识分子的忧患意识，忧患意识是指社会激烈动荡、国家安全受到威胁、人的创造性受到压抑时，统治阶级内部一些头脑清醒的知识分子，出于对国家、社会和人生长远利益的关注和思考，萌生出拯救祖国和社会的责任感和使命感，以及完善自我、实现自我价值的强烈要求。《汉书·冯奉世传赞》说："谗邪交乱，贞良被害，自古而然。故伯奇放流，孟子宫刑，申生雉经，屈原赴湘。《小弁》之诗作，《离骚》之词兴。"可见前人已把社会动乱作为具有忧患意识作品产生的前提之一。周人是一个农业民族，忧患意识是其原始思维意识之一。在厉、幽时期尤为强烈，忧患意识成为知识分子关心国事、抨击时政、忧国忧民的原始驱动力之一，对后世知识分子人品、人格、理想、情操的建立健全，起到了不可估量的作用。其二，《诗经》反映了那个时代的宗教意识。所谓宗教意识，是一般所说的宗教心理、宗教观念、宗教理想等，是人们在宗教活动过程中反映的观念形态。《诗经》以大量反映宗教活动的诗篇，表现出周人"敬天禘祖"的独特宗教观念，不仅使宗教直接服务于王室的宗法统治，还使宗教的道德力量大为增强，成为周人精神生活的重要支柱之一。其三，《诗经》反映了劳动人民的反抗意识。反抗意识是阶级社会中被统治阶级在意识到自己被压迫、被剥削地位后所萌生出的对现实的不满与对抗意识。这不仅是被统治阶级的阶级意识的觉醒，也表明被压迫者对人生价值、自我意识的追求，是人性健全完善的标志，是独立人格出现的萌芽。这类作品，从不同的层次反映了被统治阶级从无到有、从小到大、从单纯对现实不满发展为有鲜明反抗意识所走过的历史轨迹。其四，《诗经》反映了周人的道德意识。道德意识是一种社会意识形态，是社会调整人们之间以及个人与社会之间关系的行为规范的总和。道德的特点是依靠社会舆论与教育的力量，使人们逐步形成一定的信念、习惯、传统而发生作用。在任何社会中,道德都是不可缺少的,只有遵循一定的道德规范,才能保证人们共同生活在一起,维持秩序,进行生产,解决争端。《诗经》时代,封建道德人伦理体系尚未成熟,但对道德的追求与重视,道德作为维系社会安全与稳定的重要性,则已见端倪。其中"孝"道德、"德"道德、"礼"道德、服务于宗国的道德及理想、情操、人格道德均已大量出现。这些零散的不成系统的记载,无不闪烁着理性和智慧的光芒,犹如万条奔腾不息的小溪,最终汇成滔滔的江河一样,中国知识分子的道德规范、中华民族的整体道德原则,均在这里奠定了坚实的基础。可见,对《诗经》道德意识的研究,绝不能等闲视之。其五,《诗经》反映了先民们的审美观念及文学创作的基本原则。一般来讲,审美观念包含了审美感知、审美趣味、审美心理等。《诗经》创作时代先民们对美的认识尚在探索之中,尚未能将审美观念理论化与系统化,但是这并不排除先民们在文学创作时自觉遵守某种审美观念,并不排除先民们已具有明确的审美追求。我们从美学的角度审视《诗经》的全部作品,发现在这些作品中所体现的美与善、情与理、认知与直觉的统一,所表现出的人与自然、人与社会、人与人之间和谐融洽的关系,均显示出先民们的创作是在"温柔敦厚"的美学观念的指导下完成的,这一创作恪守了"中和"的原则,达到了"乐而不淫,哀而不伤"的境界。这种创作原则,经孔夫子及后世儒家学者的总结提炼,成为儒家学派从事文学创作的一个重要准则,其影响是不言而喻的。此外,《诗经》中表现出对人体美的追求,以多种手法创造文学意境之美,注意对称与均衡、生动与完整、整齐与节奏等形式美,注意诗歌音韵和谐所呈现的音乐美,诗篇内容描绘的色彩美等,都充分显示了先民们丰富的审美活动,是理性和智慧的结晶。

中国古代思想的精华,以诸子百家为代表。但它的先驱,却是《诗经》这部古老的抒情诗集。《诗经》记录了不同时期社会各阶层不同的思维模式与文化心态,反映了同一阶层在不同历史条件下的思想观念及价值观念的变化过程。孟子说:"《诗》亡然后《春秋》作。"(《孟子·离娄下》)侯外庐、赵纪彬等认为"《诗》亡然后诸子出"(《中国思想通史》第五章第二节),他们从不同侧面对《诗经》全面反映时代风云及精神面貌给予肯定，正说明了《诗经》内容的博大，说明《诗经》具有极高的史料价值及认识价值。

八、《诗经》的艺术成就

《诗经》作为一部抒情诗集能流芳千古，不仅凭借深刻的思想与丰富的内容，也有赖于高超的艺术成就。我们可以从10个方面来认识《诗经》的艺术成就。

第一，现实主义的创作手法。《诗经》中的诗篇是现实生活的写照，抒发的是作者对现实生活的直接感受。不仅是“饥者歌其食，劳者歌其事”，即使是那些贵族的作品，那些用来祭祖、祈神等的“宗庙之音”，也无不真实而又形象地反映了当时的社会面貌，表达了广大诗人的理想与愿望。

第二，质朴淳厚的艺术风格。《诗经》中的作品，无论是思妇的凄怨、役者的长号，还是智者的忧叹、弃妇的哭泣，无不是流自心底，发乎真情，淳朴自然，充满了浓郁的乡土气息。这些与上古时代特有的善良、忠厚的时代风尚合为一体，形成了独具一格的艺术风格——质朴淳厚。

第三，浓郁的抒情风味。在《诗经》的作品中，无论是抒发对国计民生的忧患意识，还是抒发对恋人的脉脉情思，无论是抒发对现实的愤懑感情，还是抒发对天神祖先的怀念敬畏之情，无论这些作品的风格是含蓄蕴藉，还是直率坦露，无论这些作品的作者是矜持的贵族还是普通的平民，都是以“情”作为灵魂。无怪《诗大序》说：“情动于中而形于言，言之不足，故嗟叹之；嗟叹之不足，故永歌之。”诗为情结，是为必然。

第四，情景交融的意境。所谓意境，是文学作品中所描绘的生活图景和所表现的思想感情完满地融合为一体所构成的艺术境界。这种境界，可以使读者通过联想和想象，有置身其中的感受，从而产生共鸣，受到感染，加深对作品的理解。如：《周南·芣苢》《小雅·无羊》等诗，醇美绚丽，韵味隽永，形象鲜明，感情浓郁；《陈风·月出》《郑风·女曰鸡鸣》等诗，描写细腻，以境表意，情趣盎然，富有生机；《王风·黍离》《桧风·匪风》等诗，含蓄蕴藉，朦胧迷离，言虽有尽，寓意无穷；《小雅·正月》《小雅·十月之交》等诗，慷慨激昂，愤懑抑郁，情感天地，义泣鬼神。总之，《诗经》中许多诗篇大量使用景物描写与细节描写等手法，创造出情景交融的意境，极大地增强了作品的艺术感染力，达到了抒情、教育读者之目的。

第五，赋、比、兴的表现手法。赋、比、兴的提法最早见于《周礼·春官》，但未明其含义。郑众始解其义，历代《诗经》研究者无不提出自己的见解。朱熹在《诗集传》中说："赋者，敷陈其事而直言之也。""比者，以彼物比此物也。""兴者，先言他物以引起所咏之词也。"这一解释言简意赅，精当准确，得到南宋以来许多学者的支持。赋、比、兴是《诗经》的表现手法。使用赋，可以造成铺采摛文的气势，创造情景交融的意境，尤其是有声有色的描写，状物、形声、写人、摹景，实为增强诗歌艺术魅力的重要手段。使用比，可以增强诗歌的感情色彩和抒情性，可以使作品描绘的事物更为鲜明、具体，可以形象地表现出事物的本质特征，可以表达作者原本不便表达的思想感情。使用兴，可以使诗篇更为曲折、生动，可以展开丰富的联想，有助于渲染气氛、烘托形象，将抽象的概念和复杂的心理活动，以具体可感的形象表达出来，为创造感人的意境及描写生动的形象奠定基础。托名王昌龄的《诗格》将"兴"分为14格，曰"感时入兴，引古入兴，叙事入兴……"，可见兴的种类之多，作用之大。

第六，回环复沓的篇章结构。所谓回环复沓，就是指一首诗由若干章组成，章与章的字句基本相同，只是对应地变换少数字词，反复地咏唱。《诗经》中有271篇分章，少则2章，多则16章，回环复沓是其篇章结构的一个重要特点。使用回环复沓的手法，可以充分抒情，造成回旋跌宕的艺术效果；可以有效地调动读者的感情，使其在反复吟唱中加深对作品的理解和对诗歌意境的体会；可以渲染、强化主题，表现出强烈的感情和迫切的愿望；还可以表现感情发展的脉络和事物发展的进程。总之，回环复沓的篇章结构，不仅有益于诗篇的传播与记忆，而且有益于提高诗篇的思想价值与文学价值。

第七，灵活多变的句式。《诗经》的句式以四言为主。全部诗篇共7284句，其中四言诗句为6626句，占总诗句的90.97%。余下的是一言、二言、三言、五言、六言、七言、八言、九言句式。这些整齐的四言诗句，具有典雅、庄重、沉稳的美感，与周代贵族注重端庄华贵、结构方正形式美的心理及严肃认真、井井有条的理性精神相吻合。这些杂言句式，形式活泼自由，无拘无束，读起来疾徐顿挫，节奏感强，具有跳跃的音乐之美，更富于表现力。值得注意的是：风诗中有四言诗句2236句，占风诗总诗句的85.4%；雅诗中有四言诗句3705句，占雅诗总诗句的94.2%；颂诗中有四言诗句685句，占颂诗总诗句的93.3%。诗句的统计说明了四言诗句是当时雅俗共赏的句式，但更为贵族文人所青睐。《诗经》记录了我国的诗歌形式由四言走向杂言所经历的漫长过程，就影响而言，杂言句式对后世影响更为深远。

第八，丰富多彩的修辞手法。文学是语言的艺术。孔子曾说："言之无文，行而不远。"(《左传·襄公二十五年》)修辞正是为了言之有文。《诗经》大量使用了各种修辞手法，自然是文采斐然。《左传·僖公二十三年》载，重耳要带人去秦穆公处赴宴，"子犯曰：'吾不如衰之文也，请使衰从。'公子赋《河水》，公赋《六月》。赵衰曰：'重耳拜赐。'"可见"文"是当时人们崇尚的一种语言形式。《诗经》中的比喻、夸张、借代、对偶、排比、摹状、顶针、反诘、警策、复叠、对比、拟人、衬托等，比比皆是，大大提高了诗篇的艺术表现力，不愧为"圣贤发愤之所为作也"。

第九，鲜明、准确、生动、丰富的语言。孔子曾说："不学《诗》，无以言。"孔子已看到这部古老的抒情诗集是学习语言的好教材。一部《诗经》，共用了2830个单字，有些单字是一字多义的。按字义算，有3300多个单音词。清朝陈奂《诗毛氏传疏》曾对建筑、草名、树名、器具、日时、星名、祭名、旌旗、邑名、地名、国名、原野、山丘、鱼名、鸟名、马、牛、狗、羊等的数量做过专门统计，近人胡朴安《诗经学》亦做过专门统计。前人的统计，都证实了《诗经》语言之丰富所言不虚。《诗经》用语之准确，也是有案可稽的。以描摹手的动作为例，有采、掇、捋、按、拾、握、抽、折、授、挹、携、拔、招、搠、执、捣、提、擦、揭、掺、秉、搔、指、举、据、袺、襭等50多个，展示了手的不同动作，可谓准确之至。自然，这种语言现象反映了人类早期特有的单音词多、复合词少的现象，麦克斯·缪勒《宗教的起源与发展》称之为"这种丰富真正说来是贫乏的"语言现象，记录了汉字走过的辉煌艰涩的历程。《诗经》大量使用了双声、叠韵、双声叠韵、重言联绵等词语，使诗作语言更为鲜明、生动、富有节奏感和音乐美。以重言联绵字为例，达647条之多。如描写内心忧愁的有：忧心忡忡、忧心惙惙、忧心钦钦、忧心殷殷、忧心悄悄、忧心惨惨、忧心愈愈、忧心烈烈、忧心茕茕、忧心慇慇等。这些跳动的语言符号，不仅将诗人内心的忧愁痛苦和盘托出，而且读起来朗朗上口，听起来淙淙入耳，充分发挥了汉字语音的一切功能。刘勰《文心雕龙·物色》说："是以诗人感物，联类不穷。流连万象之际，沉吟视听之区。写气图貌，既随物以宛转；属采附声，亦与心而徘徊。故灼灼状桃花之鲜，依依尽杨柳之貌，杲杲为出日之容，瀌瀌拟雨雪之状，喈喈逐黄鸟之声，喓喓学草虫之韵。皎日嘒星，一言穷理；参差沃若，两字穷形。并以少总多，情貌无遗矣。"可谓对《诗经》语言精妙的概括与总结了。

第十，和谐自然的韵律。《诗经》为韵文，这是毫无疑问的。但由于古今时代变迁，地域有异，字音转变，故后代读起来，多有不成韵处。自唐以后，对于韵之不谐处概以叶音名之。唐陆德明《经典释文》、宋吴棫《韵补》《诗补音》等都对音韵有所研究，但没有突破性进展。明陈第作《毛诗古音考》，提出"古人作诗，自有本音，不能随便改变"的观点，并取《诗经》和先秦其他韵文分别作为本证和旁证，证得古音497字。陈第严谨的治学态度，开创了《诗经》音韵学的新局面。顾炎武在此基础上作《音学五书》，分古韵为10部。顾老夫子提出，古韵演变为今韵，有分化，有合流。所谓分化，是指上古的一韵分化为中古的数韵；所谓合流，是指上古的数韵合流为中古的一韵。顾炎武成为清代音韵学的奠基人。此后，江永作《古韵标准》，分古韵为12部；江永的弟子戴震作《声类表》，分古韵为16部；戴震弟子段玉裁作《六书音韵表》(此书在《声类表》问世之前)分古韵为17部；孔广森作《诗声类》，分古韵为18部；王念孙作《广雅疏证》，分古韵为21部。在戴门弟子取得累累硕果的同时，独立研究者江有诰的《诗经韵读》问世，分古韵为21部，与戴门弟子的观点不谋而合，堪称异军突起，亦可说是《诗经》音韵研究之集大成者。此后，夏炘、王国维、章太炎、黄侃诸先生均有建树，至王力先生时，已将古韵分为29部，至此，上古音韵研究暂告一段落。王力的《诗经韵读》成为《诗经》音韵学的最重要著作之一。

《诗经》的用韵有5个特点：一是韵脚有实词和虚词两种，虚词韵脚多为兮、矣、也、止、思、忌、焉、哉、与、只、乎、乎而、而、女等。二是用韵形式甚多，江永《古韵标准》分为21种，实乃过繁。但《诗经》用韵虽较简略，也有10种以上。如连句韵、间句韵、隔韵、四声通韵、数句见韵、隔章章首遥韵、隔章章尾遥韵、句中韵、叠句韵及雅、颂中的无韵之章，可见用韵形式十分活泼。三是用韵较密，有4句3韵、5句4韵甚至12句中11句押韵，可谓用韵相当稠密。四是韵脚位置多种多样，或整齐或参差，或密韵或疏韵，使诗作或典雅庄重或灵活生动，为诗篇更好地抒情达意做出了贡献。五是和谐自然。大千世界，五彩缤纷，各种音响更是五花八门。《诗经》用韵，源于生活，是人类对自然成功的模仿，符合人们对声音、对节奏的主观感觉，和谐、自然、悦耳，富有音乐之美感。

九、《诗经》对后世之影响

《诗经》是我国历史上第一部诗歌总集，它一经问世便受到时人的重视。汉代以后将它尊为经典，其更成为文人学子的必读之书。其作用远远超越了一部抒情诗集具有的功效。闻一多先生说："《诗》似乎也没有在第二个国度里，像它在这里发挥过的那样大的社会功能。在我们这里，一出世它就是宗教，是政治，是教育，是社交，它是全面的生活。维系封建精神的是礼乐，阐发礼乐意义的是《诗》。所以，《诗》支持了那整个封建时代的文化。"因此，必须高度重视《诗经》对后世的影响。

第一，《诗经》的思想对后世的影响。谈《诗经》对后世的影响，首先应介绍《诗经》中的爱国主义思想对后世的影响。《诗经》中的爱国主义思想是很朦胧、很原始的，他们所"爱"的仅仅是自己的"宗国"而已。《鄘风·载驰》中许穆夫人爱的是卫国，《秦风·无衣》中士卒爱的是秦国，这些都毋庸置疑。但是，正是这种原始的朦胧意识，在历史的长河中，逐步锤炼为我们民族的灵魂——爱国主义精神。几千年来，我们民族经历了无数次内战外患，但仍充满勃勃生机、巍然屹立在世界民族之林，靠的就是这种爱国主义精神。几千年来，炎黄子孙不断发展壮大，吸引、同化了无数部落、部族，取长补短，共同组成了中华民族这个大家庭，这种威力极强的黏合剂，就是爱国主义精神。几千年来，每当外敌入侵时，各阶层、各民族总是在爱国主义的旗帜下，团结起来，同仇敌忾，为民族的存亡而奋勇拼搏。爱国主义犹如巨大的磁石，使各族人民的团结坚如磐石。这种精神，在《史记》《汉书》中，在鲍照、庾信的诗中，在唐代边塞诗中，在陆游、辛弃疾的诗词中，在文天祥的诗歌中，在鸦片战争以后的作品中，都有突出的表现。爱国主义成为文学作品永恒的主题，成为乐章的主旋律。自然，随着社会的发展，民族意识的增强，爱国主义意识的内涵愈来愈丰富，形式愈来愈广泛，溯其源头，应以《诗经》为本。

其次，忧国忧民、重视社会责任、重视人生价值的积极入世思想对后世有重大影响。《诗经》为我们塑造了众多的知识分子形象，他们具有满腔的政治热情，敏锐的洞察力，关心国事，注意时局的发展动向，在高压之下，仍敢于直抒己见，敢于对昏君佞臣大胆批判，表现了早期知识分子不畏强权政治、大义凛然的无畏气概。这些在《王风·黍离》《小雅·正月》《小雅·十月之交》等诗中，得到充分表现。诚然，这些贵族文人关心的是他们的宗国，关心的是本阶级的利害，但他们为后人开了一个好头，树立了一个榜样。那就是学习要与关心国事联系起来，学以致用，不为读书而读书。学习要与人格的修养联系起来，“修身、齐家、治国、平天下”，成为中国文人追求的最高境界。而儒家积极入世的思想，正是汲取了包括《诗经》在内的思想文化的精华所建立起来的完整的思想体系，这一思想体系，竟整整支配了两千多年封建社会全部历史过程。更重要的是，这种参与意识对于封建士大夫的人格塑造、价值取向以及心理素质的培养，起到不可估量的作用。形成了以进言为荣，以敢于讽谏为上的批判精神，并酿成了以适应这种批判精神需要的谏官体制，专门负责向君王提出各种意见。一部诗集导致了官僚体制的改革，这在世界上也是独一无二的。对于封建时代知识分子来说，从屈原“吾将上下而求索”的思考到《古诗十九首》中“人生寄一世，奄忽若飙尘。何不策高足，先据要路津”，从李白的“仰天大笑出门去，我辈岂是蓬蒿人”到陆游的“位卑未敢忘忧国”，都是《诗经》忧患意识的继承，都表现了知识分子的事业心与责任感。可以毫不夸张地说，我国历代有作为的政治家、社会活动家，都不同程度地受到《诗经》忧患意识的感染熏陶，都是在《诗经》影响之下成长起来的。

再次，《诗经》体现出的审美意识及文艺思想对后世影响很大。孔子对这一问题多有论述，仅《论语》就有：“诗可以兴，可以观，可以群，可以怨。迩之事父，远之事君，多识于鸟兽草木之名。”“《关雎》乐而不淫，哀而不伤。”“《诗》三百，一言以蔽之，曰‘思无邪’。”“女为《周南》《召南》矣乎？人而不为《周南》《召南》，其犹正墙面而立也与？”“放郑声，远佞人。郑声淫，佞人殆。”“恶紫之夺朱也，恶郑声之乱雅乐也，恶利口之覆邦家者。”“兴于诗，立于礼，成于乐。”“不学诗，无以言。”这些都十分精辟地总结了《诗经》所体现出来的审美意识及文艺思想。仅以“兴”“观”“群”“怨”等观点去看《诗经》体现出来的审美意识及文艺思想，就极有研究价值。所谓兴，是指《诗经》塑造了大量感人的艺术形象，具有浓郁的抒情性，能以情去陶冶读者的性情，以形象去拨动读者的心弦，使读者产生丰富的想象。所谓观，是指《诗经》虽为抒情诗，却记录了民族迁徙、政权建立、宗教祭祀、生产劳动、谈情说爱、兵戎征伐等丰富的社会生活。更重要的是，诗作写出了众多人物的精神状态和心理活动，全面反映出时代的精神风貌，具有极高的认识价值。所谓群，是指《诗经》还残存着氏族公社时代的原始人道主义和博爱精神，反映了以血缘为纽带的宗法社会的全部特征，制定了处理各种人际关系的基本准则——温柔敦厚的中和意识，使作品具有交流协调人们的感情、促使社会增强群众意识的作用。所谓怨，本指人有对自己认为不满的事物和现象发表感慨的权利和义务。在《诗经》中，有思妇之怨，有弃妇之怨，有失恋者之怨，有劳者之怨，有役者之怨，有忠臣之怨，有政治理想无法实现者之怨，有被贬失意者之怨。这些诗作，情感真挚，发自肺腑，字字血泪，行行辛酸，组成了一幕幕惊心动魄的社会悲剧，具有永恒的生命力与文学价值。可见，《诗经》中的审美意识与文艺思想，奠定了我国古代美学思想及文学理论的基础，为后世的文学创作提供了借鉴，其巨大影响绝不可低估。

《诗经》的宗教意识与伦理意识对后世也有很大的影响。农业部族的周人，尽管尊天畏命，敬奉祖先，但始终是以一种理智的行为来对待宗教。可以说，中华民族未能形成一种狂热的宗教意识，与周人独特的宗教观念及重视亲情的伦理观念有密切的关系。将神权、族权、政权三位合为一体，是周人的首创，天子是世俗的君主，是本族的大族长，是祭祀天帝祖先的主祭人。形成天子管辖诸侯，大宗管理小宗，有叛逆行为不得享配祭祀等一整套管理体制。在这种系统完整的管理体制下，人的个性逐渐被抹杀，人的创造欲望被遏制，人的自由意志被破坏，代之而来的是对上司前辈的敬畏心理和服从习惯、谨小慎微的个性以及盲目的群体观念和事业有成时的专制欲望。自然，《诗经》显示出的伦理观念在维护统治者利益的同时，也对中华民族忠厚善良、尊长恤幼、爱国敬业等良好的伦理思想的形成，起到极大的作用。总之，《诗经》既是时代思想的载体，又是宣传某种思想意识的工具，因此，研究《诗经》思想意识对后世的影响极为重要。

第二，《诗经》的艺术成就对后世的影响。《诗经》的艺术成就对后世影响之大是不言而喻的。首先，《诗经》的现实主义精神，成为推动古代进步文学创作的巨大动力。《诗经》中的许多作品，都深刻反映了公元前11世纪至公元前6世纪的社会现实，具有鲜明的现实主义精神，获得中国现实主义文学源头的美称。后代的文人学子无不受其感染熏陶，从而使现实主义的创作方法成为我国古典文学中最主要的创作手法。战国末期楚国诗人屈原的作品，不仅充满了爱国激情和忧患意识，而且继承了《诗经》的现实主义精神，真实地反映了当时楚国的社会现实，揭露了丑恶的昏君党人，抒发了诗人的远大理想和对祖国的热爱。汉乐府更是继承了《诗经》“饥者歌其食，劳者歌其事”的现实主义精神。建安时代，曹氏父子与“建安七子”，不仅创作了许多四言诗，而且以其诗作描摹了汉末动乱的现实，抒发了浓郁的忧国忧民的感情，赢得了“汉末实录，真诗史也”的美称。至于唐代诗坛，现实主义的传统更为鲜明。从陈子昂《与东方左史虬修竹篇序》提出“文章道弊五百年矣。……仆尝暇时观齐、梁间诗，采丽竞繁，而兴寄都绝，每以永叹。思古人，常恐逶迤颓靡，风雅不作，以耿耿也”开始，到李白“大雅久不作”的叹息和杜甫的“三吏”、“三别”、《赴奉先县咏怀五百字》、《北征》，再到白居易的《新乐府》50首和《秦中吟》10首，无不是《诗经》现实主义精神的继承与发扬。自唐以后，从苏轼、李清照、陆游、辛弃疾到关汉卿、王实甫、施耐庵、罗贯中、蒲松龄、吴敬梓、曹雪芹……尽管文学样式多有变化，但现实主义精神却像一条红线一样，贯穿始终。这说明优秀的诗人作家，都能自觉地学习《诗经》的现实主义精神。反过来讲，《诗经》的现实主义精神极大地推动了我国文学创作的发展，影响极为深远。

其次，《诗经》的表现手法对后世有极大的影响。自《诗经》问世以来，赋、比、兴的表现手法，一直是古代诗人进行文学创作的基本表现手法。《诗经》共有1141章，其中727处使用赋笔，许多诗篇还大量使用了排比、对偶等修辞格，极尽铺张扬厉之能事。这些作品，对楚辞的产生、对汉赋的发展均有极大的影响。班固在《两都赋序》中说：“赋者，古诗之流也。”刘勰的《文心雕龙·诠赋》说：“赋者，受命于诗人，拓宇于《楚辞》也。”可见，赋不仅是诗歌创作最常用的一种手法，而且是赋——这种介于诗歌与散文之间的特殊文体的重要源头。从西汉的大赋到东汉魏晋的抒情短赋，从南北朝的骈赋、唐五代的律赋到两宋的文赋，尽管名称有变，花样时有翻新，内容有别，手法各异，但其表现手法均为赋，均源于《诗经》，这是无可非议的。《诗经》中的比兴手法，更为后人所广泛使用。王逸在《楚辞章句·离骚序》中说：“《离骚》之文，依《诗》取兴，引类譬喻，故善鸟香草以配忠贞，恶禽臭物以比谗佞，灵修美人以媲于君，宓妃逸女以譬贤臣，虬龙鸾凤以托君子，飘风云霓以为小人。其词温而雅，其义皎而朗。”刘勰的《文心雕龙·比兴》也说：“楚襄信谗，而三闾忠烈，依《诗》制《骚》，讽兼比兴。”可见，从屈原开始，比兴就是作家们常用的手法。自然，比兴手法在后代诗人的使用中又有新的创造与发展。像汉乐府中的《枯鱼过河泣》、曹植的《野田黄雀行》、杜甫的《佳人》、辛弃疾的《摸鱼儿·更能消几番风雨》、王实甫的《西厢记·长亭送别》等，均大量使用了比兴手法。前代诗人不仅在创作中大量使用比兴手法，而且在诗歌理论上，也将是否使用比兴手法视为作品是否具有社会意义的标志。比兴作为一种形象思维的形式，作为塑造形象的一种手法，愈来愈为人们所接受。

再次，《诗经》其他艺术成就对后世亦有极大的影响。诗歌是一种语言艺术，《诗经》生动、形象、准确的语言，奠定了我国诗歌创作的语言基础，《诗经》坦直爽快的语言深受后世作家的喜爱，很多被化用到了自己的诗句中。《诗经》和谐自然的用韵，继承并发扬了上古劳动歌谣的用韵形式和节奏要求，尤其是句句用韵的形式，更为古体诗所继承；而首句入韵、偶句押韵与首句不入韵、偶句押韵的形式，又为新体诗所发扬光大。二拍制的音韵节奏，为众体诗歌所继承，成为中国诗歌的一大民族特色。《诗经》丰富多彩的修辞手法，为后世文学作品所效法，使后世文学更添风采。《诗经》对于意境的创作，更为后世所广泛接受，并发展为我国诗歌创作的重要手法。前人常以诗歌是否具有深邃的意境来判断其艺术成就的高低，然而，无论是意境含蓄还是意境俊朗，皆由《诗经》发其端，这则是确定无疑的。

《诗经》作为最早的一部诗集，且又被视为经书，这种双重的身份，使得《诗经》成为后世同类题材的先声。如《郑风·女曰鸡鸣》号称联句诗之祖，《唐风·葛生》为悼亡诗之祖，《秦风·黄鸟》为挽歌之祖，《卫风·考槃》为隐逸诗之祖，《豳风·鸱鸮》为禽言诗之祖，《小雅·六月》为征戎诗之祖，《小雅·鹤鸣》为招隐诗之祖，《陈风·月出》为千古望月怀人诗之祖……更为重要的是，古典诗歌中最常见的主题，如弃妇、闺怨、思妇、伤春、悲秋、惜时、相思、怀古、思乡、送别、忧国、咏美等等，在《诗经》中均有反映。也就是说，《诗经》的文本本身，对后世就有着巨大的影响。王立同志《中国古代文学十大主题》一书，将中国古代文学最常见的十大主题的原型均归于《诗经》，是有一定道理的。后世同类题材的创作，只不过是它的重复、发展、敷衍、完善而已。

第三，《诗经》对雅俗文学的结合产生了巨大影响。《诗经》是雅俗文学结合的产物。“三颂”“二雅”“十五国风”中大部分是贵族创作的“雅”文学，具有明显的整齐典雅风格和沉稳庄重的贵族气质。但是，在“二雅”与“国风”中，又有许多来自民间的“俗”文学。这些作品清新流畅，通俗明白，更富有生机。《诗经》的问世，确立了民间文学在文学史上的地位，促使文人学习和仿效民间文学，为雅俗文学的有机结合奠定了良好的基础。“二雅”中的《谷风》《苕之华》《何草不黄》等诗为西周民歌，收入“二雅”之中，这已成为定论。民歌中常用的回环复沓手法以及清新活泼的用语，在晚期贵族作品中多有反映，从而透露出雅文学向俗文学靠拢的迹象。与此同时，在俗文学中我们亦可清楚地看到周太师加工整理的遗迹，雅俗之结合，使得《诗经》大放异彩。这个道理，后代文人学子看得十分清楚。从两汉乐府民歌、南北朝乐府民歌、唐五代曲子词、宋元话本小说中，均可以看到文人加工之遗迹，这些雅俗结合的作品，在文学史上占有重要位置。那些目光敏锐的诗人、作家，无不从民间文学中汲取乳汁来丰富自己的创作。从楚辞体的形成到文人五言诗的确立，从新乐府运动的兴起到戏剧小说的成熟，每一种文学样式，无不是起源于民间，成熟于无数文人学子的辛勤耕耘，无不与民间文学存在着千丝万缕的联系。在诸种体裁文学样式的成熟过程中，也培养了一大批如屈原、曹操、杜甫、白居易、柳永、关汉卿、施耐庵、蒲松龄等杰出的文学家。在他们身上，我们可以清楚地看到民间文学的作用与影响，同时也可以看到《诗经》影响之大。

十、《诗经》的吟诵

公元前1046年，周武王起兵伐纣，很快就推翻了殷商的统治，建立一个全新的以血缘为纽带的宗周政权。王国维先生称：殷周政权的交替，是最具有历史意义的一次政权交替。因为它不仅是都邑的迁徙和姓氏的改变，而且是文化的变化，是以全新的礼乐文化取代了宗教巫术文化。周人的礼乐文化产生的必要性在于：从思想上让殷人服从周人的统治；从思想上让周人相信自己统治的合法性，是符合天命的；在周人内部建立起不同于殷人的统治机制。礼乐制度是周人立国安邦的根本，礼乐都有其物质形式。

礼是规定社会行为的法则、规范、仪式的总称。先贤云:“道之以德,齐之以礼,有耻且格。”“先王恶其乱也,故制礼仪以分之。”“刑不上大夫,礼不下庶人。”“礼以别异,乐以和同。”

乐是阐发礼的精神实质、配合礼行使治理国家功能的工具。我国的古乐产生得极早,河南舞阳出土有8000年前的骨笛,至今还能吹出曲调。有了乐,礼才能更为广泛地传播;有了乐,礼更能显现其严肃、庄重;有了乐,礼才能为贵族所认同;有了乐,贵族才能团结一致,为维护礼的权威性、完整性而努力奋斗。但是,除去个别的雅乐还有流传,周公所制之乐大部分都已失传。歌谱以其技术的复杂性失传,歌词却以其朗朗上口而保留下来,这就是今天我们看到的《诗经》。

正是有了礼乐制度才有了礼乐文化,有了礼乐文化才有了《诗经》,所以,《诗经》是礼乐文化的产物,是礼乐文化的载体。梁启超说:“其真金美玉、字字可信者,《诗经》其首也。”闻一多说:“维系封建精神的是礼乐,阐发礼乐意义的是《诗经》。”所以,《诗经》支持了整个封建时代的文化。正因为《诗经》的地位在当时是那么重要,所以《诗经》的传播就非常重要。根据我们的研究,《诗经》的传播在当时有两个渠道,一是“唱”的渠道,就像典籍中记载的那样,在举办朝会、祭祀、燕飨、欢迎凯旋的将士、为出征将士送行等活动时,要演奏《诗经》,届时或庄严、肃穆,或热烈、喜庆,总之都是钟鼓齐鸣、琴瑟和弦。但是我们知道音乐具有很强的技术性,乐器也不是普通人随便就可以染指的,所以《诗经》的“唱”有很大的局限性,而《诗经》作为周人内部的“黏合剂”又非常重要,这样就产生了《诗经》的另外一种传播方法,那就是吟诵。所以《诗经》是礼乐文明的产物,吟诵是为了更好地传播《诗经》而产生的。

吟诵是一种有着特定的韵律和节奏的读书方法,是要再现诗人和作品的情感和意蕴。《诗经》的吟诵也不例外。所以对《诗经》文本的深入阅读以及对春秋时期的社会背景的了解构成吟诵《诗经》的基础,而从吟诵本身来说,《诗经》因其出现较早,故而节奏简单。一般来说,《诗经》一句只有一个节奏点,由于《诗经》中相当多的篇目是用于祭祀先祖、燕飨群臣,或者在当时是作为外交语言出现的，所以在吟诵的时候应该端庄大气，中正平和。我们认为《诗经》的吟诵应该具有以下几个特点：

1. 一般来说，正风正雅的吟诵比较平和、缓慢，变风变雅的吟诵比较感伤、激切，有些还具有苦闷、忧郁的情绪。

2. 所有诗篇的吟诵都应该具有端庄、大气、沉稳、中正、平和的贵族气质，不应该是民歌小调似的歌唱。

3. 四言诗的节奏点一般都在第二、三字之间。

4. 《诗经》中双声叠韵和联绵词，一般来说第二个字都应该长吟。如果双声叠韵或者联绵词在第二和第三字的位置上，也应该长吟后一个字。

5. 《诗经》全部都是抒情诗，吟诵时一定要把握诗歌的主旨是什么，对诗篇的主旨搞不清楚，吟诵肯定出问题。

6. 《诗经》产生的时代没有四声的概念，不必考虑四声的因素。

《诗经》吟诵举例：

周南·关雎

关关 / 雎鸠，在河 / 之洲。窈窕 / 淑女，君子 / 好逑。
参差 / 荇菜，左右 / 流之。窈窕 / 淑女，寤寐 / 求之。
求之 / 不得，寤寐 / 思服。悠哉 / 悠哉，辗转 / 反侧。
参差 / 荇菜，左右 / 采之。窈窕 / 淑女，琴瑟 / 友之。
参差 / 荇菜，左右 / 芼之。窈窕 / 淑女，钟鼓 / 乐之。

吟诵提示：

《诗经》中的作品是经过周太师加工润色的，即使国风中的许多民歌，也并非原生态，而是注入了周王室贵族的生活内容和感情色彩。因此，吟诵《诗经》的基本规律是节奏舒缓，稳重大气，中正平和。由于当时尚无四声之说，故《诗经》的吟诵不受格律诗“平长仄短”的约束。《诗三百》中多是四言诗，每句节奏点应在第二、三字中间，即两字一顿。

《关雎》描写的是一位贵族青年的爱情，因此要“哀而不伤，乐而不淫”，周正端庄。全诗吟诵的基本调是四句一个反复，音调适中，语速中等，韵字长吟。“关关雎鸠”四句不疾不徐，含蓄地道出男子的爱慕之情。“关关”是联绵词，“窈窕”是叠韵。吟诵规则中要求，联绵词、双声叠韵的第一个字读时可适当考虑平仄，但第二个字无须考虑，一律长吟，“关”“窕”又在节奏点上，更应长吟，且相对于第一个字语音要适当响亮一些，以显示节奏的轻重缓急、抑扬顿挫。“参差荇菜，左右流之”两句是基本调的反复，“寤寐”加重语气，“辗转”遵循双声叠韵的吟诵规律，表现出男子“求之不得”的煎熬。“参差荇菜，左右采之”两句亦是基本调的反复。“友”“乐”两字加重语气，一为显示重章叠句中与前章用字的不同，二为区别感情色彩的变化。此一章是为了取悦意中人，青年的美好愿望令人感到喜悦，故音调较之前章应有所上扬，从凝重、痛苦逐渐过渡到轻松、欢快。

需要说明的是，章节之间的吟诵基本调虽大体相似，但并不是整齐划一、绝对一致的。正所谓“大框架，小变化”，声音应随作品的感情起伏做具体、细微的变动，才能显现出吟诵作为读书方法既有规律性又具可塑性的优势。

大雅·民劳

民亦/劳止，汔可/小康。惠此/中国，以绥/四方。无纵/诡随，以谨/无良。式遏/寇虐，憯不/畏明。柔远/能迩，以定/我王。

民亦/劳止，汔可/小休。惠此/中国，以为/民逑。无纵/诡随，以谨/惛怓。式遏/寇虐，无俾/民忧。无弃/尔劳，以为/王休。

民亦/劳止，汔可/小息。惠此/京师，以绥/四国。无纵/诡随，以谨/罔极。式遏/寇虐，无俾/作慝。敬慎/威仪，以近/有德。

民亦/劳止，汔可/小愒。惠此/中国，俾民/忧泄。无纵/诡随，以谨/丑厉。式遏/寇虐，无俾/正败。戎虽/小子，而式/弘大。

民亦/劳止，汔可/小安。惠此/中国，国无/有残。无纵/诡随，以谨/缱绻。式遏/寇虐，无俾/正反。王欲/玉女，是用/大谏。

吟诵提示：

本诗讽刺周厉王为政暴虐，徭役繁重，致使社会动荡，民不聊生。吟诵时起调不宜过高，中等偏上即可。本诗的感情基调是苦闷、抑郁、焦急和悲愤，但在吟诵时语速不可过急，感情不能过于激切，语调还是要和缓、低沉、节奏分明，把贵族的端庄、沉稳、大气、自信表现出来。

全诗共五章，每章十句，全部都是四言诗，形式非常整齐。依照吟诵《诗经》的规律，两字一个节拍，节奏点都在每句的第二、三字之间，规律很明显。前四句吟诵时起调稍高，从“汔可”开始逐步下滑，至“以绥四方”达到最低点。从“无纵”开始，音调又提升到中等偏上的高度，吟诵时再次逐步下滑，但这次音调下滑的速度稍慢，至“畏明”处达到中等偏下为宜。从“柔远”两字开始，声调有所回升，旋即下滑，至“我王”处达到吟诵的最低点。第二、三、四三章的吟诵也是如此。第五章的最后一句“是用大谏”，吟诵时节奏要慢，几乎是一字一顿，才能把诗人那种忧虑、焦急的忧患意识表现出来。

需要说明的是，吟诵这首诗还是有一定难度的，关键是把握住诗人贵族身份和忧国忧民思想的矛盾，前者需要的是端庄、沉稳、大气、自信，后者需要的是焦虑、忧愁、激切、愤慨，能把握住这一点就能吟诵好此诗。

总之，《诗经》大部分都是四言诗，四言诗最大的特点是句式整齐。整齐的句式犹如周人辛勤耕耘的整齐的井田，象征着周人端庄方正、一丝不苟的性格，及对井井有条的理性精神的追求。因此，吟诵《诗经》就应该用整齐的韵律和节奏把《诗经》的理性精神吟诵出来，用不疾不徐的速度、不高不低的音调把周代贵族的精神特质表现出来。

十一、未完的结束语

关于《诗经》，还有许多问题未讲，如《诗经》的鉴赏、《诗经》的研究史、《诗经》研究的动向等，而且所谈到的问题也没有完全讲清楚，因为这仅仅是一部书的前言而已。

《诗经诠译》一书的成书经过是这样的:1992年初,笔者在乘舟先生处拜读了他与许渊冲先生合作的《人间春色第一枝》,为《诗经》有了第一个英文和汉语拼音的全译文而高兴,并感到有必要搞一部《诗经》的注音、翻译、注释、评析的"全本"。这样一部书,国内以往还没有,它对推广民族文化,让更多的人了解《诗经》,必然大有裨益。于是我们便与边家珍先生共酿此事,取得了一致意见。具体分工为:华锋负责十五国风、大雅,边家珍负责小雅、三颂,乘舟负责提供原文校订稿并注音。经过经年的努力,终于杀青,我们也算了却了一桩心事。

在我们撰写书稿时,除《毛诗正义》《诗集传》《毛诗传笺通释》《读风偶识》《诗三家义集疏》《诗毛氏传疏》《诗经原始》等为必备的参考书外,参考借鉴最多的是高亨先生的《诗经今注》、程俊英先生的《诗经译注》《诗经注析》、袁梅先生的《诗经译注》、陈子展先生的《诗经直解》、金启华先生的《国风今译》等书,我们不敢掠美,在此谨向各位前辈致谢。

我们的老师白本松先生、同门师兄弟曾广开博士通读全稿,作序两篇。河南大学中文专业研究生基金和豫贸学术事业发展基金也对本书的编撰出版提供了部分资助。在此一并表示谢忱。

华　锋

1995年6月于河南大学探微庐

《诗经诠译》修订版前言

《诗经诠译》准备出修订版了，对于我这个作者来说，是一件非常高兴同时也感到非常紧张的事情。高兴，是一部普及读物，能做到多次再版印刷，能不高兴吗?《诗经》是一部优秀的典籍，再版一次就意味着有更多的朋友学习了《诗经》，接受了传统文化的熏陶，能不高兴吗？紧张，是因为每次印刷之后翻检全书，总还会发现有遗憾之处，深深感到有愧于读者，有愧于出版社，能不紧张吗？不过，既然出版社要出一个修订版，还是力争出版一个让读者、出版社及我自己都尽量满意的修订版吧！

《诗经诠译》自1997年出版之后，由于其语言简洁、通俗易懂、特色鲜明，颇受读者青睐，已经有过多次再版印刷，之所以把这次印刷称为修订版，理由有三：

其一，在《〈诗经〉臆语》中增加一个专题:《诗经》的吟诵。吟诵是我国传统的读书方法，是按照一定的韵律和节奏有感情地读书的一种方式。《诗经》的吟诵我是知道的，但在1997年前后，我还没有着手研究吟诵，我的第一篇研究吟诵的论文是1999年发表的，而且是以研究格律诗吟诵为主，《诗经》吟诵的研究事实上是前几年才着手进行的事。

《诗经》是我国最早的一部诗歌总集，又是“五经”之首，受到历朝历代统治者的重视。新文化运动之后人们对《诗经》的关注点渐渐由文字训诂、篇章考据、版本校订转入思想内容及艺术成就上的挖掘，至于《诗经》的吟诵，由于人所共知的原因历来就很少有人研究，这就造成《诗经》的吟诵呈五花八门之态势。有些人以歌唱的方式吟诵《诗经》，有些人以民歌小调去套吟《诗经》，有些人认为《诗经》305篇都是一个调，还有人以吟诵格律诗的理论去吟诵《诗经》，事实上现在百岁左右的老人吟诵起《诗经》也是形形色色，不一而足。退休之前我以研究《诗经》蕴含的社会思想为主，退休之后以研究吟诵为主，当二者结合之后，我发现《诗经》的吟诵是一个非常有意思的课题。根据我对《诗经》的理解和前辈传授的吟诵曲调，我领会到真正的《诗经》吟诵，不仅在于读好《诗经》的篇章，更重要的是要领会周代贵族端庄大气、中正平和的气质，领会周人礼乐文明的精神特质，由此产生了《诗经》吟诵研究的兴趣，并着手研究，提出《诗经》吟诵的几个着力点。如果说修订版的《〈诗经〉臆语》与前面的内容有所不同，最大的不同就在于增加了《诗经》吟诵研究的介绍。这也是现存所有有关《诗经》的专著中，首次介绍《诗经》吟诵的。

其二，《诗经诠译》修订版配有吟诵音频。《诗经》的吟诵看似简单实际上非常复杂，主要原因是《诗经》产生的时代久远，文献又不完整，因此同一首诗不同的研究者得出不同的结论是非常正常的。汉代古文经学派、汉代今文经学派、宋代经学派、独立思考派等不仅在《诗经》研究史上都占有一席之地，而且对许多重要的诗篇都有自己的解释。搞不清楚诗篇的主旨，就无法起调吟诵，无法确定吟诵的感情基调，也无法吟诵。吟诵界许多朋友都曾经想做一个完整的《诗经》吟诵的音频，在经过多次尝试之后发现难度太大而不得不打了退堂鼓。就我自己而言，开始也想多吟诵几首，在做准备的过程中迫于难度太大而不得不一再压缩了吟诵的篇目。

根据我对《诗经》和吟诵的理解，将305篇分为正风、正雅、颂和变风、变雅两部分，以不同的吟诵调加以吟诵。这样做不仅是源于《诗经》内容本来就有所不同、吟诵曲调传承亦有不同，而且避免了将诗篇的思想内容理解偏了，从而把吟诵的基本调搞错的可能。《诗经》中变风、变雅的数量要略多于正风、正雅和颂的数量，因此变风、变雅部分吟诵了20篇，正风、正雅、颂部分吟诵了15篇，总计35篇，风、雅、颂中都有诗篇入选。

《诗经诠译》第1版第1次印刷是1997年,集《诗经》正文、注音、注释、翻译、解释于一体,尤其是将2949个单字都注上拼音,在当时是前所未有的,我也常常以此感到自豪。尽管有些朋友认为这不过是一本普及读物而已,但其中的甘苦只有我自己知道。此次将《诗经诠译》配上吟诵音频,在《诗经》的研究及吟诵界,亦是一次大胆的尝试,至于效果如何,还请专家学者给予批评指正。从这方面说,称本次再版为修订版也不为过。

其三,本次再版修正之处,其中绝大部分都是注音上的误排。前面提到《诗经》共有2949个单字,按每个字注音字母3个计算,就是近万个注音字母和2000多个声调符号。在前面几次重印时,也做过一些修改,由于各种原因,都没有充足的时间认真校对,但我们在教学阅读过程中发现问题总会记录在案,此次纠错大多数还是平时阅读发现问题的积累。另外有些问题,不是纠错而是从俗。例如"寤寐思服"的"服",以前注为"bì",现在注为"fú",倒不是前音注错了,而是那样注音给青年朋友带来许多困惑,不知道以后再遇到类似的问题应该如何处理。纠正已发现的错误,使不够完善的尽量完善,这也应该算是定为修订版的一个理由。

一本普及读物,能多次重印、再版,主要是由于读者的厚爱,当然也离不开出版社的大力支持。在此再版之际,向大象出版社社长王刘纯先生、责任编辑邵培松先生表示诚挚的感谢!向在此次纠错中付出艰苦努力的耿纪平先生及张宁、杨娜、薛洁介三位学生表示感谢,没有他们的帮忙,在短时间内完成纠错的任务几乎是不可能的。

同时,我愿借此机会,感谢喜欢《诗经诠译》的读者朋友,希望我们的修订版能给您带来新的愉悦。

华　锋

2017年6月于开封寓所

目录

十五国风

周南 …… 3

关雎（3） 葛覃（5） 卷耳（6） 樛木（8） 螽斯（9）
桃夭（10） 兔罝（12） 芣苢（13） 汉广（14） 汝坟（16）
麟之趾（17）

召南 …… 19

鹊巢（19） 采蘩（20） 草虫（21） 采蘋（23） 甘棠（25）
行露（26） 羔羊（27） 殷其雷（28） 摽有梅（30）
小星（31） 江有汜（32） 野有死麕（34） 何彼襛矣（35）
驺虞（36）

邶风 …… 37

柏舟（37） 绿衣（40） 燕燕（41） 日月（43） 终风（45）
击鼓（47） 凯风（49） 雄雉（50） 匏有苦叶（52）
谷风（54） 式微（58） 旄丘（59） 简兮（60） 泉水（62）
北门（64） 北风（66） 静女（68） 新台（69）
二子乘舟（70）

鄘风 …………………………………………………………………… 72

柏舟（72）　墙有茨（73）　君子偕老（75）　桑中（77）
鹑之奔奔（79）　定之方中（80）　蝃蝀（82）　相鼠（83）
干旄（84）　载驰（86）

卫风 …………………………………………………………………… 89

淇奥（89）　考槃（91）　硕人（92）　氓（95）　竹竿（100）
芄兰（101）　河广（103）　伯兮（104）　有狐（105）
木瓜（107）

王风 …………………………………………………………………… 108

黍离（108）　君子于役（110）　君子阳阳（112）　扬之水（113）
中谷有蓷（114）　兔爰（116）　葛藟（118）　采葛（119）
大车（120）　丘中有麻（121）

郑风 …………………………………………………………………… 123

缁衣（123）　将仲子（124）　叔于田（126）　大叔于田（127）
清人（130）　羔裘（131）　遵大路（133）　女曰鸡鸣（134）
有女同车（135）　山有扶苏（137）　萚兮（138）　狡童（139）
褰裳（140）　丰（141）　东门之墠（142）　风雨（143）
子衿（144）　扬之水（145）　出其东门（147）　野有蔓草（148）
溱洧（149）

齐风 …………………………………………………………………… 152

鸡鸣（152）　还（153）　著（154）　东方之日（156）
东方未明（157）　南山（158）　甫田（160）　卢令（161）
敝笱（162）　载驱（164）　猗嗟（165）

魏风 …………………………………………………………………… 168

葛屦（168）　汾沮洳（169）　园有桃（171）　陟岵（173）
十亩之间（174）　伐檀（175）　硕鼠（177）

唐风 …………………………………………………………………… 180

蟋蟀（180）　山有枢（182）　扬之水（184）　椒聊（185）
绸缪（186）　杕杜（188）　羔裘（190）　鸨羽（191）
无衣（193）　有杕之杜（193）　葛生（195）　采苓（197）

秦风 …………………………………………………………………… 199

车邻（199）　驷驖（200）　小戎（202）　蒹葭（205）
终南（207）　黄鸟（208）　晨风（211）　无衣（212）
渭阳（214）　权舆（215）

陈风 …………………………………………………………………… 216

宛丘（216）　东门之枌（217）　衡门（218）　东门之池（220）
东门之杨（221）　墓门（222）　防有鹊巢（223）　月出（224）
株林（225）　泽陂（226）

桧风 …………………………………………………………………… 228

羔裘（228）　素冠（229）　隰有苌楚（230）　匪风（231）

曹风 …………………………………………………………………… 233

蜉蝣（233）　候人（234）　鸤鸠（236）　下泉（238）

豳风 …………………………………………………………………… 240

七月（240）　鸱鸮（247）　东山（249）　破斧（253）

伐柯（255） 九罭（256） 狼跋（257）

二 雅

小雅 …………………………………………………………………………………… 261

鹿鸣（261） 四牡（263） 皇皇者华（265） 常棣（267）
伐木（270） 天保（272） 采薇（275） 出车（279）
杕杜（282） 鱼丽（285） 南有嘉鱼（286） 南山有台（288）
蓼萧（290） 湛露（292） 彤弓（294） 菁菁者莪（295）
六月（297） 采芑（300） 车攻（304） 吉日（307）
鸿雁（309） 庭燎（311） 沔水（312） 鹤鸣（314）
祈父（315） 白驹（317） 黄鸟（319） 我行其野（320）
斯干（322） 无羊（326） 节南山（329） 正月（334）
十月之交（341） 雨无正（346） 小旻（350） 小宛（353）
小弁（356） 巧言（361） 何人斯（365） 巷伯（368）
谷风（371） 蓼莪（373） 大东（375） 四月（380）
北山（383） 无将大车（385） 小明（386） 鼓钟（390）
楚茨（392） 信南山（397） 甫田（400） 大田（403）
瞻彼洛矣（406） 裳裳者华（408） 桑扈（410） 鸳鸯（411）
頍弁（413） 车辖（416） 青蝇（418） 宾之初筵（420）
鱼藻（425） 采菽（426） 角弓（429） 菀柳（432）
都人士（434） 采绿（436） 黍苗（438） 隰桑（440）
白华（441） 绵蛮（444） 瓠叶（446） 渐渐之石（447）
苕之华（449） 何草不黄（451）

大雅 …………………………………………………………………………………… 453

文王（453） 大明（458） 绵（462） 棫朴（467）
旱麓（469） 思齐（472） 皇矣（474） 灵台（481）

下武（483）　文王有声（485）　生民（488）　行苇（494）
既醉（497）　凫鷖（500）　假乐（502）　公刘（505）
泂酌（510）　卷阿（511）　民劳（515）　板（519）
荡（524）　抑（529）　桑柔（537）　云汉（546）
崧高（552）　烝民（557）　韩奕（561）　江汉（567）
常武（571）　瞻卬（575）　召旻（580）

三　颂

周颂 …… 587

清庙（587）　维天之命（588）　维清（589）　烈文（590）
天作（591）　昊天有成命（592）　我将（593）　时迈（594）
执竞（595）　思文（596）　臣工（597）　噫嘻（599）
振鹭（600）　丰年（601）　有瞽（602）　潜（603）
雝（604）　载见（605）　有客（607）　武（608）
闵予小子（609）　访落（610）　敬之（611）　小毖（612）
载芟（613）　良耜（616）　丝衣（618）　酌（619）
桓（620）　赉（621）　般（622）

鲁颂 …… 623

駉（623）　有駜（625）　泮水（627）　閟宫（632）

商颂 …… 641

那（641）　烈祖（643）　玄鸟（645）　长发（647）　殷武（651）

《诗经诠译》再版后记 …… 654

《诗经诠译》校后记 …… 656

十五国风

zhōu nán
周南

guān jū
关雎

guān guān jū jiū
关关雎鸠①，　一对雎鸠呱呱唱，

zài hé zhī zhōu
在河之洲②。　和鸣黄河绿洲上。

yǎo tiǎo shū nǚ
窈窕淑女③，　那位娴静的姑娘，

jūn zǐ hǎo qiú
君子好逑④。　应作君子好对象。

cēn cī xìng cài
参差荇菜⑤，　长短不齐水黄花，

zuǒ yòu liú zhī
左右流之⑥。　左右开弓摘取它。

yǎo tiǎo shū nǚ
窈窕淑女，　那位娴静的姑娘，

wù mèi qiú zhī
寤寐求之。　醒着睡着追求她。

qiú zhī bù dé
求之不得，　向她求婚她不应，

wù mèi sī fú
寤寐思服⑦。　醒着睡着思萦萦。

yōu zāi yōu zāi
悠哉悠哉⑧，　长夜忧愁复忧愁，

zhǎn zhuǎn fǎn cè
辗转反侧[9]。　　翻来覆去难睡成。

cēn cī xìng cài
参差荇菜，　　长短不齐水黄花，
zuǒ yòu cǎi zhī
左右采之。　　左右开弓摘取它。
yǎo tiǎo shū nǚ
窈窕淑女，　　那位娴静的姑娘，
qín sè yǒu zhī
琴瑟友之[10]。　　琴瑟和鸣亲近她。

cēn cī xìng cài
参差荇菜，　　长短不齐水黄花，
zuǒ yòu mào zhī
左右芼之[11]。　　左右开弓摘取它。
yǎo tiǎo shū nǚ
窈窕淑女，　　那位娴静的姑娘，
zhōng gǔ lè zhī
钟鼓乐之[12]。　　钟鼓齐奏愉悦她。

这首诗叙写一位青年贵族爱上一位勤劳美丽的姑娘。他大胆地向姑娘表达爱慕之情，深情地陈述自己“寤寐思服”“辗转反侧”的痛苦，明确表示和姑娘结为情侣的渴望。本诗为《诗经》的第一篇，历来备受重视，加之诗作感情真挚、热烈奔放，对后世的爱情、婚姻之作影响甚为深远。“窈窕淑女”“君子好逑”“琴瑟之好”“钟鼎人家”等，亦成为新婚仪式上常用语。从艺术上看，诗作以雎鸠关关的和鸣声起兴，引出作者对爱情的追求，自然而富有诗意。

①关关：鸟鸣声。雎鸠：水鸟名，即鱼鹰。据说这种鸟雌雄有固定的配偶，有贞鸟之称。诗篇以“雎鸠”起兴，含义深远。　②河：黄河。洲：水中的陆地。　③窈窕淑女：形容女子纯洁美丽，文静娴雅。　④君子：有文德的青年贵族。好逑：好的配偶。　⑤荇菜：生长在水中的植物，可以食用，有水黄花之称。　⑥流：采摘。意为左手采了右手采，或说从左边采了又从右边采。　⑦思服：思念不已。　⑧悠哉：形容思念之情绵绵不尽。　⑨辗转反侧：形容睡不着觉，翻来覆去的样子。　⑩琴瑟：琴、瑟都是古乐器，古琴为五弦或七弦，古瑟为二十五弦。友：亲近友爱。　⑪芼：摘取。　⑫钟鼓：古乐器。贵族家庭才有琴瑟、钟鼓，因此说诗人是一位青年贵族。

gé tán
葛 覃

gé zhī tán xī
葛之覃兮[1]，　　青青葛藤枝儿长，
yì yú zhōng gǔ
施于中谷[2]，　　弯曲蔓延谷中央，
wéi yè qī qī
维叶萋萋[3]。　　叶儿茂盛枝儿壮。
huáng niǎo yú fēi
黄鸟于飞，　　黄雀振翅在飞翔，
jí yú guàn mù
集于灌木，　　时而歇息小树上，
qí míng jiē jiē
其鸣喈喈[4]。　　叽叽喳喳把歌唱。

gé zhī tán xī
葛之覃兮，　　青青葛藤枝儿长，
yì yú zhōng gǔ
施于中谷，　　弯曲蔓延谷中央，
wéi yè mò mò
维叶莫莫[5]。　　叶儿茂密枝儿壮。
shì yì shì huò
是刈是濩[6]，　　砍葛藤啊煮葛藤，
wéi chī wéi xì
为絺为绤[7]，　　细布粗布织得光，
fú zhī wú yì
服之无斁[8]。　　百穿不厌夏布裳。

yán gào shī shì
言告师氏[9]，　　叫一声啊老姆妈，
yán gào yán guī
言告言归[10]。　　我要回家去探望。

bó wū wǒ sī 薄污我私[11]，	先洗我的小内衣，
bó huàn wǒ yī 薄浣我衣[12]。	再洗我的外衣裳。
hé huàn hé fǒu 害浣害否[13]？	该洗该藏自主张，
guī níng fù mǔ 归宁父母[14]。	我要回家看爹娘。

这是一首描写女子准备回娘家探望父母的诗。古代出嫁的女子不得随意回娘家，故女子得准回家探亲后，欣喜异常，手忙脚乱地洗衣服，整理行装。全诗充满了喜悦的气氛，且以葛覃起兴，既再现了诗人劳动的场景，也含有葛藤蔓延再远也有一个根，女子嫁他方再远心中也思念爹娘的深意。

①葛：一种蔓生植物，其皮可织布，名葛布，亦称夏布。覃：长。 ②施：蔓延。中谷：谷中。 ③维：句首语气词。萋萋：茂盛的样子。 ④喈喈：鸟叽叽喳喳的鸣叫声。 ⑤莫莫：茂密的样子。 ⑥是：乃也。濩：煮。 ⑦絺：细夏布。绤：粗夏布。 ⑧服：穿。斁：厌恶。 ⑨言：发语词，或作"我"讲。师氏：贵族家中的女佣人。由此可见，本诗的抒情女主人公应是一位年轻的贵族妇女。 ⑩归：回父母家。 ⑪薄：句首语气词。污：洗衣服。私：内衣。 ⑫浣：洗。衣：外衣。 ⑬害：音义同"曷"，即"何""哪些"的意思。 ⑭归宁：古代妇女回娘家探亲叫归宁。

juǎn ěr
卷耳

cǎi cǎi juǎn ěr 采采卷耳[1]，	采集卷耳采呀采，
bù yíng qīng kuāng 不盈顷筐[2]。	采来采去不满筐。
jiē wǒ huái rén 嗟我怀人[3]，	思念我那远行人，
zhì bǐ zhōu háng 寘彼周行[4]。	浅筐弃置大道旁。

zhì bǐ cuī wéi
陟彼崔嵬[5]，　　丈夫骑马登石山，
wǒ mǎ huī tuí
我马虺隤[6]。　　马儿累得腿发软。
wǒ gū zhuó bǐ jīn léi
我姑酌彼金罍[7]，　　姑且酌满金罍杯，
wéi yǐ bù yǒng huái
维以不永怀[8]。　　暂时不去苦思念。

zhì bǐ gāo gāng
陟彼高冈，　　丈夫骑马登高冈，
wǒ mǎ xuán huáng
我马玄黄[9]。　　马儿累得眼玄黄。
wǒ gū zhuó bǐ sì gōng
我姑酌彼兕觥[10]，　　姑且酌满牛角杯，
wéi yǐ bù yǒng shāng
维以不永伤[11]。　　暂时不去把心伤。

zhì bǐ jū yǐ
陟彼砠矣[12]，　　丈夫骑马登土山，
wǒ mǎ tú yǐ
我马瘏矣[13]。　　马儿累得真可怜。
wǒ pú pū yǐ
我仆痡矣[14]，　　仆人累得也发瘫，
yún hé xū yǐ
云何吁矣。　　忧思郁结心中酸。

这是一首描述一位贵族妇女思念久役不归的丈夫的诗。春光明媚，诗人去采集卷耳的嫩芽，望着大好景色，蓦然想起远行的丈夫，思念、忧虑、担心，各种想法一齐涌上心头。她放下筐子，痴痴地想象着丈夫登山劳累，马疲仆病的情景。思念之情，溢于言表。

①采采：采了又采。卷耳：又名苍耳，嫩苗可食，亦可作药用。 ②顷筐：浅筐，形状如簸箕。 ③嗟：语助词。怀人：思念的人。 ④寘：同“置”，放下。周行：大道。⑤陟：登。崔嵬：高山。 ⑥虺隤：病。 ⑦金罍：青铜器铸成的酒具。 ⑧维：发语词。永怀：长久地思念。 ⑨玄黄：马病的样子。 ⑩兕觥：犀牛角做的酒杯。 ⑪永伤：长久地忧思。 ⑫砠：有土有石的山丘。 ⑬瘏：马疲劳而病倒。 ⑭痡：疲惫不堪。

jiū mù
樛 木

nán yǒu jiū mù
南有樛木①， 南山树枝弯又弯，

gé lěi léi zhī
葛藟累之②。 葛藤缠绕向上攀。

lè zhǐ jūn zǐ
乐只君子③， 君子新婚真快乐，

fú lǚ suí zhī
福履绥之④。 天降福禄保平安。

nán yǒu jiū mù
南有樛木， 南山树枝弯又弯，

gé lěi huāng zhī
葛藟荒之⑤。 葛藤缠绕将它掩。

lè zhǐ jūn zǐ
乐只君子， 君子新婚真快乐，

fú lǚ jiāng zhī
福履将之⑥。 天降福禄消灾难。

nán yǒu jiū mù
南有樛木， 南山树枝弯又弯，

gé lěi yíng zhī
葛藟萦之⑦。 葛藤蔓延绕上边。

lè zhǐ jūn zǐ
乐只君子，　　君子新婚真快乐，
fú lǚ chéng zhī
福履成之[8]。　　天降福禄遂心愿。

这是一首新婚典礼上唱给新郎的贺诗。《诗经》中有许多反映爱情、婚姻及家庭生活的诗作。诗篇以葛藟附樛木，比喻女子嫁给君子。《古诗十九首》有“与君为新婚，菟丝附女萝”，显见是受此诗的影响。从艺术上看，本诗采用了重章叠句的复沓手法，章与章只更换两个字，反复咏叹，使主题鲜明突出，气氛热烈活跃。

①南：南山。樛木：弯曲的树枝。　②葛藟：葛藤，亦有人认为葛、藟是两种不同的植物。累：攀援。　③乐只：快乐啊。君子：有文德的青年贵族。　④福履：福禄。绥：平安，安宁。　⑤荒：掩盖。　⑥将：扶助。　⑦萦：旋绕，缠绕。　⑧成：成就。

zhōng sī
螽斯

zhōng sī yǔ
螽斯羽，　　蝗虫儿，展翅膀，
shēn shēn xī
诜诜兮[1]。　　密密集集聚一方。
yí ěr zǐ sūn
宜尔子孙[2]，　　你们多子又多孙，
zhēn zhēn xī
振振兮[3]。　　家族繁盛人丁旺。

zhōng sī yǔ
螽斯羽，　　蝗虫儿，展翅膀，
hōng hōng xī
薨薨兮[4]。　　嗡嗡嘤嘤飞得忙。
yí ěr zǐ sūn
宜尔子孙，　　你们多子又多孙，

shéng shéng xī
绳绳兮⑤。　　小心谨慎处一堂。

zhōng sī yǔ
螽斯羽，　　蝗虫儿，展翅膀，
jí jí xī
揖揖兮⑥。　　集集密密处一方。
yí ěr zǐ sūn
宜尔子孙，　　你们多子又多孙，
zhé zhé xī
蛰蛰兮⑦。　　和睦安详处一堂。

这是一首祝人多子多孙的诗。古时候人口稀少，生殖具有重要意义。诗人以蝗虫的多子比喻人的多子，表示对多子的赞美和祝贺。家族人丁兴旺，和睦欢聚一堂，是以血缘为纽带的宗法社会理想的追求，因此，本诗反映了周人的生殖观念和伦理观念。后人多以“螽斯衍庆”表示对多子多孙的祝福和希望。

①诜诜：形容众多密集的样子。　②宜：多。　③振振：兴旺众多的样子。　④薨薨：昆虫群飞时发出嗡嗡的声音。　⑤绳绳：谨慎的样子。　⑥揖揖：群聚的样子。　⑦蛰蛰：和睦安详的样子。

táo yāo
桃夭

táo zhī yāo yāo
桃之夭夭①，　　桃枝繁茂桃树壮，
zhuó zhuó qí huā
灼灼其华②。　　桃花艳艳闪华光。
zhī zǐ yú guī
之子于归③，　　姑娘新婚成大礼，
yí qí shì jiā
宜其室家④。　　合家欢乐人丁旺。

táo zhī yāo yāo
桃之夭夭，　　桃枝繁茂桃树壮，
yǒu fén qí shí
有蕡其实[5]。　　累累鲜桃泛华光。
zhī zǐ yú guī
之子于归，　　姑娘新婚成大礼，
yí qí jiā shì
宜其家室。　　合家欢乐人丁旺。

táo zhī yāo yāo
桃之夭夭，　　桃枝繁茂桃树壮，
qí yè zhēn zhēn
其叶蓁蓁[6]。　　绿叶葱茏现华光。
zhī zǐ yú guī
之子于归，　　姑娘新婚成大礼，
yí qí jiā rén
宜其家人。　　合家欢乐人丁旺。

这是一首新婚典礼上唱给新娘的歌。诗篇以鲜艳的桃花比喻新娘的美丽，以肥硕的果实作比，预祝新娘早生贵子，以繁茂青翠的枝叶作比，祝福新娘的到来使全家和睦、人丁兴旺。全诗感情真挚热烈。重章叠句、反复咏叹的手法，更烘托出新婚时喜庆热闹的气氛。清人姚际恒称此诗“开千古词赋咏美人之祖”。古典诗词中的“面如桃花”“艳如桃李”“人面桃花”等，均在不同程度上受此诗的影响。

①夭夭：茂盛的样子。　②灼灼：花朵盛开、色彩艳丽的样子。华：古花字。　③之子：这个姑娘。归：出嫁。　④宜：适当。室家：古人认为“女有家，男有室，室家谓夫妻也”。下文的“家室”“家人”同义。　⑤蕡：果实肥硕，红白相间。　⑥蓁蓁：叶子茂密的样子。

tù jū
兔罝

sù sù tù jū
肃肃兔罝①，　　整齐严密张兔网，
zhuó zhī zhēng zhēng
椓之丁丁②。　　安放木桩响叮当。
jiū jiū wǔ fū
赳赳武夫，　　赳赳武士真威武，
gōng hóu gān chéng
公侯干城③。　　能为公侯守四方。

sù sù tù jū
肃肃兔罝，　　整齐严密张兔网，
yì yú zhōng kuí
施于中逵④。　　机关遍布路中央。
jiū jiū wǔ fū
赳赳武夫，　　赳赳武士真威武，
gōng hóu hào qiú
公侯好仇⑤。　　能做公侯好搭档。

sù sù tù jū
肃肃兔罝，　　整齐严密张兔网，
yì yú zhōng lín
施于中林。　　机关遍布林中央。
jiū jiū wǔ fū
赳赳武夫，　　赳赳武士真威武，
gōng hóu fù xīn
公侯腹心⑥。　　堪称公侯将和相。

这是一首赞美猎人的诗。诗人看到猎人打桩张网，英姿勃勃，技术娴熟，联想到这些猎人一定能成为公侯的武士，为保卫国家做出贡献。“赳赳武夫，公侯干城”，反映了周人的审美意识。

①肃肃：整齐严密的样子。兔罝：捕兔子的网。 ②椓：敲打。 ③公侯：周天子分封的诸侯，有公、侯、伯、子、男五级爵位，"公侯"泛指诸侯。干城：干，盾牌；城，城池。盾牌和城池都有防御作用，比喻猎人能保卫诸侯。 ④施：遍布。逵：四通八达的道路。 ⑤仇：同"逑"，匹偶、助手。 ⑥腹心：心腹，能委以重任的亲信。

fú yǐ
芣 苢

原文	译文
cǎi cǎi fú yǐ 采采芣苢[①]，	采芣苢啊采啊采，
bó yán cǎi zhī 薄言采之[②]。	快点把它采过来。
cǎi cǎi fú yǐ 采采芣苢，	采芣苢啊采啊采，
bó yán yǒu zhī 薄言有之[③]。	这里芣苢可以采。
cǎi cǎi fú yǐ 采采芣苢，	采芣苢啊采啊采，
bó yán duó zhī 薄言掇之[④]。	快点把它拣出来。
cǎi cǎi fú yǐ 采采芣苢，	采芣苢啊采啊采，
bó yán luō zhī 薄言捋之[⑤]。	快点把它撸下来。
cǎi cǎi fú yǐ 采采芣苢，	采芣苢啊采啊采，
bó yán jié zhī 薄言袺之[⑥]。	快点把它揣起来。
cǎi cǎi fú yǐ 采采芣苢，	采芣苢啊采啊采，

bó yán xié zhī
薄言襭之[7]。　　快点把它兜回来。

这是一群妇女在采摘芣苢时唱的歌。诗歌有着轻松欢快的节奏，描写了真实愉悦的劳动场景，反映了牧歌式的田园生活。清人方玉润在《诗经原始》中说："读者试平心静气，涵咏此诗，恍听田家妇女，三三五五，于平原绣野，风和日丽中，群歌互答，余音袅袅，若远若近，忽断忽续，不知其情之何以移，而神之何以旷，则此诗可不必细绎而自得其妙焉。"这可谓对此诗最精辟的鉴赏和解说。

①芣苢：俗称车前子，可以入药。据说可治妇女不孕和难产。②薄言：助词。③有：采。④掇：拣择，拾取。⑤捋：用手握住某物，顺着移动，将它抹下来，如捋叶子等。⑥袺：用手扯住衣襟兜东西。⑦襭：把衣角插进衣带里，让衣襟形成一个兜，用以兜放东西。

hàn guǎng
汉广

nán yǒu qiáo mù
南有乔木，　　南山乔木高又壮，
bù kě xiū sī
不可休思[1]。　　树下歇息心惆怅。
hàn yǒu yóu nǚ
汉有游女[2]，　　汉水旁边游泳女，
bù kě qiú sī
不可求思。　　无法追求心悲伤。
hàn zhī guǎng yǐ
汉之广矣，　　汉水泱泱宽无边，
bù kě yǒng sī
不可泳思。　　想要横渡无指望。
jiāng zhī yǒng yǐ
江之永矣[3]，　　长江之水长又长，

bù kě fāng sī
不可方思[4]。　乘筏横渡难来往。

qiáo qiáo cuò xīn
翘翘错薪[5]，　柴草长得高又壮，
yán yì qí chǔ
言刈其楚[6]。　割取荆条烧得旺。
zhī zǐ yú guī
之子于归，　姑娘何时能嫁我，
yán mò qí mǎ
言秣其马。　喂饱马儿迎新娘。
hàn zhī guǎng yǐ
汉之广矣，　汉水泱泱宽无边，
bù kě yǒng sī
不可泳思。　想要横渡无指望。
jiāng zhī yǒng yǐ
江之永矣，　长江之水长又长，
bù kě fāng sī
不可方思。　乘筏横渡难来往。

qiáo qiáo cuò xīn
翘翘错薪，　柴草长得高又壮，
yán yì qí lóu
言刈其蒌[7]。　割取蒌蒿烧得旺。
zhī zǐ yú guī
之子于归，　姑娘何时能嫁我，
yán mò qí jū
言秣其驹。　喂好马驹迎新娘。
hàn zhī guǎng yǐ
汉之广矣，　汉水泱泱宽无边，
bù kě yǒng sī
不可泳思。　想要横渡无指望。
jiāng zhī yǒng yǐ
江之永矣，　长江之水长又长，

bù kě fāng sī 不可方思。	乘筏横渡难来往。

这是一首描写一个男子想娶一个女子而不能如愿以偿的诗歌。首章连用四个比喻和四个“不可”,充分抒发了诗人追求女子而不得的遗憾惆怅心情。第二章和第三章,以重章叠句的复沓手法,抒发了希望有朝一日能与女子生活在一起的理想。诗篇思想健康,感情真挚,音节和谐,语言朴素。其结尾“忽叠咏江汉,觉烟水茫茫,浩渺无际,广不可泳,长更无方,唯有徘徊瞻望,长歌浩叹而已”(方玉润《诗经原始》),大有篇终接混茫之感。

①休思:休息。思,语助词。 ②汉:水名。源于陕西宁强县,流入长江。游女:游泳的女子。 ③江:长江。永:长。 ④方:木筏子。意为乘木筏子渡过。 ⑤翘翘:高高的样子。错薪:杂乱的柴草。 ⑥楚:一种又名荆的丛生灌木。 ⑦蒌:一种蒿子,又名柳蒌,可作饲料。

rǔ fén
汝坟

zūn bǐ rǔ fén 遵彼汝坟①,	沿着汝河堤岸转,
fá qí tiáo méi 伐其条枚②。	砍了细枝伐树干。
wèi jiàn jūn zǐ 未见君子,	没有看到心上人,
nì rú zhōu jī 惄如调饥③。	如饥似渴受熬煎。
zūn bǐ rǔ fén 遵彼汝坟,	沿着汝河堤岸转,
fá qí tiáo yì 伐其条肄④。	砍伐嫩枝把家还。
jì jiàn jūn zǐ 既见君子,	犹如已见心上人,

bù wǒ xiá qì
不我遐弃⑤。　　亲情如旧不疏远。

fáng yú chēng wěi
鲂鱼赪尾⑥，　　鳊鱼赤尾红闪闪，

wáng shì rú huǐ
王室如燬⑦。　　王室虐政把人煎。

suī zé rú huǐ
虽则如燬，　　虽然虐政把人煎，

fù mǔ kǒng ěr
父母孔迩⑧。　　父母年迈盼你还。

这是一首思妇之作。抒情女主人公在汝河边伐树砍柴，想起远行服役的丈夫，想象他已经回来，对她亲密如旧。突然间，诗人由想象回到“王室如燬”的现实，丈夫没有回来，自己仍在痛苦的煎熬之中，于是发出“虽则如燬，父母孔迩”的呻吟，把对丈夫的思念及对生活的不满都宣泄出来。细品诗作方能深切体会抒情女主人公细腻复杂的心理变化，尤感诗意盎然，女主人公心情凄楚感人。

①汝：汝水，源于河南天息山，流入淮河。坟：堤岸。　②条：树枝。枚：树干。　③惄：忧思，心里难受。调：通“朝”，《鲁诗》作“朝”。调饥：早上饥饿思食。形容渴慕的心情。④肄：嫩枝。　⑤遐弃：远弃，疏远。　⑥鲂鱼：鳊鱼。赪尾：尾巴呈浅红色。　⑦燬：烈火焚烧，形容王政暴虐。　⑧孔迩：非常近。

lín zhī zhǐ
麟之趾

lín zhī zhǐ
麟之趾①，　　麒麟有足不踢人，

zhēn zhēn gōng zǐ
振振公子②，　　公子威武得人心，

xū jiē lín xī
于嗟麟兮③。　　仁兽瑞兽数麒麟。

lín zhī dìng
麟之定④，　　　　麒麟有额不抵人，
zhēn zhēn gōng xìng
振振公姓⑤，　　　　公孙威武得人心，
xū jiē lín xī
于嗟麟兮。　　　　仁兽瑞兽数麒麟。

lín zhī jiǎo
麟之角，　　　　麒麟有角不触人，
zhēn zhēn gōng zú
振振公族⑥，　　　　公族威武得人心，
xū jiē lín xī
于嗟麟兮。　　　　仁兽瑞兽数麒麟。

这首诗歌颂了公子及其宗族兴盛强大，国运长久不衰。诗篇以瑞兽麒麟起兴，具有浓重的吉祥喜庆色彩，反映了诗人对公子的国家及宗族热烈的礼赞和祝福。诗篇以反复咏叹的手法，表达了诗人炽烈的情感。

①麟：麒麟，古代传说中的一种动物，被描绘成鹿身、牛尾、马蹄、头上有角。严粲《诗缉》说麒麟有足不踢人、有额不抵人、有角不触人，故称之为仁兽。后人多以龙、凤、龟、麒麟为“四灵”，认为它们是吉祥喜庆的征兆，故又称之为瑞兽，今人仍有“麟趾呈祥”的说法。趾：足。　②振振：强盛的样子。　③于嗟：感叹词，这里有惊喜赞美之意。　④定：“顶”的假借字，即“额”。　⑤公姓：指诸侯的孙子。　⑥公族：诸侯曾孙以下称公族。

shào nán
召南

què cháo
鹊巢

wéi què yǒu cháo
维鹊有巢，　喜鹊辛苦把巢搭，

wéi jiū jū zhī
维鸠居之[①]。　八哥无理霸占它。

zhī zǐ yú guī
之子于归，　这个姑娘要出嫁，

bǎi liàng yà zhī
百两御之[②]。　百辆大车迎娶她。

wéi què yǒu cháo
维鹊有巢，　喜鹊辛苦把巢搭，

wéi jiū fāng zhī
维鸠方之[③]。　八哥得意占有它。

zhī zǐ yú guī
之子于归，　这个姑娘要出嫁，

bǎi liàng jiāng zhī
百两将之[④]。　百辆大车去送她。

wéi què yǒu cháo
维鹊有巢，　喜鹊辛苦把巢搭，

wéi jiū yíng zhī
维鸠盈之[⑤]。　八哥成群挤满它。

zhī zǐ yú guī
之 子 于 归，　　这个姑娘要出嫁，

bǎi liàng chéng zhī
百 两 成 之[⑥]。　　百辆大车迎送她。

召南地区，一个诸侯休了他的妻子又娶了一个新夫人。作者看到隆重的迎娶仪式，看到新夫人得意扬扬地走进诸侯前妻的房间，颇有感触，便作了这首诗。以“鸠占鹊巢”为喻，讽刺新夫人夺去诸侯前妻的地位和待遇，也含有讽刺诸侯喜新厌旧的成分。

①鸠：鸤鸠，今名八哥。一说是布谷鸟。李时珍《本草纲目》有“八哥居鹊巢”可证。 ②两：辆。御：通“讶”，迎接。 ③方：占有。 ④将：送。 ⑤盈：满，意为陪嫁的媵妾非常多。 ⑥成：成其婚礼。

cǎi fán
采 蘩

yú yǐ cǎi fán
于 以 采 蘩[①]？　　白蒿白蒿何处采？

yú zhǎo yú zhǐ
于 沼 于 沚[②]。　　池边湖畔小沙洲。

yú yǐ yòng zhī
于 以 用 之？　　采来白蒿何处用？

gōng hóu zhī shì
公 侯 之 事[③]。　　献给主祭之公侯。

yú yǐ cǎi fán
于 以 采 蘩？　　白蒿白蒿何处采？

yú jiàn zhī zhōng
于 涧 之 中。　　山涧水旁可以采。

yú yǐ yòng zhī
于 以 用 之？　　采来白蒿何处用？

gōng hóu zhī gōng
公侯之宫④。　　宗庙祭祀献上来。

bì zhī tóng tóng
被之僮僮⑤，　　妇女严妆髻高耸，

sù yè zài gōng
夙夜在公⑥。　　早起晚睡为大公。

bì zhī qí qí
被之祁祁⑦，　　高髻妇女多如云，

bó yán huán guī
薄言还归⑧。　　忙完公事返家中。

这首诗写妇女采集白蒿以供祭祀之用。周人十分重视祭祀，认为“国之大事，在祀与戎”（《左传·成公十三年》），故要动用大量人力去采集白蒿。前两章以复沓的形式写妇女在野外采集白蒿的辛苦，第三章写妇女在祭祀活动中的辛苦、劳累和忧怨。

①于以：在何处，或往何处。蘩：又称白蒿，可以生食或蒸食，祭祀时使用。另说以白蒿煮水孵化蚕虫，幼蚕亦吃白蒿，白蒿亦可制养蚕用的箔。采白蒿是为了养蚕。这里采用了第一种说法。　②沼：水池。沚：水中的小块陆地。　③事：指祭祀之事。　④宫：周时所有的房屋均称宫，这里指宗庙。　⑤被：通“髲”，指妇女的头髻。僮僮：高耸的样子。　⑥夙夜：早晨晚上。在公：为公侯办事。　⑦祁祁：众多的样子。　⑧薄言：急急忙忙。还归：返回自己的住处。

cǎo chóng
草虫

yāo yāo cǎo chóng
喓喓草虫①，　　蝈蝈唧唧叫，

tì tì fù zhōng
趯趯阜螽②。　　蚂蚱蹦又跳。

wèi jiàn jūn zǐ
未见君子，　　未见心上人，

yōu xīn chōng chōng
忧心忡忡③。　忧愁又烦恼。
yì jì jiàn zhǐ
亦既见止④，　见到心上人，
yì jì gòu zhǐ
亦既觏止⑤，　相亲又友好，
wǒ xīn zé xiáng
我心则降⑥。　心儿不焦躁。

zhì bǐ nán shān
陟彼南山，　登上南山坳，
yán cǎi qí jué
言采其蕨⑦。　采集蕨菜苗。
wèi jiàn jūn zǐ
未见君子，　未见心上人，
yōu xīn chuò chuò
忧心惙惙⑧。　忧愁又懊恼。
yì jì jiàn zhǐ
亦既见止，　见到心上人，
yì jì gòu zhǐ
亦既觏止，　相亲又友好，
wǒ xīn zé yuè
我心则说⑨。　心喜开颜笑。

zhì bǐ nán shān
陟彼南山，　登上南山坳，
yán cǎi qí wēi
言采其薇⑩。　采集薇菜苗。
wèi jiàn jūn zǐ
未见君子，　未见心上人，
wǒ xīn shāng bēi
我心伤悲。　伤心又苦恼。
yì jì jiàn zhǐ
亦既见止，　见到心上人，

yì jì gòu zhǐ
亦既觏止，　　相亲又友好，

wǒ xīn zé yí
我心则夷⑪。　　心安开颜笑。

这是一首思妇诗。通过抒写女主人公在丈夫远行时的忧思苦闷和丈夫回来后的欢心喜悦，生动刻画了诗人真挚的爱情和复杂的心理变化，既有离别之苦，又有相见之欢，而重点则是离别之苦，委婉地批判了兵役和徭役给人民带来的痛苦。诗中“喓喓草虫”是秋季，“言采其蕨”是春季，这是以典型的物候起兴，含有与丈夫相离时间已久之意。

①喓喓：草虫唧唧的叫声。草虫：蝈蝈。　②趯趯：蹦跳的样子。阜螽：蚂蚱。　③忡忡：忧虑不安的样子。　④见止：见到他。止：作“之”讲。　⑤觏：与“遘”“媾”相通，是夫妻相聚的意思。　⑥降：放下。　⑦言：语助词。或作人称代词“我”讲。蕨：多年生的一种山菜，嫩苗可以吃。　⑧惙惙：忧虑不安的样子。　⑨说：通“悦”，喜悦，欢喜。　⑩薇：多年生山菜，又名野豌豆苗。　⑪夷：平静，喜悦。

cǎi pín
采蘋

yú yǐ cǎi pín
于以采蘋①？　　白蘋白蘋何处采？

nán jiàn zhī bīn
南涧之滨。　　南山之涧绿水头。

yú yǐ cǎi zǎo
于以采藻②？　　水藻水藻何处采？

yú bǐ xíng lǎo
于彼行潦③。　　河水深处流水沟。

yú yǐ chéng zhī
于以盛之？　　白蘋水藻用何装？

wéi kuāng jí jǔ
维筐及筥④。　　圆形筐儿方形筐。

yú yǐ xiāng zhī
于以湘之⑤？ 烹煮山菜用什么？

wéi qí jí fǔ
维锜及釜⑥。 平锅支锅把菜装。

yú yǐ diàn zhī
于以奠之⑦？ 什么地方设祭坛？

zōng shì yǒu xià
宗室牖下⑧。 宗庙窗下堂后边。

shuí qí shī zhī
谁其尸之⑨？ 尸主由谁来担任？

yǒu zhāi jì nǚ
有齐季女⑩。 斋戒少女坐堂前。

这是一首描写祭祖活动的诗作，再现了当时的习俗风尚和宗教活动。首章写采集祭品要跋山涉水，显示劳动之艰苦。次章写洗涮盛放及烹制祭品，显示诗人对祭品的重视。末章写由少女作尸神的祭祀活动，充满了宗教色彩和神秘气氛。诗篇连用六个问答句式，犹如两个歌手对唱一般，连绵起伏，板眼分明。尤其是五用“于以”，气势磅礴，“有群山万壑赴荆门之势”（吴闿生《诗义会通》）。

①蘋：水草名，形似莼菜，可食用。 ②藻：水藻，又名聚藻，叶似蒿，可食。 ③行：“衍”的假借字，沟水。潦：雨后的积水。诗中“行潦”泛指流水，因藻生长于流水之中。 ④筐：方形竹编的器具。筥：圆形竹编的器具。 ⑤湘：“鬺”的假借字，作“煮”讲。 ⑥锜：有三只脚的锅。釜：无脚的锅。 ⑦奠：放置祭品。 ⑧宗室：宗庙。牖：窗户。 ⑨尸：用以代替所祭之祖先神灵，祭男的以少男为尸主，祭女的以少女为尸主，以示纯洁。 ⑩齐：亦作“斋”字，古时祭祀前必须斋戒沐浴，以表示恭敬纯洁。季女：少女。

gān táng
甘 棠

bì fèi gān táng 蔽芾甘棠①，	棠梨葱茏又高大，
wù jiǎn wù fá 勿翦勿伐②，	不剪不伐别践踏，
shào bó suǒ bá 召伯所茇③。	召伯居住在树下。
bì fèi gān táng 蔽芾甘棠，	棠梨葱茏又高大，
wù jiǎn wù bài 勿翦勿败④，	不剪不毁别践踏，
shào bó suǒ qì 召伯所憩。	召伯休息在树下。
bì fèi gān táng 蔽芾甘棠，	棠梨葱茏又高大，
wù jiǎn wù bài 勿翦勿拜⑤，	不剪不拔别践踏，
shào bó suǒ shuì 召伯所说⑥。	召伯滞留在树下。

这是一首怀念、歌颂召伯虎的诗作。周宣王优待母舅申伯，增加他的封地，又派召伯虎为申伯建筑城池和宗庙，治理土地，储备粮食，花费很大精力。申地人民很感激召伯，把召伯住处的一棵棠梨作为纪念品保护起来，并作这首诗记述其事，追思召伯的功绩，表达了凡是对人民有所贡献，人民就会怀念他、赞美他的唯物史观。据传，这棵棠梨树被毁于1958年修建三门峡水库时。

①蔽芾：树木葱茏茂盛的样子。甘棠：棠梨，果树名。 ②翦：剪。 ③召伯：名虎，姬姓，周宣王时封于召地，伯爵。茇：居住。 ④败：毁坏，摧毁。 ⑤拜："扒"的假借字，拔掉。 ⑥说：音义同"税"，停车休息。

行露
(háng lù)

yì yì háng lù 厌浥行露①，	清晨道上露水浓，
qǐ bù sù yè 岂不夙夜？	何不连夜赶路程？
wèi háng duō lù 谓行多露②。	只因道上露水浓。
shuí wèi què wú jiǎo 谁谓雀无角③？	谁说麻雀没有嘴？
hé yǐ chuān wǒ wū 何以穿我屋？	为何穿我屋中飞？
shuí wèi rǔ wú jiā 谁谓女无家④？	谁说你还没有妻？
hé yǐ sù wǒ yù 何以速我狱⑤？	为何抓我去受罪？
suī sù wǒ yù 虽速我狱，	虽然抓我去受罪，
shì jiā bù zú 室家不足⑥。	也比嫁你强万倍。
shuí wèi shǔ wú yá 谁谓鼠无牙？	谁说老鼠没有牙？
hé yǐ chuān wǒ yōng 何以穿我墉⑦？	何能穿墙把洞打？
shuí wèi rǔ wú jiā 谁谓女无家？	谁说你还没有家？
hé yǐ sù wǒ sòng 何以速我讼⑧？	为何无理把我抓？
suī sù wǒ sòng 虽速我讼，	虽然无理把我抓，

yì bù rǔ cóng
亦不女从！　　决不顺从到你家！

这是一首女子抗婚的诗作。从诗意看，大约是女子对婚事不满，借故回娘家后便不再回去了。“谓行多露”喻婚事多苦难，因此不愿再和男子结合。第二、三章是说男子以打官司要挟她回来，女子斩钉截铁地表示，即使是打官司、蹲牢房“亦不女从”，表现了女子为维护人格尊严与爱情的纯洁所作的抗争。从结构上看，首章三句，第二、三章皆六句，形式虽不整齐，但符合抒情主人公感情宣泄的需要。一些反问句的使用，增强了语言的气势，表达了主人公情绪的激动，收到了良好的艺术效果。

①厌浥：湿淋淋的样子。行：道路。露：露水。　②谓：害怕。多露：露水浓重。　③角：鸟的嘴。　④女：同“汝”。家：家室。古时男子有妻为有室，女子有夫为有家，家室代表结婚。　⑤速：招致。狱：关押犯人的场所，这里指男子使女子吃官司，蹲监狱。　⑥室家不足：让我再成为你的妻子的理由不充足。　⑦墉：墙。　⑧讼：诉讼，打官司。

gāo yáng
羔　羊

gāo yáng zhī pí
羔羊之皮①，　　羔羊皮袄毛绒绒，

sù sī wǔ tuó
素丝五紽②。　　白绸丝纽左右缝。

tuì shí zì gōng
退食自公③，　　酒足饭饱下朝去，

wēi yí wēi yí
委蛇委蛇④。　　摇摇摆摆踱步行。

gāo yáng zhī gé
羔羊之革，　　羔羊皮袄毛绒绒，

sù sī wǔ yù
素丝五緎⑤。　　白绸丝纽左右缝。

wēi yí wēi yí
委 蛇 委 蛇，　　摇摇摆摆踱步走，
zì gōng tuì shí
自 公 退 食。　　大吃大喝在朝中。

gāo yáng zhī féng
羔 羊 之 缝⑥，　　羔羊皮袄毛绒绒，
sù sī wǔ zōng
素 丝 五 总⑦。　　白绸丝纽左右缝。
wēi yí wēi yí
委 蛇 委 蛇，　　摇摇摆摆踱步走，
tuì shí zì gōng
退 食 自 公。　　酒足饭饱在朝中。

这首诗讽刺了统治者养尊处优、肥马轻裘、海吃海喝、无所事事的奢侈生活。诗篇以重章叠句的形式，塑造了一个身着羔羊皮袄，上结白绸纽扣，大腹便便的贵族形象。他天天酒足饭饱后，摇摇摆摆、得意扬扬地踱着方步回家，“委蛇委蛇，退食自公”活脱脱地刻画了一个好吃懒做、目空一切的寄生虫形象。诗篇语言幽默诙谐，讽刺辛辣尖锐，是一篇难得的好诗。

①羔羊：小羊为羔，在此泛指羊。 ②素丝：白丝绸。紽：丝纽扣。 ③退食自公：从公门吃完饭回来。 ④委蛇：借为“逶迤”，摇摇摆摆的样子。 ⑤緎：衣上的纽扣。 ⑥缝：皮革。 ⑦总：结、系的意思。

yǐn qí léi
殷 其 雷

yǐn qí léi
殷 其 雷①，　　南山之雷声连连，
zài nán shān zhī yáng
在 南 山 之 阳②。　　轰轰雷声响山南。
hé sī wéi sī
何 斯 违 斯③？　　为何刚聚又分离？

mò gǎn huò huáng
莫敢或遑④。 为何不敢有空闲？

zhēn zhēn jūn zǐ
振振君子⑤， 勤奋忠厚心上人，

guī zāi guī zāi
归哉归哉！ 快还家啊乐团圆！

yǐn qí léi
殷其雷， 南山之雷声连连，

zài nán shān zhī cè
在南山之侧。 轰轰雷声响山边。

hé sī wéi sī
何斯违斯？ 为何刚聚又分离？

mò gǎn huáng xī
莫敢遑息。 为何不敢把气喘？

zhēn zhēn jūn zǐ
振振君子， 勤奋忠厚心上人，

guī zāi guī zāi
归哉归哉！ 快还家啊乐团圆！

yǐn qí léi
殷其雷， 南山之雷声连连，

zài nán shān zhī xià
在南山之下。 雷声轰轰山下边。

hé sī wéi sī
何斯违斯？ 为何刚聚又分离？

mò huò huáng chǔ
莫或遑处⑥。 为何不能住几天？

zhēn zhēn jūn zǐ
振振君子， 勤奋忠厚心上人，

guī zāi guī zāi
归哉归哉！ 快还家啊乐团圆！

这是一首思妇之作。诗人听到南山轰轰的雷声，想起上次丈夫回来时

隆隆的车轮声，不由得浮想联翩，万千心绪涌上心头。她怨叹丈夫刚刚返家旋又离去，她赞叹丈夫勤奋忠厚一心为国，更多的是期盼丈夫能早日回来，合家团圆。诗句参差不齐，但全篇采用了复沓手法，形成整齐与参差的对立统一，有力地抒发了诗人复杂、激切的心情。

①殷：雷声。“殷其”即“殷殷”。　②阳：山岭的南坡为阳，北坡为阴。　③斯：代词，前一个“斯”字代时间，后一个“斯”字代地点。违：离开，远离。　④遑：闲暇。　⑤振振：勤奋忠厚的样子。　⑥处：居住。

biào yǒu méi
摽 有 梅

biào yǒu méi
摽 有 梅①，　　梅子成熟落了地，
qí shí qī xī
其 实 七 兮②！　　果实只剩十之七。
qiú wǒ shù shì
求 我 庶 士③，　　追求我的小伙子，
dài qí jí xī
迨 其 吉 兮④！　　趁着吉日把我娶。

biào yǒu méi
摽 有 梅，　　梅子成熟落了地，
qí shí sān xī
其 实 三 兮⑤！　　果实只剩十之三。
qiú wǒ shù shì
求 我 庶 士，　　追求我的小伙子，
dài qí jīn xī
迨 其 今 兮！　　良辰吉日在今天。

biào yǒu méi
摽 有 梅，　　梅子成熟落了地，
qīng kuāng jì zhī
顷 筐 塈 之⑥！　　深筐浅筐来装取。

qiú wǒ shù shì
求 我 庶 士， 追求我的小伙子，
dài qí wèi zhī
迨 其 谓 之⑦！ 不行婚礼把我娶。

这是一首渴望得到爱情、希望早日结婚的诗作。诗人看到梅子成熟纷纷落地，联想到春天瞬息将逝，人的青春也是瞬息将逝，不由发出伤春的感慨。她希望能得到真挚的爱情，希望能得到小伙子的关心和理解。诗人坦率真诚，热情大方，诗句格调明朗、健康，真实地反映了周人的婚姻制度和风俗习尚。

①摽：抛。抛物予人，是古时男女相互求爱的一种方式，诗中的抛梅即是一种。②实：果实。七：七成。 ③庶：众多。士：未婚的男子。 ④迨：及，趁。吉：吉日，好日子。 ⑤三：三成。 ⑥塈：取，拾取。 ⑦谓："会"的借字。据《周礼·媒氏》载，仲春之月令会男女的规定，凡男30岁未娶，女20岁未嫁者，可以借此机会不举行婚礼而自由同居。

xiǎo xīng
小 星

huì bǐ xiǎo xīng
嘒 彼 小 星①， 小星闪闪发微光，
sān wǔ zài dōng
三 五 在 东②。 参星昴星在东方。
sù sù xiāo zhēng
肃 肃 宵 征③， 急急忙忙赶夜路，
sù yè zài gōng
夙 夜 在 公。 夜以继日工作忙。
shí mìng bù tóng
寔 命 不 同④！ 别人命运比我强！

huì bǐ xiǎo xīng
嘒 彼 小 星， 小星闪闪发微光，

wéi shēn yǔ mǎo
维 参 与 昴⑤。 参星昴星天中央。

sù sù xiāo zhēng
肃 肃 宵 征， 急急忙忙赶夜路，

bào qīn yǔ chóu
抱 衾 与 裯⑥。 抱着被子和床帐。

shí mìng bù yóu
寔 命 不 犹⑦！ 别人命运比我强！

这首诗抒发了一个夜间匆忙赶路的官吏不堪劳顿而发出的感慨。他边走边怨叹自己工作艰苦，生活颠沛流离，命运悲惨。诗作曲折地反映了统治阶级内部的矛盾，具有一定的社会意义。诗篇以复沓的手法，记录了参星昴星在空中的不同位置，显示了时间的变化及征程之艰苦，达到了充分抒情的目的。有人认为本诗是写一位风尘女子的生活，可备一说。

①嘒：闪烁微微光芒的样子。 ②三五：指下文中的参星、昴星。 ③肃肃：急急忙忙的样子。宵征：晚上赶路或者是早起赶路。 ④寔：是，这是。命：命运。 ⑤参：星名，二十八宿之一，由七颗星组成。昴：星名，二十八宿之一，亦由七颗星组成，又名七姊妹星团。 ⑥衾：被褥。裯：床帐。 ⑦犹：同、似的意思。

jiāng yǒu sì
江 有 汜

jiāng yǒu sì
江 有 汜①， 江汜分而又合一，

zhī zǐ guī
之 子 归②， 丈夫娶妻笑嘻嘻，

bù wǒ yǐ
不 我 以③！ 居然狠心将我弃！

bù wǒ yǐ
不 我 以， 居然狠心将我弃，

qí hòu yě huǐ
其 后 也 悔④。 你到悔时来不及。

jiāng yǒu zhǔ 江 有 渚[5]，	江水遇洲合而一，
zhī zǐ guī 之 子 归，	丈夫娶妻笑嘻嘻，
bù wǒ yǔ 不 我 与[6]！	不肯同我在一起！
bù wǒ yǔ 不 我 与，	不肯同我在一起，
qí hòu yě chǔ 其 后 也 处[7]。	但愿日后有归期。

jiāng yǒu tuó 江 有 沱[8]，	长江沱水合而一，
zhī zǐ guī 之 子 归，	丈夫娶妻笑嘻嘻，
bù wǒ guò 不 我 过[9]！	居然狠心将我弃！
bù wǒ guò 不 我 过，	居然狠心将我弃，
qí xiào yě gē 其 啸 也 歌[10]。	你会悲歌长叹息。

这是一首弃妇的悲歌。她看到丈夫另有新欢，与新人双双进入洞房，心中悲苦怨愤，百感交集。她埋怨丈夫不该抛弃自己，预言丈夫将来势必后悔无及，以江河旁出支流复与本水汇合为喻，幻想有朝一日能与丈夫破镜重圆。诗作多以三字为一句，语气急促，节奏紧凑，有力地抒发了诗人难以抑制的怨愤心情。

①江：长江。汜：江河旁出的支流复与本水汇合谓之汜。 ②之子：这个人。归：归妻，娶妻。 ③不我以："不以我"的倒文，不亲近、友好我。 ④其后也悔：你一定会后悔的。 ⑤渚：水中沙滩。 ⑥与：同。不我与：不同我在一起。 ⑦处：同处，同居。⑧沱：支流汇入江河谓之沱。 ⑨过：过访，探望。 ⑩啸、歌：哭号，悲歌。

yě yǒu sǐ jūn
野有死麇

yě yǒu sǐ jūn 野有死麇[①]，	野外打死一只鹿，
bái máo bāo zhī 白茅包之[②]。	白茅包捆作礼物。
yǒu nǚ huái chūn 有女怀春[③]，	姑娘受礼春心动，
jí shì yòu zhī 吉士诱之[④]。	猎人上前美言诉。
lín yǒu pǔ sù 林有朴樕[⑤]，	林中有丛小灌木，
yě yǒu sǐ lù 野有死鹿。	野外打死一只鹿。
bái máo chún shù 白茅纯束[⑥]，	白茅包捆作礼物，
yǒu nǚ rú yù 有女如玉。	姑娘如玉又静淑。
shū ér tuì tuì xī "舒而脱脱兮[⑦]，	"慢慢轻轻要当心，
wú hàn wǒ shuì xī 无感我帨兮[⑧]，	不要晃动我佩巾，
wú shǐ máng yě fèi 无使尨也吠[⑨]。"	小心狗叫惊动人。"

青年猎人以所猎的鹿为礼物赠给姑娘，终于获得渴望已久的爱情。男子求婚时必须献上所获猎物，以显示自己的勇敢、敏捷，是古时的一种习尚。诗中的年轻猎手献上自己所获的獐、鹿，显示了自己的矫健，自然得到少女的芳心。末章写少女与猎手幽期密约时的情景。她热恋猎手，以心相许，但又保持着少女的矜持与庄重，若即若离，似嗔非嗔，显示了少女羞涩复

杂的心态。诗篇委婉而含蓄，朴实而真率，清丽而明朗，是一篇优美的情诗。

①野：野外。麕：小鹿、獐子一类的动物。　②白茅：草名，洁白柔滑。　③怀春：情欲萌发，心情激动。　④吉士：善良的男子，指猎人。诱：挑逗，引诱。指猎人以白茅裹鹿赠给姑娘来引诱她，接近她。　⑤朴樕：丛生的小树。　⑥纯束：捆绑。　⑦舒：慢慢地。脱脱：又轻又慢的样子。　⑧感：通“撼”，触动。帨：古代女子的佩巾。　⑨尨：长毛狗。

hé bǐ nóng yǐ
何彼襛矣

原文	译文
hé bǐ nóng yǐ 何彼襛矣①，	色彩绚烂顶呱呱，
táng dì zhī huā 唐棣之华②！	美盛犹如棠棣花！
hé bù sù yōng 曷不肃雍③，	怎不肃整又和谐，
wáng jī zhī chē 王姬之车④。	齐侯之女要出嫁。
hé bǐ nóng yǐ 何彼襛矣，	色彩绚烂顶呱呱，
huā rú táo lǐ 华如桃李！	美盛犹似桃李花！
píng wáng zhī sūn 平王之孙⑤，	平王孙女要结婚，
qí hóu zhī zǐ 齐侯之子⑥。	齐侯之女要出嫁。
qí diào wéi hé 其钓维何⑦？	钓鱼使用什么绳？
wéi sī yī mín 维丝伊缗⑧。	是用丝线来合成。
qí hóu zhī zǐ 齐侯之子，	齐侯之女要结婚，

píng wáng zhī sūn
平王之孙。　　平王孙女喜盈盈。

平王的孙女、齐侯的女儿要出嫁，陪嫁的车辆豪华美盛，色彩艳丽，极尽奢侈之能事，隐约地讽刺了诸侯的铺张。

①襛：茂密繁盛的样子。 ②唐棣：棠棣，果木名。华：亦作“花”字。 ③曷：何，为什么。肃雍：肃整，和谐。 ④王姬：周天子为姬姓，他的女儿、孙女称王姬。 ⑤平王：周平王姬宜臼，在位51年。孙：指平王的外孙女。 ⑥齐侯之子：齐桓公的女儿。 ⑦钓：钓鱼。维：为，做。 ⑧伊：为。缗：合股的丝绳。此句意为用丝线和合股丝绳作钓鱼用的绳。

zōu yú
驺虞

bǐ zhuó zhě jiā
彼茁者葭①，　　茂密茁壮数蒹葭，
yī fā wǔ bā
壹发五豝②，　　箭射野猪无虚发，
xū jiē hū zōu yú
于嗟乎驺虞③！　　神勇猎手真堪夸！

bǐ zhuó zhě péng
彼茁者蓬④，　　蓬蒿密密发新芽，
yī fā wǔ zōng
壹发五豵⑤，　　箭射小猪无虚发，
xū jiē hū zōu yú
于嗟乎驺虞！　　神勇猎手真堪夸！

这是一首赞美猎人的诗作。在茂密的芦苇中，出没着成群的野猪，猎人箭无虚发，满载而归。诗人赞美猎人勇敢的性格和高超的技术，是对阳刚之美的歌颂和对力量、技术的向往，有较高的审美价值。

①葭：蒹葭，芦苇一类的植物。②发：发箭。豝：小野猪。“兽一岁为豵，两岁为豝。”（见《广雅》） ③于嗟乎：感叹词。驺虞：兽官名，指猎人。④蓬：蓬蒿，草名。⑤豵：小猪。

bèi fēng
邶风

bǎi zhōu
柏舟

fàn bǐ bǎi zhōu 泛彼柏舟[1]，	柏木舟儿水中漂，
yì fàn qí liú 亦泛其流[2]。	随波逐流无停靠。
gěng gěng bù mèi 耿耿不寐[3]，	忧虑不安难入睡，
rú yǒu yǐn yōu 如有隐忧[4]。	烦恼痛苦似火烧。
wēi wǒ wú jiǔ 微我无酒[5]，	不是无酒来消愁，
yǐ áo yǐ yóu 以敖以游[6]。	四处遨游多逍遥。
wǒ xīn fěi jiàn 我心匪鉴，	我心不是青铜镜，
bù kě yǐ rú 不可以茹[7]。	不能让人随便照。
yì yǒu xiōng dì 亦有兄弟[8]，	我有亲兄与亲弟，
bù kě yǐ jù 不可以据[9]。	世态炎凉难依靠。
bó yán wǎng sù 薄言往诉[10]，	我找他们去诉苦，

féng bǐ zhī nù
逢彼之怒[11]。　恰逢发火脾气暴。

wǒ xīn fěi shí
我心匪石，　我心不是石一块，
bù kě zhuǎn yě
不可转也。　不能随意来拨转。
wǒ xīn fěi xí
我心匪席，　我心不是席一片，
bù kě juǎn yě
不可卷也。　不能随意来翻卷。
wēi yí dì dì
威仪棣棣[12]，　仪态从容又大方，
bù kě xuǎn yě
不可选也[13]。　不可屈膝又奴颜。

yōu xīn qiǎo qiǎo
忧心悄悄[14]，　愁思重重心悄悄，
yùn yú qún xiǎo
愠于群小[15]。　群小怨我令人恼。
gòu mǐn jì duō
觏闵既多[16]，　身受迫害业已多，
shòu wǔ bù shǎo
受侮不少。　惨遭侮辱亦不少。
jìng yán sī zhī
静言思之，　静下心来细思量，
wù pì yǒu biào
寤辟有摽[17]。　顿足捶胸心焦躁。

rì jī yuè zhū
日居月诸[18]，　叫过太阳喊月亮，
hú dié ér wēi
胡迭而微[19]？　为何相食逞微光？

xīn zhī yōu yǐ 心之忧矣，	心中忧郁又烦恼，
rú fěi huàn yī 如匪浣衣[20]。	如穿一件脏衣裳。
jìng yán sī zhī 静言思之，	静下心来细思量，
bù néng fèn fēi 不能奋飞[21]。	不能高飞远翱翔。

这是一首反映社会黑暗、奸佞当权、正直之士横遭迫害的政治抒情诗。从字面上看，写一个女子不得意于夫，受侮于妾，得不到父兄支持，无依无靠，悲苦可怜。实际上是一个正直的小官吏，受尽欺凌，满怀悲愤和委屈之作。诗作深刻揭示了统治阶级内部的矛盾和危机，反映了有志之士在黑暗政治统治下为维护人格尊严所作的努力与抗争。诗篇风格质朴，多用比兴手法以抒发沉重的忧患意识，具有极强的艺术感染力。

①泛：漂荡。柏舟：柏木制的船。这里有诗人自喻坚贞之意。 ②流：随波逐流。 ③耿耿：忧虑不安的样子。 ④隐忧：隐藏内心的忧愁痛苦，难言之苦。 ⑤微：不是。 ⑥敖：通“遨”，遨游，游逛。此句意为乘柏舟遨游以泄忧。 ⑦茹：容纳。含有“我要维护人格尊严，不能像镜子一样任人随便使用”之义。 ⑧兄弟：指政治上的同盟者。 ⑨据：依靠。 ⑩薄：急急忙忙。诉：诉说。 ⑪怒：发怒。指得不到盟友的支持。 ⑫威仪：态度，仪容。棣棣：雍容娴雅、落落大方的样子。 ⑬选：繁体为“選”，故“选”通“巽”，有“屈服退让”之义。此二句含有“身处逆境，不可奴颜事敌，委曲求全”之义。 ⑭悄悄：忧愁的样子。 ⑮愠：怨怒。群小：奸佞的小人们。 ⑯觏：遭遇。闵：忧患。 ⑰寤：醒着。辟：用手拍胸。摽：拍胸膛的声音。 ⑱居、诸：语气词。 ⑲胡：为什么。迭：更迭，轮流。微：古代日食、月食为微，诗作以日食、月食作喻，言昏君佞臣搞得天昏地暗。 ⑳浣：洗。匪浣衣：没有洗的脏衣服。形容忧患在心，心里不干净。 ㉑奋飞：振翅高飞。比喻诗人无法摆脱桎梏，不能自由地奔向他乡，反映了诗人思想的局限性。

lǜ yī
绿衣

lǜ xī yī xī
绿兮衣兮①，　　绿上衣啊绿上衣，
lǜ yī huáng lǐ
绿衣黄里②。　　绿色上衣黄色里。
xīn zhī yōu yǐ
心之忧矣，　　眉头不展心忧郁，
hé wéi qí yǐ
曷维其已③！　　不知何时是止期！

lǜ xī yī xī
绿兮衣兮，　　绿上衣啊绿上衣，
lǜ yī huáng cháng
绿衣黄裳④。　　绿色上衣黄下衣。
xīn zhī yōu yǐ
心之忧矣，　　眉头不展心忧郁，
hé wéi qí wáng
曷维其亡⑤！　　深情厚爱难忘记！

lǜ xī sī xī
绿兮丝兮，　　绿色丝啊绿色丝，
rǔ suǒ zhì xī
女所治兮⑥。　　绿丝本是你手织。
wǒ sī gǔ rén
我思古人⑦，　　睹物深深念亡妻，
bǐ wú yóu xī
俾无訧兮⑧。　　是你使我无过失。

chī xī xì xī
絺兮绤兮，　　细葛衣啊粗葛衣，

qī qí yǐ fēng
凄其以风⑨。　　穿在身上风凄凄。

wǒ sī gǔ rén
我思古人，　　睹物深深念亡妻，

shí huò wǒ xīn
实获我心⑩。　　事事均合我心意。

这是一首悼亡诗。诗人看到妻子的遗物，产生无限的感伤，联想起亡妻的各种优点，抚摸其一针一线给自己做的衣服，更是感叹怀念不已。诗篇以回环复沓的形式，抒发了诗人悲痛、忧郁的心情，表达了对亡妻深深的爱。

①衣：上衣。 ②里：衣服的里子。 ③曷：何，什么。维：语助词。已：结束，停止。 ④裳：下衣，穿在里面。 ⑤亡：忘记，忘掉。 ⑥女：同“汝”。治：纺织。 ⑦古人：故人，指作者的亡妻。 ⑧俾：使。訧：差错，错误。 ⑨凄：凉爽。凄其：凄凄。 ⑩获：得到。心：感情。

yàn yàn
燕燕

yàn yàn yú fēi
燕燕于飞①，　　燕儿双双飞在天，

cī chí qí yǔ
差池其羽②。　　双翅参差尾似剪。

zhī zǐ yú guī
之子于归，　　年轻姑娘要出嫁，

yuǎn sòng yú yě
远送于野。　　郊野送别心戚戚。

zhān wàng fú jí
瞻望弗及③，　　遥望姑娘望不见，

qì tì rú yǔ
泣涕如雨。　　泣涕如雨泪似霰。

yàn yàn yú fēi	燕燕于飞，	燕儿双双飞在天，
xié zhī háng zhī	颉之颃之[4]。	上下左右舞翩翩。
zhī zǐ yú guī	之子于归，	年轻姑娘要出嫁，
yuǎn yú jiāng zhī	远于将之[5]。	远郊送别意流连。
zhān wàng fú jí	瞻望弗及，	遥望姑娘望不见，
zhù lì yǐ qì	伫立以泣。	伫立久久泪沾衫。
yàn yàn yú fēi	燕燕于飞，	燕儿双双飞在天，
xià shàng qí yīn	下上其音[6]。	长鸣短叫意缠绵。
zhī zǐ yú guī	之子于归，	年轻姑娘要出嫁，
yuǎn sòng yú nán	远送于南[7]。	我送姑娘到城南。
zhān wàng fú jí	瞻望弗及，	遥望姑娘望不见，
shí láo wǒ xīn	实劳我心[8]。	我心悲苦眼发酸。
zhòng shì rén zhǐ	仲氏任只[9]，	二姑娘啊本姓任，
qí xīn sāi yuān	其心塞渊[10]。	心地诚实谋虑深。
zhōng wēn qiě huì	终温且惠[11]，	既温柔来又和顺，
shū shèn qí shēn	淑慎其身[12]。	举止文雅又谨慎。

xiān jūn zhī sī
先 君 之 思[13]， 先君之德常思念。
yǐ xù guǎ rén
以 勖 寡 人[14]。 谆谆劝勉教寡人。

这是一首送女子远嫁的诗作。由“以勖寡人”句可知诗的作者应是卫国国君，他眷恋着任氏二姑娘，可是由于种种原因，有情人无法在一起，他只有悲伤地送姑娘远嫁他方。与自己的恋人生离死别，诗人气噎喉堵，泪如雨下。第四章陈述意中人的种种长处，实则在于抒发未能与任二姑娘结合为夫妻的遗憾。诗篇感情真挚，语言酣畅，堪称千古第一离别诗，对后世情人伤别之作影响极大。

①燕燕：一对燕子。于：语助词。于飞：在飞翔。 ②差池：参差不齐的样子。 ③瞻望：远望。弗及：视力达不到。 ④颉：向下飞。颃：向上飞。“颉之颃之”意为上下左右盘旋。 ⑤将：送。 ⑥上下其音：指燕子高一声、低一声地鸣叫。音：声音。 ⑦南：指卫国都城之南。 ⑧实：同“是”。劳：忧愁。 ⑨仲氏：老二。古人多以伯、仲、叔、季做兄弟姊妹的行次。任：姓氏。只：语气词。 ⑩塞：“寋”的假借字，诚恳、忠厚之意。渊：深远。 ⑪终：既。温：温柔。惠：和顺。 ⑫淑：美善。慎：谨慎。 ⑬先君：死去的国君。思：思念。 ⑭勖：劝勉。最后两句是说任二姑娘劝勉我要常常思念先君之德。

rì yuè
日 月

rì jū yuè zhū
日 居 月 诸[1]， 太阳明啊月儿亮，
zhào lín xià tǔ
照 临 下 土。 光辉普照大地上。
nǎi rú zhī rén xī
乃 如 之 人 兮[2]， 世上竟有这种人，
shì bù gǔ chǔ
逝 不 古 处[3]。 能把旧居全相忘。
hú néng yǒu dìng
胡 能 有 定[4]？ 这种生活几时止？

nìng bù wǒ gù
宁 不 我 顾[5]。 为何从不把我想。

rì jī yuè zhū
日 居 月 诸， 太阳明啊月儿亮，
xià tǔ shì mào
下 土 是 冒[6]。 光辉覆盖大地上。
nǎi rú zhī rén xī
乃 如 之 人 兮， 世上竟有这种人，
shì bù xiāng hǎo
逝 不 相 好[7]。 能把恩爱全相忘。
hú néng yǒu dìng
胡 能 有 定？ 这种生活几时止？
nìng bù wǒ bào
宁 不 我 报。 全不把我放心上。

rì jī yuè zhū
日 居 月 诸， 太阳明啊月儿亮，
chū zì dōng fāng
出 自 东 方。 日月冉冉出东方。
nǎi rú zhī rén xī
乃 如 之 人 兮， 世上竟有这种人，
dé yīn wú liáng
德 音 无 良[8]。 品德败坏丧天良。
hú néng yǒu dìng
胡 能 有 定？ 这种生活几时止？
bǐ yě kě wàng
俾 也 可 忘[9]。 真该让我把他忘。

rì jī yuè zhū
日 居 月 诸， 太阳明啊月儿亮，
dōng fāng zì chū
东 方 自 出。 日月冉冉出东方。
fù xī mǔ xī
父 兮 母 兮， 喊声爹啊叫声娘，

xù wǒ bù zú
畜我不卒[10]。　　为何爱我不久长。
hú néng yǒu dìng
胡能有定？　　这种生活几时止？
bào wǒ bù shù
报我不述[11]。　　如此待我违伦常。

这是一首反映妇女受虐待的诗作。诗作共四章，前两章以日月普照大地起兴，申诉自己未能得到丈夫的恩泽，怨恨丈夫不把自己放在心上。第三章谴责丈夫"德音无良"，品行不端。第四章埋怨父母不该把自己嫁给这样的男子，以至于备受折磨。全诗以激动的心情哭诉哀怨，呼天唤地，催人泪下。

①居、诸：都是语气词。　②乃：竟。如：像。之人：这个人。　③逝：发语词。古处：旧居，指夫妻之间的感情。　④胡：何。定：止境，终结。　⑤宁：曾，从来。顾：顾念，体贴。　⑥冒：覆盖。此句意为日月光辉普照大地。　⑦相好：友好，相爱。　⑧德音：道德名誉。无良：不好。　⑨俾：使。此句是说应该把这个人忘掉。　⑩畜：养。卒：终。此句是责备父母没有养之以终，不该让自己嫁给这个男子。另一说为"丈夫爱我不终"，似不妥。　⑪述：通"术"，道。此句是说丈夫不遵循人情世故的道理来对待自己。

zhōng fēng
终风

zhōng fēng qiě bào
终风且暴①，　　大风阵阵狂又暴，
gù wǒ zé xiào
顾我则笑②。　　丈夫见我嘻嘻笑。
xuè làng xiào ào
谑浪笑敖③，　　戏谑放荡又傲慢，
zhōng xīn shì dào
中心是悼④。　　令我心中常苦恼。

zhōng fēng qiě mái
终风且霾⑤，　　大风阵阵起尘埃，

huì rán kěn lái
惠然肯来[6]。　　丈夫柔顺愿常来。
mò wǎng mò lái
莫往莫来，　　切莫随来又随走，
yōu yōu wǒ sī
悠悠我思。　　绵绵忧思我心哀。

zhōng fēng qiě yì
终风且曀[7]，　　大风阵阵阴云布，
bù rì yǒu yì
不日有曀[8]。　　日月无光有云雾。
wù yán bù mèi
寤言不寐，　　翻来覆去不成眠，
yuàn yán zé tì
愿言则嚏[9]。　　盼他能知我心苦。

yì yì qí yīn
曀曀其阴，　　云雾沉沉日无光，
huǐ huǐ qí léi
虺虺其雷[10]。　　雷声阵阵震耳响。
wù yán bù mèi
寤言不寐，　　翻来覆去不成眠，
yuàn yán zé huái
愿言则怀[11]。　　盼他能知我悲伤。

这首诗抒写了女子对丈夫又恼又爱的矛盾心情。相聚时，丈夫的狂放不羁、戏谑无礼使她烦恼气愤；分离时，又想到丈夫的和蔼可亲，不禁忧思绵长，夜不能寐。诗篇以细腻的笔触刻画了女子恨爱交织又无可奈何的心情，从侧面反映了女子地位的低下，有较高的社会意义和审美价值。

①终：既。暴：疾风。　②顾：看。此句是说男子见到作者后便嘻嘻嗤笑，丝毫也不庄重。　③谑：戏谑，戏弄。浪：放荡，卖弄风骚。笑：调笑。敖：傲慢。　④中心：心中。悼：伤心。　⑤霾：形容云雾弥漫或尘埃蔽日。　⑥惠：柔顺。肯：愿意。　⑦曀：阴云密

布。 ⑧不日：没有太阳。 ⑨愿：想，希望。嚏：打喷嚏。民间有"打喷嚏是有人在念叨你"的说法，此句是说：我在这里念叨他，希望他能打几个喷嚏，知道我在想念他。 ⑩虺虺：雷声。 ⑪怀：悲伤。

击鼓

jī gǔ

jī gǔ qí tāng 击鼓其镗[1]，	战鼓咚咚响，
yǒng yuè yòng bīng 踊跃用兵。	踊跃练刀枪。
tǔ guó chéng cáo 土国城漕[2]，	筑土修漕城，
wǒ dú nán xíng 我独南行。	偏我赴南方。
cóng sūn zǐ zhòng 从孙子仲[3]，	跟着孙子仲，
píng chén yǔ sòng 平陈与宋[4]。	联合陈与宋。
bù wǒ yǐ guī 不我以归，	不让我回家，
yōu xīn yǒu chōng 忧心有忡。	心悲愁意浓。
yuán jū yuán chǔ 爰居爰处[5]？	何处能居住？
yuán sàng qí mǎ 爰丧其马？	我马丧何处？
yú yǐ qiú zhī 于以求之？	何处觅白骨？
yú lín zhī xià 于林之下[6]。	树茂林深处。

sǐ shēng qì kuò

死 生 契 阔[7]，　　生死永不离，

yǔ zǐ chéng shuō

与 子 成 说[8]。　　誓言记心里。

zhí zǐ zhī shǒu

执 子 之 手，　　别时紧握手，

yǔ zǐ xié lǎo

与 子 偕 老[9]。　　终老情不移。

xū jiē kuò xī

于 嗟 阔 兮[10]，　　叹息相隔远，

bù wǒ huó xī

不 我 活 兮[11]。　　聚会难上难。

xū jiē xún xī

于 嗟 洵 兮[12]，　　叹息别离久，

bù wǒ shēn xī

不 我 信 兮[13]。　　难以守誓言。

这是一首反映士卒久戍不归的怨愤诗。首章写士卒为国从戎，踊跃参战。第二章写士卒立功沙场，但未能回家。第三章写士卒感叹自己将马革裹尸，叮咛家人到林中树下为其收埋白骨。第四章、第五章回忆征人与妻子诀别时的情景，叹息自己久戍不归，恐怕已是妻离子散了。诗篇哀婉凄凉，反映了战争给人民带来的巨大痛苦和无法弥合的心理创伤。

①镗：象声词，形容战鼓咚咚。　②土国：在国内服役。城漕：修建漕邑城墙。此句是说，有些人在国内服役修筑漕城。　③孙子仲：人名，此次领兵出征的主将。　④平：联合。陈、宋：春秋时诸侯国。陈国，妫姓，都于今河南淮阳；宋国，子姓，商人后裔，都于今河南商丘。　⑤爰：何处，哪里。居、处：住，停留。　⑥于林之下：在山林之下。古时行军驻扎多依山林，死亡者必葬于其下，故叮咛家人在山林下寻找征人的尸骨。　⑦契阔：约束，约结。指生死不相离弃。　⑧子：指征人的妻子。成说：立下誓言。　⑨偕老：共同白头到老。　⑩于嗟：悲伤的感叹。阔：道路遥远。　⑪活：同“佸”，团聚，聚会。　⑫洵：通“敻”，远离，指离别久远的意思。　⑬信：通“伸”，有伸展、实现之意。不我信：使我不能实现誓约。此句是感叹自己离家太远，时间太久，无法实践与妻子白头到老的诺言。

kǎi fēng

凯风

kǎi fēng zì nán 凯风自南[1]，	和风徐徐自南方，
chuī bǐ jí xīn 吹彼棘心[2]。	枣树吐芽换新装。
jí xīn yāo yāo 棘心夭夭[3]，	枣树茂盛枝叶壮，
mǔ shì qú láo 母氏劬劳[4]。	母亲操劳把儿养。

kǎi fēng zì nán 凯风自南，	和风徐徐自南方，
chuī bǐ jí xīn 吹彼棘薪[5]。	枣树成材质地良。
mǔ shì shèng shàn 母氏圣善[6]，	母亲明智又和善，
wǒ wú lìng rén 我无令人[7]。	子女无才难为梁。

yuán yǒu hán quán 爰有寒泉[8]，	清冽寒泉何处求，
zài jùn zhī xià 在浚之下[9]。	卫国浚邑有源头。
yǒu zǐ qī rén 有子七人，	子女七人已长大，
mǔ shì láo kǔ 母氏劳苦。	母独劳苦无止休。

xiàn huàn huáng niǎo 睍睆黄鸟[10]，	清和婉转黄鹂鸣，

zài hǎo qí yīn
载好其音[11]。 关关嘤嘤悦耳听。

yǒu zǐ qī rén
有子七人， 子女七人已长大，

mò wèi mǔ xīn
莫慰母心。 无人能慰母亲心。

这是一首歌颂母爱，表达子女自责、惭愧心情的诗作。诗篇以和煦的南风起兴——南风温暖——长养万物——比喻母亲以甘甜的乳汁，辛勤哺育子女茁壮成长。母亲长年累月含辛茹苦地操劳，而子女却未能成才，未能宽慰母心，理解母亲，深感羞愧。前人多将“有子七人，莫慰母心”解为母亲希望改嫁，可备一说。

①凯风：南风。古人认为南风和煦，长养万物，故称之为凯风。 ②棘：枣树。心：草木萌生的幼芽。 ③夭夭：枝叶茂盛的样子。 ④劬劳：辛苦劳累。 ⑤薪：木柴。此句是说：枣树已长大，可以用作木柴了。 ⑥圣善：明智和善。 ⑦令：善，指品德才智。 ⑧爰：何处。寒泉：古泉名，在卫国浚邑，今河南濮阳县南，泉水长年清冽，故名寒泉。 ⑨浚：浚邑。 ⑩睍睆：鸟清婉的叫声。黄鸟：黄鹂。 ⑪载：则。好其音：声音清亮悦耳。

xióng zhì
雄雉

xióng zhì yú fēi
雄雉于飞， 雄雉长鸣低飞翔，

yì yì qí yǔ
泄泄其羽[1]。 翩翩起舞展翅膀。

wǒ zhī huái yǐ
我之怀矣， 深深思念心上人，

zì yí yī zǔ
自诒伊阻[2]。 独守空闺天一方。

xióng zhì yú fēi 雄 雉 于 飞，	雄雉长鸣低飞翔，
shàng xià qí yīn 上 下 其 音。	高高低低声清亮。
zhǎn yǐ jūn zǐ 展 矣 君 子③，	苦苦思念心上人，
shí láo wǒ xīn 实 劳 我 心④。	忧思苦念愁断肠。

zhān bǐ rì yuè 瞻 彼 日 月，	看了太阳望月亮，
yōu yōu wǒ sī 悠 悠 我 思。	悠悠愁思绵绵长。
dào zhī yún yuǎn 道 之 云 远，	征程迢迢路遥远，
hé yún néng lái 曷 云 能 来⑤？	何时能返我身旁？

bǎi ěr jūn zǐ 百 尔 君 子⑥，	众多“君子”一个样，
bù zhī dé xíng 不 知 德 行。	不知廉耻欠修养。
bù zhì bù qiú 不 忮 不 求⑦，	你不嫉妒不贪婪，
hé yòng bù zāng 何 用 不 臧⑧？	为何诸事不顺当？

这是一首描写妇女思念远行在外的丈夫的诗歌。前两章以雄雉飞翔起兴，比喻男子远行在外，夫妻分离，家庭离散。第三章作者以浓郁的感情，抒发了丈夫远行后自己度日如年的苦闷心情。末章批判了“不知德行”的君子们，为“不忮不求”的丈夫不公平的待遇感到愤愤不平。诗篇感情真挚、炽烈，有力地揭示了沉重的徭役、兵役给人民带来的痛苦。

①泄泄：鸟儿翅膀鼓动的样子。本诗以雄雉远飞比喻男子远行服役。 ②诒：通“贻”，遗留。意为丈夫远行在外，我独自留了下来。伊：代词，指他，那一个。阻：阻隔。意为丈夫与我相隔甚远，天各一方。 ③展：诚，的确。意为我确实思念丈夫啊！ ④劳：愁苦。 ⑤曷：何。云：语助词。 ⑥百尔：众多的。君子：指统治者。 ⑦忮：嫉妒。求：贪婪，贪求。 ⑧臧：善，好。意为我的丈夫“不忮不求”，应诸事顺利，而事实是他办什么事都不顺，且终年服役在外。隐隐地批判讽刺了现实。

páo yǒu kǔ yè
匏有苦叶

páo yǒu kǔ yè
匏有苦叶①，　　葫芦熟了叶儿枯，
jǐ yǒu shēn shè
济有深涉②。　　济河深深有津渡。
shēn zé lì
深则厉③，　　深水腰系葫芦过，
qiǎn zé qì
浅则揭④。　　浅水撩衣背葫芦。

yǒu mǐ jǐ yíng
有沵济盈⑤，　　济河弥漫水盈盈，
yǒu yǎo zhì míng
有鷕雉鸣⑥。　　水边岸头雌雉鸣。
jǐ yíng bù rú guǐ
济盈不濡轨⑦，　　济水虽深湿半轮，
zhì míng qiú qí mǔ
雉鸣求其牡⑧。　　雌雉歌唱求爱情。

yōng yōng míng yàn
雝雝鸣雁⑨，　　大雁嗈嗈把歌唱，
xù rì shǐ dàn
旭日始旦。　　旭日东升天放亮。

shì rú guī qī
士如归妻⑩，　　哥哥有心来娶妹，
dài bīng wèi pàn
迨冰未泮⑪。　　冰河未融迎新娘。

zhāo zhāo zhōu zǐ
招招舟子，　　船夫招唤我过河，
rén shè áng fǒu
人涉卬否⑫。　　别人过河我不过。
rén shè áng fǒu
人涉卬否，　　别人过河我不过，
áng xū wǒ yǒu
卬须我友⑬。　　我等我的小哥哥。

这是一首一位年轻的姑娘在济水旁等待未婚夫时唱的歌。诗篇以简明的笔触，描绘了这样的意境：深秋的清晨，痴情的姑娘独自在水边徘徊，她在耐心地等待未婚夫的到来。咯咯的野鸡鸣，嗈嗈的大雁叫，更激起她对爱情的渴望。她大胆地唱出：你若有心娶我，应趁着冰河未解冻时快点来迎亲。她久久地坐在河边，目送着一批又一批来往的人们，等待着自己的心上人。诗篇主题健康、格调清新，抒情主人公对理想的憧憬及对爱情的勇敢追求令人敬佩、敬重。

①匏：葫芦，古人常常拴葫芦以渡水，称之为“腰舟”。苦叶：枯叶。葫芦熟了叶子也就干枯了。　②济：水名，源于河南济源王屋山。涉：徒步渡水为涉，涉水的渡口也叫涉，此处指渡口。　③厉：带。意为水若深了便系着葫芦过河。　④揭：撩起下衣。意为水若浅了提起衣服便可以过河。　⑤瀰：大水茫茫的样子。　⑥鷕：雌雉的鸣叫声。　⑦濡：沾湿。轨：车轴的两端。　⑧牡：雄兽为牡，此处指雄雉。　⑨雍雍：雁鸣声。　⑩士：男子的通称，此处指女子的未婚夫。归妻：娶妻。　⑪迨：及，趁。泮：融化。古人结婚多在秋冬时节进行。故女子希望在冰河解冻前男子能来娶她。　⑫卬：我。否：指女子不肯上船渡河。　⑬须：等待。友：指女子的未婚夫。

谷风
gǔ fēng

xí xí gǔ fēng
习习谷风[①]，　　谷风飒飒骤然起，
yǐ yīn yǐ yǔ
以阴以雨[②]。　　乌云密布冷雨凄。
mǐn miǎn tóng xīn
黾勉同心[③]，　　夫妻本应同努力，
bù yí yǒu nù
不宜有怒。　　怎能随意发脾气。
cǎi fēng cǎi fēi
采葑采菲[④]，　　蔓菁萝卜收进门，
wú yǐ xià tǐ
无以下体[⑤]？　　谁能把根留地里？
dé yīn mò wéi
德音莫违[⑥]，　　善言美德不可弃，
jí ěr tóng sǐ
及尔同死。　　和你到死永不离。

xíng dào chí chí
行道迟迟，　　走出家门慢向前，
zhōng xīn yǒu wéi
中心有违[⑦]。　　满腹愁怨难以言。
bù yuǎn yī ěr
不远伊迩[⑧]，　　不往远送应近送，
bó sòng wǒ jī
薄送我畿[⑨]。　　薄情只送到门前。
shuí wèi tú kǔ
谁谓荼苦[⑩]，　　谁人不说荼菜苦，
qí gān rú jì
其甘如荠[⑪]。　　在我吃来如荠甜。

yàn ěr xīn hūn
宴尔新昏[12]，　你们新婚多快乐，
rú xiōng rú dì
如兄如弟。　亲如兄弟密无间。

jīng yǐ wèi zhuó
泾以渭浊[13]，　泾渭合流清浊显，
shí shí qí zhǐ
湜湜其沚[14]。　泾水平静清可见。
yàn ěr xīn hūn
宴尔新昏，　你们新婚多快乐，
bù wǒ xiè yǐ
不我屑以[15]。　说我不洁不值看。
wú shì wǒ liáng
毋逝我梁[16]，　别到我的渔坝来，
wú fā wǒ gǒu
毋发我笱[17]。　我的渔笱你别翻。
wǒ gōng bù yuè
我躬不阅[18]，　可怜我身不见容，
huáng xù wǒ hòu
遑恤我后[19]。　何谈今后把我念。

jiù qí shēn yǐ
就其深矣，　人若想过深水渊，
fāng zhī zhōu zhī
方之舟之[20]。　须用竹筏或木船。
jiù qí qiǎn yǐ
就其浅矣，　人若要过浅水潭，
yǒng zhī yóu zhī
泳之游之[21]。　不妨游泳把水潜。
hé yǒu hé wú
何有何亡[22]，　有啥缺啥我明白，
mǐn miǎn qiú zhī
黾勉求之。　尽力操持求圆满。

原文	译文
fán mín yǒu sāng 凡民有丧[23]，	左邻右舍有急难，
pú fú jiù zhī 匍匐救之[24]。	竭尽全力忙救援。
bù wǒ néng xù 不我能慉[25]，	你不爱我也就算，
fǎn yǐ wǒ wéi chóu 反以我为雠[26]。	不该把我作敌看。
jì zǔ wǒ dé 既阻我德，	我的品德全不见，
gǔ yòng bù shòu 贾用不售[27]。	好比货物脱手难。
xī yù kǒng yù jū 昔育恐育鞫[28]，	从前生活苦贫寒，
jí ěr diān fù 及尔颠覆[29]。	与你同心渡难关。
jì shēng jì yù 既生既育[30]，	而今生活已好转，
bǐ yú yú dú 比予于毒[31]。	我成毒虫被清算。
wǒ yǒu zhǐ xù 我有旨蓄[32]，	美味干菜我收藏，
yì yǐ yù dōng 亦以御冬。	贮存起来好过冬。
yàn ěr xīn hūn 宴尔新昏，	你们新婚多快乐，
yǐ wǒ yù qióng 以我御穷[33]。	拿我贮备来挡穷。
yǒu guāng yǒu kuì 有洸有溃[34]，	粗声恶气打骂凶，
jì yí wǒ yì 既诒我肄[35]。	还要逼我做苦工。

bù niàn xī zhě

不念昔者，　　　　全然不念昔日爱，

yī yú lái jì

伊余来塈㊱。　　　　休再提起夫妻情。

这是一首弃妇诉苦的诗作。她出嫁时夫家十分贫苦，她谨守妇道，与丈夫同心同德，努力操持家务，生活渐渐富裕了，而男子却喜新厌旧，把她抛弃了。她悲愤交加，以诗歌的形式批判了丈夫的不道德行为，抨击了男尊女卑的婚姻制度。诗作主题鲜明，结构合理。诗意委婉感人，一咏三叹，将诗人的满腹委屈和对丈夫抱有一丝痴情的复杂心情和盘托出，令人慨然长叹，深切同情抒情女主人公的不幸遭遇。

①习习：风声飒飒。谷风：山谷中吹来的风。　②以：又。此句以天气的阴、雨来比喻夫妻感情的变化。　③黾勉：勉力，努力。同心：同心同德。　④葑：蔓菁。菲：萝卜。　⑤以：用。下体：指蔓菁、萝卜的根部。吃蔓菁、萝卜是食用它们的根，而不是叶。而女子的丈夫只重视叶、不重视根，比喻其只注重女子的容颜、不注重品德，本末倒置了。　⑥德音：善言，有道德的话语。违：远离，消除。　⑦违：同"怿"，怨恨。⑧伊：是，表示肯定。迩：近。　⑨薄：语助词。畿：门坎。　⑩荼：苦菜。　⑪荠：菜名，嫩叶可食，味甜。　⑫宴：快乐。昏：同"婚"。　⑬泾、渭：皆水名，泾水源于宁夏，渭水源于甘肃，在陕西西安高陵区合流。泾水清，渭水浊，故有泾渭分明、泾清渭浊之说。以：由于，因。　⑭湜湜：水清的样子。沚：同"止"，指水平静的时候。　⑮屑：清洁。　⑯逝：前往。梁：渔坝，用石头拦住水流，中间留有小缺口以便捕鱼。　⑰发：乱动。笱：捕鱼的用具，以竹编成筒状，口有倒刺，鱼入内就出不来了。　⑱躬：身体。阅：收容。　⑲遑：何。恤：照顾，顾念。　⑳方：竹筏，木筏。舟：木船。　㉑泳：潜在水中游。游：浮在水面游。　㉒亡：无。　㉓民：人，指邻居。丧：丧乱灾祸。　㉔匍匐：本来是手足并用在地上爬行，此处指竭尽全力。　㉕慉：爱。　㉖雠：仇。　㉗贾用：卖货物。不售：卖不出去。　㉘育：生活。恐：恐慌。鞫：贫穷。　㉙颠：跌倒。覆：翻倒。"颠覆"即经受挫折，引申为同甘苦，共患难。　㉚既：已经。生、育：生活。指生活已经变富裕了。另有说生、育指生育了孩子，亦通。　㉛比予：把我当作。毒：毒虫。　㉜旨蓄：美味的干菜、咸菜。　㉝以我御穷：拿我贮备的物质财富去抵御贫穷。　㉞有：又。洸：凶暴，动武打人。溃：发怒。　㉟诒：同"遗"，留给。肄：劳苦。　㊱伊：唯。来：语助词。塈：与"忾"相通，作爱讲，指夫妻之爱情。

shì wēi
式微

shì wēi shì wēi
式微,式微①,　　日暮日暮天色晚,
hú bù guī
胡不归②?　　有家为何不能还?
wēi jūn zhī gù
微君之故③,　　若非为君服役故,
hú wèi hū zhōng lù
胡为乎中露④!　　怎能露中受熬煎!

shì wēi shì wei
式微,式微,　　日暮日暮天色晚,
hú bù guī
胡不归?　　有家为何不能还?
wēi jūn zhī gōng
微君之躬,　　若非为君贵体故,
hú wèi hū ní zhōng
胡为乎泥中!　　怎能陷在泥水间!

这是一首服役者的歌。日薄西山,牛羊归圈,百鸟回林,若在平时,人们已结束了一天的劳动,返回自己的家中。而此时,等待服役者的是无休止的徭役,是风餐露宿的生活,是在泥泞之中的挣扎。简短的诗句,唱出了他们的悲愤不平,再现了他们艰苦的生活。诗歌短小精悍,句式多变,更体现了服役者边走边唱的民歌特点。

①式:发语词,无意义。微:通“昧”,黄昏。　②胡:为什么。归:回家。　③微:不是,若非。故:缘故。　④中露:露水之中。

旄丘
máo qiū

máo qiū zhī gé xī
旄丘之葛兮[1]，　　高丘之上有葛藤，

hé dàn zhī jié xī
何诞之节兮[2]。　　葛藤枝节长又青。

shū xī bó xī
叔兮伯兮[3]，　　喊声弟弟叫声兄，

hé duō rì yě
何多日也。　　多日难见你面容。

hé qí chǔ yě
何其处也[4]？　　为何多日未出门？

bì yǒu yǔ yě
必有与也[5]。　　定是另有结盟人。

hé qí jiǔ yě
何其久也？　　为何多日未找我？

bì yǒu yǐ yě
必有以也[6]。　　里面定是有原因。

hú qiú méng róng
狐裘蒙戎[7]，　　狐皮大衣毛蓬松，

fěi chē bù dōng
匪车不东[8]。　　赶着大车不向东。

shū xī bó xī
叔兮伯兮，　　喊声弟弟叫声兄，

mǐ suǒ yǔ tóng
靡所与同[9]。　　心意不合情难通。

suǒ xī wěi xī
琐兮尾兮[10]，　　地位卑贱人言轻，

liú lí zhī zǐ
流离之子[11]。　新春又见小黄莺。
shū xī bó xī
叔兮伯兮，　喊声弟弟叫声兄，
yòu rú chōng ěr
褎如充耳[12]。　充耳不闻事难成。

这是一首描写流亡者盼望援助的诗作。《左传·宣公十五年》载：赤狄占领了黎国，黎国君臣逃奔卫国，请晋国发兵援助，晋国迟迟不肯发兵，黎人因此作了这首诗。诗作抒发了苦难中的人们渴望得到援助的迫切心情。

①旄丘：卫国的丘名，在河南濮阳县。　②诞：长。节：指葛藤茎蔓上的节。③叔、伯：诸侯国之间的通称。　④处：居住，指叔、伯安居未动。　⑤与：和……在一起，借指同伴或同盟者。　⑥以：原因。　⑦狐裘：狐皮大衣。蒙戎：指裘皮的毛蓬松的样子。指晋国君臣。　⑧匪：通“彼”。不东：不向东方去援助黎国。　⑨靡：无。同：同心。　⑩琐：细小，渺小。尾：卑贱。黎国君臣寄人篱下，有自卑感，感到人微言轻。⑪流离：黄鹂。看到小黄鹂，诗人感到冬去春来，寄居异国的时间太久了，心情更加焦虑。　⑫褎：聋。充：堵塞。指责晋国君臣对自己的求援充耳不闻。

jiǎn xī
简兮

jiǎn xī jiǎn xī
简兮简兮[1]，　赫赫武师好风光，
fāng jiāng wàn wǔ
方将万舞[2]。　指挥万舞将开场。
rì zhī fāng zhōng
日之方中[3]，　杲杲红日正中央，
zài qián shàng chù
在前上处[4]。　舞师列前站首行。

shuò rén yǔ yǔ
硕人俣俣[5]，　身材高大又魁梧，

gōng tíng wàn wǔ 公庭万舞[6]。	庙堂庭前演万舞。
yǒu lì rú hǔ 有力如虎，	身强力壮如猛虎，
zhí pèi rú zǔ 执辔如组[7]。	手握缰绳犹丝组。
zuǒ shǒu zhí yuè 左手执籥[8]，	左手执笛跳文舞，
yòu shǒu bǐng dí 右手秉翟[9]。	右手挥羽炫我目。
hè rú wò zhě 赫如渥赭[10]，	容光焕发如红土，
gōng yán cì jué 公言锡爵[11]。	卫公赐酒夸好舞。
shān yǒu zhēn 山有榛[12]，	山上高高是榛树，
xí yǒu líng 隰有苓[13]。	甘草长在低洼处。
yún shuí zhī sī 云谁之思[14]，	心里把谁盼又想，
xī fāng měi rén 西方美人[15]。	西方美人我爱慕。
bǐ měi rén xī 彼美人兮，	美男子啊真魁梧，
xī fāng zhī rén xī 西方之人兮。	西方美人我思慕。

一位女子在观看舞师表演万舞时，为舞师的仪表堂堂、风度翩翩、勇武刚健所吸引，爱慕之心油然而生，便以激动的心情作了这首诗。诗篇表现了女子对爱情的大胆追求，值得肯定。作者以细腻的笔触再现了舞师的勃勃英姿，表现了周人对阳刚美的追求，尤具审美价值。

①简：仪表堂堂的样子。亦有解为鼓声咚咚。　②方将：正要。万舞：舞蹈的总称，分文舞和武舞两种。文舞以长笛、野鸡尾为道具，武舞以盾和斧作道具。　③方中：中天，即正午时刻。　④处：位置。　⑤硕人：身材高大的人。俣俣：身材魁梧的样子。⑥公庭：庙堂的庭前。　⑦执辔：握着马缰绳。组：用丝编织的带子。此句意为舞师握着缰绳熟练得很，就像妇女拿着丝带子一样。　⑧籥：古乐器，类似笛子。　⑨秉：拿着。翟：野鸡尾上的羽毛。　⑩赫：指武师脸上红润有光泽。渥：涂抹。赭：红土。　⑪公：当指卫公。锡：通“赐”。爵：酒具，意为奖赏酒喝。　⑫榛：树名。果实似栗子而比栗子小。⑬隰：低洼潮湿的地方。苓：甘草。　⑭云：语助词。　⑮西方：指漂亮的舞师是西方人。

quán　shuǐ
泉　水

bì bǐ quán shuǐ 毖彼泉水①，	涓涓泉水扬清波，
yì liú yú qí 亦流于淇②。	泉水滔滔入淇河。
yǒu huái yú wèi 有怀于卫，	思念卫国我家乡，
mí rì bù sī 靡日不思③。	无日不思返故国。
luán bǐ zhū jī 娈彼诸姬④，	众位姊妹心地好，
liáo yǔ zhī móu 聊与之谋。	遇事商讨谋划多。
chū sù yú jǐ 出宿于泲⑤，	回想当初宿泲地，
yǐn jiàn yú nǐ 饮饯于祢⑥。	饮酒饯别在祢邑。
nǚ zǐ yǒu xíng 女子有行⑦，	女子出嫁到异国，

yuǎn fù mǔ xiōng dì 远父母兄弟。	远离父母及兄弟。
wèn wǒ zhū gū 问我诸姑[8]，	临行话别姑姑们，
suì jí bó zǐ 遂及伯姊[9]。	诸位堂姐未忘记。
chū sù yú gān 出宿于干[10]，	而今夜宿于干地，
yǐn jiàn yú yán 饮饯于言[11]。	饮酒饯别在言邑。
zài zhī zài xiá 载脂载辖[12]，	涂好车油安上键，
xuán chē yán mài 还车言迈[13]。	调转车头好回去。
chuán zhēn yú wèi 遄臻于卫[14]，	只盼快点回卫国，
bù xiá yǒu hài 不瑕有害[15]。	有何危害令人疑。
wǒ sī féi quán 我思肥泉[16]，	我心苦苦思清泉，
zī zhī yǒng tàn 兹之永叹[17]。	长吁短叹心忧烦。
sī xū yǔ cáo 思须与漕[18]，	须城漕邑常惦念，
wǒ xīn yōu yōu 我心悠悠。	忧思不断意绵绵。
jià yán chū yóu 驾言出游[19]，	驾起长车出外走，
yǐ xiè wǒ yōu 以写我忧[20]。	借此发泄愁无限。

这首诗以跳跃的形式，抒发了一位远嫁异国的姑娘对故土的苦苦思念，以及希望回国省亲而不得的忧愁苦闷。首章写抒情主人公对故乡的思念与

谋划回国省亲。第二章写自己远嫁异乡,远离亲人,进一步抒发了思亲之情。第三章前四句写诗人轻车快马,希望能早点儿回家,末两句写回乡计划受阻,心中感到疑虑和气愤。尾章进一步抒发思乡及返乡不得的苦闷。诗作以抒情为主,杂以简短的记叙,结构合理,感情细腻,有力地抒发了思乡及对阻挠诗人返乡省亲者的愤慨。

①毖:水流的样子。 ②淇:水名,源于山西陵川县,汇入卫河。 ③靡:无,没有。 ④娈:美好的样子。诸姬:诸位姬姓女子。卫国为姬姓国,卫女嫁于诸侯,要陪嫁许多同姓女子,有事多与这些女子商量。 ⑤出宿:出来住宿。泲:卫国地名。 ⑥饯:饯行,临别时以酒送行。祢:卫国地名。 ⑦行:女子出嫁。 ⑧问:告别。诸姑:各位姑母。 ⑨遂:于是,就。伯姊:堂姐妹。 ⑩干:卫国地名。 ⑪言:卫国地名。 ⑫载:则。脂:以油脂涂在车轴上。辖:安好车键。以上两项工作都是为了使大车迅速启动,轻快前进。 ⑬还:旋。意为要乘车回去。迈:行。此句是说:诗人做好了一切准备工作,要回家省亲了。 ⑭遄:迅速。臻:到。 ⑮瑕:无。意为我只是盼望着快点儿回家,对国家绝无危害,不知为何不让我回去。 ⑯肥泉:前面提及的清泉。 ⑰兹:同"滋",增加。永叹:长叹。 ⑱须、漕:都是卫国地名。 ⑲驾:驾车。言:语助词。 ⑳写:通"泻",宣泄,发泄。意为驾车出游,以此发泄自己内心的忧闷。

北门
(běi mén)

出自北门, (chū zì běi mén)	出差匆匆出北门,
忧心殷殷[①]。 (yōu xīn yīn yīn)	心中苦闷忧虑深。
终窭且贫[②], (zhōng jù qiě pín)	生活贫穷难为礼,
莫知我艰。 (mò zhī wǒ jiān)	无人知晓我艰辛。
已焉哉[③]! (yǐ yān zāi)	长叹一声算了吧!

tiān shí wéi zhī
天实为之， 既然上天意如此，
wèi zhī hé zāi
谓之何哉！ 让我还能有啥说！

wáng shì shì wǒ
王事适我[4]， 王室外差交给我，
zhèng shì yī pí yì wǒ
政事一埤益我[5]。 大小政事推给我。
wǒ rù zì wài
我入自外， 出差刚刚返回国，
shì rén jiāo biàn zhé wǒ
室人交遍谪我[6]。 家人纷纷指责我。
yǐ yān zāi
已焉哉！ 长叹一声算了吧！
tiān shí wéi zhī
天实为之， 既然上天意如此，
wèi zhī hé zāi
谓之何哉！ 让我还能有啥说！

wáng shì dūn wǒ
王事敦我， 王室外差催着我，
zhèng shì yī pí wèi wǒ
政事一埤遗我[7]。 大小政事加给我。
wǒ rù zì wài
我入自外， 出差刚刚返回国，
shì rén jiāo biàn cuī wǒ
室人交遍摧我[8]。 家人纷纷讽刺我。
yǐ yān zāi
已焉哉！ 长叹一声算了吧！
tiān shí wéi zhī
天实为之， 既然上天意如此，
wèi zhī hé zāi
谓之何哉！ 让我还能有啥说！

这是一首描写小官吏诉苦的诗。这位小官吏，政务繁忙，工作辛苦，生活贫穷。他常常服役在外，奔波于各地，回家后，等待他的是堆积如山的工作和尖刻的指责和讽刺。他感到身心交瘁，力不从心，作此诗以抒发自己内心的忧虑、愤懑和烦恼。此诗从侧面反映了社会劳逸的不均和分配的不平等。

①殷殷：郁闷忧伤的样子。　②窭：由于贫穷无法讲求礼仪。贫：贫穷。　③已焉哉：既然这样了。引申为“算了吧”。　④王事：王室的事情。适：投掷。适我：扔给我。　⑤政事：卫国内大大小小的差事。一：完全，都。埤益：增加，堆积。埤益我：强加给我。　⑥室人：家人，亲属。交：轮流，更迭。谪我：指责我。　⑦遗：加，交给。　⑧摧：讽刺。

běi fēng
北风

běi fēng qí liáng
北风其凉，　　北风劲吹天气凉，

yù xuě qí pāng
雨雪其雱①。　　雪花漫天纷飞扬。

huì ér hào wǒ
惠而好我②，　　朋友爱我关心我，

xié shǒu tóng xíng
携手同行。　　携手同行齐逃荒。

qí xū qí xú
其虚其邪③，　　怎能犹豫慢慢走，

jì jí zhī jū
既亟只且④。　　形势危急有祸殃。

běi fēng qí jiē
北风其喈⑤，　　北风劲吹刺骨凉，

yù xuě qí fēi
雨雪其霏⑥。　　雪花漫天纷飞扬。

huì ér hào wǒ 惠 而 好 我，	朋友爱我关心我，
xié shǒu tóng guī 携 手 同 归[7]。	携手同行奔它方。
qí xū qí xú 其 虚 其 邪，	怎能犹豫慢慢走，
jì jí zhī jū 既 亟 只 且。	形势危急有祸殃。

mò chì fěi hú 莫 赤 匪 狐[8]，	没有狐狸毛不红，
mò hēi fěi wū 莫 黑 匪 乌[9]。	没有乌鸦羽不黑。
huì ér hào wǒ 惠 而 好 我，	朋友爱我关心我，
xié shǒu tóng chē 携 手 同 车[10]。	携手登车心相随。
qí xū qí xú 其 虚 其 邪，	怎能犹豫慢慢走，
jì jí zhī jū 既 亟 只 且。	祸殃临头形势危。

这是一首卫国百姓忍受不了暴政，相携逃难时唱的歌。诗作以“北风其凉”起兴，极力渲染了一个北风呼啸、大雪纷飞的阴霾天气，既影射了卫国统治者的暴政，又烘托出诗篇的悲剧气氛，基调凄怆，思绪悲愤，形成强烈的感情冲击波，对后世影响极为深远。后代多有名家以北风起兴，显见得益于此诗。

①雨雪：下雪。“雨”为动词。雱：通“滂”，形容雪花纷飞的样子。 ②惠、好：友爱，喜欢。 ③虚：为“舒”的借字。邪：为“徐”的借字。“虚邪”即舒徐，有犹豫不定、缓慢前进的意思。 ④亟：急。既亟：事很紧急。只且：语气词，相当于“啦”“了”。 ⑤喈：寒冷的意思。 ⑥霏：雪花飞舞的样子，形容雪下得很大。 ⑦同归：同行。 ⑧匪：通“非”。狐：狐狸。狐狸皮毛为红色，周代大官穿红衣，故以狐狸影射大官。 ⑨乌：乌鸦。乌鸦羽毛为黑色，周代小官吏穿黑衣，故以乌鸦影射小官。狐狸、乌鸦都是不祥的动物，以此比喻周代统治者，含有讽刺、抨击周代统治者的意义。 ⑩同车：同车离去。

jìng nǚ
静女

jìng nǚ qí shū
静女其姝①，　　姑娘文静真美丽，
sì wǒ yú chéng yú
俟我于城隅②。　　约我相会城角里。
ài ér bù jiàn
爱而不见③，　　有意藏起不相见，
sāo shǒu chí chú
搔首踟蹰④。　　挠头徘徊令人急。

jìng nǚ qí luán
静女其娈⑤，　　姑娘文静容貌俏，
yí wǒ tóng guǎn
贻我彤管⑥。　　送我一株赤红草。
tóng guǎn yǒu wěi
彤管有炜⑦，　　红色小草闪光彩，
yuè yì rǔ měi
说怿女美⑧。　　我为美女而倾倒。

zì mù guī tí
自牧归荑⑨，　　放牧归来赠茅荑，
xún měi qiě yì
洵美且异。　　茅荑洁白美得奇。
fěi rǔ zhī wéi měi
匪女之为美⑩，　　并非茅荑多美丽，
měi rén zhī yí
美人之贻。　　美人所赠含情意。

这是一首反映青年男女幽期密约的诗作。日暮黄昏，小伙子得意扬扬到城角赴约，年轻活泼的姑娘故意藏起来不见他，急得小伙子抓耳挠腮团团

转。姑娘赠给他一株小草，他十分高兴，将其视为珍宝。幽默、诙谐、活泼、浪漫是本诗的主旋律，奏出一曲动人的恋歌，反映出青年男女幽期密约时的兴奋与喜悦。

①静女：文静、娴雅的女子。姝：美丽的样子。 ②俟：等待。城隅：城角。 ③爱：借为"薆"，隐藏的意思。姑娘故意藏起来，让小伙子着急。 ④搔首：用手挠头。踟蹰：来回走动。 ⑤娈：容貌俊俏的样子。 ⑥贻：赠送。彤管：红色的小草。有人说是赤管笔或红色管状乐器，亦可。 ⑦炜：红而发亮的样子。 ⑧说：同"悦"。说怿：喜爱。女：通"汝"，指彤管。 ⑨牧：郊外放牧的地方。归：借为"馈"，赠送的意思。荑：初生柔嫩的白茅。 ⑩匪：通"非"。女：通"汝"，指茅荑。

xīn tái
新 台

xīn tái yǒu cǐ
新 台 有 泚①， 新台鲜艳色彩明，

hé shuǐ mí mí
河 水 弥 弥②。 河水弥漫白漾漾。

yàn wǎn zhī qiú
燕 婉 之 求③， 本想嫁给美少年，

qú chú bù xiān
籧 篨 不 鲜④。 谁知嫁个丑老公。

xīn tái yǒu cuǐ
新 台 有 洒⑤， 新台高耸入云端，

hé shuǐ měi měi
河 水 浼 浼⑥。 河水浩渺水漫漫。

yàn wǎn zhī qiú
燕 婉 之 求， 本想嫁给美少年，

qú chú bù tiǎn
籧 篨 不 殄⑦。 谁知嫁个丑老汉。

yú wǎng zhī shè
鱼网之设，　想捉大鱼把网张，
hóng zé lí zhī
鸿则离之[8]。　一只蛤蟆进了网。
yàn wǎn zhī qiú
燕婉之求，　本想嫁给美少年，
dé cǐ qī shī
得此戚施[9]。　嫁个驼背把心伤。

一个女子想嫁给一个美少年，却配了一个丑丈夫，便作此诗抒发忧伤愤恨的心情。旧说是卫宣公给儿子伋娶齐女，为了迎接新娘，在黄河边上建了一座新台。后卫宣公见新娘漂亮，便把她占为己有，是为宣姜。人民憎恶这种丑行，作此诗讽刺卫宣公。诗作以回环复沓的形式，反复抒发了不合适的婚姻给妇女带来的痛苦，有力地抨击了统治者的荒淫和堕落。

①新台：新建的楼台。泚：鲜明的样子。 ②河：黄河。弥弥：水势浩大的样子。 ③燕婉：形容人的相貌俊俏美好。 ④籧篨：蛤蟆，有人解为粗竹席，比喻有残疾不能弯腰的人。不鲜：不漂亮。 ⑤洒：高峻的样子。 ⑥浼浼：河水涨满的样子。 ⑦殄：善、美。 ⑧鸿：蛤蟆（用闻一多《诗经通义》说）。离：通“罹”，附着，鱼到网中。 ⑨戚施：腰不能直的残疾人，即驼背。

èr zǐ chéng zhōu
二子乘舟

èr zǐ chéng zhōu
二子乘舟，　二人同坐一小舟，
fàn fàn qí jǐng
泛泛其景[1]。　漂漂荡荡去远游。
yuàn yán sī zǐ
愿言思子[2]，　每当想起你二人，

zhōng xīn yǎng yǎng
中 心 养 养[3]。 心中抑郁又忧愁。

èr zǐ chéng zhōu
二 子 乘 舟， 二人同乘一小舟，
fàn fàn qí shì
泛 泛 其 逝[4]。 漂漂荡荡去远游。
yuàn yán sī zǐ
愿 言 思 子， 想起二人心不宁，
bù xiá yǒu hài
不 瑕 有 害[5]。 不知是否有祸忧。

这是一首惦念乘舟远行者的诗作。卫国国君荒淫无度，政治腐败，人民苦不堪言，纷纷结伴流亡于外。《北风》记叙了从陆路逃难者的情感，本诗记叙了从水路逃难者的行踪。诗人对逃难者关怀备至，字里行间渗透着诗人亲切的关注和诚挚的期望。

①泛泛：漂流的样子。景：通“憬”，远行的意思。 ②愿：深切思念。 ③养养：“恙恙”的借字，忧虑不安的样子。 ④逝：往。 ⑤不瑕：不无。

yōng fēng
鄘 风

bǎi zhōu
柏 舟

fàn bǐ bǎi zhōu
泛 彼 柏 舟，　　荡起小小柏木船，
zài bǐ zhōng hé
在 彼 中 河。　　河中荡去又复还。
dàn bǐ liǎng máo
髧 彼 两 髦①，　　长发垂肩美少年，
shí wéi wǒ yí
实 维 我 仪②。　　是我理想的侣伴。
zhī sǐ shǐ mǐ tā
之 死 矢 靡 它③。　　同生共死情不变。
mǔ yě tiān zhī
母 也 天 只④，　　喊声妈啊叫声天，
bù liàng rén zhī
不 谅 人 只。　　你不体谅可咋办?

fàn bǐ bǎi zhōu
泛 彼 柏 舟，　　荡起小小柏木船，
zài bǐ hé cè
在 彼 河 侧。　　缓缓漂荡到河边。
dàn bǐ liǎng máo
髧 彼 两 髦，　　长发垂肩美少年，

shí wéi wǒ tè
实维我特⑤。　　是我理想的侣伴。

zhī sǐ shǐ mǐ tè
之死矢靡慝⑥。　　同生共死情不变。

mǔ yě tiān zhī
母也天只，　　喊声妈啊叫声天，

bù liàng rén zhī
不谅人只。　　你不体谅可咋办？

一个女子爱上一个青年，她母亲却强迫她嫁给别人，她誓死不从，作此诗以表达心意。诗作表达了女子婚姻自主的要求，抨击了“父母之命”对婚姻横加干涉的社会习俗，歌颂了真挚、专一的爱情，开后世追求自由婚姻作品之先河，在文学史上有较大影响。

①髧：头发下垂的样子。髦：发辫。古代未成年的男子头发梳成两个发辫，左右各一，自然垂下，叫作两髦。　②实：是。维：为。仪：“偶”的假借字，即配偶、情侣的意思。　③之死：至死。矢：誓死。靡它：没有它心。　④只：语气词。　⑤特：配偶，情侣。　⑥慝：更改。

qiáng yǒu cí
墙有茨

qiáng yǒu cí
墙有茨①，　　墙上长蒺藜，

bù kě sǎo yě
不可埽也②。　　扫也扫不完。

zhōng gòu zhī yán
中冓之言③，　　宫中男女事，

bù kě dào yě
不可道也。　　最好莫论谈。

suǒ kě dào yě
所可道也④，　　如若说这事，

yán zhī chǒu yě
言之丑也。　　实在是丢脸。

qiáng yǒu cí
墙有茨，　　墙上长蒺藜，
bù kě xiāng yě
不可襄也[5]。　　拔也拔不完。
zhōng gòu zhī yán
中冓之言，　　宫中男女事，
bù kě xiáng yě
不可详也。　　最好莫详谈。
suǒ kě xiáng yě
所可详也，　　如若详细说，
yán zhī cháng yě
言之长也。　　丑事难讲完。

qiáng yǒu cí
墙有茨，　　墙上长蒺藜，
bù kě shù yě
不可束也。　　捆也捆不完。
zhōng gòu zhī yán
中冓之言，　　宫中男女事，
bù kě dú yě
不可读也[6]。　　最好莫宣传。
suǒ kě dú yě
所可读也，　　一旦传出去，
yán zhī rǔ yě
言之辱也[7]。　　实在是丢脸。

这是一首揭露、讽刺统治者淫乱无耻的诗作。旧说卫宣公死后，其妻宣姜与庶子公子顽私通，生下齐子、戴公、文公、宋桓夫人及许穆夫人。卫国人民厌恶这种丑行，作诗讽刺他们腐朽、荒淫的生活，称这些宫中秽闻“不可道”“不可详”“不可读”，显示了诗篇批判现实的战斗精神。

①茨：蒺藜，一种蔓生植物，籽有三角刺，古人在墙上种蒺藜，用以防盗。 ②埽：即“扫”。 ③中冓：宫廷内部。“中冓之言”指的是宫廷内肮脏、污秽的事情。 ④所：若，如。 ⑤襄：通“攘”，扫除。 ⑥读：宣扬，宣传。 ⑦辱：丑，指可耻之事。

jūn zǐ xié lǎo
君子偕老

jūn zǐ xié lǎo 君子偕老[1]，	贵族妇人真显赫，
fù jī liù jiā 副笄六珈[2]。	金簪步摇玉六颗。
wēi wēi tuó tuó 委委佗佗[3]，	行止端庄又自得，
rú shān rú hé 如山如河[4]，	静如高山动如河，
xiàng fú shì yí 象服是宜[5]。	彩色画服衣适合。
zǐ zhī bù shū 子之不淑，	品行不端行为恶，
yún rú zhī hé 云如之何？	对此还能说什么？

cǐ xī cǐ xī 玼兮玼兮[6]，	玉色鲜明衣艳丽，
qí zhī dí yě 其之翟也[7]。	礼服刺绣是野鸡。
zhěn fà rú yún 鬒发如云[8]，	黑发松软如云霞，
bù xiè dì yě 不屑髢也[9]。	不用假发仍密密。

yù zhī tiàn yě 玉之瑱也[10]，	美玉耳坠两边摇，
xiàng zhī tì yě 象之揥也[11]。	象牙簪子粗细宜。
yáng qiě zhī xī yě 扬且之皙也[12]。	肤色洁白容俏丽。
hú rán ér tiān yě 胡然而天也[13]，	恍如天仙降人世，
hú rán ér dì yě 胡然而帝也[14]。	又如帝子神奕奕。

cuō xī cuō xī 瑳兮瑳兮[15]，	玉色洁白多美丽，
qí zhī zhǎn yě 其之展也[16]。	水红细纱如蝉翼。
méng bǐ zhòu chī 蒙彼绉絺[17]，	罩上细葛布外套，
shì xiè fán yě 是绁袢也[18]。	紧身内衣世间稀。
zǐ zhī qīng yáng 子之清扬[19]，	眉清目秀眼明亮，
yáng qiě zhī yán yě 扬且之颜也[20]。	容貌俊俏颜如玉。
zhǎn rú zhī rén xī 展如之人兮[21]，	如此佳人实少见，
bāng zhī yuàn yě 邦之媛也[22]。	婵娟倾城好风仪。

这是一首讽刺贵族妇女的诗。全诗以美为刺，对她的服装之美丽、首饰之名贵、肤色之白皙、容颜之妖冶，极尽夸张之能事。以贵妇人超群的容貌美反衬她内心的丑陋，以贵妇人服饰的光彩夺目，反衬她行为的污秽，产生出巨大的反差和强烈的讽刺效果。这种以丽辞写丑行的艺术手法，多为后人采用。杜甫的《丽人行》即为一例。

①君子：指女子的丈夫。偕老：男不更娶，女不再嫁，成为终生伴侣谓之偕老。②副：古代首饰名。笄：簪子。珈：首饰名，加在簪子一端，垂以美玉、明珠，走路时美玉、明珠能摇动，称为“步摇”。六珈：有六支簪子及配套的“珈”。 ③委委佗佗：形容女子行步时稳重美丽，雍容自得。委委，形容行步之美。佗佗，形容人高大美艳。 ④如山如河：形容女子像山一样庄重沉稳，像河渊一样深不可测，这是从气质上赞美女子。 ⑤象服：绘有图案、色彩的礼服。 ⑥玼：玉色鲜明的样子。 ⑦翟：野鸡的一种，这里指绣有野鸡花纹的女子服装。 ⑧鬒发：黑头发。 ⑨不屑：不肯，不用。髢：假发。 ⑩瑱：耳边以美玉镶嵌的装饰物，用以塞耳，也叫充耳。 ⑪象：象牙。揥：簪子。 ⑫扬：额角方正饱满。且：语气词。皙：洁白。 ⑬胡：为什么。然：这样。而：如的意思。此句意为贵妇人为什么美得像天仙一样呢。 ⑭帝：帝子，即天仙。 ⑮瑳：玉色鲜明洁白。 ⑯展：丹红色细纱制成的女子衣服，一般用作礼服。 ⑰蒙：罩在外面。绉絺：细夏布，今名绉纱。 ⑱绁袢：内衣。 ⑲清扬：眉清目秀。 ⑳颜：容貌。形容女子貌美如玉。 ㉑展：诚然，的确。 ㉒邦：国。媛：美女。“邦之媛”意为贵妇人是邦国内无双的美女。

sāng zhōng
桑 中

yuán cǎi táng yǐ
爰采唐矣①？　　女萝女萝何处采？

mèi zhī xiāng yǐ
沬之乡矣②。　　卫国沬邑远郊外。

yún shuí zhī sī
云谁之思？　　心中苦苦思念谁？

měi mèng jiāng yǐ
美孟姜矣③。　　美女孟姜惹人爱。

qī wǒ hū sāng zhōng
期我乎桑中④，　　桑林深处把我约，

yāo wǒ hū shàng gōng
要我乎上宫⑤，　　幽会上宫诉情怀，

sòng wǒ hū qí zhī shàng yǐ
送我乎淇之上矣。　　送我淇水不分开。

yuán cǎi mài yǐ
爰 采 麦 矣？　　　　什么地方能收麦？
mèi zhī běi yǐ
沫 之 北 矣。　　　　沫邑北方远郊外。
yún shuí zhī sī
云 谁 之 思？　　　　心中苦苦思念谁？
měi mèng yì yǐ
美 孟 弋 矣[⑥]。　　　　美女孟弋惹人爱。
qī wǒ hū sāng zhōng
期 我 乎 桑 中，　　　　桑林深处把我约，
yāo wǒ hū shàng gōng
要 我 乎 上 宫，　　　　幽会上宫述情怀，
sòng wǒ hū qí zhī shàng yǐ
送 我 乎 淇 之 上 矣。　送我淇水不分开。

yuán cǎi fēng yǐ
爰 采 葑 矣？　　　　蔓菁蔓菁何处采？
mèi zhī dōng yǐ
沫 之 东 矣。　　　　沫邑东方远郊外。
yún shuí zhī sī
云 谁 之 思？　　　　心中苦苦思念谁？
měi mèng yōng yǐ
美 孟 庸 矣[⑦]。　　　　美女孟庸惹人爱。
qī wǒ hū sāng zhōng
期 我 乎 桑 中，　　　　桑林深处把我约，
yāo wǒ hū shàng gōng
要 我 乎 上 宫，　　　　幽会上宫诉情怀，
sòng wǒ hū qí zhī shàng yǐ
送 我 乎 淇 之 上 矣。　送我淇水不分开。

这是一首劳动者唱的情歌。他们一边劳动一边有问有答地唱了起来，情之所至，兴之所发，充满了勃勃生机和对爱情的追求与向往，全然没有任何束缚。每章的末尾以复唱的形式抒发感情，大胆热烈，耐人寻味。这是最早出现的副歌，后人遂以“桑中之约”作为男女幽期密约的代名词，并称本诗

为“无题诗”之祖。

①爰：何，什么地方。唐：一种蔓生植物，又称女萝。 ②沫：卫地的一个城邑。③孟姜：姜氏家的大姑娘，泛指美女。 ④期：约会。桑中：桑林里。 ⑤要：通“邀”。上宫：地名。 ⑥孟弋：弋氏家的大姑娘，泛指美女。 ⑦孟庸：庸氏家的大姑娘，泛指美女。孟姜、孟弋、孟庸并非指三人，均是代指美女。

chún zhī bēn bēn
鹑之奔奔

chún zhī bēn bēn 鹑之奔奔①，	鹌鹑双双展翅飞，
què zhī jiāng jiāng 鹊之彊彊②。	喜鹊对对齐飞翔。
rén zhī wú liáng 人之无良③，	此人品德实不端，
wǒ yǐ wéi xiōng 我以为兄。	我还以他为兄长。
què zhī jiāng jiāng 鹊之彊彊，	喜鹊对对展翅飞，
chún zhī bēn bēn 鹑之奔奔。	鹌鹑双双齐飞翔。
rén zhī wú liáng 人之无良，	此人品德实不端，
wǒ yǐ wéi jūn 我以为君。	我还以他为君王。

这是一首讽刺统治者腐朽荒淫的诗作。一般认为，这是讽刺卫公子顽的。卫宣公死后，其庶长子与宣姜公然姘居，并生了三男两女，实在令人作呕。人们指责这种无耻的乱伦行为，认为他们的所作所为连禽兽都不如，更不用说作兄长、当人君了。诗篇短小精悍，批判一针见血，非常直率。

①鹑:鸟名,即鹌鹑。鹌鹑雌雄有固定的配偶,诗篇以鹌鹑起兴,旨在讽刺公子顽与宣姜的乱伦。奔奔:即"贲贲",飞翔的样子。 ②鹊:鸟名,即喜鹊。喜鹊亦有固定的配偶。此句作用与前句同。彊彊:回环飞翔的样子。 ③人:指作者讽刺的对象——公子顽及宣姜。

dìng zhī fāng zhōng
定 之 方 中

dìng zhī fāng zhōng
定 之 方 中[①], 孟冬定星照天中,
zuò yú chǔ gōng
作 于 楚 宫[②]。 楚丘动土建新宫。
kuí zhī yǐ rì
揆 之 以 日[③], 利用日影测方向,
zuò yú chǔ shì
作 于 楚 室。 楚丘盖房筑新城。
shù zhī zhēn lì
树 之 榛 栗[④], 栽上栗树和榛树,
yī tóng zǐ qī
椅 桐 梓 漆[⑤], 还有椅桐和梓漆,
yuán fá qín sè
爰 伐 琴 瑟[⑥]。 伐木作琴响叮咚。

shēng bǐ xū yǐ
升 彼 虚 矣[⑦], 攀上小丘登漕邑,
yǐ wàng chǔ yǐ
以 望 楚 矣[⑧]。 远远观望楚丘地。
wàng chǔ yǔ táng
望 楚 与 堂[⑨], 走近再看楚与堂,
jǐng shān yǔ jīng
景 山 与 京[⑩]。 高山大丘看仔细。

jiàng guān yú sāng
降观于桑，　　下马观看桑树林，
bǔ yún qí jí
卜云其吉⑪，　　占卜一卦大吉利，
zhōng rán yǔn zāng
终然允臧⑫。　　果真是块好宝地。

líng yǔ jì líng
灵雨既零⑬，　　好雨知时沙沙下，
mìng bǐ guān rén
命彼倌人⑭。　　王命车夫备好马。
xīng yán sù jià
星言夙驾⑮，　　天晴早早驾车走，
shuì yú sāng tián
说于桑田⑯。　　停车桑田细观察。
fěi zhí yě rén
匪直也人⑰，　　为人正直心善良，
bǐng xīn sāi yuān
秉心塞渊⑱，　　用心踏实人人夸，
lái pìn sān qiān
騋牝三千⑲。　　战马三千声势大。

这是一首歌颂卫文公的诗作。《左传·闵公二年》载：公元前600年，狄人攻占卫国，杀死卫懿公，卫人立戴公于漕邑，不久戴公死，又立文公。文公在诸侯的支持下，迁都楚丘，重建城市，营造宫室，改革政治，组建军队，使卫国重新焕发出勃勃生机。卫国人民非常尊敬这位注重教育、积极发展经济、生活朴素、工作踏实的君主，故作此诗歌颂他。

①定：星宿名，又名营造。每年农历十月十五后至十一月初，黄昏时刻出现在正南天空。方中：天正中的位置。古人在定星正中时开始建筑房屋。　②作：营建，建造。于：同“为”。楚宫：楚丘的宫室。　③揆：度，测量。日：此指日影。古人建筑房屋立竿度影，以定方向，谓之“揆之以日”。　④树：种植。　⑤椅：树名，桐树的一种。梓：树名，属不结荚的楸树的一种。漆：树名，树液可制成漆，用来涂饰家具。　⑥爰：乃，于是。　⑦升：

登上。虚：同“墟”，作小丘讲。 ⑧楚：指楚丘。 ⑨堂：卫国邑名。 ⑩景山：大山。京：高丘。 ⑪卜：占卜。古人在龟甲或牛骨上钻个孔，以燃烧的荆条烤，根据它的裂纹来推算预测未来的凶吉，定都建国时一定要占卜。卜云：卦象说。 ⑫终然：终于，终究。允：真，的确。臧：善，好。此句意为：以各种方式占卜，前后左右仔细观察，楚丘的确是块风水宝地。 ⑬灵雨：好雨，依时而降的及时雨。既：已经。零：淅淅沥沥地落。 ⑭倌人：掌管车辆的小臣。 ⑮星：晴。 ⑯说：同“税”，休息。 ⑰匪：通“彼”。直人：正直的人。 ⑱秉心：操心，用心。塞渊：脚踏实地，虑事深远。这两句都是对卫文公品德的赞美。 ⑲騋：七尺以上的大马。牝：母畜。三千：言其良马非常多。此句是以夸张的手法，赞美卫国国防力量的强大。

dì dōng
蝃 蝀

dì dōng zài dōng
蝃 蝀 在 东①， 彩虹出现在东方，
mò zhī gǎn zhǐ
莫 之 敢 指②。 无人敢指怕遭殃。
nǚ zǐ yǒu xíng
女 子 有 行③， 女子远行要出嫁，
yuǎn fù mǔ xiōng dì
远 父 母 兄 弟。 远离爹娘和兄弟。

zhāo jī yú xī
朝 隮 于 西④， 清晨彩虹现于西，
chóng zhāo qí yǔ
崇 朝 其 雨⑤。 顷刻漾漾降细雨。
nǚ zǐ yǒu xíng
女 子 有 行， 女子远行要出嫁，
yuǎn xiōng dì fù mǔ
远 兄 弟 父 母。 远离父母和兄弟。

nǎi rú zhī rén yě
乃如之人也[6]，　他是那样一个人，
huái hūn yīn yě
怀昏姻也[7]。　女子与之结婚姻。
dà wú xìn yě
大无信也[8]，　女大不愿讲贞信，
bù zhī mìng yě
不知命也[9]。　亦不愿听父母命。

这是一首要冲破礼教的束缚，决心争取婚姻自由的“自白诗”。诗篇以彩虹起兴，表示对爱情的大胆追求。古人对虹有顾忌，不敢以手去指，暗示对礼教不敢违抗，而诗人却反其道而行之，要告别爹娘，远离亲人，去寻找自己的幸福，并公开宣布，就是要违抗不合理的贞信规定，也不在乎什么父母之命、媒妁之言，这种反抗意识实在令人钦佩。

①蝃蝀：虹。传说虹是爱情与婚媾的象征。在东：虹在东方，日应在西方，故是暮虹。　②指：用手指点。古人对虹有忌讳，不敢用手指虹。　③行：出嫁。　④隮：虹。于西：虹在西方，日应在东方，故为朝虹。　⑤崇朝：终朝，即整个早晨。　⑥如之人：像这个人。　⑦怀：想、欲。　⑧大：长大，指女子已长大成人。无信：不相信、不遵守那些不合理的贞信规定。　⑨不知命：意为我不知道、也不懂什么父母之命与媒妁之言。此二句表明女子向传统的礼教挑战，不愿受旧传统的束缚，决心去争取个人的自由和幸福。

xiàng shǔ
相鼠

xiàng shǔ yǒu pí
相鼠有皮[1]，　看那老鼠还有皮，
rén ér wú yí
人而无仪。　做人举止无威仪。
rén ér wú yí
人而无仪，　既然举止无威仪，
bù sǐ hé wéi
不死何为？　不死活着啥意义？

xiàng shǔ yǒu chǐ
相 鼠 有 齿，　　看那老鼠还有齿，
rén ér wú zhǐ
人 而 无 止[2]。　　做人举止无廉耻。
rén ér wú zhǐ
人 而 无 止，　　既然举止无廉耻，
bù sǐ hé sì
不 死 何 俟？　　还等什么不去死？

xiàng shǔ yǒu tǐ
相 鼠 有 体，　　看那老鼠还有体，
rén ér wú lǐ
人 而 无 礼。　　做人举止不讲礼。
rén ér wú lǐ
人 而 无 礼，　　既然举止不讲礼，
hú bù chuán sǐ
胡 不 遄 死[3]。　　何不快死莫迟疑。

这是一首讽刺统治者荒淫无耻、不守礼法的诗作。礼义廉耻本是统治者用来维护本阶级利益的工具，现在人民拿过来“以子之矛，攻子之盾”，指出他们是最无耻、最不讲礼的，戳穿了他们虚假的面具，暴露了他们反动的本质。诗篇以相鼠起兴，反复类比，回环复沓，突出了主题，也唱出了诗人的愤怒和蔑视。

①相：看。　②止：节制，控制欲望，使行为合于礼仪。　③遄：快。

gān máo
干 旄

jié jié gān máo
孑 孑 干 旄[1]，　　旄旗举得高又高，

zài xùn zhī jiāo 在浚之郊[2]。	骏马奔驰在浚郊。
sù sī pí zhī 素丝纰之[3]，	素白丝绳饰彩旗，
liáng mǎ sì zhī 良马四之。	四匹良马齐上套。
bǐ shū zhě zǐ 彼姝者子，	美丽温顺好姑娘，
hé yǐ bì zhī 何以畀之[4]？	以何礼品送你好？

jié jié gān yú 孑孑干旟[5]，	鹰旗举得高又高，
zài xùn zhī dū 在浚之都[6]。	骏马奔驰浚之郊。
sù sī zǔ zhī 素丝组之，	素白丝绳饰彩旗，
liáng mǎ wǔ zhī 良马五之。	五匹良马齐上套。
bǐ shū zhě zǐ 彼姝者子，	美丽温顺好姑娘，
hé yǐ yǔ zhī 何以予之？	以何礼品送你好？

jié jié gān jīng 孑孑干旌[7]，	旌旗举得高又高，
zài xùn zhī chéng 在浚之城[8]。	骏马沿着浚城跑。
sù sī zhù zhī 素丝祝之[9]，	素白丝绳连彩旗，
liáng mǎ liù zhī 良马六之。	六匹良马齐上套。
bǐ shū zhě zǐ 彼姝者子，	美丽温顺好姑娘，

hé yǐ gào zhī
何 以 告 之？　　以何喜讯向你告？

这首诗讽刺了一个贵族大张旗鼓、兴师动众地看望他的情人。诗篇采取反话正说的手法，说这个贵族举着各色的彩旗，驾驭着众多的良马，前呼后拥地奔驰在浚邑。这不是军事演习，也不是出国访问，更不是访问贤士，而是去看望一个美丽的姑娘，并煞费苦心地思索，送她什么礼物才能讨得姑娘的欢心呢？诗篇曲折但有力地讽刺了贵族的奢侈与荒唐。

①孑孑：突出的样子。干：通"竿"，旗杆。旄：一种旗杆上饰有牦牛尾的旗。 ②浚：卫国邑名。 ③纰：在衣冠或旗帜上镶边以作修饰。 ④畀：赠予，给予。 ⑤旟：一种画有或绣有鹰、雕一类猛禽的旗。 ⑥都：近郊。 ⑦旌：一种竿头用五色羽毛修饰的旗。 ⑧城：都城。 ⑨祝：编织。

zài chí
载 驰

zài chí zài qū
载 驰 载 驱①，　　马车奔驰快快走，

guī yàn wèi hóu
归 唁 卫 侯②。　　回国吊唁我卫侯。

qū mǎ yōu yōu
驱 马 悠 悠③，　　驱车遥遥踏归路，

yán zhì yú cáo
言 至 于 漕④。　　我到漕邑忙问候。

dà fū bá shè
大 夫 跋 涉⑤，　　大夫跋涉追上我，

wǒ xīn zé yōu
我 心 则 忧。　　知其来意我心忧。

jì bù wǒ jiā
既 不 我 嘉，　　既不赞成我主张，

bù néng xuán fǎn
不 能 旋 反。　　使我不能返故乡。

shì ěr bù zāng 视尔不臧[6]，	我看你们都不好，
wǒ sī bù yuǎn 我思不远[7]。	思念卫国情难忘。
jì bù wǒ jiā 既不我嘉，	既不赞成我主张，
bù néng xuán jì 不能旋济[8]。	不能渡河返故乡。
shì ěr bù zāng 视尔不臧，	我看你们都不好，
wǒ sī bù bì 我思不閟[9]。	思念卫国情难忘。

zhì bǐ ē qiū 陟彼阿丘[10]，	登上高高小山丘，
yán cǎi qí méng 言采其蝱[11]。	采集贝母治忧愁。
nǚ zǐ shàn huái 女子善怀[12]，	女子深深思故土，
yì gè yǒu háng 亦各有行[13]。	各有己见和理由。
xǔ rén yóu zhī 许人尤之[14]，	许国大夫指责我，
zhòng zhì qiě kuáng 众稚且狂[15]。	幼稚狂妄令人忧。

wǒ xíng qí yě 我行其野，	我在郊野独自行，
péng péng qí mài 芃芃其麦[16]。	麦苗茂盛色青青。
kòng yú dà bāng 控于大邦，	赶快求援找大国，
shuí yīn shuí jí 谁因谁极[17]。	依靠大国准能行。

dà fū jūn zǐ 大 夫 君 子[18]，		大夫君子圣人样，
wú wǒ yǒu yóu 无 我 有 尤[19]。		不要劝我别阻挡。
bǎi ěr suǒ sī 百 尔 所 思[20]，		你有主意一千个，
bù rú wǒ suǒ zhī 不 如 我 所 之[21]。		不如让我跑一趟。

这是一首描写许穆夫人回漕吊唁卫侯，希望诸侯帮助振兴卫国的诗。许穆夫人是宣姜和公子顽所生，远嫁许穆公。公元前660年狄攻破卫国，杀死卫懿公，卫人拥立戴公，戴公死后，又拥立文公。许穆夫人得知卫国遭此浩劫，要回卫国吊唁卫侯，提出联齐抗狄的主张，可她的做法不符合礼教的规定，许国大夫不准她回去。返卫途中她被追赶阻拦，产生了极大的愤怒和忧伤。许穆夫人于悲愤之中作了此诗。诗作充满了爱国主义激情和浓重的忧患意识。许穆夫人也以其热爱祖国、敢于斗争、稳重自持、深谋远虑而堪称我国最早的爱国女诗人。《左传·闵公二年》有载，本诗当作于公元前659年春夏之交。

①载：且，发语词。驰、驱：都是车马疾行的意思。 ②唁：向死者的家属慰问。吊人失国也叫唁。卫侯：应指卫文公。 ③悠悠：形容道路遥远的样子。 ④言：我。或解为语助词，无意义。漕：卫国的邑名。戴公于漕邑即位。 ⑤大夫：指前来劝阻许穆夫人回国的许国大夫。跋涉：走旱路为之跋，走水路或渡水为涉。 ⑥视尔：看你们，指许国贵族。 ⑦思：忧思。不远：不忘，难以抛开。 ⑧济：渡水。指返回卫国要渡许多河流。 ⑨閟：止。指诗人思念卫国不能停止。 ⑩阿丘：山丘。 ⑪蝱：药名，今称贝母。据说贝母主治抑郁症。意为诗人忧思郁结，需服药治疗。 ⑫善怀：常思念。意为女子常常思念卫国之事。 ⑬行：道，道理。意为诗人认为许大夫有自己的道理，自己也有自己的道理。 ⑭尤：指责。之：指诗人。 ⑮稚且狂：幼稚又狂妄。 ⑯芃芃：草木茂盛的样子。 ⑰因：依靠。极：至。意为卫国向谁求援，谁就能来援助。 ⑱大夫君子：指卫国的一批当权者。 ⑲无：同“毋”，不要。有：同“又”，意为不要责备我。 ⑳百尔所思：你们的主意甚多，有千百个。 ㉑之：往。意为不如我亲自去一趟。

wèi fēng
卫 风

qí yù
淇 奥

zhān bǐ qí yù
瞻 彼 淇 奥①， 看那淇水湾湾多，
lǜ zhú yī yī
绿 竹 猗 猗②。 新竹婀娜舞婆娑。
yǒu fěi jūn zǐ
有 匪 君 子③， 年轻君子多文采，
rú qiē rú cuō
如 切 如 磋④， 有如骨牙细切磋，
rú zhuó rú mó
如 琢 如 磨⑤。 又似玉石精琢磨。
sè xī xiàn xī
瑟 兮 僩 兮⑥， 为人庄重又威武，
hè xī xuǎn xī
赫 兮 咺 兮⑦。 处世光明又磊落。
yǒu fěi jūn zǐ
有 匪 君 子， 年轻君子有文采，
zhōng bù kě xuān xī
终 不 可 谖 兮⑧。 常记心头难忘却。

zhān bǐ qí yù
瞻 彼 淇 奥， 看那淇水湾湾多，
lǜ zhú qīng qīng
绿 竹 青 青。 新竹茂盛舞婆娑。
yǒu fěi jūn zǐ
有 匪 君 子， 年轻君子有文采，

chōng ěr xiù yíng
充耳琇莹[9]，　　耳边宝石光烁烁，

kuài biàn rú xīng
会弁如星[10]。　　帽上美玉把目夺。

sè xī xiàn xī
瑟兮僩兮，　　为人庄重又威武，

hè xī xuǎn xī
赫兮咺兮。　　处世光明又磊落。

yǒu fěi jūn zǐ
有匪君子，　　年轻君子有文采，

zhōng bù kě xuān xī
终不可谖兮。　　常记心头难忘却。

zhān bǐ qí yù
瞻彼淇奥，　　看那淇水湾湾多，

lǜ zhú rú zé
绿竹如箦[11]。　　绿竹密密舞婆娑。

yǒu fěi jūn zǐ
有匪君子，　　年轻君子有文采，

rú jīn rú xī
如金如锡[12]，　　如金似锡才华美，

rú guī rú bì
如圭如璧[13]。　　如圭似璧好品德。

kuān xī chuò xī
宽兮绰兮[14]，　　性格宽厚又温和，

yǐ chóng jué xī
猗重较兮[15]。　　时倚重较时安坐。

shàn xì xuè xī
善戏谑兮，　　擅长说笑真风趣，

bù wéi nüè xī
不为虐兮[16]。　　平易待人不刻薄。

这是首赞美一位年轻贵族的诗。它以猗猗的绿竹起兴，赞美年轻贵族如绿竹一样挺拔秀美，且对其仪表、相貌、服饰、文采、品德、修养、个性、谈吐

等各个方面进行充分肯定，表现了诗人对年轻贵族的敬仰和礼赞，在一定程度上也反映了周人的道德观念和审美取向。较《邶风·简兮》来说，诗人更重视人的气质与内在的美，表明美与善的观念正在日趋一致。全诗多处使用赋的手法，酣畅淋漓地唱出了诗人的心声，收到了良好的艺术效果。

①奥：水岸弯曲处。 ②猗猗：秀美茂盛的样子。 ③匪：通“斐”，有文采、有才华的意思。 ④切：雕刻骨器。磋：雕刻象牙。 ⑤琢：雕刻翠玉。磨：雕刻石器。此二句用来形容君子研究学问和修炼品德精益求精。 ⑥瑟：庄重，矜持。僩：威武，威严。 ⑦赫：光明的样子。咺：坦白的样子。此二句是形容君子的仪表及个性。 ⑧谖：忘记。 ⑨充耳：古人帽子上垂在两侧以塞耳的玉，用作装饰。琇：宝石。莹：玉色光润晶莹的样子。 ⑩会：帽子的缝合处。弁：皮帽。如星：指帽子上的宝石如星星一样闪闪发光。 ⑪箦：茂密的样子。 ⑫如金如锡：指君子经过陶冶锻炼，如金、锡那样精纯。 ⑬如圭如璧：圭、璧都是贵重的玉器。圭是长方形，上端尖；璧是圆形，中间有小圆孔。此二句是赞美君子治学有成就，受过严格的教育，如圭、璧一般，已琢磨成器。 ⑭宽：指君子宽宏，有修养。绰：温柔的样子。此句仍是赞美君子的性格。 ⑮猗：“倚”的借字，依靠的意思。重较：古代车前饰有金属的横木，供人扶着、靠着。 ⑯虐：刻薄寡恩。

kǎo pán
考 槃

kǎo pán zài jiàn
考 槃 在 涧①， 敲盘放歌溪水旁，
shuò rén zhī kuān
硕 人 之 宽②。 贤人隐居心欢畅。
dú mèi wù yán
独 寐 寤 言③， 独睡独醒独自语，
yǒng shǐ fú xuān
永 矢 弗 谖④。 这种乐趣永不忘。

kǎo pán zài ē
考 槃 在 阿， 敲盘放歌在山坡，
shuò rén zhī kē
硕 人 之 薖⑤。 贤人心平气又和。
dú mèi wù gē
独 寐 寤 歌， 独寐独醒独歌唱，

yǒng shǐ fú guò
永矢弗过⑥。　　这种乐趣难忘却。

kǎo pán zài lù
考槃在陆⑦，　　敲盘放歌在高原，
shuò rén zhī zhóu
硕人之轴⑧。　　贤人徘徊又盘旋。
dú mèi wù sù
独寐寤宿，　　独睡独醒独自躺，
yǒng shǐ fú gào
永矢弗告⑨。　　这种乐趣无法言。

这是一首描写隐士独善其身生活的诗。诗作以重章叠句的形式，写隐士居住深山古溪之旁，击盘放歌，游戏山水。他发誓不与达官显贵们交往，以独居为乐，以独居为荣。此诗可称为隐逸诗之祖，对道家思想及行为模式的形成有一定影响。

①考：敲击。槃：盘，大约是古时的一种乐器。涧：山谷间的流水。　②硕人：身材高大的人，这里指贤人。宽：宽宏，指人心情宽畅。　③寐：睡觉。寤：醒了。此句表明抒情主人公是一位孤独的隐士。　④弗谖：不忘。　⑤薖：宽大，和平。　⑥弗过：同“弗谖”，不忘记的意思。　⑦陆：高平之地。　⑧轴：本义是车轴，引申为徘徊盘旋的意思。　⑨弗告：不能告诉别人。

shuò rén
硕人

shuò rén qí qí
硕人其颀①，　　窈窕淑女身修长，
yī jǐn jiǒng yī
衣锦褧衣②。　　披风罩在锦衣上。
qí hóu zhī zǐ
齐侯之子③，　　齐侯女儿多娇贵，
wèi hóu zhī qī
卫侯之妻④，　　卫侯之妻真漂亮，

dōng gōng zhī mèi
东宫之妹[5]，　　她是太子同胞妹，

xíng hóu zhī yí
邢侯之姨[6]，　　也是邢侯小姨娘，

tán gōng wéi sī
谭公维私[7]。　　谭公是她亲姐丈。

shǒu rú róu tí
手如柔荑[8]，　　双手白嫩如春荑，

fū rú níng zhī
肤如凝脂。　　肤如凝脂真细腻。

lǐng rú qiú qí
领如蝤蛴[9]，　　脖子粉白似蝤蛴，

chǐ rú hù xī
齿如瓠犀[10]。　　牙如瓠子排列齐。

qín shǒu é méi
螓首蛾眉[11]，　　额角方正蛾眉细，

qiǎo xiào qiàn xī
巧笑倩兮[12]，　　一笑酒窝真美丽，

měi mù pàn xī
美目盼兮[13]。　　秋波流动有情意。

shuò rén áo áo
硕人敖敖[14]，　　窈窕淑女身材高，

shuì yú nóng jiāo
说于农郊[15]。　　驻马停车在城郊。

sì mǔ yǒu jiāo
四牡有骄[16]，　　四匹雄马多矫健，

zhū fén biāo biāo
朱幩镳镳[17]，　　马衔两边红绸飘，

dí fú yǐ cháo
翟茀以朝[18]。　　雉羽饰车好上朝。

dà fū sù tuì
大夫夙退[19]，　　诸位大夫该早退，

wú shǐ jūn láo
无使君劳。 别让国君太操劳。

hé shuǐ yáng yáng
河水洋洋[20]， 黄河之水声势大，
běi liú huó huó
北流活活[21]。 奔腾向北哗啦啦。
shī gū huò huò
施罛濊濊[22]， 撒开渔网呼呼响，
zhān wěi bō bō
鳣鲔发发[23]， 鳣鲔跳跃泼刺刺，
jiā tǎn jiē jiē
葭菼揭揭[24]。 芦荻稠密又挺拔。
shù jiāng niè niè
庶姜孽孽[25]， 陪嫁女子服饰美，
shù shì yǒu qiè
庶士有朅[26]。 媵臣英武又高大。

这是一首卫人赞美庄公夫人庄姜的诗。《左传·隐公三年》载："卫庄公娶于齐，东宫得臣之妹，曰庄姜。美而无子，卫人所为赋《硕人》也。"可见这是庄姜初嫁庄公时，卫人赞美她的诗作。诗篇以赋笔先写她身份的高贵，次写她的容貌、身材之美，再写她的车马服饰之华丽，最后写其婚姻如鱼得水，美满幸福。作品塑造了一个完整的贵族妇女形象，称得起最早描绘妇女容貌、服饰的"美女赋"，也表现出诗人对人体美的刻意追求。

①颀：身长的样子。 ②衣锦：穿着锦制的衣服。褧衣：用麻制成的罩衣，女子出嫁时途中套在锦衣外，以防尘土。 ③齐侯：齐庄公。子：指女主人公。 ④卫侯：卫庄公。 ⑤东宫：指太子得臣。东宫是太子住的地方，因而称太子为东宫。 ⑥邢侯：邢国国君。邢国在今河北省邢台。姨：男子称妻的姊妹为姨。 ⑦谭公：谭国国君。谭国在今山东省历城区。维：语助词。私：女子称姊妹的丈夫。 ⑧柔：柔软。荑：初生的白茅嫩芽。 ⑨领：脖子。蝤蛴：天牛的幼虫，全身白色。 ⑩瓠犀：葫芦的籽。 ⑪螓：虫名，似蝉而比蝉小。形容女子的额头方正。蛾眉：指女子的眉毛像蛾的触须细长而又弯曲。 ⑫巧笑：指俏丽巧妙的笑容。倩：笑时两颊出现酒窝的样子。 ⑬盼：形容眼睛黑白分明的样子。 ⑭敖敖：身材高大的样子。 ⑮说：通"税"，停车休息。农郊：近郊，特

指卫国近郊。 ⑯四牡：四匹驾车的雄马。有骄：即骄骄，矫健的样子。 ⑰朱幩：系在马衔两边的布巾或绸巾。镳镳：飘飘。 ⑱翟：野鸡。茀：遮盖在车厢上的竹席或苇席。意思是以野鸡的羽毛装饰车茀。朝：朝见，指庄姜出嫁到卫国和庄公相见。 ⑲夙退：早点退朝。 ⑳洋洋：水势浩大的样子。 ㉑北流：指黄河水向北流淌。活活：水流声。㉒施：设，张。罛：渔网。濊濊：撒网入水唰唰的声音。 ㉓鳣：大鲤鱼。鲔：鲤鱼的一种。发发：鱼尾摆动泼剌剌的声音。 ㉔葭：蒹葭，芦苇一类的植物。菼：荻草。揭揭：高而长的样子。 ㉕庶姜：陪嫁的姜姓女子。孽孽：服饰华美的样子。 ㉖庶士：指齐国护送庄姜的臣子。朅：威武雄壮的样子。

méng
氓

méng zhī chī chī 氓之蚩蚩[①]，	那个男子笑嘻嘻，
bào bù mào sī 抱布贸丝。	拿着布帛来换丝。
fěi lái mào sī 匪来贸丝，	其实并非来换丝，
lái jí wǒ móu 来即我谋[②]。	借机找我议婚事。
sòng zǐ shè qí 送子涉淇，	送你渡过淇河水，
zhì yú dùn qiū 至于顿丘[③]。	来到顿丘才告辞。
fěi wǒ qiān qī 匪我愆期[④]，	非我爽约误婚期，
zǐ wú liáng méi 子无良媒。	你无良媒怎办事？
qiāng zǐ wú nù 将子无怒[⑤]，	请你不要生我气，
qiū yǐ wéi qī 秋以为期。	约定秋天为婚时。

chéng bǐ guǐ yuán	乘彼垝垣[6]，	天天登上破墙垣，
yǐ wàng fù guān	以望复关[7]。	含情脉脉望复关。
bù jiàn fù guān	不见复关，	望眼欲穿不见人，
qì tì lián lián	泣涕涟涟。	心急如焚泪涟涟。
jì jiàn fù guān	既见复关，	一旦见到心上人，
zài xiào zài yán	载笑载言。	又说又笑谈不完。
ěr bǔ ěr shì	尔卜尔筮[8]，	占了龟骨抽蓍草，
tǐ wú jiù yán	体无咎言[9]。	各种卦象无凶言。
yǐ ěr chē lái	以尔车来，	快赶你的大车来，
yǐ wǒ huì qiān	以我贿迁[10]。	将我嫁妆来搬迁。

sāng zhī wèi luò	桑之未落，	桑叶未落的时候，
qí yè wò ruò	其叶沃若[11]。	碧绿润泽又嫩柔。
xū jiē jiū xī	于嗟鸠兮[12]，	感叹那些斑鸠鸟，
wú shí sāng shèn	无食桑葚[13]。	见了桑葚少贪口。
xū jiē nǚ xī	于嗟女兮，	感叹年轻姑娘们，
wú yǔ shì dān	无与士耽[14]。	勿与男子多应酬。
shì zhī dān xī	士之耽兮，	男子沉浸爱河中，

yóu kě tuō yě
犹可说也[15]。　　说分手来即分手。
nǚ zhī dān xī
女之耽兮，　　女子沉浸爱河中，
bù kě tuō yě
不可说也。　　情思绵绵身难抽。

sāng zhī luò yǐ
桑之落矣，　　桑叶陨落的时候，
qí huáng ér yǔn
其黄而陨[16]。　　枯老憔悴颜色锈。
zì wǒ cú ěr
自我徂尔[17]，　　自从我到你家来，
sān suì shí pín
三岁食贫[18]。　　多年贫寒把苦受。
qí shuǐ shāng shāng
淇水汤汤，　　被弃回家渡淇水，
jiān chē wéi cháng
渐车帷裳[19]。　　水没车轮帷帐透。
nǚ yě bù shuǎng
女也不爽[20]，　　我做妻子没过错，
shì èr qí xíng
士贰其行[21]。　　男子多变不念旧。
shì yě wǎng jí
士也罔极[22]，　　爱不专一无原则，
èr sān qí dé
二三其德[23]。　　三心二意真下流。

sān suì wéi fù
三岁为妇，　　做你妻子多少年，
mǐ shì láo yǐ
靡室劳矣[24]。　　什么事情没有干？
sù xīng yè mèi
夙兴夜寐，　　起得早来睡得晚，

mǐ yǒu zhāo yǐ
靡有朝矣[25]。　　累死累活干不完。

yán jì suì yǐ
言既遂矣[26]，　　家业已成遂了愿，

zhì yú bào yǐ
至于暴矣[27]。　　反倒打骂又瞪眼。

xiōng dì bù zhī
兄弟不知[28]，　　兄弟不知我苦衷，

xì qí xiào yǐ
咥其笑矣[29]。　　嘻嘻耻笑没好言。

jìng yán sī zhī
静言思之，　　静下心来想一想，

gōng zì dào yǐ
躬自悼矣[30]。　　只有暗自把己劝。

jí ěr xié lǎo
及尔偕老[31]，　　本想与你同偕老，

lǎo shǐ wǒ yuàn
老使我怨[32]。　　老来倒让我愤怨。

qí zé yǒu àn
淇则有岸，　　淇水汤汤尚有岸，

xí zé yǒu pàn
隰则有泮[33]。　　沼泽虽宽有边限。

zǒng jiǎo zhī yàn
总角之宴[34]，　　小时我俩同游玩，

yán xiào yàn yàn
言笑晏晏[35]。　　有说有笑蜜样甜。

xìn shì dàn dàn
信誓旦旦[36]，　　你曾指天发誓愿，

bù sī qí fǎn
不思其反。　　未料如今心已变。

fǎn shì bù sī
反是不思[37]，　　过去事情不再想，

yì yǐ yān zāi
亦已焉哉[38]！　　一刀两断不留恋。

这是一首弃妇的悲歌。主人公是一位善良、温柔、勤劳、刚强、富于反抗精神的妇女。她与“氓”青梅竹马，两小无猜。长大后，她克服了重重阻力，毅然与“氓”喜结良缘。婚后，她含辛茹苦、任劳任怨，为家庭做出了巨大的牺牲，换来的却是丈夫的虐待和遗弃。她思前想后，认定婚变的责任在于“氓”的“二三其德”，总结了婚变的教训是“女之耽兮，不可说也”，实质上提出了带给自己痛苦和不幸的是社会制度的不合理。她留恋逝去的往昔，更勇敢地面对现实，大胆地批判了朝秦暮楚的“氓”，而且以“亦已焉哉”的决绝态度迎接明天，表现出其性格的刚毅和强烈的反抗意识。诗作以简洁的笔触勾勒出女主人公悲剧的一生，成为我国最早的叙事诗，对后世有深远的影响。

①氓：民，男子。蚩蚩：笑嘻嘻的样子。 ②即我：到我这里来。谋：谋划商量婚事。此二句写出了“氓”的心机。 ③至于：来到。顿丘：山丘名。此二句写女子的多情。 ④愆期：爽约，推期。 ⑤将：希望，请。 ⑥乘：登上。垝垣：倒塌的墙头。 ⑦复关：指男子的大车。又解为男子的姓名。 ⑧尔：语助词。卜：以甲骨来占卜算卦。筮：以蓍草来占卜算卦。 ⑨体：卦象。咎言：不吉利的言辞。 ⑩贿：财物，指嫁妆。迁：搬走，拉走。 ⑪沃若：茂盛带有润泽的样子。此处比喻女子年轻貌美，脸上带有红润。 ⑫于嗟：感叹词。鸠：鸟名，即斑鸠。 ⑬桑葚：桑树的果实。传说斑鸠吃桑葚多了会醉倒。比喻迷恋男女之情，也会神魂颠倒。 ⑭士：男子的通称。耽：玩乐，欢娱。此处指沉溺于爱情之中。 ⑮犹：还是。说：通“脱”，摆脱或解脱。此二句是说：男子即使沉溺于爱情之中，也能随时脱身，说不算就不算了。 ⑯陨：落下。此二句以桑叶枯黄陨落比喻女子年老色衰，华颜凋尽。 ⑰徂：往。徂尔：到你家。 ⑱三岁：多年。食贫：过着贫穷的生活。 ⑲渐：沾湿，浸湿。帷裳：车帷幛，车围子。 ⑳爽：差错。 ㉑贰其行：行为前后不一致。指“氓”开始殷勤求婚，后又百般虐待她。 ㉒罔极：没有标准。指“氓”行为不端，处世没有原则。 ㉓二三其德：指“氓”三心二意，朝秦暮楚，前后行为不一致。 ㉔靡：没有。室：家中。劳：劳动。 ㉕朝：早晨。此句意为没有一天不是如此。 ㉖言：语助词。遂：安，指生活已经安定了。 ㉗暴：粗暴，暴虐。 ㉘兄弟：指女子娘家的兄弟。 ㉙咥：嘻嘻笑的样子。 ㉚躬：自身，自己。悼：悲伤。 ㉛及尔：同你。偕老：夫妻共同生活到老。大约这是“氓”许下的诺言。 ㉜老使我怨：老了却让我产生了哀怨。 ㉝隰：低洼潮湿的地方。泮：同“畔”，岸边。以上二句是以淇有岸、隰有泮反衬自己的痛苦无边无际。 ㉞总角：古时男女未成年时头发束成两个角似的发辫。宴：快乐的样子。 ㉟言笑：有说有笑。晏晏：和悦温柔的样子。 ㊱信誓：真挚的誓言。旦旦：诚恳的样子。 ㊲是：这，指“氓”自己立的誓言。思：想。意为“氓”既然违背了自己的誓言，我也就不再想他了。 ㊳亦：也。已：止。意为也就算了吧。

竹竿

籊籊竹竿[1]，以钓于淇。岂不尔思[2]？远莫致之。

细细长长青竹竿，持竿垂钓淇水边。谁说我不想念你？路途遥远难回还。

泉源在左[3]，淇水在右。女子有行，远兄弟父母。

我家左边泉水流，我家右边淇水秀。女子远嫁别故土，远离亲人几多愁。

淇水在右，泉源在左。巧笑之瑳[4]，佩玉之傩[5]。

我家右边淇水秀，我家左边泉水流。欢娱巧笑露白齿，佩玉叮咚把乐奏。

淇水滺滺[6]，桧楫松舟[7]。

淇河清清水悠悠，桧木桨来松木舟。

jià yán chū yóu
驾言出游[8]，　　闲来乘船去远游，

yǐ xiè wǒ yōu
以写我忧。　　借以宣泄思乡愁。

这是一首描写一位远嫁异国的妇女思念家乡的诗。诗人看到细长挺拔的青竹竿，马上回忆起在家做姑娘时嬉戏淇水边、垂钓淇河上的情景，并由此产生浓郁的乡思。“美不美，家乡水。”诗人也是首先想起家乡的清泉、悠悠的淇水，又进一步想起父母兄弟的。末章诗人因欲乘舟回家而不得，只有乘船遨游以抒乡愁，表现了诗人对自由潜意识的追求，令人同情与感慨。

①籊籊：细长秀直的样子。　②尔：指诗人的父母兄弟。思：思念。　③泉源：卫国水名，即今百泉，水汇入卫河。　④巧笑：指俏丽巧妙的笑容。瑳：本指玉色泽润洁白，此处指人的牙齿洁白。意为女子俏美地嘻嘻笑时，露出了白牙。　⑤佩玉：古人认为玉能避邪，故在身上佩戴各种玉器。傩：指人走动时佩玉有节奏的响声。　⑥滺滺：水流的样子。　⑦桧楫：桧木制的桨。松舟：松木制的船。桧、松都是柏科类的树，古人常以松、柏比喻意志坚决，此处比喻诗人永远忘不了家乡。　⑧驾：驾船。言：通“焉”，指松木船。

wán lán
芄兰

wán lán zhī zhī
芄兰之支[1]，　　芄兰枝头尖又尖，

tóng zǐ pèi xī
童子佩觿[2]。　　童子解锥佩身边。

suī zé pèi xī
虽则佩觿，　　虽则解锥佩身边，

néng bù wǒ zhī
能不我知[3]？　　他不知我太随便。

róng xī suì xī
容兮遂兮[4]，　　从容自得又安闲，

chuí dài jì xī
垂带悸兮[5]。　　衣带长垂身颤颤。

wán lán zhī yè 芄兰之叶[⑥]，	芄兰叶儿弯又弯，
tóng zǐ pèi shè 童子佩韘[⑦]。	童子板指带身边。
suī zé pèi shè 虽则佩韘，	虽则板指带身边，
néng bù wǒ jiǎ 能不我甲[⑧]？	他不亲我太随便。
róng xī suì xī 容兮遂兮，	从容自得又安闲，
chuí dài jì xī 垂带悸兮。	衣带长垂身颤颤。

这是一首讽刺统治者不称其服的诗。周人实行嫡长子继承制，只要符合血缘标准，即使是白痴和幼儿，也一样可以继承贵族的封号。本诗就是讽刺这种社会现象的。在作者笔下，这位佩觿、佩韘的童子，尽管装腔作势地摆出贵族的架势，却掩盖不了幼稚无能的本质，反倒有沐猴而冠的感觉，令人感到好笑。轻松的笔调和含蓄的讽刺，使作品充满了幽默感。

①芄兰：蔓生植物，又名萝藦，可入药。支：通“枝”。芄兰枝是尖头的，形似古人佩戴的角锥，折断有白汁，可食用。 ②觿：象骨制的小锥，古代成年贵族佩戴的饰物，用来解衣带的结。而童子佩觿则显得不伦不类。 ③能：乃，而。不我知：“不知我”的倒文。 ④容：从容自得的样子。遂：安闲自得的样子。此句讽刺童子摆出大人的样子一摇一摆。 ⑤垂带：垂挂着长长的衣带。悸：本是害怕颤抖的样子，此处形容童子一动，身上各种服饰由于不合体而叮当乱响。 ⑥叶：芄兰的叶子像心脏形状，和韘很类似。 ⑦韘：扳指，用玉或兽骨制成，形似环而有缺口，戴在右手大拇指上，射箭时可用以扣弦引弓，也是成人佩戴的。 ⑧甲：通“狎”，指亲昵欢合。

河广
hé guǎng

shuí wèi hé guǎng 谁谓河广？	谁说黄河广又宽，
yī wěi háng zhī 一苇杭之[①]。	一片苇叶渡对岸。
shuí wèi sòng yuǎn 谁谓宋远？	谁说宋国路遥远？
qǐ yú wàng zhī 跂予望之[②]。	踮起脚跟在眼前。
shuí wèi hé guǎng 谁谓河广？	谁说黄河广又宽？
céng bù róng dāo 曾不容刀[③]。	河宽难容小木船。
shuí wèi sòng yuǎn 谁谓宋远？	谁说宋国路遥远？
céng bù chóng cháo 曾不崇朝。	一个早上去复还。

这是一首描写一位居住在卫国的宋人思归而不得的诗。诗篇以复沓的形式极言黄河不宽，宋国不远，回去应是举手之劳，却难以如愿，含蓄地批评了社会制度和礼仪。因此这既是一篇思乡之作，也是对现实不满的批判之作，有较深刻的意义。旧说此诗为宋桓夫人作，可以存疑。

①苇：芦苇。杭：通“航”。此句是以夸张的手法，说黄河不宽，乘一片苇叶便可横渡。　②跂：“企”的假借字，踮起脚后跟。予：我。此句是以夸张的手法，说宋国很近，踮起脚后跟就能看见。　③曾：乃，而。刀：通“舠”，小船。此句极言黄河狭窄易渡，窄到容不下一只小船。

bó xī
伯兮

bó xī qiè xī
伯兮朅兮①，　　我的阿哥真英勇，
bāng zhī jié xī
邦之桀兮②。　　邦国之中称英雄。
bó yě zhí shū
伯也执殳③，　　阿哥手执丈二殳，
wèi wáng qián qū
为王前驱。　　为王征战当先锋。

zì bó zhī dōng
自伯之东，　　自从阿哥去东征，
shǒu rú fēi péng
首如飞蓬④。　　头发散乱似飞蓬。
qǐ wú gāo mù
岂无膏沐，　　并非没有润发油，
shuí dí wèi róng
谁适为容⑤。　　为谁修饰整仪容。

qí yǔ qí yǔ
其雨其雨⑥，　　一心盼望下大雨，
gǎo gǎo chū rì
杲杲出日⑦。　　天上偏偏出太阳。
yuàn yán sī bó
愿言思伯⑧，　　念念不忘我阿哥，
gān xīn shǒu jí
甘心首疾⑨。　　甘心头痛脑发涨。

yān dé xuān cǎo
焉得谖草⑩？　　何处能寻忘忧草？
yán shù zhī bèi
言树之背⑪。　　把它栽到后庭中。

yuàn yán sī bó
愿 言 思 伯， 念念不忘我阿哥，

shǐ wǒ xīn mèi
使 我 心 痗⑫。 忧思成疾病沉重。

这是一首思妇所唱的情歌。全诗共四章，首章是夸夫，表现了诗人对丈夫炽烈的爱。次章写阿哥出征后，女子以不事修饰表示对爱情的忠贞。第三、四章抒发女子怀念丈夫，矢志不移。综观全诗，作品细腻而深刻地再现了思妇的心理变化，表现了对丈夫深厚而真挚的爱，可谓语浅情深，诚挚感人。诗作从侧面也反映了兵役、徭役给人民带来的痛苦。其积极的思想内容，高妙的艺术手法，对后世的闺怨作品有着巨大的影响。

①伯：古代兄弟姊妹常以伯、仲、叔、季排列。周代妇女称丈夫为伯，等于现在称阿哥一样。朅：健武的样子。 ②桀：同"杰"，杰出的、才智出众的人。 ③殳：古代的兵器，长一丈二尺，端尖锐而无刃，类似后代的槊。 ④首：头，指头发。飞蓬：指女子的头发如蓬草遇风一样散乱，比喻女子不常梳洗，一头乱发。 ⑤适：悦。容：修饰打扮。此句意为丈夫不在家，我梳洗打扮取悦谁呢。 ⑥其：有表示祈求的意思，即下雨吧！ ⑦杲杲：光明的样子。此二句是极言盼丈夫回来犹如久旱盼甘霖一般，可总是事与愿违，天气总是晴朗，丈夫老是不归。 ⑧愿言：念念不忘的样子。 ⑨甘心：情愿。首疾：头痛。意为想得头痛也心甘情愿。 ⑩焉：何，什么地方。谖草：草名，又名忘忧草，古人以为得此可以忘忧。 ⑪言：同"焉"，乃。树：栽种。背：庭院背阴之处。意为忘忧草可以解忧，但我不希望解忧，甘愿为阿哥而头痛，因而将忘忧草种在庭院背阴处。 ⑫痗：病，即忧思成疾。

yǒu hú
有 狐

yǒu hú suí suí
有 狐 绥 绥①， 一只狐狸慢慢走，

zài bǐ qí liáng
在 彼 淇 梁②。 淇水桥边寻配偶。

xīn zhī yōu yǐ
心 之 忧 矣， 我的心中无限愁，

zhī zǐ wú cháng
之子无裳。　　那人衣裳还没有。

yǒu hú suí suí
有狐绥绥，　　一只狐狸慢慢走，
zài bǐ qí lì
在彼淇厉[3]。　　淇水岸边寻配偶。
xīn zhī yōu yǐ
心之忧矣，　　我的心中无限愁，
zhī zǐ wú dài
之子无带[4]。　　那人衣带还没有。

yǒu hú suí suí
有狐绥绥，　　一只狐狸慢慢走，
zài bǐ qí cè
在彼淇侧。　　淇水河边寻配偶。
xīn zhī yōu yǐ
心之忧矣，　　我的心中无限愁，
zhī zǐ wú fú
之子无服。　　那人衣服还没有。

这是一首描写一位贫苦的农妇忧虑丈夫无衣无裳的诗。诗人看到一只孤单的狐狸在行走，想起远行在外的丈夫，无衣、无带又无服，不禁忧从中来。诗篇语浅意直，表达了女子对丈夫的忧虑和深沉的爱，客观上揭示了社会贫富不均及下层人民的苦难。

①绥绥：慢慢地走。　②梁：桥。　③厉："濑"的借字，水边有沙石的浅滩。　④带：衣服上的带子。

mù guā
木 瓜

tóu wǒ yǐ mù guā
投 我 以 木 瓜[1]，　　美人赠我大木瓜，
bào zhī yǐ qióng jū
报 之 以 琼 琚[2]。　　我送美玉来报答。
fěi bào yě
匪 报 也，　　不是单单作报答，
yǒng yǐ wéi hǎo yě
永 以 为 好 也。　　表示永远爱着她。

tóu wǒ yǐ mù táo
投 我 以 木 桃[3]，　　美人赠我大木桃，
bào zhī yǐ qióng yáo
报 之 以 琼 瑶[4]。　　我送美玉来回报。
fěi bào yě
匪 报 也，　　不是单单作回报，
yǒng yǐ wéi hǎo yě
永 以 为 好 也。　　表示我俩永相好。

tóu wǒ yǐ mù lǐ
投 我 以 木 李[5]，　　美人赠我大木李，
bào zhī yǐ qióng jiǔ
报 之 以 琼 玖[6]。　　我以美玉作回礼。
fěi bào yě
匪 报 也，　　不是单单作回礼，
yǒng yǐ wéi hǎo yě
永 以 为 好 也。　　心中永远想着你。

这是一首青年男女互赠信物的定情诗。诗作格调欢快，感情奔放、健康，既表现了男女青年相互赠送礼品的主题，又无金钱至上的铜臭气，呈现出田园牧歌式的爱情，充满了生活气息，读之使人感到轻松、愉快。

①投：给予。木瓜：木瓜树的果实，似小瓜，有香味，可供玩赏。　②琼：美玉的统称。琚：一种佩玉。　③木桃：桃子。　④瑶：美玉。　⑤木李：李子。　⑥玖：黑色次等的玉。

wáng fēng
王 风

shǔ lí
黍 离

bǐ shǔ lí lí
彼 黍 离 离[1]，　　田间黍苗绿油油，
bǐ jì zhī miáo
彼 稷 之 苗[2]。　　行行高粱露出头。
xíng mài mǐ mǐ
行 迈 靡 靡[3]，　　慢慢走啊慢慢走，
zhōng xīn yáo yáo
中 心 摇 摇[4]。　　心中烦闷心中愁。
zhī wǒ zhě
知 我 者，　　知我心者知我意，
wèi wǒ xīn yōu
谓 我 心 忧；　　说我心中无限忧；
bù zhī wǒ zhě
不 知 我 者，　　不知我心不理解，
wèi wǒ hé qiú
谓 我 何 求。　　以为我在把啥求。
yōu yōu cāng tiān
悠 悠 苍 天，　　老天爷啊老天爷，
cǐ hé rén zāi
此 何 人 哉？　　是谁葬送我宗周？

bǐ shǔ lí lí
彼 黍 离 离，　　田间黍苗绿油油，
bǐ jì zhī suì
彼 稷 之 穗。　　高粱吐穗垂下头。

xíng mài mǐ mǐ 行迈靡靡，	慢慢走啊慢慢走，
zhōng xīn rú zuì 中心如醉[5]。	心中苦闷似醉酒。
zhī wǒ zhě 知我者，	知我心者知我意，
wèi wǒ xīn yōu 谓我心忧；	说我心中无限忧；
bù zhī wǒ zhě 不知我者，	不知我心不理解，
wèi wǒ hé qiú 谓我何求。	以为我在把啥求。
yōu yōu cāng tiān 悠悠苍天，	老天爷啊老天爷，
cǐ hé rén zāi 此何人哉？	是谁葬送我宗周？

bǐ shǔ lí lí 彼黍离离，	田间黍苗绿油油，
bǐ jì zhī shí 彼稷之实[6]。	颗粒坚实盼丰收。
xíng mài mǐ mǐ 行迈靡靡，	慢慢走啊慢慢走，
zhōng xīn rú yē 中心如噎[7]。	心头哽噎真难受。
zhī wǒ zhě 知我者，	知我心者知我意，
wèi wǒ xīn yōu 谓我心忧；	说我心中无限忧；
bù zhī wǒ zhě 不知我者，	不知我心不理解，
wèi wǒ hé qiú 谓我何求。	以为我在把啥求。
yōu yōu cāng tiān 悠悠苍天，	老天爷啊老天爷，

cǐ hé rén zāi
此何人哉？　　是谁葬送我宗周？

这是篇抒发怀古之幽思的作品。西周灭亡后，其旧臣行役到故都，看到昔日繁华的镐京已被夷为平地，长出茂盛的庄稼，因而发出沧海桑田、斗转星移的感慨。诗篇以充满痛苦忧愤的旋律震撼着每一个读者的心灵。“黍离之悲”作为亡国之思的代名词，成为古代文学的传统题材之一，对后世产生了极为深远的影响。

①黍：糜子，俗称小米。离离：茂盛的样子。②稷：高粱。③行迈：行走不止的样子。靡靡：慢吞吞的样子。④摇摇：心神不安的样子。⑤如醉：心中烦闷，如同喝醉一样难受。⑥实：坚实。指高粱穗颗粒饱满坚实。⑦噎：食物塞住咽喉。此处指心中苦闷，如同有东西塞在心中，堵得喘不过气来。

jūn zǐ yú yì
君子于役

jūn zǐ yú yì
君子于役[1]，　　我的丈夫去服役，

bù zhī qí qī
不知其期。　　一去经年没归期。

hé zhì zāi
曷至哉[2]？　　不知何时能相聚？

jī qī yú shí
鸡栖于埘[3]，　　鸡儿纷纷回了窝，

rì zhī xī yǐ
日之夕矣，　　太阳冉冉偏向西，

yáng niú xià lái
羊牛下来[4]。　　牛羊下山回栏里。

jūn zǐ yú yì
君子于役，　　丈夫服役日已久，

rú zhī hé wù sī
如之何勿思？　　教我如何不回忆？

jūn zǐ yú yì 君子于役,	我的丈夫去服役,
bù rì bù yuè 不日不月[5]。	无日无月无归期。
hé qí yǒu huó 曷其有佸[6]?	不知何时能相聚?
jī qī yú jié 鸡栖于桀[7],	鸡儿纷纷上木桩,
rì zhī xī yǐ 日之夕矣,	太阳冉冉已偏西,
yáng niú xià kuò 羊牛下括[8]。	牛羊下坡回栏里。
jūn zǐ yú yì 君子于役,	丈夫服役日已久,
gǒu wú jī kě 苟无饥渴[9]。	愿他不渴也不饥。

这是一首哀婉的思妇之作。这位农家妇女,在暮色苍茫中,伫立在门前,眺望着远方。她望着回窝的鸡儿和回栏的牛羊,想到尚无归期的丈夫,备感寂寞、孤单、苦闷。诗篇以白描的手法刻画了思妇细腻的心理活动,她那失意的惆怅、缠绵的思念、诚挚的祈祷,令人心动神摇,柔肠百结。尤其是作品以描写傍晚景色来抒发怀人愁思,对后世影响较大,堪称借景抒情、情景交融的鼻祖诗作。

①君子:女子对丈夫的称呼。于:从事于。役:兵役,徭役。 ②曷:通“何”,什么时候。至:到家。 ③埘:在墙上挖洞作为鸡窝。 ④下来:指羊牛从山上放牧归来。 ⑤不日不月:没有指定日数和月数。 ⑥佸:相会。 ⑦桀:鸡栖的木架。 ⑧括:至,到来。 ⑨苟:或许。带有疑问口气的希望之词。意为既然丈夫回不来了,那么愿他在外渴不着饿不着吧!

君子阳阳

jūn zǐ yáng yáng
君子阳阳[1]，　舞师起舞喜洋洋，
zuǒ zhí huáng
左执簧[2]，　左手拿着乐器簧，
yòu zhāo wǒ yóu fáng
右招我由房。　右手招我跟进房。
qí lè zhǐ jū
其乐只且[3]！　欢欢喜喜乐一场！

jūn zǐ táo táo
君子陶陶，　舞师起舞乐无边，
zuǒ zhí dào
左执翿[4]，　左手拿着鸟羽扇，
yòu zhāo wǒ yóu áo
右招我由敖[5]。　右手招我随他转。
qí lè zhǐ jū
其乐只且！　欢欢喜喜笑开颜！

这是写舞师欢歌喜舞的诗作。诗篇以洗练的语言再现了奏乐跳舞的情景，格调清新，节奏感强，有一定的审美价值。

①君子：这里指舞师。阳阳：喜洋洋的样子。　②左：左手。簧：古乐器名，类似笙。既是乐器，又能做舞蹈时的道具。　③只且：语气词"也哉"。　④翿：一种以鸟羽编织而成，类似扇子一样的跳舞道具。　⑤由敖：一同玩乐。

yáng zhī shuǐ
扬之水

yáng zhī shuǐ 扬之水[①]，	小河之水慢慢流，
bù liú shù xīn 不流束薪[②]。	水小束薪难漂走。
bǐ jì zhī zǐ 彼其之子[③]，	想起我那意中人，
bù yǔ wǒ shù shēn 不与我戍申[④]。	不能同我把申守。
huái zāi huái zāi 怀哉怀哉！	日日夜夜想念你！
hé yuè yú xuán guī zāi 曷月予还归哉？	何时才能向回走？

yáng zhī shuǐ 扬之水，	小河之水慢慢流，
bù liú shù chǔ 不流束楚[⑤]。	水小束楚难漂走。
bǐ jì zhī zǐ 彼其之子，	想起我的心上人，
bù yǔ wǒ shù fǔ 不与我戍甫[⑥]。	不能同我把甫守。
huái zāi huái zāi 怀哉怀哉！	日日夜夜想念你！
hé yuè yú xuán guī zāi 曷月予还归哉？	何时才能向回走？

yáng zhī shuǐ 扬之水，	小河之水慢慢流，
bù liú shù pú 不流束蒲[⑦]。	水小束蒲难漂走。

bǐ jì zhī zǐ 彼其之子，	想起我的意中人，
bù yǔ wǒ shù xǔ 不与我戍许[8]。	不能同我把许守。
huái zāi huái zāi 怀哉怀哉！	日日夜夜想念你！
hé yuè yú xuán guī zāi 曷月予还归哉？	何时才能向回走？

这是一首戍卒思归的诗作。平王东迁以后，楚国日益强大，时时侵犯申、吕、许等小国，平王为了自己的利益，派兵戍守。可是王都地小人稀，派去的士卒无法按时调换，引起戍卒的不满，以作诗抒发内心的痛苦和忧闷。诗篇抒发了诗人对亲人和家乡的思念，抨击了周王室的兵役制度。

①扬：悠扬，小水缓缓流淌的样子。 ②束薪：一捆柴。《诗经》常以束薪、束楚等比喻夫妻。"不流束薪"意为丈夫远征，妻子不能同往。 ③其：语助词。"彼""之"都是第三人称的代名词。之子：指诗人所怀念的人。 ④申：国名，在今河南南阳。 ⑤楚：荆条。束楚：意同"束薪"。 ⑥甫：国名，即吕国，也在今河南南阳。 ⑦蒲：蒲柳。束蒲：意同"束薪"。 ⑧许：国名，在今河南许昌。

zhōng gǔ yǒu tuī
中谷有蓷

zhōng gǔ yǒu tuī 中谷有蓷①，	山谷长着益母草，
hàn qí gān yǐ 暵其干矣②。	久旱不雨草枯焦。
yǒu nǚ pǐ lí 有女仳离③，	有个女子被遗弃，
kǎi qí tàn yǐ 慨其叹矣④。	唉声叹气真苦恼。
kǎi qí tàn yǐ 慨其叹矣，	唉声叹气真苦恼，

yù rén zhī jiān nán yǐ
遇人之艰难矣[5]。　　嫁的丈夫太糟糕。

zhōng gǔ yǒu tuī
中谷有蓷，　　山谷长着益母草，
hàn qí xiū yǐ
暵其脩矣[6]。　　久旱不雨干枯了。
yǒu nǚ pǐ lí
有女仳离，　　有个女子被遗弃，
tiáo qí xiào yǐ
条其啸矣[7]。　　唉声叹气长悲号。
tiáo qí xiào yǐ
条其啸矣，　　唉声叹气长悲号，
yù rén zhī bù shū yǐ
遇人之不淑矣。　　嫁人不善真糟糕。

zhōng gǔ yǒu tuī
中谷有蓷，　　山谷长着益母草，
hàn qí shī yǐ
暵其湿矣[8]。　　久旱不雨全枯焦。
yǒu nǚ pǐ lí
有女仳离，　　有位女子被遗弃，
chuò qí qì yǐ
啜其泣矣。　　抽抽噎噎泣难了。
chuò qí qì yǐ
啜其泣矣，　　抽抽噎噎泣难了，
hé jiē jí yǐ
何嗟及矣[9]。　　叹息后悔太晚了。

这是一首弃妇的悲歌。诗作以喜潮湿的益母草干枯起兴，比喻孤立无援的女子无辜被遗弃，上天无路，入地无门，只好呼号哭泣。这阵阵叹息和哭泣，反映了广大劳动妇女的悲惨遭遇，也是对以夫权为核心的不合理的社会制度的鞭笞。诗作以感叹、呼号和哭泣为主旋律，形成强有力的悲剧效果，具有震撼人心的艺术魅力。

①中谷:谷中,山谷中。蓷:植物名,又名益母草,通常生长在潮湿的地方。 ②暵:干燥的样子。其:语助词。此二句以喜潮湿的益母草干枯起兴,比喻女子被遗弃后陷于困顿,面色憔悴。 ③仳离:分离、别离。此处指女子被遗弃。 ④慨:感慨的意思。 ⑤遇人:指嫁夫。艰难:指嫁夫非人所遭受的痛苦。 ⑥脩:本意为干肉,此处指干枯。 ⑦条:长。条其:形容呼啸声音之长。啸:长嘘发出的呼啸声。 ⑧湿:“曝”(qí)的假借字,东西湿了后又干。此处指干。 ⑨何嗟及矣:“嗟何及矣”的倒文。嗟,悲叹声。

兔爰
tù yuán

yǒu tù yuán yuán
有兔爰爰①, 狡兔自由又得意,
zhì lí yú luó
雉离于罗②。 野鸡落进罗网里。
wǒ shēng zhī chū
我生之初, 在我出生的时候,
shàng wú wéi
尚无为③! 没有战争没徭役。
wǒ shēng zhī hòu
我生之后, 偏偏自我出生后,
féng cǐ bǎi lí
逢此百罹④, 各种灾难层叠起,
shàng mèi wú é
尚寐无吪⑤。 但愿缄口长休息。

yǒu tù yuán yuán
有兔爰爰, 狡兔自由又得意,
zhì lí yú fú
雉离于罦⑥。 野鸡落进罗网里。
wǒ shēng zhī chū
我生之初, 在我出生的时候,
shàng wú zào
尚无造⑦。 没有战争没徭役。

wǒ shēng zhī hòu
我生之后，　　偏偏自我出生后，
féng cǐ bǎi yōu
逢此百忧。　　各种忧愁层叠起。
shàng mèi wú jiào
尚寐无觉⑧。　　但愿闭眼长休息。

yǒu tù yuán yuán
有兔爰爰，　　狡兔自由又得意，
zhì lí yú tóng
雉离于罿⑨。　　野鸡落进罗网里。
wǒ shēng zhī chū
我生之初，　　在我出生的时候，
shàng wú yōng
尚无庸⑩。　　没有战争没徭役。
wǒ shēng zhī hòu
我生之后，　　偏偏自我出生后，
féng cǐ bǎi xiōng
逢此百凶。　　各种灾祸层叠起。
shàng mèi wú cōng
尚寐无聪⑪。　　但愿塞耳长休息。

这是一首反映厌世思想的诗作。春秋时期，各种矛盾激化，礼崩乐坏，战争频仍，贵族失去了往昔的种种特权，他们感到悲观失望，感叹今不如昔，为“逢此百罹”而遗憾，为本阶级的没落而高唱挽歌。诗篇低沉忧郁的情调，使作品充满了悲伤的色彩，尤具艺术魅力。其思想对道家思想的形成，亦有较大的影响。

①爰爰：自由而又得意的样子。　②雉：鸟名，又名野鸡。离：遭，碰到。罗：罗网。　③尚：还。无为：无事，没有战争和徭役，清闲自在。　④逢：遭到。罹：忧患。⑤尚：庶几，带有希望之意。寐：睡觉。无吪：不想动。　⑥罦：一种装有机关的网，能自动捕鸟兽。　⑦无造：什么也不做。　⑧觉：醒，指睁开眼睛。无觉：什么也不想看的意思。　⑨罿：捕鸟网。　⑩庸：用，指劳役。　⑪聪：听。无聪：什么也不想听。反映诗人厌倦红尘的思想。

gé lěi
葛 藟

mián mián gé lěi
绵 绵 葛 藟[1]， 绵绵葛藟长又长，
zài hé zhī hǔ
在 河 之 浒[2]。 弯弯蔓延河边上。
zhōng yuǎn xiōng dì
终 远 兄 弟[3]， 远离兄弟到外地，
wèi tā rén fù
谓 他 人 父。 喊人阿爸求帮忙。
wèi tā rén fù
谓 他 人 父， 喊人阿爸求帮忙，
yì mò wǒ gù
亦 莫 我 顾[4]。 无人理睬心发慌。

mián mián gé lěi
绵 绵 葛 藟， 绵绵葛藟长又长，
zài hé zhī sì
在 河 之 涘。 弯弯蔓延河边上。
zhōng yuǎn xiōng dì
终 远 兄 弟， 远离兄弟到外地，
wèi tā rén mǔ
谓 他 人 母。 喊人阿妈求帮忙。
wèi tā rén mǔ
谓 他 人 母， 喊人阿妈求帮忙，
yì mò wǒ yǒu
亦 莫 我 有[5]。 无人怜悯心悲伤。

mián mián gé lěi
绵 绵 葛 藟， 绵绵葛藟长又长，

zài hé zhī chún 在河之漘⑥。	弯弯蔓延河边上。
zhōng yuǎn xiōng dì 终远兄弟，	远离兄弟到外地，
wèi tā rén kūn 谓他人昆⑦。	喊人阿哥求帮忙。
wèi tā rén kūn 谓他人昆，	喊人阿哥求帮忙，
yì mò wǒ wèn 亦莫我闻⑧。	无人问我独彷徨。

这是一首流亡者的哀歌。春秋时期，战争频仍，徭役繁重，人民生活苦不堪言，纷纷背井离乡，四处流亡。可天下乌鸦一般黑，处处生活困窘，哀告无门。即使你称别人为父母兄弟，也得不到一点同情和怜悯。诗作深刻反映了流浪者的心酸和痛苦，抨击了富人们的冷酷和无情。

①绵绵：连绵不断的样子。葛藟：野生植物名，多生于山间，攀援于树上。诗以葛藟生于河边，失其所与，比喻诗人流亡在外，亦失其所与。 ②浒：水边。 ③终：既。兄弟：指家人。 ④莫我顾："莫顾我"的倒文。 ⑤有：通"友"，亲近之意。 ⑥漘：水边。 ⑦昆：兄。 ⑧闻：通"问"，恤问。意为无人问我冷暖，无人关心照顾我。

cǎi gé
采葛

bǐ cǎi gé xī 彼采葛兮①，	那位姑娘去采葛，
yī rì bù jiàn 一日不见，	仅仅一天未见着，
rú sān yuè xī 如三月兮。	如隔三月受折磨。
bǐ cǎi xiāo xī 彼采萧兮②，	那位姑娘去采萧，

yī rì bù jiàn
一 日 不 见， 仅仅一天未见到，

rú sān qiū xī
如 三 秋 兮[3]。 如隔三秋受煎熬。

bǐ cǎi ài xī
彼 采 艾 兮[4]， 那位姑娘去采蒿，

yī rì bù jiàn
一 日 不 见， 仅仅一天未见到，

rú sān suì xī
如 三 岁 兮。 如隔三年受煎熬。

这是一首情诗。男子对那位采葛、采萧、采艾的女子一往情深，一日不见，如隔三秋。语意层层递进，感情步步深展，一咏三叹，回环婉转，充分显示了先民们对爱情大胆、热烈的追求，是《诗经》中格调健康、旋律高昂的爱情诗之一，颇为后人喜爱。

①葛：葛藤，一种藤蔓植物名，皮可制成纤维织布。 ②萧：一种蒿子名，白茎白叶，有香气，祭祀时所用。 ③三秋：尤言三年。 ④艾：一种蒿子名，可做药品，点燃可薰蚊虫。

dà chē
大 车

dà chē jiàn jiàn
大 车 槛 槛[1]， 大车行走声殷殷，

cuì yī rú tǎn
毳 衣 如 菼[2]。 黄绿毛衣色彩新。

qǐ bù ěr sī
岂 不 尔 思？ 怎能说我不想你？

wèi zǐ bù gǎn
畏 子 不 敢。 怕你犹豫不私奔。

dà chē tūn tūn
大车哼哼③，　　大车行走慢吞吞，

cuì yī rú mén
毳衣如璊④。　　大红毛衣色彩新。

qǐ bù ěr sī
岂不尔思？　　怎能说我不想你？

wèi zǐ bù bēn
畏子不奔⑤。　　怕你胆小不私奔。

gǔ zé yì shì
穀则异室⑥，　　活着不能同床寝，

sǐ zé tóng xué
死则同穴。　　死后同葬亦相亲。

wèi yú bù xìn
谓予不信，　　你若说我不忠信，

yǒu rú jiǎo rì
有如皦日⑦。　　杲杲白日照我心。

这是一首描写女子大胆追求爱情的诗。她爱上了一个赶着大车经商的男子，希望能与其私奔，去寻找爱情和幸福。但男子碍于各种原因，态度暧昧，犹豫彷徨，女子便作诗表明心迹，鼓励男子大胆去追求爱情。诗人火辣辣的恋情、掷地有声的誓言，对后代文学作品影响颇深。

①槛槛：车行走的声音。　②毳衣：用兽毛编织的衣服。菼：初生的芦苇，此处形容男子穿的衣服为淡青色。　③哼哼：车行又重又慢的样子。　④璊：红色的美玉。　⑤奔：男女私奔。　⑥穀：活着。异室：两室相居，意为不能生活在一起。本章是女子对男子立下的誓言。　⑦皦：通“皎”，白。意为白日可为我作证，我一定能实现诺言。

qiū zhōng yǒu má
丘中有麻

qiū zhōng yǒu má
丘中有麻，　　山坡上面是麻田，

bǐ liú zǐ jiē 彼留子嗟①。	刘家公子我思念。
bǐ liú zǐ jiē 彼留子嗟，	刘家公子我思念，
qiāng qí lái shī shī 将其来施施②。	但愿常能来相见。
qiū zhōng yǒu mài 丘中有麦，	山坡上面是麦田，
bǐ liú zǐ guó 彼留子国③。	刘家子国我思念。
bǐ liú zǐ guó 彼留子国，	刘家子国我思念，
qiāng qí lái shí 将其来食。	但愿他能来吃饭。
qiū zhōng yǒu lǐ 丘中有李，	山坡上面是李田，
bǐ liú zhī zǐ 彼留之子④。	刘家公子我思念。
bǐ liú zhī zǐ 彼留之子，	刘家公子我思念，
yí wǒ pèi jiǔ 贻我佩玖。	送我佩玉结良缘。

这是一位女子爱上刘姓公子所作的情诗。诗人性格开朗，满怀痴情，热切地盼望与刘姓公子相会，并希望能互赠信物，以结良缘。诗作主题鲜明，格调清新，充分表现出女子对爱情的向往与追求。

①留：通“刘”。留子：贵族刘氏家的一位公子，即抒情女主人公的情人。嗟：感叹词。 ②将：请，希望。施施：悄悄地来。 ③子国：人名，刘氏家的公子，即女子追求的情人。 ④之子：仍指子国。

zhèng fēng
郑 风

zī yī
缁 衣

zī yī zhī yí xī
缁衣之宜兮[①]，　　你的黑衣真合体，
bì yú yòu gǎi wéi xī
敝，予又改为兮[②]。　　穿破我再做新衣。
shì zǐ zhī guǎn xī
适子之馆兮，　　你去官府把公办，
huán yú shòu zǐ zhī càn xī
还，予授子之粲兮[③]。　　回来新衣送给你。

zī yī zhī hǎo xī
缁衣之好兮[④]，　　你的黑衣真正好，
bì yú yòu gǎi zào xī
敝，予又改造兮。　　破了我再做一套。
shì zǐ zhī guǎn xī
适子之馆兮，　　你去官府把公办，
huán yú shòu zǐ zhī càn xī
还，予授子之粲兮。　　回来请你穿新袍。

zī yī zhī xí xī
缁衣之席兮[⑤]，　　你的黑衣真是宽，
bì yú yòu gǎi zuò xī
敝，予又改作兮。　　破了再做新衣穿。
shì zǐ zhī guǎn xī
适子之馆兮，　　你到官府把公办，

huán yú shòu zǐ zhī càn xī

还，予授子之粲兮。　　回来新衣色鲜艳。

这是一首以赠衣为名，抒发绵绵情意的诗作。诗人先夸奖男子衣服穿得合体，又说衣服破了我为你补，办公回来给你试新装，表现了诗人对男子的关怀、体贴。诗篇感情真挚，富于人情味。旧说此诗为招贤诗，言有贤士来归，则为之安排馆舍，供给衣食，并亲自去探望的说法，可备一说。故《礼记·缁衣》有“好贤如《缁衣》”的说法。

①缁衣：黑色的衣服。古代卿大夫私朝（到官署，即诗中所说的“馆”）所穿的衣服。宜：合体、合身。　②改为：另做新衣。　③还：同“旋”，回来。粲：新衣。　④好：同“宜”，指衣服的合身、合体。　⑤席：宽大。

qiāng zhòng zǐ

将仲子

qiāng zhòng zǐ xī

将仲子兮①！　　仲子仲子听我讲，

wú yú wǒ lǐ

无逾我里②，　　不要跳过我里墙，

wú zhé wǒ shù qǐ

无折我树杞。　　别把杞树来损伤。

qǐ gǎn ài zhī

岂敢爱之③？　　并非吝惜这些树，

wèi wǒ fù mǔ

畏我父母。　　我怕我的爹和娘。

zhòng kě huái yě

仲可怀也，　　心中怀念仲子你，

fù mǔ zhī yán

父母之言，　　又怕父母乱张扬，

yì kě wèi yě

亦可畏也。　　害怕闲话把心伤。

qiāng zhòng zǐ xī 将仲子兮！	仲子仲子听我讲，
wú yú wǒ qiáng 无逾我墙，	不要跳过我家墙，
wú zhé wǒ shù sāng 无折我树桑。	别把桑树来损伤。
qǐ gǎn ài zhī 岂敢爱之？	并非吝惜这些树，
wèi wǒ zhū xiōng 畏我诸兄。	我怕我的众兄长。
zhòng kě huái yě 仲可怀也，	心中怀念仲子你，
zhū xiōng zhī yán 诸兄之言，	又怕兄长乱张扬，
yì kě wèi yě 亦可畏也。	害怕闲话把心伤。

qiāng zhòng zǐ xī 将仲子兮！	仲子仲子听我讲，
wú yú wǒ yuán 无逾我园，	不要跳过我园墙，
wú zhé wǒ shù tán 无折我树檀。	别把檀树来损伤。
qǐ gǎn ài zhī 岂敢爱之？	并非吝惜这些树，
wèi rén zhī duō yán 畏人之多言。	怕人说短又道长。
zhòng kě huái yě 仲可怀也，	心中怀念仲子你，
rén zhī duō yán 人之多言，	又怕众人乱张扬，
yì kě wèi yě 亦可畏也。	害怕闲话把心伤。

这是一首恋歌。诗人是一位热情、坦率的姑娘，她向往理想的爱情，期望与情人幽期密约，却又唯恐别人知道。感情与理智、理想与礼教的矛盾使她痛苦不安，不得不向情人叮嘱，请他不要再来，要考虑她窘迫的处境。诗作反映了周代社会婚姻不自由的现象，塑造了一个感情细腻、心理矛盾的少女形象，有较高的审美价值。

①将：请，希望。仲子：兄弟中排行老二。《诗经》时代的女子常以伯、仲、叔、季来称呼情人或丈夫，犹如今日称大哥、二哥。 ②逾：翻越、跳过。里：古时二十五家为一里，里有里墙。本句实指不要翻越里墙。 ③爱：吝惜、舍不得。之：指杞树等。

shū yú tián
叔 于 田

shū yú tián 叔于田①，	三哥打猎出了门，
xiàng wú jū rén 巷无居人。	里巷空空不见人。
qǐ wú jū rén 岂无居人？	难道里巷没住人？
bù rú shū yě 不如叔也，	难与三哥相并论，
xún měi qiě rén 洵美且仁②。	实在貌美又可人。
shū yú shòu 叔于狩③，	三哥狩猎出了门，
xiàng wú yǐn jiǔ 巷无饮酒。	里巷不见饮酒人。
qǐ wú yǐn jiǔ 岂无饮酒？	难道没有饮酒人？
bù rú shū yě 不如叔也，	难与三哥相并论，

xún měi qiě hǎo
洵美且好。　　实在貌美又温存。

shū shì yě
叔适野，　　三哥郊猎出了门，

xiàng wú fú mǎ
巷无服马[4]。　　里巷不见驭马人。

qǐ wú fú mǎ
岂无服马？　　难道没有驭马人？

bù rú shū yě
不如叔也，　　难与三哥相并论，

xún měi qiě wǔ
洵美且武。　　实在貌美又英俊。

这是一首赞美情人的恋歌。在抒情女主人公的心中，三哥漂亮、英俊、仁慈、善良，举世无双，无人能比。因此三哥一去打猎，女子便目中无“人”，表现了女子对爱情的炽烈追求与对爱情的忠贞专一。尤其值得重视的是，女子认为三哥“美且仁”“美且好”“美且武”，表明女子不仅重视外貌、风度的美，而且注重气质、品德、思想的美，显示出周人美善结合的审美意识，值得研究。

①叔：用法同《将仲子》注①。于：往。田：打猎。　②洵：实在，的确。　③狩：冬猎为狩。　④服马：驾驭马。

tài shū yú tián
大叔于田[1]

shū yú tián
叔于田，　　三哥打猎真威武，

chéng shèng mǎ
乘乘马[2]。　　驭马驾车技艺熟。

zhí pèi rú zǔ 执辔如组[3]，	手执缰绳如丝组，
liǎng cān rú wǔ 两骖如舞[4]。	两匹骖马似跳舞。
shū zài sǒu 叔在薮[5]，	三哥打猎在沼泽，
huǒ liè jù jǔ 火烈具举[6]。	熊熊篝火映小路。
tǎn xī bào hǔ 襢裼暴虎[7]，	赤手空拳打猛虎，
xiàn yú gōng suǒ 献于公所[8]。	打来老虎献公府。
qiāng shū wú niǔ “将叔无狃[9]，	“三哥三哥别大意，
jiè qí shāng rǔ 戒其伤女。”	小心猛虎伤皮肤。”

shū yú tián 叔于田，	三哥打猎出了门，
chéng shèng huáng 乘乘黄[10]。	四匹黄马向前奔。
liǎng fú shàng xiāng 两服上襄[11]，	两匹服马昂首跑，
liǎng cān yàn háng 两骖雁行[12]。	两骖雁行紧紧跟。
shū zài sǒu 叔在薮，	三哥打猎在沼泽，
huǒ liè jù yáng 火烈具扬[13]。	熊熊篝火动人心。
shū shàn shè jì 叔善射忌[14]，	三哥拉弓能射箭，
yòu liáng yù jì 又良御忌。	又是驾车第一人。
yì qìng kòng jì 抑磬控忌[15]，	疾行勒马忽停止，

yì zòng sòng jì 抑纵送忌[16]。	纵辔放马东西奔。

shū yú tián 叔于田，	三哥打猎登路程，
chéng shèng bǎo 乘乘鸨[17]。	四匹花马跑不停。
liǎng fú qí shǒu 两服齐首[18]，	两匹服马齐扬首，
liǎng cān rú shǒu 两骖如手[19]。	两骖如手并雁行。
shū zài sǒu 叔在薮，	三哥打猎在沼泽，
huǒ liè jù fù 火烈具阜[20]。	熊熊篝火烧得盛。
shū mǎ màn jì 叔马慢忌，	三哥马儿慢慢走，
shū fā hǎn jì 叔发罕忌[21]。	三哥射箭多从容。
yì shì bīng jì 抑释掤忌[22]，	打开箭筒放好箭，
yì chàng gōng jì 抑鬯弓忌[23]。	收好弓儿登归程。

这是一首赞美青年猎手的诗。诗篇以熊熊的猎火为背景，塑造了一位技艺超群、英武豪迈的青年猎手形象。他驾驭着战车在沼泽中纵横驰骋，他敢于赤手空拳力擒猛虎，他弯弓射箭百步穿杨，他满载归来信马悠悠面无骄色。这种铺张手法，对汉赋的形成有一定的影响。这一具有阳刚之美的铁血男儿形象，也具有较高的审美价值。

①本诗的题目应为《叔于田》，为区别于前诗，故作《大叔于田》。 ②乘：前“乘”是动词，驾；后“乘”是量词。古时四马一车为一乘。 ③执辔：手拿着马缰绳。如组：像整齐的丝带一样。形容猎手技术娴熟。 ④两骖：一车四马两边的两匹为骖马，中间的两匹为

服马。如舞：形容骖马像跳舞一样整齐有序。 ⑤薮：地势低洼潮湿多草地带。 ⑥火烈：火迾，狩猎时猎人焚烧草木，鸟兽惊骇而出，遂成为猎物。具：都。 ⑦襢裼：赤膊。暴虎：空手打虎。 ⑧公：指郑公。所：处所。 ⑨狃：习以为常而不加重视。 ⑩乘黄：四匹黄马拉的一辆车。 ⑪上襄：马头向上昂起。 ⑫雁行：马排行队如雁成行。 ⑬具扬：都燃烧起来。 ⑭忌：语气词。 ⑮抑：发语词。磬控：用劲止马使之停止前进。⑯纵送：纵马快跑。 ⑰鸨：黑白杂色的花马。 ⑱齐首：两匹服马齐头并进。 ⑲如手：两匹骖马如手一样整齐。 ⑳阜：旺盛。 ㉑发罕：很少发箭，指狩猎接近尾声。㉒释：打开。掤：箭筒的盖子。意为把没用完的箭放入箭筒中收藏起来。 ㉓鬯：通"韔"，将弓放进弓袋里。

qīng rén
清 人

qīng rén zài péng 清人在彭①，	清邑之旅驻彭地，
sì jiè páng páng 驷介旁旁②。	驷马披甲有生气。
èr máo chóng yīng 二矛重英③，	二矛装饰红缨络，
hé shàng hū áo xiáng 河上乎翱翔④。	河边游逛多欢喜。

qīng rén zài xiāo 清人在消，	清邑之旅驻消地，
sì jiè biāo biāo 驷介麃麃⑤。	驷马披甲有勇力。
èr máo chóng qiáo 二矛重乔⑥，	二矛装饰野鸡羽，
hé shàng hū xiāo yáo 河上乎逍遥⑦。	河边逍遥多欢喜。

qīng rén zài zhóu 清人在轴，	清邑之旅驻轴地，

sì jiè táo táo
驷 介 陶 陶[8]。 驷介披甲跑得急。

zuǒ xuán yòu chōu
左 旋 右 抽[9]， 左旋右转抽刀刃，

zhōng jūn zuò hǎo
中 军 作 好[10]。 主帅练得好武艺。

这是一首讽刺郑国统治者的诗作。《左传·闵公二年》载："郑人恶高克，使帅师次于河上，久而弗召，师溃而归。高克奔陈。郑人为之赋《清人》。"诗篇极力渲染战马的强壮、武器的精良及部队的训练有素，而这么一支部队，由于统治者个人的恩怨，却闲置不用，又不调防回去，竟使之溃乱，充分揭示了统治者的心胸狭窄与短视。旧说诗为郑公子素所作，可备一说。

①清人：清邑的人。清邑在今河南中牟县西，是高克的封地。彭：郑国靠近黄河边的一个地名，下面的"消""轴"均是如此。 ②旁旁：马雄壮有力的样子。 ③二矛：古时车上都插有两支长矛，一支作战用，一支备用。重英：两层缨络。 ④翱翔：指将士们驾着车子闲逛，无所事事。 ⑤麃麃：威武的样子。 ⑥重乔：两根野鸡羽毛。乔，野鸡的一种。 ⑦逍遥：悠闲地走来走去。 ⑧陶陶：马奔驰的样子。 ⑨左旋：指将士们训练时身体向左转。右抽：指将士们训练时右手抽出刀剑。 ⑩中军：周时军队分为上军、中军、下军，中军的将官是主帅，此处指高克。作好：做好训练、养马等工作。

gāo qiú
羔 裘

gāo qiú rú rú
羔 裘 如 濡[1]， 羔羊皮袄柔且光，

xún zhí qiě hóu
洵 直 且 侯[2]。 为人正直美名扬。

bǐ jì zhī zǐ
彼 其 之 子， 其人堪称真男子，

shě mìng bù yú
舍 命 不 渝[3]。 执行君命不走样。

gāo qiú bào shì 羔裘豹饰，	皮袄袖口饰豹皮，
kǒng wǔ yǒu lì 孔武有力[④]。	勇武有力讲义气。
bǐ jì zhī zǐ 彼其之子，	其人堪称真男子，
bāng zhī sī zhí 邦之司直[⑤]。	官任司直掌纲纪。
gāo qiú yàn xī 羔裘晏兮[⑥]，	羔羊皮袄色彩鲜，
sān yīng càn xī 三英粲兮[⑦]。	三道丝绳光粲粲。
bǐ jì zhī zǐ 彼其之子，	其人堪称真男子，
bāng zhī yàn xī 邦之彦兮[⑧]。	国之俊杰正当年。

这是一首赞美正直官吏的诗作。诗作以羔裘之美起兴，颂扬官吏为人正直、“舍命不渝”，堪称“邦之彦兮”。《左传·昭公十六年》载：“郑六卿饯宣子于郊……子产赋郑之《羔裘》。宣子曰：‘起不堪也。’”可见此诗当时已作为歌颂正直官吏的作品而广为流传，也说明凡是为人民做过好事的人，人民总是怀念、歌颂他。

①濡：柔而有光泽。 ②洵：确实，的确。直：正直。侯：美。 ③舍命不渝：舍出生命也不变节。一说执行君命绝无二样。 ④孔武：很威武。 ⑤司直：官名，掌管劝谏君主过失的官。一说“司直”即主持正道的人。 ⑥晏：鲜艳。 ⑦三英：即三缨，三条丝绳。古人皮袄是对襟的，两边各缝上三条丝绳作为纽扣，用时系上。其中的一边丝绳还有穗作为装饰，即诗中所说的“三英”。 ⑧彦：美士、俊杰。

zūn dà lù
遵大路

zūn dà lù xī 遵大路兮，	沿着大路向前走，
shǎn zhí zǐ zhī qū xī 掺执子之祛兮①。	紧紧拉住你衣袖。
wú wǒ wù xī 无我恶兮，	不要厌恶抛弃我，
bù jié gù yě 不寁故也②。	相处多年莫分手。
zūn dà lù xī 遵大路兮，	沿着大路向前走，
shǎn zhí zǐ zhī shǒu xī 掺执子之手兮。	紧紧拉住你的手。
wú wǒ chǒu xī 无我魗兮③，	不要厌恶嫌我丑，
bù jié hǎo yě 不寁好也。	多年相好莫分手。

这是一首弃妇诗。孱弱的女子紧跟在三心二意的男子后面，拉着他的衣袖，苦苦哀求男子莫要忘记旧情，莫要将她遗弃。凄楚哀婉的歌声，反衬出男子的负心和绝情。

①掺执：拉住。祛：衣袖。 ②寁：速去、速离。故：故人。由此句可以判断，这是一对同居已久的夫妻，而男子最终喜新厌旧，遗弃了女子。 ③魗：通"丑"，嫌弃。

nǚ yuē jī míng
女曰鸡鸣

原文	译文
nǚ yuē jī míng 女曰："鸡鸣。"	女说："雄鸡已歌唱。"
shì yuē mèi dàn 士曰："昧旦[①]。"	男说："东方还未亮。"
zǐ xīng shì yè "子兴视夜[②]，	"你快起来看夜色，
míng xīng yǒu làn 明星有烂[③]。"	启明星已闪亮光。"
jiāng áo jiāng xiáng "将翱将翔[④]，	"我将起来到处逛，
yì fú yǔ yàn 弋凫与雁[⑤]。"	射点野鸭大雁尝。"
yì yán jiā zhī "弋言加之[⑥]，	"射下野鸭和大雁，
yǔ zǐ yí zhī 与子宜之[⑦]。	精心制成美味餐。
yí yán yǐn jiǔ 宜言饮酒，	烹调菜肴开怀饮，
yǔ zǐ xié lǎo 与子偕老。	白头到老情绵绵。
qín sè zài yù 琴瑟在御[⑧]，	你弹琴来我鼓瑟，
mò bù jìng hǎo 莫不静好[⑨]。"	美满和好情无限。"
zhī zǐ zhī lái zhī "知子之来之[⑩]，	"知你体贴又关怀，

zá pèi yǐ zèng zhī 杂佩以赠之。	送你佩玉表情爱。
zhī zǐ zhī shùn zhī 知子之顺之,	知你温柔又和顺,
zá pèi yǐ wèn zhī 杂佩以问之[11]。	佩玉送你情永在。
zhī zǐ zhī hào zhī 知子之好之[12],	知你爱慕眷恋我,
zá pèi yǐ bào zhī 杂佩以报之。"	送你佩玉情似海。"

这是一首新婚夫妻的联句诗。首章写女子催促男子快点起床,休要贪图床第之欢;次章写女子鼓励男子前去狩猎,并以美味佳肴来款待凯旋的丈夫;末章是男子以佩玉赠给女子,进一步写夫妻情深似海、亲密无间。这里没有政治色彩,亦无金钱的铜臭,更没有肉欲的追逐。朴素真挚的感情,和谐欢乐的夫妻关系,展示了周人和谐的家庭生活和理性的道德意识。对话联句的形式对后世影响很大,堪称联句诗之祖。

①昧旦:天将明而未明。 ②兴:起来。视夜:察看夜色。 ③明星:启明星。有烂:闪亮。 ④翱、翔:本是形容鸟飞,这里指人狩猎。 ⑤弋:射箭的一种,用生丝系在箭尾射猎,以便寻求猎物。凫:野鸭。 ⑥言:语助词。加:射中。 ⑦与子:为你,替你。宜:烹调菜肴。 ⑧琴瑟:古时常以琴瑟合奏象征夫妻和睦。御:用。 ⑨静好:美满和好。 ⑩子:指女子。古时男女均可称呼"子"。来:慰问,慰勉。此章为男子所唱,他得知妻子将烹制佳肴款待自己,十分感激,故赠以佩玉。 ⑪问:馈赠。 ⑫好:爱恋。

yǒu nǚ tóng chē
有女同车

yǒu nǚ tóng chē 有女同车,	和我同车之女郎,
yán rú shùn huā 颜如舜华[1]。	美如木槿花一样。

jiāng áo jiāng xiáng 将 翱 将 翔，	步伐轻盈似飞翔，
pèi yù qióng jū 佩 玉 琼 琚。	佩玉琼琚响叮当。
bǐ měi mèng jiāng 彼 美 孟 姜②，	姜家美丽大姑娘，
xún měi qiě dū 洵 美 且 都③。	的确漂亮又文雅。

yǒu nǚ tóng háng 有 女 同 行，	和我同车之女郎，
yán rú shùn yīng 颜 如 舜 英。	美如木槿花一样。
jiāng áo jiāng xiáng 将 翱 将 翔，	步伐轻盈似飞翔，
pèi yù qiāng qiāng 佩 玉 将 将④。	身上佩玉响叮当。
bǐ měi mèng jiāng 彼 美 孟 姜，	姜家美丽大姑娘，
dé yīn bù wàng 德 音 不 忘⑤。	品德高洁永难忘。

这是一首反映贵族青年男女爱情生活的恋歌。年轻的贵族公子与姜氏大姑娘一见钟情，为她美丽的容貌、轻盈的身材、华丽的服饰以及文雅大方的气质所征服，便作此诗赞美女子，抒发自己的爱慕之情。诗人不仅注意到女子的容貌，更注意到女子的品德、气质，在一定程度上反映出周人的审美意识。

①颜：容貌。舜华：木槿花。木槿为落叶灌木，开红白花。 ②孟：长女称孟。姜：姓氏。“孟姜”即姜家的大姑娘。 ③都：文雅大方。 ④将将：同象声词“锵锵”，指佩玉琼琚相碰击发出的声音。 ⑤德音：好声誉，即品德高洁、名声好之意。不忘：不能忘记。又释为不尽、不已。

shān yǒu fú sū
山有扶苏

shān yǒu fú sū
山有扶苏①，　　山上扶苏多枝杈，
xí yǒu hé huá
隰有荷华②。　　荷花盛开在水洼。
bù jiàn zǐ dū
不见子都③，　　未见子都美男子，
nǎi jiàn kuáng jū
乃见狂且④。　　却见你这大傻瓜。

shān yǒu qiáo sōng
山有桥松⑤，　　高高山上有青松，
xí yǒu yóu lóng
隰有游龙⑥。　　低洼之地有水荭。
bù jiàn zǐ chōng
不见子充⑦，　　未见子充美男子，
nǎi jiàn jiǎo tóng
乃见狡童⑧。　　却见你这小顽童。

这是一首女子与男子欢会时所唱的戏谑骂俏的歌。诗篇以扶苏、桥松起兴，暗喻对男子的阳刚之美的赞美，以荷华、游龙自比，表现对阴柔之美的歌颂，显示出周人潜意识的审美观念。由此可见，尽管诗篇指责男子不是子都、子充，只能称为“狂且”“狡童”，但在笑骂中蕴含着温情和爱。

①扶苏：枝叶繁茂的树木。　②隰：低洼潮湿的地方。荷华：荷花。　③子都：古代著名的美男子。　④狂且：狂妄愚蠢的人。且：语助词。　⑤桥：通“乔”，高。　⑥游：枝叶舒展的样子。龙：借为“茏”，即水荭，草名，一年生草本植物。　⑦子充：郑国的美男子。　⑧狡童：狡猾的小男孩。

tuò xī
萚兮

tuò xī tuò xī 萚兮萚兮[1]，	落叶枯萎落叶枯，
fēng qí chuī rǔ 风其吹女。	秋风吹拂叶儿疏。
shū xī bó xī 叔兮伯兮，	弟弟哥哥大家来，
chàng yú hè rǔ 倡予和女[2]。	我唱歌来你跳舞。
tuò xī tuò xī 萚兮萚兮，	落叶枯萎落叶枯，
fēng qí piāo rǔ 风其漂女。	秋风吹拂叶飘舞。
shū xī bó xī 叔兮伯兮，	弟弟哥哥大家来，
chàng yú yāo rǔ 倡予要女[3]。	我唱你和多和睦。

这是一首民间集会时唱的歌。女子先领唱，男子接着参加合唱，载歌载舞，尽情娱乐。诗篇节奏轻快，主题鲜明健康，再现了周人丰富的生活和开朗的性格。

①萚：草木脱落的皮或叶。　②倡：亦作“唱”，带头唱。“倡予和女”即我带头唱，你来和唱。　③要：和(hè)。会也，以声相合。

狡童
jiǎo tóng

bǐ jiǎo tóng xī 彼狡童兮[1]，	小滑头啊太讨厌，
bù yǔ wǒ yán xī 不与我言兮。	不肯和我把话谈。
wéi zǐ zhī gù 维子之故[2]，	全是因为你这样，
shǐ wǒ bù néng cān xī 使我不能餐兮。	使我不能吃下饭。
bǐ jiǎo tóng xī 彼狡童兮，	小滑头啊太讨厌，
bù yǔ wǒ shí xī 不与我食兮。	不肯与我同吃饭。
wéi zǐ zhī gù 维子之故，	全是因为你这样，
shǐ wǒ bù néng xī xī 使我不能息兮。	使我睡觉都不安。

这是一首反映女子失恋的诗歌。一对感情很深的恋人偶而发生误会，小伙子拂袖而去，令抒情女主人公苦恼悲伤，甚至寝食不安。诗篇写得情意缠绵、哀婉动人。怨愤之中带有爱恋，指责之中微露娇嗔，痛苦之中含有希望，将女子温柔多情的性格刻画得淋漓尽致。

①狡童：女子对男子嘲谑的称呼，有小滑头之意。 ②维：为。

qiān cháng
褰　裳

zǐ huì sī wǒ
子惠思我①，　　你若真心思念我，

qiān cháng shè zhēn
褰裳涉溱②。　　提起衣裳过溱河。

zǐ bù wǒ sī
子不我思，　　你若变心不想我，

qǐ wú tā rén
岂无他人。　　难道我就没阿哥。

kuáng tóng zhī kuáng yě jū
狂童之狂也且③。你这疯癫的家伙。

zǐ huì sī wǒ
子惠思我，　　你若真心思念我，

qiān cháng shè wěi
褰裳涉洧④。　　提起衣裳过洧河。

zǐ bù wǒ sī
子不我思，　　你若变心不想我，

qǐ wú tā shì
岂无他士。　　难道我就没阿哥。

kuáng tóng zhī kuáng yě jū
狂童之狂也且。你这疯癫的家伙。

这是一首反映情人之间戏谑的诗作。抒情女主人公告诫她的恋人说：你不爱我，我就爱别人，天下男子有的是。其实，她对情人并无二心，而是怀疑男子有外心，故而在娇嗔调笑中给男子以“警告”，反映出女主人公活泼、开朗、直率和富于斗争精神的性格。

①惠:爱。 ②褰:提起。溱:水名,源于河南新密市,与洧水汇合。 ③也且:语气词。 ④洧:水名,源于河南登封市,与溱水汇合后为双洎河。

fēng
丰

zǐ zhī fēng xī
子之丰兮[①], 想你满面带春风,
sì wǒ hū xiàng xī
俟我乎巷兮。 迎亲等我在巷中。
huǐ yú bù sòng xī
悔予不送兮[②]! 我真后悔未跟从!

zǐ zhī chāng xī
子之昌兮[③], 想你身强体又壮,
sì wǒ hū táng xī
俟我乎堂兮。 迎亲等我在客堂。
huǐ yú bù jiāng xī
悔予不将兮[④]! 我真后悔未跟上!

yì jǐn jiǒng yī
衣锦褧衣[⑤], 身着锦缎单罗衣,
cháng jǐn jiǒng cháng
裳锦褧裳。 外罩罗裙世上稀。
shū xī bó xī
叔兮伯兮, 弟弟哥哥快点来,
jià yú yǔ xíng
驾予与行[⑥]。 驾车接我成婚礼。

cháng jǐn jiǒng cháng
裳锦褧裳, 身披绢麻单衣衫,
yì jǐn jiǒng yī
衣锦褧衣。 锦缎衣裳里面穿。
shū xī bó xī
叔兮伯兮, 弟弟哥哥快点来,

jià yú yǔ guī
驾予与归。　　　驾车接我把婚完。

这是一首女子后悔因赌气未与未婚夫成婚的诗作。在深深的忏悔中蕴含着对未来的一丝希望。

①丰:容貌丰满。 ②送:从行。 ③昌:体格健壮之意。 ④将:跟从。 ⑤褧衣:单衣。 ⑥予与行:我与你一起走。

dōng mén zhī shàn
东门之墠

dōng mén zhī shàn
东门之墠①，　　　东门之外有广场，
rú lǘ zài bǎn
茹藘在阪②。　　　茜草长在土坡上。
qí shì zé ěr
其室则迩③，　　　他家就在我身旁，
qí rén shèn yuǎn
其人甚远。　　　其人却像在远方。

dōng mén zhī lì
东门之栗，　　　东门之外栗树前，
yǒu jiàn jiā shì
有践家室④。　　　成行成列咱家院。
qǐ bù ěr sī
岂不尔思？　　　谁说我不把你想？
zǐ bù wǒ jí
子不我即⑤。　　　你不找我为哪般。

这是一首思念情人、渴望爱情而不得的恋歌。抒情主人公与情人相距

很近，但由于礼教的限制，爱情可望而不可即，深有咫尺天涯之感。“岂不尔思？子不我即”两句，使诗人对爱情如饥似渴之思溢于言表。

①墠：平坦的广场。 ②茹藘：茜草，俗名风车草，其根红，可作染料。阪：土坡。③迩：近。 ④践：并列，成行成列的样子。 ⑤即：接近。我即：“即我”的倒文。

风雨
fēng yǔ

fēng yǔ qī qī 风雨凄凄[1]，	风潇潇，雨凄凄，
jī míng jiē jiē 鸡鸣喈喈[2]。	雄鸡喔喔夜半啼。
jì jiàn jūn zǐ 既见君子，	夫妻久别又重逢，
yún hú bù yí 云胡不夷[3]。	心中激动波澜起。

fēng yǔ xiāo xiāo 风雨潇潇[4]，	风凄凄，雨潇潇，
jī míng jiāo jiāo 鸡鸣胶胶[5]。	雄鸡喔喔夜半叫。
jì jiàn jūn zǐ 既见君子，	夫妻久别又重逢，
yún hú bù chōu 云胡不瘳[6]。	什么疾病全能好。

fēng yǔ rú huì 风雨如晦[7]，	风凄雨冷天昏暗，
jī míng bù yǐ 鸡鸣不已。	雄鸡夜半鸣不断。

jì jiàn jūn zǐ 既 见 君 子，	夫妻久别又重逢，
yún hú bù xǐ 云 胡 不 喜。	心中怎能不喜欢。

这是一首描写夫妻久别重逢的诗作。风雨交加的五更天，女子更加思念自己的亲人。而就在这时，丈夫不期而至，妻子兴奋激动不已。诗篇以冷雨凄风起兴，衬托诗人恶劣的情绪，当丈夫出现在眼前时，似乎风雨骤停，只有激动和欢喜。诗作节奏鲜明，气氛热烈。《毛诗序》说此诗写"乱世则思君子不改其度焉"，虽属臆测，影响却极为深远。后世许多气节之士虽处"风雨如晦"之境，仍以"鸡鸣不已"自励，其本意却淡薄多了。

①凄凄：形容风疾雨冷，寒气逼人。 ②喈喈：鸡鸣声。 ③云：语助词。胡：为什么。夷：平，指女子见到丈夫后心境不能平静。 ④潇潇：形容风疾雨骤。 ⑤胶胶：鸡鸣声。 ⑥瘳：病愈。 ⑦晦：昏暗不明的样子。

zǐ jīn
子 衿

qīng qīng zǐ jīn 青 青 子 衿[①]，	衣领青青年轻人，
yōu yōu wǒ xīn 悠 悠 我 心。	日夜占据我的心。
zòng wǒ bù wǎng 纵 我 不 往，	纵使无法去找你，
zǐ nìng bù sì yīn 子 宁 不 嗣 音[②]？	为何不给我音信？
qīng qīng zǐ pèi 青 青 子 佩，	佩带青青年轻人，

yōu yōu wǒ sī 悠 悠 我 思。	时时浮现在我心。
zòng wǒ bù wǎng 纵 我 不 往，	纵使无法去找你，
zǐ nìng bù lái 子 宁 不 来？	为何不给我音信？
tiāo xī dá xī 挑 兮 达 兮[3]，	当初欢会情意浓，
zài chéng què xī 在 城 阙 兮[4]。	城墙角楼把你等。
yī rì bù jiàn 一 日 不 见，	仅仅一日未见面，
rú sān yuè xī 如 三 月 兮。	犹如分手三月整。

这是一首描写女子思念情人的诗。前两章写女子与情人分手后，相思萦怀，望穿秋水，可是奇迹始终没有发生，于是她责备男子未及时给她音信。第三章描写她回忆与情人幽会时的情景，诗人离别的愁绪又涌上心头，不禁长叹"一日不见，如三月兮"，将全诗的思念之情推向高潮。

①子：你，指女子的情人。衿：衣领。 ②宁：难道。嗣音：寄音信。 ③挑、达：欢跃的样子。 ④城阙：城门两边的角楼。

yáng zhī shuǐ
扬 之 水

yáng zhī shuǐ 扬 之 水，	悠悠河水哗哗流，
bù liú shù chǔ 不 流 束 楚。	一捆荆条难漂走。

zhōng xiǎn xiōng dì 终鲜兄弟①，	我们兄弟本就少，
wéi yú yǔ rǔ 维予与女。	只有你我亲骨肉。
wú xìn rén zhī yán 无信人之言，	不要轻信他人言，
rén shí guàng rǔ 人实迋女②。	别人骗你搞阴谋。

yáng zhī shuǐ 扬之水，	悠悠河水哗哗流，
bù liú shù xīn 不流束薪。	一捆柴草难冲走。
zhōng xiǎn xiōng dì 终鲜兄弟，	我们兄弟本就少，
wéi yú èr rén 维予二人。	只有你我亲骨肉。
wú xìn rén zhī yán 无信人之言，	不要轻信他人言，
rén shí bù xìn 人实不信③。	人不诚实难为谋。

这是一首揭露阴谋、希望团结的诗作。兄弟二人，其中一人听信谣言，造成兄弟之间的矛盾冲突，另一人作此诗来劝告他，希望兄弟能深明大义，重视血缘关系，消除隔阂，兄弟和好如初。另有人认为这是夫将别妻，临行时对妻的叮嘱，可作一解。

①终：既，已。鲜：少。 ②实：实在是。迋：欺骗。 ③不信：不诚实，不可信。

chū qí dōng mén

出其东门

chū qí dōng mén
出其东门，　　步出东城门，
yǒu nǚ rú yún
有女如云。　　美女多如云。
suī zé rú yún
虽则如云，　　虽则多如云，
fěi wǒ sī cún
匪我思存①。　　皆非心上人。
gǎo yī qí jīn
缟衣綦巾②，　　白衣绿佩巾，
liáo lè wǒ yún
聊乐我员③。　　她能乐我心。

chū qí yīn dū
出其闉阇④，　　步出瓮城来，
yǒu nǚ rú tú
有女如荼⑤。　　女似荼花开。
suī zé rú tú
虽则如荼，　　虽似荼花开，
fěi wǒ sī cú
匪我思且⑥。　　并非我所爱。
gǎo yī rú lǘ
缟衣茹藘⑦，　　白衣红佩巾，
liáo kě yǔ yú
聊可与娱。　　相处多愉快。

这是一首男子表示对妻子忠贞不贰的诗。诗篇以柔和的旋律，将男子

真挚、坦率的内心世界逐步展开，既显示了诗人纯真高尚的情操，又宽慰了妻子多疑的心绪，的确蕴藉着深沉委婉的情趣。

①存：想念。 ②缟衣：白色的衣服。綦巾：淡绿色的佩巾。 ③聊：姑且。员：同“云”，语气词。 ④闉阇：古代城门外层的曲墙，又称瓮城。 ⑤荼：白茅花。意为女子如荼花般美丽。一说女子如荼花一样多，亦可。 ⑥且：往。意为不是我思念之所往。 ⑦茹藘：茜草，根部红色，可作染料。这里指代红色的佩巾。

yě yǒu màn cǎo
野有蔓草

yě yǒu màn cǎo 野有蔓草，	野有蔓草绿茵茵，
líng lù tuán xī 零露漙兮①。	圆圆露珠水淋淋。
yǒu měi yī rén 有美一人，	美女一人独徘徊，
qīng yáng wǎn xī 清扬婉兮②。	眉清目秀美如神。
xiè hòu xiāng yù 邂逅相遇，	虽是不期而巧遇，
shì wǒ yuàn xī 适我愿兮。	一见钟情称我心。

yě yǒu màn cǎo 野有蔓草，	野有蔓草绿成片，
líng lù ráng ráng 零露瀼瀼③。	圆圆露珠连成串。
yǒu měi yī rén 有美一人，	美女一人独徘徊，
wǎn rú qīng yáng 婉如清扬。	目秀眉清美如仙。

xiè hòu xiāng yù 邂 逅 相 遇，	虽是不期而巧遇，
yǔ zǐ xié zāng 与 子 偕 臧[④]。	情投意合两相欢。

这是一首反映青年男女邂逅时一见钟情的恋歌。青青的野草、晶莹的露珠、美丽妩媚的少女，使诗篇充满了浪漫的情调和自由的气氛，令人产生无尽的遐想。

①零：降落。漙：露珠圆圆的样子。 ②清扬：眉清目秀。婉：妩媚的样子。 ③瀼瀼：露水浓重的样子。 ④偕：都。臧：善，满意。

zhēn wěi
溱 洧

zhēn yǔ wěi 溱 与 洧，	清清溱水与洧河，
fāng huàn huàn xī 方 涣 涣 兮[①]。	三月冰融泛清波。
shì yǔ nǚ 士 与 女，	青年男女来游春，
fāng bǐng jiān xī 方 秉 蕳 兮[②]。	手捧兰花笑呵呵。
nǚ yuē guān hū 女 曰："观 乎？"	女说："我们去看看？"
shì yuē jì cú 士 曰："既 且[③]。"	男说："那里已去过。"
qiě wǎng guān hū "且 往 观 乎[④]！	"再去一次又何妨！
wěi zhī wài 洧 之 外，	洧水之畔溱水河，

xún xū qiě lè 洵 讦 且 乐[5]。”	多么宽敞与欢乐。”
wéi shì yǔ nǚ 维 士 与 女，	小伙子与大姑娘，
yī qí xiāng xuè 伊 其 相 谑，	相互调笑把话说，
zèng zhī yǐ sháo yào 赠 之 以 勺 药。	赠枝芍药红似火。
zhēn yǔ wěi 溱 与 洧，	绵绵溱水洧河长，
liú qí qīng yǐ 浏 其 清 矣[6]。	三月冰融清水淌。
shì yǔ nǚ 士 与 女，	青年男女来游春，
yīn qí yíng yǐ 殷 其 盈 矣[7]。	人来人往熙攘攘。
nǚ yuē guān hū 女 曰:“观 乎?”	女说:“我们去看看?”
shì yuē jì cú 士 曰:“既 且。”	男说:“我已去一趟。”
qiě wǎng guān hū “且 往 观 乎!	“再去一次又何妨!
wěi zhī wài 洧 之 外，	洧水之畔溱河旁，
xún xū qiě lè 洵 讦 且 乐。”	多么欢乐与宽敞。”
wéi shì yǔ nǚ 维 士 与 女，	小伙子与大姑娘，
yī qí jiāng xuè 伊 其 将 谑，	相互调笑喜洋洋，
zèng zhī yǐ sháo yào 赠 之 以 勺 药。	赠枝芍药分外香。

这是一首描写郑国上巳节青年男女在溱、洧河旁游春欢会的诗。“上巳”是指三月上旬的巳日，按当时风俗，官民都要在东流水中洗去宿垢，祓除不祥，名为修禊。青年男女可以在这一天自由交往，互赠礼品以表达爱慕之情。本诗以溱、洧两岸宽阔广袤的平野为背景，描绘了郑国青年男女涌向郊外游春的情景，塑造了一位热情、大胆、执拗的女子形象，歌颂了她对爱情自由的追求。

①方：正。涣涣：水流盛大的样子。 ②秉：拿着。蕳：花名，菊科，与兰花相近。③且：往。既且：我已去过了。 ④且：再。 ⑤洵：实在，的确。讦：宽阔、宽敞。乐：欢乐。意为洧水旁有许多游乐的地方。 ⑥浏：水流清澈的样子。 ⑦殷：众多的样子。

qí fēng
齐 风

jī míng
鸡 鸣

jī jì míng yǐ “鸡 既 鸣 矣，	“公鸡喔喔已鸣啼，
cháo jì yíng yǐ 朝 既 盈 矣①。”	早朝之人已到齐。”
fěi jī zé míng “匪 鸡 则 鸣，	“不是公鸡喔喔叫，
cāng yíng zhī shēng 苍 蝇 之 声。”	而是苍蝇在嬉戏。”
dōng fāng míng yǐ “东 方 明 矣，	“你看东方已大亮，
cháo jì chāng yǐ 朝 既 昌 矣。”	早朝之人挤满堂。”
fěi dōng fāng zé míng “匪 东 方 则 明，	“不是东方已大亮，
yuè chū zhī guāng 月 出 之 光。”	那是月亮泛华光。”
chóng fēi hōng hōng “虫 飞 薨 薨②，	“你听飞虫嗡嗡嗡，
gān yǔ zǐ tóng mèng 甘 与 子 同 梦。”	同入梦乡喜盈盈。”

huì qiě guī yǐ “会且归矣，	“朝会结束人将归，
wú shù yú zǐ zēng 无庶予子憎[3]。”	招人议论难为情。”

这是一首催丈夫早起的诗。丈夫是个士大夫，要早朝，而他淹恋枕衾，迟迟不肯起床。妻子便一遍遍苦口婆心地劝告他，显示出妻子的贤惠与温柔。诗篇以联句体组成，通篇以人物的对话来发展情节、塑造形象，对后世影响较大。

①朝：本指朝会，此处指上朝的人。盈：满，指上朝的人已很多了。 ②薨薨：亦作“嗡嗡”，飞虫飞时发出的声音。 ③庶：希望。无庶：“庶无”的倒文。憎：讨厌、憎恶。

xuán
还

zǐ zhī xuán xī 子之还兮[1]，	猎手敏捷又矫健，
zāo wǒ hū náo zhī jiān xī 遭我乎猺之间兮[2]。	与我相遇在山间。
bìng qū cóng liǎng jiān xī 并驱从两肩兮[3]，	并驾齐驱赶两猪，
yī wǒ wèi wǒ xuān xī 揖我谓我儇兮[4]。	作揖反称我灵便。
zǐ zhī mào xī 子之茂兮[5]，	猎手技艺多高超，
zāo wǒ hū náo zhī dào xī 遭我乎猺之道兮。	与我相遇在山道。
bìng qū cóng liǎng mǔ xī 并驱从两牡兮，	并驾追赶两雄兽，

yī wǒ wèi wǒ hǎo xī
揖我谓我好兮。 作揖称我手段高。

zǐ zhī chāng xī
子之昌兮[6]， 猎手孔武又剽悍，
zāo wǒ hū náo zhī yáng xī
遭我乎猺之阳兮。与我相遇在山南。
bìng qū cóng liǎng láng xī
并驱从两狼兮， 并驱追赶两只狼，
yī wǒ wèi wǒ zāng xī
揖我谓我臧兮。 作揖反称我不凡。

这是一首猎人间相互赞美称誉的诗作。勇武矫健的猎手们纵马驰骋，在山间小道上偶然相遇，便友好地并驾齐驱。猎获野味后，又相互称誉致意，显示出猎手们豪爽的气概、潇洒的生活及他们对阳刚之美的追求。无怪《诗义会通》引旧评说："飞扬豪骏，有控弦鸣镝之气。"

①还：通"旋"，敏捷矫健的意思。 ②遭：相遇。猺：山名，在今山东淄博临淄区南。 ③从：追逐。两肩：两只三岁的野兽。 ④揖我：向我作揖、致意。儇：轻捷、灵活。 ⑤茂：美，夸奖猎手技术完美。 ⑥昌：盛壮，指猎手身强力壮、勇武剽悍。

zhù
著

sì wǒ yú zhù hū ér
俟我于著乎而[1]， 新郎等我屏风前，
chōng ěr yǐ sù hū ér
充耳以素乎而[2]， 白丝悬玉挂两边，
shàng zhī yǐ qióng huá hū ér
尚之以琼华乎而[3]。琼华美玉光闪闪。

sì wǒ yú tíng hū ér
俟我于庭乎而[4]，新郎等我庭院前，

chōng ěr yǐ qīng hū ér
充耳以青乎而，青丝悬玉挂两边，

shàng zhī yǐ qióng yíng hū ér
尚之以琼莹乎而。琼莹美玉光闪闪。

sì wǒ yú táng hū ér
俟我于堂乎而[5]，新郎等我在堂前，

chōng ěr yǐ huáng hū ér
充耳以黄乎而，黄丝悬玉挂两边，

shàng zhī yǐ qióng yīng hū ér
尚之以琼英乎而。琼英美玉光闪闪。

这是一首迎亲时女子唱的歌。诗篇以回环复沓的形式及欢乐轻松的节奏，称赞了新郎服饰的华美与尊贵，言语间洋溢着喜悦和自豪的感情。诗作以“素”“青”“黄”的变换使用，表现诗人对色彩的关注和对美的追求。诗中所言“俟我于著”“俟我于庭”“俟我于堂”，正反映了当时的婚礼仪式，故诗作不仅表现了周人的审美意识，而且对研究周人的民风、民俗，有较高的价值。

①俟：等待。著：大门与屏风之间的地方。古代的婚礼，新郎迎亲时先在门庭之间等候。乎而：句尾语气词。　②充耳：古代男子的一种装饰品。帽子左右两边垂下一条丝绳，正好垂在耳边，丝绳打一个圆结，下面垂有美玉。素：白色。　③尚：加。琼华：琼，红玉，华，美玉放出的光彩，即充耳上的玉石。下面的“琼莹”“琼英”都是如此。　④庭：中院。迎亲时主人要揖让新郎到中院，三揖三让，然后再上西阶。　⑤堂：堂前。迎亲时新郎要在堂前等新娘出来，新娘出来后，把手伸给新郎，意为已将新娘交给新郎，于是新郎、新娘乘车而归，迎亲仪式宣告结束。

dōng fāng zhī rì

东方之日

dōng fāng zhī rì xī 东方之日兮，	东方太阳圆又圆，
bǐ shū zhě zǐ 彼姝者子，	那个美女似天仙，
zài wǒ shì xī 在我室兮。	来到我的小房间。
zài wǒ shì xī 在我室兮，	来到我的小房间，
lǚ wǒ jí xī 履我即兮①。	踩我席子偎身边。
dōng fāng zhī yuè xī 东方之月兮，	东方月亮圆又圆，
bǐ shū zhě zǐ 彼姝者子，	那个美女似天仙，
zài wǒ tà xī 在我闼兮②。	来到我的小套间。
zài wǒ tà xī 在我闼兮，	来到我的小套间，
lǚ wǒ fā xī 履我发兮③。	踩我苇席偎身边。

这是一首描写男女幽会的诗作。抒情主人公以复沓的手法记录了情人来到家中留宿时的情景，充满了喜悦和温馨之情。

①履：踩。即：按高亨说，借为“第”，席子。古人无病不设床，就地铺上席子，人坐卧在席子上。 ②闼：夹室，寝室左右的小屋。言女子已进入秘室。 ③发：借为“茷（fèi）”，苇席。

dōng fāng wèi míng
东方未明

dōng fāng wèi míng 东方未明，	东方未明天未亮，
diān dǎo yī cháng 颠倒衣裳[1]。	颠颠倒倒穿衣裳。
diān zhī dǎo zhī 颠之倒之，	为何颠倒穿衣裳，
zì gōng zhào zhī 自公召之。	因为大公差役忙。
dōng fāng wèi xī 东方未晞[2]，	东方未明天将亮，
diān dǎo cháng yī 颠倒裳衣。	颠颠倒倒穿衣裳。
dǎo zhī diān zhī 倒之颠之，	为何颠倒穿衣裳，
zì gōng lìng zhī 自公令之。	大公号令催得忙。
zhé liǔ fán pǔ 折柳樊圃[3]，	折毁篱笆和菜园，
kuáng fū jù jù 狂夫瞿瞿[4]。	狂夫派工瞪双眼。
bù néng chén yè 不能辰夜[5]，	没有清晨和深夜，
bù sù zé mù 不夙则莫[6]。	不是起早就睡晚。

这是一首描写下层官吏哀叹他们苦于差役繁重的诗作。下层官吏常常

起早贪黑地为大公服役当差，寝食不安，甚至急得连衣服都穿反了。尽管如此，仍然受到了上司的斥责。诗作反映了周代统治集团内部的矛盾和等级制度给人们带来的不平衡的心理意识。

①衣：上身的衣服。裳：下身的衣服。此二句是说：天未明小官吏便出来当差了，因而把衣服都穿颠倒了。 ②晞：破晓，天将亮。 ③樊：篱笆。 ④狂夫：疯汉，指前来监督小官吏的官员。瞿瞿：瞪着双眼的样子。 ⑤辰夜：早晨和夜晚。 ⑥莫："暮"的本字。

nán shān
南 山

nán shān cuī cuī
南 山 崔 崔[①]， 南山巍巍高又高，
xióng hú suí suí
雄 狐 绥 绥[②]。 雄狐随着雌狐跑。
lǔ dào yǒu dàng
鲁 道 有 荡， 鲁国驿道平又直，
qí zǐ yóu guī
齐 子 由 归。 文姜由此出嫁了。
jì yuē guī zhǐ
既 曰 归 止[③]， 文姜既然已出嫁，
hé yòu huái zhǐ
曷 又 怀 止[④]？ 为何念其千般好？

gě jù wǔ liǎng
葛 屦 五 两[⑤]， 葛麻鞋子配成双，
guàn ruí shuāng zhǐ
冠 緌 双 止[⑥]。 帽上长缨垂两行。
lǔ dào yǒu dàng
鲁 道 有 荡， 鲁国驿道平且直，
qí zǐ yōng zhǐ
齐 子 庸 止[⑦]。 文姜由此嫁男方。

jì yuē yōng zhǐ
既曰庸止，　　文姜既然已嫁人，
hé yòu cóng zhǐ
曷又从止[8]？　　为何紧随不相忘？

yì má rú zhī hé
蓺麻如之何[9]？　　农家怎样种大麻？
héng zòng qí mǔ
衡从其亩[10]。　　纵横耕种有方法。
qǔ qī rú zhī hé
取妻如之何？　　青年怎样娶妻子？
bì gào fù mǔ
必告父母[11]。　　必须告诉爹和妈。
jì yuē gào zhǐ
既曰告止，　　既然告诉爹和妈，
hé yòu jū zhǐ
曷又鞠止[12]？　　为何纵欲追求她？

xī xīn rú zhī hé
析薪如之何[13]？　　男子怎样劈木柴？
fěi fǔ bù kè
匪斧不克。　　没有斧子劈不成。
qǔ qī rú zhī hé
取妻如之何？　　青年娶妻该咋办？
fěi méi bù dé
匪媒不得[14]。　　没有媒人事难成。
jì yuē dé zhǐ
既曰得止，　　既然明媒已嫁人，
hé yòu jí zhǐ
曷又极止[15]？　　为何纵欲而私通？

这是一首讽刺齐襄公淫乱的讽刺诗。《左传·桓公十八年》记载：齐襄公与同父异母的妹妹文姜有私。鲁桓公三年，鲁桓公娶文姜为妻。鲁桓公十

八年，鲁桓公与文姜到齐国去，发现文姜与齐襄公的奸情，斥责了文姜。文姜把鲁桓公的话转告给齐襄公，齐襄公恼羞成怒，派公子彭生谋害了鲁桓公。齐国人民憎恶这种禽兽般的丑行，便作此诗讽刺齐襄公与文姜。由于是讽刺最高统治者的，文辞不免有些隐讳，但批判斥责之意仍溢于言表。

①南山：齐国山名，又名牛山。崔崔：高大的样子。 ②绥绥：追寻配偶的样子。周人认为狐为妖淫之兽，故以雄狐比喻齐襄公荒淫无耻。 ③止：语气词。 ④怀：思念，怀念。 ⑤五：通“伍”。五两：并排放着。意为麻鞋必须并排放着。 ⑥绥：帽带垂下来的部分。帽穗以丝绳制成，下垂胸前，左右各一，故为成双。 ⑦庸：用。意为文姜沿着此道而远嫁鲁国。 ⑧从：跟从。讽刺文姜远嫁时，齐襄公紧随不舍，有悖事理。⑨蓺：种植。 ⑩衡：通“横”，东西为横。从：通“纵”，南北曰纵。亩：田垄。本章以种麻起兴，意为种麻讲究纵横耕种，有一定章法，娶妻也有一定的规矩。 ⑪必告父母：古人娶妻，父母在，必告之；父母不在，则告之神主。 ⑫鞠：穷，穷奢极欲。讽刺齐襄公，文姜已被人正式娶走，不该纵欲追求她。 ⑬析薪：劈柴。古人多以“薪”喻婚姻。 ⑭得：得到。古人认为婚姻必须有正式的媒人作证，否则不能算数。 ⑮极：极尽。仍是斥责齐襄公、文姜不该私通有奸。

甫田（fǔ tián）

无田甫田①，（wú tián fǔ tián）　　别去耕种那大田，
维莠骄骄②。（wéi yǒu jiāo jiāo）　　野草长得密连连。
无思远人，（wú sī yuǎn rén）　　不要怀念远方人，
劳心忉忉③。（láo xīn dāo dāo）　　想得心烦意又乱。

无田甫田，（wú tián fǔ tián）　　别去耕种那大地，
维莠桀桀④。（wéi yǒu jié jié）　　野草长得高又密。

wú sī yuǎn rén
无思远人，　　不要怀念远方人，
láo xīn dá dá
劳心怛怛⑤。　　想得悲伤又生气。

wǎn xī luán xī
婉兮娈兮⑥，　　少年英俊又美好，
zǒng jiǎo guàn xī
总角丱兮⑦。　　头发束得像羊角。
wèi jǐ jiàn xī
未几见兮，　　但愿不久能见面，
tū ér biàn xī
突而弁兮⑧。　　突然戴上成人帽。

这是一首思念远方情人的诗。农家的儿子被抓去服役，派往远方。他的恋人思念他，希望他别去耕种大田，诅咒大田长满野草，颗粒无收。希望他早点回来，回来时由一个少年长成英俊的青年。诗作含意丰富，委婉曲折，表达了少女复杂的心理活动和深切的爱恋之情。

①无田：不要耕种。田，动词，种田。甫田：大田。田，名词，田地。大田在当时应属贵族所有。 ②维：助词。莠：一种有碍农作物生长的野草。骄骄：草高而茂盛的样子。③忉忉：思念忧伤的样子。 ④桀桀：草长得高而茂盛的样子。 ⑤怛怛：忧伤不安的样子。 ⑥婉、娈：少年美好的样子。 ⑦总角：少年时头发左右分开，梳成两个发髻，形如羊角，叫作总角。丱：形容两个羊角辫左右对称的样子。 ⑧突而：突然。弁：冠，戴帽子。古代男子二十而冠，标志着已长大成人。此二句为诗人祈愿之词。

lú líng
卢令

lú líng líng
卢令令①，　　黑狗颈上环叮咚，

qí rén měi qiě rén
其 人 美 且 仁。 那人漂亮又稳重。

lú chóng huán
卢 重 环②， 黑狗颈上套重环，
qí rén měi qiě quán
其 人 美 且 鬈③。 那人漂亮又勇敢。

lú chóng méi
卢 重 鋂④， 黑狗颈上三重环，
qí rén měi qiě cāi
其 人 美 且 偲⑤。 那人漂亮多才干。

这是一首赞美猎人的诗。春秋时期，田猎不仅是人们获取食物的重要手段，而且是健身操练的方式之一，因此人们十分重视田猎。本诗以简捷明快的节奏赞美了猎手们的英俊、勇敢和能干，反映出周人的审美心理趋势。

①卢：黑色的大狗。令令：象声词，黑狗颈上环的响声。 ②重环：两个环套在一起。 ③鬈：勇敢。 ④重鋂：一个大环上套着两个小环。 ⑤偲：多才。

bì gǒu
敝 笱

bì gǒu zài liáng
敝 笱 在 梁①， 破笼闲置在鱼梁，
qí yú fáng guān
其 鱼 鲂 鳏②。 鳊鱼鲲鱼仍游荡。
qí zǐ guī zhǐ
齐 子 归 止， 文姜回国没人管，
qí cóng rú yún
其 从 如 云。 随从如云不像样。

bì gǒu zài liáng
敝 笱 在 梁，　　破笼闲置在鱼梁，
qí yú fáng xù
其 鱼 鲂 𫚉[3]。　　鳊鱼鲢鱼仍游荡。
qí zǐ guī zhǐ
齐 子 归 止，　　文姜回国没人管，
qí cóng rú yǔ
其 从 如 雨。　　随从如雨不像样。

bì gǒu zài liáng
敝 笱 在 梁，　　破笼闲置在鱼梁，
qí yú wěi wěi
其 鱼 唯 唯[4]。　　鱼儿自由乱游荡。
qí zǐ guī zhǐ
齐 子 归 止，　　文姜回国没人管，
qí cóng rú shuǐ
其 从 如 水。　　随从如水不像样。

这是一首讽刺诗。鲁桓公被杀后，文姜的儿子即位，是为庄公。文姜更加肆无忌惮地频频与齐襄公私会。据《左传》记载，庄公二年、四年、五年、七年两人都有往来。而且还大张旗鼓地派人保驾护从，公然践踏礼仪与道德，引起人民的不满。于是诗作便以敝笱不能捉鱼，比喻礼法不能约束文姜和齐襄公，从而讽刺了他们的丑行。

①笱：竹制的捕鱼笼，鱼进去便游不出来。梁：鱼梁。在河中筑成堤坝，中留空缺，把笱嵌在空处，鱼游进去，便出不来了。　②鲂：鳊鱼。鳏：鲲鱼。此句说渔笼破了，鱼可自由进出渔笼。比喻鲁桓公死了，鲁国的礼法和道德束缚不住文姜，她便明目张胆地与齐襄公私会。　③𫚉：鲢鱼。　④唯唯：出入自如的样子。

zài qū
载驱

zài qū bó bó
载驱薄薄①，　　大车奔驰马蹄响，

diàn fú zhū kuò
簟茀朱鞹②。　　竹帘红盖好大方。

lǔ dào yǒu dàng
鲁道有荡，　　鲁国驿道平又广，

qí zǐ fā xī
齐子发夕③。　　文姜出发会齐襄。

sì lí jǐ jǐ
四骊济济④，　　四匹黑马真漂亮，

chuí pèi nǐ nǐ
垂辔沵沵⑤。　　缰绳柔软悠悠晃。

lǔ dào yǒu dàng
鲁道有荡，　　鲁国驿道平又广，

qí zǐ kǎi tì
齐子岂弟⑥。　　文姜欢乐会齐襄。

wèn shuǐ shāng shāng
汶水汤汤⑦，　　汶河之水浩荡荡，

xíng rén bāng bāng
行人彭彭⑧。　　行人观看熙攘攘。

lǔ dào yǒu dàng
鲁道有荡，　　鲁国驿道平又广，

qí zǐ áo xiáng
齐子翱翔。　　文姜齐襄随意逛。

wèn shuǐ tāo tāo
汶 水 滔 滔，　　　汶河之水翻波浪，

xíng rén biāo biāo
行 人 儦 儦[9]。　　　行人观看人来往。

lǔ dào yǒu dàng
鲁 道 有 荡，　　　鲁国驿道平又广，

qí zǐ yóu áo
齐 子 游 敖。　　　文姜齐襄纵情逛。

这是一首讽刺文姜与齐襄公私通的诗。诗作共四章，前两章写装饰华丽的马车，急匆匆地奔驰在鲁国的驿道上，这既非军情，亦非政务，乃是文姜去与齐襄公私通幽会，很富有幽默感。后两章以浩荡的汶水起兴，写文姜、齐襄公在众目睽睽之下，公然交往，全然无羞耻之心，讽刺意味更浓。贵族矜持的心理和礼仪的规范已荡然无存。

①薄薄：象声词，马蹄声。　②簟茀：竹编的帘子。朱鞹：红漆兽皮制的车盖。诗句形容文姜坐的车豪华讲究。　③发夕：早上出行为发，晚上停宿为夕。意为文姜为见齐襄公，晓行夜宿甚为匆忙。含有讽刺意味。　④骊：黑色的马。古时四匹马拉一辆车，故为四骊。济济：健壮整齐的样子。　⑤沵沵：柔软的样子。此句形容御车技术娴熟。⑥岂弟：和悦欢乐的样子。　⑦汶水：水名，源于山东莱芜市东北原山，流经齐、鲁两国。⑧行人：随从文姜的人。彭彭：众多的样子。　⑨儦儦：行人来回走的样子。

yī jiē
猗 嗟

yī jiē chāng xī
猗 嗟 昌 兮[1]，　　　生来身强体又壮啊，

qí ér cháng xī
颀 而 长 兮[2]，　　　身材高高体修长啊，

yì ruò yáng xī
抑若扬兮[3]，　相貌俊美气昂扬啊，

měi mù yáng xī
美目扬兮，　双目有神明又亮啊，

qiǎo qū qiāng xī
巧趋跄兮[4]，　步伐轻捷身敏健啊，

shè zé zāng xī
射则臧兮。　射技高明堪赞扬啊。

yī jiē míng xī
猗嗟名兮[5]，　生来面白肤又净啊，

měi mù qīng xī
美目清兮，　双目炯炯黑白明啊，

yí jì chéng xī
仪既成兮[6]，　射箭仪式准备成啊，

zhōng rì shè hóu
终日射侯[7]，　终日射箭技艺精啊，

bù chū zhēng xī
不出正兮[8]，　箭箭准确命中靶啊，

zhǎn wǒ shēng xī
展我甥兮[9]。　真是我的好外甥啊。

yī jiē luán xī
猗嗟娈兮[10]，　年青体壮真俊美啊，

qīng yáng wǎn xī
清扬婉兮，　眉清目秀又妩媚啊，

wǔ zé xuǎn xī
舞则选兮[11]，　翩翩起舞身姿好啊，

shè zé guàn xī
射则贯兮，　箭箭破的似锥锥啊，

sì shǐ fǎn xī
四矢反兮[12]，　四箭连穿一个洞啊，

yǐ yù luàn xī
以 御 乱 兮。　　　　率众御敌众望归啊。

这是一首赞美射手技艺高明、勇武超人的诗作。一般都认为这是称赞鲁庄公的，称赞他体壮貌美，能舞善射。诗作以赋的手法，反复称誉鲁庄公的“颀而长”“抑若扬”“美目扬”“清扬婉”，表现了周时人们对美的有意识的追求。“巧趋跄”“不出正”“射则贯”“四矢反”“以御乱”，更展示了一位有阳刚之美的青年武士形象。若果真是赞美鲁庄公的，那实际是说鲁庄公样样都好，就是不能报杀父之仇，不能阻止母亲与舅氏私通，实际是讽刺鲁庄公的。

①猗嗟：赞叹之词。昌：身强体壮。　②颀：身长的样子。　③抑：美。扬：神气昂扬。　④巧趋：灵巧轻捷地快走。跄：步履有节奏的样子。　⑤名：借为“明”，面色明净的样子。　⑥仪：古时射箭前有一套仪式，先操练各种姿势的射法，再实箭练习。成：完备。　⑦终日：整天。侯：射布，箭靶。古人射箭时，当中放一小块白布，叫作“的”，或“正”“鹄”。射中目标，谓之中。　⑧不出正：没有偏离靶心。　⑨展：的确、真。甥：外甥。　⑩娈：俊美的样子。　⑪选：善。古人射箭前必须跳舞，名为“兴舞”，实则是为了活动筋骨，调动情绪。　⑫四矢：四支箭。反：反复射中一个地方，说明射手高明。

wèi fēng
魏 风

gé jù
葛 屦

jiū jiū gé jù
纠纠葛屦[①]，
hé yǐ lǚ shuāng
可以履霜[②]？
shān shān nǚ shǒu
掺掺女手[③]，
hé yǐ féng cháng
可以缝裳？
yāo zhī jí zhī
要之襋之[④]，
hǎo rén fú zhī
好人服之[⑤]。

葛草鞋儿纵横绑，
穿着怎能御寒霜？
姑娘素手纤纤细，
怎能昼夜缝衣裳？
缝好腰身上好领，
恭请美人试新装。

hǎo rén tí tí
好人提提[⑥]，
wǎn rán zuǒ bì
宛然左辟[⑦]。
pèi qí xiàng tì
佩其象揥[⑧]，
wéi shì biǎn xīn
维是褊心[⑨]，
shì yǐ wèi cì
是以为刺[⑩]。

美人故作安详状，
见人左避把路让。
象牙簪子头上插，
为人却是窄心肠，
作诗讽刺理应当。

这是一首缝衣女奴讽刺“好人”的诗。诗作塑造了两个对立的形象，一

个是衣着褴褛、饥寒交迫、勤劳善良的缝衣女工形象，一个是衣饰华贵、脑满肠肥、心胸狭窄、态度傲慢的贵族妇女形象。诗篇反映了当时两个阶级的对立，更反映出被压迫阶级的抗争意识，甚为可贵。

①纠纠：纠缠交错的样子。葛屦：用葛草编的鞋，这种鞋仅供夏天使用。 ②可：通"何"，何以，怎么能够。 ③掺掺：通"纤纤"，形容女子的手纤细柔软。 ④要：通"褄"。用作动词，指缝裙子的腰。襋：衣领，用作动词，指缝衣领。 ⑤好人：美人，暗含讽刺意味。服：穿。 ⑥提提：安详的样子。 ⑦宛然：形容回转身子的样子。辟：通"避"。左辟：向左闪开。古人向左避开路面，是对对方的尊敬。 ⑧象揥：象牙簪子。此三句看似歌颂好人，实则为"维是褊心"作反衬，旨在说明"好人"徒有虚表，内心卑劣猥琐。 ⑨维：因。是：代词，指诗中的"好人"。褊心：心胸狭窄。 ⑩是以：因此。刺：讽刺。

汾沮洳
fén jù rù

bǐ fén jù rù
彼汾沮洳[①]，　　汾水河旁湿地上，
yán cǎi qí mù
言采其莫[②]。　　采来莫菜一筐筐。
bǐ jì zhī zǐ
彼其之子，　　那个采菜小伙子，
měi wú dù
美无度[③]。　　说不尽他多漂亮。
měi wú dù
美无度，　　说不尽他多漂亮，
shū yì hū gōng lù
殊异乎公路[④]。　　他与公路不一样。

bǐ fén yī fāng
彼汾一方，　　汾水河边土坡上，
yán cǎi qí sāng
言采其桑。　　采集桑叶一筐筐。

bǐ jì zhī zǐ
彼 其 之 子，　　那个采桑小伙子，
měi rú yīng
美 如 英⑤。　　颜如鲜花多漂亮。
měi rú yīng
美 如 英，　　颜如鲜花多漂亮，
shū yì hū gōng háng
殊 异 乎 公 行⑥。　　他与公行不一样。

bǐ fén yī qū
彼 汾 一 曲，　　汾水弯弯河岸上，
yán cǎi qí xù
言 采 其 藚⑦。　　采集泽泻一筐筐。
bǐ jì zhī zǐ
彼 其 之 子，　　那个采药小伙子，
měi rú yù
美 如 玉。　　颜如美玉真漂亮。
měi rú yù
美 如 玉，　　颜如美玉真漂亮，
shū yì hū gōng zú
殊 异 乎 公 族⑧。　　他与公族不一样。

这是一首女子赞美男子的情诗。抒情女主人公爱上了一个采野菜的小伙子，盛赞其“美无度”“美如英”“美如玉”，甚至把他与达官贵族相比，可见爱之深。本诗的意义在于，劳动人民成了生活的真正主人，他们貌美勤劳、英俊潇洒，那些靠世袭俸禄的贵族，在他们面前黯然失色。这种诗作，在“刑不上大夫，礼不下庶人”的时代，堪称是凤毛麟角。

①汾：水名，在今山西中部，为黄河第二大支流。沮洳：水旁低洼潮湿的地方。②莫：野菜名，又名羊蹄菜，嫩叶可食，亦可入药。　③无度：无比。　④殊：非常。公路：官名，掌管国君用车的官。与“公行”“公族”一样，均由贵族子弟充任。　⑤英：花。⑥公行：官名，掌管兵车的官。　⑦藚：草名，又名泽泻，可以食用，亦可入药。　⑧公族：官名，掌管国君宗族事务的官。

yuán yǒu táo
园有桃

yuán yǒu táo 园有桃，	果园里面有株桃，
qí shí zhī yáo 其实之殽[1]。	以桃充饥也能饱。
xīn zhī yōu yǐ 心之忧矣，	穷愁潦倒心忧郁，
wǒ gē qiě yáo 我歌且谣[2]。	权为解忧唱歌谣。
bù zhī wǒ zhě 不知我者，	世人都不了解我，
wèi wǒ shì yě jiāo 谓我士也骄[3]。	说我为人太骄傲。
bǐ rén shì zāi 彼人是哉，	当权贵族全是对，
zǐ yuē hé jī 子曰何其[4]！	你又何必多唠叨！
xīn zhī yōu yǐ 心之忧矣，	穷愁潦倒心忧郁，
qí shuí zhī zhī 其谁知之？	有谁知我心烦恼？
qí shuí zhī zhī 其谁知之，	无人知我心烦恼，
hé yì wù sī 盖亦勿思[5]。	何不把它全忘掉。
yuán yǒu jí 园有棘[6]，	果园里面有株枣，
qí shí zhī shí 其实之食。	以枣充饥也能饱。

xīn zhī yōu yǐ 心之忧矣，	穷愁潦倒心忧郁，
liáo yǐ xíng guó 聊以行国⑦。	权为解忧四处跑。
bù zhī wǒ zhě 不知我者，	世人都不了解我，
wèi wǒ shì yě wǎng jí 谓我士也罔极。	说我处世无常道。
bǐ rén shì zāi 彼人是哉，	当权贵族全是对，
zǐ yuē hé jī 子曰何其！	你又何必多唠叨！
xīn zhī yōu yǐ 心之忧矣，	穷愁潦倒心忧郁，
qí shuí zhī zhī 其谁知之？	有谁知我心烦恼？
qí shuí zhī zhī 其谁知之，	无人知我心烦恼，
hé yì wù sī 盖亦勿思。	何不把它全忘掉。

这是一首愤世嫉俗者的歌。诗人是一个没落的贵族，以“士”自居。尽管他穷愁潦倒，以桃、枣为食，但仍保持人格的独立与尊严，抨击朝政，讥讽世俗。他认为“世人皆醉吾独醒”，以找不到知己而痛苦异常，但又不愿趋炎附势，只有以“盖亦勿思”来慰藉自己，寻求解脱。诗作深刻反映了魏国的政治黑暗与知识分子的思想苦闷。

①之：是。殽：借为“肴”，吃。 ②歌：有乐调配唱。谣：无乐调配唱。这里意为歌唱。 ③士：古代下层官吏和知识分子均称士。 ④子曰何其：你又何必多说。 ⑤盖：通“盍”，何不。亦：语助词。 ⑥棘：酸枣树。 ⑦行国：在国中行走漫游。

zhì hù
陟岵

zhì bǐ hù xī
陟彼岵兮①，　　登上荒芜的山冈，
zhān wàng fù xī
瞻望父兮。　　遥望老父把心伤。
fù yuē jiē
父曰："嗟！　　仿佛老父在长叹：
yú zǐ xíng yì
予子行役，　　"我的孩子远服役，
sù yè wú yǐ
夙夜无已！　　日夜操劳真是忙！
shàng shèn zhān zāi
上慎旃哉②，　　小心谨慎保健康，
yóu lái wú zhǐ
犹来无止③！"　　回来切勿滞他乡！"

zhì bǐ qǐ xī
陟彼屺兮④，　　登上秃秃的山冈，
zhān wàng mǔ xī
瞻望母兮。　　遥望老母把心伤。
mǔ yuē jiē
母曰："嗟！　　仿佛老母在长叹：
yú jì xíng yì
予季行役，　　"我的小儿服役忙，
sù yè wú mèi
夙夜无寐！　　早晚不睡真是忙！
shàng shèn zhān zāi
上慎旃哉，　　小心谨慎保健康，
yóu lái wú qì
犹来无弃⑤！"　　回来切勿忘亲娘！"

zhì bǐ gāng xī 陟彼冈兮，	登上高高的山冈，
zhān wàng xiōng xī 瞻望兄兮。	遥望哥哥把心伤。
xiōng yuē jiē 兄曰："嗟！	仿佛哥哥在长叹：
yú dì xíng yì 予弟行役，	"我的弟弟服役忙，
sù yè bì xié 夙夜必偕[6]。	日日夜夜都一样。
shàng shèn zhān zāi 上慎旃哉，	小心谨慎保健康，
yóu lái wú sǐ 犹来无死。"	回来切勿死他乡。"

这是一位征人思念家人所写的诗。诗人不直接写征人思念家人，却写征人想象家人对他的叮嘱思念，更显得情真意切，表现了人民对繁重徭役的不满和抗议，也表现出家事、国事不能兼顾的悲剧意识。杜甫的《月夜》诗便显见使用了这种创作手法，可见此诗影响之大。

①岵：有草木的山。 ②上：通"尚"，希望。慎：谨慎，带有保重之意。旃："之""焉"的合音，语助词。 ③犹来：还是回来吧。无：通"毋"，不要。止：停留。 ④屺：没有草木的山。 ⑤弃：弃家不归。 ⑥偕：俱，一样。

shí mǔ zhī jiān
十亩之间

shí mǔ zhī jiān xī 十亩之间兮[1]，	十亩桑田宽又宽啊，
sāng zhě xián xián xī 桑者闲闲兮[2]，	采桑姑娘多悠闲啊，

xíng yǔ zǐ xuán xī
行与子还兮[3]。　　边走边唱把家还啊。

shí mǔ zhī wài xī
十亩之外兮，　　宽宽十亩桑林边啊，

sāng zhě yì yì xī
桑者泄泄兮[4]，　　采桑姑娘笑开颜啊，

xíng yǔ zǐ shì xī
行与子逝兮[5]。　　边走边唱把家还啊。

这是采桑姑娘唱的短歌。在茂密的桑林旁，采桑姑娘们结束了一天的劳动，轻松悠闲，相呼结伴，准备回去。诗篇洋溢着祥和的气氛和喜悦欢快的感情，使人感到诗人对劳动、对生活的热爱。歌词回环复沓，节奏舒缓，助词“兮”连用六次，将语调加长，体现了诗人劳动后轻松悠闲的心境。

①十亩：举其成数，并非确指。　②闲闲：从容自得的样子。　③行：走。子：指采桑者的伙伴。还：便捷的样子。　④泄泄：人多的样子。　⑤逝：往，回去。

fá tán
伐檀

kǎn kǎn fá tán xī
坎坎伐檀兮[1]，　　伐檀做车咚咚响，

zhì zhī hé zhī gān xī
寘之河之干兮[2]，　　车子放在河边上，

hé shuǐ qīng qiě lián yī
河水清且涟猗[3]。　　河水清清翻细浪。

bù jià bù sè
不稼不穑[4]，　　不种庄稼不收割，

hú qǔ hé sān bǎi chán xī
胡取禾三百廛兮[5]？　　为何粮食装满仓？

bù shòu bù liè
不狩不猎，　既不狩来又不猎，

hú zhān ěr tíng yǒu xuán xuán xī
胡瞻尔庭有县貆兮[6]？　为何猪獾挂满梁？

bǐ jūn zǐ xī
彼君子兮，　你们这些大老爷，

bù sù cān xī
不素餐兮[7]！　只能白白做饭缸！

kǎn kǎn fá fú xī
坎坎伐辐兮[8]，　伐檀做辐咚咚响，

zhì zhī hé zhī cè xī
寘之河之侧兮[9]，　车辐放到河边上，

hé shuǐ qīng qiě zhí yī
河水清且直猗[10]。　河水清清直流淌。

bù jià bù sè
不稼不穑，　不种庄稼不收割，

hú qǔ hé sān bǎi yì xī
胡取禾三百亿兮[11]？　为何粮食堆满仓？

bù shòu bù liè
不狩不猎，　既不狩来又不猎，

hú zhān ěr tíng yǒu xuán tè xī
胡瞻尔庭有县特兮[12]？　为何野兽挂满梁？

bǐ jūn zǐ xī
彼君子兮，　你们这些大老爷，

bù sù shí xī
不素食兮！　只能白白做饭缸！

kǎn kǎn fá lún xī
坎坎伐轮兮[13]，　伐檀做轮咚咚响，

zhì zhī hé zhī chún xī
寘之河之漘兮[14]，　车轮放到河边上，

hé shuǐ qīng qiě lún yī
河水清且沦猗[15]。　河水清清漩流淌。

bù jià bù sè
不稼不穑，　　不种庄稼不收割，

hú qǔ hé sān bǎi qūn xī
胡取禾三百囷兮[16]？　　为何粮食堆满仓？

bù shòu bù liè
不狩不猎，　　既不狩来又不猎，

hú zhān ěr tíng yǒu xuán chún xī
胡瞻尔庭有县鹑兮[17]？　　为何鹌鹑挂满梁？

bǐ jūn zǐ xī
彼君子兮，　　你们这些大老爷，

bù sù sūn xī
不素飧兮[18]！　　只能白白做饭缸！

这是一首讽刺贵族不劳而获的诗作。伐木者一边在河边砍伐檀木造车，一边即兴歌唱。他们抨击了统治者的贪婪与懒惰，讽刺统治者"不素餐兮"，表现出强烈的反抗意识。诗篇感情激昂，打破四言格式，以自由奔放的参差句式直抒胸臆，是以形式为内容服务的最好实例。

①坎坎：象声词，伐木的声音。檀：树名，质地坚硬，可作工具。　②寘：放置。干：河岸。　③涟：风吹水面上起的波纹。猗：语助词。　④稼：耕种庄稼。穑：收割庄稼。⑤胡：为什么。禾：百谷的总称。廛：百亩为廛。三百廛：泛指不劳而获得许多粮食。⑥县：古"悬"字。貆：野兽名，即獾。　⑦素餐：白吃饭。以反语讽刺贵族统治者白吃饭不干活。　⑧辐：车轮的辐条。　⑨侧：河边。　⑩直：顺流直淌。　⑪亿：周时十万为亿。此处仍指收获粮食之多。　⑫特：三岁的大兽。　⑬轮：车轮。　⑭漘：水边。⑮沦：水的漩涡。　⑯囷：圆形的粮仓。此处仍指收获粮食之多。　⑰鹑：鸟名，即鹌鹑。　⑱飧：熟食。此句意义与"不素餐""不素食"意义相同。

shuò shǔ
硕鼠

shuò shǔ shuò shǔ
硕鼠硕鼠[1]，　　大老鼠啊大老鼠，

wú shí wǒ shǔ 无 食 我 黍[2]。	不要再吃我的谷。
sān suì guàn rǔ 三 岁 贯 女[3]，	多年辛苦侍奉你，
mò wǒ kěn gù 莫 我 肯 顾[4]。	你从不把我照顾。
shì jiāng qù rǔ 逝 将 去 女[5]，	立誓从此离开你，
shì bǐ lè tǔ 适 彼 乐 土[6]。	到那理想之乐土。
lè tǔ lè tǔ 乐 土 乐 土，	好乐土啊新乐土，
yuán dé wǒ suǒ 爰 得 我 所[7]。	那是我的归宿处。

shuò shǔ shuò shǔ 硕 鼠 硕 鼠，	大老鼠啊大老鼠，
wú shí wǒ mài 无 食 我 麦。	不要再吃我的麦。
sān suì guàn rǔ 三 岁 贯 女，	多年辛苦侍奉你，
mò wǒ kěn dé 莫 我 肯 德[8]。	你不感激不款待。
shì jiāng qù rǔ 逝 将 去 女，	立誓从此离开你，
shì bǐ lè guó 适 彼 乐 国。	到那乐国好地带。
lè guó lè guó 乐 国 乐 国，	好乐国啊新地带，
yuán dé wǒ zhí 爰 得 我 直[9]。	人的价值显出来。

shuò shǔ shuò shǔ 硕 鼠 硕 鼠，	大老鼠啊大老鼠，
wú shí wǒ miáo 无 食 我 苗。	不要再吃我的苗。
sān suì guàn rǔ 三 岁 贯 女，	多年辛苦侍奉你，
mò wǒ kěn lào 莫 我 肯 劳[10]。	你从不把我慰劳。
shì jiāng qù rǔ 逝 将 去 女，	立誓从此离开你，
shì bǐ lè jiāo 适 彼 乐 郊。	到那理想之乐郊。
lè jiāo lè jiāo 乐 郊 乐 郊，	好乐郊啊新乐郊，
shuí zhī yǒng hào 谁 之 永 号[11]。	到那有谁会哭号。

这是一首描写奴隶忍受不住残酷的剥削，幻想到理想社会的诗作。诗作以形象的比喻，刻画了统治者贪婪自私、不知体恤民众的丑恶形象，反映了劳动人民对现实不满的反抗意识和对自由幸福的追求。诗人对"乐土"的追求，开曹操《对酒歌》、陶渊明《桃花源记》等向往理想社会等诗作之先河，对后世颇有影响。

①硕鼠：大老鼠。诗篇以大老鼠比喻统治阶级剥削的沉重。 ②无：通"毋"，不要。黍：谷子的一种。 ③三岁：泛指多年。贯：侍奉。 ④莫我肯顾："莫肯顾我"的倒文。顾，照顾。 ⑤逝：通"誓"。去：离开。 ⑥适：到。乐土：诗人想象中无剥削、无压迫的理想之处。 ⑦爰：乃，于是。所：处所。 ⑧德：感激。 ⑨直：通"值"，价值。 ⑩劳：慰劳。 ⑪永：长。号：哭。意为到了乐土，人人生活幸福，有谁还会哭号呢。

táng fēng
唐 风

xī shuài
蟋 蟀

xī shuài zài táng
蟋 蟀 在 堂[1]， 蟋蟀室内叫得欢，
suì yù qí mù
岁 聿 其 莫[2]。 时光冉冉岁已晚。
jīn wǒ bù lè
今 我 不 乐， 今不及时去寻乐，
rì yuè qí chú
日 月 其 除[3]。 光阴一去难复返。
wú yǐ tài kāng
无 已 大 康[4]， 过度寻欢也不好，
zhí sī qí jū
职 思 其 居[5]。 应须念及处境难。
hào lè wú huāng
好 乐 无 荒[6]， 纵情欢乐不误事，
liáng shì jù jù
良 士 瞿 瞿[7]。 贤人教导记心间。

xī shuài zài táng
蟋 蟀 在 堂， 蟋蟀室内叫得欢，
suì yù qí shì
岁 聿 其 逝。 时光冉冉岁亦完。
jīn wǒ bù lè
今 我 不 乐， 今不及时去寻乐，
rì yuè qí mài
日 月 其 迈[8]。 光阴一去难复返。

wú yǐ tài kāng 无已大康，	过度寻欢也不好，
zhí sī qí wài 职思其外。	常把外事多惦念。
hǎo lè wú huāng 好乐无荒，	纵情欢乐不误事，
liáng shì guì guì 良士蹶蹶⑨。	贤士勤勉好风范。

xī shuài zài táng 蟋蟀在堂，	蟋蟀室内叫得欢，
yì chē qí xiū 役车其休。	役车停转岁已晚。
jīn wǒ bù lè 今我不乐，	今不及时去寻乐，
rì yuè qí tāo 日月其慆⑩。	光阴一去难复返。
wú yǐ tài kāng 无已大康，	过度寻欢也不好，
zhí sī qí yōu 职思其忧。	常常念及忧与患。
hào lè wú huāng 好乐无荒，	纵情欢乐不误事，
liáng shì xiū xiū 良士休休⑪。	贤士自得又安闲。

这是一首岁暮抒怀之作。诗人思想很复杂，一方面他认为光阴易逝，应及时行乐；另一方面又认为人应有责任感，有事业心。因此他主张“好乐无荒”，也就是将享乐控制在一个适当的范围之内，表现了先民的理性意识与对中和之美的追求。

①在堂：蟋蟀入堂，即天寒岁暮之时。 ②聿：同“曰”，语助词。③除：去，逝去。④无已：不要。大：同“太”，过分。大康：太安康。 ⑤职：常。居：处，所处的地位、环境。 ⑥无荒：不荒废正事。 ⑦瞿瞿：惊视的样子。指警惕在心、多思虑的意思。⑧迈：逝去。 ⑨蹶蹶：勤奋的样子。 ⑩慆：逝去。 ⑪休休：安闲自得的样子。

shān yǒu shū
山有枢

shān yǒu shū 山有枢[①]，	刺榆生山上，
xí yǒu yú 隰有榆。	白榆洼地长。
zǐ yǒu yī cháng 子有衣裳，	你有好衣服，
fú yè fú lǚ 弗曳弗娄[②]。	不穿放在箱。
zǐ yǒu chē mǎ 子有车马，	你有好车马，
fú chí fú qū 弗驰弗驱。	不用闲置放。
wǎn qí sǐ yǐ 宛其死矣[③]，	一旦离人世，
tā rén shì yú 他人是愉。	别人享用光。

shān yǒu kǎo 山有栲[④]，	栲树长山上，
xí yǒu niǔ 隰有杻[⑤]。	杻树洼地长。
zǐ yǒu tíng nèi 子有廷内[⑥]，	你有庭和院，
fú sǎ fú sǎo 弗洒弗埽[⑦]。	不扫任其脏。
zǐ yǒu zhōng gǔ 子有钟鼓，	你有钟与鼓，
fú gǔ fú kǎo 弗鼓弗考[⑧]。	从未听其响。

wǎn qí sǐ yǐ
宛 其 死 矣， 一旦离人世，
tā rén shì bǎo
他 人 是 保⑨。 别人占用光。

shān yǒu qī
山 有 漆⑩， 漆树长山上，
xí yǒu lì
隰 有 栗。 栗树洼地长。
zǐ yǒu jiǔ shí
子 有 酒 食， 你有酒和菜，
hé bù rì gǔ sè
何 不 日 鼓 瑟⑪？ 何不鼓瑟忙？
qiě yǐ xǐ lè
且 以 喜 乐， 姑且寻欢乐，
qiě yǐ yǒng rì
且 以 永 日⑫。 姑且度时光。
wǎn qí sǐ yǐ
宛 其 死 矣， 一旦离人世，
tā rén rù shì
他 人 入 室。 他人入你房。

这是一首讥讽守财奴的诗。吝啬的贵族吃的、穿的、住的、用的、玩的样样都有，却舍不得享用，引起诗人的蔑视与嘲笑。诗篇固然有劝人及时行乐的意思，但更多的是对剥削者贪婪本性的揭露与批判。诗篇节奏轻快、幽默含蓄，在《诗经》中别具一格。

①枢：树名，又名刺榆，榆树的一种。 ②弗：不。曳：扯。娄：拉。曳、娄指穿衣服的动作，泛指穿衣。 ③宛："苑"之假借，枯萎，借指死了。 ④栲：树名，木质坚硬。 ⑤杻：树名，又名檍，梓一类的树。 ⑥廷：通"庭"，院子。 ⑦埽：同"扫"，清扫之意。 ⑧考：敲击。 ⑨保：占有。 ⑩漆：树名，即漆树。 ⑪鼓瑟：击鼓弹瑟。古代贵族吃饭时要奏乐，以尽情享受。 ⑫永日：终日。

yáng zhī shuǐ
扬 之 水

yáng zhī shuǐ 扬之水，	河水激扬奔腾，
bái shí záo záo 白石凿凿[①]。	水清石白鲜明。
sù yī zhū bó 素衣朱襮[②]，	我穿素衣绣领，
cóng zǐ yú wò 从子于沃。	随你来到沃城。
jì jiàn jūn zǐ 既见君子，	见到君子桓叔，
yún hé bù lè 云何不乐？	怎不欢喜盈盈？
yáng zhī shuǐ 扬之水，	河水激扬奔腾，
bái shí hào hào 白石皓皓[③]。	水清石白纯净。
sù yī zhū xiù 素衣朱绣[④]，	我穿绣花素衣，
cóng zǐ yú hú 从子于鹄[⑤]。	随你来到鹄城。
jì jiàn jūn zǐ 既见君子，	见到君子桓叔，
yún hé qí yōu 云何其忧。	无忧无虑高兴。
yáng zhī shuǐ 扬之水，	河水激扬奔腾，
bái shí lín lín 白石粼粼[⑥]。	水清石白晶莹。

wǒ wén yǒu mìng
我 闻 有 命[7]，　　我闻桓叔有事，

bù gǎn yǐ gào rén
不 敢 以 告 人[8]。　　不敢告诉他人。

这是一首政治抒情诗。《史记》记载：晋昭侯封其叔父成师于曲沃，号为桓叔。桓叔政绩卓著，势力日渐增强，便准备倾覆晋侯，晋人也愿意归附桓叔。经过多年斗争，桓叔一系终于执掌政权。本诗作者是晋昭侯一系的贵族，他得知桓叔将发动政变，作此诗以警告昭侯。故此诗应是一首揭发、告密的诗。

①凿凿：鲜明的样子。　②素衣：白色的衣服。朱襮：绣有黼形花纹的红色衣领。“素衣朱黼”是当时贵族的服饰。　③皓皓：洁白的样子。　④朱绣：绣有五彩花纹的红色衣领。　⑤鹄：地名，属于曲沃，实际上指曲沃。　⑥粼粼：水清澈的样子。　⑦命：政命，指桓叔政绩卓著，将发动政变。　⑧告人：告诉他人。这句是指不敢将有关桓叔的消息随便告诉人，以免遭遇不测。

jiāo liáo
椒　聊

jiāo liáo zhī shí
椒 聊 之 实[1]，　　花椒结籽红又红，

fán yǎn yíng shēng
蕃 衍 盈 升。　　满树花椒装满升。

bǐ jì zhī zǐ
彼 其 之 子，　　采花椒的好姑娘，

shuò dà wú péng
硕 大 无 朋[2]。　　身强体壮世无朋。

jiāo liáo jū
椒 聊 且[3]，　　花椒香气悠且远，

yuǎn tiáo jū
远 条 且。　　枝条长长郁葱葱。

jiāo liáo zhī shí
椒聊之实，　　花椒结籽红又红，
fán yǎn yíng jū
蕃衍盈匊[4]。　　满树花椒双手捧。
bǐ jì zhī zǐ
彼其之子，　　采花椒的好姑娘，
shuò dà qiě dǔ
硕大且笃[5]。　　身强体壮又忠诚。
jiāo liáo jū
椒聊且，　　花椒香气悠且远，
yuǎn tiáo jū
远条且。　　长长枝条郁葱葱。

这是一首赞美女子的诗。先民的审美意识带有一定的功利性，选择配偶的原则是身强体壮，能更多地繁衍后代。花椒多籽，且香气悠长，以椒起兴，即赞美女子贤良多子。汉人以“椒房”称皇后的住处，取其多子吉祥之意，即源于本诗。

①椒：树名，花椒即其果实。聊：语助词。　②硕大：健壮高大。无朋：无比。③且：语助词。　④匊：“掬”的本字，用手捧。　⑤笃：忠实敦厚。

chóu móu
绸缪

chóu móu shù xīn
绸缪束薪[1]，　　横七竖八把柴缠，
sān xīng zài tiān
三星在天[2]。　　三星高高升在天。
jīn xī hé xī
今夕何夕？　　今晚为何称良辰？
jiàn cǐ liáng rén
见此良人[3]。　　见到丈夫心喜欢。

zǐ xī zǐ xī
子兮子兮，　　叫新娘啊问新娘，
rú cǐ liáng rén hé
如此良人何？　　你把丈夫怎么办？

chóu móu shù chú
绸缪束刍[④]，　　横七竖八把草缠，
sān xīng zài yú
三星在隅。　　三星遥遥在天南。
jīn xī hé xī
今夕何夕？　　今晚为何称良辰？
jiàn cǐ xiè hòu
见此邂逅。　　不期而遇心喜欢。
zǐ xī zǐ xī
子兮子兮，　　叫新娘啊问新娘，
rú cǐ xiè hòu hé
如此邂逅何？　　不期而遇该咋办？

chóu móu shù chǔ
绸缪束楚，　　横七竖八把荆缠，
sān xīng zài hù
三星在户[⑤]。　　三星在南照门前。
jīn xī hé xī
今夕何夕？　　今晚为何称良辰？
jiàn cǐ càn zhě
见此粲者[⑥]。　　见此美人心里甜。
zǐ xī zǐ xī
子兮子兮，　　叫新郎啊问新郎，
rú cǐ càn zhě hé
如此粲者何？　　你把美人怎么办？

这是一首祝贺新婚的诗作。诗作以轻松欢快的格调，表达了祝福者的诚挚礼赞。“束薪”“束刍”“束楚”既是起兴，又象征着火一般的热恋，将新婚

的气氛烘托得十分热烈。诗分三章，每章前四句为领唱，后两句为合唱，犹如闹洞房时，一个人主说贺辞，其他人随声附和，略含戏谑、开玩笑逗乐的性质，将婚礼的气氛推向高潮。诗篇反映了三千年前结婚的仪式，对研究民俗有一定的价值。

①绸缪：紧紧缠绕。束薪：一捆柴草。古来"束薪""束刍""束楚"等，都是结婚的象征。 ②三星：亦称"参星"，黄昏时出现。 ③良人：好人。古代妇人称丈夫为良人。 ④刍：喂牲口的草。 ⑤户：门。古来房子一般是坐北朝南，"三星在户"即三星在南方。 ⑥粲：美丽，形容女子美好。

dì dù
杕 杜

yǒu dì zhī dù 有杕之杜[1]，	一株棠梨孤零零，
qí yè xǔ xǔ 其叶湑湑[2]。	片片叶子绿莹莹。
dú xíng jǔ jǔ 独行踽踽[3]，	独自行走孤伶仃，
qǐ wú tā rén 岂无他人？	莫非无人同路行？
bù rú wǒ tóng fù 不如我同父。	有人不如骨肉亲。
jiē xíng zhī rén 嗟行之人，	可叹天下行路人，
hú bù bǐ yān 胡不比焉[4]？	为何无人亲我身？
rén wú xiōng dì 人无兄弟，	生来没有亲兄弟，
hú bù cì yān 胡不佽焉[5]？	为何无人助我身？

yǒu dì zhī dù
有杕之杜，　　一株棠梨孤零零，
qí yè jīng jīng
其叶菁菁[⑥]。　　片片叶子青又青。
dú xíng qióng qióng
独行睘睘[⑦]，　　独自行走孤伶仃，
qǐ wú tā rén
岂无他人？　　莫非无人同路行？
bù rú wǒ tóng xìng
不如我同姓。　　有人不如骨肉亲。
jiē xíng zhī rén
嗟行之人，　　可叹天下行路人，
hú bù bǐ yān
胡不比焉？　　为何无人亲我身？
rén wú xiōng dì
人无兄弟，　　生来没有亲兄弟，
hú bù cì yān
胡不佽焉？　　为何无人助我身？

这是一首流浪者之歌。诗人看到一株孤零零的棠梨树尚有茂密的树叶，而自己却孤苦伶仃、形影相吊，虽有许多人同行，但这些人既非朋友，也非兄弟，谁也不肯帮助他、亲近他。孤独和寂寞缠绕着他，贫穷和困惑伴随着他，他希望得到物质上的帮助，更需要得到感情上的慰藉。

①杕：树木孤立的样子。杜：树名，又名杜梨、棠梨。枝有刺，果实小而酸。　②湑湑：树叶茂盛的样子。　③踽踽：孤独行走的样子。　④比：亲近。　⑤佽：帮助。⑥菁菁：树叶茂盛的样子。　⑦睘睘：同“茕茕”，孤独的样子。

羔裘
gāo qiú

gāo qiú bào qū 羔裘豹袪[①]，	豹皮袖口羔皮袍，
zì wǒ rén jū jū 自我人居居[②]。	对我无礼又骄傲。
qǐ wú tā rén 岂无他人？	莫非没有别人爱？
wéi zǐ zhī dí 维子之敌。	只因你是旧相好。
gāo qiú bào xiù 羔裘豹褎[③]，	豹皮衣袖羔皮袍，
zì wǒ rén jiū jiū 自我人究究[④]。	对我厌恶又骄傲。
qǐ wú tā rén 岂无他人？	莫非没有别人爱？
wéi zǐ zhī hào 维子之好。	只因你是旧相好。

这是一首失恋女子表白心迹的诗。虽然她的情人对她傲慢无礼，但她仍一往情深地倾诉着自己的爱与恨，希望男子能理解她的苦衷，与她和好如初。表现出女子复杂的心理活动及对爱情的执着追求。

①羔裘：羊羔皮制成的衣服。豹袪：镶着豹皮的袖口。这是贵族的通行服装。②自：对于。我人：即指吾人、我个人。居居：亦作"倨倨"，傲慢无礼的样子。 ③褎：同"袖"。 ④究究：同"仇仇"，厌恶而傲慢的样子。

bǎo yǔ
鸨羽

sù sù bǎo yǔ
肃肃鸨羽[1]，　　鸨鸟振翅沙沙响，

jí yú bāo xǔ
集于苞栩[2]。　　歇栖密密柞树上。

wáng shì mǐ gǔ
王事靡盬[3]，　　天子徭役无休止，

bù néng yì jì shǔ
不能蓺稷黍[4]，　　不能在家种黍粱，

fù mǔ hé hù
父母何怙[5]？　　父母靠谁来赡养？

yōu yōu cāng tiān
悠悠苍天，　　悠悠苍天何所在，

hé qí yǒu suǒ
曷其有所？　　不知安身于何方？

sù sù bǎo yì
肃肃鸨翼，　　鸨鸟振翅沙沙响，

jí yú bāo jí
集于苞棘[6]。　　歇栖密密棘树上。

wáng shì mǐ gǔ
王事靡盬，　　天子徭役无休止，

bù néng yì shǔ jì
不能蓺黍稷，　　不能在家种黍粱，

fù mǔ hé shí
父母何食？　　父母衣食来何方？

yōu yōu cāng tiān
悠悠苍天，　　悠悠苍天何所在，

hé qí yǒu jí
曷其有极[7]？　　何时回家打行装？

sù sù bǎo háng
肃肃鸨行⑧，　　鸨鸟振翅沙沙响，

jí yú bāo sāng
集于苞桑。　　歇栖密密桑树上。

wáng shì mǐ gǔ
王事靡盬，　　天子徭役无休止，

bù néng yì dào liáng
不能蓺稻粱，　　不能在家种稻粱，

fù mǔ hé cháng
父母何尝？　　父母吃饭哪来粮？

yōu yōu cāng tiān
悠悠苍天，　　悠悠苍天何所在，

hé qí yǒu cháng
曷其有常？　　几时生活能正常？

这是长期在外服役者的诗。诗作以低沉的旋律唱出了服役者的愤懑与悲伤，他怨恨无休止的徭役剥夺了自己从事农业生产的权利，令父母双亲衣食无着，生活没有保障；他怨恨动荡的徭役生活使自己无法安居，不能享受天伦之乐。诗篇不仅反映了忠君爱国与孝敬父母的矛盾所引起的时代悲剧，而且还反映了诗人对“王事”的不满，显示了个体意识的觉醒。

①肃肃：鸟振动翅膀的声音。鸨：鸟名，似雁而比雁大，脚上无后趾，无法在树上稳定地歇栖。以鸨起兴，喻服役者无法休养生息。　②集：鸟歇栖。苞：草木茂盛的样子。栩：树名，又名柞树。　③盬：休止。　④稷黍：都是农作物名称。稷为高粱，黍为黄米。⑤怙：依靠。　⑥棘：树名，即酸枣树。　⑦极：尽头，终了。　⑧行：鸟的羽茎，仍指鸟羽、鸟翼。

wú yī
无 衣

qǐ yuē wú yī qī xī
岂 曰 无 衣 七 兮[①]？ 谁说衣服没七件？
bù rú zǐ zhī yī
不 如 子 之 衣， 工艺谁比你针线，
ān qiě jí xī
安 且 吉 兮[②]。 舒适自在又美观。

qǐ yuē wú yī liù xī
岂 曰 无 衣 六 兮？ 谁说衣服没六件？
bù rú zǐ zhī yī
不 如 子 之 衣， 工艺难比你针线，
ān qiě yù xī
安 且 燠 兮[③]！ 舒适自在又温暖。

这是一首览衣抒怀之作。抒情主人公是个多情的男子，他看到昔日女友做的衣服，十分感慨地说：我有衣服无数件，但没有哪一件能比得上你的针线，都不如你做的衣服穿来舒适美观。这种爱屋及乌的手法，表现出抒情主人公对旧好深沉的爱。

①七：虚数，泛指男子衣服之多。下章的“六”亦同义。 ②安：舒适。吉：美、善。 ③燠：温暖。

yǒu dì zhī dù
有 杕 之 杜

yǒu dì zhī dù
有 杕 之 杜， 一株棠梨孤零零，

shēng yú dào zuǒ 生于道左[①]。	独自生长在道东。
bǐ jūn zǐ xī 彼君子兮，	不知我那心上人，
shì kěn shì wǒ 噬肯适我[②]？	何时肯到我家中？
zhōng xīn hào zhī 中心好之，	心中既然思念我，
hé yǐn shí zhī 曷饮食之[③]？	何不来家吃一通？
yǒu dì zhī dù 有杕之杜，	一株棠梨孤单单，
shēng yú dào zhōu 生于道周[④]。	长在道路右转弯。
bǐ jūn zǐ xī 彼君子兮，	不知我那心中人，
shì kěn lái yóu 噬肯来游？	何时肯到我家玩？
zhōng xīn hào zhī 中心好之，	心中既然思念我，
hé yǐn shí zhī 曷饮食之？	何不来家吃一番？

这是一首思念情人的恋歌。诗人看到道旁的一株棠梨树，想到自己孤苦伶仃，独守闺房，她不由得低声吟唱，希望情人来到自己身旁。诗作表现出女子对爱情的热烈追求。

①道左：道路的左边。古人以东为左，故道左又称道东。 ②噬：通“逝”，语助词。适：到，往。 ③曷：同“何”，何不。饮食：吃饭。这是以饮食之欲来比喻情爱之欲。 ④周：曲。道周：即道路的弯曲处。

gé shēng
葛生

gé shēng méng chǔ 葛生蒙楚，	葛藤爬满野荆条，
liǎn màn yú yě 蔹蔓于野①。	蔹草蔓蔓遍荒郊。
yú měi wáng cǐ 予美亡此②，	我的良人葬于此，
shuí yǔ dú chǔ 谁与独处③！	无人伴我太寂寥！
gé shēng méng jí 葛生蒙棘，	葛藤爬满野荆棘，
liǎn màn yú yù 蔹蔓于域④。	蔹草蔓蔓遍墓地。
yú měi wáng cǐ 予美亡此，	我的良人葬于此，
shuí yǔ dú xī 谁与独息！	无人伴我独安息！
jiǎo zhěn càn xī 角枕粲兮⑤，	角枕灿烂真好看，
jǐn qīn làn xī 锦衾烂兮。	锦绣被褥光闪闪。
yú měi wáng cǐ 予美亡此，	我的良人葬于此，
shuí yǔ dú dàn 谁与独旦！	无人陪我通宵旦！
xià zhī rì 夏之日，	夏日白昼长漫漫，

dōng zhī yè
冬 之 夜。　　冬日寒夜苦难眠。

bǎi suì zhī hòu
百 岁 之 后，　　熬到百年身死后，

guī yú qí jū
归 于 其 居⑥。　　到你墓室再相见。

dōng zhī yè
冬 之 夜，　　冬日寒夜苦难眠，

xià zhī rì
夏 之 日。　　夏日白昼长漫漫。

bǎi suì zhī hòu
百 岁 之 后，　　熬到百年身死后，

guī yú qí shì
归 于 其 室。　　到你墓室守身边。

这是一首悼亡诗。诗篇以荒芜的坟地起兴，那爬满荆条的葛藤与蔓延的蔹草正是诗人悲怆凄凉心境的写照，她哀叹良人先她而去，亦哀叹良人孤单寂寥，更哀叹自己未来的生活将如“夏之日，冬之夜”一样漫长难熬。诗作以未亡人独白的形式，婉转地唱出了诗人对爱情的忠贞和对丈夫的思念，同时也唱出了她内心的无限悲苦和绵绵哀思，凄婉动人，不愧为“悼亡诗”之祖。

①蔹：草名，一种蔓生的植物。蔹草一般依附在大树上，现却蔓延到野外，比喻女子失去依靠。　②予美：我的良人。亡此：埋在此地。　③谁与独处：一些版本写作“谁与？独处！”，都是“谁人陪伴你呢？只有你孤单单的一个人在这里”的意思。或解释为：谁人陪伴我呢？只有我一个人形影相吊。二、三章相同。　④域：墓地。　⑤角枕：用兽骨装饰的枕头。　⑥居：指死者居住的地方。指妻子表示希望将来能与丈夫合葬一处。

cǎi líng
采苓

cǎi líng cǎi líng 采苓采苓①，	采集苓啊采集苓，
shǒu yáng zhī diān 首阳之颠②。	采苓来到首阳顶。
rén zhī wéi yán 人之为言③，	有人信口造谣言，
gǒu yì wú xìn 苟亦无信④。	听者千万不能听。
shě zhān shě zhān 舍旃舍旃⑤，	莫理睬呀莫理睬，
gǒu yì wú rán 苟亦无然⑥。	造谣之人心不正。
rén zhī wéi yán 人之为言，	为人信口说胡话，
hú dé yān 胡得焉⑦！	办事怎能行得通！
cǎi kǔ cǎi kǔ 采苦采苦⑧，	采苦菜啊采苦菜，
shǒu yáng zhī xià 首阳之下。	首阳山下把茶采。
rén zhī wéi yán 人之为言，	有人信口造谣言，
gǒu yì wú yǔ 苟亦无与⑨。	这人千万莫理睬。
shě zhān shě zhān 舍旃舍旃，	莫理睬啊莫理睬，
gǒu yì wú rán 苟亦无然。	造谣之人心术坏。

rén zhī wéi yán 人之为言，	为人信口说胡话，
hú dé yān 胡得焉！	办事怎能无障碍！

cǎi fēng cǎi fēng 采葑采葑[10]，	采芜菁啊采芜菁，
shǒu yáng zhī dōng 首阳之东。	采葑来到首阳东。
rén zhī wéi yán 人之为言，	有人信口造谣言，
gǒu yì wú cóng 苟亦无从。	听者千万莫盲从。
shě zhān shě zhān 舍旃舍旃，	莫理睬啊莫理睬，
gǒu yì wú rán 苟亦无然。	造谣之人心不正。
rén zhī wéi yán 人之为言，	为人信口说胡话，
hú dé yān 胡得焉！	办事怎么能成功！

这是一首劝人莫信谣言的诗。造谣是统治者维持腐朽统治的重要手段之一，他们信奉三人为虎的学说，造谣言，说鬼话，以欺骗善良的人民。诗篇以诚挚的语言写道："人之为言，苟亦无信。"断言造谣者"胡得焉"，有力地抨击了统治者的虚伪和堕落。

①苓：草名，又名甘草，可以入药。 ②首阳：山名。我国有五个首阳山，此处是指今山西省永济市南的首阳山，又名雷首山。 ③为：通"伪"，谎言、谣言。意为有人专门爱造谣言。 ④苟：的确，确实。无：通"毋"，不要。信：相信。 ⑤舍：抛弃。旃：犹"之"。⑥无然：无是，靠不住。 ⑦胡：何。得：取得。 ⑧苦：野菜名，又名荼。 ⑨无与：不要赞同。 ⑩葑：菜名，又名芜菁。

qín fēng
秦风

chē lín
车邻

yǒu chē lín lín
有车邻邻[1]，　大车疾驰声辚辚，
yǒu mǎ bái diān
有马白颠[2]。　四匹骏马白额顶。
wèi jiàn jūn zǐ
未见君子，　未能见到君子面，
sì rén zhī lìng
寺人之令[3]。　只因寺人未传令。

bǎn yǒu qī
阪有漆[4]，　漆树长在山坡上，
xí yǒu lì
隰有栗。　洼地栗树长成行。
jì jiàn jūn zǐ
既见君子，　既然见到君子面，
bìng zuò gǔ sè
并坐鼓瑟[5]。　并坐弹瑟心欢畅。
jīn zhě bù lè
今者不乐，　现在行乐不及时，
shì zhě qí dié
逝者其耋[6]。　转眼衰老徒悲伤。

bǎn yǒu sāng
阪有桑，　桑树长在山坡上，

xí yǒu yáng
隰有杨。 洼地生长有白杨。

jì jiàn jūn zǐ
既见君子， 既然见到君子面，

bìng zuò gǔ huáng
并坐鼓簧[⑦]。 并肩安坐吹笙簧。

jīn zhě bù lè
今者不乐， 今天行乐不及时，

shì zhě qí wáng
逝者其亡。 明日衰老一切光。

这是一首反映贵族思想、生活的诗作。贵族有巨大的财富，奴仆成群，绿树成荫。他们在深宅大院中鼓瑟吹簧，尽情地享受人生。他们认为人生短暂，不及时行乐，生命、权力、财产都会瞬间逝去。这种没落的虚无意识，对道家思想及魏晋风度的形成起了一定作用。

①邻邻：象声词，车行走时的声音。 ②白颠：马额头正中有块白毛。 ③寺人：官名，专门侍候王侯贵族的人。之令：是令。意为寺人未传令，故未能见到君子。 ④阪：山坡。 ⑤并坐：并肩坐下。鼓：弹。瑟：琴的一种，有二十五根弦。 ⑥逝者：指未来的时间。耋：八十岁，泛指年老。 ⑦簧：乐器，又称笙，由十三根长短不齐的竹管组成，以口吹奏。

sì tiě
驷驖

sì tiě kǒng fù
驷驖孔阜[①]， 四匹黑马肥又大，

liù pèi zài shǒu
六辔在手[②]。 六辔在握把车驾。

gōng zhī mèi zǐ
公之媚子[③]， 秦公宠爱的公子，

cóng gōng yú shòu
从公于狩。 随公前去把猎打。

fèng shí chén mǔ
奉时辰牡[④]，　　兽官驱出应时兽，
chén mǔ kǒng shuò
辰牡孔硕。　　野兽个个肥又大。
gōng yuē zuǒ zhī
公曰左之，　　大公喊声向左射，
shě bá zé huò
舍拔则获[⑤]。　　拉弓射箭无虚发。

yóu yú běi yuán
游于北园[⑥]，　　狩猎完毕游北园，
sì mǎ jì xián
四马既闲[⑦]。　　四马奔驰真熟练。
yóu chē luán biāo
輶车鸾镳[⑧]，　　轻车鸾铃叮当响，
zài xiǎn xiē xiāo
载猃歇骄[⑨]。　　猎狗安坐车中间。

这是一首赞美秦公田猎的诗作。《汉书·地理志》说秦人“修习战备，高尚气力，以射猎为先”。诗分三章，首章写秦人雀跃随从秦公狩猎；次章写狩猎过程，“舍拔则获”写出了秦人崇尚武功、箭无虚发的风姿；末章写狩猎后的悠闲与轻松，有张有弛，层次分明。

①驷：四马为驷。驖：黑色的马。孔：很，非常。阜：肥大。　②六辔：六根马缰绳。周代的车由四匹马来拉，服马各有一辔，骖马各有两辔，共有六辔。　③公：秦公。媚子：宠爱的公子。　④奉：供给。时：是，这个。辰：时间。牡：公兽。意为将这个时期可以猎杀的野兽赶出来，供秦公射杀。　⑤舍拔：拉弓射箭。舍，放开，发。拔，箭的尾部。放开箭的尾部，即为射箭。　⑥北园：地名，秦国专门供狩猎的地方。　⑦闲：娴熟，熟练。⑧輶车：轻车。鸾：车铃。镳：马口中含的马嚼子。　⑨猃：长嘴巴的猎狗。歇骄：短嘴巴的猎狗。意为狩猎结束后，猎狗坐在车上返回。

xiǎo róng
小戎

xiǎo róng jiàn shōu
小戎俴收[①]，　兵车轻巧车斗浅，
wǔ mù liáng zhōu
五楘梁辀[②]。　五条皮带辕上缠。
yóu huán xié qū
游环胁驱[③]，　游环胁驱控骖马，
yīn yǐn wò xù
阴靷鋈续[④]。　皮带铜环光耀眼。
wén yīn chàng gǔ
文茵畅毂[⑤]，　虎皮坐垫车轴长，
jià wǒ qí zhù
驾我骐馵[⑥]。　青马馵马跑得欢。
yán niàn jūn zǐ
言念君子，　丈夫出征常思念，
wēn qí rú yù
温其如玉[⑦]。　温柔和蔼玉一般。
zài qí bǎn wū
在其板屋[⑧]，　从军西戎住板屋，
luàn wǒ xīn qū
乱我心曲。　使我忧愁心烦乱。

sì mǔ kǒng fù
四牡孔阜，　四匹公马滚瓜圆，
liù pèi zài shǒu
六辔在手。　六根缰绳手中牵。
qí liú shì zhōng
骐骝是中[⑨]，　黑马红马中间跑，

guā lí shì cān 䯄 骊 是 骖[10]。	黄马黑马跑两边。
lóng dùn zhī hé 龙 盾 之 合[11]，	画龙盾牌车上挂，
wò yǐ jué nà 鋈 以 觼 軜[12]。	缠绳稳稳穿铜环。
yán niàn jūn zǐ 言 念 君 子，	丈夫出征常思念，
wēn qí zài yì 温 其 在 邑[13]。	性格温和守边关。
fāng hé wèi qī 方 何 为 期，	服役何时能凯旋，
hú rán wǒ niàn zhī 胡 然 我 念 之。	叫人怎能不思念。

jiàn sì kǒng qún 俴 驷 孔 群[14]，	驷马披甲多安闲，
qiú máo wò duì 厹 矛 鋈 𬭚[15]。	酋矛铜𬭚光灿灿。
máng fá yǒu yuàn 蒙 伐 有 苑[16]，	盾牌彩绘五色纹，
hǔ chàng lòu yīng 虎 韔 镂 膺[17]。	虎皮弓套多鲜艳。
jiāo chàng èr gōng 交 韔 二 弓[18]，	两弓交叉放袋中，
zhú bì gǔn téng 竹 闭 绲 縢[19]。	正弓竹柲紧绷弦。
yán niàn jūn zǐ 言 念 君 子，	丈夫出征常思念，
zài qǐn zài xīng 载 寝 载 兴。	时醒时睡难成眠。

yān yān liáng rén 厌 厌 良 人[20]，	祝愿丈夫常安闲，
zhì zhì dé yīn 秩 秩 德 音[21]。	聪明多智美名传。

这是一首不同于一般的思妇之作。尽管这里也有温情脉脉的情思，也有婉约缠绵的寄语，但更多的是对秦国军队兵强马壮、武器精良的夸耀。尚武精神、军事大国的自豪感，蒸蒸日上的时代风貌，以及浓郁的思亲情调，组成了这首铿锵有力、色彩鲜明的交响乐，无怪《汉书·地理志》认为其足以反映秦国的风俗习尚。

①小戎：一种轻便的兵车。俴：浅。收：车的后箱板，也称轸。俴收是车后箱板矮一些。 ②楘：有花纹的皮条。梁辀：车辕。古代马车一根曲辕，似梁又似船，故为梁辀。为防止辕折裂，才用五条皮绳把它箍起来。 ③游环：活动的皮环。以游环结在服马（驾辕的马）颈套上，用来连结两旁骖马（跑在外面的马）的缰绳，使之不能乱跑。胁驱：装在马胁两旁的皮扣，也是用来防止骖马乱跑的。 ④阴：车轼前的横木。靷：拉车前行的皮带，前端系在马颈的皮套上，后端系在车轴上。鋈续：白铜制的环。 ⑤文茵：车中所用的有花纹的褥子。畅：长。毂：车轴伸在车轮之外的部分。 ⑥骐：青黑色的马。馵：后左脚是白色的马。 ⑦温：好玉以手抚摸并不凉。此句指君子态度温和，品德高尚。 ⑧板屋：西戎民俗以木板修建房屋，此处暗指君子在西戎作战。 ⑨骝：红黑色的马。中：中间的两匹马，又称服马。 ⑩騧：黑嘴的黄马。骊：黑马。骖：车辕外面的两匹马称骖马。 ⑪龙盾：画有龙形图案的盾牌。合：两只盾合挂在一起。古时一辆战车三人，一人驾车，两人作战，故准备两只盾牌。 ⑫觼：有舌的环。軜：骖马靠里面的辔。 ⑬邑：在西戎之城邑里，即戍守边关。 ⑭俴驷：披有薄甲的四匹战马。孔群：很协调，表明战马训练有素。 ⑮厹矛：一种有三棱锋刃的长矛，亦称“酋矛”。錞：镦，矛戟柄下端的平底金属套。鋈錞：用白铜做的镦。 ⑯蒙：通“尨”，杂色。伐：通“瞂”，盾牌。蒙伐：杂色盾牌。苑：花纹。意为盾牌上有五颜六色的花纹。 ⑰虎韔：虎皮制的弓袋。镂：雕刻。膺：胸，此处指弓袋的正面雕有花纹。 ⑱交：交叉。意为两只弓交叉着放在弓袋中。 ⑲闭：通“柲”，竹制的正弓之器。绲：捆。縢：绳。意为不用弓时，用绳把弓和柲紧捆在一起，以免弓变形。 ⑳厌厌：安静的样子。 ㉑秩秩：聪明多智，畅达事理。德音：好声誉。

jiān jiā

蒹葭

jiān jiā cāng cāng 蒹葭苍苍①，	深秋芦苇青苍苍，
bái lù wéi shuāng 白露为霜②。	晶莹露珠结为霜。
suǒ wèi yī rén 所谓伊人，	我所思念那个人，
zài shuǐ yī fāng 在水一方。	仿佛就在水那方。
sù huí cóng zhī 溯洄从之③，	逆流而上寻找她，
dào zǔ qiě cháng 道阻且长。	道路险阻又漫长。
sù yóu cóng zhī 溯游从之④，	顺流而下寻找她，
wǎn zài shuǐ zhōng yāng 宛在水中央。	仿佛就在水中央。

jiān jiā qī qī 蒹葭凄凄⑤，	芦苇茂盛正深秋，
bái lù wèi xī 白露未晞⑥。	晶莹露珠似欲流。
suǒ wèi yī rén 所谓伊人，	我所思念那个人，
zài shuǐ zhī méi 在水之湄⑦。	仿佛就在水那头。
sù huí cóng zhī 溯洄从之，	逆流而上寻找她，
dào zǔ qiě jī 道阻且跻⑧。	道路险阻山势陡。

sù yóu cóng zhī 溯 游 从 之，	顺流而下寻找她，
wǎn zài shuǐ zhōng chí 宛 在 水 中 坻[9]。	隐约站在小沙洲。

jiān jiā cǎi cǎi 蒹 葭 采 采[10]，	深秋芦苇密连连，
bái lù wèi yǐ 白 露 未 已。	晶莹露珠未全干。
suǒ wèi yī rén 所 谓 伊 人，	我所思念那个人，
zài shuǐ zhī sì 在 水 之 涘。	仿佛就在水那边。
sù huí cóng zhī 溯 洄 从 之，	逆流而上寻找她，
dào zǔ qiě yòu 道 阻 且 右[11]。	道路险阻曲又弯。
sù yóu cóng zhī 溯 游 从 之，	顺流而下寻找她，
wǎn zài shuǐ zhōng zhǐ 宛 在 水 中 沚[12]。	依稀就在岛中站。

这是一首抒发对爱情可望而不可即的苦闷抑郁心情的诗作。清秋的早晨，诗人独自徘徊在水边，满眼茂密的芦苇增添了几分秋兴，也使诗人更增添了几多忧愁。他低吟高唱，往返寻觅，伊人宛在，隐约缥缈。诗作以虚实相间的手法和回环复沓的形式，充分抒发了恋人对爱情的执着追求与失望后惆怅痛苦的思绪。作品以秋景起兴，寓情于景，情景交融，开悲秋作品之先河，对后世的影响，更超过作品思想内容本身。

①蒹葭：芦苇一类的植物。苍苍：茂盛鲜明的样子。 ②白露：洁白的露水珠。为霜：结为固体的小颗粒，表明时值深秋，天气已冷。 ③溯洄：逆着河水向上游走。从：追，寻求。 ④溯游：顺着河水向下游走。 ⑤凄凄：借为"萋萋"，植物茂盛的样子。⑥晞：晒干。 ⑦湄：水边。 ⑧跻：登高，升。此处指山势陡峭难以攀登。 ⑨坻：水中的小沙洲。 ⑩采采：茂盛的样子。 ⑪右：迂回弯曲。 ⑫沚：水中的小沙滩。

zhōng nán
终　南

zhōng nán hé yǒu
终南何有①？　　终南山上何所产？
yǒu tiáo yǒu méi
有条有梅②。　　盛产佳木楸与楠。
jūn zǐ zhì zhǐ
君子至止，　　君子款款来山上，
jǐn yī hú qiú
锦衣狐裘。　　锦衣狐裘身上穿。
yán rú wò dān
颜如渥丹③，　　颜色红润似丹染，
qí jūn yě zāi
其君也哉④。　　君子风度不一般。

zhōng nán hé yǒu
终南何有？　　终南山上何所长？
yǒu jì yǒu táng
有纪有堂⑤。　　盛产佳木杞与棠。
jūn zǐ zhì zhǐ
君子至止，　　君子款款来山上，
fú yī xiù cháng
黻衣绣裳⑥。　　身着礼服五色装。
pèi yù qiāng qiāng
佩玉将将，　　身上佩玉锵锵响，
shòu kǎo bù wàng
寿考不忘⑦。　　君子万寿永无疆。

这是一首女子抒发对恋人爱慕之情的诗。诗篇以巍峨的终南山起兴，暗喻恋人心胸博大、品德高尚。然后从仪表美好、服装华丽、佩饰名贵等角度，盛赞恋人温婉如玉的君子风度，并祝愿他健康长寿。从男子服饰及诗中多溢美之词来看，这应是一对贵族青年的言情之作。虽无民歌天真、活泼的特点，但诗作典雅沉稳，别有一番风味。

①终南：山名，又名南山，在陕西省境内。　②条：树名，又名山楸树，是一种优质树种。梅：树名，又名楠树，也是一种优质树种。　③渥：涂。丹：赤石制成的红色染料。此句意为君子满面红光，犹如涂了丹石一般。　④也哉：感叹词。　⑤纪：借为“杞”，树名，属柳树的一种。堂：借为“棠”，树名，即棠梨。　⑥黻衣：有黑青相间花纹的礼服。绣裳：五色俱全的下衣。亦都是贵族穿的礼服。　⑦寿考：长寿。忘：借为“亡”。不忘：不死，永远健康之意。

huáng niǎo
黄　鸟

原文	译文
jiāo jiāo huáng niǎo 交交黄鸟①，	黄鸟交交声凄凉，
zhǐ yú jí 止于棘②。	飞来落在枣树上。
shuí cóng mù gōng 谁从穆公③？	谁陪穆公去殉葬？
zǐ chē yǎn xī 子车奄息④。	子车奄息遭了殃。
wéi cǐ yǎn xī 维此奄息，	子车奄息这个人，
bǎi fū zhī tè 百夫之特⑤。	一人能比百人强。
lín qí xué 临其穴，	走近墓穴被殉葬，
zhuì zhuì qí lì 惴惴其慄⑥。	浑身战栗心恐慌。
bǐ cāng zhě tiān 彼苍者天，	老天爷啊老天爷，
jiān wǒ liáng rén 歼我良人。	杀我贤人为哪桩。
rú kě shú xī 如可赎兮，	此命如果能赎回，
rén bǎi qí shēn 人百其身⑦。	百人去死又何妨。

jiāo jiāo huáng niǎo 交交黄鸟，	黄鸟交交声凄凉，
zhǐ yú sāng 止于桑。	飞来落在桑树上。
shuí cóng mù gōng 谁从穆公？	谁陪穆公去殉葬？
zǐ chē zhòng xíng 子车仲行。	子车仲行遭了殃。
wéi cǐ zhòng xíng 维此仲行，	子车仲行这个人，
bǎi fū zhī fáng 百夫之防[8]。	一人可把百人挡。
lín qí xuè 临其穴，	走近墓穴被殉葬，
zhuì zhuì qí lì 惴惴其慄。	浑身战栗心恐慌。
bǐ cāng zhě tiān 彼苍者天，	老天爷啊老天爷，
jiān wǒ liáng rén 歼我良人。	杀我贤人为哪桩。
rú kě shú xī 如可赎兮，	此命如果能赎回，
rén bǎi qí shēn 人百其身。	百人去死又何妨。

jiāo jiāo huáng niǎo 交交黄鸟，	黄鸟交交声凄凉，
zhǐ yú chǔ 止于楚。	飞来落在荆条上。
shuí cóng mù gōng 谁从穆公？	谁陪穆公去殉葬？
zǐ chē qián hǔ 子车鍼虎。	子车鍼虎遭了殃。

wéi cǐ qián hǔ
维 此 鍼 虎，

bǎi fū zhī yù
百 夫 之 御。

lín qí xuè
临 其 穴，

zhuì zhuì qí lì
惴 惴 其 慄。

bǐ cāng zhě tiān
彼 苍 者 天，

jiān wǒ liáng rén
歼 我 良 人。

rú kě shú xī
如 可 赎 兮，

rén bǎi qí shēn
人 百 其 身。

子车鍼虎这个人，
一人能把百人防。
走近墓穴被殉葬，
浑身战栗心恐慌。
老天爷啊老天爷，
杀我贤人为哪桩。
此命如果能赎回，
百人去死又何妨。

这是一首悲哀沉痛的挽歌。《左传·文公六年》载："秦伯任好卒，以子车氏之三子奄息、仲行、鍼虎为殉，皆秦之良也。国人哀之，为之赋《黄鸟》。"秦地人民痛恨这残酷的人殉制度，同情无辜被害的子车氏三兄弟，作此诗抨击、揭露统治者灭绝人性的屠杀。诗篇以黄鸟凄凉的哀鸣起兴，在激越凄怆的旋律中，将悲惨无告的沉重感情推向高潮，不愧为挽诗之祖。

①交交：象声词，鸟叫的声音。黄鸟：黄雀。 ②止：鸟的栖息。棘：枣树。 ③从：随从，指陪葬、殉葬。穆公：秦穆公，春秋五霸之一。 ④子车奄息：秦国的贵族，子车为姓，名奄息。与弟弟仲行、鍼虎同时为穆公殉葬。 ⑤百夫：百人。特：匹敌。意为子车奄息才能出众，百人也无法与之匹敌。 ⑥惴惴：害怕的样子。慄：由于恐惧而发抖。意为奄息那样能干的人，看到自己将被殉葬，也吓得浑身发抖。 ⑦人百其身：意为我们愿用一百人的生命去赎回奄息的生命。另一说为愿死上一百次来赎回奄息的生命。 ⑧防：抵挡。意为一人可以抵挡一百人。

chén fēng
晨风

yù bǐ chén fēng	
鴥彼晨风[1]，	鸟儿疾飞数鹞鹰，
yù bǐ běi lín	
郁彼北林[2]。	北山密林郁青青。
wèi jiàn jūn zǐ	
未见君子，	没有见到君子面，
yōu xīn qīn qīn	
忧心钦钦[3]。	心中忧愁难安定。
rú hé rú hé	
如何如何？	怎么办啊怎么办？
wàng wǒ shí duō	
忘我实多[4]。	将我忘记太绝情。

shān yǒu bāo lì	
山有苞栎[5]，	栎树丛丛长山坡，
xí yǒu liù bó	
隰有六驳[6]。	洼地梓榆生长多。
wèi jiàn jūn zǐ	
未见君子，	没有见到君子面，
yōu xīn mǐ lè	
忧心靡乐[7]。	心中忧愁无欢乐。
rú hé rú hé	
如何如何？	怎么办啊怎么办？
wàng wǒ shí duō	
忘我实多。	将我忘记无法说。

shān yǒu bāo dì	
山有苞棣[8]，	梨树丛丛长满山，
xí yǒu shù suì	
隰有树檖[9]。	洼地松树长成片。

wèi jiàn jūn zǐ
未见君子，　　没有见到君子面，
yōu xīn rú zuì
忧心如醉。　　心中忧愁醉一般。
rú hé rú hé
如何如何？　　怎么办啊怎么办？
wàng wǒ shí duō
忘我实多。　　将我忘记少心肝。

这是一首女子疑心为情人所遗弃的诗。抒情女主人公许久未见到情人，不由疑云顿起，郁郁寡欢。她反复吟唱“如何如何？忘我实多”，将一个满腹忧愁、丧魂失魄的孱弱女子形象和盘托出，深刻描写出女子的痴情和对男子的依附。诗篇哀婉忧郁、凄楚动人。

①鴥：鸟疾飞的样子。晨风：鸟名，属鹞、鹰一类的猛禽。　②郁：茂密的样子。③钦钦：忧思难忘的样子。　④实多：有实在太过分的意思。　⑤苞：丛生的样子。栎：树名。　⑥六驳：树名，属梓榆一类。(从高亨说)　⑦靡乐：没有欢乐。　⑧棣：树名，即梨树。　⑨檖：树名，又名山梨。

wú yī
无衣

qǐ yuē wú yī
岂曰无衣？　　谁说没有衣服穿？
yǔ zǐ tóng páo
与子同袍①。　　战袍我俩穿一件。
wáng yú xīng shī
王于兴师②，　　王命起兵去作战，
xiū wǒ gē máo
修我戈矛③，　　快修戈矛上前线，
yǔ zǐ tóng chóu
与子同仇④。　　同仇敌忾赴国难。

qǐ yuē wú yī 岂曰无衣？	谁说没有衣服穿？
yǔ zǐ tóng zé 与子同泽⑤。	汗衣我俩穿一件。
wáng yú xīng shī 王于兴师，	王命起兵去作战，
xiū wǒ máo jǐ 修我矛戟，	快修矛戟上前线，
yǔ zǐ xié zuò 与子偕作⑥。	与你一起携手干。

qǐ yuē wú yī 岂曰无衣，	谁说没有衣服穿？
yǔ zǐ tóng cháng 与子同裳。	下衣我俩穿一件。
wáng yú xīng shī 王于兴师，	王命起兵去作战，
xiū wǒ jiǎ bīng 修我甲兵，	快修装备上前线，
yǔ zǐ xié xíng 与子偕行。	与你携手冲向前。

这是一首充满爱国激情的战地军歌。诗篇节奏明快、旋律激昂，充分显示了秦国将士在大敌面前同仇敌忾、热情互助的精神和积极备战、慷慨从军的紧张气氛。令人感到“以此众战，谁能御之？以此攻城，何城不克？”（见《左传·僖公四年》）的气势，起到了诗歌鼓舞人心、提高士气的作用。

①袍：长袍，白天当衣穿，晚上当被盖。同袍：表示相互关心、友爱之意，并非实指。 ②王：秦人称秦君为王。兴师：起兵，开战。 ③修：修整，整治。 ④同仇：共同对付敌人。 ⑤泽：贴身的内衣。 ⑥偕作：共同干。

渭阳
wèi yáng

wǒ sòng jiù shì 我送舅氏，	我送舅父回家乡，
yuē zhì wèi yáng 曰至渭阳[①]。	送亲送到渭水阳。
hé yǐ zèng zhī 何以赠之？	以何礼物赠送他？
lù chē shèng huáng 路车乘黄[②]。	黄马路车送一辆。
wǒ sòng jiù shì 我送舅氏，	我送舅父回家乡，
yōu yōu wǒ sī 悠悠我思。	悠悠情思深且长。
hé yǐ zèng zhī 何以赠之？	以何礼物赠送他？
qióng guī yù pèi 琼瑰玉佩[③]。	玉佩宝石多少样。

这是一首送别诗。诗中写外甥赠送舅父的礼物有“路车”“乘黄”“琼瑰”“玉佩”，因此当属秦国贵族所作。一说是康公送晋文公重耳时所作，难以确定。诗篇短小流畅，感情色彩丰富，充分显示了秦人重视血缘关系的风俗习尚。

①渭阳：渭水之北。 ②路车：贵族使用的车子。乘黄：四匹黄马。 ③琼瑰：美玉。

quán yú
权 舆

wū wǒ hū
於，我乎①！ 哎呀，我呀我！
xià wū qú qú
夏屋渠渠②， 以前安然居大院，
jīn yě měi sì wú yú
今也每食无余。 如今每餐饭一碗。
xū jiē hū
于嗟乎③！ 哎哟哟！
bù chéng quán yú
不承权舆④。 日子哪能比从前。

wū wǒ hū
於，我乎！ 哎呀，我呀我！
měi sì sì guǐ
每食四簋⑤， 从前每餐吃不了，
jīn yě měi sì bù bǎo
今也每食不饱。 现在每餐吃不饱。
xū jiē hū
于嗟乎！ 哎哟哟！
bù chéng quán yú
不承权舆。 日子哪如以前好。

这是一首没落贵族自悲自叹的诗。贵族依靠世卿世禄的政策，成为寄生阶层。一旦失去原有的特权，他们没有任何赖以谋生的手段，生活水平自然急剧下降。本诗即反映了社会变化对寄生阶层的冲击，以及他们无法承受这种变革但又不能不承受这种变革的文化心态。

①於：叹词。 ②夏：大。渠渠：房屋深广的样子，意为深宅大院。 ③于嗟乎：语气词，表示感叹。 ④承：继承。权舆：开始，当初。意为不能继续当初的盛况了。 ⑤簋：古代的食器，圆足，两耳，方座，带盖，以青铜或陶制成。

chén fēng
陈 风

wǎn qiū
宛 丘

zǐ zhī dàng xī 子之汤兮①，	婆娑起舞轻飘荡，
wǎn qiū zhī shàng xī 宛丘之上兮②。	常年活跃宛丘上。
xún yǒu qíng xī 洵有情兮③，	心中实在思慕你，
ér wú wàng xī 而无望兮。	徒然相思没指望。
kǎn qí jī gǔ 坎其击鼓④，	敲起手鼓咚咚响，
wǎn qiū zhī xià 宛丘之下。	宛丘之下歌舞忙。
wú dōng wú xià 无冬无夏，	无论冬夏都一样，
zhí qí lù yǔ 值其鹭羽⑤。	洁白鹭羽手中扬。
kǎn qí jī fǒu 坎其击缶⑥，	敲起瓦缶当当响，
wǎn qiū zhī dào 宛丘之道。	宛丘道中歌舞忙。
wú dōng wú xià 无冬无夏，	无论冬夏都一样，

zhí qí lù dào
值其鹭翿[7]。　　手持鹭翿又登场。

这是一首情诗。诗人爱上了一个能歌善舞、以巫为职业的女子，明知婚姻没有指望，仍作诗向她倾诉自己的爱慕之情。表明了诗人爱并不意味着得到或占有，爱仅是一种理想的追求的审美意识及文化心态，并从侧面反映了陈国当时巫风盛行与人民能歌善舞的风俗，有一定的史料价值。

①子：指跳舞的女巫。汤：通“荡”，摇摆，形容舞姿摇曳。　②宛丘：丘名，在陈国都城（今河南淮阳）东南三里。　③洵：确实，的确。　④坎：象声词，击鼓咚咚的声音。　⑤值：执，拿着。鹭羽：以鹭鸶鸟的羽毛制成的像伞或扇子之类的道具。　⑥缶：瓦制的打击乐器。　⑦翿：同“纛”，古代一种舞具。

dōng mén zhī fén
东门之枌

dōng mén zhī fén
东门之枌[1]，　　东门白榆路边长，

wǎn qiū zhī xǔ
宛丘之栩[2]。　　宛丘柞树连成行。

zǐ zhòng zhī zǐ
子仲之子[3]，　　子仲家的小伙子，

pó suō qí xià
婆娑其下[4]。　　树下翩翩跳舞忙。

gǔ dàn yú chāi
榖旦于差[5]，　　好时光啊由你选，

nán fāng zhī yuán
南方之原[6]。　　相约结伴到南原。

bù jī qí má
不绩其麻[7]，　　不纺麻来不做活，

shì yě pó suō
市也婆娑。　　闹市当中舞翩跹。

gǔ dàn yú shì
穀旦于逝[8]，　　好时光啊快前往，
yuè yǐ zōng mài
越以鬷迈[9]。　　屡屡相随情意长。
shì ěr rú qiáo
视尔如荍[10]，　　看你美如锦葵花，
yí wǒ wò jiāo
贻我握椒[11]。　　送我花椒多芬芳。

这也是一首恋歌。抒情女主人公爱上一个能歌善舞的巫师，为了寻求爱情，她放下手中正纺的麻，从东门到宛丘，从南原到闹市，终于引起小伙子的注意，并在跳舞时赠送姑娘一把花椒以表情意。诗篇反映了陈国男女欢会、歌舞相乐、巫风盛行的特殊民俗，也反映了青年男女的爱情生活及女主人公对爱情锲而不舍的追求。

①东门：陈国都城的东门。枌：树名，即白榆树。　②栩：树名，即柞树。　③子仲：姓氏。第二个"子"字：小伙子。从诗中看，他大约是一个能歌善舞的巫师，是诗人追求的对象。　④婆娑：跳舞的样子。　⑤穀旦：好日子，吉日。于：语助词。差：选择。⑥原：高而平的地方。　⑦绩：纺。　⑧逝：往。　⑨越以：语助词。鬷：屡次。迈：前往。　⑩荍：植物名，又名锦葵。　⑪贻：送。握：一把。

héng mén
衡门

héng mén zhī xià
衡门之下[1]，　　支起横木充作门，
kě yǐ qī chí
可以栖迟[2]。　　横门之下可安身。

mì zhī yáng yáng 泌之洋洋[3]，	泌水涓涓长流淌，
kě yǐ liáo jī 可以乐饥[4]。	清水充饥能饱人。

qǐ qí shí yú 岂其食鱼，	难道人们吃鱼时，
bì hé zhī fáng 必河之鲂[5]？	非要鲂鱼才肯尝？
qǐ qí qǔ qī 岂其取妻[6]，	难道人们娶妻子，
bì qí zhī jiāng 必齐之姜[7]？	非是齐国姜姑娘？

qǐ qí shí yú 岂其食鱼，	难道人们吃鱼时，
bì hé zhī lǐ 必河之鲤？	非要鲤鱼才肯尝？
qǐ qí qǔ qī 岂其取妻，	难道人们娶妻子，
bì sòng zhī zǐ 必宋之子[8]？	非得宋国子姑娘？

这是一首安于贫贱的诗作。诗人可能是一位贫苦的知识分子，也可能是一个没落贵族。他本来食必鲂、鲤，娶妻一定是齐姜、宋子，但现在却一贫如洗，住在简陋的房中，衣食无着。但他没有怨天尤人，也不再去回忆光辉的往昔，而是安贫守拙、正视现实。表现了诗人随遇而安及“等贵贱，均贫富”的思想意识。

①衡：通“横”，横木为门，指住宅简陋。 ②栖迟：游息。 ③泌：陈国泉水名。洋洋：水流盛大的样子。 ④乐：通“疗”。疗饥，即可以治疗饥饿。 ⑤鲂：鱼名。鲂鱼和鲤鱼在当时被认为是最好的鱼。 ⑥取：通“娶”。 ⑦姜：齐国时封君为姜尚，因此齐国贵族子女均姓姜。 ⑧子：宋国为殷商后裔，商人子姓，因此宋国贵族子女均姓子。

dōng mén zhī chí
东门之池

dōng mén zhī chí 东门之池，	东门之外清水塘，
kě yǐ òu má 可以沤麻[1]。	可以沤麻做衣裳。
bǐ měi shū jī 彼美淑姬[2]，	美丽善良姬姑娘，
kě yǔ wù gē 可与晤歌[3]。	可以和她相对唱。
dōng mén zhī chí 东门之池，	东门城外清水塘，
kě yǐ òu zhù 可以沤纻[4]。	可以沤纻做衣裳。
bǐ měi shū jī 彼美淑姬，	美丽善良姬姑娘，
kě yǔ wù yǔ 可与晤语[5]。	可以和她谈家常。
dōng mén zhī chí 东门之池，	东门城外清水塘，
kě yǐ òu jiān 可以沤菅[6]。	可以沤菅做箩筐。
bǐ měi shū jī 彼美淑姬，	美丽善良姬姑娘，
kě yǔ wù yán 可与晤言。	可以和她诉衷肠。

这是一首情歌。抒情主人公爱上一位勤劳能干的姑娘，便唱了这首歌给她听。歌中称赞姑娘能沤麻织布而又美丽善良，更重要的是双方有共同语言，“可与晤语”，这便将他们之间的爱情上升到一个新的高度，反映出诗

人对理想爱情的追求及陈国青年男女谈情说爱时的审美情趣和文化心态。

①沤:浸泡。沤麻:麻收割下来后,必须在水中浸泡数天才能剥下来。 ②姬:姓氏。 ③晤歌:相对歌唱。 ④纻:植物名,麻的一种,又称纻麻。 ⑤晤语:相对说话,意为有共同语言。 ⑥菅:植物名,可以用来编织筐之类的东西。

dōng mén zhī yáng
东门之杨

dōng mén zhī yáng 东门之杨,	东门之外有白杨,
qí yè zāng zāng 其叶牂牂[①]。	枝叶茂盛色苍苍。
hūn yǐ wéi qī 昏以为期,	约好黄昏来相会,
míng xīng huáng huáng 明星煌煌[②]。	不料等到明星亮。
dōng mén zhī yáng 东门之杨,	东门之外有白杨,
qí yè pèi pèi 其叶肺肺[③]。	叶儿青青枝干壮。
hūn yǐ wéi qī 昏以为期,	约好黄昏来相会,
míng xīng zhé zhé 明星晢晢[④]。	明星闪亮心悲伤。

这是一首焦急等待情人的诗。青年男女密约于东门杨树下,而情人久久未来。他焦急地等待着,直至明星煌煌,仍在等待着、期望着,不肯离去。诗篇以复沓的形式,有力地渲染了诗人焦躁不安的心情和对恋人的痴情。诗篇简短明快,韵味十足,开“月上柳梢头,人约黄昏后”一类男女幽期密约诗之先河,对后世有一定影响。

①牂牂:茂盛的样子。 ②明星:启明星,天快亮时出现在东方。煌煌:明亮的样子。 ③肺肺:茂盛的样子。 ④晢晢:明亮。

mù mén
墓 门

mù mén yǒu jí 墓 门 有 棘①,	枣树长在墓门前,
fǔ yǐ sī zhī 斧 以 斯 之②。	拿起斧子把树砍。
fū yě bù liáng 夫 也 不 良,	那人不是好东西,
guó rén zhī zhī 国 人 知 之③。	国人尽知有同感。
zhī ér bù yǐ 知 而 不 已,	我行我素不悔改,
wéi xī rán yǐ 谁 昔 然 矣④。	向来如此无人管。

mù mén yǒu méi 墓 门 有 梅,	梅树长在墓门前,
yǒu xiāo cuì zhǐ 有 鸮 萃 止⑤。	猫头鹰啊把家安。
fū yě bù liáng 夫 也 不 良,	那人不是好东西,
gē yǐ xùn zhī 歌 以 讯 之⑥。	作诗讽喻将他劝。
xùn yú bù gù 讯 予 不 顾⑦,	讽喻告诫他不听,
diān dǎo sī yú 颠 倒 思 予。	跌倒才能想起咱。

这是一首政治讽喻诗。诗篇嘲讽一个品行不端的贵族,他刚愎自用,一意孤行,已引起众怒,必将自取灭亡。《左传·桓公五年》记载,此诗是讽刺陈

国公子陈佗的。陈佗趁陈桓公生病时，杀死太子免，桓公死后，又自立为君，引起天怒人怨，国人离散。后蔡国出兵平乱，诛杀陈佗，方得平息。此可备一说。

①墓门：陈国都城的一个门名。 ②斯：劈，砍。 ③国人：国都中的人（指贵族及平民）。 ④谁：通“唯”。唯昔，即往昔。然：这样。意为那个不良之人向来就是这个样子。 ⑤鸮：猫头鹰。萃：集，栖息。止：通“之”。意为猫头鹰栖息在梅树上。 ⑥讯：责骂。歌以讯之：“以歌讯之”的倒文。阜阳汉简作“歌以谇止”。 ⑦讯予：“予讯”的倒文。

fáng yǒu què cháo
防有鹊巢

fáng yǒu què cháo
防有鹊巢[1]， 鹊巢搭在枋树上，
qióng yǒu zhǐ tiáo
邛有旨苕[2]。 土丘上面苕草长。
shuí zhōu yú měi
谁侜予美[3]？ 是谁诳骗我爱人？
xīn yān dāo dāo
心焉忉忉[4]。 令我忧闷又惆怅。

zhōng táng yǒu pì
中唐有甓[5]， 庭院道路砖铺成，
qióng yǒu zhǐ yì
邛有旨鹝[6]。 绶草长在土丘顶。
shuí zhōu yú měi
谁侜予美？ 是谁诳骗我爱人？
xīn yān tì tì
心焉惕惕[7]。 令我胆战又心惊。

这是一首情诗。热恋中的女子怀疑有人从中作梗，破坏她的好事，忧心忡忡、焦虑不安，便作此诗来抒发内心的苦闷和忧郁，也希望恋人读了此诗后，能坚定立场，与她和好如初。诗作生动地刻画了热恋中女子的心理活动，有一定审美意义。

①防：借为“枋”，树名，是一种常绿乔木。 ②邛：山丘。旨：美味。苕：蔓生植物名，属豆类，又名苕饶。 ③侜：欺诳，欺骗。予美：我的爱人，指诗人的情人。 ④忉忉：忧愁的样子。 ⑤中唐：中庭的道路。甓：砖瓦。 ⑥鹝：草名，又名绶草，属兰科植物。 ⑦惕惕：忧愁害怕的样子。

yuè chū
月 出

yuè chū jiǎo xī 月 出 皎 兮，	月出东方光洁白，
jiǎo rén liǎo xī 佼 人 僚 兮①。	美人月下更可爱。
shū yǎo jiǎo xī 舒 窈 纠 兮②，	身材苗条姗姗到，
láo xīn qiǎo xī 劳 心 悄 兮③。	忧思苦虑满心怀。
yuè chū hào xī 月 出 皓 兮，	月出东方洒清辉，
jiǎo rén liǔ xī 佼 人 懰 兮④。	美人月下更娇媚。
shū yǒu shòu xī 舒 懮 受 兮⑤，	婀娜多姿款款到，
láo xīn cǎo xī 劳 心 慅 兮⑥。	忧思苦虑满心扉。
yuè chū zhào xī 月 出 照 兮⑦，	月出东方泛清光，
jiǎo rén liáo xī 佼 人 燎 兮⑧。	美人月下更漂亮。

shū yāo shào xī
舒夭绍兮[9]，　　体态轻盈徐徐到，
láo xīn cǎo xī
劳心惨兮[10]。　　忧思苦虑满心房。

这是一首月下咏美之作。诗篇以优美的旋律、幽静深邃的意境、朦胧迷离的情调，使诗篇蒙上一层神秘的面纱，让美人在明月清辉中一展风姿，又隐隐约约难窥全貌，令人产生无穷的遐想。诗作清俊秀美，第一次借助明月这一形象来唤起人们内心潜藏着的审美意识，“盖巫山洛水之滥觞也”（方玉润《诗经原始》），对后世影响极大，堪称风诗中的杰作。

①佼：壮美，美好。僚：美好。　②舒：缓慢，迟缓。窈纠：窈窕，形容女子身材苗条。　③劳心：忧心，形容相思极苦。悄：忧愁苦闷的样子。　④懰：娇媚，妩媚。　⑤懮受：形容女子走路婀娜多姿。　⑥慅：忧苦不安的样子。　⑦照：光明。　⑧燎：漂亮。　⑨夭绍：形容女子体态轻盈。　⑩惨：通“懆”，忧愁烦躁不安的样子。

zhū lín
株林

hú wèi hū zhū lín
胡为乎株林[1]？　　他为什么去株林？
cóng xià nán
从夏南[2]。　　莫非要把夏南寻。
fěi shì zhū lín
匪适株林，　　原来他不去株林，
cóng xià nán
从夏南。　　就是要把夏南寻。

jià wǒ shèng mǎ
驾我乘马，　　驾起马车去寻欢，
shuì yú zhū yě
说于株野[3]。　　歇息株野乐忘返。

chéng wǒ shèng jū
乘我乘驹④，　　驾起骏马把路赶，

zhāo shí yú zhū
朝食于株⑤。　　赶到株邑吃早饭。

这是一首政治讽刺诗。《左传·宣公九年》记载：陈灵公和夏姬私通，常与佞臣孔宁、仪行父坐车到夏姬家。夏姬之子征舒，字南，长大后杀陈灵公。事在宣公十年。本诗作于陈灵公被杀之前，是《诗经》年代较晚的诗篇，反映了人民对统治阶级污秽行为的厌恶和批判。

①株：城邑名，陈国夏氏的封地，在今河南西华县西南。林：郊野。　②从：追寻。夏南：夏征舒的字。　③说：停车休息。　④驹：借为“骄”，高头大马为骄。　⑤朝食：吃早饭。古人常以饮食饥饱来隐喻男女情欲问题，此处亦指陈灵公等到夏姬处寻欢作乐来了。

zé bēi
泽陂

bǐ zé zhī bēi
彼泽之陂①，　　清清湖水池塘边，

yǒu pú yǔ hé
有蒲与荷。　　蒲草嫩嫩荷花鲜。

yǒu měi yī rén
有美一人，　　美丽姑娘我爱她，

shāng rú zhī hé
伤如之何②。　　我心思念未得见。

wù mèi wú wéi
寤寐无为，　　日夜相思心烦乱，

tì sì pāng tuó
涕泗滂沱。　　眼泪犹如珠断线。

bǐ zé zhī bēi
彼泽之陂，　　清清湖水池塘边，

yǒu pú yǔ jiān 有蒲与蕳[3]。	蒲草嫩嫩伴青莲。
yǒu měi yī rén 有美一人,	美丽姑娘我爱她,
shuò dà qiě quán 硕大且卷[4]。	高大善良又淑贤。
wù mèi wú wéi 寤寐无为,	日夜相思心烦乱,
zhōng xīn yuān yuān 中心悁悁[5]。	心中忧郁似熬煎。
bǐ zé zhī bēi 彼泽之陂,	清清湖水池塘边,
yǒu pú hàn dàn 有蒲菡萏[6]。	蒲草嫩嫩荷花艳。
yǒu měi yī rén 有美一人,	美丽姑娘我爱她,
shuò dà qiě yǎn 硕大且俨[7]。	高大端庄又淑贤。
wù mèi wú wèi 寤寐无为,	日夜相思心烦乱,
zhǎn zhuǎn fú zhěn 辗转伏枕。	辗转悱恻难成眠。

这是一首情诗。诗人在蒲草鲜嫩、荷花盛开的时节遇见一位美丽的姑娘。诗人一见钟情,陷入爱河难以自拔。他始而为之心烦意乱、痛哭流涕,继而忧愁苦闷、“辗转伏枕”。诗篇以层层递进的手法,揭示了抒情主人公对爱情苦苦追求的思维流程,手法细腻,形象生动感人。

①陂:水的边沿。 ②伤:借为“阳”,作“我”讲。 ③蕳:《郑笺》:“蕳,当作莲。” ④硕大:身材高大。卷:同“婘”,美好的样子。 ⑤悁悁:忧闷的样子。 ⑥菡萏:荷花的别称。 ⑦俨:端庄的样子。

guì fēng
桧 风

gāo qiú
羔 裘

gāo qiú xiāo yáo
羔 裘 逍 遥，
hú qiú yǐ cháo
狐 裘 以 朝。
qǐ bù ěr sī
岂 不 尔 思？
láo xīn dāo dāo
劳 心 忉 忉[①]。

身穿羔裘多逍遥，
又穿狐裘去上朝。
怎说我不思念你？
满心忧苦愁难消。

gāo qiú áo xiáng
羔 裘 翱 翔，
hú qiú zài táng
狐 裘 在 堂。
qǐ bù ěr sī
岂 不 尔 思？
wǒ xīn yōu shāng
我 心 忧 伤。

身着羔裘去游逛，
再着狐裘去公堂，
怎说我不思念你？
满心忧苦真悲伤。

gāo qiú rú gāo
羔 裘 如 膏[②]，
rì chū yǒu yào
日 出 有 曜[③]。
qǐ bù ěr sī
岂 不 尔 思？

羔裘洁白柔且光，
日出映照闪闪亮。
怎说我不思念你？

zhōng xīn shì dào
中心是悼④。　　满心忧苦真悲伤。

这是一首情诗。抒情主人公是一个贵族,他身居高位,穿着华贵,出入宫廷,权秉赫赫。其事业可谓如日中天,其生活可谓极尽奢侈。但他深深地爱上了一个无法与之相结合的女子,他为爱情受阻而苦闷悲伤、忧愁烦恼。满腹心事无从诉说,只有寄情于诗篇。诗作深刻反映了地位加财富并不等于幸福,真正的幸福在于理想的实现的真谛。

①忉忉:形容忧心思念的样子。　②膏:脂。意为贵族穿的羔裘柔软光滑,如同油脂一般。　③曜:同"耀",闪闪发光的样子。　④悼:悲伤。

sù guàn
素冠

shù jiàn sù guàn xī
庶见素冠兮①,　　不幸见君戴白帽,
jí rén luán luán xī
棘人栾栾兮②,　　瘦骨嶙峋人枯槁,
láo xīn tuán tuán xī
劳心慱慱兮③。　　心忧悲苦愁难熬。

shù jiàn sù yī xī
庶见素衣兮,　　不幸见君穿白衣,
wǒ xīn shāng bēi xī
我心伤悲兮,　　我心悲苦长唏嘘,
liáo yǔ zǐ tóng guī xī
聊与子同归兮④。　　但愿与你同归去。

shù jiàn sù bì xī
庶见素韠兮⑤,　　不幸见君穿蔽膝,

wǒ xīn yùn jié xī
我心蕴结兮⑥，　　我心悲苦长叹息，
liáo yǔ zǐ rú yī xī
聊与子如一兮⑦。　　但愿与你合为一。

这是一首悲怜诗。青年妇女望着丈夫那消瘦的遗体，痛不欲生，伤心地表示愿和丈夫同赴黄泉。诗篇情深意切、悱恻凄婉，令人对未亡人深表同情。有人将此诗解为同情孝子或同情寡妇的诗作，细品诗意，实非如此。因诗篇以抒发诗人自我悲苦意识为主题，并非以同情怜悯别人为核心。

①庶：庶几。素冠：白色的生丝编织的帽子。　②棘人：瘦骨嶙峋的人。栾栾：形容人憔悴枯槁的样子。　③劳心：悲苦忧伤的样子。慱慱：忧愁不安的样子。　④聊：姑且。同归：同归黄泉。　⑤素韠：以生丝织成的白色蔽膝，似今天的围裙。　⑥蕴结：忧愁郁结难以化解的意思。　⑦如一：同归黄泉之意。

xí yǒu cháng chǔ
隰有苌楚

xí yǒu cháng chǔ
隰有苌楚①，　　低洼地上长羊桃，
ē nuó qí zhī
猗傩其枝②。　　嫩枝细细迎风摇。
yāo zhī wò wò
夭之沃沃③，　　小树肥茂有光泽，
lè zǐ zhī wú zhī
乐子之无知④。　　羡君无知无烦恼。

xí yǒu cháng chǔ
隰有苌楚，　　低洼地上长羊桃，
ē nuó qí huā
猗傩其华。　　鲜花朵朵迎风摇。

yāo zhī wò wò
夭之沃沃，　小树肥茂有光泽，
lè zǐ zhī wú jiā
乐子之无家[5]。　羡君无家少烦劳。

xí yǒu cháng chǔ
隰有苌楚，　低洼地上长羊桃，
ē nuó qí shí
猗傩其实。　果实累累迎风摇。
yāo zhī wò wò
夭之沃沃，　小树肥茂有光泽，
lè zǐ zhī wú shì
乐子之无室。　羡君无妻多逍遥。

这是一首智者厌世之作。社会动荡不安，政治、经济地位的急剧变化，瞻念前途，不寒而栗。诗人萌生出浓重的虚无意识和厌世思想。他以世人皆醉我独醒的目光去欣赏无知者的自由和欢乐，以覆巢毁卵的心情去欣赏无家室之累者的逍遥，深刻道出自己内心的巨大痛苦和激烈的矛盾冲突。这种意识对道家学派的形成，无疑是有影响的。

①苌楚：树名，又称羊桃、猕猴桃，果实可食。　②猗傩：意音同“婀娜”，柔美的样子。　③沃沃：肥茂而有光泽的样子。　④乐：喜乐，羡慕。无知：没有知识，没有智慧。⑤家：女子有夫为有家，男子有妻为有室。此处指无妻，无家室之累。

fěi fēng
匪风

fěi fēng fā xī
匪风发兮[1]，　北风骤起呼呼吹，
fěi chē jié xī
匪车偈兮[2]。　车儿跑得快如飞。

gù zhān zhōu dào 顾瞻周道③,	回头瞻望古驿道,
zhōng xīn dá xī 中心怛兮④。	思念家乡真伤悲。

fěi fēng piāo xī 匪风飘兮⑤,	旋风骤起呼呼叫,
fěi chē piāo xī 匪车嘌兮⑥。	车儿疾驰快快跑。
gù zhān zhōu dào 顾瞻周道,	回头瞻望古驿道,
zhōng xīn diào xī 中心吊兮⑦。	思念家乡真苦恼。

shuí néng pēng yú 谁能亨鱼⑧?	谁能烹制新鲜鱼?
gài zhī fǔ xún 溉之釜鬵⑨。	我来为他洗炊具。
shuí jiāng xī guī 谁将西归?	谁将西去回故乡?
huái zhī hǎo yīn 怀之好音⑩。	为我带个好消息。

这是一首羁旅思乡之作。朔风吹,天转寒,羁旅在外之人分外思念家乡。诗人站在古驿道旁,望着一辆辆西去的马车,强烈的思乡情绪涌上心头。他既无法回乡,亦无人为之传递消息,只有将愁闷的心情寄托于笔端。诗篇充满了思乡怀人的情致,有浓郁的人情味。与唐代诗人岑参的"故园东望路漫漫,双袖龙钟泪不干。马上相逢无纸笔,凭君传语报平安"可相媲美。

①匪:彼。发:象声词,形容北风刮的声音。 ②偈:疾驰的样子。 ③顾:回头看。周道:大道。 ④怛:悲伤。 ⑤飘:飘风,即旋风。 ⑥嘌:车子跑得轻快的样子。 ⑦吊:悲伤。 ⑧亨:"烹"的本字。 ⑨溉:涮。鬵:大锅。 ⑩怀:送。好音:好消息。意为带个好消息回去。

曹风
cáo fēng

蜉蝣
fú yóu

fú yóu zhī yǔ 蜉蝣之羽[①]，	蜉蝣翅膀明又亮，
yī cháng chǔ chǔ 衣裳楚楚[②]。	羽衣楚楚好霓裳。
xīn zhī yōu yǐ 心之忧矣，	心中忧郁无法讲，
yú wǒ guī chǔ 于我归处。	我们归宿一个样。
fú yóu zhī yì 蜉蝣之翼，	蜉蝣翅膀明又亮，
cǎi cǎi yī fú 采采衣服[③]。	羽衣采采好霓裳。
xīn zhī yōu yǐ 心之忧矣，	心中忧郁无法讲，
yú wǒ guī xī 于我归息。	我们归宿一个样。
fú yóu jué yuè 蜉蝣掘阅[④]，	蜉蝣破洞飞四方，
má yī rú xuě 麻衣如雪[⑤]。	羽衣如雪好霓裳。
xīn zhī yōu yǐ 心之忧矣，	心中忧郁无法讲，

yú wǒ guī shuì
于我归说⑥。　　我们归宿一个样。

这是一首感叹人生短暂的诗。在诗人看来，蜉蝣的朝生暮死，与人的转眼就是百年一样，都逃不出死亡的规律。因此，只有生命的存在才是事物的本质，而服饰的好坏，犹如蜉蝣的翅膀一样，于生命无补。诗作深刻反映出曹国普遍存在的没落意识及诗人的虚无思想，对我们研究春秋时期社会思潮大有裨益。

①蜉蝣：昆虫名，成虫翅膀呈半透明状，生存期极短，一般均为朝生暮死。　②楚楚：鲜明整齐的样子。诗人把自身比作蜉蝣，喻生命极短暂；把衣服比作蜉蝣的翅膀，喻其虽漂亮而于生命无补。　③采采：华美的样子。　④掘阅：穿穴，挖穴。指蜉蝣初生时破穴而出。　⑤麻衣：指蜉蝣半透明的羽翼。如雪：洁白如雪。　⑥归说：归止歇息的意思。

hòu rén
候人

bǐ hòu rén xī
彼候人兮①，　　候人迎送多辛勤，

hè gē yǔ duì
何戈与祋②。　　戈祋终日扛在身。

bǐ jì zhī zǐ
彼其之子，　　那些新贵受宠者，

sān bǎi chì fú
三百赤芾③。　　红色蔽膝三百人。

wéi tí zài liáng
维鹈在梁④，　　鹈鹕栖息在鱼梁，

bù rú qí yì
不濡其翼⑤。　　未曾沾湿两翅膀。

bǐ jì zhī zǐ
彼其之子，　　那些新贵受宠者，

bù chèn qí fú
不称其服。　　不配穿上贵族装。

wéi tí zài liáng 维 鹈 在 梁，	鹈鹕栖息在鱼梁，
bù rú qí zhòu 不 濡 其 咮⑥。	长嘴不湿很反常。
bǐ jì zhī zǐ 彼 其 之 子，	那些新贵受宠者，
bù suì qí gòu 不 遂 其 媾⑦。	不配穿上袖套装。
huì xī wèi xī 荟 兮 蔚 兮⑧，	黑云密布雾腾腾，
nán shān zhāo jī 南 山 朝 隮⑨。	清晨南山彩虹升。
wǎn xī luán xī 婉 兮 娈 兮，	娇小美丽小儿女，
jì nǚ sī jī 季 女 斯 饥⑩。	如此少女亦受穷。

这是一首同情下层官吏、讽刺新权贵的诗作。曹共公曾一下提拔三百人为大夫，引起原有贵族及下层官吏的不满，便作此诗以讽刺他们。诗篇对终年迎来送往、执戈拿棍的候人深表同情，他们工作那么辛苦，而待遇却十分菲薄，儿女仍不免受穷，真是毫无道理。而新贵们身居高位，终日无所事事，简直是沐猴而冠。诗作揭示了统治阶级内部的矛盾斗争，有一定的警醒意义。

①候人：掌管送迎宾客的小官。 ②何：通“荷”，扛在肩。戈、祋：古代的兵器名。 ③芾：古代的一种服饰，又名蔽膝，皮革制成。大官使用红色，小官使用青黑色。三百赤芾：指曹共公一下提拔三百人为大夫。 ④鹈：鹈鹕，水鸟名。梁：筑在水中用以捕鱼的坝。 ⑤濡：沾湿。鱼被拦在坝前，鹈鹕很容易便能捕到鱼，不用沾湿翅膀。喻“三百赤芾”不劳而能迅速得到提升。 ⑥咮：鸟嘴。鹈鹕在坝上以长嘴啄鱼，嘴不沾湿。仍是喻“三百赤芾”所获太容易。 ⑦遂：称，相称。媾：“冓”的假借字。冓，臂套的意思。意义同“不称其服”。 ⑧荟、蔚：云黑雾暗的意思。 ⑨朝隮：早上的云霞，或指朝虹。 ⑩季女：少女。指候人家的小女儿。斯：语助词。

shī jiū
鸤鸠

shī jiū zài sāng
鸤鸠在桑①，　　鸤鸠筑巢桑树上，
qí zǐ qī xī
其子七兮②。　　生儿育女细哺养。
shū rén jūn zǐ
淑人君子，　　君子贤明品德高，
qí yí yī xī
其仪一兮。　　态度和蔼不走样。
qí yí yī xī
其仪一兮，　　态度和蔼不走样，
xīn rú jié xī
心如结兮③。　　用心专一意志强。

shī jiū zài sāng
鸤鸠在桑，　　鸤鸠筑巢桑树上，
qí zǐ zài méi
其子在梅④。　　梅间小鸟来又往。
shū rén jūn zǐ
淑人君子，　　君子贤明品德高，
qí dài yī sī
其带伊丝⑤。　　腰系丝带闪闪亮。
qí dài yī sī
其带伊丝，　　腰系丝带闪闪亮，
qí biàn yī qí
其弁伊骐⑥。　　五色美玉镶帽上。

shī jiū zài sāng
鸤鸠在桑，　　鸤鸠筑巢桑树上，
qí zǐ zài jí
其子在棘。　　棘间小鸟来又往。

shū rén jūn zǐ
淑人君子，　　君子贤明品德高，
qí yí bù tè
其仪不忒[7]。　　和蔼稳重又端庄。
qí yí bù tè
其仪不忒，　　和蔼稳重又端庄，
zhèng shì sì guó
正是四国[8]。　　成为四国好榜样。

shī jiū zài sāng
鸤鸠在桑，　　鸤鸠筑巢桑树上，
qí zǐ zài zhēn
其子在榛。　　榛间小鸟来又往。
shū rén jūn zǐ
淑人君子，　　君子贤明品德高，
zhèng shì guó rén
正是国人。　　全国人民好榜样。
zhèng shì guó rén
正是国人，　　全国人民好榜样，
hú bù wàn nián
胡不万年。　　我们祝他寿无疆。

这是一首歌颂理想政治的诗篇。诗人理想中的统治者应是“淑人君子”，他们态度和蔼、品德高尚、执法公允、稳重端庄，受到人民的一致拥护。对理想的追求正是对现实的批判与否定，从这一角度说，本诗也是对曹国腐朽政治的批判。

①鸤鸠：鸟名，即布谷鸟。　②七兮：七为虚数，言其多。据说布谷鸟哺育小鸟，平均喂养。这里喻“淑人君子”能公平地处理每件事。　③结：固结，意为用心专一，不是朝三暮四、二三其德。　④梅：树名，意为小鸟在梅树中来回飞翔。　⑤伊：是。此句意为他腰间的带子是用丝织成的，十分华贵。　⑥弁：皮帽。骐：本意是有花纹的马，此处通“璂”，是古代帽子上的玉饰。意为他的皮帽上镶有玉饰。　⑦忒：差误。　⑧正：法则，样板。四国：四方之国。意为是四方之国的法则、样板。

xià quán
下泉

liè bǐ xià quán
冽彼下泉[①]，　　下泉之水清又凉，
jìn bǐ bāo láng
浸彼苞稂[②]。　　水足莠草长得旺。
xì wǒ wù tàn
忾我寤叹[③]，　　大梦醒来长叹息，
niàn bǐ zhōu jīng
念彼周京[④]。　　思念京师及周王。

liè bǐ xià quán
冽彼下泉，　　下泉之水清又凉，
jìn bǐ bāo xiāo
浸彼苞萧[⑤]。　　水足蒿子长得旺。
xì wǒ wù tàn
忾我寤叹，　　大梦醒来长叹息，
niàn bǐ jīng zhōu
念彼京周[⑥]。　　思念京师及周王。

liè bǐ xià quán
冽彼下泉，　　下泉之水清又凉，
jìn bǐ bāo shī
浸彼苞蓍[⑦]。　　水足蓍草长得旺。
xì wǒ wù tàn
忾我寤叹，　　大梦醒来长叹息，
niàn bǐ jīng shī
念彼京师。　　思念京师及周王。

péng péng shǔ miáo
芃芃黍苗，　　黍苗蓬勃向上长，

yīn yǔ gāo zhī
阴 雨 膏 之。　　　　甘霖滋润更茁壮。

sì guó yǒu wáng
四 国 有 王，　　　　各方诸侯有君主，

xún bó lào zhī
郇 伯 劳 之⑧。　　　　郇伯功劳应奖赏。

这是一首歌颂晋大夫荀跞拥立敬王的诗。鲁昭公二十二年(前520年)，周景王死，太子寿先卒，王子猛立，王子朝作乱，攻杀王子猛，尹氏立王子朝。晋顷公派大夫荀跞攻杀王子朝拥立敬王王子匄。至此，为时五年的动乱才宣告结束。曹国大夫感慨时局的动荡，赞许荀跞的功绩，因此作此诗。敬王入周为公元前516年，若此说成立，则此诗大约是《诗经》中最晚的诗篇了。

①下泉：自地下涌出的泉水。　②苞：茂盛。稂：草名，又名莠草，似粱而不结实。此句意为水源充足，莠草旺盛。喻国家战乱不已，正常生活难以维持。　③忾：叹息。④周京：周天子居住的京城(今河南洛阳)。　⑤萧：一种蒿草名。　⑥京周：意同"周京"。　⑦蓍：草名，属蒿子一类的植物。　⑧郇：通"荀"。"郇伯"即晋大夫荀跞。荀跞奉晋顷公之命，辅佐敬王入成周，逐王子朝，为周王立下功劳。

bīn fēng
豳 风

qī yuè
七 月

qī yuè liú huǒ
七 月 流 火①， 七月火星转向西，
jiǔ yuè shòu yī
九 月 授 衣②。 九月该发御寒衣。
yī zhī rì bì bō
一 之 日 觱 发③， 十一月来寒风起，
èr zhī rì lì liè
二 之 日 栗 烈④。 十二月来更凛冽。
wú yī wú hè
无 衣 无 褐⑤， 麻毛衣服全没有，
hé yǐ zú suì
何 以 卒 岁⑥？ 这个年关咋过去？
sān zhī rì yú sì
三 之 日 于 耜⑦， 三月着手修农具，
sì zhī rì jǔ zhǐ
四 之 日 举 趾⑧。 四月抬脚去耕地。
tóng wǒ fù zǐ
同 我 妇 子⑨， 领着老婆及孩子，
yè bǐ nán mǔ
馌 彼 南 亩⑩， 携带酒饭田头祭，
tián jùn zhì xǐ
田 畯 至 喜⑪。 田官一定很欢喜。

qī yuè liú huǒ
七 月 流 火， 七月火星转西方，

jiǔ yuè shòu yī
九月授衣。　　九月该发御寒裳。

chūn rì zài yáng
春日载阳[12]，　　春天太阳暖洋洋，

yǒu míng cāng gēng
有鸣仓庚[13]。　　黄莺到处在歌唱。

nǚ zhí yì kuāng
女执懿筐[14]，　　姑娘手提深竹筐，

zūn bǐ wēi háng
遵彼微行[15]，　　走在墙边小道上，

yuán qiú róu sāng
爰求柔桑[16]。　　前去采摘那嫩桑。

chūn rì chí chí
春日迟迟[17]，　　春日白天渐渐长，

cǎi fán qí qí
采蘩祁祁[18]。　　采蒿姑娘熙攘攘。

nǚ xīn shāng bēi
女心伤悲，　　女子心中好悲伤，

dài jí gōng zǐ tóng guī
殆及公子同归[19]。　　只怕公子将她抢。

qī yuè liú huǒ
七月流火，　　七月火星转西方，

bā yuè huán wěi
八月萑苇[20]。　　八月芦苇长得旺。

cán yuè tiáo sāng
蚕月条桑[21]，　　养蚕之月修桑树，

qǔ bǐ fǔ qiāng
取彼斧斨[22]，　　操起斧子拿起斨。

yǐ fá yuǎn yáng
以伐远扬[23]，　　砍下高枝和长条，

yī bǐ nǚ sāng
猗彼女桑[24]。　　压低短枝采嫩桑。

qī yuè míng jú
七月鸣䴗[25]，　　七月伯劳放声唱，

bā yuè zài jī
八月载绩[26]。　　八月纺麻织布忙。

zài xuán zài huáng
载玄载黄，　　又染青色又染黄，

wǒ zhū kǒng yáng
我朱孔阳[27]，　　我染朱红最漂亮，

wéi gōng zǐ cháng
为公子裳。　　要为公子做衣裳。

sì yuè xiù yāo
四月秀葽[28]，　　四月远志开了花，

wǔ yuè míng tiáo
五月鸣蜩[29]。　　五月新蝉鸣沙沙。

bā yuè qí huò
八月其获，　　八月将要收庄稼，

shí yuè yǔn tuò
十月陨萚[30]。　　十月树叶随风刮。

yī zhī rì yú hé
一之日于貉[31]，　　十一月来去捉貉，

qǔ bǐ hú lí
取彼狐狸，　　还要把那狐狸打，

wéi gōng zǐ qiú
为公子裘。　　公子狐裘早做下。

èr zhī rì qí tóng
二之日其同[32]，　　十二月来再会齐，

zài zuǎn wǔ gōng
载缵武功[33]。　　继续练武把猎打。

yán sī qí zōng
言私其豵[34]，　　小的野猪归已有，

xiàn jiān yú gōng
献豜于公[35]。　　大公要把大猪拿。

wǔ yuè sī zhōng dòng gǔ
五月斯螽动股[36]，　　五月蚂蚱双腿弹，

liù yuè suō jī zhèn yǔ

六月莎鸡振羽[37]。 六月蝈蝈两翅扇。

qī yuè zài yě

七月在野[38]， 七月蟋蟀在田野，

bā yuè zài yǔ

八月在宇[39]， 八月蟋蟀靠房檐。

jiǔ yuè zài hù

九月在户， 九月蟋蟀进了门，

shí yuè xī shuài rù wǒ chuáng xià

十月蟋蟀入我床下。 十月钻我床下边。

qióng zhì xūn shǔ

穹窒熏鼠[40]， 堵塞窟窿熏老鼠，

sāi xiàng jìn hù

塞向墐户[41]。 填塞北窗墁门前。

jiē wǒ fù zǐ

嗟我妇子， 感叹我妻及儿子，

yuē wéi gǎi suì

曰为改岁[42]， 将为改岁过新年，

rù cǐ shì chǔ

入此室处。 住此陋室度寒天。

liù yuè shí yù jí yù

六月食郁及薁[43]， 六月吃梨山葡萄，

qī yuè pēng kuí jí shū

七月亨葵及菽[44]。 七月煮葵把豆烧。

bā yuè pū zǎo

八月剥枣[45]， 八月里来打红枣，

shí yuè huò dào

十月获稻。 十月里来收割稻。

wéi cǐ chūn jiǔ

为此春酒[46]， 以此酿制成春酒，

yǐ jiè méi shòu

以介眉寿[47]。 大公常饮延寿考。

qī yuè shí guā

七月食瓜， 七月采摘菜瓜吃，

bā yuè duàn hú
八月断壶[48]。　八月葫芦能吃饱。

jiǔ yuè shū jū
九月叔苴[49]，　九月麻子离不了，

cǎi tú xīn chū
采荼薪樗[50]，　吃苦荼来臭椿烧，

sì wǒ nóng fū
食我农夫[51]。　如此待我真难熬。

jiǔ yuè zhù chǎng pǔ
九月筑场圃[52]，　九月修筑打谷场，

shí yuè nà hé jià
十月纳禾稼。　十月庄稼尽收藏。

shǔ jì tóng lù
黍稷重稑[53]，　黄米高粱有早晚，

hé má shū mài
禾麻菽麦[54]。　谷麻豆麦有多样。

jiē wǒ nóng fū
嗟我农夫，　感叹我等农夫们，

wǒ jià jì tóng
我稼既同[55]，　农活做完粮入仓，

shàng rù zhí gōng gōng
上入执宫功[56]。　又进公室做工匠。

zhòu ěr yú máo
昼尔于茅[57]，　白天外出割茅草，

xiāo ěr suǒ táo
宵尔索绹[58]。　晚上在家搓绳长。

jí qí chéng wū
亟其乘屋[59]，　赶快登到房顶上，

qí shǐ bō bǎi gǔ
其始播百谷[60]。　开春播种分外忙。

èr zhī rì záo bīng chōng chōng
二之日凿冰冲冲[61]，　十二月来凿冰响，

sān zhī rì nà yú líng yīn
三之日纳于凌阴[62]。　正月送入冰窖藏。

sì zhī rì qí zǎo
四之日其蚤[63]，　二月祭祀要起早，

xiàn gāo jì jiǔ
献羔祭韭[64]。　献上鲜韭和羔羊。

jiǔ yuè sù shuāng
九月肃霜[65]，　九月秋高天气爽，

shí yuè dí cháng
十月涤场[66]。　十月场圃一扫光。

péng jiǔ sī xiǎng
朋酒斯飨[67]，　大公待客两瓶酒，

yuē shā gāo yáng
曰杀羔羊。　为此还要宰羔羊。

jī bǐ gōng táng
跻彼公堂[68]，　携带礼品上公堂，

chēng bǐ sì gōng
称彼兕觥[69]，　牛角酒杯举在掌，

wàn shòu wú jiāng
万寿无疆。　万寿无疆喊一场。

这是一首农事诗。西周初年，豳地人民根据自己的生产和生活实际感受，作成许多农业节令歌谣，经过采风，由周太师编成此诗。因诗歌非一人一时之作，故上下文多有不衔接现象，所用历法也不一致，但诗篇基本上是按时间顺序反映了农夫一年到头辛苦的劳动及衣、食、住各方面的生活状况。诗歌将贵族与农夫生活的悬殊、周初生产规模与生产关系以及农夫潜意识的反抗情绪，都清楚地表现出来，有极高的史料价值和审美价值。清人姚际恒《诗经通论》评价说："鸟语、虫鸣、草荣、木实，似《月令》。妇子入室，茅绹、升屋，似风俗书。流火、寒风，似《五行志》。养老、慈幼，跻堂称觥，似庠序礼。田官、染织、狩猎、藏冰，祭、献、执功，似国家典制书。其中又有似《采桑图》《田家乐图》《食谱》《谷谱》《酒经》。一诗之中无不具备，洵天下之至文也。"足见诗篇丰富的内容及诗人敏锐的观察力和概括力。

①七月:夏历七月。流:向下行。火:大火星。每年夏历五月黄昏时,火星出现在南方,位置最高。六月以后便向西偏斜。火星向西下行,标志着暑尽寒来,天气转凉。②授衣:给奴隶发授过冬御寒的衣服。西周初年,奴隶一无所有,奴隶主必须授衣才能度过严冬,与后来情况不一样。 ③一之日:周历一月,为夏历的十一月。周朝建立后,"改正朔,易服色",自然要推行周历。而农业生产与夏历甚相符合,故农村仍沿用夏历。本诗由多首农业节令歌谣组成,故历法不一。凡言一之日、二之日等,皆指周历;凡说五月、六月的,均为夏历。周历的一月是夏历的十一月,周历的二月是夏历的十二月,周历的三月是夏历的正月,以下类推。觱发:寒风吹的声音,犹如寒风吹得劈劈啪啪。 ④栗烈:凛冽,寒气刺骨。 ⑤褐:粗毛或麻编织的短上衣。 ⑥何以:"以何"的倒文,即依靠什么。卒:终了。 ⑦于:为,这是指修理。耜:农具,形状及功用像犁一样。 ⑧举趾:抬脚下田干活。 ⑨同:会同。意为我领着妻子和孩子。 ⑩馌:给耕作者送饭。南亩:本指南北走向的土地,此处泛指田地。 ⑪田畯:田官。至喜:非常高兴。初春首次下田耕种时,要在地头举行祭祀田神的仪式。 ⑫春日:春天的太阳。载:则。阳:温暖。春天气候和暖,犹如太阳放射更多热量一般。 ⑬有:词头,无意义。仓庚:鸟名,即黄莺。意为黄莺四处在啼鸣。 ⑭懿筐:深筐。 ⑮遵:沿着。微行:墙下的小道。 ⑯爰:乃,于是。 ⑰迟迟:缓慢的样子。形容春天日长的样子。 ⑱蘩:草名,又名白蒿。 ⑲殆:害怕。同归:指女子被公子劫持同归其家,遭受蹂躏。 ⑳萑苇:芦荻、芦苇一类的植物。 ㉑蚕月:夏历三月。条桑:挑桑,选取、挑选桑叶。这是指养蚕初期的采桑活动。 ㉒斧斨:斧、斨都是斧子。斧的柄孔是圆的,斨的柄孔是方的。 ㉓远扬:指长得长而高的桑枝。 ㉔猗:借为"掎",摘取,攀引。女桑:嫩桑。这是指养蚕的后期采桑活动,因蚕大眠起来后食桑量甚大,采桑叶根本来不及,故连枝砍下。今人谓之条桑育。 ㉕鵙:鸟名,又名伯劳、杜鹃、子规。 ㉖载:则。绩:织,纺麻。 ㉗孔:很,甚。阳:鲜明。 ㉘秀:植物结籽、长穗。葽:植物名,即远志,可以入药。 ㉙蜩:蝉。㉚萚:落叶。陨萚:指草木落叶。 ㉛于:猎取。貉:野兽名,形似狐,但体胖尾短,皮毛很珍贵。 ㉜同:会合,指农奴们聚合起来。 ㉝缵:继续。武功:指狩猎之事。当时狩猎活动不仅是为了获取禽兽,以增加食物与皮毛,亦是为了练习武功,增强体力和军事技能。 ㉞言:语助词,或释为"我"。私:私人占有。豵:六个月至一岁的小猪,泛指小野兽。 ㉟豣:三岁的大猪,泛指大野兽。此二句意为打来的小野兽归个人所有,大野兽要献给贵族领主。 ㊱斯螽:昆虫名,即蚱蜢一类的昆虫。动股:鸣叫。蚱蜢鸣叫靠的是两股摩擦。 ㊲莎鸡:昆虫名,即纺织娘。振羽:鸣叫。纺织娘鸣叫靠的是振动翅膀。㊳野:田野。此句主体是蟋蟀。以下两句同。 ㊴宇:屋檐。 ㊵穹:孔隙。窒:堵塞。此句意为将屋内的洞穴、孔隙填塞住,用烟将老鼠熏跑。 ㊶塞:填塞。向:北窗。墐:用泥抹。户:门。意为把北窗堵上,用泥把薪竹编的门抹好,以准备过冬。 ㊷曰:发语词。改岁:过年。夏历的十月,为周历的十二月。此处指按周历该过年了。 ㊸郁:树木名,梨的一种,果实可食。薁:植物名,即山葡萄。 ㊹亨:"烹"的本字。葵:植物名,即冬葵,古代的一种重要蔬菜。菽:豆。 ㊺剥:打。 ㊻为此春酒:"此为春酒"的倒文。即

以枣、稻酿酒。夏历十月酿酒，十一月（即周历的一月，周历的春天开始）即可饮用。㊼介：帮助。眉寿：长寿。古人认为眉中豪长之毛为豪眉，老人才有豪眉，有豪眉者多长寿，故豪眉即寿眉，象征长寿。 ㊽壶：借为“瓠”，葫芦的一种。意为八月砍葫芦吃。㊾叔：拾，收拾。苴：大麻的种子。 ㊿薪：此处用作动词，砍柴伐薪。樗：树名，即臭椿。51食：供养，以食物与人。 52筑：修筑。场圃：古人秋天把菜园子弄平，用来打谷。因此要“筑场圃”。 53重：通“穜”，早种晚熟的谷类。稑：晚种早熟的谷类。 54禾、麻、菽、麦：都是农作物名。此处使用以偏代全的修辞手法，指收获庄稼甚多。 55同：汇拢，收藏完毕。 56上入：到贵族领主家里去。宫功：建筑房屋，修缮房屋。 57尔：语气词。于：取，此处为割。 58索绹：搓草绳。 59亟：赶快。乘：登。意为赶快上房，修缮房屋。 60其：将。播百谷：实际上只有麦子是此时播种。 61冲冲：象声词，凿冰的声音。 62纳：收进。凌阴：冰窑。农奴藏冰于冰窑之中，供贵族天热时享用。 63蚤：通“早”。 64献羔：献上羔羊。祭韭：以鲜韭作为祭祀的礼品。周历四月，开始春耕。首章有“四之日举趾”。此时必须举行盛大的宗教仪式，祭祀田神、谷神，故要“献羔祭韭”，这是周人最盛大的祭典活动之一。 65肃霜：天高气爽。 66涤场：把场圃打扫干净，标志一年农事结束。 67朋酒：两壶酒。 68公堂：贵族家的庭堂。 69称：举起。兕觥：犀牛角制的酒杯，或说是状如犀牛的铜酒器。

鸱鸮（chī xiāo）

鸱（chī）鸮（xiāo）鸱（chī）鸮（xiāo）[1]， 猫头鹰啊猫头鹰，
既（jì）取（qǔ）我（wǒ）子（zǐ）， 已经夺走我子女，
无（wú）毁（huǐ）我（wǒ）室（shì）。 别再毁坏我家庭。
恩（ēn）斯（sī）勤（qín）斯（sī）[2]， 殷勤操劳费心力，
鬻（yù）子（zǐ）之（zhī）闵（mǐn）斯（sī）[3]！ 养儿育女一片情！

迨（dài）天（tiān）之（zhī）未（wèi）阴（yīn）雨（yǔ）[4]， 趁着天晴未下雨，

chè bǐ sāng dù
彻彼桑土[5]，　　快把桑根皮剥下，
chóu móu yǒu hù
绸缪牖户[6]。　　修窗补门整理家。
jīn rǔ xià mín
今女下民[7]，　　如今你们树下人，
huò gǎn wǔ yú
或敢侮予[8]？　　谁敢欺侮把我吓？

yú shǒu jié jū
予手拮据[9]，　　我手疲劳已发麻，
yú suǒ luō tú
予所捋荼[10]，　　我为垫巢捋芦花，
yú suǒ xù zū
予所蓄租[11]，　　我为垫巢衔干草，
yú kǒu zú tú
予口卒瘏[12]，　　我口干来已累垮，
yuē yú wèi yǒu shì jiā
曰予未有室家。　　我还没有安好家。

yú yǔ qiáo qiáo
予羽谯谯[13]，　　我的羽毛已枯焦，
yú wěi xiāo xiāo
予尾翛翛[14]。　　我的尾巴羽毛少。
yú shì qiáo qiáo
予室翘翘[15]，　　我的家室险而高，
fēng yǔ suǒ piāo yáo
风雨所漂摇，　　风吹雨打已动摇，
yú wéi yīn xiāo xiāo
予维音哓哓[16]。　　吓得哓哓我哀叫。

这是一首禽言诗。诗作以母鸟的口气，诉说猫头鹰捉走了她的子女。她坚持辛勤筑巢，哺育小鸟，终日累得筋疲力尽，而仍然处于风雨飘摇之中。这自然是一首有寄托的诗，但所指何人何事，难以确定。旧说是周公平

定管、蔡之乱后，作此诗赠送成王，说明自己辛苦操持仍受猜疑、打击的处境。可备一说。就诗本身看，抒情主人公——母鸟，无疑是正义与理性的化身，她有博大的胸怀及慈母的心肠，不畏艰险，百折不挠，勤勤恳恳，从不倨傲，为了既定的目标勇往直前。毫无疑问，这种精神、这种品质是难能可贵的。诗篇对后世影响较大，“绸缪牖户”已演变为“未雨绸缪”；“拮据”仍富有生命力，用来形容经济窘迫，钱不够用。在寓言诗发展史上，本诗也占有一定的地位。

①鸱鸮：鸟名，即猫头鹰。古人认为猫头鹰是恶鸟，因此常以猫头鹰形容坏人。②恩斯勤斯：恩勤，也就是殷勤。斯，语气词。③鬻：通“育”，养育。子：小鸟。闵：怜悯、疼爱之意。意为哺育儿女，一片深情。④迨：及，趁。⑤彻：通“撤”，取的意思。土：借为“杜”，“杜”即根。桑土：即桑杜，即桑树根的皮。⑥绸缪：缠绕。牖：窗户。户：门。下雨前先把门、窗修补好，以防风雨侵袭。⑦下民：树下的人。⑧或：谁。侮予：欺侮我。⑨拮据：手病屈伸不能自如。⑩捋：用手自上而下抹取。荼：芦苇花。⑪租：借为“苴”，茅草。此二句都是说母鸟衔来芦花、干茅草修窝筑巢。⑫卒：通“瘁”。卒瘏：劳累致病。⑬谯谯：羽毛枯焦的样子。⑭翛翛：羽毛凋零稀少的样子。⑮翘翘：高而危险的样子。⑯哓哓：由于恐惧而发出的叫喊声。

dōng shān
东山

wǒ cú dōng shān 我徂东山[1]，	我往东山去作战，
tāo tāo bù guī 慆慆不归[2]。	很久很久不得还。
wǒ lái zì dōng 我来自东，	我幸从东向回转，
líng yǔ qí méng 零雨其蒙[3]。	偏遇蒙蒙细雨天。
wǒ dōng yuē guī 我东曰归，	我在东方说起归，
wǒ xīn xī bēi 我心西悲[4]。	我心早已向西飞。

zhì bǐ cháng yī 制彼裳衣，	制作一套便服装，
wù shì héng méi 勿士行枚[5]。	不再行军嘴含枚。
yuān yuān zhě zhú 蜎蜎者蠋[6]，	弯弯桑虫蜷着爬，
zhēng zài sāng yě 烝在桑野[7]。	正在野田桑树下。
duī bǐ dú sù 敦彼独宿[8]，	恰像我这独宿人，
yì zài chē xià 亦在车下。	也把身子缩车下。

wǒ cú dōng shān 我徂东山，	我往东山去作战，
tāo tāo bù guī 慆慆不归。	很久很久不得还。
wǒ lái zì dōng 我来自东，	我幸从东向回转，
líng yǔ qí méng 零雨其蒙。	偏遇蒙蒙细雨天。
guǒ luǒ zhī shí 果蠃之实[9]，	野生瓜蒌明光光，
yì yì yú yǔ 亦施于宇[10]。	结在人家屋檐上。
yī wēi zài shì 伊威在室[11]，	屋里潮虫乱洋洋，
xiāo shāo zài hù 蟏蛸在户[12]。	门上蜘蛛结了网。
tǐng tuǎn lù cháng 町疃鹿场[13]，	庭园变作麋鹿场，
yì yào xiāo háng 熠燿宵行[14]。	入夜萤火点点亮。
bù kě wèi yě 不可畏也，	荒凉破败不可怕，

yī kě huái yě
伊可怀也。　　不是可怕是可伤。

wǒ cú dōng shān
我徂东山，　　我往东山去作战，
tāo tāo bù guī
慆慆不归。　　很久很久不得还。
wǒ lái zì dōng
我来自东，　　我幸从东向回转，
líng yǔ qí méng
零雨其蒙。　　偏遇蒙蒙细雨天。
guàn míng yú dié
鹳鸣于垤[15]，　　鹳鸟垤上自鸣叫，
fù tàn yú shì
妇叹于室。　　妻守空室内心焦。
sǎ sǎo qióng zhì
洒埽穹窒[16]，　　她将扫地又堵洞，
wǒ zhēng yù zhì
我征聿至[17]。　　思思想想我来到。
yǒu tuán guā kǔ
有敦瓜苦[18]，　　合卺圆圆苦瓠瓜，
zhēng zài lì xīn
烝在栗薪[19]。　　正在栗柴堆上爬。
zì wǒ bù jiàn
自我不见，　　我从出征别此景，
yú jīn sān nián
于今三年。　　至今三年才见它。

wǒ cú dōng shān
我徂东山，　　我往东山去作战，
tāo tāo bù guī
慆慆不归。　　很久很久不得还。
wǒ lái zì dōng
我来自东，　　我幸从东向回转，

líng yǔ qí méng
零雨其蒙。 偏遇蒙蒙细雨天。

cāng gēng yú fēi
“仓庚于飞[20]， “晚春黄莺双双飞，

yì yào qí yǔ
熠耀其羽。 羽翼闪烁人成偶。

zhī zǐ yú guī
之子于归， 你的妻子已改嫁，

huáng bó qí mǎ
皇驳其马[21]。 喜车花马一大溜。

qīn jié qí lí
亲结其缡[22]， 她娘为她结佩巾，

jiǔ shí qí yí
九十其仪[23]。” 应有仪式般般有。”

qí xīn kǒng jiā
“其新孔嘉， “她的新人多快乐，

qí jiù rú zhī hé
其旧如之何？” 她的旧人可怎活？”

这是一首反战诗。诗作通过写一个退役还乡的士兵，见到千村万落的残破景象及自己被肢解的家庭后的无比忧伤之情，再现了战争给人民带来的沉重灾难。有人说此诗的社会背景与周公东征有关，可备一说。诗篇共分四章，首章写诗人返乡时的艰苦；次章为途中所见到的荒凉景象；第三章想象妻子在家等候自己，气氛略有缓和；末章写诗人返回家中，方知妻子已改嫁他人，立即陷入沉重的悲痛之中。曹操《苦寒行》有“悲彼《东山》诗，悠悠令我哀”，可谓深领本诗之旨意了。

①徂：往。东山：东方的一个山名，具体地点不详。 ②慆慆：长久。 ③零雨：细雨。蒙：形容细雨绵绵的样子。 ④悲：同“飞”。西悲，即我的心已飞向西方。 ⑤士：通“事”。勿士：不再从事。行：通“横”。枚：像筷子一样的东西。“行枚”即横枚。古人行军，用枚横衔口中，以免说话出声。“行枚”即指行军作战。 ⑥蜎蜎：虫子爬动的样子。蠋：虫子名，又名桑虫。 ⑦烝：久。 ⑧敦：借为“团”，把身子蜷缩成一团。 ⑨果臝：植物名，又名瓜蒌、栝楼，蔓生葫芦科植物。 ⑩施：蔓延。 ⑪伊威：昆虫名，今名地鳖

虫、潮虫，多生长在阴暗潮湿处。 ⑫蟏蛸：昆虫名，即长腿蜘蛛。户：门内。 ⑬町畽：房舍前后的园地。鹿场：麋鹿出没的场所。麋鹿生性胆小，它们出没房舍前后，说明这一带久已荒无人烟。 ⑭熠燿：光亮鲜明的样子。宵行：昆虫名，即萤火虫。以上六句均写荒凉恐怖的景象。 ⑮鹳：鸟名，形状似鹤亦似鹭。垤：土堆。 ⑯穹窒：堵塞洞隙。⑰聿：乃。诗人自叙走到门前。 ⑱有敦：团团。瓜苦：苦瓜，就是瓠瓜。古时婚礼，将切开的瓠瓜给新郎、新娘各持一半，盛酒漱口，行合卺之礼。作为他们新婚象征的瓠瓜，被随便放在栗薪堆上，就预示着不祥。 ⑲栗薪：栗木柴堆。 ⑳仓庚：鸟名，又名黄莺，鸣声清亮。从此句开始六句，为邻人回答征人的话。征人回到家中，找不到妻子，便询问邻人。 ㉑皇：黄白色的马。驳：红白色的马。指迎亲所用的马。 ㉒亲：指征人妻子的母亲。缡：佩巾的带。古代风俗，嫁女时，母亲要亲自给女儿结缡。 ㉓九十：形容数量之多。仪：仪式，礼节。意为他们结婚时举行了隆重复杂的仪式。邻人的话到此结束。

pò fǔ
破 斧

jì pò wǒ fǔ 既破我斧，	已经砍坏我的斧，
yòu quē wǒ qiāng 又缺我斨。	接着砍坏我的斨。
zhōu gōng dōng zhēng 周公东征[①]，	周公发兵征东方，
sì guó shì huáng 四国是皇[②]。	四国听说皆恐慌。
āi wǒ rén sī 哀我人斯，	可怜我们这些人，
yì kǒng zhī jiāng 亦孔之将[③]。	侥幸生还算命长。

jì pò wǒ fǔ 既破我斧，	已经砍坏我的斧，
yòu quē wǒ qí 又缺我锜[④]。	接着砍坏我的锜。

zhōu gōng dōng zhēng
周 公 东 征，　周公发兵征东方，
sì guó shì é
四 国 是 吪[5]。　四国听说受教育。
āi wǒ rén sī
哀 我 人 斯，　可怜我们这些人，
yì kǒng zhī jiā
亦 孔 之 嘉。　侥幸生还真可喜。

jì pò wǒ fǔ
既 破 我 斧，　已经砍坏我的斧，
yòu quē wǒ qiú
又 缺 我 銶[6]。　接着砍坏我的銶。
zhōu gōng dōng zhēng
周 公 东 征，　周公发兵征东方，
sì guó shì qiú
四 国 是 遒[7]。　四国顺服臣宗周。
āi wǒ rén sī
哀 我 人 斯，　可怜我们这些人，
yì kǒng zhī xiū
亦 孔 之 休[8]。　侥幸生还复何求。

这是随周公东征的士卒庆幸自己生还的诗作。武王死后，管叔、蔡叔、霍叔及徐、奄等国先后作乱，周公带兵东征三年，平息叛乱，稳定了宗周的统治。在班师回朝的途中，士卒们唱了这首歌。诗作歌颂了周公东征为安定四国做出的贡献。又以斧、斨、锜、銶等武器的破损及众多士卒献身沙场，反映了战争的激烈与残酷，因此，在庆幸自己能生还故乡时，喜悦之中夹杂着沉重的哀思。

①周公：人名，周武王的弟弟，姓姬名旦。武王去世后，他辅佐成王，巩固了宗周政权。东征：指周公伐三叔及徐、奄等国的叛乱。　②四国：四方之国。皇：通"惶"，恐惧。　③孔：很，非常。将：大，好。意为我们这些活着的人，就是很不错的了。　④锜：武器名，形如锹，两面有刃，长柄。　⑤吪：借为"化"，变化，感化。此句意为四国在周公的武力征讨之下，由背叛而变成顺服了。　⑥銶：武器名，类似矛，三面有锋，长柄。　⑦遒：顺服。　⑧休：美。战士身经百战，九死一生，侥幸生还，自然感到"孔之将""孔之嘉""孔之休"了。

伐柯
fá kē

fá kē rú hé
伐柯如何[1]？　　怎样才能砍斧柄？
fěi fǔ bù kè
匪斧不克。　　没有斧子不能行。
qǔ qī rú hé
取妻如何？　　怎样才能娶妻子？
fěi méi bù dé
匪媒不得。　　没有媒人事不成。

fá kē fá kē
伐柯伐柯，　　砍斧柄啊砍呀砍，
qí zé bù yuǎn
其则不远[2]。　　标准就在你面前。
wǒ gòu zhī zǐ
我觏之子[3]，　　我看那位好姑娘，
biān dòu yǒu jiàn
笾豆有践[4]。　　安排礼器合规范。

这是男子宴请媒人吃饭，委托媒人为他寻找意中人的诗作。诗分两章：首章为男子所唱，将寻找妻子的重任委托媒人；次章为媒人所唱，为男子找到了一个贤淑、知礼仪、善于料理家务的姑娘。简短的诗篇，反映出媒人在婚姻中的作用及周人的择妻标准，有一定的史料价值。

①柯：斧柄。砍伐斧柄必须用斧子，娶妻必须有媒人，后来人们便将作媒称为“伐柯”“作伐”。如何：怎样办。　②则：标准，榜样。不远：手执斧柄就是要砍的斧柄的榜样，标准就在眼前，所以说“不远”。　③觏：见。　④笾：古代祭祀和宴会时盛果类食品的竹编器具。豆：食器，木或陶制的独足碗，有盖，用来盛肉或熟菜。践：排列整齐。

jiǔ yù
九罭

jiǔ yù zhī yú zūn fáng
九罭之鱼鳟鲂[1]。　细网捕着鳟与鲂，
wǒ gòu zhī zǐ
我觏之子，　我看这人不寻常，
gǔn yī xiù cháng
衮衣绣裳[2]。　画龙绣裙五色装。

hóng fēi zūn zhǔ
鸿飞遵渚，　大雁沿着沙洲飞，
gōng guī wú suǒ
公归无所[3]，　您要离去无所归，
wū rǔ xìn chǔ
於女信处[4]。　再住两宿才能回。

hóng fēi zūn lù
鸿飞遵陆，　大雁沿着陆地飞，
gōng guī bù fù
公归不复，　您今离去不再回，
wū rǔ xìn xiǔ
於女信宿。　再住两宿才能归。

shì yǐ yǒu gǔn yī xī
是以有衮衣兮[5]，　藏起你的衮龙衣，
wú yǐ wǒ gōng guī xī
无以我公归兮[6]，　以此不让你回去，
wú shǐ wǒ xīn bēi xī
无使我心悲兮。　不让我心长悲泣。

这是一首留客诗。抒情主人公希望客人能多留两天，先是苦苦哀求，继而是申明理由，甚至藏起客人的衣服，殷勤诚挚，溢于言表。旧说客人“衮衣

绣裳”，当为东方各国留恋东征的周公，舍不得他西归；又一说是镐京动乱，主人怕客人前去危险，故执意挽留；再一说是多情女子热恋新婚的丈夫。几种说法均证据不足。

①九罭：捕小鱼小虾的密网。九，虚数，泛指网眼多。鳟：鱼名，属鲤科类。鲂：鱼名，又名鳊鱼。 ②衮衣：画着龙的上衣。绣裳：绣有花纹的下衣。衮衣绣裳：指当时贵族的服装。 ③公：指客人。无所：无一定处所。 ④於：叹词。女：通“汝”。信处：信宿，住两夜。 ⑤是以：因此。有：藏。（用闻一多说） ⑥无以：不让。

狼跋（láng bá）

láng bá qí hú 狼跋其胡①，	老狼向前踩下巴，
zài zhì qí wěi 载疐其尾②。	老狼后退踩尾巴。
gōng sūn shuò fū 公孙硕肤③，	犹如公孙肥又胖，
chì xì jǐ jǐ 赤舄几几④。	足登红鞋把人吓。
láng zhì qí wěi 狼疐其尾，	老狼后退踩尾巴，
zài bá qí hú 载跋其胡。	老狼前进踩下巴。
gōng sūn shuò fū 公孙硕肤，	犹如公孙肥又胖，
dé yīn bù xiá 德音不瑕。	品德低劣声誉差。

这是讽刺贵族公孙的诗。这位公孙，仰仗着贵族的血统和世袭的权势，养尊处优，衣着华丽，实际上品德低下，声誉极差，因而到处碰壁，处境狼

狈。反映出西周末年贵族地位的动摇和人民轻蔑权势的反抗意识。旧说本诗为颂周公，大失诗的本意，弃而不用。

①跋：踩，践踏。胡：老狼颔下垂下的肉。老狼胡肉长，胡毛也长，行走时两脚就踩着了。 ②载：通“再”，又。疐：同“踬”，脚踩。以老狼进退两难喻公孙处境狼狈。 ③公孙：对贵族的统称。硕肤：肥胖的意思。 ④舄：鞋。赤舄：红鞋，是周代贵族的服装。几几：弯弯的样子。古人的鞋尖总是向上翘着，成弯曲状。

二雅

xiǎo yǎ
小雅

lù míng
鹿鸣

原文	译文
yōu yōu lù míng 呦呦鹿鸣，	鹿儿呦呦山野鸣，
shí yě zhī píng 食野之苹[1]。	呼朋引伴食青苹。
wǒ yǒu jiā bīn 我有嘉宾，	我有满座好宾客，
gǔ sè chuī shēng 鼓瑟吹笙。	乐师鼓瑟又吹笙。
chuī shēng gǔ huáng 吹笙鼓簧[2]，	乐师吹笙又鼓簧，
chéng kuāng shì jiāng 承筐是将[3]。	快把礼筐来献上。
rén zhī hào wǒ 人之好我，	诸位嘉宾惠爱我，
shì wǒ zhōu háng 示我周行[4]。	示我治国大方向。
yōu yōu lù míng 呦呦鹿鸣，	山野鹿儿呦呦叫，
shí yě zhī hāo 食野之蒿。	呼朋引伴食青蒿。
wǒ yǒu jiā bīn 我有嘉宾，	我有满座好宾客，

原文	译文
dé yīn kǒng zhāo 德音孔昭[5]。	品德高尚名声好。
shì mín bù tiāo 视民不恌[6]，	教导百姓不轻佻，
jūn zǐ shì zé shì xiào 君子是则是效[7]。	正人君子皆仿效。
wǒ yǒu zhǐ jiǔ 我有旨酒，	我有陈年飘香酒，
jiā bīn shì yàn yǐ áo 嘉宾式燕以敖[8]。	嘉宾畅饮乐陶陶。

原文	译文
yōu yōu lù míng 呦呦鹿鸣，	鹿儿呦呦不住鸣，
shí yě zhī qín 食野之芩[9]。	呼朋引伴食青芩。
wǒ yǒu jiā bīn 我有嘉宾，	我有满座好宾客，
gǔ sè gǔ qín 鼓瑟鼓琴。	乐师鼓瑟又弹琴。
gǔ sè gǔ qín 鼓瑟鼓琴，	乐师鼓瑟又弹琴，
hé lè qiě dān 和乐且湛[10]。	和乐酣畅宜相亲。
wǒ yǒu zhǐ jiǔ 我有旨酒，	我有陈年飘香酒，
yǐ yàn lè jiā bīn zhī xīn 以燕乐嘉宾之心。	饮宴欢娱贵宾心。

《鹿鸣》是《小雅》的第一篇，《诗经》"四始"之一，历来为人们所重视。《诗序》说："《鹿鸣》，燕群臣嘉宾也。既饮食之，又实币帛筐篚以将其厚意，然后忠臣嘉宾得尽其心矣。"所言甚是。全诗分三章，首章表现宴会伊始，鼓瑟吹笙，捧筐送币，周王希望嘉宾不吝赐教，示以治国大道。次章写宴会渐入佳境，周王进而希望嘉宾树立起为民众所效仿的德行声誉。末章写在宴会"和

乐且湛”的气氛中，宾主尽兴，君臣融洽无间。诗章表现出一派明君盛世气象。方玉润《诗经原始》云：“夫嘉宾即群臣，以名分言曰臣，以礼言曰宾。文、武之待臣如待大宾，情意既洽而节文又敬，故能成一时盛治也。……若后世则直以奴隶视之，何宾之有？无怪其治不若古矣。”方氏通过比较，道出了《鹿鸣》诗的可贵之处。曹操的《短歌行》直接以《鹿鸣》前四句入诗，亦可见其在思想上对后人的积极影响。

①苹：藾蒿，叶青色。 ②簧：笙中之簧叶。 ③承：奉上。筐：指盛币帛之竹筐。将：送。 ④周行：大道，治国的大道理。 ⑤孔：甚，很。 ⑥视：古“示”字。恌：通“佻”，轻浮。 ⑦则：法则。 ⑧式：语气词。燕：通“宴”。敖：即“遨”字，这里有畅快之意。 ⑨芩：蒿类植物。 ⑩湛：通“耽”，和乐。

四牡（sì mǔ）

原文	译文
四牡騑騑[1]，（sì mǔ fēi fēi）	四匹公马已疲惫，
周道倭迟[2]。（zhōu dào wēi yí）	大路遥远且迂回。
岂不怀归？（qǐ bù huái guī）	怎能不想把家归？
王事靡盬，（wáng shì mǐ gǔ）	王家差事将人累，
我心伤悲。（wǒ xīn shāng bēi）	欲归不能心伤悲。
四牡騑騑，（sì mǔ fēi fēi）	四匹公马已疲劳，
啴啴骆马[3]。（tān tān luò mǎ）	骆马喘息无力跑。
岂不怀归？（qǐ bù huái guī）	怎么不想返故里？

wáng shì mǐ gǔ
王事靡盬，　王家差事无完期，
bù huáng qǐ chǔ
不遑启处[4]。　哪有时间来休息。

piān piān zhě zhuī
翩翩者鵻[5]，　远处翩翩飞鹁鸪，
zài fēi zài xià
载飞载下，　时上时下空中舞，
jí yú bāo xǔ
集于苞栩[6]。　群集茂盛柞栎树。
wáng shì mǐ gǔ
王事靡盬，　王家差事拖人苦，
bù huáng jiāng fù
不遑将父。　没空回家养老父。

piān piān zhě zhuī
翩翩者鵻，　远处翩翩飞鹁鸪，
zài fēi zài zhǐ
载飞载止，　时飞时停多自如，
jí yú bāo qǐ
集于苞杞。　群集茂密枸杞树。
wáng shì mǐ gǔ
王事靡盬，　王家差事无期数，
bù huáng jiāng mǔ
不遑将母。　没空回家养老母。

jià bǐ sì luò
驾彼四骆，　扬起鞭儿催四马，
zài zhòu qīn qīn
载骤骎骎[7]。　匆匆赶路夕阳斜。
qǐ bù huái guī
岂不怀归？　怎么不想快回家？
shì yòng zuò gē
是用作歌[8]，　心中烦怨把歌唱，

jiāng mǔ lái shěn
将母来谂[⑨]！　　日夜想念老妈妈！

这首诗表现歌者久役不归、无法赡养父母的哀怨之情。诗的第一、二章以“四牡骓骓”作比兴，表现出歌者就像疲惫、喘息的马儿一样，奔于旷野，不得休息。“岂不怀归”的设问使歌者怨愤之情喷薄而出，撼人心弦。第三、四章则以翩翩飞翔的鸟儿起兴，鸟儿或飞或止，而诗人自己却是官差不自由。想到故园一别，几度春秋，父母无靠，生活困顿，不禁发为慨叹。第五章照应一、二章，歌者思绪又回到现实，含悲忍泪，策马前行。全诗哀伤怨悱，读之令人泪下。

①骓骓：马疲惫的样子。　②倭迟：音义同“逶迤”，道路迂回遥远的样子。　③啴啴：喘息的样子。骆：身白尾黑的马。　④不遑：没有闲暇。启：小跪。处：居，坐。“启处”意为安歇。　⑤骓：鹁鸪鸟。　⑥栩：柞栎树，即橡树。　⑦骤：奔驰。骎骎：马疾驰的样子。　⑧是用：因此。　⑨谂：想念。

huáng huáng zhě huā
皇皇者华

huáng huáng zhě huā
皇皇者华[①]，　　花儿鲜亮似火焰，

yú bǐ yuán xí
于彼原隰。　　开满洼地与高原。

shēn shēn zhēng fū
骁骁征夫[②]，　　四处奔波征夫苦，

měi huái mǐ jí
每怀靡及[③]。　　公差未完心不安。

wǒ mǎ wéi jū
我马维驹，　　四匹驹马个子大，

liù pèi rú rú
六辔如濡[④]。　　六条缰绳多光滑。

zài chí zài qū 载驰载驱，	快马加鞭不停歇，
zhōu yuán zī zōu 周爰咨诹[5]。	广询善道利国家。
wǒ mǎ wéi qí 我马维骐，	四匹骐马皆优秀，
liù pèi rú sī 六辔如丝。	六条缰绳丝样柔。
zài chí zài qū 载驰载驱，	快马加鞭不停歇，
zhōu yuán zī móu 周爰咨谋。	广询治国好计谋。
wǒ mǎ wéi luò 我马维骆，	四匹骆马肥又壮，
liù pèi wò ruò 六辔沃若[6]。	六条缰绳多光亮。
zài chí zài qū 载驰载驱，	快马加鞭不停歇，
zhōu yuán zī duó 周爰咨度[7]。	广询良策城和乡。
wǒ mǎ wéi yīn 我马维骃[8]，	四匹骃马行如风，
liù pèi jì jūn 六辔既均[9]。	调匀缰绳在手中。
zài chí zài qū 载驰载驱，	快马加鞭不停歇，
zhōu yuán zī xún 周爰咨询。	广询良策访贤能。

这是周代一个出外访问咨询的官吏唱的歌。他驾着马车，奔驰在乡间的道路上，饥渴劳顿不言而喻。但歌者最挂心的是自己能否很好地完成使

命。通过诗的后四章，我们好像看见歌者大声吆喝着心爱的骏马，抖动着手中柔滑的缰绳，车轮滚滚向前。作为一个咨诹善道的官吏，他在奔波劳苦之中又感到兴奋与自豪。

①皇皇：犹“煌煌”，色彩鲜亮的样子。华：花。　②駪駪：匆匆疾行的样子。③靡及：不及，指未完成使命。　④濡：润泽。　⑤咨诹：访问。　⑥沃若：光润的样子。　⑦度：酌量。　⑧骃：毛色黑白相间的马。　⑨均：调和。

常棣
cháng dì

原文	译文
cháng dì zhī huā 常棣之华①，	棠棣花儿齐开放，
è fū wěi wěi 鄂不韡韡②。	朵朵美丽又鲜亮。
fán jīn zhī rén 凡今之人，	看看如今世上人，
mò rú xiōng dì 莫如兄弟。	不如兄弟情谊长。
sǐ sāng zhī wēi 死丧之威③，	死丧之事真可惧，
xiōng dì kǒng huái 兄弟孔怀④。	兄弟牵挂情依依。
yuán xí póu yǐ 原隰裒矣⑤，	原野洼地起坟冢，
xiōng dì qiú yǐ 兄弟求矣⑥。	兄弟号哭不忍离。
jí lìng zài yuán 脊令在原⑦，	水鸟脊令落平原，
xiōng dì jí nàn 兄弟急难。	兄弟有难忙救援。

měi yǒu liáng péng 每有良朋[8]，	平素诸多好朋友，
kuàng yě yǒng tàn 况也永叹[9]。	只会在旁长声叹。
xiōng dì xì yú qiáng 兄弟阋于墙[10]，	虽然兄弟也争斗，
wài yù qí wǔ 外御其务[11]。	遇到外敌便同仇。
měi yǒu liáng péng 每有良朋，	平素诸多好朋友，
zhēng yě wú róng 烝也无戎[12]。	看你遭难忙溜走。
sāng luàn jì píng 丧乱既平，	丧乱过去转平静，
jì ān qiě níng 既安且宁。	生活顺遂心安宁。
suī yǒu xiōng dì 虽有兄弟，	此时虽有亲兄弟，
bù rú yǒu shēng 不如友生[13]。	反觉朋友情更浓。
bīn ěr biān dòu 傧尔笾豆[14]，	摆好大碗和小碗，
yǐn jiǔ zhī yù 饮酒之饫[15]。	美酒未饮心已酣。
xiōng dì jì jù 兄弟既具[16]，	同胞兄弟聚一堂，
hé lè qiě rú 和乐且孺[17]。	相亲相爱乐无边。
qī zǐ hào hé 妻子好合，	敬妻爱子家温馨，

rú gǔ sè qín 如鼓瑟琴。	如奏瑟来如弹琴。
xiōng dì jì xī 兄弟既翕⑱，	同胞兄弟心连心，
hé lè qiě dān 和乐且湛⑲。	融洽无间乐天伦。
yí ěr shì jiā 宜尔室家，	对于家人要善待，
lè ěr qī nú 乐尔妻帑。	妻子欢乐幸福来。
shì jiū shì tú 是究是图⑳，	诸君不妨细思量，
dǎn qí rán hū 亶其然乎㉑。	这个道理很明白。

这是一首宴兄弟、劝友爱的诗。诗中突出地表现了在遇到死丧之事时，兄弟是那么牵肠挂肚；遇到灾难时，兄弟是义无反顾地急救；面临外侮，兄弟更是同心协力抵御。同时，诗人又将兄弟之情与朋友之谊相对比，说明关键时刻兄弟胜过朋友，血浓于水，从而劝人们更应珍视兄弟手足之情，使家庭和睦、生活幸福。

①常棣：棠棣树。 ②鄂：花萼。不：借作“柎”，花蒂。韡韡：颜色鲜明的样子。 ③威：畏。 ④孔怀：非常关心。 ⑤裒：聚土为坟。 ⑥求：寻找。这里指上坟祭祀哭叫。 ⑦脊令：一种水鸟。水鸟而在高原，比喻有难。 ⑧每：虽。 ⑨况：通“兹”，增加。徒然增加之意。 ⑩阋：争斗。 ⑪务：通“侮”。 ⑫烝：众。戎：帮助。 ⑬友生：朋友。生：语助词，无义。 ⑭傧：陈列。 ⑮饫：吃饱喝足之意。 ⑯具：俱，集。 ⑰孺：相亲。 ⑱翕：合，和睦。 ⑲湛：又作“耽”，久乐或甚乐。 ⑳究：深思。图：考虑。 ㉑亶：确实。其：指宜家室、乐妻孥之理。然：如此。

fá mù
伐木

fá mù zhēng zhēng	伐木丁丁，	山中伐木响丁丁，
niǎo míng yīng yīng	鸟鸣嘤嘤。	林间鸟儿鸣嘤嘤。
chū zì yōu gǔ	出自幽谷，	鸟儿飞翔出幽谷，
qiān yú qiáo mù	迁于乔木。	迁到高高大树顶。
yīng qí míng yǐ	嘤其鸣矣，	鸟儿飞翔嘤嘤叫，
qiú qí yǒu shēng	求其友声。	声声含情唤友朋。
xiāng bǐ niǎo yǐ	相彼鸟矣，	看那鸟儿嘤嘤鸣，
yóu qiú yǒu shēng	犹求友声。	尚知寻友结伴行。
shěn yī rén yǐ	矧伊人矣①，	难道人还不如鸟，
bù qiú yǒu shēng	不求友生？	不交朋友无感情？
shén zhī tīng zhī	神之听之②，	谨慎遵从情与理，
zhōng hé qiě píng	终和且平③。	心境和乐又安宁。
fá mù hǔ hǔ	伐木许许④，	山中伐木声呼呼，
shī jiǔ yǒu xù	酾酒有藇⑤。	滤酒甘美心安舒。
jì yǒu féi zhù	既有肥羜⑥，	既有羔羊肥又嫩，

yǐ sù zhū fù 以速诸父⑦。	邀请父辈来我屋。
nìng shì bù lái 宁适不来⑧，	哪怕凑巧不能来，
wēi wǒ fú gù 微我弗顾。	非我无礼鸟不如。
wū càn sǎ sǎo 於粲洒埽⑨，	屋里屋外扫干净，
chén kuì bā guǐ 陈馈八簋⑩。	八盘佳肴都端出。
jì yǒu féi mǔ 既有肥牡，	备好公羊肥又嫩，
yǐ sù zhū jiù 以速诸舅⑪。	邀请诸舅享口福。
nìng shì bù lái 宁适不来，	哪怕凑巧不能来，
wēi wǒ yǒu jiù 微我有咎。	非我做人太糊涂。
fá mù yú bǎn 伐木于阪⑫，	砍伐树木在山坡，
shī jiǔ yǒu yǎn 酾酒有衍⑬。	注满酒杯共同喝。
biān dòu yǒu jiàn 笾豆有践，	竹木盖碗都摆好，
xiōng dì wú yuǎn 兄弟无远⑭。	兄弟相亲无隔膜。
mín zhī shī dé 民之失德⑮，	人们常常失恩义，
gān hóu yǐ qiān 干糇以愆⑯。	饭食相争有口舌。
yǒu jiǔ xǔ wǒ 有酒湑我⑰，	家中有酒咱同饮，
wú jiǔ gū wǒ 无酒酤我⑱。	家中无酒买来喝。

kǎn kǎn gǔ wǒ
坎坎鼓我，　　敲起鼓儿咚咚响，

cún cún wǔ wǒ
蹲蹲舞我[19]。　　手舞足蹈真快活。

dài wǒ xiá yǐ
迨我暇矣[20]，　　趁着闲暇会亲友，

yǐn cǐ xǔ yǐ
饮此湑矣[21]。　　饮此美酒欢乐多。

本诗歌唱友爱亲情，很有特色。首章开头“伐木丁丁，鸟鸣嘤嘤”，说鸟儿呼朋引伴，尚知求友，那么人类更需要友爱亲情，比兴自然而贴切。诗的第二、三两章写爱的行动，诗人以肥嫩羔羊和美酒款待长辈及兄弟朋友，进而歌舞助兴，其乐也融融。诗篇唱出了人们向往真挚友爱亲情的共同心声，千百年来引起广大读者的共鸣。

①矧：何况。　②神：这里是“慎”的意思，谨慎。神之听之：指谨慎地遵循情理。　③终：既。　④许许：一作“浒浒”，锯木声；解为伐木者共同用力的呼声，亦可。　⑤酾酒：滤酒。有藇：形容酒味美。　⑥羜：指羊羔。　⑦速：邀请。诸父：宗族中之长辈。　⑧适：凑巧。　⑨於：感叹词。粲：干净明亮的样子。　⑩簋：古代宴飨用的一种食器。八簋：极言食品丰盛。　⑪诸舅：指异姓长辈。　⑫阪：山坡。　⑬衍：水溢的样子，这里言酒多而美。　⑭兄弟：指同辈的亲友。　⑮失德：指失去朋友之义。　⑯干糇：指粗薄的食品。愆：过错。此句指因饮食小事而失和。　⑰湑：滤酒。我：主人自称。　⑱酤：同“沽”，买酒。　⑲蹲蹲：舞蹈的样子。　⑳迨：趁着。　㉑湑：此处的“湑”指过滤的酒。

tiān bǎo
天保

tiān bǎo dìng ěr
天保定尔[1]，　　皇天佑护君主，

yì kǒng zhī gù
亦孔之固。　　政权强大巩固。

bǐ ěr dān hòu
俾尔单厚[2]，　　使您诚笃宽厚，

hé fú bù zhù
何福不除[3]。　　使您尽享福禄。

bǐ ěr duō yì
俾尔多益，　　使您财源茂盛，

yǐ mò bù shù
以莫不庶。　　使您更有更富。

tiān bǎo dìng ěr
天保定尔，　　皇天佑护君主，

bǐ ěr jiǎn gǔ
俾尔戬穀[4]。　　使您享受幸福。

qìng wú bù yí
罄无不宜，　　诸事无不顺遂，

shòu tiān bǎi lù
受天百禄。　　蒙受天赐百禄。

jiàng ěr xiá fú
降尔遐福[5]，　　给您洪福无边，

wéi rì bù zú
维日不足[6]。　　唯恐一日不足。

tiān bǎo dìng ěr
天保定尔，　　皇天保您安宁，

yǐ mò bù xīng
以莫不兴。　　万事无不兴盛。

rú shān rú fù
如山如阜[7]，　　好似山冈广大，

rú gāng rú líng
如冈如陵。　　好似高高丘陵。

rú chuān zhī fāng zhì
如川之方至，　　又像大河奔涌，

yǐ mò bù zēng
以莫不增。　　福禄更加昌隆。

jí juān wéi chì
吉蠲为饎[8]，　　祭品洁净芬芳，

shì yòng xiào xiǎng
是用孝享[9]。　　敬请先王安享。

yuè cí zhēng cháng
禴祠烝尝[10]，　　春夏秋冬四季，

yú gōng xiān wáng
于公先王。　　虔诚供奉先王。

jūn yuē bǔ ěr
君曰卜尔[11]，　　先王在天有灵，

wàn shòu wú jiāng
万寿无疆。　　赐您万寿无疆。

shén zhī diào yǐ
神之吊矣[12]，　　神明降临人间，

yí ěr duō fú
诒尔多福[13]。　　赐您福禄千般。

mín zhī zhì yǐ
民之质矣[14]，　　人民日常之事，

rì yòng yǐn shí
日用饮食。　　不过柴米油盐。

qún lí bǎi xìng
群黎百姓，　　百姓喝足吃饱，

biàn wéi ěr dé
遍为尔德。　　谢您恩德无边。

rú yuè zhī gèng
如月之恒[15]，　　犹如上弦之月，

rú rì zhī shēng
如日之升。　　犹如旭日东升。

rú nán shān zhī shòu
如南山之寿，　　犹如南山常在，

bù qiān bù bēng
不骞不崩[16]。　　不会亏损塌崩。

rú sōng bǎi zhī mào
如松柏之茂，　　犹如高大松柏，

wú bù ěr huò chéng
无不尔或承⑰。　　永远郁郁葱葱。

这是一首祝颂君主的诗。诗篇反映了当时“敬天保民”的思想，歌颂有德之君恩泽万民。因为诗人着眼于国家的兴盛和人民生活的安康，所以诗中的祝愿显得真切而自然。尤其是“如月之恒，如日之升”数句，给人以日月常新、朝气蓬勃的吉祥之感，具有较强的艺术魅力。

①定：安定。尔：您，这里指君主。　②俾：使。单：又作“亶”，诚。　③除：给予。　④戬：福。穀：禄。　⑤遐福：长远之福。　⑥维日不足：指天天享福，唯恐不足。　⑦阜：土山。　⑧吉蠲：清洁。饎：酒食。　⑨是用：用是。孝享：祭祀祖先是对祖先的孝敬，故曰孝享。　⑩禴：夏祭。祠：春祭。烝：冬祭。尝：秋祭。　⑪君：指先公先王的神灵。卜：借为“付”，给予。　⑫吊：至。　⑬诒：通“贻”，给予。　⑭质：常。⑮恒：月之上弦。　⑯骞：亏毁。　⑰承：松柏枝叶“青青相承无衰落也”（《郑笺》）。

cǎi wēi
采薇

cǎi wēi cǎi wēi
采薇采薇，　　采把薇菜好煮饭，
wēi yì zuò zhǐ
薇亦作止①。　　薇菜刚露小芽尖。
yuē guī yuē guī
曰归曰归，　　天天盼望返故里，
suì yì mù zhǐ
岁亦莫止。　　眼看一年又过完。
mǐ shì mǐ jiā
靡室靡家②，　　抛妻别子离开家，
xiǎn yǔn zhī gù
猃狁之故③。　　只因猃狁犯边关。
bù huáng qǐ jū
不遑启居④，　　不得闲啊坐不安，
xiǎn yǔn zhī gù
猃狁之故。　　只因猃狁犯边关。

原文	译文
cǎi wēi cǎi wēi 采薇采薇，	采把薇菜煮饭汤，
wēi yì róu zhǐ 薇亦柔止[5]。	薇菜叶儿已变长。
yuē guī yuē guī 曰归曰归，	天天盼望返故里，
xīn yì yōu zhǐ 心亦忧止。	心中忧愁泪汪汪。
yōu xīn liè liè 忧心烈烈[6]，	内心焦灼似烈火，
zài jī zài kě 载饥载渴。	又饥又渴更心伤。
wǒ shù wèi dìng 我戍未定，	这场战争未结束，
mǐ shǐ guī pìn 靡使归聘[7]！	无人探问爹和娘！
cǎi wēi cǎi wēi 采薇采薇，	采摘薇菜把锅下，
wēi yì gāng zhǐ 薇亦刚止[8]。	薇菜苗儿已长大。
yuē guī yuē guī 曰归曰归，	日日盼望返故里，
suì yì yáng zhǐ 岁亦阳止[9]。	又是春来花儿发。
wáng shì mǐ gǔ 王事靡盬，	边关战事未结束，
bù huáng qǐ chǔ 不遑启处。	不敢闲坐解解乏。
yōu xīn kǒng jiù 忧心孔疚，	忧愁烦闷成心病，
wǒ xíng bù lái 我行不来。	叹我征战难回家。

bǐ ěr wéi hé
彼尔维何[10]？　什么花儿鲜又亮？
wéi cháng zhī huā
维常之华[11]。　那是棠棣花开放。
bǐ lù sī hé
彼路斯何[12]？　什么车子高又大？
jūn zǐ zhī chē
君子之车。　君子指挥站上方。
róng chē jì jià
戎车既驾，　兵车已经准备好，
sì mǔ yè yè
四牡业业[13]。　四匹公马强又壮。
qǐ gǎn dìng jū
岂敢定居，　怎敢安居歇歇脚，
yī yuè sān jié
一月三捷！　一月多次打胜仗！

jià bǐ sì mǔ
驾彼四牡，　四匹公马都套上，
sì mǔ kuí kuí
四牡骙骙[14]。　马儿高大气昂昂。
jūn zǐ suǒ yī
君子所依，　将帅指挥车上站，
xiǎo rén suǒ féi
小人所腓[15]。　士卒车后跑得忙。
sì mǔ yì yì
四牡翼翼[16]，　四匹公马齐步闯，
xiàng mǐ yú fú
象弭鱼服[17]。　象牙弓梢鱼皮囊。
qǐ bù rì jiè
岂不日戒？　哪敢一日不警戒？
xiǎn yǔn kǒng jí
猃狁孔棘[18]！　猃狁气焰太嚣张！

xī wǒ wǎng yǐ 昔我往矣，	当初离家赴边塞，
yáng liǔ yī yī 杨柳依依。	杨柳依依倍伤怀。
jīn wǒ lái sī 今我来思⑲，	战争结束回家转，
yù xuě fēi fēi 雨雪霏霏⑳。	大雪纷飞扑面来。
xíng dào chí chí 行道迟迟㉑，	道路泥泞难行走，
zài kě zài jī 载渴载饥。	又渴又饥无人睬。
wǒ xīn shāng bēi 我心伤悲，	思前想后心伤痛，
mò zhī wǒ āi 莫知我哀！	谁知老兵心悲哀！

这是一首守边士兵在归途中唱的歌。歌中交织着诗人的爱国热情和诉说戍边苦辛的复杂的思想感情。作为来自普通百姓的士兵，爱国的观念使他清醒地认识到自己“靡室靡家”是“猃狁之故”，对猃狁的进犯是仇恨的。为了保卫家园，得到和平宁静的生活，他背井离乡，忍饥挨饿，奔波劳苦，常年抗击着强悍而又猖狂的敌人。但是，战争胜利后的一切功名都为乘着高大戎车的“君子”所攫取，付出巨大牺牲的士兵到头来仍然是“载渴载饥”，凄凉悲伤地回家，没有人抚慰同情。“我心伤悲，莫知我哀”，就是歌者怨悱之情的真实流露。

①作：指薇菜刚刚长出地表。 ②靡室靡家：无室无家，这里指有家不能回。 ③猃狁：秦汉时的匈奴，为游牧部族。 ④遑：闲暇。启：跪坐。居：安坐。 ⑤柔：指薇叶柔嫩。 ⑥烈烈：本指火势大盛，这里指忧心如焚。 ⑦聘：问。这句是说没有使者回去代我问候家人。 ⑧刚：指薇菜长大，茎秆坚硬。 ⑨阳：温暖，指岁序更易，又到第二年春天了。 ⑩尔：通“苶”，花朵盛开之状。 ⑪常之华：棠棣之花。常：通“棠”。 ⑫路：亦作“辂”，这里指战车。 ⑬牡：这里指公马。业业：强壮的样子。 ⑭骙骙：强壮的样子。 ⑮腓：隐避。 ⑯翼翼：整齐的样子。 ⑰弭：弓的两端受弦之处。鱼：这里指鲨鱼皮。服：箭袋。 ⑱棘：通“亟”，紧急。 ⑲思：语气词。 ⑳雨：动词，降。霏霏：纷纷扬扬的样子。 ㉑迟迟：极其缓慢。

chū chē

出车

wǒ chū wǒ chē
我出我车，　　驾我战车去出征，
yú bǐ mù yǐ
于彼牧矣[1]。　　奔驰远郊快如风。
zì tiān zǐ suǒ
自天子所，　　接受军令辞天子，
wèi wǒ lái yǐ
谓我来矣。　　急赴北方抗敌兵。
zhào bǐ pú fū
召彼仆夫，　　唤来马夫把车驾，
wèi zhī zài yǐ
谓之载矣[2]。　　渡越关山不消停。
wáng shì duō nàn
王事多难，　　如今国家多外患，
wéi qí jí yǐ
维其棘矣[3]。　　边疆烽火照帝京。

wǒ chū wǒ chē
我出我车，　　战车已经准备好，
yú bǐ jiāo yǐ
于彼郊矣。　　马不停蹄奔远郊。
shè cǐ zhào yǐ
设此旐矣[4]，　　车上插着龟蛇旗，
jiàn bǐ máo yǐ
建彼旄矣[5]。　　又有干旄空中飘。
bǐ yú zhào sī
彼旟旐斯[6]，　　旗上鹰隼随风舞，
hú bù pèi pèi
胡不旆旆[7]。　　爪如铁钩吻似刀。
yōu xīn qiǎo qiǎo
忧心悄悄[8]，　　我为战事心忧虑，

pú fū kuàng cuì
仆夫况瘁[9]。　　仆夫驾驭多辛劳。

wáng mìng nán zhòng
王命南仲，　　王命南仲大将军，
wǎng chéng yú fāng
往城于方。　　抗击敌人赴北方。
chū chē bāng bāng
出车彭彭[10]，　　战车高大排成行，
qí zhào yīng yīng
旂旐央央[11]。　　军旗耀眼多明亮。
tiān zǐ mìng wǒ
天子命我，　　周王派人传命令，
chéng bǐ shuò fāng
城彼朔方。　　群情激昂赴北疆。
hè hè nán zhòng
赫赫南仲，　　赫赫南仲有威名，
xiǎn yǔn yú xiāng
玁狁于襄[12]。　　扫除玁狁靖国邦。

xī wǒ wǎng yǐ
昔我往矣，　　当初北征赴边陲，
shǔ jì fāng huā
黍稷方华。　　黍稷开花燕子飞。
jīn wǒ lái sī
今我来思，　　如今行军往回转，
yù xuě zài tú
雨雪载涂[13]。　　风雪严寒透骨髓。
wáng shì duō nàn
王事多难，　　只因国家有外患，
bù huáng qǐ jū
不遑启居。　　无暇安坐歇歇腿。
qǐ bù huái guī
岂不怀归？　　怎不日日念故里？

wèi cǐ jiǎn shū
畏此简书[14]。　　周王策命不敢违。

yāo yāo cǎo chóng
喓喓草虫，　　草虫喓喓不住鸣，
tì tì fù zhōng
趯趯阜螽[15]。　　阜螽腾跳追不停。
wèi jiàn jūn zǐ
未见君子，　　未见南仲将军面，
yōu xīn chōng chōng
忧心忡忡。　　忧心忡忡难安宁。
jì jiàn jūn zǐ
既见君子，　　已见南仲将军面，
wǒ xīn zé xiáng
我心则降[16]。　　石头落地心平静。
hè hè nán zhòng
赫赫南仲，　　赫赫南仲有威名，
bó fá xī róng
薄伐西戎。　　率领强兵伐西戎。

chūn rì chí chí
春日迟迟，　　阳光明媚春色好，
huì mù qī qī
卉木萋萋。　　草木润泽多丰茂。
cāng gēng jiē jiē
仓庚喈喈，　　黄鹂鸟儿枝头叫，
cǎi fán qí qí
采蘩祁祁[17]。　　采蘩姑娘热情高。
zhí xùn huò chǒu
执讯获丑[18]，　　活捉间谍杀敌寇，
bó yán xuán guī
薄言还归。　　战士凯歌干云霄。
hè hè nán zhòng
赫赫南仲，　　赫赫南仲威名震，

xiǎn yǔn yú yí
玁狁于夷⑲。　　平定玁狁有功劳。

周宣王时，北方玁狁屡次进犯。周宣王派大将南仲领兵出征，击退敌兵，得胜回朝，本诗即赋此事。首章写军情紧急，南仲奉命出征。第二、三章主要渲染军容军威。第四章即景抒情，写出将士守边之苦与家园之思。第五章表达对大将南仲的崇敬之情。末章写凯旋。诗中既表现了将士们的爱国情怀，又写出了久戍在外的思乡之情，感情真切，与《采薇》诗有异曲同工之妙。

①牧：远郊。　②载：指以车载人或物。　③棘：通"亟"，紧急。　④旐：绘饰龟蛇之旗。　⑤建：树立。旄：干旄，一种饰有旄牛尾的曲柄旗。　⑥旟：绘着鹰隼的旗。斯：语气词。　⑦旆旆：飞扬的样子。　⑧悄悄：心情忧伤沉重的样子。　⑨况："怳"之假借字。况瘁：忧苦憔悴。　⑩彭彭：马强盛的样子。　⑪旂：绘有蛟龙的旗。央央：鲜明的样子。　⑫襄：通"攘"，扫除。　⑬载涂：满路。涂：通"途"。　⑭简书：古代刻在竹简上的文书，这里指周王之策命。　⑮趯趯：虫跳跃的样子。阜螽：蚱蜢。　⑯降：下，指心绪稳定下来。　⑰祁祁：众多的样子。　⑱讯：间谍。丑：对敌人的蔑称。　⑲夷：平定。

dì dù
杕杜

yǒu dì zhī dù
有杕之杜，　　一棵甘棠在路旁，

yǒu huàn qí shí
有睆其实①。　　果实结满树枝上。

wáng shì mǐ gǔ
王事靡盬，　　官差繁多无休止，

jì sì wǒ rì
继嗣我日②。　　日复一日苦奔忙。

rì yuè yáng zhǐ
日月阳止③，　　又是一年十月到，

nǚ xīn shāng zhǐ
女心伤止，　思妇嗟伤守空房，
zhēng fū huáng zhǐ
征夫遑止！　征夫遑遑路漫长！

yǒu dì zhī dù
有杕之杜，　一棵甘棠在路旁，
qí yè qī qī
其叶萋萋。　绿荫下面可乘凉。
wáng shì mǐ gǔ
王事靡盬，　官差繁多无休止，
wǒ xīn shāng bēi
我心伤悲。　教我怎不心悲伤。
huì mù qī zhǐ
卉木萋止，　草木青葱春色好，
nǚ xīn bēi zhǐ
女心悲止，　闺中女妇倍凄凉，
zhēng fū guī zhǐ
征夫归止！　征夫快快回家乡！

zhì bǐ běi shān
陟彼北山，　登上北山望故园，
yán cǎi qí qǐ
言采其杞。　采杞煮饭泪涟涟。
wáng shì mǐ gǔ
王事靡盬，　官差繁多无休止，
yōu wǒ fù mǔ
忧我父母。　父母在家可平安。
tán chē chǎn chǎn
檀车幝幝④，　檀木车子破又烂，
sì mǔ guǎn guǎn
四牡痯痯⑤，　马儿疲惫行路难，
zhēng fū bù yuǎn
征夫不远！　但愿归期不遥远！

fěi zài fěi lái 匪 载 匪 来，	不见车马载人归，
yōu xīn kǒng jiù 忧 心 孔 疚[6]。	谁知思妇心苦悲。
qī shì bù zhì 期 逝 不 至，	归期已过人未至，
ér duō wéi xù 而 多 为 恤[7]。	青丝变白心肝摧。
bǔ shì xié zhǐ 卜 筮 偕 止[8]，	占卜卦辞显吉兆，
huì yán jìn zhǐ 会 言 近 止，	聚会之期将来到，
zhēng fū ěr zhǐ 征 夫 迩 止！	别再让我受煎熬！

本诗抒写沉重的徭役给人民带来的痛苦。征夫久役于外，男旷女怨。本诗在表现手法上妙在把征人之叹息与思妇之渴盼合写，人异地而事同时，以形成对照，具有撼人心弦的悲剧效果。唐诗“白狼河北音书断，丹凤城南秋夜长”（沈佺期《古意呈补阙乔知之》），“少妇城南欲断肠，征人蓟北空回首”（高适《燕歌行》），用的就是这种艺术手法。本诗作者无疑是饱尝别离之苦的征夫思妇，可能由于统治者用它配雅乐以慰劳将士，故而编入《小雅》之中了。

①睆：果实盛多的样子。 ②继嗣：继续。古代徭役，规定春行秋返，秋行春返。诗中征夫约在春天参加行役，到甘棠结实，已过秋时，尚未得归，所以说“继嗣我日”。 ③日月：指时序、季节。阳：古称十月为阳。 ④檀车：用坚实的檀木制的车。幝幝：破旧的样子。 ⑤痯痯：疲惫的样子。 ⑥疚：心忧成病的样子。 ⑦恤：忧愁。⑧偕：吉利。

yú lí
鱼丽

yú lí yú liǔ 鱼丽于罶[1]，	篓中鱼儿蹦得欢，
cháng shā 鲿鲨[2]。	鲿鱼鮀鱼盛满盘。
jūn zǐ yǒu jiǔ 君子有酒，	君子家有飘香酒，
zhǐ qiě duō 旨且多[3]。	甘醇清冽一坛坛。
yú lí yú liǔ 鱼丽于罶，	篓中鱼儿蹦得欢，
fáng lǐ 鲂鳢[4]。	鲂鱼鳢鱼盛满盘，
jūn zǐ yǒu jiǔ 君子有酒，	君子家有飘香酒，
duō qiě zhǐ 多且旨。	甘醇清冽一坛坛。
yú lí yú liǔ 鱼丽于罶，	篓中鱼儿蹦得欢，
yǎn lǐ 鰋鲤[5]。	鲇鱼鲤鱼盛满盘。
jūn zǐ yǒu jiǔ 君子有酒，	君子家有飘香酒，
zhǐ qiě yǒu 旨且有[6]。	甘醇清冽一坛坛。
wù qí duō yǐ 物其多矣，	菜肴丰盛真不少，
wéi qí jiā yǐ 维其嘉矣！	香味扑鼻实在好！

wù qí zhǐ yǐ
物 其 旨 矣， 佳肴味道真是美，
wéi qí xié yǐ
维 其 偕 矣[7]！ 荤的素的全齐备！

wù qí yǒu yǐ
物 其 有 矣， 各种菜肴真丰盛，
wéi qí shí yǐ
维 其 时 矣[8]！ 味道鲜美合时令！

这是一首贵族宴饮宾客的诗，诗人竭力赞颂了佳肴与美酒。诗中那令人垂涎的渲染，使它成为后来宴饮通用的乐歌。前三章着重铺写酒宴的丰盛，各章首句所写渔篓中鲜鱼的活蹦乱跳，使人一下子联想起筵席上鱼肉的鲜美，加上对鲿、鲨、鲂、鳢、鰋、鲤等鱼的渲染，令人眼花缭乱。后三章则从具体的鱼、酒推及人们菜肴的丰富，万物皆备于我，安享人生之乐。想想各种荤素可口的菜肴，难道我们对自然万物不应心存感激吗？

①丽：通“罹”，遭，被。罶：一种渔篓，又称笱，大口狭颈，颈部有细竹的倒须，捕鱼时，将它张在鱼坝缺口或涵洞处，鱼能入而不能出。 ②鲿：又名黄颊鱼。鲨：鮀，又名吹沙，一种淡水小鱼，体圆而有黑点。 ③旨：味美。 ④鲂：鳊鱼。鳢：黑鱼。 ⑤鰋：鲇鱼。 ⑥有：多的意思。 ⑦偕：这里与“嘉”同义。 ⑧时：这里指时鲜，有季节特色的鲜美食品肴馔。

nán yǒu jiā yú
南 有 嘉 鱼

nán yǒu jiā yú
南 有 嘉 鱼， 嘉鱼生南国，
zhēng rán zhào zhào
烝 然 罩 罩[1]。 群游戏水波。
jūn zǐ yǒu jiǔ
君 子 有 酒， 主人有美酒，
jiā bīn shì yàn yǐ lè
嘉 宾 式 燕 以 乐[2]。 宴饮宾客同欢乐。

nán yǒu jiā yú
南有嘉鱼，　嘉鱼生南国，

zhēng rán shàn shàn
烝然汕汕[3]。　群游戏水中。

jūn zǐ yǒu jiǔ
君子有酒，　主人有美酒，

jiā bīn shì yàn yǐ kàn
嘉宾式燕以衎[4]。　宴饮宾客乐无穷。

nán yǒu jiū mù
南有樛木，　南方曲树弯，

gān hù léi zhī
甘瓠累之[5]。　葫芦树上缠。

jūn zǐ yǒu jiǔ
君子有酒，　主人有美酒，

jiā bīn shì yàn suí zhī
嘉宾式燕绥之[6]。　宴饮宾客乐无边。

piān piān zhě zhuī
翩翩者鵻，　鹁鸪舞翩翩，

zhēng rán lái sī
烝然来思。　纷纷来堂前。

jūn zǐ yǒu jiǔ
君子有酒，　主人有美酒，

jiā bīn shì yàn yòu sī
嘉宾式燕又思[7]。　宴饮宾客乐无边。

这是一首写主客宴饮之乐的诗。本篇既写了酒菜之美，又写出了主客的欢乐友爱之情。前两章以群鱼戏水起兴，比喻宾主鱼水般的亲密无间；第三章以瓜蔓绕树起兴，比拟宾主的互相爱护；末章以群鸟飞来起兴，更表现出主人的盛情好客，以及客人的如归之感。比兴手法的巧妙运用，使本诗具有很强的感染力。

①烝：众多。罩罩：群鱼游水的样子。　②式：语气词。燕：宴会欢饮。以：且。③汕汕：鱼游水的样子。　④衎：快乐。　⑤甘瓠：一种无苦味的葫芦。累：缠绕。⑥绥：安乐。　⑦又：通“侑”，指劝人用酒用饭。

nán shān yǒu tái
南山有台

nán shān yǒu tái
南山有台[1]，　高高南山莎草绿，
běi shān yǒu lái
北山有莱[2]。　巍巍北山有野藜。
lè zhǐ jūn zǐ
乐只君子[3]，　君子平易又和乐，
bāng jiā zhī jī
邦家之基。　不愧国家好根基。
lè zhǐ jūn zǐ
乐只君子，　君子平易又和乐，
wàn shòu wú qī
万寿无期[4]。　祝您万寿无尽期。

nán shān yǒu sāng
南山有桑，　高高南山有青桑，
běi shān yǒu yáng
北山有杨。　巍巍北山有白杨。
lè zhǐ jūn zǐ
乐只君子，　君子平易又和乐，
bāng jiā zhī guāng
邦家之光。　您为国家增荣光。
lè zhǐ jūn zǐ
乐只君子，　君子平易又和乐，
wàn shòu wú jiāng
万寿无疆。　祝您万寿永无疆。

nán shān yǒu qǐ
南山有杞，　　枸杞树多满南山，
běi shān yǒu lǐ
北山有李。　　北山香李都长遍。
lè zhǐ jūn zǐ
乐只君子，　　君子平易又和乐，
mín zhī fù mǔ
民之父母。　　您是民众父母官。
lè zhǐ jūn zǐ
乐只君子，　　君子平易又和乐，
dé yīn bù yǐ
德音不已。　　德操美名万代传。

nán shān yǒu kǎo
南山有栲[5]，　　南山栲树长得高，
běi shān yǒu niǔ
北山有杻[6]。　　北山杻树长得好。
lè zhǐ jūn zǐ
乐只君子，　　君子平易又和乐，
hé bù méi shòu
遐不眉寿[7]。　　怎不愿您长寿考。
lè zhǐ jūn zǐ
乐只君子，　　君子平易又和乐，
dé yīn shì mào
德音是茂。　　德操美名人称道。

nán shān yǒu jǔ
南山有枸[8]，　　南山枸树到处有，
běi shān yǒu yú
北山有楰[9]。　　北山遍地长苦楸。
lè zhǐ jūn zǐ
乐只君子，　　君子平易又和乐，
hé bù huáng gǒu
遐不黄耇[10]。　　怎不愿您享长寿。

lè zhǐ jūn zǐ 乐只君子，	君子平易又和乐，
bǎo ài ěr hòu 保艾尔后[11]！	子孙平安传千秋。

这是一首为统治者的代表人物颂德祝寿的乐歌。诗中运用比兴手法，使内容不显得空洞。高山巍巍，顶天立地，所谓"高山仰止"，令人肃然起敬。再加上山上薹、莱、桑、杨、杞、李、栲、杻等多种植物，不难使人联想起君子为国建功，造福民众。同时，本诗的起兴也使韵律灵活多变，增强了诗的音乐性。

①台：通"薹"，即莎草。 ②莱：犹"藜"。 ③只：语气词。 ④无期：与下文"无疆"同义。 ⑤栲：山樗，这种树木高大挺拔。 ⑥杻：檍树。 ⑦遐：通"何"。 ⑧枸：枳椇。 ⑨楰：俗称苦楸，叶大如桐，木理如楸。 ⑩黄耇：长寿。黄，指老人头发白后转黄。耇，老。 ⑪保：安。艾：养育。

lù xiāo
蓼萧

lù bǐ xiāo sī 蓼彼萧斯[1]，	艾蒿高大在路旁，
líng lù xǔ xī 零露湑兮[2]。	露珠清莹又明亮。
jì jiàn jūn zǐ 既见君子，	今日得见君子面，
wǒ xīn xiě xī 我心写兮[3]。	畅展眉头喜洋洋。
yàn xiào yǔ xī 燕笑语兮，	宴饮谈笑无拘束，
shì yǐ yǒu yù chǔ xī 是以有誉处兮[4]。	融融之乐身安康。

lù bǐ xiāo sī 蓼彼萧斯，	艾蒿高大在路旁，
líng lù ráng ráng 零露瀼瀼[5]。	露珠清莹又明亮。
jì jiàn jūn zǐ 既见君子，	今日得见君子面，
wéi chǒng wéi guāng 为龙为光[6]。	如沐春光心欢畅。
qí dé bù shuǎng 其德不爽，	他有德操人人敬，
shòu kǎo bù wàng 寿考不忘。	愿他长寿永无疆。

lù bǐ xiāo sī 蓼彼萧斯，	艾蒿高大在路旁，
líng lù nǐ nǐ 零露泥泥[7]。	露珠清莹又明亮。
jì jiàn jūn zǐ 既见君子，	今日得见君子面，
kǒng yàn kǎi tì 孔燕岂弟[8]。	和睦安乐心欢畅。
yí xiōng yí dì 宜兄宜弟，	相爱犹如亲兄弟，
lìng dé shòu kǎi 令德寿岂[9]。	有德之人福寿长。

lù bǐ xiāo sī 蓼彼萧斯，	艾蒿高大在路旁，
líng lù nóng nóng 零露浓浓。	露珠清莹又明亮。
jì jiàn jūn zǐ 既见君子，	今日得见君子面，
tiáo gé chōng chōng 鞗革冲冲[10]。	马辔马勒明晃晃。

hé luán yōng yōng
和 鸾 雍 雍⑪，　　和铃鸾铃叮咚响，
wàn fú yōu tóng
万 福 攸 同⑫。　　愿他福寿万年长。

这是一首王公贵族间表达亲敬赞颂之意的乐歌。本篇的内容虽以歌颂为主，但歌者的感情是真挚、热切的。各章均以艾蒿、清露起兴，把人带进一个清爽、美好的气氛之中。首章中“我心写兮”，道出思念已久；次章中的“为龙为光”，则把对方比作艳阳春光，传达出情感的温馨；第三章中“宜兄宜弟”，表现出兄弟般的手足之情；末章“鞗革冲冲”，无疑是爱屋及乌，亲敬之意溢于言表。情真，正是本诗的感人之处。

①蓼：长大的样子。萧：艾蒿。斯：语气词。　②零：落。湑：本指滤过的酒，引申为清澈的样子。　③写：通“泻”，有宣泄之意。　④誉：通“豫”，安，乐。　⑤瀼瀼：露水盛多的样子。　⑥龙：古“宠”字，荣幸。　⑦泥泥：露湿的样子。　⑧孔：甚。燕：安。岂弟：又作“恺悌”，和易近人。　⑨寿岂：长寿快乐。　⑩鞗：铜制马勒的装饰。革：指马络头。冲冲：下垂的样子。　⑪和、鸾：都是车铃，挂在轼前的铃叫和，挂在车衡上的叫鸾。雍雍：美妙的铃声。　⑫攸：所。同：聚，毕至。

zhàn lù
湛 露

zhàn zhàn lù sī
湛 湛 露 斯①，　　夜晚露水浓又大，
fěi yáng bù xī
匪 阳 不 晞②。　　太阳出来晒干它。
yān yān yè yǐn
厌 厌 夜 饮③，　　心情畅快赴夜宴，
bù zuì wú guī
不 醉 无 归。　　酒不喝醉不还家。

zhàn zhàn lù sī
湛 湛 露 斯，　　露水浓重闪光亮，

zài bǐ fēng cǎo 在彼丰草。	在那茂密野草上。
yān yān yè yǐn 厌厌夜饮，	夜间宴饮多愉快，
zài zōng zài kǎo 在宗载考④。	宗庙堂前钟敲响。
zhàn zhàn lù sī 湛湛露斯，	露水浓重闪光亮，
zài bǐ qǐ jí 在彼杞棘。	在那杞棘树丛上。
xiǎn yǔn jūn zǐ 显允君子⑤，	君子明达又诚信，
mò bù lìng dé 莫不令德。	美好名声传四方。
qí tóng qí yī 其桐其椅⑥，	桐树梓树在山冈，
qí shí lí lí 其实离离⑦。	果实结满枝头上。
kǎi tì jūn zǐ 岂弟君子，	君子谦恭又平易，
mò bù lìng yí 莫不令仪⑧。	举止文雅人效仿。

贵族举行宗庙落成之礼，宴请宾客，宾客作歌酬谢。诗人着重渲染了一种祥和、欢乐的气氛，用词简练而生动。尤其是叠字的运用很有特色，如用“湛湛”描摹出秋露之浓重，用“厌厌”传达出轻松愉快之心情，用“离离”绘出果实丰硕下垂之貌等，都给人以深刻的印象。

①湛湛：露水清莹盛多的样子。斯：语气词。 ②晞：干。 ③厌厌：安闲欢乐的样子。 ④载：则。考：拷击，指敲钟。 ⑤显：明达。允：诚信。 ⑥椅：山桐子，梓属。 ⑦离离：下垂的样子。 ⑧令仪：美好的行为举止。

彤弓

tóng gōng

tóng gōng chāo xī 彤弓弨兮[①]，	朱红长弓弦松下，
shòu yán cáng zhī 受言藏之。	诸侯拜受藏在家。
wǒ yǒu jiā bīn 我有嘉宾，	我有贤能好宾客，
zhōng xīn kuàng zhī 中心贶之[②]。	心中喜悦赏赐他。
zhōng gǔ jì shè 钟鼓既设，	钟鼓齐备排列好，
yī zhāo xiǎng zhī 一朝飨之[③]。	佳肴美酒招待他。

tóng gōng chāo xī 彤弓弨兮，	朱红长弓把弦松，
shòu yán zài zhī 受言载之。	诸侯拜受带家中。
wǒ yǒu jiā bīn 我有嘉宾，	我有宾客多贤能，
zhōng xīn xǐ zhī 中心喜之。	心中欢喜不自胜。
zhōng gǔ jì shè 钟鼓既设，	钟鼓齐备排列好，
yī zhāo yòu zhī 一朝右之[④]。	君臣宴饮乐融融。

tóng gōng chāo xī 彤弓弨兮，	朱红长弓把弦松，
shòu yán gāo zhī 受言櫜之[⑤]。	诸侯拜受插袋中。

wǒ yǒu jiā bīn
我 有 嘉 宾，　　我有宾客多贤能，
zhōng xīn hào zhī
中 心 好 之。　　心中欢喜难形容。
zhōng gǔ jì shè
钟 鼓 既 设，　　钟鼓齐备排列好，
yī zhāo chóu zhī
一 朝 酬 之[6]。　　君臣宴饮乐无穷。

这是周天子赏赐、宴请有功之臣的乐歌。诗章以天子口吻唱来，洋溢着欢悦之情。天子手持彤弓论功行赏，诸侯拜赐之后将弓收起；钟鼓奏出悦耳、欢快的乐曲；宴席上君臣祝酒声、欢笑声与音乐响成一片，其乐融融……全诗三章，采用重章叠句的形式，更把这种欢快的气氛渲染得淋漓尽致。

①彤弓：朱红色的弓，《荀子·大略》："天子雕弓，诸侯彤弓，大夫黑弓，礼也。"弨：放松弓弦。 ②贶：赏赐。 ③一朝：终朝。 ④右：通"侑"，劝酒。 ⑤櫜：弓袋。 ⑥酬：劝酒。

jīng jīng zhě é
菁 菁 者 莪

jīng jīng zhě é
菁 菁 者 莪[1]，　　莪蒿长得真茂盛，
zài bǐ zhōng ē
在 彼 中 阿。　　从从长在山阿中。
jì jiàn jūn zǐ
既 见 君 子，　　今日得见好人面，
lè qiě yǒu yí
乐 且 有 仪[2]。　　两心相悦乐无穷。

jīng jīng zhě é
菁 菁 者 莪，　　莪蒿长得真茂密，

zài bǐ zhōng zhǐ 在彼中沚。	在那沙洲芳草地。
jì jiàn jūn zǐ 既见君子，	今日得见好人面，
wǒ xīn zé xǐ 我心则喜。	心中别提多欢喜。
jīng jīng zhě é 菁菁者莪，	菁菁莪蒿长得长，
zài bǐ zhōng líng 在彼中陵。	从丛在那土丘上。
jì jiàn jūn zǐ 既见君子，	今日得见好人面，
xī wǒ bǎi péng 锡我百朋③。	如得重币喜洋洋。
fàn fàn yáng zhōu 泛泛杨舟，	我心如同杨木船，
zài chén zài fú 载沉载浮。	起伏不定波涛间。
jì jiàn jūn zǐ 既见君子，	今日得见好人面，
wǒ xīn zé xiū 我心则休④。	风平浪静心安然。

一个怀春少女遇见了她心上的男子，情不自禁地唱出了这首歌。她在诗中反复表述自己与情郎相见后难以言喻的喜悦。她对情郎思念已久，今日不期而遇，不亦快哉。歌者的情绪变化是明显的，故而末章又唱道：未睹好人面，心似船在波涛间，晃荡未得安；既已得见，心转平静，欢喜难言传。这里借助比兴手法，把少女内心深处的感情波动真切地表现了出来。

①菁菁：草木茂盛的样子。莪：又名莪蒿、萝蒿，其茎叶柔嫩时可以生食或蒸食。②仪：宜，合人心愿。 ③锡：赐。朋：古代以贝壳为货币，五贝为一串，两串为一朋。此句意为见君子而喜悦，像得到很多的货币一样。 ④休：安定。

六月

liù yuè

liù yuè xī xī
六月栖栖[1]，　　盛夏六月好紧张，
róng chē jì chì
戎车既饬。　　快把战马都套上。
sì mǔ kuí kuí
四牡骙骙，　　四匹公马强又壮，
zài shì cháng fú
载是常服[2]。　　载上军服赴边疆。
xiǎn yǔn kǒng chì
猃狁孔炽[3]，　　猃狁猖狂来进犯，
wǒ shì yòng jí
我是用急[4]。　　我军整装急急忙。
wáng yú chū zhēng
王于出征，　　周王兴师去征讨，
yǐ kuāng wáng guó
以匡王国。　　保我家邦大吉祥。

bǐ wù sì lí
比物四骊[5]，　　四匹黑马有气力，
xián zhī wéi zé
闲之维则[6]。　　训练有素多整齐。
wéi cǐ liù yuè
维此六月，　　在这盛夏六月里，
jì chéng wǒ fú
既成我服。　　加班加点做军衣。
wǒ fú jì chéng
我服既成，　　军衣都已准备好，
yú sān shí lǐ
于三十里[7]。　　每日行程三十里。
wáng yú chū zhēng
王于出征，　　遵奉王命去征讨，

yǐ zuǒ tiān zǐ
以佐天子。　　保我天子不受欺。

sì mǔ xiū guǎng
四牡修广，　　四匹公马高又大，
qí dà yǒu yóng
其大有颙[8]。　　大头大脑实堪夸。
bó fá xiǎn yǔn
薄伐猃狁，　　马蹄飞奔伐猃狁，
yǐ zòu fū gōng
以奏肤公[9]。　　勇立战功安邦家。
yǒu yán yǒu yì
有严有翼[10]，　　将帅威严又谨慎，
gōng wǔ zhī fú
共武之服[11]。　　谨奉王命把敌杀。
gōng wǔ zhī fú
共武之服，　　谨奉王命把敌退，
yǐ dìng wáng guó
以定王国。　　肃清边防定天下。

xiǎn yǔn fěi rú
猃狁匪茹[12]，　　猃狁一向逞凶狂，
zhěng jū jiāo huò
整居焦获[13]。　　占据焦获整戎行。
qīn hào jí fāng
侵镐及方[14]，　　南侵镐地与朔方，
zhì yú jīng yáng
至于泾阳[15]。　　长驱直入至泾阳。
zhì wén niǎo zhāng
织文鸟章[16]，　　我军战旗绘鹰隼，
bái pèi yīng yīng
白旆央央。　　白色飘带明又亮。
yuán róng shí shèng
元戎十乘[17]，　　大型战车有十辆，
yǐ xiān qǐ háng
以先启行[18]。　　开路先锋不可挡。

róng chē jì ān 戎车既安，	御技高超车安然，
rú zhì rú xuān 如轾如轩[19]。	俯仰自如齐向前。
sì mǔ jì jí 四牡既佶[20]，	四匹公马多壮健，
jì jí qiě xián 既佶且闲。	驾车奔驰很熟练。
bó fá xiǎn yǔn 薄伐玁狁，	马不停蹄讨玁狁，
zhì yú tài yuán 至于大原[21]。	直捣大原敌丧胆。
wén wǔ jí fǔ 文武吉甫，	能文能武尹吉甫，
wàn bāng wéi xiàn 万邦为宪[22]。	各国诸侯好典范。
jí fǔ yàn xǐ 吉甫燕喜，	吉甫宴饮喜洋洋，
jì duō shòu zhǐ 既多受祉[23]。	接受周王厚赐赏。
lái guī zì hào 来归自镐，	班师奏凯离镐地，
wǒ xíng yǒng jiǔ 我行永久。	路遥行军时日长。
yǐn yù zhū yǒu 饮御诸友[24]，	归来设宴会亲友，
páo biē kuài lǐ 炰鳖脍鲤。	烹鳖脍鲤佳肴香。
hóu shuí zài yǐ 侯谁在矣[25]，	要问还有谁在座，
zhāng zhòng xiào yǒu 张仲孝友[26]。	孝友张仲有名望。

周自厉王时起，政治腐败，国势衰弱，异族乘机入侵。宣王即位后，以尹吉甫为主帅征伐玁狁。本诗即歌唱这次反击战的胜利，赞颂尹吉甫的赫赫功绩。本诗有三个突出特点：首先，没有因为仇恨而把敌方写得软弱无力、不堪一击，能击败强悍之敌，就更突出了王师的勇猛无比。其次，没有正面描写两军的交锋，而是着重通过侧面描述，显示周军的军容军威，预示王师的胜利。最后，诗的末章通过尹吉甫宴请亲朋好友的和乐气氛，突出尹吉甫的文德，观友而知其人，说明他并不是一个嗜杀者，而是为了和平而征战的斗士。

①六月：古代兵法惯例，夏天不出兵，但因玁狁入侵，边事紧急，所以六月出兵。栖栖：忙碌紧张的样子。 ②常服：士兵的战服，军服。 ③孔：甚，很。炽：气焰盛。 ④我是用急：亦作"我用是急"。用：因。急：紧急行动之意。 ⑤比：一致。物：指马的毛色、力量等。四骊：四匹纯黑色的马。 ⑥闲之维则：指军马训练得娴熟，合乎准则。闲：通"娴"，娴熟。 ⑦于：及，至。三十里：古代三十里为一舍，行军三十里，可以舍息。 ⑧有颙：即颙颙，大头大脑的样子。 ⑨奏：成就。肤：大。公：通"功"。 ⑩严：威严。翼：恭敬谨慎。 ⑪共：通"恭"。服：事。 ⑫匪：非。茹：柔弱。 ⑬整居：整军旅而占据。焦、获：皆地名，在今陕西省泾阳县西北。 ⑭镐：地名，在今宁夏灵武一带，不是周都镐京。方：朔方。 ⑮泾阳：泾水以北之地，在甘肃省平凉以西有汉置泾阳故城，疑即此地。 ⑯织：通"帜"。章：花纹。 ⑰元戎：大型战车。 ⑱以先启行：最先出发，冲锋在前。 ⑲轾：车向下俯。轩：车向上仰。如轾如轩：兵车安稳，俯仰自如。 ⑳佶：健壮的样子。 ㉑大原：在今甘肃省固原市。 ㉒宪：法，榜样。 ㉓祉：福，这里指周王赏赐。 ㉔御：待，招待。 ㉕侯：语气词。 ㉖张仲：尹吉甫的好友。孝：善待父母。友：友爱兄弟。

cǎi qǐ
采　芑

bó yán cǎi qǐ
薄言采芑①，　　采摘芑菜充粮饷，

yú bǐ xīn tián
于彼新田，　　在那郊外新田上，

yú cǐ zī mǔ
于此菑亩[2]。　　又到初垦田地上。

fāng shū lì zhǐ
方叔莅止，　　方叔莅临来检阅，

qí chē sān qiān
其车三千，　　摆开兵车三千辆，

shī gān zhī shì
师干之试[3]。　　士卒持盾齐操练。

fāng shū shuài zhǐ
方叔率止，　　方叔率众赴南疆，

chéng qí sì qí
乘其四骐，　　登上战车驾骐马，

sì qí yì yì
四骐翼翼[4]。　　骐马整齐跑得忙。

lù chē yǒu shì
路车有奭[5]，　　朱漆战车红又亮，

diàn fú yú fú
簟茀鱼服[6]，　　竹席车帷鱼皮囊，

gōu yīng tiáo gé
钩膺鞗革[7]。　　四马整齐力量强。

bó yán cǎi qǐ
薄言采芑，　　采摘芑菜作粮饷，

yú bǐ xīn tián
于彼新田，　　在那郊外新田上，

yú cǐ zhōng xiāng
于此中乡[8]。　　又到初垦田地上。

fāng shū lì zhǐ
方叔莅止，　　方叔莅临来检阅，

qí chē sān qiān
其车三千，　　摆开兵车三千辆，

qí zhào yīng yīng
旂旐央央。　　各种战旗随风扬。

fāng shū shuài zhǐ
方叔率止，　　方叔率众出征去，

yuē　qí　cuò　héng
约　軝　错　衡[9]，　　车毂车衡闪亮光，

bā　luán　qiāng　qiāng
八　鸾　玱　玱[10]。　　八只鸾铃响叮当。

fú　qí　mìng　fú
服　其　命　服[11]，　　临行周王赐官服，

zhū　fú　sī　huáng
朱　芾　斯　皇[12]，　　朱黄蔽膝明晃晃，

yǒu　qiāng　cōng　héng
有　玱　葱　珩[13]。　　玉佩铿锵在身上。

yù　bǐ　fēi　sǔn
鴥　彼　飞　隼[14]，　　鹞鹰迅捷天上翔，

qí　fēi　lì　tiān
其　飞　戾　天[15]，　　搏击长空不可挡，

yì　jí　yuán　zhǐ
亦　集　爰　止[16]。　　停息落在大树上。

fāng　shū　lì　zhǐ
方　叔　莅　止，　　方叔莅临来检阅，

qí　chē　sān　qiān
其　车　三　千，　　摆开兵车三千辆，

shī　gān　zhī　shì
师　干　之　试。　　士兵持盾操练忙。

fāng　shū　shuài　zhǐ
方　叔　率　止，　　方叔率众出征去，

zhēng　rén　fá　gǔ
钲　人　伐　鼓[17]，　　钲人击鼓震天响，

chén　shī　jū　lǚ
陈　师　鞠　旅[18]。　　列队誓师志气扬。

xiǎn　yǔn　fāng　shū
显　允　方　叔[19]，　　方叔明达又诚信，

fá　gǔ　yuān　yuān
伐　鼓　渊　渊[20]，　　鼓声咚咚震天响，

zhèn lǚ tián tián
振旅阗阗[21]。　　战士行军向南方。

chǔn ěr mán jīng
蠢尔蛮荆，　　蛮荆蠢动不自量，
dà bāng wéi chóu
大邦为雠！　　敢与大邦相对抗！
fāng shū yuán lǎo
方叔元老，　　元老方叔有威信，
kè zhuàng qí yóu
克壮其犹[22]。　　雄才大略镇南疆。
fāng shū shuài zhǐ
方叔率止，　　方叔亲率众将士，
zhí xùn huò chǒu
执讯获丑[23]。　　俘获敌兵意气扬。
róng chē tān tān
戎车啴啴[24]，　　兵车轰隆显威力，
tān tān tūn tūn
啴啴焞焞[25]，　　排山倒海势难挡，
rú tíng rú léi
如霆如雷。　　如雷如霆震天响。
xiǎn yǔn fāng shū
显允方叔，　　方叔明达又诚信，
zhēng fá xiǎn yǔn
征伐猃狁，　　曾伐猃狁于北方，
mán jīng lái wēi
蛮荆来威[26]。　　蛮荆闻风胆已丧。

这是一首赞颂方叔南征蛮荆的诗，与《六月》可谓姊妹篇，但二诗又各具特色。陈子展《诗经直解》引陈鹏飞云："南征北伐，二诗皆是班师时作。《六月》之辞迫，《采芑》之辞缓；《六月》以讨而定，《采芑》以威而服。"正道出了本诗重在渲染王师威势的特点。作者反复再现方叔阅兵的场面，写出军容之盛大，展现王师装备之精良。末章"戎车啴啴，啴啴焞焞，如霆如雷"，更是"词色俱厉，有泰山压卵之势"（方玉润《诗经原始》）。总之，诗人通过铺采摛文的

叙述，把军威和武功和谐地交融在一起，使诗篇具有一种雄浑的格调。

①芑：一种野菜。 ②菑亩：第一年初耕之田。 ③师：指兵士。干：盾，指武器。试：演习。 ④翼翼：整齐的样子。 ⑤路：通“辂”。路车：大车。奭：通“赩”，红色。⑥簟茀：竹席制的车篷。鱼服：沙鱼皮制的箭袋。 ⑦钩膺：有青铜钩装饰的马鞅。鞗革：皮制铜饰的马勒。 ⑧中乡：中田，即田中。 ⑨约軝：以皮缠束兵车之长毂而涂以红漆。错衡：涂金文饰车辕前端的横木。 ⑩鸾：古代车马所佩的铃。玱玱：犹“锵锵”，清脆悦耳之声。 ⑪服其命服：穿上那官服。命服：指周宣王赐给方叔的官服。⑫朱芾：红色蔽膝。皇：辉煌。 ⑬葱珩：一种饰物，形似磬而小。 ⑭鴥：鸟疾飞的样子。隼：鹞、鹰一类猛禽的通称。 ⑮戾：达，到。 ⑯集：鸟栖于树。爰：而。 ⑰钲人伐鼓：“钲人伐钲，鼓人伐鼓”之互文省言。古代军事训练或作战时，击钲是停止的号令，击鼓是前进的号令。 ⑱陈：列队。鞫：诫命，宣誓发诰命。旅：军队。 ⑲显：明达。允：诚信。 ⑳渊渊：鼓声。 ㉑振旅阗阗：指军旅行进时，步伐整齐，发出“阗阗”的洪大之声。 ㉒克：能。壮：宏大。犹：通“猷”，谋略。 ㉓执讯获丑：捕得俘虏。 ㉔啴啴：车声。 ㉕焞焞：盛大的样子。 ㉖来：犹“是”。威：畏。

车攻
chē gōng

wǒ chē jì gōng
我车既攻①，　　猎车修好真漂亮，
wǒ mǎ jì tóng
我马既同②。　　马力一样个个强。
sì mǔ lóng lóng
四牡庞庞③，　　四匹公马肥又壮，
jià yán cú dōng
驾言徂东。　　驾着车儿向东方。

tián chē jì hǎo
田车既好，　　猎车修好真漂亮，
sì mǔ kǒng fù
四牡孔阜。　　四马高大力量强。
dōng yǒu pǔ cǎo
东有甫草④，　　东邑圃田有茂草，

jià yán xíng shòu
驾言行狩。　　驾车打猎意气扬。

zhī zǐ yú miáo
之子于苗⑤，　　周王打猎把路上，
xuǎn tú xiāo xiāo
选徒嚣嚣⑥。　　随从众多闹嚷嚷。
jiàn zhào shè máo
建旐设旄，　　高举旗帜一面面，
bó shòu yú áo
搏兽于敖⑦。　　奔赴敖山狩猎场。

jià bǐ sì mǔ
驾彼四牡，　　驾上四匹好公马，
sì mǔ yì yì
四牡奕奕⑧。　　马儿稳健实堪夸。
chì fú jīn xì
赤芾金舄⑨，　　大红蔽膝金头鞋，
huì tóng yǒu yì
会同有绎⑩。　　会同诸侯声势大。

jué shí jì cì
决拾既佽⑪，　　扳指护臂已备好，
gōng shǐ jì tiáo
弓矢既调⑫。　　弓箭搭配很协调。
shè fū jì tóng
射夫既同，　　射手集中随周王，
zhù wǒ jǔ zì
助我举柴⑬。　　助捡猎物背又扛。

sì huáng jì jià
四黄既驾，　　四匹黄马有力气，
liǎng cān bù yǐ
两骖不猗。　　两骖不偏又不倚。

bù shī qí chí 不失其驰[14]，	左右进退皆合度，
shě shǐ rú pò 舍矢如破[15]。	箭无虚发好技艺。
xiāo xiāo mǎ míng 萧萧马鸣，	战马昂首鸣萧萧，
yōu yōu pèi jīng 悠悠旆旌。	大旗林立风中飘。
tú yù pī jīng 徒御不惊[16]，	徒兵御手都机警，
dà páo pī yíng 大庖不盈[17]。	厨房充盈有佳肴。
zhī zǐ yú zhēng 之子于征，	狩猎完毕回帝京，
yǒu wén wú shēng 有闻无声。	人马整肃默无声。
yǔn yǐ jūn zǐ 允矣君子[18]，	周王威风又诚信，
zhǎn yě dà chéng 展也大成[19]。	满载而归大成功。

周宣王派兵南征北伐，攘除外患，力振宗周，他东行田猎，会合诸侯，既是炫耀武力，又起到震慑安抚的作用。诗的首章写车马盛备。次章写东至圃田。第三章写屯于敖山。第四章写诸侯来会。第五、六章具体描述打猎之事，渲染射御之善，获禽之多。第七章写猎后严肃气象。第八章以赞美作结。诗章按时间顺序来写，用词练达而生动，物象神态如闻如见。

①攻：通"工"。石鼓文作"我车既工"。"工"即整修、修缮的意思。　②同：相同。③庞庞：厚实强壮的样子。　④甫：通"圃"，即圃田，古泽薮名，在今河南省中牟县西南，其地多生茂草。　⑤之子：指周宣王。于：往。苗：本指夏猎，取其行猎害苗之义，后成为畋猎之通名。　⑥选徒：经过挑选的猎手。嚣嚣：形容声音嘈杂。　⑦敖：地名，在今河

南省荥阳市境内。 ⑧奕奕：马从容稳健的样子。 ⑨赤芾：红色蔽膝，是诸侯的衣饰。金舄：黄红色的金头鞋，鞋底特厚，当时诸侯所穿。 ⑩会同：古代诸侯朝觐天子的专称，此处指诸侯会聚到周宣王这里，一起打猎。有绎：犹"绎绎"，盛多。 ⑪决：射箭拉弦所用的扳指，用象牙或兽骨制成，用时套在右手大拇指上。拾：皮革制成的一种护臂之具，套在左臂上，便于拉弓射箭，又叫射鞲。佽：便利，指工具合用。 ⑫调：指弓和箭搭配得很和谐。 ⑬举：取。柴：通"㧘"。 ⑭驰：这里指驰马驾车的法度。 ⑮舍矢：放箭。如：则。破：指射穿、射死。 ⑯不：通"丕"，大的意思。惊："警"之误。 ⑰大庖：指周宣王的厨房。不：通"丕"。盈：丰富，盛多。 ⑱允：信。君子：指周宣王。 ⑲展：诚，的确。大成：大成功。

吉日（jí rì）

jí rì wéi wù 吉日维戊[①]，	戊辰这日大吉祥，
jì bó jì dǎo 既伯既祷[②]。	举行马祭祷上苍。
tián chē jì hǎo 田车既好，	猎车都已准备好，
sì mǔ kǒng fù 四牡孔阜。	四马硕大力量强。
shēng bǐ dà fù 升彼大阜，	驾车奔上大土丘，
cóng qí qún chǒu 从其群丑[③]。	追逐群兽射猎忙。
jí rì gēng wǔ 吉日庚午[④]，	庚午这日大吉利，
jì chāi wǒ mǎ 既差我马[⑤]。	狩猎马匹挑选齐。
shòu zhī suǒ tóng 兽之所同[⑥]，	查看群兽聚集地，
yōu lù yǔ yǔ 麀鹿麌麌[⑦]。	鹿儿众多无从计。

qī jū zhī cóng 漆 沮 之 从[⑧]，	漆沮一带逐猎物，
tiān zǐ zhī suǒ 天 子 之 所。	天子在此显威力。

zhān bǐ zhōng yuán 瞻 彼 中 原，	看那原野真广袤，
qí qí kǒng yǒu 其 祁 孔 有[⑨]。	野兽众多林木茂。
biāo biāo sì sì 儦 儦 俟 俟[⑩]，	野兽个个肥又壮，
huò qún huò yǒu 或 群 或 友[⑪]。	三三两两在嬉闹。
xī shuài zuǒ yòu 悉 率 左 右[⑫]，	快把野兽齐追赶，
yǐ yàn tiān zǐ 以 燕 天 子[⑬]。	天子射猎热情高。

jì zhāng wǒ gōng 既 张 我 弓，	装好我的弓上弦，
jì xié wǒ shǐ 既 挟 我 矢。	搭好我的锋利箭。
fā bǐ xiǎo bā 发 彼 小 豝[⑭]，	一发射中小野猪，
yì cǐ dà sì 殪 此 大 兕[⑮]。	犀牛中箭倒一边。
yǐ yù bīn kè 以 御 宾 客，	烹煮野味宴宾客，
qiě yǐ zhuó lǐ 且 以 酌 醴。	同饮美酒开心颜。

这也是一首有关周宣王田猎的纪事诗。上篇《车攻》重在突出周宣王借畋猎而会同诸侯、威慑列邦的政治目的，而本诗则纯为一次常规性岁典，是一次单纯的天子狩猎活动，所以全诗以叙写畋猎过程为主，从出猎前的准

备，到发现兽群、驱赶兽群、射猎，最后以猎物宴飨群臣及宾客。本诗细致而生动地描写了一次“天子之猎”的过程，洋溢着轻松欢快的气氛。

①戊：古人迷信，认为戊日是祭马祖的好日子。 ②伯：通“祃”，祭祀马神。 ③从：逐。丑：这里指野兽。 ④庚午：在戊辰日祈祷后的第三天，古人迷信，认为“午”也是吉日。 ⑤差：选择。 ⑥同：聚集。 ⑦麀：母鹿。麌麌：野兽众多的样子。 ⑧漆、沮：都是古水名，在今陕西境内。 ⑨祁：大，指原野的广大。孔有：甚多。 ⑩儦儦：野兽奔跑的样子。俟俟：通“騃騃”，肥壮的样子。 ⑪群、友：《毛传》：“兽三曰群，二曰友。” ⑫率：驱逐。 ⑬燕：乐。 ⑭发：射。小豝：小猪。 ⑮殪：死，这里指射死。大兕：大野牛。

鸿雁（hóng yàn）

hóng yàn yú fēi
鸿雁于飞，　　西风萧瑟雁南行，
sù sù qí yǔ
肃肃其羽。　　拍打羽翅声声鸣。
zhī zǐ yú zhēng
之子于征，　　抛别家人服劳役，
qú láo yú yě
劬劳于野①。　　野外劳作不稍停。
yuán jí jīn rén
爰及矜人②，　　最是征人心悲苦，
āi cǐ guān guǎ
哀此鳏寡。　　更有鳏寡在其中。

hóng yàn yú fēi
鸿雁于飞，　　西风萧瑟雁南行，
jí yú zhōng zé
集于中泽。　　日暮栖息水泽中。
zhī zǐ yú yuán
之子于垣③，　　征人被驱筑垣墙，

bǎi dǔ jiē zuò 百 堵 皆 作[④]。	人瘦面黑百堵成。
suī zé qú láo 虽 则 劬 劳，	淘土打墙苦吃尽，
qí jiū ān zhái 其 究 安 宅[⑤]。	却无屋宇御寒风。

hóng yàn yú fēi 鸿 雁 于 飞，	西风萧瑟雁南翔，
āi míng áo áo 哀 鸣 嗷 嗷。	嗷嗷鸣叫声悲凉。
wéi cǐ zhé rén 维 此 哲 人，	这位哲人心肠好，
wèi wǒ qú láo 谓 我 劬 劳。	知我劳苦心忧伤。
wéi bǐ yú rén 维 彼 愚 人，	那些愚蠢小官吏，
wèi wǒ xuān jiāo 谓 我 宣 骄[⑥]。	说我骄横不自量。

一群被驱使筑墙的征人，在寒风中不停地劳作，这首歌唱出了他们的心声。统治者靠屠刀驱使百姓，连鳏寡老人也不放过！人们被迫远离家园，在野外受苦受累，身上衣不蔽体，腹中饥肠辘辘，头上无片瓦遮挡……而那些“愚人”还要骂他们不服管教！诗篇的字里行间，蕴藏着歌者的忧伤与愤懑。诗的每章均以鸿雁南飞起兴，使全诗充满浓重的悲凉气氛，鸿雁的哀鸣正是征人痛苦呻吟的写照。

①劬劳：极度劳苦。　②爰：语气词。矜人：受苦人。　③垣：垣墙，这里作动词，指筑垣墙。　④作：建筑起来。　⑤究：究竟。安：何，何处。宅：此处作动词，居住。此句意为征人不知到何处安身。　⑥宣骄：骄傲，放纵。

tíng liáo
庭燎

yè rú hé jī
夜如何其？　　现在啥时光？

yè wèi yāng
夜未央，　　夜长天未亮，

tíng liáo zhī guāng
庭燎之光①。　　烛火明晃晃。

jūn zǐ zhì zhǐ
君子至止，　　诸侯早朝到，

luán shēng qiāng qiāng
鸾声将将。　　鸾铃声锵锵。

yè rú hé jī
夜如何其？　　现在啥时候？

yè wèi ài
夜未艾，　　长夜未到头，

tíng liáo zhé zhé
庭燎晢晢②。　　烛照如白昼。

jūn zǐ zhì zhǐ
君子至止，　　诸侯早朝到，

luán shēng huì huì
鸾声哕哕③。　　鸾铃有节奏。

yè rú hé jī
夜如何其？　　现在啥时刻？

yè xiàng chén
夜乡晨④，　　夜尽东方亮，

tíng liáo yǒu huī
庭燎有辉⑤。　　烛火尚有光。

jūn zǐ zhì zhǐ
君子至止，　　诸侯早朝到，

yán guān qí qí
言 观 其 旂。　　旂旗齐飘扬。

这是一首写周宣王早起勤于视朝的诗。全诗三章，每章均以“夜如何其”的问句开头，反映了宣王唯恐晚起耽误视朝的警觉心理，一个勤于国政的贤君形象跃然纸上。本诗的语言简练而生动，如“晢晢”写出了烛火的明亮，“哕哕”传达出车鸾声的富于节奏，“有辉”二字更摹写出了天色刚亮时烛光的变化。王夫之《诗绎》道：“庭燎有辉，乡晨之景莫妙于此。晨色渐明，赤光杂烟而叆叇，但以‘有辉’二字写之。”古人用字之妙，令人叹服。

①庭燎：在庭中点燃的烛火。 ②晢晢：明亮的样子。 ③哕哕：有节奏的铃声。 ④乡：通“向”，接近，临近。 ⑤辉：即指“天欲明而见其烟光相杂也”（《诗集传》）。

miǎn shuǐ
沔 水

miǎn bǐ liú shuǐ
沔 彼 流 水①，　　河水哗哗向东方，
cháo zōng yú hǎi
朝 宗 于 海②。　　日夜不停奔海洋。
yù bǐ fēi sǔn
鴥 彼 飞 隼，　　隼鸟翻飞长空里，
zài fēi zài zhǐ
载 飞 载 止。　　不时止息大树上。
jiē wǒ xiōng dì
嗟 我 兄 弟，　　叫声我的好兄弟，
bāng rén zhū yǒu
邦 人 诸 友，　　叫声友朋和同乡，
mò kěn niàn luàn
莫 肯 念 乱③，　　大家不肯止祸乱，
shuí wú fù mǔ
谁 无 父 母？　　谁人没有爹和娘？

miǎn bǐ liú shuǐ
沔彼流水，　　河水哗哗万里流，
qí liú shāng shāng
其流汤汤。　　浩浩荡荡无尽头。
yù bǐ fēi sǔn
鴥彼飞隼，　　隼鸟翱翔长空里，
zài fēi zài yáng
载飞载扬。　　上下翻飞任自由。
niàn bǐ bù jī
念彼不迹[4]，　　想起佞人行不端，
zài qǐ zài xíng
载起载行。　　徘徊不定心烦忧。
xīn zhī yōu yǐ
心之忧矣，　　我有忧思千斤重，
bù kě mǐ wàng
不可弭忘[5]。　　日日夜夜压心头。

yù bǐ fēi sǔn
鴥彼飞隼，　　隼鸟疾飞快如风，
shuài bǐ zhōng líng
率彼中陵[6]。　　上下翻飞山陵中。
mín zhī é yán
民之讹言，　　坏人四处散谣言，
nìng mò zhī chéng
宁莫之惩[7]。　　不能制止有何能。
wǒ yǒu jìng yǐ
我友敬矣[8]，　　奉劝我友要谨慎，
chán yán qí xìng
谗言其兴。　　谗言兴起毁令名。

这是一首悯乱畏谗而戒友的诗。从全诗看来，作者可能是统治阶层中的一员，眼见国家陷入危乱，表现出深沉的忧患意识。他清醒地认识到国与家的关系，因而极其痛心地大声疾呼："莫肯念乱，谁无父母？"诗人忧心如焚，但又显得无能为力，他的忧伤就像昼夜东流的江河水，无止无休。

①沔：水流满溢的样子。 ②朝宗：凡诸侯觐见天子曰朝宗，此处指众水归海。③念：考虑。乱：动乱，祸乱。 ④不迹：不按正道而行。 ⑤弭忘：消除，忘记。 ⑥率：循。中陵：陵中。 ⑦宁：胡，为什么。惩：制止。 ⑧敬：戒慎，警惕。

鹤鸣

hè míng

原文	译文
hè míng yú jiǔ gāo 鹤鸣于九皋[1]，	草泽仙鹤仰头鸣，
shēng wén yú yě 声闻于野。	声声回荡旷野中。
yú qián zài yuān 鱼潜在渊，	鱼儿深潜不见影，
huò zài yú zhǔ 或在于渚。	时戏浅滩结伴行。
lè bǐ zhī yuán 乐彼之园，	可喜园中林木盛，
yuán yǒu shù tán 爰有树檀，	高高檀树色青葱，
qí xià wéi tuò 其下维萚[2]。	又有萚树绿意浓。
tā shān zhī shí 它山之石，	它山之石可为错，
kě yǐ wéi cuò 可以为错[3]。	磨玉成器辉光生。
hè míng yú jiǔ gāo 鹤鸣于九皋，	草泽仙鹤仰头鸣，
shēng wén yú tiān 声闻于天。	声声嘹亮震天中。
yú zài yú zhǔ 鱼在于渚，	鱼儿嬉游浅滩里，
huò qián zài yuān 或潜在渊。	时入深渊不见影。

lè bǐ zhī yuán
乐彼之园，　　可喜园中林木盛，

yuán yǒu shù tán
爰有树檀，　　高高檀树色青葱，

qí xià wéi gǔ
其下维榖④。　　又有楮树绿意浓。

tā shān zhī shí
它山之石，　　它山之石可为错，

kě yǐ gōng yù
可以攻玉⑤。　　磨玉成器辉光生。

这首诗表达了希望统治者招贤纳士、以利邦国的愿望。借喻手法的运用是本诗的最大特色，诗篇共运用了四种物象作比喻：一是仙鹤。仙鹤高贵、优雅、勇敢、疏放，是廉正之士的象征，作者希望统治者注意招纳山野乡间的隐逸贤士。二是游鱼。游鱼时在浅滩，时在深渊，时现时隐，作者希望统治者及时延揽，不使人才埋没。三是檀树、萚树、楮树。此三者木质不同而各有所用，这是希望统治者录用人才要不拘一格。四是他山之石。他山之石，也可以为"错"，这是希望统治者任人唯贤，广揽人才，为我所用。只要他们有贤德才能，即使不是宗亲，也同样可以为国出力。这四种生动的比兴意象的运用，使诗篇委婉迂曲，耐人咀嚼。

①皋：沼泽。"九"是虚数，言沼泽迂曲。　②萚：疑是"柽"之讹，类似柿树的一种植物。　③错：又作"厝"，错石，可以磨玉。　④榖：又叫楮，叶似桑，树皮可制纸。　⑤攻：加工，琢磨。

qí fǔ
祈父

qí fǔ
祈父①！　　大司马啊大司马！

yú wáng zhī zhǎo yá
予王之爪牙②。　　我是周王之爪牙。

hú zhuǎn yú yú xù
胡转予于恤③？　　为何派我赴战场？
mǐ suǒ zhǐ jū
靡所止居。　　抛妻别子离开家。

qí fǔ
祈父！　　大司马啊大司马！
yú wáng zhī zhǎo shì
予王之爪士。　　我是周王之爪牙。
hú zhuǎn yú yú xù
胡转予于恤？　　为何派我赴战场？
mí suǒ zhǐ zhǐ
靡所厎止④。　　转战不休远离家。

qí fǔ
祈父！　　大司马啊大司马！
dǎn bù cōng
亶不聪⑤。　　做事真是太糊涂。
hú zhuǎn yú yú xù
胡转予于恤？　　为何派我赴战场？
yǒu mǔ zhī shī yōng
有母之尸饔⑥？　　谁来养活我老母？

周宣王末年，大司马把王宫的卫士调出与羌戎作战，卫士哀怨而作此诗。诗歌对“祈父”的声声呼告，表达了征人心中的痛苦；而末句“有母之尸饔”的哀叹，更是无数征人最为凄伤的心声。本诗语言质朴，如同口语，但感情强烈，感人肺腑。

①祈父：同“圻父”，就是“司马”，西周职掌封畿兵马的武官。因边境叫圻，所以称圻父（祈父）。　②王之爪牙：王都王宫的禁卫之士。　③恤：忧患的境地。　④厎：止。　⑤亶：诚，确实是。　⑥尸饔：亦作“失饔”，无人奉养。饔，食物。

bái jū
白驹

jiǎo jiǎo bái jū 皎皎白驹，	一匹白马毛色好，
shí wǒ cháng miáo 食我场苗①。	食我园圃青草苗。
zhí zhī wéi zhī 絷之维之，	快把马儿拴牢了，
yǐ yǒng jīn zhāo 以永今朝。	留住情郎乐今朝。
suǒ wèi yī rén 所谓伊人，	日思夜想把你盼，
yú yān xiāo yáo 于焉逍遥②？	你到哪里去逍遥？
jiǎo jiǎo bái jū 皎皎白驹，	一匹白马毛色好，
shí wǒ cháng huò 食我场藿③。	食我田中青豆苗。
zhí zhī wéi zhī 絷之维之，	快把马儿拴牢了，
yǐ yǒng jīn xī 以永今夕。	今夕欢会乐陶陶。
suǒ wèi yī rén 所谓伊人，	日思夜想把你盼，
yú yān jiā kè 于焉嘉客④？	你到哪里去逍遥？
jiǎo jiǎo bái jū 皎皎白驹，	白马真是不一般，
bì rán lái sī 贲然来思⑤。	如风似电便旋返。

ěr gōng ěr hóu 尔 公 尔 侯⑥，	你是公来还是侯，
yì yù wú qī 逸 豫 无 期⑦。	逸乐在外无期限。
shèn ěr yōu yóu 慎 尔 优 游，	莫要在外游太久，
miǎn ěr dùn sī 勉 尔 遁 思⑧。	莫要一去不回转。
jiǎo jiǎo bái jū 皎 皎 白 驹，	一匹白马毛色好，
zài bǐ kōng gǔ 在 彼 空 谷。	独立山谷长声鸣。
shēng chú yī shù 生 刍 一 束⑨，	拿束青草将它喂，
qí rén rú yù 其 人 如 玉。	如玉情郎又远行。
wú jīn yù ěr yīn 毋 金 玉 尔 音⑩，	莫要吝啬心里话，
ér yǒu xiá xīn 而 有 遐 心⑪。	莫要负我一片情。

这是一个青年女子与情郎欢会时唱的歌。诗中流露出女主人公那如火的恋情与渴盼，而诗的末尾“毋金玉尔音，而有遐心”，则反映出这个热恋中的女子与情郎离别时的复杂心理。

①场：场圃，园圃。　②于焉：于何处。　③藿：豆苗，豆叶。　④于焉嘉客：犹“于焉逍遥”。　⑤贲然：马行驶非常快的样子。思：语助词。　⑥尔公尔侯：你是公啊还是侯。　⑦逸豫：闲逸安乐。无期：无归期。　⑧勉：通“免”。遁：远去，离。　⑨生刍：青草。　⑩毋：不要。金玉尔音：以尔音为金玉。　⑪遐：远，疏远。

huáng niǎo
黄 鸟

huáng niǎo huáng niǎo 黄鸟黄鸟，	小黄雀啊小黄雀，
wú jí yú gǔ 无集于榖①，	不要群集在楮树，
wú zhuó wǒ sù 无啄我粟。	不要啄食我谷物。
cǐ bāng zhī rén 此邦之人，	这里人们心不善，
bù wǒ kěn gǔ 不我肯榖②。	没有友爱和帮助。
yán xuán yán guī 言旋言归，	快回去啊快回去，
fù wǒ bāng zú 复我邦族③。	赶快离开返故土。

huáng niǎo huáng niǎo 黄鸟黄鸟，	小黄雀啊小黄雀，
wú jí yú sāng 无集于桑，	不要群集桑树上，
wú zhuó wǒ liáng 无啄我粱。	不要啄食我高粱。
cǐ bāng zhī rén 此邦之人，	这里人们心不善，
bù kě yǔ méng 不可与明④。	不讲信用难交往。
yán xuán yán guī 言旋言归，	快回去啊快回去，
fù wǒ zhū xiōng 复我诸兄。	返回故乡找兄长。

huáng niǎo huáng niǎo
黄 鸟 黄 鸟， 小黄雀啊小黄雀，
wú jí yú xǔ
无 集 于 栩⑤， 不要群集在柞树，
wú zhuó wǒ shǔ
无 啄 我 黍。 不要啄食我稷黍。
cǐ bāng zhī rén
此 邦 之 人， 这里人们心不善，
bù kě yǔ chǔ
不 可 与 处。 凶狠狡猾难相处。
yán xuán yán guī
言 旋 言 归， 快回去啊快回去，
fù wǒ zhū fù
复 我 诸 父。 投奔叔伯返故土。

一位农夫带着家人流亡异地，谋求生路，但他遇到的仍是残酷的压迫和沉重的剥削。他失望、孤凄，想再回到故乡父老兄弟身边……凶残的统治者就像贪吃谷物的黄雀，他们不劳而食，吸吮农夫的血汗而养肥了自己。这位歌者的遭遇是独特的，但是又不无普遍性，他唱出了广大农夫的怨愤与无奈，可谓字字血、声声泪。

①穀：楮树。 ②不我肯穀："不肯穀我"的倒文。穀：善，善待。 ③邦族：邦国族人。 ④明：通"盟"，盟约，信约。 ⑤栩：柞树。

wǒ xíng qí yě
我 行 其 野

wǒ xíng qí yě
我 行 其 野， 野外独行心中忧，
bì fèi qí chū
蔽 芾 其 樗①。 又见樗树绿叶稠。
hūn yīn zhī gù
昏 姻 之 故， 本想恩爱长相聚，

yán jiù ěr jū
言就尔居[2]。　同居一室到白头。
ěr bù wǒ xù
尔不我畜[3]，　既然你不把我爱，
fù wǒ bāng jiā
复我邦家。　我愿回家不愿留。

wǒ xíng qí yě
我行其野，　野外独行心中忧，
yán cǎi qí zhú
言采其蓫[4]。　采把蓫菜拿在手。
hūn yīn zhī gù
昏姻之故，　本想恩爱长相聚，
yán jiù ěr sù
言就尔宿。　同居一室到白头。
ěr bù wǒ xù
尔不我畜，　既然你不把我爱，
yán guī sī fù
言归斯复[5]。　我回娘家度春秋。

wǒ xíng qí yě
我行其野，　野外独行心忧伤，
yán cǎi qí fú
言采其葍[6]。　采摘葍菜泪汪汪。
bù sī jiù yīn
不思旧姻，　夫妻恩情你不念，
qiú ěr xīn tè
求尔新特[7]。　另求新欢真荒唐。
chéng bù yǐ fù
成不以富[8]，　不为嫁妆和财富，
yì zhī yǐ yì
亦祇以异。　见异思迁心不良。

这是一位被遗弃的妇女唱的歌。她曾怀着美好的憧憬，希望能与丈夫

白头到老，可如今丈夫却见异思迁。在回娘家的路上，她怀着怨愤哭诉着、谴责着，但这一切都显得那么无奈。在当时那个男权社会中，男人常常抛弃配偶，另寻新欢，而那些在经济上毫无地位的弱女子，除心灵上永久的痛苦之外一无所有……多少泪珠多少恨，只为负心人！

①蔽芾：树木茂盛的样子。樗：臭椿。 ②言：语助词。就：相从。 ③畜：喜爱。《孟子》："畜君者，好君也。" ④蓫：羊蹄菜。 ⑤归：休归母家。斯：语气词。 ⑥葍：又名"小旋花"，是一种可食的野菜。 ⑦特：匹，配偶。 ⑧成：通"诚"，确实。

斯干（sī gān）

秩秩斯干[1]，（zhì zhì sī gān）	清清流水在山涧，
幽幽南山。（yōu yōu nán shān）	幽深无际终南山。
如竹苞矣，（rú zhú bāo yǐ）	丛丛修竹泛翠绿，
如松茂矣。（rú sōng mào yǐ）	青松挺拔满山峦。
兄及弟矣，（xiōng jí dì yǐ）	兄弟莫忘手足情，
式相好矣[2]，（shì xiāng hào yǐ）	互助互爱心相连，
无相犹矣[3]。（wú xiāng yóu yǐ）	和睦诚敬无欺言。
似续妣祖[4]，（sì xù bǐ zǔ）	祖上功业要发扬，
筑室百堵，（zhù shì bǎi dǔ）	建筑宫室一行行，
西南其户。（xī nán qí hù）	门开西南明又亮。

yuán jū yuán chǔ
爰居爰处，　　遮风挡雨好住处，

yuán xiào yuán yǔ
爰笑爰语。　　欢声笑语喜洋洋。

yuē zhī gé gé
约之阁阁[5]，　　捆板咯咯下力气，

zhuó zhī tuó tuó
椓之橐橐[6]。　　夯土通通人心齐。

fēng yǔ yōu chú
风雨攸除[7]，　　宫室建成避风雨，

niǎo shǔ yōu qù
鸟鼠攸去，　　鸟鼠之患尽除去，

jūn zǐ yōu yù
君子攸芋[8]。　　君子在此能安居。

rú qǐ sī yì
如跂斯翼[9]，　　如人企立高高耸，

rú shǐ sī jí
如矢斯棘[10]，　　如同箭头棱分明，

rú niǎo sī gé
如鸟斯革[11]，　　如同鸟儿展双翅，

rú huī sī fēi
如翚斯飞[12]，　　如同锦鸡在飞行，

jūn zǐ yōu jī
君子攸跻[13]。　　君子登临乐融融。

zhí zhí qí tíng
殖殖其庭[14]，　　庭院宽阔又平整，

yǒu jué qí yíng
有觉其楹[15]。　　廊柱笔直雕凤龙。

kuài kuài qí zhèng
哙哙其正[16]，　　正室朝阳光线足，

huì huì qí míng
哕哕其冥[17]，　　侧房开窗也很明，

jūn zǐ yōu níng
君子攸宁。　君子居住心安宁。

xià guān shàng diàn
下莞上簟[18]，　铺上蒲席和竹簟，
nǎi ān sī qǐn
乃安斯寝。　软硬适中睡得安。
nǎi qǐn nǎi xīng
乃寝乃兴，　梦中醒来天已亮，
nǎi zhān wǒ mèng
乃占我梦。　请来太卜把梦占。
jí mèng wéi hé
吉梦维何？　不知吉梦意如何？
wéi xióng wéi pí
维熊维罴[19]，　昨夜梦见熊和罴，
wéi huǐ wéi shé
维虺维蛇[20]。　昨夜梦见虺和蛇。

tài rén zhān zhī
大人占之：　太卜开言把梦占：
wéi xióng wéi pí
维熊维罴，　熊罴阳刚强有力，
nán zǐ zhī xiáng
男子之祥；　妇人梦见定生男；
wéi huǐ wéi shé
维虺维蛇，　梦见虺蛇阴柔物，
nǚ zǐ zhī xiáng
女子之祥。　生育女子保平安。

nǎi shēng nán zǐ
乃生男子[21]，　生下男子最理想，
zài qǐn zhī chuáng
载寝之床，　让他睡觉在床上，
zài yì zhī cháng
载衣之裳，　让他穿上好衣裳，

zài nòng zhī zhāng 载弄之璋[22]。	让他玩玩白玉璋。
qí qì huáng huáng 其泣喤喤[23]，	他的哭声多洪亮，
zhū fú sī huáng 朱芾斯皇[24]，	将来锦服穿身上，
shì jiā jūn wáng 室家君王。	成为周家好君王。

nǎi shēng nǚ zǐ 乃生女子，	如若生下女孩子，
zài qǐn zhī dì 载寝之地，	夜晚让她睡地板，
zài yī zhī tì 载衣之裼[25]，	一条小被身上裹，
zài nòng zhī wǎ 载弄之瓦[26]。	纺线瓦锤逗她玩。
wú fēi wú yí 无非无仪[27]，	教她顺从勿多言，
wéi jiǔ shí shì yì 唯酒食是议[28]，	酒饭之事勤习练，
wú fù mǔ yí lí 无父母诒罹[29]！	莫给父母添麻烦！

这是一首祝颂周王宫室落成的诗。前五章着重赞扬宫室之美，后四章祝愿主人生男生女，昌盛吉祥。首章先描绘了宫室所在地的自然环境：清清的溪水，幽幽的终南山，绿竹苍翠，青松茂密，形胜绝佳。第二、三章写宫室的建设及落成，其中诗人用“约之阁阁，椓之橐橐”，再现了修建时的繁忙紧张气氛。第四章赞美宫室的外观，诗人连用了四个比喻“如跂斯翼，如矢斯棘，如鸟斯革，如翚斯飞”，把宫室的端正、齐整以及飞檐挑角、华丽的色彩，都生动地表现了出来。第五章写宫室内宽敞明亮，宜于居住。居室之庆莫过于子孙繁衍，因而第六章转写主人“吉梦”，最后三章由占梦而祝愿主人生育伟男贤女，其中也体现出当时男尊女卑的观念。

①秩秩：水清的样子。斯：此。干：涧也，夹在两山间的水流。 ②式：语气词。③犹：通“猷”，欺诈。 ④似：通“嗣”，继承。妣：亡母。 ⑤约：捆束。阁阁：象声词。此句指紧紧捆扎筑墙用的木框架，捆时咯咯作响。 ⑥椓：用杵捣筑，犹今之打夯。橐橐：捣土声。 ⑦攸：语助词。除：去。 ⑧芋：通“宇”，居住的意思。 ⑨跂：踮起脚跟。斯：语助词。翼：端正的样子。 ⑩矢：这里指箭镞（箭头）。棘：《韩诗》作“朸”，棱角的意思。 ⑪革：《韩诗》作“翱”，鸟的翅膀。 ⑫翚：锦鸡。 ⑬跻：登。 ⑭殖殖：平整的样子。 ⑮有觉：即觉觉，高大而直。楹：厅堂前部的柱子。 ⑯哙哙：明亮宽敞的样子。正：朝阳的正房。 ⑰哕哕：明亮的样子。冥：指不向阳的房间。 ⑱莞：蒲席。簟：竹席，苇席。 ⑲维熊维罴：古人迷信，认为熊罴凶猛有力，是阳物，是生男子的吉兆。 ⑳维虺维蛇：古人认为虺蛇穴处，柔弱隐伏，是阴物，是生女子的吉兆。 ㉑乃：若，如果。 ㉒弄：玩弄。璋：玉制的长条板状礼器。 ㉓喤喤：小儿洪亮的哭声。 ㉔朱芾：红色的蔽膝，天子佩朱芾之衣饰。 ㉕裼：褓衣，婴儿用的小被。 ㉖瓦：陶制的纺线锤。 ㉗非：违背。无非：不要违背长辈和丈夫的意见。仪：通“议”。无仪：不要议论是非。全句意为妇女应少言顺从。 ㉘酒食：指操持酒食之事。议：商量，考虑。 ㉙诒：通“贻”，给予。罹：忧愁，忧烦。

无羊
wú yáng

shuí wèi ěr wú yáng
谁谓尔无羊？　　谁能说你没有羊？

sān bǎi wéi qún
三百维群[①]。　　三百一群山坡上。

shuí wèi ěr wú niú
谁谓尔无牛？　　谁能说你没有牛？

jiǔ shí qí rún
九十其犉[②]。　　黑唇黄牛满坡走。

ěr yáng lái sī
尔羊来思，　　日暮羊群要归圈，

qí jiǎo jí jí
其角濈濈[③]。　　羊角密集连成片。

ěr niú lái sī
尔牛来思，　　日暮牛儿下山来，

qí ěr shī shī
其耳湿湿[④]。　　耳朵扇动惹人爱。

huò jiàng yú ē
或降于阿，　有的奔跑下了山，
huò yǐn yú chí
或饮于池，　有的饮水在池边，
huò qǐn huò é
或寝或讹[5]。　有的寝卧有的欢。
ěr mù lái sī
尔牧来思，　牧人来到山野里，
hè suō hè lì
何蓑何笠[6]，　戴上斗篷和蓑衣，
huò fù qí hóu
或负其糇[7]。　背着干粮能充饥。
sān shí wéi wù
三十维物[8]，　畜群种类样样有，
ěr shēng zé jù
尔牲则具[9]。　牺牲祭品预备齐。

ěr mù lái sī
尔牧来思，　牧人放牧山野里，
yǐ xīn yǐ zhēng
以薪以蒸[10]，　粗草细草羊儿肥，
yǐ cí yǐ xióng
以雌以雄。　雌雄按时来交配。
ěr yáng lái sī
尔羊来思，　羊群小心又谨慎，
jīn jīn jīng jīng
矜矜兢兢[11]，　看着头羊紧跟随，
bù qiān bù bēng
不骞不崩[12]。　不分不散好指挥。
huī zhī yǐ gōng
麾之以肱[13]，　牧人手臂一摇晃，
bì lái jì shēng
毕来既升[14]。　群羊奔跑上山冈。

mù rén nǎi mèng 牧人乃梦[15]，	牧官梦境好稀奇，
zhòng wéi yú yǐ 众维鱼矣[16]，	大鱼腾跃在河里，
zhào wéi yú yǐ 旐维旟矣。	龟蛇旗啊鹰隼旗。
tài rén zhān zhī 大人占之：	请来太卜把梦占：
zhòng wéi yú yǐ 众维鱼矣，	大鱼腾跃河里边，
shí wéi fēng nián 实维丰年；	预兆一个丰收年；
zhào wéi yú yǐ 旐维旟矣，	各种旗帜齐飘扬，
shì jiā zhēn zhēn 室家溱溱[17]。	室家昌盛大吉祥。

这是歌颂一个大贵族家牧业兴旺的诗。诗人描绘了一幅生动的山野放牧图。首章描写羊群和牛群，展现了牧场上特有的和平安谧的气氛。第二章诗人把牛羊与牧人合写。在青青的山丘中，在明净的湖水畔，有的牛羊正奔下山丘，有的则静静在池边饮水，有的卧地安寝，有的蹦跳撒欢。牧人头戴斗笠，身披蓑衣，带着干粮，照看着牛羊。第三章进一步描写牧人料理畜群的情形。牧人为牛羊选取有多种牧草的牧场，并注意雌雄适时地交配；他善于调驯它们，只需一挥手臂，牛羊便成群结队地奔向水草更丰茂的地方。末章通过牧官奇特的梦境，预示出丰收与昌盛。全诗格调明快，画面清新自然，状物细致真切，正如方玉润所评："人物杂写，或牛羊并题，或牛羊浑言，或单咏羊不咏牛，而牛自隐寓言外。总以牧人经纬其间，以见人物并处，两相习自不觉其两相忘耳。其体物入微处，有画手所不能到。"（《诗经原始》）

①三百：是虚数，言其多。维：为。 ②犉：黄色黑唇的大牛。 ③濈濈：众多聚集的样子。 ④湿湿：牛反刍时耳朵晃动的样子。 ⑤讹：通"吪"，动。 ⑥何：通"荷"，披戴。 ⑦糇：干粮。 ⑧物：指牛、羊有多种毛色。 ⑨牲：供祭祀及食用的家畜。具：具备。 ⑩薪：粗草。蒸：细草。 ⑪矜矜：谨慎。兢兢：争先恐后、唯恐失群的样子。

⑫骞：亏损，指畜群有所走失。崩：溃散。 ⑬麾：同“挥”。肱：手臂。 ⑭既：尽，完全。升：登，上了山冈。 ⑮牧人：当时掌管畜牧的牧官，和上章的“牧”不同。 ⑯众维鱼矣：犹“维众鱼矣”，梦见众多的鱼。 ⑰溱溱：又作“蓁蓁”，众盛貌。

jié nán shān
节 南 山

jié bǐ nán shān
节彼南山①， 巍峨高峻终南山，
wéi shí yán yán
维石岩岩②。 重岩叠嶂入云天。
hè hè shī yǐn
赫赫师尹③， 赫赫太师权势重，
mín jù ěr zhān
民具尔瞻④。 百姓抬头把你看。
yōu xīn rú tán
忧心如惔⑤， 心中忧虑如烈火，
bù gǎn xì tán
不敢戏谈。 国事莫敢自由谈。
guó jì zú zhǎn
国既卒斩⑥， 社稷眼看要覆灭，
hé yòng bù jiān
何用不监⑦！ 为何你就看不见！

jié bǐ nán shān
节彼南山， 巍峨高峻终南山，
yǒu shí qí ē
有实其猗⑧。 长满绿草与青松。
hè hè shī yǐn
赫赫师尹， 赫赫太师权势重，
bù píng wèi hé
不平谓何⑨！ 对待百姓太不公！
tiān fāng jiàn cuó
天方荐瘥⑩， 上天正把灾荒降，

sāng luàn hóng duō
丧乱弘多[11]。　死丧祸乱数不清。

mín yán wú jiā
民言无嘉，　怨声载道民不满，

cǎn mò chéng jiē
憯莫惩嗟[12]！　为何你就不反省！

yǐn shì tài shī
尹氏大师[13]，　尹氏太师有势力，

wéi zhōu zhī dǐ
维周之氐[14]。　你是周邦之根基。

bǐng guó zhī jūn
秉国之均[15]，　国家大权握在手，

sì fāng shì wéi
四方是维。　四方由你来维系。

tiān zǐ shì pí
天子是毗[16]，　天子靠你来辅弼，

bǐ mín bù mí
俾民不迷。　指引百姓心不迷。

bù diào hào tiān
不吊昊天[17]，　可恨老天不行善，

bù yí kòng wǒ shī
不宜空我师[18]！　百姓受苦你不理！

fú gōng fú qīn
弗躬弗亲[19]，　国家大事你不问，

shù mín fú xìn
庶民弗信。　人民对你不信任。

fú wèn fú shì
弗问弗仕，　贤士不问又不用，

wù wǎng jūn zǐ
勿罔君子[20]。　欺骗君子失人心。

shì yí shì yǐ
式夷式已[21]，　偏邪之行要停止，

wú xiǎo rén dài
无小人殆[22]。　　莫近小人害国民。

suǒ suǒ yīn yà
琐琐姻亚[23]，　　亲戚之中无能辈，

zé wú wǔ shì
则无膴仕[24]！　　撤掉官职换贤人！

hào tiān bù chōng
昊天不傭[25]，　　可恨苍天心不良，

jiàng cǐ jū xiōng
降此鞠讻[26]。　　降下这等大祸殃。

hào tiān bù huì
昊天不惠，　　可恨苍天不仁爱，

jiàng cǐ dà lì
降此大戾[27]。　　降下这等大灾荒。

jūn zǐ rú jiè
君子如届[28]，　　贤人若把国政管，

bǐ mín xīn què
俾民心阕[29]。　　会使百姓心转安。

jūn zǐ rú yí
君子如夷，　　贤人执政若公正，

wù nù shì wéi
恶怒是违[30]。　　会把人民怒气平。

bù diào hào tiān
不吊昊天，　　可恨苍天太无情，

luàn mǐ yǒu dìng
乱靡有定。　　祸乱一直不平定。

shì yuè sī shēng
式月斯生[31]，　　摧残生灵心何忍，

bǐ mín bù níng
俾民不宁。　　使得人民不安宁。

yōu xīn rú chéng
忧心如酲[32]，　　心忧如同喝醉酒，

shuí bǐng guó chéng
谁秉国成[33]？　　谁来执政救民生？
bù zì wéi zhèng
不自为政，　　尸位素餐不做事，
zú láo bǎi xìng
卒劳百姓！　　最终苦了老百姓！

jià bǐ sì mǔ
驾彼四牡，　　驾上四马上路途，
sì mǔ xiàng lǐng
四牡项领[34]。　　马儿高大脖颈粗。
wǒ zhān sì fāng
我瞻四方，　　无奈四方太狭窄，
cù cù mǐ suǒ chěng
蹙蹙靡所骋[35]！　　难以驰骋心困苦！

fāng mào ěr è
方茂尔恶[36]，　　看你作恶太猖狂，
xiàng ěr máo yǐ
相尔矛矣[37]。　　如同戈矛把人伤。
jì yí jì yì
既夷既怿[38]，　　铲除奸凶人人喜，
rú xiāng chóu yǐ
如相酬矣[39]！　　同举酒杯心欢畅！

hào tiān bù píng
昊天不平，　　苍天真是不公平，
wǒ wáng bù níng
我王不宁。　　使得我王心不安。
bù chéng qí xīn
不惩其心，　　尹氏恶行不改变，
fù yuàn qí zhèng
覆怨其正[40]。　　反怨君子太多言。

jiā fǔ zuò sòng
家父作诵[41]，　　家父怨愤作诗篇，
yǐ jiū wáng xiōng
以究王讻[42]。　　追究国家祸根源。
shì é ěr xīn
式讹尔心[43]，　　尹氏如果心意转，
yǐ xù wàn bāng
以畜万邦！　　平治天下万民安！

这是一首政治讽喻诗，诗的作者"家父"是一位纯信之士，骨鲠之臣，忧国如家。在诗中，诗人压抑不住胸中的怨愤之火，痛斥权势赫赫、祸国殃民的太师尹氏："国既卒斩，何用不监！""民言无嘉，憯莫惩嗟！"他看到祸乱使得生灵涂炭，民不聊生，极其沉痛地呼告："不吊昊天，不宜空我师""不自为政，卒劳百姓"。尽管诗人最终把希望寄托于太师尹氏的回心转意，但他毕竟敢于为民请命，大胆地喊出人民的心声。全诗自始至终饱蘸着强烈的感情，时而哀叹，时而愤激，具有撼人心魄的力量。

①节：山高峻的样子。南山：终南山。　②岩岩：山石堆积的样子。　③赫赫：势位显盛的样子。师：太师，官名，"三公"的兼职，位最高。古称司马、司徒、司空为三公。尹：太师的姓。　④民具尔瞻：犹"民具瞻尔"。具：都。　⑤惔："炎"之借字，火烧的样子。　⑥卒：终。斩：断绝。　⑦何用：何以。监：察。　⑧实：草木茂盛而广袤的样子。猗：通"阿"，山坡。　⑨谓何：为何。　⑩荐：进，加。瘥：疫病，引申为灾祸。　⑪弘多：很多。　⑫憯：曾，乃。惩：儆戒。嗟：语尾助词。　⑬大：通"太"。　⑭氐：根本。⑮秉：掌握。均：同"钧"，本是制陶器的模子下面的转盘，制作陶器，必须运转陶钧，这里比喻执掌国家政权。　⑯毗：辅助。　⑰不吊：不善，不好。昊天：上天。　⑱空：穷困。师：指民众。　⑲躬：与"亲"同义，指亲身管理国政。　⑳罔：欺骗。　㉑式：语首助词。夷：平，除。已：止，废止。　㉒殆：这里是近、接近的意思。　㉓琐琐：卑微渺小的样子。姻亚：指亲戚。　㉔无：同"毋"，不要。膴：厚。膴仕：高官厚禄。　㉕傭：均，公平。㉖鞠：极。讻：通"凶"。　㉗大戾：大恶。　㉘届：至，临。　㉙阕：息。　㉚违：去，消除。　㉛月："抈"之省借，折断，扼杀。生：生灵，人民。　㉜酲：喝醉酒。　㉝国成：国政的成规。　㉞项：大。领：颈，脖子。　㉟蹙蹙：局促的样子。　㊱茂：盛。尔：指尹氏。　㊲相：视，看。　㊳怿：喜悦。　㊴酬：劝饮。　㊵覆：反。正：谏正，纠正。　㊶家父：又作"嘉父"，作者自呼其名。诵：诗。　㊷究：追究。王讻：王朝凶乱根源。　㊸式：语首助词。讹：动，改变。

zhēng yuè
正月

zhēng yuè fán shuāng 正月繁霜[①]，	初夏四月降繁霜，
wǒ xīn yōu shāng 我心忧伤。	我心忧伤不能忘。
mín zhī é yán 民之讹言，	民间到处传谣言，
yì kǒng zhī jiāng 亦孔之将。	谣言太多不吉祥。
niàn wǒ dú xī 念我独兮，	想我孤独人憔悴，
yōu xīn jīng jīng 忧心京京[②]。	心中忧虑与日长。
āi wǒ xiǎo xīn 哀我小心[③]，	叹我虑念国家事，
shǔ yōu yǐ yáng 癙忧以痒[④]。	忧愁如病缠身上。
fù mǔ shēng wǒ 父母生我，	父母生我太糊涂，
hú bǐ wǒ yù 胡俾我瘉[⑤]？	为何让我遭忧苦？
bù zì wǒ xiān 不自我先，	生我之前无灾祸，
bù zì wǒ hòu 不自我后。	我没之后灾祸无。
hǎo yán zì kǒu 好言自口，	小人既能说好话，
yǒu yán zì kǒu 莠言自口。	又说坏话把人辱。
yōu xīn yù yù 忧心愈愈[⑥]，	心中忧烦难平静，

shì yǐ yǒu wǔ
是以有侮。　　遭人侮辱心不服。

yōu xīn qióng qióng
忧心惸惸[7]，　　心中忧郁又孤独，
niàn wǒ wú lù
念我无禄。　　叹我今生无福禄。
mín zhī wú gū
民之无辜，　　黎民百姓有何罪，
bìng qí chén pú
并其臣仆。　　为臣为仆受痛苦。
āi wǒ rén sī
哀我人斯，　　可叹我们这些人，
yú hé cóng lù
于何从禄？　　将从何处寻幸福？
zhān wū yuán zhǐ
瞻乌爰止，　　看那乌鸦要止栖，
yú shuí zhī wū
于谁之屋？　　它要降在谁的屋？

zhān bǐ zhōng lín
瞻彼中林，　　看那青青山林里，
hóu xīn hóu zhēng
侯薪侯蒸[8]。　　粗干细枝多稠密。
mín jīn fāng dài
民今方殆[9]，　　当今百姓正受难，
shì tiān méng méng
视天梦梦[10]。　　可恨老天不睁眼。
jì kè yǒu dìng
既克有定[11]，　　既然一切由你定，
mǐ rén fú shèng
靡人弗胜[12]。　　无人胆敢违天命。
yǒu huáng shàng dì
有皇上帝[13]，　　伟大上帝我的主，

yī shuí yún zēng
伊谁云憎[14]？　到底你在把谁憎？

wèi shān hé bēi
谓山盖卑[15]，　奸人谣传山很小，
wéi gāng wéi líng
为冈为陵。　其实山冈大又高。
mín zhī é yán
民之讹言，　奸人四处在造谣，
nìng mò zhī chéng
宁莫之惩！　为何不将他管教！
zhào bǐ gù lǎo
召彼故老，　召集元老到朝中，
xùn zhī zhān mèng
讯之占梦[16]。　太卜占梦说吉凶。
jù yuē yú shèng
具曰予圣[17]，　都说自己最贤圣，
shuí zhī wū zhī cí xióng
谁知乌之雌雄！　谁知乌鸦雌与雄！

wèi tiān hé gāo
谓天盖高，　都说苍天极高远，
bù gǎn bù jú
不敢不局[18]；　不敢不把腰来弯；
wèi dì hé hòu
谓地盖厚，　都说大地极深厚，
bù gǎn bù jí
不敢不蹐[19]。　不敢不把小步走。
wéi háo sī yán
维号斯言[20]，　人民呐喊诉苦怨，
yǒu lún yǒu jǐ
有伦有脊[21]。　其中道理不必言。
āi jīn zhī rén
哀今之人，　可叹今人天良丧，

hú wéi huǐ yì
胡为虺蜴[22]。　变为毒蛇将人伤。

zhān bǐ bǎn tián
瞻彼阪田，　看那贫瘠山野中，
yǒu yù qí tè
有菀其特[23]。　一株禾苗真茂盛。
tiān zhī wù wǒ
天之扤我[24]，　上天想要摧折我，
rú bù wǒ kè
如不我克[25]。　只怕不要我的命。
bǐ qiú wǒ zé
彼求我则[26]，　想他当年求我时，
rú bù wǒ dé
如不我得。　求之不得心不宁。
zhí wǒ qiú qiú
执我仇仇[27]，　如今既已得到我，
yì bù wǒ lì
亦不我力[28]。　轻慢懈怠不重用。

xīn zhī yōu yǐ
心之忧矣，　终日忧愁满胸怀，
rú huò jié zhī
如或结之。　如同绳结解不开。
jīn zī zhī zhèng
今兹之正[29]，　当今朝政之腐败，
hú rán lì yǐ
胡然厉矣[30]？　为何如此之厉害？
liáo zhī fāng yáng
燎之方扬[31]，　山林野火已烧起，
nìng huò miè zhī
宁或灭之[32]？　怎能将它来平息？
hè hè zōng zhōu
赫赫宗周，　赫赫宗周虽强大，
bāo sì miè zhī
褒姒烕之[33]！　褒姒灭它很容易！

zhōng qí yǒng huái
终其永怀，　　深深忧虑在心间，
yòu jiǒng yīn yǔ
又窘阴雨。　　哪堪天阴雨连绵。
qí chē jì zài
其车既载，　　你的大车已装好，
nǎi qì ěr fǔ
乃弃尔辅[34]。　　却把拦板扔一边。
zài shū ěr zài
载输尔载[35]，　　车上货物都掉下，
qiāng bó zhù yú
将伯助予[36]！　　才叫“大哥帮一把”！

wú qì ěr fǔ
无弃尔辅，　　别把拦板扔一边，
yún yú ěr fú
员于尔辐[37]。　　加粗辐条车更坚。
lǚ gù ěr pú
屡顾尔仆，　　常把仆夫来照看，
bù shū ěr zài
不输尔载。　　货物不丢车安全。
zhōng yú jué xiǎn
终逾绝险，　　如此方能渡绝险，
céng shì bù yì
曾是不意[38]。　　你却毫不挂心间。

yú zài yú zhǎo
鱼在于沼，　　鱼儿游在沼池里，
yì fěi kè lè
亦匪克乐[39]。　　不能快乐称心意。
qián suī fú yǐ
潜虽伏矣，　　即使潜入深水底，

yì kǒng zhī zhāo
亦孔之炤[40]。　　昭然可见难躲避。

yōu xīn cǎo cǎo
忧心惨惨[41]，　　忧心愁苦添白发，

niàn guó zhī wéi nüè
念国之为虐。　　心念虐政更焦虑。

bǐ yǒu zhǐ jiǔ
彼有旨酒，　　权贵家有美酒饮，

yòu yǒu jiā yáo
又有嘉殽。　　还有菜肴香喷喷。

qià bǐ qí lín
洽比其邻[42]，　　臭味相投靠得近，

hūn yīn kǒng yún
昏姻孔云[43]。　　交结拉拢成姻亲。

niàn wǒ dú xī
念我独兮，　　反顾自身独憔悴，

yōu xīn yīn yīn
忧心慇慇[44]。　　忧伤苦痛为国民。

cǐ cǐ bǐ yǒu wū
佌佌彼有屋[45]，　　卑陋之辈有华屋，

sù sù fāng yǒu gǔ
蔌蔌方有谷[46]。　　浅薄之徒有五谷。

mín jīn zhī wú lù
民今之无禄，　　如今黎民运气坏，

tiān yāo shì zhuó
天夭是椓[47]。　　上天降灾无活路。

gě yǐ fù rén
哿矣富人[48]，　　富人饱暖多逸乐，

āi cǐ qióng dú
哀此惸独[49]！　　可怜人民太孤苦！

这是一首忧国伤时、愤世嫉俗、自悼身世的诗作。作者很可能是一位士

大夫,他生于末世,亲罹其害,故而絮絮叨叨地唱出自己的哀怨与愤懑。首章言国之将亡,民间传言沸沸扬扬。诗人看到宗国一步一步走向覆灭,极为痛苦。第二章以埋怨父母的语气,沉痛地传达出生不逢时的感慨。第三章写诗人深恐国破家亡,与无辜人民同受其害。第四章诗人在无可奈何之际,质问上天为何昏昏沉沉,善恶不辨。第五章更由问天而问人,那些自以为是的当权者,动辄口称"予圣",可"谁知乌之雌雄"!第六章诗人自叹处境险恶,举步维艰。第七章慨叹不见用于世。第八章揭露朝政黑暗:君上淫虐荒乱,赫赫宗周,终将在褒姒的笑靥中灭亡! 第九、十章以行车为喻,道出了一个简明的真理:并非无贤才辅佐,而是周王自弃其辅。第十一章自叹如浅水之鱼,虽曰潜伏,亦甚昭然,恐终无以逃其祸。第十二章斥责奸佞朋比勾结,为欢一时。末章,诗人对下层人民的命运表示了深深的忧虑。综观全诗,诗人痛心疾首,感情强烈,多处用比,形象鲜明,因而具有撼人心魄的艺术魅力。

①正月:指夏历四月,周历六月。古人称这月为"正阳纯乾之月",简称"正月"。②京京:大而又大,深而又深。 ③小心:指思虑细密、戒慎恐惧的情状。 ④癙:忧。⑤痛:病,痛苦。 ⑥愈愈:忧惧。 ⑦惸惸:孤苦的样子。 ⑧侯:语助词。薪、蒸:指粗柴、细柴,是不成材的树木,比喻小人、恶人。 ⑨殆:危殆,不安。 ⑩梦梦:昏聩不明。 ⑪克:能。定:决定。 ⑫靡人弗胜:没有人不被天所战胜。 ⑬有皇:皇皇,光明伟大的样子。 ⑭伊:语助词。云:语助词。"谁憎"即"憎谁"。 ⑮盖:通"盍",何其。卑:低下。 ⑯占梦:占梦之官,太卜之类。 ⑰具:俱,都。予圣:我是圣人。 ⑱局:弯腰,屈曲不伸。 ⑲蹐:小步走,小心戒惧之状。 ⑳维:发语词。号:呼号。 ㉑伦:道。脊:里。 ㉒虺:毒蛇。蜴:蜥蜴,即四脚蛇。 ㉓有菀:菀菀,茂盛的样子。特:特出,指禾苗壮盛。 ㉔扤:摧折。 ㉕如:唯恐。克:战胜,制服,压倒。 ㉖则:语末助词。 ㉗执:执持,使用。仇仇:缓慢不用力,见出轻忽之心。 ㉘不我力:亦作"不力我",不重用我。 ㉙正:政。 ㉚胡然:何以如此。厉:恶,坏。 ㉛燎:山野之火。方:正。扬:炽盛。 ㉜宁:乃。 ㉝褒姒:西周末年周幽王的宠妃。威:灭亡。 ㉞辅:大车两旁的拦板。 ㉟载:前一个是语助词,后一个指所载的货物。输:堕,掉下来。㊱将:请。伯:对男子的敬称,如今之"大哥"。 ㊲员:增益,此指加粗。 ㊳是:指上面所讲的措施。不意:不在意。 ㊴克:能。 ㊵炤:同"昭",明。 ㊶惨惨:犹"懆懆",忧虑不安的样子。 ㊷洽:融洽。比:亲近。邻:近。 ㊸昏姻:此处泛指姻亲关系。云:同"员",周旋。 ㊹慇慇:心痛的样子。 ㊺佌佌:卑小的样子。 ㊻蔌蔌:鄙陋的样子。 ㊼夭:摧折,灾祸。椓:打击。 ㊽哿:快乐。 ㊾惸独:孤独无助的人。

shí yuè zhī jiāo
十月之交

shí yuè zhī jiāo 十月之交[1]，	日月交会十月间，
shuò yuè xīn mǎo 朔月辛卯[2]。	就在初一那一天。
rì yǒu shí zhī 日有食之，	出现日食天色暗，
yì kǒng zhī chǒu 亦孔之丑[3]。	定有大祸在眼前。
bǐ yuè ér wēi 彼月而微[4]，	以前月食尚常见，
cǐ rì ér wēi 此日而微。	这次日食不一般。
jīn cǐ xià mín 今此下民[5]，	可叹下层众百姓，
yì kǒng zhī āi 亦孔之哀。	碰上祸乱更可怜。

rì yuè gào xiōng 日月告凶[6]，	太阳月亮显凶兆，
bù yòng qí háng 不用其行[7]。	警告人间无正道。
sì guó wú zhèng 四国无政[8]，	天下政事都不善，
bù yòng qí liáng 不用其良。	不让贤士操柄权。
bǐ yuè ér shí 彼月而食，	月儿被食无辉光，
zé wéi qí cháng 则维其常[9]。	这种情况寻常见。
cǐ rì ér shí 此日而食，	太阳被食却极罕，

yú hé bù zāng
于何不臧[10]！　　大祸将临怎么办！

yè yè zhèn diàn
烨烨震电[11]，　　电光闪闪雷又鸣，

bù níng bù lìng
不宁不令[12]。　　百姓惊恐不安宁。

bǎi chuān fèi téng
百川沸腾，　　江河奔腾浪潮涌，

shān zhǒng zú bēng
山冢崒崩[13]。　　山峦崩摧鬼神惊。

gāo àn wéi gǔ
高岸为谷，　　高高崖岸变深谷，

shēn gǔ wéi líng
深谷为陵。　　深谷上升为丘陵。

āi jīn zhī rén
哀今之人，　　可叹今日当权者，

hú cǎn mò chéng
胡憯莫惩[14]！　　警钟敲响还不醒！

huáng fǔ qīng shì
皇父卿士[15]，　　六卿之首是皇父，

fān wéi sī tú
番维司徒[16]，　　还有番氏是司徒，

jiā bó wéi zǎi
家伯维宰[17]，　　家伯宰夫是总管，

zhòng yǔn shàn fū
仲允膳夫，　　那个仲允是御厨，

zōu zǐ nèi shǐ
聚子内史[18]，　　聚子职务是内史，

guì wéi qù mǎ
蹶维趣马[19]，　　蹶氏养马管放牧，

jǔ wéi shī shì
楀维师氏[20]，　　楀氏监察官不小，

yàn qī shàn fāng chǔ
艳妻煽方处[21]。　　炙手可热有艳妇。

yì cǐ huáng fǔ
抑此皇父[22]，　　皇父做事不思量，
qǐ yuē bù shí
岂曰不时[23]。　　使民不时太荒唐。
hú wèi wǒ zuò
胡为我作，　　为何调我服劳役，
bù jí wǒ móu
不即我谋。　　事先不和我商量。
chè wǒ qiáng wū
彻我墙屋，　　家中墙屋都拆掉，
tián zú wū lái
田卒污莱[24]。　　积水长草田地荒。
yuē yú bù qiāng
曰“予不戕，　　还说“不是我残害，
lǐ zé rán yǐ
礼则然矣”。　　按礼应该是这样”。

huáng fǔ kǒng shèng
皇父孔圣[25]，　　皇父真是大圣人，
zuò dū yú xiàng
作都于向[26]。　　修建新都在向邑。
zé sān yǒu shì
择三有事[27]，　　挑选亲信有三司，
dǎn hóu duō zàng
亶侯多藏[28]。　　家藏钱财万亿计。
bù yìn yí yī lǎo
不慭遗一老[29]，　　老臣没有留一个，
bǐ shǒu wǒ wáng
俾守我王。　　使守王都与社稷。
zé yǒu chē mǎ
择有车马[30]，　　选择富贵大家族，

yǐ jū cú xiàng
以居徂向[31]。　　迁往向邑定新居。

mín miǎn cóng shì
黾勉从事，　　尽心竭力为公事，
bù gǎn gào láo
不敢告劳。　　从不叫苦发怨言。
wú zuì wú gū
无罪无辜，　　扪心自问无罪过，
chán kǒu áo áo
谗口嚣嚣[32]。　　众口诽谤为哪般。
xià mín zhī niè
下民之孽，　　黎民百姓遭祸患，
fěi jiàng zì tiān
匪降自天。　　不能怪罪沧浪天。
zǔn tà bèi zēng
噂沓背憎[33]，　　当面谈笑背后骂，
zhí jìng yóu rén
职竞由人[34]。　　奸邪小人心不善。

yōu yōu wǒ lǐ
悠悠我里[35]，　　我心忧烦不安宁，
yì kǒng zhī mèi
亦孔之痗[36]。　　天天好像害大病。
sì fāng yǒu xiàn
四方有羡[37]，　　四方之人多康乐，
wǒ dú jū yōu
我独居忧。　　我有深忧在心中。
mín mò bù yì
民莫不逸，　　人们生活多安逸，
wǒ dú bù gǎn xiū
我独不敢休。　　我独不敢太轻松。
tiān mìng bù chè
天命不彻[38]，　　天道无常难预料，

wǒ bù gǎn xiào wǒ yǒu zì yì
我不敢效我友自逸。不敢放纵效友生。

毛诗《小序》说本诗是“大夫刺幽王”,明人朱郁仪认为本诗是刺皇父的,从全诗内容看来,诗人讥刺的可以说是包括幽王、皇父、褒姒、司徒等人在内的整个腐朽的当权者。本诗思想内容有三个突出特点:其一,诗中表现出作者进步的天道观。诗人把日食和山崩地裂的大地震看作是上天对无道的当权者的警示,同时又明确指出决定社会治乱福祸的关键是人事,而非天命。其二,全诗富于战斗精神。诗人揭露了皇父不役民以时,大兴土木的残暴行为。喊着炙手可热的当权者的名字愤怒斥责,这在当时的确是需要一些胆量的。其三,诗人以敏锐的目光,看出政治黑暗、君臣昏庸无道即是人民受难、宗国将亡的根源。他终日忧虑、心绪不宁,表现出强烈的忧患意识。从“上下而求索”的屈原到“穷年忧黎元”的杜甫,都不难看出其思想上一脉相承的轨迹。

①交:交会,指日月交会,即日食或月食。 ②朔月:即月朔,每月的初一日。辛卯:指周幽王六年十月初一这日。 ③丑:恶,古人认为日食预兆不祥。 ④微:昏暗不明,指月食。 ⑤下民:众民,老百姓。 ⑥告凶:显示凶兆。 ⑦行:道,轨道。 ⑧四国:四方,指天下。无政:指无善政。 ⑨维:是。常:正常。 ⑩于何:奈何,怎么办。不臧:不善,不吉利。 ⑪烨烨:电光强烈的样子。 ⑫令:善。 ⑬冢:此处指山顶。崒:“碎”的假借字。 ⑭憯:曾。惩:警戒。 ⑮皇父:陈奂《诗毛氏传疏》据《国语·郑语》,疑皇父即周幽王所宠之大臣虢石父。卿士:陈奂谓:“士,事也。主掌六卿之事,谓之卿士。卿士,三公中执朝政者,幽王时则皇父也。” ⑯司徒:掌管国家的土地和人民,负责征发徒役的官。 ⑰宰:掌管王家内外事务的官。 ⑱内史:掌管人事、司法的官。 ⑲趣马:给周王管马的官。 ⑳师氏:掌管监察的官。 ㉑艳妻:指周幽王之美貌宠妃褒姒。煽:指权势大,炙手可热。方处:指与上述官僚并处高位。 ㉒抑:同“噫”,感叹词。 ㉓不时:指不顾农时。岂曰不时:言皇父役使百姓不自以为不时。 ㉔卒:尽,完全。污:停积不流的水。莱:田中长了野草。 ㉕圣:圣明,贤明。这句是反语,带有讥刺的意味。㉖向:邑名,在今河南省济源市南。 ㉗三有事:指三有司,即司徒、司马、司寇三卿。㉘亶:诚然。侯:维,是。多藏:指有很多钱财。 ㉙憖:愿。遗:留。老:旧臣。 ㉚有车马:指豪门大族。 ㉛徂:往。 ㉜嚣嚣:众口诽谤攻击的样子。 ㉝噂:聚。沓:合。背憎:背后相憎。 ㉞职:犹“只”。竞:并,皆。 ㉟里:通“悝”,忧思。 ㊱痗:病。㊲羡:欣喜。 ㊳不彻:无常。

雨无正

yǔ wú zhèng

hào hào hào tiān
浩浩昊天[1]， 浩浩上天听我说，
bù jùn qí dé
不骏其德[2]。 为啥不常施恩德。
jiàng sàng jī jǐn
降丧饥馑[3]， 降下饥荒大灾难，
zhǎn fá sì guó
斩伐四国。 四面八方起干戈。
mín tiān jí wēi
旻天疾威[4]， 老天作威施暴虐，
fú lǜ fú tú
弗虑弗图。 做事从来不思索。
shě bǐ yǒu zuì
舍彼有罪， 该杀之人你放掉，
jì fú qí gū
既伏其辜； 并且隐瞒其罪过；
ruò cǐ wú zuì
若此无罪， 驯良之人无差错，
lún xū yǐ pū
沦胥以铺[5]。 遭受祸殃难逃脱。

zhōu zōng jì miè
周宗既灭， 宗周要亡无前途，
mǐ suǒ zhǐ lì
靡所止戾[6]。 没有地方能安处。
zhèng dà fū lí jū
正大夫离居[7]， 长官大夫都逃散，
mò zhī wǒ yì
莫知我勚[8]。 有谁知我最劳苦。
sān shì dà fū
三事大夫[9]， 三事大夫没有用，

mò kěn sù yè
莫 肯 夙 夜；　　不肯为国来尽忠；

bāng jūn zhū hóu
邦 君 诸 侯，　　各国诸侯亦无能，

mò kěn zhāo xī
莫 肯 朝 夕。　　不虑社稷与民生。

shù yuē shì zāng
庶 曰 式 臧⑩，　　希望周王有善政，

fù chū wéi è
覆 出 为 恶⑪！　　反出恶令施暴行！

rú hé hào tiān
如 何 昊 天，　　叫声上天听仔细，

bì yán bù xìn
辟 言 不 信。　　法度之言你不理。

rú bǐ xíng mài
如 彼 行 迈⑫，　　好比远行不由道，

zé mǐ suǒ zhēn
则 靡 所 臻⑬？　　怎能到达目的地？

fán bǎi jūn zǐ
凡 百 君 子，　　再请百官听我言，

gè jìng ěr shēn
各 敬 尔 身。　　敬慎君事莫懒散。

hú bù xiāng wèi
胡 不 相 畏，　　纵然你们胆很大，

bù wèi yú tiān
不 畏 于 天？　　不怕头上有青天？

róng chéng bù tuì
戎 成 不 退⑭，　　烽火狼烟无期限，

jī chéng bù suì
饥 成 不 遂⑮。　　饥荒连年无好转。

céng wǒ xiè yù
曾 我 䞇 御⑯，　　奈何我这侍御臣，

cǎn cǎn rì cuì 憯憯日瘁[17]。	忧念国事摧心肝。
fán bǎi jūn zǐ 凡百君子，	满朝文武众臣子，
mò kěn yòng xùn 莫肯用讯[18]。	不肯对王进忠言。
tīng yán zé dá 听言则答[19]，	君王只听顺耳话，
zèn yán zé tuì 谮言则退[20]。	听到忠言就瞪眼。
āi zāi bù néng yán 哀哉不能言！	叹我不能进诤言！
fěi shé shì chū 匪舌是出[21]，	并非口舌不灵便，
wéi gōng shì cuì 维躬是瘁[22]。	身遭忧患难靠前。
gě yǐ néng yán 哿矣能言[23]，	弄臣能言讨喜欢，
qiǎo yán rú liú 巧言如流，	巧言如流不间断，
bǐ gōng chǔ xiū 俾躬处休！	使他自身受福安！
wéi yuē yú shì 维曰于仕，	有人劝我把官做，
kǒng jí qiě dài 孔棘且殆[24]。	我说做官危险多。
yún bù kě shǐ 云不可使[25]，	若不执行坏政策，
dé zuì yú tiān zǐ 得罪于天子；	得罪天子犯大错；
yì yún kě shǐ 亦云可使，	若要执行坏政策，

yuàn jí péng yǒu
怨 及 朋 友。　　朋友定会怨恨我。

wèi ěr qiān yú wáng dū
谓 尔 迁 于 王 都㉖，　　劝你快把王都还，
yuē yú wèi yǒu shì jiā
曰 予 未 有 室 家㉗。　　推说王都无家园。
shǔ sī qì xiě
鼠 思 泣 血㉘，　　眼含血泪开导他，
wú yán bù jí
无 言 不 疾㉙。　　反出恶言翻了脸。
xī ěr chū jū
昔 尔 出 居㉚，　　当年迁居出王都，
shuí cóng zuò ěr shì
谁 从 作 尔 室？　　谁人帮你把房建？

本篇大约同《十月之交》一样，也是产生于周幽王时期的政治讽刺诗。诗人目睹王公大臣安逸享乐、不务国政，致使兵祸连年、饥荒不断、民不聊生。诗人借质问苍天质问最高当权者：为什么不肯忧念国事？为什么不信法度之言，唯喜小人之谀？为什么为非作歹地逍遥，正直之士反遭罪？……言辞痛切之至。诗人进而警告那些只知保身、不念国事的小人必遭上天的惩罚；斥责佞臣奸人的“巧言如流，俾躬处休”。但终有回天无力之感，唯有“鼠思泣血”而已。见用者不忠，忠者不见用，哀哉！

①浩浩：广大貌。　②骏：长，常。德：恩德。　③丧：凶祸，灾难。饥馑：谷不熟叫饥，蔬不熟叫馑，即指饥荒。　④旻天：应作“昊天”。疾威：暴虐。　⑤胥：相率、连带之意。铺：通“痡”，病苦，引申为陷于痛苦。　⑥戾：定。靡所止戾：无处定居。　⑦正大夫：上大夫。离居：离开他原住的京都。　⑧勚：劳苦。　⑨三事：三司。　⑩庶：幸，希冀之词。曰：语助词。式：用。　⑪覆：反。出：指出政令。　⑫迈：远行。　⑬臻：到达。　⑭戎成：战祸形成。　⑮饥成：饥荒形成。遂：好转。　⑯曾：则，只有。暬御：左右亲近的臣子。⑰憯憯：忧愁的样子。瘁：憔悴。　⑱讯：《鲁诗》作“谇”，谏诤。　⑲听言：顺言，阿谀之言。　⑳谮言：谏诤之言。退：斥退。　㉑出：“疷”的借字，病。　㉒瘁：忧，指困于逆境而忧。　㉓哿：嘉，快乐。　㉔棘：急，紧张。殆：危险。　㉕使：顺从。　㉖尔：你们，指迁离外地的正大夫等人。本句意为“你们还是回王都辅国政吧”。　㉗予：正大夫等人自称。㉘鼠思：癙思，忧思。泣血：流着血泪饮泣。　㉙疾：通“嫉”，恨。　㉚出居：犹“离居”。

xiǎo mín
小旻

mín tiān jí wēi
旻天疾威，　　老天暴虐无善行，
fū yú xià tǔ
敷于下土。　　淫威施于众百姓。
móu yóu huí yù
谋犹回遹[1]，　　政令邪僻违民意，
hé rì sī jǔ
何日斯沮[2]。　　这种情况何日停。
móu zāng bù cóng
谋臧不从，　　善谋良策不采纳，
bù zāng fù yòng
不臧覆用。　　坏的建议反听从。
wǒ shì móu yóu
我视谋犹，　　我看政策皆昏乱，
yì kǒng zhī qióng
亦孔之邛[3]。　　心中忧虑不安宁。

xī xī zǐ zǐ
潝潝訿訿[4]，　　嘀嘀咕咕心不一，
yì kǒng zhī āi
亦孔之哀。　　让人悲叹让人气。
móu zhī qí zāng
谋之其臧，　　有了一个好设想，
zé jù shì wéi
则具是违；　　千方百计提异议；
móu zhī bù zāng
谋之不臧，　　有的说法很荒谬，
zé jù shì yī
则具是依。　　反而依从都同意。
wǒ shì móu yóu
我视谋犹，　　我看政策皆昏乱，

yī yú hú zhǐ
伊于胡厎[5]！ 不知弄到啥境地！

wǒ guī jì yàn
我龟既厌， 频频占卜灵龟厌，
bù wǒ gào yóu
不我告犹。 不告诉我该怎样。
móu fū kǒng duō
谋夫孔多， 谋士虽然有不少，
shì yòng bù jí
是用不集[6]。 没有统一之主张。
fā yán yíng tíng
发言盈庭， 发言盈庭震天响，
shuí gǎn zhí qí jiù
谁敢执其咎？ 谁敢负责挑大梁？
rú fěi xíng mài móu
如匪行迈谋[7]， 如不迈步只商量，
shì yòng bù dé yú dào
是用不得于道[8]。 达到目的无指望。

āi zāi wéi yóu
哀哉为犹， 可叹政策太糟糕，
fěi xiān mín shì chéng
匪先民是程[9]， 不把先人来仿效，
fěi dà yóu shì jīng
匪大犹是经[10]； 不把大道作参考；
wéi ěr yán shì tīng
维迩言是听[11]， 只会说些浅薄话，
wéi ěr yán shì zhēng
维迩言是争！ 只会无聊瞎争吵！
rú bǐ zhù shì yú dào móu
如彼筑室于道谋， 好比筑室谋于道，
shì yòng bù kuì yú chéng
是用不溃于成[12]。 新房永远建不了。

guó suī mǐ zhǐ 国 虽 靡 止[13]，	国家虽说不算大，
huò shèng huò fǒu 或 圣 或 否[14]。	贤才愚夫相混杂。
mín suī mǐ wǔ 民 虽 靡 膴[15]，	人民虽然不太多，
huò zhé huò móu 或 哲 或 谋，	有的明哲善谋划，
huò sù huò yì 或 肃 或 艾[16]。	有的严肃治国家，
rú bǐ quán liú 如 彼 泉 流，	可惜国运如流水，
wú lún xū yǐ bài 无 沦 胥 以 败[17]！	大势已去没办法！

bù gǎn bào hǔ 不 敢 暴 虎[18]，	都怕徒手搏猛虎，
bù gǎn píng hé 不 敢 冯 河[19]。	都怕无船渡大河。
rén zhī qí yī 人 知 其 一，	表面危险人知躲，
mò zhī qí tā 莫 知 其 他。	不知潜在险更多。
zhàn zhàn jīng jīng 战 战 兢 兢，	戒慎恐惧不出错，
rú lín shēn yuān 如 临 深 渊，	如临深渊防坠落，
rú lǚ bó bīng 如 履 薄 冰。	薄冰之上小心过。

本诗着重抨击朝中奸人弄权施威及周幽王听信谗佞、排斥忠言的恶行败德，表现出诗人对国事的忧虑。周幽王昏庸，善恶不分；佞臣得以邪僻日进，忠正之士势孤力单，无可奈何；小人们不效法前贤，也不敢真正负起责任。面对这一切，诗人陷入了深沉的思索之中：国中也有明哲善谋略者，也

有严谨善治国者，看来不是缺少人才，而是周幽王不重用他们，使得奸人当道；周幽王果有爱民之意，虽国小人寡，刍荛堪询。人们为避祸唯有警诫谨慎，如临深渊，如履薄冰，怎能长治久安！诗中多处运用恰切的比喻，增强了诗章的说服力，其中“筑室谋于道”“如临深渊，如履薄冰”等语，成为成语，沿用至今。

①犹：通“猷”，谋划。回遹：邪僻。 ②斯：语助词。沮：终止。 ③邛：病，糟糕。 ④潝潝：低声附和的样子。訿訿：诋毁，诽谤。 ⑤伊：发语词。胡：何。厎：至，境地。 ⑥是用：是以。集：就，成就。 ⑦匪：彼。行迈：远行。 ⑧不得于道：不能在道路上取得成功，即不能达到目的地。 ⑨程：法，取法。 ⑩大犹：大道。经：行，遵循。 ⑪迩言：肤浅而无远见的话。 ⑫溃：“遗”之假借。成：成功。 ⑬止：至，大。 ⑭圣：通达事理，具有卓越智慧者。否：不，指有的不是圣贤者。 ⑮膴：大，多。 ⑯肃：严肃认真。艾：治理。 ⑰无：发语词。沦胥：相率。败：衰败。 ⑱暴：空手打虎。 ⑲冯：无舟渡河。

小宛
xiǎo wǎn

wǎn bǐ míng jiū
宛彼鸣鸠①， 班鸠鸣叫翩翩翔，
hàn fēi lì tiān
翰飞戾天②。 展翅高飞云霄上。
wǒ xīn yōu shāng
我心忧伤， 我的心中好忧伤，
niàn xī xiān rén
念昔先人。 想起先辈更断肠。
míng fā bù mèi
明发不寐③， 辗转反侧不能寐，
yǒu huái èr rén
有怀二人④。 怀念双亲爹和娘。

rén zhī qí shèng
人之齐圣⑤， 看那严正圣明人，
yǐn jiǔ yùn kè
饮酒温克⑥。 饮酒温和又谨慎。

bǐ hūn bù zhī
彼昏不知，　　那些昏乱无知辈，

yī zuì rì fù
壹醉日富[7]。　　淫逸骄奢醉醺醺。

gè jìng ěr yí
各敬尔仪[8]，　　奉劝各位要自重，

tiān mìng bù yòu
天命不又[9]。　　天命一去何处寻。

zhōng yuán yǒu shū
中原有菽，　　原田之中有豆苗，

shù mín cǎi zhī
庶民采之。　　百姓采摘作菜肴。

míng líng yǒu zǐ
螟蛉有子，　　螟蛉虫儿生幼子，

guǒ luǒ fù zhī
蜾蠃负之[10]。　　蜾蠃抚育背回巢。

jiào huì ěr zǐ
教诲尔子，　　教诲尔等下一代，

shì gǔ sì zhī
式穀似之[11]。　　祖上善德继承好。

tí bǐ jǐ lìng
题彼脊令[12]，　　看那小小鹡鸰鸟，

zài fēi zài míng
载飞载鸣。　　边飞边鸣把虫捕。

wǒ rì sī mài
我日斯迈，　　日日我都赶路途，

ér yuè sī zhēng
而月斯征。　　月月行役历辛苦。

sù xīng yè mèi
夙兴夜寐，　　早起晚睡忙不停，

wú tiǎn ěr suǒ shēng
无忝尔所生[13]。　　莫要辱没父与母。

jiāo jiāo sāng hù
交交桑扈[14]，　　斑鸠飞来又飞去，
shuài cháng zhuó sù
率场啄粟[15]。　　绕着场园啄谷米。
āi wǒ tiǎn guǎ
哀我填寡[16]，　　叹我贫病无生计，
yí àn yí yù
宜岸宜狱[17]。　　还吃官司进监狱。
wò sù chū bǔ
握粟出卜，　　手握小米去占卜，
zì hé néng gǔ
自何能榖？　　怎样才能得吉利？

wēn wēn gōng rén
温温恭人[18]，　　温和柔顺驯良民，
rú jí yú mù
如集于木。　　竟如爬上高树顶。
zhuì zhuì xiǎo xīn
惴惴小心，　　惶惶不安好害怕，
rú lín yú gǔ
如临于谷。　　如临深渊魂魄惊。
zhàn zhàn jīng jīng
战战兢兢，　　战战兢兢度时日，
rú lǚ bó bīng
如履薄冰。　　又似脚下踩薄冰。

本篇是一位处在险恶政治环境下的周大夫与兄弟相戒勉的诗，反映出诗人战战兢兢、朝不保夕的恐惧心态。首章以小斑鸠鸣叫起兴，抒写自己孤苦无依、怀念先辈父母的心情。次章则劝勉兄弟以日日醉饱淫逸者为戒，应持重严正，防止遭祸。第三章以蜾蠃抚育螟蛉子为喻，劝勉兄弟好自教养子孙，发扬祖上善德。第四章诉行役之苦。诗人常被派出行役，无休闲之日，但还是夙兴夜寐，唯求无辱于父母。第五章自叹贫病交加，又无端陷于牢狱。末章连设三喻，写自己就像爬上高树，好似面临山崖，恰如脚踏薄冰，日日提心吊胆，唯恐有灭顶之灾。这是一首官僚阶层中小人物的悲歌，读之不禁让人愀然长叹。

①宛：小貌。鸠：斑鸠。 ②翰：高。戾：到达。 ③明、发：皆醒意。 ④二人：指父母二人。 ⑤齐圣：正派而又睿智。 ⑥温：通“蕴”，蕴藉自持。克：克制。 ⑦壹醉：犹“聚饮而醉”。日富：日益骄横自满。 ⑧敬：敬慎，戒慎。仪：威仪。 ⑨又：复，再。 ⑩蜾蠃：一种腰部特细的土蜂，体青黑，以泥土在树枝或壁间作巢，并衔螟蛉纳入巢中，以尾刺注毒液于其体内，致昏迷状态而不腐败，供蜾蠃之幼虫作食料。古人误认为蜾蠃代为养育螟蛉之子。负：背，抱。 ⑪式：发语词。穀：善。 ⑫题：通“谛”，视，看。脊令：鸟名。 ⑬忝：辱没。尔所生：尔所由生，指父母。 ⑭交交：往来飞翔貌。桑扈：鸟名，即斑鸽。 ⑮率：循，沿着。 ⑯填：“瘨”之假借，病苦。寡：财寡贫穷。 ⑰宜：犹“乃”。岸：通“犴”，监狱。 ⑱温温：柔和貌。恭：恭谨。

小弁
xiǎo pán

pán bǐ yù sī
弁彼鸒斯[①]， 那些乌鸦叫得欢，
guī fēi shí shí
归飞提提[②]。 群飞归巢多安闲。
mín mò bù gǔ
民莫不穀， 人们生活都很好，
wǒ dú yú lí
我独于罹。 独我一人遭祸患。
hé gū yú tiān
何辜于天？ 我有何事负苍天？
wǒ zuì yī hé
我罪伊何？ 我的罪过为哪般？
xīn zhī yōu yǐ
心之忧矣， 心中忧伤向谁诉，
yún rú zhī hé
云如之何？ 到底应该怎么办？

dí dí zhōu dào
踧踧周道[③]， 宗周大道很平整，

jū wéi mào cǎo
鞫为茂草④。　　如今荒芜百草生。

wǒ xīn yōu shāng
我心忧伤，　　心中忧伤不得安，

nì yān rú dǎo
惄焉如捣⑤。　　忧郁苦痛像害病。

jiǎ mèi yǒng tàn
假寐永叹，　　和衣而卧长叹息，

wéi yōu yòng lǎo
维忧用老⑥。　　忧愁使得人衰老。

xīn zhī yōu yǐ
心之忧矣，　　心中忧伤向谁诉，

chèn rú jí shǒu
疢如疾首⑦。　　头痛不已心烦恼。

wéi sāng yǔ zǐ
维桑与梓，　　桑树梓树父母种，

bì gōng jìng zhǐ
必恭敬止⑧。　　因而对它很恭敬。

mǐ zhān fěi fù
靡瞻匪父⑨，　　没人不敬生身父，

mǐ yī fěi mǔ
靡依匪母。　　没人不爱生身母。

bù shǔ yú máo
不属于毛⑩，　　亲近如同毛与皮，

bù lí yú lǐ
不离于里⑪。　　更像表里难分离。

tiān zhī shēng wǒ
天之生我，　　老天对我太偏心，

wǒ chén ān zài
我辰安在⑫？　　何时我能交好运？

yù bǐ liǔ sī
菀彼柳斯⑬，　　看那柳树绿荫浓，

míng tiáo huì huì 鸣 蜩 嘒 嘒[14]。	树上知了连声鸣。
yǒu cuǐ zhě yuān 有 漼 者 渊[15]，	看那潭水多清澈，
huán wěi pì pì 萑 苇 淠 淠。	芦苇长得很茂盛。
pì bǐ zhōu liú 譬 彼 舟 流，	像那木舟顺水流，
bù zhī suǒ jiè 不 知 所 届[16]。	不知何处是尽头。
xīn zhī yōu yǐ 心 之 忧 矣，	心中忧伤向谁诉，
bù huáng jiǎ mèi 不 遑 假 寐。	没有瞌睡只有愁。
lù sī zhī bēn 鹿 斯 之 奔，	鹿群奔跑山野里，
wéi zú qí qí 维 足 伎 伎[17]。	昂首奋蹄快如飞。
zhì zhī zhāo gòu 雉 之 朝 雊[18]，	早晨雄鸡不住啼，
shàng qiú qí cí 尚 求 其 雌。	犹求雌鸡来配匹。
pì bǐ huài mù 譬 彼 坏 木[19]，	我像一棵有病树，
jí yòng wú zhī 疾 用 无 枝[20]。	木干伤病枝叶稀。
xīn zhī yōu yǐ 心 之 忧 矣，	心中忧伤向谁诉，
nìng mò zhī zhī 宁 莫 之 知！	没人知晓我心意！
xiāng bǐ tóu tù 相 彼 投 兔，	看那野兔入罗网，

shàng huò xiān zhī
尚或先之[21]。　　也还有人将它放。

háng yǒu sǐ rén
行有死人，　　见有死人在路上，

shàng huò jìn zhī
尚或墐之[22]。　　也还有人来埋葬。

jūn zǐ bǐng xīn
君子秉心，　　君子应该持善心，

wéi qí rěn zhī
维其忍之[23]。　　做事怎能太残忍。

xīn zhī yōu yǐ
心之忧矣，　　心中忧伤向谁诉，

tì jì yǔn zhī
涕既陨之。　　泣涕涟涟沾衣襟。

jūn zǐ xìn chán
君子信谗，　　君子信谗不思量，

rú huò chóu zhī
如或酬之[24]。　　如受敬酒喜洋洋。

jūn zǐ bù huì
君子不惠，　　君子并不惠爱我，

bù shū jiū zhī
不舒究之[25]。　　不把事情问周详。

fá mù jǐ yǐ
伐木掎矣[26]，　　伐木要把绳子系，

xī xīn chǐ yǐ
析薪扡矣[27]。　　劈柴还要顺纹理。

shě bǐ yǒu zuì
舍彼有罪，　　有罪之人你放过，

yú zhī tuó yǐ
予之佗矣[28]。　　反而让我受冤屈。

mò gāo fěi shān
莫高匪山，　　如果不高不叫山，

mò jùn fěi quán
莫浚匪泉[29]。　　如果不深不叫潭。

jūn zǐ wú yì yóu yán 君子无易由言，	君子说话莫轻率，
ěr shǔ yú yuán 耳属于垣㉚。	隔墙有耳生事端。
wú shì wǒ liáng 无逝我梁，	不要去我鱼梁边，
wú fā wǒ gǒu 无发我笱。	别把渔篓胡乱翻。
wǒ gōng bù yuè 我躬不阅，	不能见容心绝望，
huáng xù wǒ hòu 遑恤我后！	面对将来何复言！

这是一首被弃的妇女唱的歌。她被弃的具体原因不得而知，但从诗中看来，她有满腹的委屈和忧伤。她回到娘家，希望父母能给她安慰，但父母已不在人世，只看到父母亲手种植的桑梓……不幸的遭遇使她不由得怨愤地质问："天之生我，我辰安在？"她痛苦的心不能平静，当她看到池边的绿柳、茂盛的芦苇、奔跑的野鹿、求偶的山鸡，更引发她对自己不幸命运的哀叹。她埋怨丈夫的薄情，埋怨他不该偏听偏信，放过有错之人，使无辜的自己受冤屈。她还难以割断与丈夫的情丝，因而希望他说话莫要轻率，以防隔墙有耳，生出事端。但这一切呼唤终究是徒劳的，女歌者最后又陷入孤苦无依的伤感之中。通观全诗，词句凄婉，字字血泪。

①弁：喜乐貌。鸒：乌鸦。 ②提提：群飞悠闲貌。 ③踧踧：平坦貌。 ④鞫：充塞。为：犹"有"。 ⑤惄：忧思。捣：《韩诗外传》作"疛"，心腹病。 ⑥维：发语词。用：因。 ⑦疢：热病。疾首：头痛。 ⑧必恭敬止：桑梓是院旁常种之树，为先辈或父母亲手所植，故见树而怀亲，由树及人，敬人及树。 ⑨"靡……匪……"：犹"无……不……"。 ⑩不属于毛：意为难道不就像附在裘外表的毛。 ⑪不离于里：意为难道不是附着于裘内面的里子吗。 ⑫辰：时运。 ⑬菀：茂盛貌。斯：语气词。 ⑭蜩：蝉。嘒嘒：蝉鸣声。 ⑮漼：水深貌。 ⑯届：至。 ⑰伎伎：疾行貌。 ⑱雊：雉鸣声。 ⑲坏木：当作"瘣"，生病之树。 ⑳用：犹"而"。 ㉑先：放开。 ㉒墐：同"殣"，埋葬。 ㉓维：犹"何"。忍：忍心，残忍。 ㉔酬：在宴会上主人敬宾客叫酬，宾客敬主人

叫酢。㉕舒：缓慢。究：察问，探究。㉖掎：伐木时用绳子牵引以控制其倒下的方向。㉗扡：顺着木头的纹理劈砍。㉘佗：加。㉙浚：深。㉚属：附着。

qiǎo yán
巧 言

yōu yōu hào tiān
悠悠昊天，　　叫一声悠悠苍天，
yuē fù mǔ jū
曰父母且①！　　喊一声亲爹亲妈！
wú zuì wú gū
无罪无辜，　　百姓到底有啥罪，
luàn rú cǐ hū
乱如此怃②。　　遭受祸乱如此大。
hào tiān yǐ wēi
昊天已威③，　　苍天凶暴真可恨，
yú shèn wú zuì
予慎无罪④；　　可怜那些无罪人；
hào tiān tài hū
昊天泰怃⑤，　　苍天施虐甚又甚，
yú shèn wú gū
予慎无辜。　　可叹那些无辜人。

luàn zhī chū shēng
乱之初生，　　当时祸乱刚发生，
zèn shǐ jì hán
僭始既涵⑥。　　所有谗言都听从。
luàn zhī yòu shēng
乱之又生，　　接着又有祸乱起，
jūn zǐ xìn chán
君子信谗。　　君子信谗不怀疑。

jūn zǐ rú nù
君 子 如 怒， 君子若能斥奸佞，

luàn shù chuán jǔ
乱 庶 遄 沮⑦； 祸乱很快就平定；

jūn zǐ rú zhǐ
君 子 如 祉⑧， 君子若用好建议，

luàn shù chuán yǐ
乱 庶 遄 已。 祸乱很快会平息。

jūn zǐ lǚ méng
君 子 屡 盟， 君子谗人常结盟，

luàn shì yòng zhǎng
乱 是 用 长⑨； 无穷祸乱由此生；

jūn zǐ xìn dào
君 子 信 盗⑩， 君子常常信大盗，

luàn shì yòng bào
乱 是 用 暴。 祸乱发生更凶暴。

dào yán kǒng gān
盗 言 孔 甘， 盗贼说话如蜜甜，

luàn shì yòng tán
乱 是 用 餤⑪。 因而祸乱更增添。

fěi qí zhǐ gōng
匪 其 止 共⑫， 奸佞无礼又不恭，

wéi wáng zhī qióng
维 王 之 邛⑬。 那是君王大弊病。

yì yì qǐn miào
奕 奕 寝 庙， 寝庙高耸入云端，

jūn zǐ zuò zhī
君 子 作 之。 君子主持把它建。

zhì zhì dà yóu
秩 秩 大 猷⑭， 典章制度很完善，

shèng rén mó zhī
圣 人 莫 之⑮。 圣人来把谋略献。

tā rén yǒu xīn
他人有心， 他人内心想什么，
yú cǔn duó zhī
予忖度之。 我能揣度与判断。
tì tì chán tù
跃跃毚兔[16]， 野兔虽然跑得快，
yù quǎn huò zhī
遇犬获之。 碰上猎犬命归天。

rěn rǎn róu mù
荏染柔木[17]， 树木柔弱不禁风，
jūn zǐ shù zhī
君子树之。 君子亲手来栽种。
wǎng lái xíng yán
往来行言[18]， 四处传播之流言，
xīn yān shǔ zhī
心焉数之[19]。 我能将它分辨清。
yí yí shuò yán
蛇蛇硕言[20]， 骗人大话和空话，
chū zì kǒu yǐ
出自口矣。 无不出自谗人口。
qiǎo yán rú huáng
巧言如簧， 如吹笙簧说得巧，
yán zhī hòu yǐ
颜之厚矣。 谗人面皮可真厚。

bǐ hé rén sī
彼何人斯， 他是一个什么人，
jū hé zhī méi
居河之麋[21]。 大腹便便居河边。
wú quán wú yǒng
无拳无勇[22]， 既无才能又无勇，
zhí wéi luàn jiē
职为乱阶。 只会成为祸之源。

jì wēi qiě zhǒng
既微且尰[23]，　　双脚肿大小腿烂，

ěr yǒng yī hé
尔勇伊何？　　力气勇敢从何谈？

wéi yóu jiāng duō
为犹将多[24]，　　诡计多端必自毙，

ěr jū tú jǐ hé
尔居徒几何[25]？　　尔等横行能几天？

这是一首探究祸乱之源、埋怨君王信谗、愤骂佞臣谗人的诗。诗的开头歌者呼告上苍与父母：为什么会有这么大的祸乱？为什么要让无辜百姓受苦受难？并由此引发诗人对祸乱之源进行思索：佞臣进谗成功，必是君王信谗。遥想祸乱之初，君王若能对谗人怒以相拒，则谗无由进，祸不得兴；若能采纳忠谏，从善如流，也不至于有乱。必是因为谗言味甜如蜜，君主乐其甘美，受其毒害而不自觉。君王既能建"奕奕寝庙"，作"秩秩大猷"，为什么就不能忖度谗邪之人的险恶用心呢？最后，诗人怒火中烧，痛斥谗人：你巧言如簧，厚言无耻！你性柔且懦，无德无才，脚肿腿烂，看你还有几日！可谓咬牙切齿，愤恨之极。至于本诗具体怨刺何王、愤骂何臣，今已不可考。

①曰、且：均为语助词。　②怃：大。　③已：甚。威：暴虐。　④慎：忧。　⑤泰：同"太"，过分。　⑥僭：通"谮"，进谗言。涵：容纳。　⑦庶：庶几，差不多。遄：速。沮：终止。　⑧祉：福，喜，指喜纳善言。　⑨是用：是以。长：滋长。　⑩盗：这里指谗佞之人。　⑪餤：本义为进食，这里引申为增多或加剧。　⑫匪：非。止共：敬恭。止，礼。　⑬邛：病。　⑭秩秩：宏大貌。大猷：治国的大道，这里指典章制度。　⑮莫：通"谟"，谋略，谋划。　⑯跃跃：通"趯趯"，跳跃的样子。毚：狡猾。　⑰荏染：柔弱之意。　⑱往来：指辗转相传。行言：流言。　⑲数：辨。　⑳蛇蛇：通"訑訑"，欺骗。硕：大。　㉑麋：通"湄"，水边。　㉒拳：力。拳、勇：指有才能有力气的人。　㉓微：又作"癓"，小腿上有创伤或溃疡。尰：脚肿。　㉔犹：谋，这里指奸人的诡计。　㉕居：语助词。徒：徒众。

hé rén sī
何人斯

bǐ hé rén sī
彼何人斯？　　他是一个什么人？

qí xīn kǒng jiān
其心孔艰①。　　心地奸险太可恨。

hú shì wǒ liáng
胡逝我梁，　　为何到我鱼梁上，

bù rù wǒ mén
不入我门？　　为何不入我家门？

yī shuí yún cóng
伊谁云从②？　　到底他想追求谁？

wéi bào zhī yún
维暴之云。　　对我凶暴少温存。

èr rén cóng xíng
二人从行③，　　从前我俩多快乐，

shuí wéi cǐ huò
谁为此祸？　　关系破裂谁的错？

hú shì wǒ liáng
胡逝我梁，　　为何从我鱼梁过，

bù rù yàn wǒ
不入唁我④？　　不进家门安慰我？

shǐ zhě bù rú jīn
始者不如今⑤，　　从前对我很热烈，

yún bù wǒ kě
云不我可。　　而今说我缺点多。

bǐ hé rén sī
彼何人斯？　　他是一个什么人？

hú shì wǒ chén
胡逝我陈⑥？　　为何从我过道行？

wǒ wén qí shēng
我闻其声，　　只听见他说话声，

bù jiàn qí shēn
不见其身。　　寻找不见他人影。

bù kuì yú rén
不愧于人？　　扪心自问不惭愧？

bù wèi yú tiān
不畏于天？　　难道不怕天报应？

bǐ hé rén sī
彼何人斯？　　他是一个什么人？

qí wèi piāo fēng
其为飘风[7]。　　行踪不定似刮风。

hú bù zì běi
胡不自北？　　为何不从北边走？

hú bù zì nán
胡不自南？　　为何不从南边行？

hú shì wǒ liáng
胡逝我梁，　　为何到我鱼梁上，

qí jiǎo wǒ xīn
祇搅我心[8]。　　搅得我心不安宁。

ěr zhī ān xíng
尔之安行，　　你的车子慢慢行，

yì bù huáng shè
亦不遑舍[9]；　　也不抽空停一停；

ěr zhī jí xíng
尔之亟行，　　你的车子走得快，

huáng zhǐ ěr chē
遑脂尔车[10]。　　轴上加油如疾风。

yī zhě zhī lái
壹者之来[11]，　　上次来家不停留，

yún hé qí xū
云何其盱[12]！　　让我内心好伤痛！

ěr huán ér rù
尔还而入，　　返回请来我家里，

wǒ xīn yì yě 我心易也[13]；	我心别提多欢喜；
huán ér bù rù 还而不入，	路过家门而不入，
fǒu nán zhī yě 否难知也[14]。	难以揣摩你心意。
yī zhě zhī lái 壹者之来，	上次来家不停留，
bǐ wǒ qí yě 俾我祇也[15]。	使我忧伤泪沾衣。
bó shì chuī xūn 伯氏吹埙[16]，	大哥奏乐吹起埙，
zhòng shì chuī chí 仲氏吹篪[17]。	二哥吹篪多愉快。
jí ěr rú guàn 及尔如贯[18]，	我俩心似一线穿，
liàng bù wǒ zhī 谅不我知[19]。	真情你却不理解。
chū cǐ sān wù 出此三物，	摆出三牲鸡猪狗，
yǐ zǔ ěr sī 以诅尔斯[20]。	共同盟誓表心怀。
wéi guǐ wéi yù 为鬼为蜮[21]，	你像鬼蜮到处跑，
zé bù kě dé 则不可得。	飘忽不定抓不到。
yǒu tiǎn miàn mù 有靦面目[22]，	虽然脸面长得好，
shì rén wǎng jí 视人罔极[23]。	三心二意不牢靠。
zuò cǐ hǎo gē 作此好歌，	作此歌儿表内心，

yǐ jí fǎn cè
以 极 反 侧㉔。　　究诘反复无常人。

关于本诗的内容，旧说多以诗中“维暴之云”句，认为是苏公刺暴公，实无所据，难以服人。闻一多先生详细考证，《诗经》中大凡言及鱼、捕鱼之事，均为恋情、婚媾之比喻，本诗中“胡逝我梁（鱼梁）”共有三处，再结合全篇诗义来看，本诗似为一个女子的怨歌。她和一个青年男子曾是那样情投意合，不料后来那个青年另有所欢，疏远了她，于是她发而为歌，抒发自己的忧伤与怨恨。

①孔艰：甚为艰深难测。　②伊：发语词。云：语助词。从：此指追求。　③从行：有相处、相与之意。　④唁：这里指慰问。　⑤始者不如今：开始你对我不像今天这样冷淡。　⑥陈：指堂下至院门的通道，俗称穿堂。　⑦飘风：疾风。　⑧祇：适，正，恰恰。　⑨不遑：不暇，没空闲。舍：止息。　⑩脂：指给车轴上油脂，使其速度更快。⑪壹者：从前。　⑫云：发语词。盱：通“忏”，忧伤。　⑬易：和悦。　⑭否：则。难知：难以测知。　⑮俾：使。祇：通“疷”，病。　⑯埙：古陶制吹奏乐器。　⑰篪：古竹制吹奏乐器。　⑱及：与。贯：以绳穿钱贝。　⑲谅：诚，实在。　⑳诅：盟誓。斯：语气词。㉑蜮：古代传说中一种能含沙射人的动物，又名射影。　㉒有靦：犹“靦靦”，俨然端庄貌。　㉓视：通“示”，显示。　㉔极：穷极，深究。反侧：反复无常。

xiàng bó
巷 伯

qī xī fěi xī
萋 兮 斐 兮①，　　色彩交错纹鲜艳，

chéng shì bèi jǐn
成 是 贝 锦②。　　如同贝锦耀人眼。

bǐ zèn rén zhě
彼 谮 人 者，　　诡巧之人尽作恶，

yì yǐ tài shèn
亦 已 大 甚③！　　手段实在太凶残！

chǐ xī chǐ xī 哆兮侈兮[4]，	大嘴张开是南箕，
chéng shì nán jī 成是南箕[5]。	拨弄是非它第一。
bǐ zèn rén zhě 彼谮人者，	谗巧之人尽作恶，
shuí shì yǔ móu 谁适与谋[6]？	是谁给他出主意？
qī qī piān piān 缉缉翩翩[7]，	嘀嘀咕咕造舆论，
móu yù zèn rén 谋欲谮人。	天天都在算计人。
shèn ěr yán yě 慎尔言也[8]，	劝你别再胡乱吣，
wèi ěr bù xìn 谓尔不信。	人们对你不信任。
qiè qiè fān fān 捷捷幡幡[9]，	花言巧语胡乱讲，
móu yù zèn yán 谋欲谮言。	制造谣言把人伤。
qǐ bù ěr shòu 岂不尔受[10]，	人们受过你冤枉，
jì qí rǔ qiān 既其女迁[11]！	苦头最终你来尝！
jiāo rén hǎo hǎo 骄人好好[12]，	谗巧之人很猖狂，
láo rén cǎo cǎo 劳人草草[13]。	好人郁闷心悲伤。
cāng tiān cāng tiān 苍天苍天，	叫声苍天要明鉴，
shì bǐ jiāo rén 视彼骄人，	看清谗佞真嘴脸，

jīn cǐ láo rén
矜 此 劳 人。　　怜悯好人遭忧患。

bǐ zèn rén zhě
彼 谮 人 者，　　谗巧之人生祸殃，
shuí shì yǔ móu
谁 适 与 谋？　　何人与他共商量？
qǔ bǐ zèn rén
取 彼 谮 人，　　抓住那个造谣者，
tóu bì chái hǔ
投 畀 豺 虎⑭！　　扔给老虎与豺狼！
chái hǔ bù shí
豺 虎 不 食，　　豺狼老虎都不吃，
tóu bì yǒu běi
投 畀 有 北！　　把他扔到北大荒！
yǒu běi bù shòu
有 北 不 受，　　北边荒漠不接受，
tóu bì yǒu hào
投 畀 有 昊！　　把他扔到青天上！

yáng yuán zhī dào
杨 园 之 道⑮，　　有条大路通杨园，
yǐ yú mǔ qiū
猗 于 亩 丘⑯。　　紧靠高高亩丘边。
sì rén mèng zǐ
寺 人 孟 子⑰，　　寺人孟子心愤懑，
zuò wéi cǐ shī
作 为 此 诗⑱。　　写作此诗斥奸谗。
fán bǎi jūn zǐ
凡 百 君 子，　　叫声在座诸君子，
jìng ér tīng zhī
敬 而 听 之。　　敬请认真听我言。

这是寺人孟子被谗受害后抒写怨愤的诗。诗篇言辞激切，取譬生动形

象,令人过目难忘。如在首章中,诗人将谗人花言巧语编织谎言,比作以错杂之彩色丝线织成令人炫目的贝锦。次章更将谗人比为张着大嘴拨弄是非的箕星,活画出谗人摇唇鼓舌的丑恶嘴脸,寄寓着诗人的愤恨之情。尤其是诗的第六章,常为后人所称道。作者借助丰富奇特的想象,发誓要将谗人扔给豺虎,若豺虎嫌而不食,就把他扔到北疆荒漠,如果荒漠嫌而不受,则扔到天上去!这里以极度的想象与夸张,传达出极度的痛疾之情,把全诗推向高潮。正如姚际恒所评:“刺谗之诗无如此之快利,畅所欲言。”(《诗经通论》)

①萋、斐:花纹错杂的样子。 ②贝锦:贝壳多有文采,故可称锦为贝锦。 ③大:通“太”。 ④哆:张口的样子。侈:大。 ⑤南箕:南天上的箕星,共四星组成,像簸箕张口之状,古人认为箕星主口舌是非。 ⑥适:犹“独”。 ⑦缉缉:交头接耳之声。翩翩:亦作“谝谝”,花言巧语。 ⑧尔:指谗人。 ⑨捷捷:同“唼唼”,能言善辩。幡幡:同“翩翩”。 ⑩岂不尔受:即“岂不受尔”。受:受到。 ⑪既其女迁:好谮之祸行将迁而及汝。 ⑫骄人:指意得志满的谗人。 ⑬劳人:忧人。草草:通“慅慅”,忧愁。 ⑭畀:给予,付与。 ⑮杨园:园名。 ⑯猗:连接,通连。亩丘:丘名。 ⑰寺人:阉人,如后世之宦官。 ⑱作、为:同义连用。

gǔ fēng
谷　风

xí xí gǔ fēng
习习谷风,　　谷风飒飒不停息,

wéi fēng jí yǔ
维风及雨。　　又刮风来又下雨。

jiāng kǒng jiāng jù
将恐将惧[1],　　艰苦度日心恐惧,

wéi yú yǔ rǔ
维予与女[2]。　　患难唯有我和你。

jiāng ān jiāng lè
将安将乐,　　日子转好心安乐,

rǔ zhuǎn qì yú
女转弃予[3]!　　你却狠心把我弃!

xí xí gǔ fēng
习习谷风，　　谷风飒飒不停息，
wéi fēng jí tuí
维风及颓[4]。　　狂风回荡弥天际。
jiāng kǒng jiāng jù
将恐将惧，　　艰苦度日心恐惧，
zhì yú yú huái
寘予于怀[5]。　　紧紧把我抱怀里。
jiāng ān jiāng lè
将安将乐，　　日子转好心安乐，
qì yú rú yí
弃予如遗[6]。　　你却把我全忘记。

xí xí gǔ fēng
习习谷风，　　谷风吹起漫无边，
wéi shān cuī wéi
维山崔嵬。　　吹过巍巍山之巅。
wú cǎo bù sǐ
无草不死，　　吹得小草萎地死，
wú mù bù wěi
无木不萎。　　吹得树木都凋残。
wàng wǒ dà dé
忘我大德，　　我的大德你全忘，
sī wǒ xiǎo yuàn
思我小怨。　　反将小错记心间。

这是一首弃妇唱的歌，她含着泪水骂着那位负心汉。这既是对只能共患难不能共安乐的薄情郎的谴责，又是对那个损害女性的男尊女卑社会的有力控诉。本诗语言朴实浅近，风格有如《国风》。诗章以狂暴的谷风来比喻男子变心后的疾威暴虐，极富表现力。

①将：方，当。　②与：亲附，相助。　③转：反而。　④颓：自下而上之风。　⑤寘：即"置"。　⑥遗：忘记。

lù é

蓼莪

lù lù zhě é
蓼蓼者莪[1]？　高高一丛是莪蒿？

fěi é yī hāo
匪莪伊蒿。　不是莪蒿是青蒿。

āi āi fù mǔ
哀哀父母，　可叹双亲爹和娘，

shēng wǒ qú láo
生我劬劳[2]！　生我养我太辛劳！

lù lù zhě é
蓼蓼者莪？　高高一丛是莪蒿？

fěi é yī wèi
匪莪伊蔚[3]。　不是莪蒿那是蔚。

āi āi fù mǔ
哀哀父母，　可叹双亲爹和娘，

shēng wǒ láo cuì
生我劳瘁！　生我养我太劳累！

píng zhī qìng yǐ
瓶之罄矣[4]，　水瓶空空没有水，

wéi léi zhī chǐ
维罍之耻[5]。　水缸应该觉惭愧。

xiǎn mín zhī shēng
鲜民之生[6]，　世上最是孤儿苦，

bù rú sǐ zhī jiǔ yǐ
不如死之久矣！　不如早死免受罪！

wú fù hé hù
无父何怙，　失去亲爹无依靠，

wú mǔ hé shì
无母何恃！　失去亲娘依靠谁！

chū zé xián xù
出则衔恤[7]，　　走出家门心难受，
rù zé mǐ zhì
入则靡至[8]。　　进家无人心更悲。

fù xī shēng wǒ
父兮生我，　　我亲爹啊生了我，
mǔ xī jū wǒ
母兮鞠我[9]。　　我亲娘啊哺育我。
fǔ wǒ xù wǒ
拊我畜我[10]，　　抚爱我啊养活我，
zhǎng wǒ yù wǒ
长我育我，　　培养我啊教育我，
gù wǒ fù wǒ
顾我复我[11]，　　时时都在照看我，
chū rù fù wǒ
出入腹我[12]。　　出入都要抱着我。
yù bào zhī dé
欲报之德，　　长大以后欲报答，
hào tiān wǎng jí
昊天罔极！　　可恨老天先降祸！

nán shān liè liè
南山烈烈[13]，　　南山巍巍耸入天，
piāo fēng fā fā
飘风发发[14]。　　凄风呼呼似利剑。
mín mò bù gǔ
民莫不穀[15]，　　人们生活都很好，
wǒ dú hè hài
我独何害[16]！　　为何独我遭祸患！

nán shān lǜ lǜ
南山律律[17]，　　南山巍巍路难行，

piāo fēng fú fú
飘风弗弗[18]。　　寒风呼啸吹窗棂。

mín mò bù gǔ
民莫不穀，　　人们都能养父母，

wǒ dú bù zú
我独不卒[19]！　　为何独我难送终！

这是一首父母双亡的孤儿的悲歌。他念念不忘父母的养育之恩，却思报答而不得，因而抱恨终日，无限悱恻。前两章先总写父母的辛勤劳累，引发全篇。第三章既表达了诗人不能终养父母的惭愧，又抒发了难以忍受的孤凄之感。第四章进一步追念父母抚养自己的艰辛，读之令人眼湿。末二章哀叹自己独遇不幸，哀中似有深怨。这是一个孤子血泪交迸的哀歌，是表达孝思的千古绝唱。正如方玉润在《诗经原始》中所说："备极沉痛，几于一字一泪，可抵一部《孝经》读。"

①蓼蓼：高大的样子。莪：莪蒿。　②劬劳：辛劳。　③蔚：牡蒿。　④瓶：盛水器，较罍小。　⑤罍：古盛水器。姚际恒《诗经通论》云："瓶小，罍大，皆盛水器，瓶所以注水于罍也。瓶喻子，罍喻父母。瓶既罄竭则罍无所资，为罍之耻，犹子不得养父母而贻亲之辱也。"　⑥鲜：寡。鲜民：寡民，孤子。　⑦衔恤：含忧。　⑧靡至：无所亲。至：犹"亲"。　⑨鞠：养育。　⑩拊：犹"抚"，抚爱。畜：养育。　⑪顾：照顾。复：挂念。⑫腹：怀抱。　⑬烈烈：山高峻险阻的样子。　⑭飘风：暴起之疾风。发发：大风呼啸声。　⑮穀：善。又训为养，指赡养父母。　⑯何：通"荷"，蒙受。　⑰律律：山势高耸突起的样子。　⑱弗弗：犹"发发"。　⑲不卒：不得终养父母。

dà dōng
大东

yǒu méng guǐ sūn
有饛簋飧[1]，　　碗里饭菜装得满，

yǒu qiú jí bǐ
有捄棘匕[2]。　　枣木勺子伸进碗。

zhōu dào rú dǐ
周道如砥[3]，　　周道平如磨刀石，

qí zhí rú shǐ
其直如矢。　　直通东方如箭杆。
jūn zǐ suǒ lǚ
君子所履，　　上面只许老爷过，
xiǎo rén suǒ shì
小人所视。　　不准小民近路边。
juàn yán gù zhī
睠言顾之[4]，　　望着周道心愁苦，
shān yān chū tì
潸焉出涕。　　不觉泪下湿衣衫。

xiǎo dōng dà dōng
小东大东[5]，　　不论近东与远东，
zhù zhú qí kōng
杼柚其空[6]。　　布帛全被劫一空。
jiū jiū gé jù
纠纠葛屦[7]，　　百姓穿着葛麻鞋，
hé yǐ lǚ shuāng
可以履霜[8]？　　怎能踏霜御寒冬？
tiáo tiáo gōng zǐ
佻佻公子[9]，　　那些轻狂贵公子，
xíng bǐ zhōu háng
行彼周行。　　行走周道显威风。
jì wǎng jì lái
既往既来，　　来来往往刮民财，
shǐ wǒ xīn jiù
使我心疚。　　使我内心好伤痛。

yǒu liè guǐ quán
有洌氿泉[10]，　　清冽山泉流下来，
wú jìn huò xīn
无浸获薪[11]。　　不要浸湿我干柴。
qì qì wù tàn
契契寤叹[12]，　　彻夜难眠长太息，
āi wǒ dàn rén
哀我惮人[13]。　　哀叹穷人真无奈。

xīn shì huò xīn
薪是获薪[14]，　砍下树枝作薪柴，
shàng kě zài yě
尚可载也。　还得用车来装载。
āi wǒ dàn rén
哀我惮人，　穷苦百姓最可怜，
yì kě xī yě
亦可息也。　休息休息也应该。

dōng rén zhī zǐ
东人之子，　东人之子无好运，
zhí láo bù lài
职劳不来[15]。　辛苦劳作无人问。
xī rén zhī zǐ
西人之子，　那些贵族诸公子，
càn càn yī fú
粲粲衣服。　游手好闲衣服新。
zhōu rén zhī zǐ
舟人之子[16]，　贵族公子多安逸，
xióng pí shì qiú
熊罴是裘[17]；　捕熊猎罴寻欢乐；
sī rén zhī zǐ
私人之子[18]，　东人之子多勤苦，
bǎi liáo shì shì
百僚是试[19]。　各种差事都得做。

huò yǐ qí jiǔ
或以其酒，　有人把那醇酩饮，
bù yǐ qí jiāng
不以其浆。　有人没有薄酒浆。
juān juān pèi suì
鞙鞙佩璲[20]，　有人拥有宝玉佩，
bù yǐ qí cháng
不以其长。　有人衣衫不够长。
wéi tiān yǒu hàn
维天有汉，　一道银河横天际，

jiàn yì yǒu guāng
监 亦 有 光[21]。　如同镜子闪光亮。

qí bǐ zhī nǚ
跂 彼 织 女[22]，　遥想河旁织女星，

zhōng rì qī xiāng
终 日 七 襄[23]。　终日七次移位忙。

suī zé qī xiāng
虽 则 七 襄，　虽然织女在忙碌，

bù chéng bào zhāng
不 成 报 章[24]。　不能织出五彩布。

huàn bǐ qiān niú
睆 彼 牵 牛[25]，　牵牛星儿在闪光，

bù yǐ fú xiāng
不 以 服 箱[26]。　不能用它拉车辆。

dōng yǒu qǐ míng
东 有 启 明[27]，　东方有星叫启明，

xī yǒu cháng gēng
西 有 长 庚。　西天有星叫长庚。

yǒu qiú tiān bì
有 捄 天 毕[28]，　天毕如网把柄长，

zài shī zhī háng
载 施 之 行[29]。　徒劳无益挂天上。

wéi nán yǒu jī
维 南 有 箕，　南天挂着簸箕星，

bù kě yǐ bǒ yáng
不 可 以 簸 扬。　不可用来簸米糠。

wéi běi yǒu dǒu
维 北 有 斗[30]，　箕星之北有南斗，

bù kě yǐ yì jiǔ jiāng
不 可 以 挹 酒 浆[31]。　不可用来舀酒浆。

wéi nán yǒu jī
维 南 有 箕，　南天挂着簸箕星，

zài xī qí shé
载 翕 其 舌[32]。 缩着舌头把嘴张。
wéi běi yǒu dǒu
维 北 有 斗， 箕星之北有南斗，
xī bǐng zhī jiē
西 柄 之 揭[33]。 西翘长柄向东方。

这是东方诸侯国的臣民讽刺周王朝统治者残酷掠夺财物、奴役人民的诗。首章揭露了周统治集团占有东方人民劳动果实的事实，望着统治者搜刮民脂民膏、运送货物的周道，再看看生活在水深火热之中的百姓，诗人不禁潸然泪下。第二章描写贵族统治者贪婪攫取东方人民布帛的情况，令人触目惊心。第三章哀悯百姓的穷困、劳顿。第四章中诗人有意识地将东人之子与贵族子弟作对比：一方是终日劳苦，一方是吃穿妆扮；一方是无所不干，一方是打猎游玩。在鲜明的对比中，蕴含着诗人的愤懑。第五、六、七三章忽生奇幻，诗的笔触从人间转至天上，借讽刺星宿来鞭挞人间的暴君：织女终日忙，却不能织布帛彩缎；牵牛闪闪亮，却不能牵引车厢。南天上的箕星，非但不能簸米扬糠，反张其口有所吞噬；箕星之北的南斗，非但不能舀酒浆，反揭其柄若取乎东！这三章文字取譬奇特，嬉笑怒骂，痛快淋漓！全诗情感激切，思想深刻，手法高妙奇绝，不愧是《诗经》中的名篇。

①有饛：犹“饛饛”，食物满盛的样子。簋：古代食器。飧：饭食。 ②有捄：犹“捄捄”，长而弯曲的样子。棘：酸枣木。匕：勺，羹匙。 ③如砥：像磨刀石那样平直。 ④睠言：回头的样子。言：同“焉”“然”。 ⑤小东大东：指东方各诸侯国，离周京最远的称大东，稍近的称小东。 ⑥杼：梭子。柚：织布机上卷布的大轴。 ⑦纠纠：绳索交叉缠绕之状。葛屦：用葛麻编成的鞋。 ⑧可：通“何”，表反问。 ⑨佻佻：轻薄的样子。 ⑩氿泉：泉水上涌受阻，从旁侧流出。 ⑪获薪：砍下的柴。 ⑫契契：忧苦的样子。寤：睡不着。 ⑬惮：通“瘅”，劳苦。 ⑭第一个“薪”字是砍下的意思，作动词用。 ⑮来：通“勑”，慰劳。不来：无人慰劳。 ⑯舟人：即周人。 ⑰裘：通“求”，求取，这里是猎取的意思。 ⑱私人：小人，指下层百姓。 ⑲僚：劳。百僚：各种事务。试：用。 ⑳鞙鞙：形容佩玉的样子。璲：瑞玉，可以为佩。 ㉑监：同“鉴”，古代的铜镜。 ㉒跂：踮起脚跟。织女：星宿名。 ㉓七襄：终日自卯至酉，共七辰，织女每辰易位一次，故曰七襄。 ㉔报：反复，指梭子引线往复织布。章：花纹。 ㉕睆：明亮的样子。牵牛：星宿名。 ㉖不以：不能用来。服：驾。箱：车厢。 ㉗启明：同下句“长庚”是同一颗星，即金星。金星早晨出现在东方，晚上出现于西方，古人误以为二星。 ㉘天毕：毕

星，由八颗星组成，状如捕兔之毕网。 ㉙载：则。施：张。行：行列。 ㉚维北有斗：指箕星之北的南斗星。 ㉛挹：舀。 ㉜翕：向内收敛。 ㉝揭：高举，这里指南斗星柄指西方而上扬。

四月

sì yuè wéi xià
四 月 维 夏， 四月初夏日炎炎，
liù yuè cú shǔ
六 月 徂 暑[①]。 六月酷暑将过完。
xiān zǔ fěi rén
先 祖 匪 人， 先祖不佑心不仁，
hú nìng rěn yú
胡 宁 忍 予[②]？ 忍心看我受苦难？

qiū rì qī qī
秋 日 凄 凄， 秋日凄凄芦花白，
bǎi huì jù féi
百 卉 具 腓[③]。 草木零落万物衰。
luàn lí mò yǐ
乱 离 瘼 矣[④]， 身经祸乱又多病，
yuán qí shì guī
爰 其 适 归？ 归途茫茫不胜哀？

dōng rì liè liè
冬 日 烈 烈， 严冬凛冽临岁晚，
piāo fēng fā fā
飘 风 发 发。 北风呼呼似利剑。
mín mò bù gǔ
民 莫 不 穀， 人们生活都安乐，
wǒ dú hé hài
我 独 何 害[⑤]？ 为何独我遭祸患？

shān yǒu jiā huì
山有嘉卉，　　春暖花开色鲜艳，
hóu lì hóu méi
侯栗侯梅[6]。　　有栗有梅谁赏玩？
fèi wéi cán zéi
废为残贼[7]，　　奸人祸国又害民，
mò zhī qí yóu
莫知其尤！　　不知那是把罪犯！

xiāng bǐ quán shuǐ
相彼泉水，　　看那山泉有很多，
zài qīng zài zhuó
载清载浊。　　有的清来有的浊。
wǒ rì gòu huò
我日构祸[8]，　　日日遭祸心恐惧，
hé yún néng gǔ
曷云能穀[9]？　　什么时候能解脱？

tāo tāo jiāng hàn
滔滔江汉[10]，　　滔滔江汉奔流急，
nán guó zhī jì
南国之纪[11]。　　南国水流之纲纪。
jìn cuì yǐ shì
尽瘁以仕，　　竭心尽力勤王事，
nìng mò wǒ yǒu
宁莫我有[12]！　　无人友善无人理！

fěi tuán fěi yuān
匪鹑匪鸢[13]，　　恨我不是雕和鸢，
hàn fēi lì tiān
翰飞戾天[14]。　　不能自由上青天。
fěi zhān fěi wěi
匪鳣匪鲔[15]，　　恨我不是鲔和鳇，

qián táo yú yuān 潜 逃 于 渊。	不能潜藏避祸患。
shān yǒu jué wēi 山 有 蕨 薇，	蕨菜薇菜满山坡，
xí yǒu qǐ yí 隰 有 杞 桋[16]。	枸杞赤楝生洼地。
jūn zǐ zuò gē 君 子 作 歌，	君子高声把歌唱，
wéi yǐ gào āi 维 以 告 哀。	诉说哀伤和委屈。

这是一首下层官吏的哀歌。他受小人谗害，被派行役南国，历时长久，哀伤不已。首章写夏日行役，南国暑热自不待言，诗人怨愤满腹，以至于抱怨祖先不予佑护。次章写秋日凄凄，百草凋零，诗人忧思成病。第三章写诗人在溧冽寒风中奔波不休，他发出浩叹，意甚不平。第四章写南国花开，但诗人面对美景反添愁怨，他转而斥骂害国害民的残贼之人。第五章写见泉水而有感，水有清浊，人有善恶，为何善人常遭祸？第六章写见滔滔江汉而伤怀，江汉为南国水系之纲纪，而周王朝之纲纪何在？第七章写自己恨不能化鸟上天，化鱼入渊，全身远祸。末章写作诗因由。写景与抒情相结合是本诗的最大特色，尤其是前四章写四季行役，各章前两句的写景，很好地烘托了后两句的情感抒发。另外，诗中的比兴手法也很成功，如以泉之清浊比人之善恶，以雕鸢翱翔反兴人的不自由等，都极贴切生动，收到了很好的艺术效果。

①徂暑："暑徂"之倒文，指酷暑即将过去。 ②胡：何。宁：犹"为"。 ③腓：草木枯萎。 ④瘼：病。 ⑤何：通"荷"，受。 ⑥侯：维，犹"有"。 ⑦废：大。残贼：摧残、损害人民的人。 ⑧构：通"遘"，遇。 ⑨曷：何。云：语中助词。 ⑩江汉：长江、汉水。 ⑪纪：纲纪。 ⑫宁：何。莫我有："莫有我"之倒文。有：通"友"，亲善。 ⑬鹑：雕。鸢：鹞鹰。 ⑭翰飞：高飞。戾：至。 ⑮鳣：又名鳇，鱼的一种。鲔：又名鲟。⑯桋：赤楝。

北山
běi shān

zhì bǐ běi shān 陟彼北山，	努力登上那北山，
yán cǎi qí qǐ 言采其杞。	采摘枸杞好煮饭。
xié xié shì zǐ 偕偕士子[①]，	士子年轻身体健，
zhāo xī cóng shì 朝夕从事。	朝夕做事不得闲。
wáng shì mǐ gǔ 王事靡盬，	官家差事无尽期，
yōu wǒ fù mǔ 忧我父母。	挂念爹娘没人管。
pǔ tiān zhī xià 溥天之下[②]，	天下虽然很宽广，
mò fēi wáng tǔ 莫非王土；	所有土地归周王；
shuài tǔ zhī bīn 率土之滨[③]，	四海之内人无数，
mò fēi wáng chén 莫非王臣。	都是周王之臣仆。
dà fū bù jūn 大夫不均[④]，	大夫做事不公道，
wǒ cóng shì dú xián 我从事独贤[⑤]。	独让我把重担挑。
sì mǔ bāng bāng 四牡彭彭，	四匹公马强又壮，
wáng shì bēng bēng 王事傍傍[⑥]。	官差紧迫赶路忙。

jiā wǒ wèi lǎo
嘉我未老，　　夸我年少有希望，

xiǎn wǒ fāng jiāng
鲜我方将[7]。　　说我年轻力量强。

lǚ lì fāng gāng
“旅力方刚[8]，　　“膂力过人气昂昂，

jīng yíng sì fāng
经营四方！”[9]　　奔走四方理应当！”

huò yàn yàn jū xī
或燕燕居息[10]，　　有人悠游多安逸，

huò jìn cuì shì guó
或尽瘁事国。　　有人为国尽心力。

huò xī yǎn zài chuáng
或息偃在床[11]，　　有人床上怡然息，

huò bù yǐ yú xíng
或不已于行。　　有人路上奔不已。

huò bù zhī jiào háo
或不知叫号，　　有人不知穷人号，

huò cǎo cǎo qú láo
或惨惨劬劳[12]。　　有人心忧日夜劳。

huò qī chí yǎn yǎng
或栖迟偃仰[13]，　　有人只知燕游乐，

huò wáng shì yāng zhǎng
或王事鞅掌[14]。　　有人贪黑又起早。

huò dān lè yǐn jiǔ
或湛乐饮酒[15]，　　有人饮酒耽安乐，

huò cǎo cǎo wèi jiù
或惨惨畏咎。　　有人心忧恐出错。

huò chū rù fēng yì
或出入风议[16]，　　有人善于巧言谈，

huò mǐ shì bù wéi
或靡事不为。　　有人孜孜把事做。

这是一首下层小官吏怨刺劳逸不均的诗。首章言己朝夕从事，行役不已，有家不能归，忧念父母无人照顾。第二、三章埋怨劳逸不均：大家都在勤于王事，为什么给我的差役又苦又累？夸赞我年富力强是假，让我出力卖命才是真！后三章则通过一连串的对比，揭露苦乐不均的事实。诗人虽没有表明自己的态度，但透过字里行间，我们不难体会到一个小人物的忧伤和难以抑制的愤慨。

①偕偕：强壮的样子。士：周代等级较低的官。　②溥：通“普”。　③率：循，沿。滨：水边。　④不均：不公平，指分配任务不合理。　⑤贤：重，多。　⑥傍傍：无尽无休。　⑦鲜：赞美。方将：正壮。　⑧旅：同“膂”。膂力：指体力。刚：强盛。　⑨经营：奔走劳作。　⑩或：有的人。燕燕：安闲的样子。　⑪偃：仰卧休息。　⑫惨惨：犹“懆懆”，忧虑不安的样子。　⑬栖迟：休息游乐。偃仰：仰卧休息。　⑭鞅掌：劳碌不暇的样子。　⑮湛乐：沉湎于安乐。　⑯风议：放言空论。

wú jiāng dà chē
无将大车

wú jiāng dà chē
无将大车，　　走路莫要扶大车，
zhī zì chén xī
祇自尘兮[1]。　　只会尘土荡满身。
wú sī bǎi yōu
无思百忧，　　闲来莫思烦恼事，
zhī zì qí xī
祇自疧兮[2]。　　忧愁成病折磨人。

wú jiāng dà chē
无将大车，　　走路莫把大车扶，
wéi chén míng míng
维尘冥冥[3]。　　尘土飞扬满路途。

wú sī bǎi yōu
无思百忧，　　闲来莫思烦恼事，
bù chū yú jiǒng
不出于颎[4]。　　耿耿不宁心痛苦。

wú jiāng dà chē
无将大车，　　走路莫随大车后，
wéi chén yōng xī
维尘雍兮[5]。　　尘土飞扬遮日头。
wú sī bǎi yōu
无思百忧，　　闲来莫思烦恼事，
zhī zì zhǒng xī
祇自重兮[6]。　　忧愁成病心难受。

这首诗的作者感时伤乱、百忧并集，同时又认识到沉湎于忧虑之中就像扶着尘土飞扬的大车走路一样，非徒无益，反受折磨，因而作此诗自我排遣。诗中比兴手法的运用新颖而贴切，给人以深刻的印象。

①祇：适，正。　②疧：忧病。　③冥冥：尘土障蔽，昏晦暗淡。　④不出于颎：《诗集传》谓“忧中耿耿然不能出”。颎：同“耿”。　⑤雍：通“壅”，遮蔽。　⑥重：同“肿”，病。

xiǎo míng
小明

míng míng shàng tiān
明明上天，　　明明上天听我言，
zhào lín xià tǔ
照临下土。　　求您监察人世间。
wǒ zhēng cú xī
我征徂西，　　想我行役去西方，
zhì yú qiú yě
至于艽野[1]。　　直到边关荒野间。
èr yuè chū jí
二月初吉[2]，　　十二月初吉日走，

zài lí hán shǔ
载 离 寒 暑[3]。 历经寒暑又一年。

xīn zhī yōu yǐ
心 之 忧 矣， 百忧盘结我心里，

qí dú tài kǔ
其 毒 大 苦[4]。 味如毒药苦难言。

niàn bǐ gōng rén
念 彼 共 人[5]， 想起那位好同事，

tì líng rú yǔ
涕 零 如 雨。 泪下如雨湿衣衫。

qǐ bù huái guī
岂 不 怀 归？ 难道不想返回家？

wèi cǐ zuì gǔ
畏 此 罪 罟[6]。 触犯律条我不敢。

xī wǒ wǎng yǐ
昔 我 往 矣， 想起当初离家园，

rì yuè fāng chú
日 月 方 除[7]。 时值隆冬要过年。

hé yún qí huán
曷 云 其 还？ 何时才能回家去？

suì yù yún mù
岁 聿 云 莫[8]。 漫长一年将过完。

niàn wǒ dú xī
念 我 独 兮， 想我一人太孤单，

wǒ shì kǒng shù
我 事 孔 庶[9]。 差事还有一件件。

xīn zhī yōu yǐ
心 之 忧 矣， 思前想后心忧虑，

dàn wǒ bù xiá
惮 我 不 暇[10]。 整日劳累不得闲。

niàn bǐ gōng rén
念 彼 共 人， 想起那位好同事，

juàn juàn huái gù
睠 睠 怀 顾。 让人缱绻倍伤感。

qǐ bù huái guī
岂不怀归？ 难道不想返回家？
wèi cǐ qiǎn nù
畏此谴怒[11]。 长官发火要瞪眼。

xī wǒ wǎng yǐ
昔我往矣， 想我当初到边疆，
rì yuè fāng yù
日月方奥[12]。 冬去春来暖洋洋。
hé yún qí huán
曷云其还？ 何时才能返回家？
zhèng shì yù cù
政事愈蹙。 政事愈来愈繁忙。
suì yù yún mù
岁聿云莫， 眼看一年又过去，
cǎi xiāo huò shū
采萧获菽[13]。 还得采萧割豆秧。
xīn zhī yōu yǐ
心之忧矣， 思前想后心忧虑，
zì yí yī qī
自诒伊戚[14]。 独自哀痛泪沾裳。
niàn bǐ gōng rén
念彼共人， 想起那位好同事，
xīng yán chū sù
兴言出宿[15]。 耿耿不寐到天亮。
qǐ bù huái guī
岂不怀归？ 难道不想返回家？
wèi cǐ fǎn fù
畏此反覆[16]。 害怕灾祸降头上。

jiē ěr jūn zǐ
嗟尔君子， 叫声君子听我言，
wú héng ān chǔ
无恒安处。 不要安逸享清闲。
jìng gōng ěr wèi
靖共尔位[17]， 忠于职守别偷懒，

zhèng zhí shì jǔ 正直是与⑱。	为人正直品行端。
shén zhī tīng zhī 神之听之，	神明听到这一切，
shì gǔ yǐ rǔ 式穀以女⑲。	赐你吉祥永平安。
jiē ěr jūn zǐ 嗟尔君子，	叫声君子听我讲，
wú héng ān xī 无恒安息。	贪图安逸不应当。
jìng gōng ěr wèi 靖共尔位，	办事谨慎尽职守，
hào shì zhèng zhí 好是正直⑳。	为人正直又善良。
shén zhī tīng zhī 神之听之，	神明听到这一切，
jiè ěr jǐng fú 介尔景福㉑。	赐你福禄永安康。

这是一首官吏自述其久役思归及怀念朋友的诗。诗人自叹被派行役远去西方，直到遥远的荒凉之地，物换星移，寒暑易节，他盼着长官召他返回，可直到岁暮，还是归期无望。他受着思家的煎熬，再加上政务缠身，更是心力交瘁、如吞苦毒！他既盼着还家，又感于仕途多险……这一切更使他倍感孤寂凄伤，思念好友。最后诗人诫勉朋友在此乱世不宜贪图逸乐，要认真从公，遵守规范，自求多福。本诗的感人之处就在于它是真情的流露和心迹的剖白，非有亲身感受者不能道也。

①艽野：指荒远之地。　②二月：指周历二月，即夏历的十二月。初吉：初旬的吉日。　③载：语助词。离：经历。　④大：同“太”。　⑤共：通“恭”。恭人：宽和谦恭之人，指诗人的朋友，也就是第四、五章中所说的“君子”。　⑥罟：网。　⑦除：除陈布新。　⑧聿、云：皆语助词。莫：“暮”的本字。　⑨孔庶：甚多。　⑩惮：通“瘅”，积劳成疾。不暇：不得休闲。　⑪畏此谴怒：害怕受到谴责怒斥。　⑫方：正。奥：通“燠”，暖。　⑬萧：黄

蒿。 ⑭诒:通“贻”,留下。伊:此。戚:忧伤。 ⑮兴言:犹“薄言”,语助词。出宿:王先谦《诗三家义集疏》谓:“思虑辗转,不能安寝也。” ⑯反覆:这里指不测之祸,犹上文之“罪罟”“谴怒”。 ⑰靖:犹“审”,仔细,认真。共:同“恭”,敬慎。 ⑱与:通“举”,指行为、举止。 ⑲式:乃。穀:善,福。以:与。女:汝。 ⑳好:爱好。 ㉑介:助。景:大。

鼓钟
gǔ zhōng

gǔ zhōng qiāng qiāng 鼓钟将将,	敲起编钟锵锵响,
huái shuǐ shāng shāng 淮水汤汤,	淮河奔流翻波浪,
yōu xīn qiě shāng 忧心且伤。	我心忧愁又悲伤。
shū rén jūn zǐ 淑人君子,	那位温良好君子,
huái yǔn bù wàng 怀允不忘①。	叫人实在不能忘。
gǔ zhōng jiē jiē 鼓钟喈喈②,	敲起编钟声清扬,
huái shuǐ jiē jiē 淮水湝湝③,	淮河哗哗向东方,
yōu xīn qiě bēi 忧心且悲。	我心忧愁又悲凉。
shū rén jūn zǐ 淑人君子,	那位温良好君子,
qí dé bù huí 其德不回④。	品德无邪人敬仰。
gǔ zhōng fá gāo 鼓钟伐鼛⑤,	打起鼓来敲起钟,
huái yǒu sān zhōu 淮有三洲⑥,	淮上三洲乐声动,

yōu xīn qiě chōu 忧心且妯[7]。	我心忧愁又伤痛。
shū rén jūn zǐ 淑人君子，	那位温良好君子，
qí dé bù yóu 其德不犹[8]。	品德高尚人敬重。
gǔ zhōng qīn qīn 鼓钟钦钦[9]，	敲起编钟响钦钦，
gǔ sè gǔ qín 鼓瑟鼓琴，	又鼓瑟来又弹琴，
shēng qìng tóng yīn 笙磬同音。	笙簧玉磬欣同音。
yǐ yǎ yǐ nán 以雅以南[10]，	更有雅南齐演奏，
yǐ yuè bù jiàn 以籥不僭[11]。	答声婉转韵味深。

关于本诗的内容，《小序》谓“斥幽王也”，前代学者多有驳正，认为与诗义不合。细品其词，似是一首怀人之作。诗人听到淮河边悠扬悦耳的乐曲声，不禁由美好的音乐而联想起那位品德美好的“君子”。“君子”一去不返，令他忧伤不已，诗人就在钟鼓管弦合奏的乐曲声中陷入了对往昔的回忆之中……

①怀：思念。允：确实。 ②喈喈：本指鸟鸣和婉，这里指声音和谐悦耳。 ③湝湝：水流的样子。 ④回：邪。 ⑤鼛：大鼓。 ⑥三洲：淮上地，未详。 ⑦妯：悲痛。 ⑧犹：通“瘉”，毛病。 ⑨钦钦：象声词。 ⑩以：为，指演奏。雅、南：章太炎、郭沫若等研究认为是两种古乐器。“雅”状如漆筒，两端蒙有羊皮，以手击拍发声。“南”，其状似铃。 ⑪籥：乐器名，似排箫。僭：乱。

chǔ cí

楚茨

chǔ chǔ zhě cí
楚楚者茨[1]，　　蒺藜丛丛遍野生，
yán chōu qí jí
言抽其棘[2]。　　斩除蒺藜把地耕。
zì xī hé wéi
自昔何为？　　古来如此做什么？
wǒ yì shǔ jì
我蓺黍稷[3]。　　要将黍稷来播种。
wǒ shǔ yú yú
我黍与与[4]，　　黍苗长得很稠密，
wǒ jì yì yì
我稷翼翼[5]。　　稷苗长得很茂盛。
wǒ cāng jì yíng
我仓既盈，　　大小粮仓都堆满，
wǒ yǔ wéi yì
我庾维亿[6]。　　粮囤多得数不清。
yǐ wéi jiǔ shí
以为酒食，　　用它酿酒做饭食，
yǐ xiǎng yǐ sì
以享以祀。　　摆在庙堂供神明。
yǐ tuǒ yǐ yòu
以妥以侑[7]，　　快劝神明用酒饭，
yǐ jiè jǐng fú
以介景福。　　求得幸福与安宁。

jǐ jǐ qiāng qiāng
济济跄跄[8]，　　端庄恭敬有礼仪，
jié ěr niú yáng
絜尔牛羊[9]，　　牛羊清洁已备齐，
yǐ wǎng zhēng cháng
以往烝尝[10]。　　拿它祭祀表心意。

huò bō huò pēng
或剥或亨[11]，　　有人宰割有人煮，

huò sì huò jiāng
或肆或将[12]。　　盛好熟肉都摆出。

zhù jì yú bēng
祝祭于祊[13]，　　太祝门内来主祭，

sì shì kǒng míng
祀事孔明[14]。　　各项事务有条理。

xiān zǔ shì huáng
先祖是皇[15]，　　列位先祖欣然往，

shén bǎo shì xiǎng
神保是飨[16]。　　神灵来把祭品尝。

xiào sūn yǒu qìng
孝孙有庆[17]，　　孝孙诚敬神灵佑，

bào yǐ jiè fú
报以介福[18]，　　报祭祖先求福康，

wàn shòu wú jiāng
万寿无疆！　　赐您万寿永无疆！

zhí cuàn jí jí
执爨踖踖[19]，　　厨师敏捷不停忙，

wéi zǔ kǒng shuò
为俎孔硕[20]，　　肉类丰盛摆桌上，

huò fán huò zhì
或燔或炙。　　或烧或烤味道香。

jūn fù mò mò
君妇莫莫[21]，　　主妇敬肃有礼仪，

wéi dòu kǒng shù
为豆孔庶，　　端上祭品摆成行，

wéi bīn wéi kè
为宾为客。　　宾客如云都到场。

xiàn chóu jiāo cuò
献酬交错[22]，　　主宾互相把酒让，

lǐ yí zú dù
礼仪卒度[23]，　　合乎礼节都适当，

xiào yǔ zú huò
笑语卒获[24]。　言笑适度不放荡。

shén bǎo shì gé
神保是格[25]，　祖先神灵已下降，

bào yǐ jiè fú
报以介福，　报祭祖先求福康，

wàn shòu yōu zuò
万寿攸酢[26]！　赐您万寿永无疆！

wǒ kǒng rǎn yǐ
我孔熯矣[27]，　我们祭祀很谨慎，

shì lǐ mò qiān
式礼莫愆[28]。　礼仪无错皆适当。

gōng zhù zhì gào
工祝致告[29]，　司仪传告礼已成，

cú lài xiào sūn
徂赉孝孙。　赐福孝孙神灵降。

bì fēn xiào sì
苾芬孝祀[30]，　桌上供品味道香，

shén shì yǐn shí
神嗜饮食，　神灵欣然来品尝，

bǔ ěr bǎi fú
卜尔百福。　赐您福禄作报偿。

rú jī rú shì
如几如式[31]，　祭祀定期合法度，

jì qí jì jì
既齐既稷[32]，　行动敏捷又齐整，

jì kuāng jì chì
既匡既敕[33]。　态度谨慎又端庄。

yǒng xī ěr jí
永锡尔极[34]，　永远赐您大吉祥，

shí wàn shí yì
时万时亿[35]！　福禄万亿无限量！

lǐ yí jì bèi
礼仪既备，　各种仪式已完备，

zhōng gǔ jì jiè
钟鼓既戒[36]。　敲钟打鼓近尾声。

xiào sūn cú wèi
孝孙徂位[37]，　孝孙回到祭前位，

gōng zhù zhì gào
工祝致告。　司仪宣告礼已成。

shén jù zuì zhǐ
神具醉止[38]，　神灵全都有醉意，

huáng shī zài qǐ
皇尸载起[39]。　皇尸起身往回行。

gǔ zhōng sòng shī
鼓钟送尸，　敲钟打鼓送尸神，

shén bǎo yù guī
神保聿归[40]。　神灵回归如飘风。

zhū zǎi jūn fù
诸宰君妇，　众位膳夫与主妇，

fèi chè bù chí
废彻不迟[41]。　撤掉祭品忙行动。

zhū fù xiōng dì
诸父兄弟，　诸位父老与兄弟，

bèi yán yàn sī
备言燕私[42]。　齐聚宴饮欢情浓。

yuè jù rù zòu
乐具入奏，　乐队奏乐入后殿，

yǐ suí hòu lù
以绥后禄[43]。　子孙享受祭后饭。

ěr yáo jì jiāng
尔殽既将[44]，　那些菜肴味道美，

mò yuàn jù qìng
莫怨具庆[45]。　众人欢乐无怨言。

jì zuì jì bǎo
既醉既饱，　待到酒足饭饱后，

xiǎo dà qǐ shǒu
小大稽首。　老少叩头神位前。

shén shì yǐn shí
神嗜饮食，　　神灵喜爱这菜肴，

shǐ jūn shòu kǎo
使君寿考。　　使您长寿享百年。

kǒng huì kǒng shí
孔惠孔时[46]，　　祭祀顺利又完美，

wéi qí jìn zhī
维其尽之[47]。　　尽合礼仪无缺憾。

zǐ zǐ sūn sūn
子子孙孙，　　子孙后代要牢记，

wù tì yǐn zhī
勿替引之[48]。　　保持祭礼到永远。

这是一首祭祀祖先的乐歌，全诗六章，篇幅宏大。首章先从先人开荒稼穑言起，有垦荒而后有收成，有收成而后有享祀，有享祀而后得福禄，给人以追古思远之感。第二、三章备言牲礼之洁、俎豆之盛及从祀之人的敬慎紧张。其中对准备祭品的过程（“或剥或亨，或肆或将”“或燔或炙”）的描写，渲染出祭祀的隆重与气氛的热烈。第四、五两章着重表现祭祀仪式的严整肃穆，尽力表现出祭者的诚心。末章则叙述了祭后众人宴飨欢聚的情形，并对祭祀的完满结束表示赞颂。通篇叙述祭祀过程有条不紊，章法分明，语气典重而不显得板滞，可谓祭祀乐歌中的佳作。

①楚楚：盛密的样子。茨：蒺藜。　②抽：除。棘：刺，指蒺藜。　③蓺：种植。　④与与：茂盛的样子。　⑤翼翼：繁盛整齐的样子。　⑥庾：用草席制的圆形露天粮囤。维：是。亿：《郑笺》：“十万曰亿。”　⑦妥：安坐。侑：劝酒。　⑧济济：庄严恭敬的样子。跄跄：走路有节奏的样子。　⑨絜：同“洁”。　⑩烝：冬祭。尝：秋祭。“烝尝”在这里泛指祭祀。　⑪剥：宰割。亨：同“烹”，煮。　⑫肆：陈列。将：持，捧着。　⑬祝：太祝，祭祀时的司仪。祊：庙门内设祭处。　⑭孔：很。明：指祀礼明晰，有条不紊。⑮皇：借为“往”。　⑯神保：犹如《楚辞》中的“灵保”，是对神灵的敬称。“保”有“神”“灵”之意。飨：享用。　⑰孝孙：主祭之人。庆：赐福。　⑱报：报祭，古代祭典之一，是为报恩德而举行的祭祀。介：求。　⑲执爨：指司厨、厨师。爨：灶。踖踖：恭谨而又敏捷的样子。　⑳为：犹“其”。俎：祭祀时用以盛牲的礼器，形像小方桌，有四脚，铜制。孔硕：指肉很多。　㉑君妇：主妇。莫莫：恭敬谨慎的样子。　㉒献：敬酒。酬：劝酒。　㉓卒：尽，完全。度：法度。　㉔获：得其宜，恰到好处。　㉕格：至，来到。　㉖攸：犹

“是”。酢：报。 ㉗熯：“戁”之假借，敬惧。 ㉘式：语首助词。礼：礼仪。愆：差错。 ㉙工祝：祝官。致告：传告。 ㉚苾芬：馨香。孝祀：犹“享祀”，指神灵享受祭祀。 ㉛几：借为“期”，指如期祭神。式：法度。 ㉜齐：整齐。稷：借为“亟”，敏捷。 ㉝匡：端正。敕：通“饬”，整饬。 ㉞极：至，指最好的福气。 ㉟时：是。 ㊱戒：告。祭将毕，奏乐以告礼成。 ㊲徂位：往位。《诗集传》：“祭事既毕，主人往阼阶下西面之位也。”说明主人恢复未祭时之位。 ㊳具：俱，皆。 ㊴皇：表示赞美的形容词。尸：古代祭祀时扮神的活人。载：则。 ㊵聿：乃。 ㊶彻：通“撤”。废彻：把祭品收去。不迟：不慢，敏捷。 ㊷备：全。言：语助词。燕：通“宴”。燕私：古代祭祀之后的私宴。 ㊸绥：安。后禄：指共同享用祭后所余之菜肴食品。 ㊹将：嘉，美。 ㊺莫怨：无怨。具庆：皆欢庆。 ㊻惠：顺利。时：善，好。 ㊼尽之：指祭祀尽合礼仪。 ㊽替：废。引：延长。引之：要永远保持这种祭祀礼节。

shēn nán shān
信南山

shēn bǐ nán shān
信彼南山[1]，　　南山之野广无际，
wéi yǔ diàn zhī
维禹甸之[2]。　　大禹曾经来治理。
yún yún yuán xí
畇畇原隰[3]，　　田地肥沃又平整，
zēng sūn tián zhī
曾孙田之[4]。　　曾孙垦殖甚努力。
wǒ jiāng wǒ lǐ
我疆我理[5]，　　划分疆界理沟渠，
nán dōng qí mǔ
南东其亩[6]。　　东西南北有规矩。

shàng tiān tóng yún
上天同云[7]，　　冬日天空布密云，
yù xuě fēn fēn
雨雪雰雰[8]，　　常有大雪落纷纷，
yì zhī yǐ mài mù
益之以霡霂[9]。　　更兼春日降甘霖。

jì yōu jì wò
既优既渥[10]，　雨水充足田地好，

jì zhān jì zhuó
既霑既足[11]，　肥沃湿润宜耕耘，

shēng wǒ bǎi gǔ
生我百谷。　五谷茂盛喜煞人。

jiāng yì yì yì
疆埸翼翼[12]，　田埂疆界很整齐，

shǔ jì yù yù
黍稷彧彧[13]。　黍苗稷苗很茂密。

zēng sūn zhī sè
曾孙之穑，　曾孙获得大丰收，

yǐ wéi jiǔ shí
以为酒食。　造酒做饭摆宴席。

bì wǒ shī bīn
畀我尸宾[14]，　供奉皇尸宴宾客，

shòu kǎo wàn nián
寿考万年。　神赐长寿无尽期。

zhōng tián yǒu lú
中田有庐，　田中盖间茅草屋，

jiāng yì yǒu guā
疆埸有瓜。　地里瓜儿要成熟。

shì bō shì zū
是剥是菹[15]，　剥皮腌菜味鲜美，

xiàn zhī huáng zǔ
献之皇祖。　献给先祖饱口福。

zēng sūn shòu kǎo
曾孙寿考，　曾孙长寿无尽期，

shòu tiān zhī hù
受天之祜。　皇天佑护赐福禄。

jì yǐ qīng jiǔ 祭以清酒，	祭祀就要献清酒，
cóng yǐ xīng mǔ 从以骍牡⑯，	还有赤黄大公牛，
xiǎng yú zǔ kǎo 享于祖考。	敬请先祖来享受。
zhí qí luán dāo 执其鸾刀，	手持锋利金鸾刀，
yǐ qǐ qí máo 以启其毛，	下刀先剖牛皮毛，
qǔ qí xuè liáo 取其血膋⑰。	取出牛血与脂膏。
shì zhēng shì xiǎng 是烝是享，	各种祭品都献上，
bì bì fēn fēn 苾苾芬芬⑱。	色鲜味美飘芳香。
sì shì kǒng míng 祀事孔明⑲，	礼仪严明有法章，
xiān zǔ shì huáng 先祖是皇⑳。	先祖欣然来品尝。
bào yǐ jiè fú 报以介福，	报祭先祖求福康，
wàn shòu wú jiāng 万寿无疆。	赐您万寿永无疆。

本篇旨意与上篇《楚茨》略同，是周王祭祖祈福的乐歌。诗的前三章推原祭祀物品之所出，诗人先言终南山下之平川曾为大禹所整治，周王又率人治理田界，挖掘沟渠，方有整饬规矩之田畴，先辛劳而后收获之意不言而喻。继而又写天降雪雨润泽土地，尤其“上天同云，雨雪雰雰，益之以霡霂”三句，其描摹物象，如水墨图画。风调雨顺而五谷茂，五谷丰而祭礼成。第四章写献瓜，“中田有庐，疆埸有瓜”等句，使人似见田园风光。第五章写献牲，其间手执鸾刀、剖牛取脂等描写，洋溢着热烈喜庆的气氛。第六章总赞

祭礼之盛美。全篇虽是写祭事,而叙述描写形象生动,别具一格。

①信:通“伸”,延伸长远的样子。南山:终南山。 ②甸:治理。 ③畇畇:田地平整的样子。 ④曾孙:周王对祖神的自称。王家祭神时由周王主祭,曾孙是主祭者的自称。 ⑤疆、理:均作动词,指规划田界,整治沟渠。 ⑥南东:泛指东南西北四方。 ⑦同云:指天全被云层遮住。 ⑧雨:动词,下。雨雪:下雪。雰雰:犹“纷纷”。 ⑨益:加上。霡霂:指春雨。 ⑩优:充足。渥:润泽。 ⑪霑:湿。足:通“浞”,湿润。 ⑫疆埸:田界。翼翼:整齐的样子。 ⑬彧彧:同“郁郁”,茂盛的样子。 ⑭畀:给予。 ⑮剥:切。菹:腌菜。 ⑯骍牡:赤黄色的公牛。 ⑰膋:脂膏,指牛脂。 ⑱苾苾芬芬:香气浓郁。 ⑲孔明:很完备严整。 ⑳皇:往。

fǔ tián
甫田

zhuō bǐ fǔ tián
倬彼甫田①, 一片大田真广阔,

suì qǔ shí qiān
岁取十千②。 每年收粮千万计。

wǒ qǔ qí chén
我取其陈③, 取我仓中陈谷子,

sì wǒ nóng rén
食我农人。 让那农夫去充饥。

zì gǔ yǒu nián
自古有年④, 自古丰年无有数,

jīn shì nán mǔ
今适南亩, 今至南亩去巡视,

huò yún huò zǐ
或耘或耔⑤。 或锄草来或培土。

shǔ jì nǐ nǐ
黍稷薿薿⑥, 黍稷长得很茂密,

yōu jiè yōu zhǐ
攸介攸止⑦, 作物长成收获后,

zhēng wǒ máo shì
烝我髦士[8]。　　田官进献新谷米。

yǐ wǒ zī míng
以我齐明[9]，　　祭器之中盛满粮，
yǔ wǒ xī yáng
与我牺羊[10]，　　备好纯色牛和羊，
yǐ shè yǐ fāng
以社以方[11]。　　祭祀土神与四方。
wǒ tián jì zāng
我田既臧，　　收获之事全做好，
nóng fū zhī qìng
农夫之庆。　　农夫欢聚齐举觞。
qín sè jī gǔ
琴瑟击鼓，　　琴瑟钟鼓齐奏响，
yǐ yà tián zǔ
以御田祖[12]，　　迎祭田祖赐福康，
yǐ qí gān yǔ
以祈甘雨，　　祈求上天甘霖降，
yǐ jiè wǒ jì shǔ
以介我稷黍[13]，　　使我稷黍快生长，
yǐ gǔ wǒ shì nǚ
以穀我士女[14]。　　公子小姐有营养。

zēng sūn lái zhǐ
曾孙来止[15]，　　曾孙周王来巡看，
yǐ qí fù zǐ
以其妇子，　　正碰农夫妻儿面，
yè bǐ nán mǔ
馌彼南亩，　　送饭来到大田间，
tián jùn zhì xǐ
田畯至喜。　　田官一见笑开颜。
ràng qí zuǒ yòu
攘其左右[16]，　　周王指示其随员，

cháng qí zhǐ fǒu
尝其旨否[17]。 尝尝农夫家常饭。

hé yì cháng mǔ
禾易长亩[18]， 满眼庄稼长势好，

zhōng shàn qiě yǒu
终善且有[19]。 又是一个丰收年。

zēng sūn bù nù
曾孙不怒， 周王神情很愉快，

nóng fū kè mǐn
农夫克敏[20]。 农夫干劲冲云天。

zēng sūn zhī jià
曾孙之稼， 周王庄稼堆场上，

rú cí rú liáng
如茨如梁[21]。 如同屋顶与桥梁。

zēng sūn zhī yǔ
曾孙之庾[22]， 周王粮囤连成片，

rú chí rú jīng
如坻如京[23]。 如同山脊与高冈。

nǎi qiú qiān sī cāng
乃求千斯仓， 需要千仓把粮藏，

nǎi qiú wàn sī xiāng
乃求万斯箱。 需要万箱来载装。

shǔ jì dào liáng
黍稷稻粱， 黍稷稻粱都丰收，

nóng fū zhī qìng
农夫之庆。 农夫个个喜洋洋。

bào yǐ jiè fú
报以介福[24]， 报祭神灵求福康，

wàn shòu wú jiāng
万寿无疆！ 周王万岁永无疆！

这是一首叙述周统治者督耕、祈年、省耕，农业获得大丰收的乐歌。首章着重写统治者督春耕，促生产。当时粮食生产已相当发达，为了鼓励农夫

在青黄不接时下力气干活，统治者拿出了仓里的陈谷米。次章写祭祀祈年，他们备好粢盛、牺牲等，祭祀土地神、四方神和田祖，祈求众神佑护、天降甘霖、五谷丰登。第三章写周王省耕，展现出周王爱民重农、君民和谐的情形。末章描摹农业丰收的动人景象。诗歌较为全面地展现了周代农业生产的盛况，具有重要的史料价值。

①倬：广大的样子。甫田：大田。甫：大。 ②十千：虚数，指收成多。 ③我：指第三章中的"曾孙"，这里诗人拟其口吻以第一人称出现。 ④有年：丰年。 ⑤耘：除草。耔：给禾苗培土。 ⑥薿薿：茂盛的样子。 ⑦攸：乃，就。介：长大。止：至。 ⑧烝：进。髦士：英俊之士，当指田官。 ⑨齐明：指粢盛，古时盛在祭器内以供祭祀的谷物。齐，通"粢"。 ⑩牺：古代祭祀时所用的牲畜，毛色纯一者曰牺。 ⑪社：土地神。方：四方之神。 ⑫御：通"迓"，迎。田祖：农神。 ⑬介：助。 ⑭穀：养。士女：当指贵族男女。 ⑮曾孙：此指周王。止：语气词。 ⑯攘：通"让"。左右：指周王左右随从。⑰旨否：是否甘美。旨：味美。 ⑱易：禾苗茂盛的样子。长亩：竟亩，满亩。 ⑲终：既。有：丰。 ⑳克：能。敏：敏捷，又快又好。 ㉑茨：草房顶。梁：指高大的拱桥。㉒庾：粮囤。 ㉓坻：山脊。京：高丘。 ㉔介：求。

dà tián
大　田

dà tián duō jià
大田多稼，　　一望无际庄稼地，

jì zhǒng jì xiè
既种既戒①。　　备好良种与农具。

jì bèi nǎi shì
既备乃事，　　各项事务准备齐，

yǐ wǒ yǎn sì
以我覃耜②。　　新磨犁儿好锋利。

chù zài nán mǔ
俶载南亩③，　　松土来到向阳地，

bō jué bǎi gǔ
播厥百谷。　　播下百谷在田里。

jì tíng qiě shuò
既庭且硕[4]，　　禾苗挺拔又粗壮，
zēng sūn shì ruò
曾孙是若[5]。　　曾孙庄稼惹人喜。

jì fāng jì zào
既方既皂[6]，　　谷物抽穗已结籽，
jì jiān jì hǎo
既坚既好，　　颗粒渐饱成色好，
bù láng bù yǒu
不稂不莠[7]。　　田中没有生莠草。
qù qí míng tè
去其螟螣[8]，　　捕杀螟虫与蝗虫，
jí qí máo zéi
及其蟊贼[9]，　　蟊贼之类全灭掉，
wú hài wǒ tián zhì
无害我田稚。　　勿使害虫食禾苗。
tián zǔ yǒu shén
田祖有神，　　祈求田祖显神灵，
bǐng bì yán huǒ
秉畀炎火[10]。　　捉住虫子用火烧。

yǒu yǎn qī qī
有渰萋萋[11]，　　风儿凄凄云飘起，
xīng yún qí qí
兴云祁祁[12]。　　浓云密布漫天际。
yù wǒ gōng tián
雨我公田，　　好雨降在公田上，
suì jí wǒ sī
遂及我私。　　同时落在私田里。
bǐ yǒu bù huò zhì
彼有不获稚，　　那边禾青未收割，
cǐ yǒu bù liǎn jì
此有不敛穧[13]，　　这里有些被漏遗，

bǐ yǒu yí bǐng 彼有遗秉[14]，	谷捆遗落在那里，
cǐ yǒu zhì suì 此有滞穗，	此处也有谷穗撒，
yī guǎ fù zhī lì 伊寡妇之利。	拾穗寡妇她得利。
zēng sūn lái zhǐ 曾孙来止，	曾孙视察来田间，
yǐ qí fù zǐ 以其妇子，	农夫妻儿亦到田，
yè bǐ nán mǔ 馌彼南亩，	向阳田里来送饭，
tián jùn zhì xǐ 田畯至喜。	田官一见笑开颜。
lái fāng yīn sì 来方禋祀[15]，	举行禋祀祭四方，
yǐ qí xīng hēi 以其骍黑[16]，	黄牛黑猪供神前，
yǔ qí shǔ jì 与其黍稷。	又把黍稷来奉献。
yǐ xiǎng yǐ sì 以享以祀，	众神欣享祭祀成，
yǐ jiè jǐng fú 以介景福[17]。	求得洪福大无边。

本篇与《甫田》主旨略同，但又各有侧重。《甫田》重在写祈年、报祭，本篇重在写播种、收成。首章写春耕的准备及农夫辛勤地耕作播种。次章着重写作物的灭虫除害，智慧的周代农夫将害虫投到大火中烧死并埋掉，发明了一种有效的灭虫法。第三章则生动地描摹好雨下降及大丰收的情形，很有特色。云起而风生，风生而云行，云至而雨降，风调雨顺，谷物大丰收。诗人没有正面写谷物之多，而是巧妙地通过遗穗的渲染烘托了出来。末章写周王视察，看望农夫，祭神求福，表现出周王、田官、农夫共同的欢悦之情。本

诗详尽而生动地展现了周代农业生产的情况，具有重要的文学价值和史料价值。

①种：选好种子。戒：音义同“械”，指修整农具。 ②覃：通“剡”，锐利。耜：古代的犁。 ③俶：指犁松土地，使地气上升，即耕地。载：从事工作。 ④庭：同“挺”，挺拔。硕：大。 ⑤曾孙：指周王。若：顺，指庄稼长得好，很顺周王之意。 ⑥方：“房”之省借，谷穗始生柔嫩，籽粒的外苞尚未合拢之称。皂：指谷物的籽粒初长成，尚未坚实。 ⑦稂：指穗粒空瘪的禾。 ⑧螟：一种蛀食禾心的害虫。螣：一种食禾叶的害虫。 ⑨蟊：一种食禾根的害虫。贼：一种专食禾秆、禾节的害虫。 ⑩畀：予，给，这里指投入。 ⑪渰：云兴起的样子。萋萋：《齐诗》《韩诗》均作“凄凄”，清冷。 ⑫祁祁：盛多的样子。 ⑬敛：收。穧：禾把。不敛穧：指已割而漏收的禾把。 ⑭秉：指捆好的禾束，北方俗称谷个子、麦个子。 ⑮方：指祭四方之神。禋祀：古代祭祀的一种仪式，先烧柴升烟，再加上牺牲、五谷等在柴上焚烧。 ⑯骍：指赤黄色的牛。黑：指黑色的猪。 ⑰介：祈求。景：大。

zhān bǐ luò yǐ
瞻彼洛矣

zhān bǐ luò yǐ
瞻彼洛矣①， 看那洛水长又长，
wéi shuǐ yāng yāng
维水泱泱②。 浩浩汤汤深且广。
jūn zǐ zhì zhǐ
君子至止， 国王车驾临此地，
fú lù rú cí
福禄如茨③。 福禄如茨不可量。
mèi gé yǒu shì
韎韐有奭④， 朱红蔽膝耀人眼，
yǐ zuò liù shī
以作六师。 调集六军国威扬。

zhān bǐ luò yǐ
瞻彼洛矣， 看那洛水长又长，

wéi shuǐ yāng yāng
维水泱泱。　　浩浩汤汤深且广。

jūn zǐ zhì zhǐ
君子至止，　　国王车驾临此地，

bǐng běng yǒu bì
鞞琫有珌[5]。　　玉饰刀鞘多光亮。

jūn zǐ wàn nián
君子万年，　　敬祝国王万万岁，

bǎo qí jiā shì
保其家室[6]。　　保卫周邦永安康。

zhān bǐ luò yǐ
瞻彼洛矣，　　看那洛水长又长，

wéi shuǐ yāng yāng
维水泱泱。　　浩浩汤汤深且广。

jūn zǐ zhì zhǐ
君子至止，　　国王驾车临此地，

fú lù jì tóng
福禄既同[7]。　　福禄并至世无双。

jūn zǐ wàn nián
君子万年，　　敬祝国王万万岁，

bǎo qí jiā bāng
保其家邦。　　永保周邦万年长。

这是一首赞美周王会诸侯于东都洛邑、检阅六军的乐歌。诗人开篇先唱“瞻彼洛矣，维水泱泱”，表现洛水浩浩汤汤、奔涌不息的情形，给人以宏阔之感，为周王的表演提供了一个广阔的舞台。诗人接着转入正题，歌颂周王赫赫威仪：国王驾临，福禄无量，他佩戴鲜亮的朱红蔽膝，腰插镶玉宝剑，召集统率六军，扬国威，安四方，保卫周邦！全诗三章重章叠句，使诗篇所具有的雍容、恢宏气象得到充分的表现。

①洛：水名，源出陕西，在周之东部，经洛邑入黄河。　②泱泱：水深广的样子。③如茨：言福禄之厚重如草屋顶之多层高积。　④韎韐：红色的皮制蔽膝。奭：通“赩”，

赤色。　⑤鞞：刀鞘。琫：刀鞘口部的玉饰。珌：刀鞘末端的玉饰。　⑥家室：家邦。⑦同：聚。

cháng cháng zhě huā
裳裳者华

cháng cháng zhě huā
裳裳者华①，　　花儿盛开色鲜红，
qí yè xǔ xī
其叶湑兮②。　　绿叶繁茂郁葱葱。
wǒ gòu zhī zǐ
我觏之子③，　　今日见到众贤人，
wǒ xīn xiě xī
我心写兮。　　心无忧虑多轻松。
wǒ xīn xiě xī
我心写兮，　　心无忧虑多轻松，
shì yǐ yǒu yù chǔ xī
是以有誉处兮④。　　因而安处乐融融。

cháng cháng zhě huā
裳裳者华，　　花儿盛开多鲜亮，
yún qí huáng yǐ
芸其黄矣。　　朵朵如金黄又黄。
wǒ gòu zhī zǐ
我觏之子，　　今日见到众贤人，
wéi qí yǒu zhāng yǐ
维其有章矣⑤。　　举止文雅有修养。
wéi qí yǒu zhāng yǐ
维其有章矣，　　举止文雅有修养，
shì yǐ yǒu qìng yǐ
是以有庆矣。　　庆贺邦国有栋梁。

cháng cháng zhě huā
裳裳者华，　　花儿盛开颜色新，

huò huáng huò bái 或 黄 或 白。	黄如金来白似银。
wǒ gòu zhī zǐ 我 觏 之 子，	今日见到众贤人，
chéng qí sì luò 乘 其 四 骆。	驾驭四马快又稳。
chéng qí sì luò 乘 其 四 骆，	驾驭四马快又稳，
liù pèi wò ruò 六 辔 沃 若。	六条缰绳多光润。

zuǒ zhī zuǒ zhī 左 之 左 之⑥，	左有贤人来辅弼，
jūn zǐ yí zhī 君 子 宜 之。	君子用他很相宜。
yòu zhī yòu zhī 右 之 右 之，	右有贤人来辅助，
jūn zǐ yǒu zhī 君 子 有 之⑦。	君子用他很得力。
wéi qí yǒu zhī 维 其 有 之，	君子拥有众贤人，
shì yǐ sì zhī 是 以 似 之⑧。	继嗣祖业无尽期。

本篇似是周天子美诸侯之辞。全诗四章，首章抒发见到众贤人后的欢悦之情，贤人乃邦国之基，贤人在则国泰民安，天子无忧。次章谓众贤人有才华修养，可嘉可贺。第三章赞众贤人擅长驾驭，能文能武，稳健大方。末章谓有左辅右弼，能使祖业有嗣，邦国永昌。诗章节奏活泼明快，形象鲜明生动，尤其是前三章均以盛开的艳丽花朵起兴，使全诗洋溢着一种欢乐、吉祥、喜庆的气氛，很有感染力。

①裳裳：花盛开的样子。 ②湑：繁盛的样子。 ③觏：遇，见，相会。之子：对人的美称，此指诸侯。 ④誉：通“豫”，快乐。誉处：安居。 ⑤有章：指言行举止有礼

仪，有修养。 ⑥左：与下面的“右”指君王的左辅右弼，犹如后世的左右丞相。 ⑦有之：取之。 ⑧似：通“嗣”，继承。

sāng hù
桑 扈

jiāo jiāo sāng hù
交 交 桑 扈[1]， 青雀鸣叫声婉转，
yǒu yīng qí yǔ
有 莺 其 羽[2]。 彩色羽翼真鲜艳。
jūn zǐ lè xū
君 子 乐 胥[3]， 祝愿诸位常欢乐，
shòu tiān zhī hù
受 天 之 祜[4]。 接受上天赐福安。

jiāo jiāo sāng hù
交 交 桑 扈， 青雀鸟鸣声悠扬，
yǒu yīng qí lǐng
有 莺 其 领。 彩色颈羽多鲜亮。
jūn zǐ lè xū
君 子 乐 胥， 祝愿诸位常欢乐，
wàn bāng zhī píng
万 邦 之 屏。 万邦靠您作屏障。

zhī píng zhī hàn
之 屏 之 翰[5]， 是屏障来是墙垣，
bǎi bì wéi xiàn
百 辟 为 宪[6]。 您是诸侯好模范。
bù jí bù nán
不 戢 不 难[7]， 又克制来又谨慎，
shòu fú bù nuó
受 福 不 那[8]。 上天赐您福万般。

sì gōng qí qiú
兕 觥 其 觩， 端起兕觥把酒舀，

zhǐ jiǔ sī róu 旨酒思柔[9]。	美酒甘醇芳香飘。
fěi jiāo fěi ào 彼交匪敖[10]，	不侮慢来不骄傲，
wàn fú lái qiú 万福来求[11]。	万般福禄齐来到。

这是周天子宴请诸侯的乐歌。首章先以“交交桑扈，有莺其羽”起兴，给全篇定下一种欢快、喜庆的基调，接着表达了对诸侯的祝福：祝愿欢乐常在，天赐福禄。次章赞扬诸侯功绩卓著，为邦国的坚强屏障。第三章夸赞在座者是各国诸侯的楷模，并在夸赞中寓箴规之意：做到克制谨慎，上天赐予万般福禄。末章更在劝酒中希望诸侯不侮慢骄傲，自求多福。诗章虽以天子口吻道来，但始终充满着祥和、亲切、信任的气氛。

①桑扈：鸟名，又名青雀。 ②有莺：莺莺，有文采的样子。 ③君子：指周王的诸侯群臣。胥：语气词。 ④祜：福。 ⑤之：是。翰：通“干”，墙垣。 ⑥辟：指诸侯。宪：法，典范。 ⑦不：语气词，无义。戢：收敛，此指克制。难：通“戁”，戒惧，敬慎。 ⑧那：多。 ⑨思：语助词，无义。柔：嘉，善。 ⑩彼：通“匪”，非，不。交：通“姣”，侮慢。敖：通“傲”，骄傲。 ⑪求：聚。

yuān yāng
鸳鸯

yuān yāng yú fēi 鸳鸯于飞，	鸳鸯双双在飞翔，
bì zhī luó zhī 毕之罗之[1]。	快张网儿将它网。
jūn zǐ wàn nián 君子万年，	君子爱心无尽期，
fú lù yí zhī 福禄宜之[2]。	永享福禄与吉祥。

yuān yāng zài liáng
鸳 鸯 在 梁，

jí qí zuǒ yì
戢 其 左 翼[3]。

jūn zǐ wàn nián
君 子 万 年，

yí qí xiá fú
宜 其 遐 福。

鸳鸯双双在鱼梁，
左翼相靠睡得香。
君子爱心无尽期，
永享幸福好时光。

shèng mǎ zài jiù
乘 马 在 厩，

cuò zhī mò zhī
摧 之 秣 之[4]。

jūn zǐ wàn nián
君 子 万 年，

fú lù ài zhī
福 禄 艾 之[5]。

驷马拴在马棚内，
好草好料把它喂。
君子爱心无尽期，
福禄吉祥常相随。

shèng mǎ zài jiù
乘 马 在 厩，

mò zhī cuò zhī
秣 之 摧 之。

jūn zǐ wàn nián
君 子 万 年，

fú lù suí zhī
福 禄 绥 之[6]。

马棚下面马欢叫，
快喂好草与好料。
君子爱心无尽期，
永享福禄乐陶陶。

本篇是颂祝贵族君子新婚的诗，具有民谣风格。前两章以鸳鸯起兴，喻男女情投意合，祝颂主人百年好合，幸福常在。这一比兴开启了后世诗词以鸳鸯比恋情的先河，如“翠翅红颈覆金衣，滩上双双去又归”（唐·吴融《鸳鸯》），“海枯石烂两鸳鸯，只合双飞便双死”（金·元好问《两栖曲》）等。后两章则以“秣马”来兴起迎亲之礼。以“秣马”起兴，不仅渲染出人欢马叫的喜庆气氛，而且使诗人的颂祝之词与整个婚礼的美好氛围相融合，十分得当。

①毕：一种长柄的小网。罗：罗网。 ②宜：安。 ③戢：敛。朱熹《诗集传》：“戢，敛

也……禽鸟并栖，一正一倒，戢其左翼，以相依于内。” ④摧：通“莝”，铡碎的草，此指以铡碎的草喂马。 ⑤艾：辅助。 ⑥绥：安，安享。

頍弁（kuǐ biàn）

有（yǒu）頍（kuǐ）者（zhě）弁（biàn）[①]，　　头戴帽子好神气，
实（shí）维（wéi）伊（yī）何（hé）[②]？　　是谁要来我家里？
尔（ěr）酒（jiǔ）既（jì）旨（zhǐ）[③]，　　酒浆酿成味甘美，
尔（ěr）殽（yáo）既（jì）嘉（jiā）。　　菜肴香气直扑鼻。
岂（qǐ）伊（yī）异（yì）人（rén）[④]？　　来的难道有外人？
兄（xiōng）弟（dì）匪（fěi）他（tā）。　　都是骨肉亲兄弟。
茑（niǎo）与（yǔ）女（nǚ）萝（luó）[⑤]，　　山中茑萝女萝秧，
施（yì）于（yú）松（sōng）柏（bǎi）。　　攀缘松柏大树上。
未（wèi）见（jiàn）君（jūn）子（zǐ），　　多日未见君子面，
忧（yōu）心（xīn）弈（yì）弈（yì）[⑥]；　　茶饭不思心惆怅；
既（jì）见（jiàn）君（jūn）子（zǐ），　　今日得见君子面，
庶（shù）几（jǐ）说（yuè）怿（yì）[⑦]。　　满腹忧伤一扫光。

有（yǒu）頍（kuǐ）者（zhě）弁（biàn），　　戴着圆帽好潇洒，

shí wéi hé qī 实 维 何 期[8]？	是谁要来我的家？
ěr jiǔ jì zhǐ 尔 酒 既 旨，	酒浆酿成味甘美，
ěr yáo jì shí 尔 殽 既 时[9]。	菜肴做好味道佳。
qǐ yī yì rén 岂 伊 异 人？	来的难道有外人？
xiōng dì jù lái 兄 弟 具 来。	骨肉兄弟叙情话。
niǎo yǔ nǚ luó 茑 与 女 萝，	茑萝女萝在山涧，
yì yú sōng shàng 施 于 松 上。	缘着松树向上攀。
wèi jiàn jūn zǐ 未 见 君 子，	多日未见君子面，
yōu xīn bǐng bǐng 忧 心 怲 怲[10]；	茶饭不思心忧烦；
jì jiàn jūn zǐ 既 见 君 子，	今日得见君子面，
shù jǐ yǒu zāng 庶 几 有 臧。	心中欢喜难言传。
yǒu kuǐ zhě biàn 有 頍 者 弁，	圆顶高冠式样新，
shí wéi zài shǒu 实 维 在 首。	戴在头上防土尘。
ěr jiǔ jì zhǐ 尔 酒 既 旨，	酒浆飘香惹人醉，
ěr yáo jì fù 尔 殽 既 阜[11]。	桌上菜肴皆佳品。
qǐ yī yì rén 岂 伊 异 人？	来的难道有外人？
xiōng dì shēng jiù 兄 弟 甥 舅[12]。	骨肉兄弟与姻亲。

rú bǐ yù xuě 如彼雨雪，	天要下雪有征兆，
xiān jí wéi xiàn 先集维霰[13]。	密集冰霰先来到。
sǐ sāng wú rì 死丧无日[14]，	死丧灾祸难预测，
wú jǐ xiāng jiàn 无几相见。	相会之日没多少。
lè jiǔ jīn xī 乐酒今夕，	今日有酒今日醉，
jūn zǐ wéi yàn 君子维宴。	君子欢乐在今朝。

这是贵族宴请兄弟亲戚的诗，表现了诗人对生活的忧虑和失望情绪，也流露出及时行乐的思想。在全诗三章中，诗人反复表达了渴望与兄弟相聚的心情，他准备好美酒与佳肴，他有满腹的忧愁烦恼要倾吐，也许只有兄弟亲戚的劝勉，才能暂时消除他心头的积郁。尤其是第三章末“如彼雨雪，先集维霰。死丧无日，无几相见。乐酒今夕，君子维宴”六句，传达出一种日日戒惧、朝不保夕的感伤，而“乐酒今夕”的及时行乐，更反衬出诗人心中的悲哀。本诗大约是西周末年部分贵族心态的典型写照。

①頍：帽子圆圆的样子。弁：古代的一种帽子，有皮弁（武冠）、爵弁（文冠）等。 ②伊何：犹“伊谁”，是何人。 ③尔：这里指宴请的宾客。既：尽，皆。 ④伊：是。异人：异己之人，外人，不亲近之人。 ⑤茑：茑萝，一种蔓草。女萝：又名松萝，也是一种蔓草。 ⑥弈弈：心神不安的样子。 ⑦庶几：差不多。说：通“悦”。怿：愉悦。 ⑧何期：犹“何其”“伊何”。 ⑨时：嘉，美。 ⑩怲怲：心中忧愁的样子。 ⑪阜：盛美。 ⑫甥舅：此为亲戚之通称。 ⑬集：密集。维：犹“其”。霰：呈球状或圆锥形的固体降水物，常在下雪前，先下一阵霰。 ⑭无日：不知哪一天。

chē xiá
车 辖

jiàn guān chē zhī xiá xī
间 关 车 之 辖 兮[①]， 车辖吱吱叫不停，
sī luán jì nǚ shì xī
思 娈 季 女 逝 兮[②]。 驾车要把美人迎。
fěi jī fěi kě
匪 饥 匪 渴[③]， 心情如饥又似渴，
dé yīn lái kuò
德 音 来 括[④]。 盼与美人再相逢。
suī wú hǎo yǒu
虽 无 好 友[⑤]？ 谁说我无知心人？
shì yàn qiě xǐ
式 燕 且 喜[⑥]。 恩爱和乐过一生。

yī bǐ píng lín
依 彼 平 林[⑦]， 平原树林多茂盛，
yǒu jí wéi jiāo
有 集 维 鷮[⑧]。 锦鸡聚集在林中。
chén bǐ shuò nǚ
辰 彼 硕 女[⑨]， 她是一个好姑娘，
lìng dé lái jiào
令 德 来 教[⑩]。 有教养来人品正。
shì yàn qiě yù
式 燕 且 誉[⑪]， 情投意合结良缘，
hào ěr wú yì
好 尔 无 射[⑫]。 不离不弃过一生。

suī wú zhǐ jiǔ
虽 无 旨 酒？ 难道我无香醇酒？
shì yǐn shù jī
式 饮 庶 几[⑬]。 敬请畅饮乐悠悠。

suī wú jiā yáo 虽 无 嘉 殽？	难道我无好菜肴？
shì shí shù jī 式 食 庶 几。	幸望举箸吃个够。
suī wú dé yǔ rǔ 虽 无 德 与 女⑭？	难道对你不恩爱？
shì gē qiě wǔ 式 歌 且 舞。	载歌载舞到白头。

zhì bǐ gāo gāng 陟 彼 高 冈，	手持利斧登高山，
xī qí zuò xīn 析 其 柞 薪⑮。	烧柴要把柞树砍。
xī qí zuò xīn 析 其 柞 薪，	烧柴要把柞树砍，
qí yè xǔ xī 其 叶 湑 兮⑯。	柞树叶儿真鲜艳。
xiǎn wǒ gòu ěr 鲜 我 觏 尔⑰，	今日我俩结良缘，
wǒ xīn xiě xī 我 心 写 兮。	心中畅快难言传。

gāo shān yǎng zhǐ 高 山 仰 止，	高山巍巍仰头望，
jǐng háng xíng zhǐ 景 行 行 止⑱。	大路宽广向远方。
sì mǔ fēi fēi 四 牡 騑 騑，	四匹公马肥又壮，
liù pèi rú qín 六 辔 如 琴。	辔如琴弦滑又光。
gòu ěr xīn hūn 觏 尔 新 昏⑲，	与你欢爱结良缘，
yǐ wèi wǒ xīn 以 慰 我 心。	幸福甜蜜心坎上。

这是一首迎娶新人的欢歌。全诗共五章。首章先以吱吱咯咯的车辖声起兴，点出驾车飞奔是为了迎亲。诗人毫不掩饰地道出对那个贞静娴雅的姑娘的爱慕，以及自己不能"自禁"的欢快之情。次章以平林中的五彩锦鸡起兴，赞美姑娘身材颀长窈窕，心灵贤淑美好，表达自己忠贞不渝的爱。第三章是诗人心里暗自对姑娘的"许愿"：家中美酒请你喝，家中佳肴请你尝，唱歌跳舞让你心欢畅！第四章以"柞薪"（当时常用以表示情爱）及柞叶鲜美起兴，表达诗人如愿以偿后心花怒放、欢欣鼓舞的心情。第五章以"高山""景行"起兴，更通过诗人手持缰绳如信手弹琴的细节描写，烘托出内心的幸福与甜蜜。本诗最突出的特色就是，诗人随口以迎亲路上所闻所见起兴，一路上的景物都染上诗人那炽热而真挚的爱情色彩，可谓景中有情，物我交融。

①间关：车辖声。辖：古代车轴两头的金属键。 ②思：思慕。娈：美好的样子。季女：少女。逝：往，迎娶。 ③匪饥匪渴：意为非生理上的饥渴，而是因思慕那少女而如饥似渴。 ④德音：令闻，美誉。括：犹"佸"，会合，结合。 ⑤虽：犹"岂"，难道。《广雅·释诂》："虽，岂也。"好友：代称男女之亲爱相知。 ⑥式：已，既。燕：安。 ⑦依：犹"依依"，茂盛的样子。平：平原。 ⑧集：栖息。鷮：锦鸡。 ⑨辰：犹"时"，善。硕：大，这里指身材颀长。 ⑩令德：美德。教：教育，教诲。 ⑪誉：同"豫"，安乐。 ⑫好：爱悦。无射：不厌倦。 ⑬式：语助词。庶几：幸，表示希望之辞。 ⑭虽：犹"岂"。德：指恩爱。⑮柞薪：柞树之薪（柴）。《诗经》多以析薪、束薪喻婚媾。 ⑯湑：树叶柔嫩润泽的样子。 ⑰鲜：善。 ⑱景：大，广。景行：大道。 ⑲昏：古"婚"字。

青蝇
qīng yíng

营营青蝇， 绿头苍蝇嗡嗡响，
yíng yíng qīng yíng

止于樊。 不时停在篱笆上。
zhǐ yú fán

岂弟君子①， 和乐平易好君子，
kǎi tì jūn zǐ

wú xìn chán yán 无信谗言！	莫信谗言别上当！

yíng yíng qīng yíng 营营青蝇，	绿头苍蝇闹哄哄，
zhǐ yú jí 止于棘。	不时停在荆棘丛。
chán rén wǎng jí 谗人罔极[②]，	谗巧之人尽作恶，
jiāo luàn sì guó 交乱四国！	搅得四方不安宁！

yíng yíng qīng yíng 营营青蝇，	绿头苍蝇嗡嗡响，
zhǐ yú zhēn 止于榛。	不时停在榛树上。
chán rén wǎng jí 谗人罔极，	谗巧之人尽作恶，
gòu wǒ èr rén 构我二人[③]！	让我二人受冤枉！

这是一首痛斥谗佞乱国害人、希望周王悔悟的诗。诗人巧妙地将谗巧之人比作绿头苍蝇，苍蝇虽小，但满身秽臭，嗡嗡乱飞，无孔不入。"君子"对于苍蝇般的谗人，起初尚能明察，濡染日久，便信而不疑，故诗的首章希望"岂弟君子"防微杜渐，莫信谗言。"岂弟"二字，显然是微词。第二章言谗人"交乱四国"，足见"君子"已完全听信谗佞，故第三章谓虽同心如我二人者，亦不能免于谗口。诗人亲罹其毒，痛切之至。

①岂弟：亦作"恺悌"，和易近人。 ②罔极：不已，指谗人为害不已。 ③构：图谋，谗害。

bīn zhī chū yàn
宾之初筵

bīn zhī chū yàn
宾之初筵[1]，　　各位宾客初入席，
zuǒ yòu zhì zhì
左右秩秩[2]。　　上下左右有秩序。
biān dòu yǒu chǔ
笾豆有楚[3]，　　竹笾木豆摆得齐，
yáo hé wéi lǚ
殽核维旅[4]。　　新鲜果品飘香气。
jiǔ jì hé zhǐ
酒既和旨[5]，　　酒浆甘美皆佳酿，
yǐn jiǔ kǒng xié
饮酒孔偕[6]。　　举杯慢用有礼仪。
zhōng gǔ jì shè
钟鼓既设，　　钟鼓乐器都放好，
jǔ chóu yì yì
举酬逸逸[7]。　　互相敬酒杯频举。
dà hóu jì kàng
大侯既抗[8]，　　皮制箭靶已树起，
gōng shǐ sī zhāng
弓矢斯张。　　弓矢也都预备齐。
shè fū jì tóng
射夫既同[9]，　　射手两两相搭配，
xiàn ěr fā gōng
献尔发功[10]。　　射后各自报成绩。
fā bǐ yǒu dì
发彼有的，　　一旦发箭中靶的，
yǐ qí ěr jué
以祈尔爵[11]。　　对手饮酒莫迟疑。

yuè wǔ shēng gǔ
籥舞笙鼓，　　鼓笙执籥跳舞蹈，

yuè jì hé zòu
乐既和奏。　　乐器谐和声美妙。

zhēng kàn liè zǔ
烝衎烈祖[12]，　　进献乐舞娱烈祖，

yǐ qià bǎi lǐ
以洽百礼[13]。　　各项礼仪都做到。

bǎi lǐ jì zhì
百礼既至，　　仪式周到又完备，

yǒu rén yǒu lín
有壬有林[14]。　　场面盛大很热闹。

xī ěr chún gǔ
锡尔纯嘏[15]，　　神灵欣然赐福禄，

zǐ sūn qí dān
子孙其湛。　　子孙受益乐陶陶。

qí dān yuē lè
其湛曰乐，　　尽情欢乐莫拘谨，

gè zòu ěr néng
各奏尔能[16]。　　看看何人技艺高。

bīn zài shǒu qiú
宾载手仇[17]，　　宾客自由选对手，

shì rén rù yòu
室人入又[18]。　　主人参赛更热闹。

zhuó bǐ kāng jué
酌彼康爵[19]，　　斟满那个大酒杯，

yǐ zòu ěr shí
以奏尔时[20]。　　要把胜者来酬劳。

bīn zhī chū yàn
宾之初筵，　　初时宾客入席中，

wēn wēn qí gōng
温温其恭。　　个个文雅又谦恭。

qí wèi zuì zhǐ
其未醉止，　　未醉之时还不错，

wēi yí fǎn fǎn
威仪反反[21]。　　举止庄重有威风。

yuē jì zuì zhǐ
曰既醉止，　三杯下肚脸变红，

wēi yí fān fān
威仪幡幡[22]。　言行轻浮渐忘形。

shě qí zuò qiān
舍其坐迁[23]，　坐不安席乱走动，

lǚ wǔ xiān xiān
屡舞仙仙[24]。　舞步匆忙醉态生。

qí wèi zuì zhǐ
其未醉止，　未醉之时还不错，

wēi yí yì yì
威仪抑抑[25]。　举止庄重很冷静。

yuē jì zuì zhǐ
曰既醉止，　酒过三巡已微醉，

wēi yí bì bì
威仪怭怭[26]。　举止浮躁脚底轻。

shì yuē jì zuì
是曰既醉，　既已喝得酩酊醉，

bù zhī qí zhì
不知其秩[27]。　不知尊卑没正形。

bīn jì zuì zhǐ
宾既醉止，　众位宾客已烂醉，

zài háo zài náo
载号载呶[28]。　吵吵嚷嚷闹翻天。

luàn wǒ biān dòu
乱我笾豆，　撞乱竹笾和木豆，

lǚ wǔ qī qī
屡舞僛僛[29]。　跳舞姿势极难看。

shì yuē jì zuì
是曰既醉，　已经喝得酩酊醉，

bù zhī qí yóu
不知其邮[30]。　不知行为不检点。

cè biàn zhī é
侧弁之俄[31]，　帽子歪戴在一边，

lǚ wǔ suō suō
屡舞傞傞[32]。　乱蹦乱舞没个完。

jì zuì ér chū
既醉而出，　醉后马上离席面，

bìng shòu qí fú
并受其福；　主家得安心喜欢；

zuì ér bù chū
醉而不出，　若已大醉还不走，

shì wèi fá dé
是谓伐德。　可谓缺德让人烦。

yǐn jiǔ kǒng jiā
饮酒孔嘉，　饮酒本是美好事，

wéi qí lìng yí
维其令仪[33]。　关键要有好风范。

fán cǐ yǐn jiǔ
凡此饮酒，　大凡众人把酒饮，

huò zuì huò fǒu
或醉或否。　或昏醉来或清醒。

jì lì zhī jiān
既立之监[34]，　设置酒监管礼仪，

huò zuǒ zhī shǐ
或佐之史[35]。　或设酒史记言行。

bǐ zuì bù zāng
彼醉不臧，　那些醉汉不知丑，

bù zuì fǎn chǐ
不醉反耻。　反说不醉是狗熊。

shì wù cóng wèi
式勿从谓[36]，　人已微醉莫再劝，

wú bǐ tài dài
无俾大怠[37]。　害他失礼胡闹腾。

fěi yán wù yán
匪言勿言[38]，　不该问的别乱问，

fěi yóu wù yǔ
匪由勿语[39]。　不该说的甭吭声。

yóu zuì zhī yán
由醉之言，　　醉汉说话净瞎扯，

bǐ chū tóng gǔ
俾出童羖[40]。　　"公羊无角"岂能通。

sān jué bù shí
三爵不识[41]，　　三爵之礼已不识，

shěn gǎn duō yòu
矧敢多又[42]？　　怎敢让他多饮用？

周初的统治者总结商亡的教训，认为酗酒是导致败亡的原因之一，于是明令禁止贵族日常饮酒。西周末年，贵族集团日益腐朽，酗酒成风，致使政事日蹙，王朝衰微，诗人痛心疾首，作此诗以讽谏。全诗分五章，前两章描写周初盛世时宴饮的情形，陈古以讽今，为揭露现实中贵族饮酒失德作铺垫。三、四两章着重揭露现实中贵族饮酒无度、失礼败德的情形。第三章把"未醉"时的一本正经和"既醉"后的轻浮之状用漫画式的对比手法描绘了出来，把饮者的滑稽可笑处暴露无遗。第四章则进一步通过细节描写展示他们烂醉后的种种丑态，字里行间蕴含着诗人的鄙视与厌恶。末章则提出设置酒监酒史的措施，以正颓风，同时也指出饮酒失言的危害。

①筵：古人席地而坐，筵是铺在地上的竹席。初筵：开始即席入坐的时候。　②左右：指筵席的东西两边。古礼，主席在东，宾席在西。秩秩：庄重而有秩序的样子。③笾、豆：均为古代祭祀或宴飨时用来盛食品的器具。有楚：犹"楚楚"，摆放整齐的样子。　④殽：盛在豆里的鱼肉。核：盛在笾里的干果。维：是。旅：陈列。　⑤和旨：醇和甘美。　⑥孔：甚，很。偕：同，这里指感情融洽，都很高兴。　⑦举酬：这里指宾主互相举杯劝饮。逸逸：同"绎绎"，连续不断的样子。　⑧大侯：古代大射礼所设的三侯之一，又称君侯，是最大者。侯：一种皮制箭靶。抗：设置，张设。　⑨同：两两并列。　⑩献：犹"奏"。发功：发矢中的之功。　⑪祈：求。尔爵：即"爵尔"。爵是古代酒器名，这里用作动词。尔：指比赛者的对手。　⑫烝：进。衎：娱乐。烈祖：有伟大功业的先祖。⑬洽：合于。　⑭有：语气词。壬：大，指礼仪规模宏大。林：多，指礼仪项目繁多。⑮锡：赐，指神赐。纯：大。嘏：福。　⑯奏：献。　⑰载：则。手：取。仇：耦，指比赛时的对手。　⑱室人：指主人。　⑲康：大。康爵：大酒杯。　⑳奏：献。时：善，指射中者。　㉑反反：举止庄重的样子。　㉒幡幡：轻率无礼的样子。　㉓舍：离开。迁：移

动。 ㉔仙仙：同“跹跹”，频繁匆疾。 ㉕抑抑：冷静矜持的样子。 ㉖怭怭：轻狂浮躁的样子。 ㉗秩：伦常，尊卑长幼之礼。 ㉘号：号叫。呶：喧哗。 ㉙傲傲：歪斜的样子。 ㉚邮：同“尤”，过失。 ㉛侧弁：歪戴着帽子。俄：倾斜。 ㉜傞傞：醉舞不止的样子。 ㉝令仪：好的礼节。 ㉞监：指宴会上督察礼仪的官。 ㉟史：指宴会上记载言行的官。 ㊱式：发语词。谓：勤，指劝酒。 ㊲俾：使。大怠：严重的失礼。 ㊳匪：非。前一“言”字：讯，问。 ㊴由：法式。本句是说不合礼法的不要说。 ㊵俾：通“譬”，譬如。童羖：无角的公羊。 ㊶三爵：古代君臣饮宴的礼节，以三爵为度。不识：不知。 ㊷矧：怎么。多又：又多饮酒。

鱼藻
(yú zǎo)

鱼在？在藻。(yú zài? zài zǎo)	鱼在哪？在水藻。
有颁其首。(yǒu fén qí shǒu)	时而露出大头脑。
王在？在镐[①]。(wáng zài? zài hào)	王在哪？在镐京。
岂乐饮酒[②]。(kǎi lè yǐn jiǔ)	日日饮酒乐无穷。
鱼在？在藻。(yú zài? zài zǎo)	鱼在哪？水藻边。
有莘其尾[③]。(yǒu shēn qí wěi)	时露长尾在水面。
王在？在镐。(wáng zài? zài hào)	王在哪？镐京里。
饮酒乐岂。(yǐn jiǔ lè kǎi)	日日饮酒无忧虑。
鱼在？在藻。(yú zài? zài zǎo)	鱼在哪？水藻旁。

yī yú qí pú
依于其蒲。　　依傍蒲草把身藏。
wáng zài zài hào
王在？在镐。　　王在哪？王在镐。
yǒu nuó qí jū
有那其居[4]。　　日日安居乐逍遥。

这是讽刺周王不务政事、只知饮酒享乐的诗。诗人先以设问句起兴：藻蒲生于浅水之中，鱼处浅水，不知将为人所取。诗人以此比兴周王只顾饮酒逸乐而不知危亡。诗人"明知故问"：王在哪？在镐京宫室里饮酒，安乐逍遥。讥讽之意溢于言表。从诗句看，大约是出自"细民之口"（方玉润《诗经原始》），即作者为下层百姓。全诗自问自答，口讲指画，反复咏唱，具有民歌风格。

①镐：西周京城。　②岂：通"恺"，欢乐。　③有莘：莘莘，尾巴长长的样子。　④那：通"傩"，安。

cǎi shū
采菽

cǎi shū cǎi shū
采菽采菽，　　采大豆呀采大豆，
kuāng zhī jǔ zhī
筐之筥之[1]。　　放进筐筥装起它。
jūn zǐ lái cháo
君子来朝，　　诸侯君子来朝会，
hé xī yǔ zhī
何锡予之？　　何不厚重赏赐他？
suī wú yǔ zhī
虽无予之[2]？　　那么如何把他赏？
lù chē shèng mǎ
路车乘马。　　豪华大车及驷马。

yòu hé yǔ zhī
又何予之？　　还有什么赐予他？
xuán gǔn jí fǔ
玄衮及黼[3]。　　锦绣衮衣多高雅。

bì fèi làn quán
觱沸槛泉[4]，　　泉水涌流哗哗响，
yán cǎi qí qín
言采其芹。　　采摘芹菜装进筐。
jūn zǐ lái cháo
君子来朝，　　诸侯君子来朝会，
yán guān qí qí
言观其旂。　　但见旌旗一行行。
qí qí pèi pèi
其旂淠淠[5]，　　那些旌旗随风摆，
luán shēng huì huì
鸾声嘒嘒。　　车鸾齐鸣响叮当。
zài cān zài sì
载骖载驷[6]，　　或骖或驷一辆辆，
jūn zǐ suǒ jiè
君子所届[7]。　　诸侯来朝神气扬。

chì fú zài gǔ
赤芾在股[8]，　　大红蔽膝闪光亮，
xié fú zài xià
邪幅在下[9]。　　邪幅缠在小腿上。
fěi jiǎo fěi shū
彼交匪纾[10]，　　不急躁来不怠慢，
tiān zǐ suǒ yǔ
天子所予。　　乃是天子所崇尚。
lè zhǐ jūn zǐ
乐只君子，　　和乐平易众君子，
tiān zǐ mìng zhī
天子命之。　　天子赐命心欢畅。

lè zhǐ jūn zǐ

乐只君子，　　和乐平易众君子，

fú lù shēn zhī

福禄申之[11]。　　接受福禄与重赏。

wéi zuò zhī zhī

维柞之枝[12]，　　一棵柞树高又大，

qí yè péng péng

其叶蓬蓬。　　叶子茂盛密麻麻。

lè zhǐ jūn zǐ

乐只君子，　　和乐平易众君子，

diàn tiān zǐ zhī bāng

殿天子之邦[13]。　　镇守四方安天下。

lè zhǐ jūn zǐ

乐只君子，　　君子和乐又平易，

wàn fú yōu tóng

万福攸同[14]。　　万种福禄聚一起。

pián pián zuǒ yòu

平平左右[15]，　　左右臣子有礼仪，

yì shì shuài cóng

亦是率从。　　相率来朝心欢愉。

fàn fàn yáng zhōu

泛泛杨舟，　　杨木舟儿水上漂，

fú lí wéi zhī

绋纚维之[16]。　　绳索将它拴得牢。

lè zhǐ jūn zǐ

乐只君子，　　和乐平易众君子，

tiān zǐ kuí zhī

天子葵之[17]。　　天子揣度论功劳。

lè zhǐ jūn zǐ

乐只君子，　　和乐平易众君子，

fú lù pí zhī

福禄膍之[18]。　　受赐福禄真不少。

yōu zāi yóu zāi
优哉游哉，　　迂徐从容来朝会，

yì shì lì yǐ
亦是戾矣⑲。　　六神咸安乐陶陶。

这是周天子对来朝会的诸侯加以赐命之诗。全诗共五章。首章叙述诸侯来朝，天子赐予“路车乘马”以及象征权贵的礼服衮衣。次章描写各路诸侯来京朝会时的盛况，场面盛大而热烈。第三章是对诸侯外貌及精神的赞扬，他们风度翩翩，和乐雍容，多福多禄。第四章进一步称赞来朝诸侯辅佐天子、镇国安邦。末章谓天子论功行赏，诸侯获得厚赐福禄，心情安舒欢畅。本诗属于颂歌性质，自始至终洋溢着喜庆色彩。

①筥：古代圆形盛物竹器。　②虽：犹“则”。无：犹“何”。　③玄衮：画着卷龙的黑色礼服。黼：画着黑白相间的斧形花纹的礼服。　④觱沸：泉水涌出翻腾的样子。槛：通“滥”，涌。　⑤淠淠：旗帜飘动的样子。　⑥骖：指一车驾三马。驷：指一车驾四马。　⑦所：语助词。届：至，来到。　⑧股：大腿。　⑨邪幅：又名“行縢”，即绑腿。在下：指在膝盖的下面。　⑩彼：通“匪”，非，不。交：通“侥”，侥幸急躁。纾：缓慢，懈怠。　⑪申：重，指再一次地赐命。　⑫维：犹“有”。柞：树名。　⑬殿：镇，安抚。　⑭攸：所。同：聚。　⑮平平：安顺、闲雅的样子。左右：左右臣下。　⑯绋：麻制的大绳。纚：系舟的竹索。维：系。　⑰葵：通“揆”，度量，此指天子度量诸侯之功德。　⑱膍：厚，厚赐。　⑲戾：安。

jiǎo gōng
角弓

xīng xīng jiǎo gōng
骍骍角弓①，　　弓弦调和牛角嵌，

piān qí fǎn yǐ
翩其反矣②。　　松弦就向反面弯。

xiōng dì hūn yīn
兄弟昏姻③，　　骨肉兄弟与亲戚，

wú xū yuǎn yǐ
无胥远矣[④]。　　相亲相爱莫疏远。

ěr zhī yuǎn yǐ
尔之远矣，　　你们带头不亲近，

mín xū rán yǐ
民胥然矣[⑤]。　　百姓互相不关心。

ěr zhī jiào yǐ
尔之教矣，　　你们互爱以身教，

mín xū xiào yǐ
民胥效矣。　　百姓仿效风俗淳。

cǐ lìng xiōng dì
此令兄弟[⑥]，　　兄弟如果重亲情，

chuò chuò yǒu yù
绰绰有裕[⑦]。　　宽厚和睦乐融融。

bù lìng xiōng dì
不令兄弟，　　兄弟如果无善德，

jiāo xiāng wéi yù
交相为瘉[⑧]。　　相视犹如眼中钉。

mín zhī wú liáng
民之无良，　　有人思想不端正，

xiāng yuàn yī fāng
相怨一方。　　只是一味怨对方。

shòu jué bù ràng
受爵不让，　　接受爵禄不礼让，

zhì yú jǐ sī wáng
至于己斯亡。　　自己过错全忘光。

lǎo mǎ fǎn wéi jū
老马反为驹，　　老马当成小马驹，

bù gù qí hòu
不顾其后。　　不顾后果只管骑。

rú shí yí yù
如食宜饇[⑨]，　　饭量不同饱为宜，

rú zhuó kǒng qǔ
如酌孔取[10]。　　超量饮酒醉无疑。

wú jiāo náo shēng mù
毋教猱升木，　　猿猴上树怎用教，

rú tú tú fù
如涂涂附[11]。　　泥上涂泥没必要。

jūn zǐ yǒu huī yóu
君子有徽猷[12]，　　君子为善行为美，

xiǎo rén yǔ zhǔ
小人与属[13]。　　百姓自然会仿效。

yù xuě biāo biāo
雨雪瀌瀌[14]，　　即使大雪纷纷下，

jiàn xiàn yuē xiāo
见晛曰消[15]。　　一见太阳就融化。

mò kěn xià yí
莫肯下遗[16]，　　做人如果不谦和，

shì jū lǚ jiāo
式居娄骄[17]。　　骄傲自大人远他。

yù xuě fú fú
雨雪浮浮[18]，　　即使大雪下不停，

jiàn xiàn yuē liú
见晛曰流[19]。　　一见太阳便消融。

rú mán rú máo
如蛮如髦[20]，　　相互残忍如蛮髦，

wǒ shì yòng yōu
我是用忧[21]。　　教我怎不忧愁生。

这是劝诫王朝贵族不要疏远兄弟亲戚的诗。全诗共分八章。首章言角弓不可松弛，比喻对兄弟亲戚不能疏远。第二章告诫贵族一定要亲近兄弟，否则百姓会群起效尤。第三章劝告兄弟之间要互相善待，不然会导致互相嫉恨、反目成仇。第四章批评那些无善德之人，常常一味怨怼别人，而不知

反省自己的过失，道出了一种普遍存在的人性弱点。第五章连取三譬，说明与人交往要善于设身处地地替对方着想，否则非徒无益，反而有害。第六章又设二喻，说明百姓本性向善，只要“君子”有善美之德，以身作则，百姓自会敬爱依附。末二章以隆冬积雪见日消融为喻，说明人与人的积怨，通过谦和礼让可自然化解，可有些人却不懂这个道理，傲慢骄横，使诗人忧叹不已。本诗最突出的特点有二：一是辞气恳切，谆谆告诫，反复叮咛，诚挚动人；二是巧譬妙喻，新颖奇特，大大增强了诗篇的表现力和感染力。

①骍骍：调和的样子。 ②翩：通“偏”，反过来弯曲的样子。 ③昏姻：婚姻，这里指亲戚。 ④胥：相。远：疏远。 ⑤胥：皆，都。 ⑥令：善，指友爱之善德。 ⑦绰绰：宽裕舒缓的样子。有裕：气量宽大的样子。 ⑧瘉：病，这里指诟病、嫉恨、责怨。 ⑨饇：饱。 ⑩孔：甚，多。取：舀取。 ⑪第一个“涂”字：泥土。涂附：用泥涂在上面。 ⑫徽：善，美。猷：道，善美之道。 ⑬属：附。 ⑭雨：落，下。瀌瀌：雪大的样子。 ⑮晛：日光。 ⑯下遗：谦和礼让。 ⑰式：发语词。居：安，安于。娄骄：高傲。 ⑱浮浮：雪大的样子。 ⑲流：消融的积雪水流。 ⑳蛮：周人称南方的部族为南蛮。髦：周人称西南的部族为髦。蛮、髦在此指粗野之人。 ㉑是用：因此。

菀柳
yù liǔ

yǒu yù zhě liǔ
有菀者柳[1]，　　柳树枯萎叶稀少，
bù shàng xī yān
不尚息焉[2]。　　不能乘凉歇歇脚。
shàng dì shèn dǎo
上帝甚蹈[3]，　　周王喜怒难捉摸，
wú zì nì yān
无自暱焉[4]。　　不要自去惹灾祸。
bǐ yú jìng zhī
俾予靖之[5]，　　当初让我理国政，
hòu yú jí yān
后予极焉[6]！　　而今要害我性命！

yǒu yù zhě liǔ 有 菀 者 柳，	那棵柳树已枯萎，
bù shàng qì yān 不 尚 愒 焉[⑦]。	不能乘凉歇歇腿。
shàng dì shèn dǎo 上 帝 甚 蹈，	周王喜怒太无常，
wú zì zhài yān 无 自 瘵 焉[⑧]。	不要自去惹祸殃。
bǐ yú jìng zhī 俾 予 靖 之，	当初让我治国家，
hòu yú mài yān 后 予 迈 焉！	而今放逐天之涯！

yǒu niǎo gāo fēi 有 鸟 高 飞，	鸟儿展翅向上飞，
yì fù yú tiān 亦 傅 于 天。	亦可高与青天齐。
bǐ rén zhī xīn 彼 人 之 心，	那人心思太无常，
yú hé qí zhēn 于 何 其 臻。	难以揣度无边际。
hé yú jìng zhī 曷 予 靖 之，	当初让我去治国，
jū yǐ xiōng jīn 居 以 凶 矜[⑨]！	而今陷我凶险地！

本篇大约产生于西周末年幽王时，作者是一个曾受幽王信任的大臣，后被放逐，他满腹哀怨，发而为诗。前两章以“菀柳”比兴周幽王无道：柳树枯萎枝叶稀，不要到它下面去乘凉！幽王性情暴戾无常，别去自找祸殃！这是一个忠而被贬的老臣的怨愤的心声，包含着他沉痛的教训。第三章进一步抒发诗人的怨情：鸟儿飞得再高，也有个边际，而幽王的心思让人太难捉摸了。当初那么信任我，而今却置我于凶险境地……全诗句句衔悲，字字含痛，凄怆动人。

①菀：通“蔫”，枯萎。 ②不尚：不可。 ③上帝：朱熹《诗集传》：“上帝，指王也。”蹈：喜怒无常。 ④暱：病。 ⑤靖：谋划，治理。 ⑥极：通“殛”，害命。 ⑦愒：休息。 ⑧瘵：病。 ⑨以：于。矜：危。

dū rén shì
都人士

bǐ dū rén shì 彼都人士[①]，	那位男子好模样，
hú qiú huáng huáng 狐裘黄黄。	黄色狐裘真漂亮。
qí róng bù gǎi 其容不改[②]，	动作容貌既有常，
chū yán yǒu zhāng 出言有章。	言语谈吐有法章。
xíng guī yú zhōu 行归于周，	而今他回周京来，
wàn mín suǒ wàng 万民所望。	乃是万民所仰望。

bǐ dū rén shì 彼都人士，	那位男子真不凡，
tái lì zī cuō 台笠缁撮[③]。	薹草斗笠黑带缠。
bǐ jūn zǐ nǚ 彼君子女，	那位姑娘有魅力，
chóu zhí rú fà 绸直如发[④]。	披肩长发如绸缎。
wǒ bù jiàn xī 我不见兮，	多日未见情人面，
wǒ xīn bù yuè 我心不说。	心中苦闷不喜欢。

bǐ dū rén shì
彼都人士，　　那位男子真白净，

chōng ěr xiù shí
充耳琇实[5]。　　佩戴充耳亮晶晶。

bǐ jūn zǐ nǚ
彼君子女，　　那位姑娘心灵美，

wèi zhī yǐn jí
谓之尹吉[6]。　　人人夸她有德行。

wǒ bù jiàn xī
我不见兮，　　多日未见情人面，

wǒ xīn yùn jié
我心苑结[7]。　　忧愁郁结在心中。

bǐ dū rén shì
彼都人士，　　那位男子长得好，

chuí dài ér liè
垂带而厉[8]。　　垂带长长随风飘。

bǐ jūn zǐ nǚ
彼君子女，　　那位姑娘真美丽，

quán fà rú chài
卷发如虿[9]。　　鬓旁短发向上翘。

wǒ bù jiàn xī
我不见兮，　　多日未见情人面，

yán cóng zhī mài
言从之迈。　　真想跟她在一道。

fěi yī chuí zhī
匪伊垂之，　　并非故意垂冠带，

dài zé yǒu yú
带则有余。　　冠带长长本有余。

fěi yī quán zhī
匪伊卷之，　　不是有意卷头发，

fà zé yǒu yú
发则有旟[10]。　　头发天生向上举。

wǒ bù jiàn xī

我不见兮，　　多日不见情人面，

yún hé xū yǐ

云何盱矣[11]！　　教我如何不悲凄！

本诗的首章，似是混入的逸诗，其文义与以下诸章不相吻合，《诗毛氏传疏》谓首章："郑注云：'此诗，毛氏有之，三家则亡。'《正义》引服虔《左传》注云：'此逸诗也。'"从后四章来看，本篇是一首恋歌，诗人先以第三人称分别赞扬男女之美，然后以第一人称的口吻抒发相思之情，构思甚是巧妙。在赞颂男女之美时，诗人没有对他们的容貌进行细致的工笔刻画，而着重描写他们的服饰与发型，以侧面烘托，使读者想象出他们的美貌，可谓独具匠心。另外，第四章末二句重叠而又富于变化，从"我心不说""我心苑结"到"言从之迈""云何盱矣"，在程度上逐层加深，把男女主人公与日俱增的相思之情，淋漓尽致地传达了出来。

①都：优美，美盛。都人：美人。　②容：指神态举止。　③台：通"薹"，草名，可制蓑笠。缁撮：黑色系带。　④绸直如发："发如绸直"之倒文。直：发直。　⑤充耳：冠旁的耳饰物。琇：次玉之美石。实：有"美"义。　⑥尹吉：德行正直而美善。　⑦苑结：郁结，抑郁。　⑧垂带：下垂的冠带。厉：通"裂"，布条。　⑨卷发：鬓旁短发上卷。虿：蝎子，其尾部上翘，这里形容卷发之美。　⑩旟：扬，上翘的样子。　⑪云：语助词。盱：通"吁"，忧伤，忧病。

cǎi lù

采绿

zhōng zhāo cǎi lù

终朝采绿[1]，　　采摘荩草南山下，

bù yíng yī jū

不盈一匊[2]。　　一个早晨不满把。

yú fà qū jú

予发曲局[3]，　　头发散乱如蓬草，

bó yán guī mù
薄言归沐。　　回到家里洗洗它。

zhōng zhāo cǎi lán
终朝采蓝[4]，　　采摘蓝草上南山，
bù yíng yī chān
不盈一襜[5]。　　一个早晨裙不满。
wǔ rì wéi qī
五日为期，　　约定五日为期限，
liù rì bù zhān
六日不詹[6]。　　已经六天人未还。

zhī zǐ yú shòu
之子于狩，　　你若上山去打猎，
yán chàng qí gōng
言韔其弓[7]。　　我愿帮你收好弓。
zhī zǐ yú diào
之子于钓，　　你若河边把鱼钓，
yán lún zhī shéng
言纶之绳[8]。　　我愿帮你理丝绳。

qí diào wéi hé
其钓维何？　　丈夫钓的什么鱼？
wéi fáng jí xù
维鲂及鲊[9]。　　既有鲂鱼又有鲢。
wéi fáng jí xù
维鲂及鲊，　　既有鲂鱼又有鲢，
bó yán guān zhě
薄言观者。　　让人看着好喜欢。

这是一首妇女思念出门在外的丈夫的歌。首章刻画了思妇因企盼行役在外的丈夫而心不在焉的神情和无心妆扮的慵懒之态，想到丈夫要回来，她才“薄言归沐”。次章进一步表现思妇焦急的心情，“五日为期，六日不詹”两

句，使人不难体味她在丈夫出门后度日如年的感觉。三、四两章则突发奇想，想象丈夫归来后二人一起打猎钓鱼的情形，虽极道夫唱妇随之乐，而愈见此时别离之苦。本篇无疑是不折不扣的土风歌谣，不知为何编入《小雅》之中。

①绿：通“菉”，即荩草。 ②匊：“掬”之古体，即捧。 ③曲局：这里指头发卷曲散乱的样子。 ④蓝：草名，可以染青碧色。 ⑤襜：系在胸前的一种围裙，可盛物。 ⑥詹：至。 ⑦言：语助词。韔：弓袋，这里用作动词，指把弓装入袋中。 ⑧纶：理丝绳。⑨鲂：鳊鱼。鱮：鲢鱼。

shǔ miáo
黍 苗

péng péng shǔ miáo
芃 芃 黍 苗， 稠密茂盛黍子苗，
yīn yǔ gào zhī
阴 雨 膏 之。 雨水滋润长得好。
yōu yōu nán xíng
悠 悠 南 行， 士众南行路悠远，
shào bó láo zhī
召 伯 劳 之。 召伯日夜在操劳。

wǒ rèn wǒ niǎn
我 任 我 辇①， 有的推辇有的背，
wǒ chē wǒ niú
我 车 我 牛。 马车牛车一队队。
wǒ xíng jì jí
我 行 既 集②， 谢邑城池已修好，
hé yún guī zāi
盍 云 归 哉③？ 为何还不把家归？

wǒ tú wǒ yù
我 徒 我 御， 或徒步来或驾车，

wǒ shī wǒ lǚ
我师我旅[4]。　　士众成师又成旅。
wǒ xíng jì jí
我行既集，　　谢邑城池已修好，
hé yún guī chǔ
盖云归处[5]？　　何不还乡去安居？

sù sù xiè gōng
肃肃谢功[6]，　　快速建造谢邑城，
shào bó yíng zhī
召伯营之。　　召伯亲自来经营。
liè liè zhēng shī
烈烈征师[7]，　　征人众多气势盛，
shào bó chéng zhī
召伯成之。　　召伯指挥很成功。

yuán xí jì píng
原隰既平，　　高坡洼地已平整，
quán liú jì qīng
泉流既清。　　泉水河流都疏清。
shào bó yǒu chéng
召伯有成[8]，　　召伯大功已告成，
wáng xīn zé níng
王心则宁。　　宣王愉悦心安宁。

这是赞美召伯（名虎）为申伯营建谢邑的诗。宣王时申伯来朝，久留不归，宣王又封申伯于谢。召伯奉宣王之命率士兵为他营造谢邑新都。本诗共五章，章四句。首章写召伯亲自率众南行，操劳不休，赞美之情溢于言表。二、三两章则着重摹写营建谢邑城时的场景，勾勒出一幅万人筑城图。诗人在表现士兵劳动热情的同时，也道出了他们久役思归的心情。第四章赞颂召伯善于指挥、营运有方，使建城工程很快完工。末章谓召伯又率众整治原野、疏浚河流，最终圆满完成宣王之命。本篇虽为颂美之作，但语气诚

挚而自然，描摹场景生动如画，具有很强的感染力。

①我：犹“乃”。任：负，背。辇：人力推的车，这里用作动词，用辇推。 ②行：行役，指营建谢邑。集：就，完成。 ③盖：通“盍”，何不。云：语气词。 ④师、旅：古制五百人为旅，五旅为师。 ⑤处：居，息。 ⑥肃肃：迅疾的样子。 ⑦烈烈：气势盛大的样子。征：行役。师：众。 ⑧有：犹“已”。

隰桑
xí sāng

原文	译文
xí sāng yǒu ē 隰桑有阿，	洼地桑树多婀娜，
qí yè yǒu nuó 其叶有难[①]。	叶儿随风舞婆娑。
jì jiàn jūn zǐ 既见君子，	今日得见心上人，
qí lè rú hé 其乐如何！	别提心里多快活！
xí sāng yǒu ē 隰桑有阿，	洼地桑树多婀娜，
qí yè yǒu wò 其叶有沃[②]。	叶儿鲜亮多润泽。
jì jiàn jūn zǐ 既见君子，	今日得见心上人，
yún hé bù lè 云何不乐！	教我怎能不快活！
xí sāng yǒu ē 隰桑有阿，	柔桑随风舞翩翩，
qí yè yǒu yōu 其叶有幽[③]。	叶儿浓绿色泽鲜。

jì jiàn jūn zǐ
既见君子，　　今日得见心上人，
dé yīn kǒng jiāo
德音孔胶[4]！　　甜蜜话儿说不完！

xīn hū ài yǐ
心乎爱矣，　　既然心里把他爱，
xiá bù wèi yǐ
遐不谓矣[5]？　　为何还不对他讲？
zhōng xīn cáng zhī
中心藏之，　　如火恋情心中藏，
hé rì wàng zhī
何日忘之？　　哪有一天能遗忘？

这是一首初恋中的姑娘唱的歌。全诗四章，前三章重叠复沓，淋漓尽致地表达了姑娘见到情郎后不能自已的欢乐心情。第四章，姑娘又暗自寻思：是不是向他表白心中的爱情？不，等一等，还是暂时藏在心中……一个纯朴、热烈而又含蓄多情的少女形象，跃然纸上。本诗以第一人称的口吻道来，景真情真，格调明快，具有浓郁的民歌风味。

①难：通“傩”，犹“娜”。　②沃：润泽鲜美的样子。　③幽：通“黝”。《说文》：“黝，微青黑色也。”　④德音：指恋人间的情话。孔：很。胶：这里指非常亲密的样子。　⑤遐：通“瑕”，犹“何”。谓：告诉。

bái huā
白华

bái huā jiān xī
白华菅兮[1]，　　野外菅草开白花，
bái máo shù xī
白茅束兮。　　用那白茅来捆束。
zhī zǐ zhī yuǎn
之子之远[2]，　　你竟忍心疏远我，

bǐ wǒ dú xī 俾我独兮。	让我寂寞又孤独。
yīng yīng bái yún 英英白云[3]，	白云轻轻飘过来，
lù bǐ jiān máo 露彼菅茅[4]。	把那菅茅全覆盖。
tiān bù jiān nán 天步艰难[5]，	时运不济我受挫，
zhī zǐ bù yóu 之子不犹[6]。	违背常理你不该。
biāo chí běi liú 滮池北流[7]，	清清滮池水北流，
jìn bǐ dào tián 浸彼稻田。	把那稻田来浇灌。
xiào gē shāng huái 啸歌伤怀[8]，	伤怀不已且歌吟，
niàn bǐ shuò rén 念彼硕人。	想起美人心忧烦。
qiáo bǐ sāng xīn 樵彼桑薪，	上山砍取桑木柴，
áng hōng yú chén 卬烘于煁[9]。	填入灶中烧得旺。
wéi bǐ shuò rén 维彼硕人，	那个美人很得宠，
shí láo wǒ xīn 实劳我心。	实在让我心悲伤。
gǔ zhōng yú gōng 鼓钟于宫，	敲钟击鼓在宫中，
shēng wén yú wài 声闻于外。	铿锵悦耳传于外。

niàn zǐ cǎo cǎo
念子懆懆[10]，　日夜不安挂念你，
shì wǒ mài mài
视我迈迈[11]。　对我你却不理睬。
yǒu qiū zài liáng
有鹙在梁[12]，　有只秃鹙在鱼梁，
yǒu hè zài lín
有鹤在林。　有只白鹤在树林。
wéi bǐ shuò rén
维彼硕人，　那个美人很得宠，
shí láo wǒ xīn
实劳我心。　实在让我太伤心。

yuān yāng zài liáng
鸳鸯在梁，　一对鸳鸯在鱼梁，
jí qí zuǒ yì
戢其左翼[13]。　敛其左翼相依傍。
zhī zǐ wú liáng
之子无良，　你的行为太不好，
èr sān qí dé
二三其德。　三心二意道德丧。

yǒu biǎn sī shí
有扁斯石[14]，　一块石头扁又扁，
lǚ zhī bēi xī
履之卑兮。　被人践踏更卑贱。
zhī zǐ zhī yuǎn
之子之远，　你竟忍心将我弃，
bǐ wǒ qí xī
俾我疧兮。　使我忧病伤心肝。

这是申后遭疏受黜后的怨诗。《诗序》谓周幽王初娶申女以为后，又得褒姒而黜申后。全诗共分八章，章四句。诗人自叹命运不济，责怨幽王不道，

更讥刺“硕人”褒姒无德。全诗各章，均是前两句写景取兴，后两句直接抒情，其比兴意象不仅无一重复，而且除“鸳鸯在梁”在《诗经》中略为常见外，其他都新颖奇特、意蕴丰厚，使诗人哀怨之情的抒发更加真切生动，更加耐人寻味。

①华：古“花”字。菅：多年生草本植物，根深，茎叶坚韧，秋天开白花。 ②之子：指幽王。远：疏远，离异。 ③英英：又作“泱泱”，白云轻盈、明亮、洁白的样子。 ④露：覆。 ⑤天步：时运，命运。艰难：不幸的意思。 ⑥犹：道，此指人情伦理之道。 ⑦滮池：古水名。 ⑧啸歌：犹言“长歌”。 ⑨印：我。烘：烤。煁：不带锅的可以移动的灶，古人称为“行灶”，用它烤东西而不烧饭菜。桑柴是烧饭的好柴，现在用来烘烤，是失其所用。 ⑩懆懆：忧愁不安的样子。 ⑪视：看待，对待。迈迈：不友好。 ⑫鹙：水鸟名，又名秃鹙，似鹤而性贪残好斗。梁：水坝。 ⑬戢：敛。朱熹《诗集传》：“禽鸟并栖，一正一倒，戢其左翼，以相依于内。” ⑭扁：扁平。石：指登车用的垫脚石。

绵蛮（mián mán）

mián mán huáng niǎo 绵蛮黄鸟①，	一只黄鸟喳喳叫，
zhǐ yú qiū ē 止于丘阿。	停在前面山丘角。
dào zhī yún yuǎn 道之云远，	行役路途真遥远，
wǒ láo rú hé 我劳如何！	奔波劳苦受不了！
yìn zhī sì zhī 饮之食之，	给他水喝给他饭，
jiào zhī huì zhī 教之诲之。	好言将他来教导。
mìng bǐ hòu chē 命彼后车②，	令那副车停一停，
wèi zhī zài zhī 谓之载之③。	让他坐上歇歇脚。

mián mán huáng niǎo 绵 蛮 黄 鸟，	一只黄鸟叫得欢，
zhǐ yú qiū yú 止 于 丘 隅[④]。	停在前面山坡边。
qǐ gǎn dàn xíng 岂 敢 惮 行，	岂敢畏惧远行役，
wèi bù néng qū 畏 不 能 趋。	只怕走路速度慢。
yìn zhī sì zhī 饮 之 食 之，	给他水喝给他饭，
jiào zhī huì zhī 教 之 诲 之。	好言将他来教导。
mìng bǐ hòu chē 命 彼 后 车，	令那副车停一停，
wèi zhī zài zhī 谓 之 载 之。	让他坐上歇歇脚。

mián mán huáng niǎo 绵 蛮 黄 鸟，	一只黄鸟叫喳喳，
zhǐ yú qiū cè 止 于 丘 侧。	停在前面山坡下。
qǐ gǎn dàn xíng 岂 敢 惮 行，	岂敢畏惧远行役，
wèi bù néng jí 畏 不 能 极[⑤]。	只怕不能快到达。
yìn zhī sì zhī 饮 之 食 之，	给他水喝给他饭，
jiào zhī huì zhī 教 之 诲 之。	好言将他来教导。
mìng bǐ hòu chē 命 彼 后 车，	令那副车停一停，
wèi zhī zài zhī 谓 之 载 之。	让他坐上歇歇脚。

本诗三章，重章叠句，各章前四句，是行役征夫所唱之词。三章均以止于山丘旁的黄鸟反兴自己王命在身，只怕贻误日期，不敢片刻歇息。两相比较，人尚不如鸟，其哀怨之情不言而喻。各章后四句完全相同，当是诗章合乐演唱时的伴唱，表达了诗人希望行役之官能帮助、鼓励、安慰征夫的心情。

①绵蛮：鸟鸣声。 ②后车：又名“停车”，副车。 ③谓：命，叫。载：装载。两个“之”字皆代词，前一个代后车的御夫，后一个代行役者。 ④丘隅：犹“丘阿”。 ⑤极：至。

hù yè
瓠 叶

fān fān hù yè
幡 幡 瓠 叶[①]，　　瓠叶翩翩随风动，
cǎi zhī pēng zhī
采 之 亨 之[②]。　　采摘下来煮又烹。
jūn zǐ yǒu jiǔ
君 子 有 酒，　　君子家有好陈酒，
zhuó yán cháng zhī
酌 言 尝 之。　　斟酒宴饮乐融融。

yǒu tù sī shǒu
有 兔 斯 首[③]，　　一只野兔尾巴短，
páo zhī fán zhī
炮 之 燔 之[④]。　　或煨或烤味道鲜。
jūn zǐ yǒu jiǔ
君 子 有 酒，　　君子斟上好陈酒，
zhuó yán xiàn zhī
酌 言 献 之[⑤]。　　敬献客人表心愿。

yǒu tù sī shǒu
有 兔 斯 首，　　野兔肉美是佳品，

fán zhī zhì zhī
燔之炙之⑥。　　或烤或熏鲜又嫩。
jūn zǐ yǒu jiǔ
君子有酒，　　君子宴饮有美酒，
zhuó yán zuò zhī
酌言酢之⑦。　　斟上一杯敬主人。

yǒu tù sī shǒu
有兔斯首，　　野兔肉美是佳品，
fán zhī páo zhī
燔之炮之。　　或烤或煨味道美。
jūn zǐ yǒu jiǔ
君子有酒，　　君子斟上好陈酒，
zhuó yán chóu zhī
酌言酬之⑧。　　再劝客人干一杯。

这是朋友宴饮的诗。全诗四章。首章先说明菜肴的简单，那就是刚刚摘下的新鲜瓠叶，而尽管菜肴简单，热情好客的主人还是拿出了好酒，与朋友共享。第二、三、四章重章叠句，诗人反复咏唱兔肉的烧烤，宴席上充满着兔肉诱人的香味，而从“献”到“酢”再到“酬”的“一献之礼”，更洋溢着主宾相互劝酒、其乐融融的欢快气氛。

①幡幡：犹“翩翩”，反复翻动的样子。瓠：葫芦。　②亨：“烹”的本字。　③有、斯：均为语助词。兔、首：这里是以兔首概称全兔。　④炮：古人用泥裹肉而烧之曰炮。燔：烤肉。　⑤献：向宾客献酒。　⑥炙：熏烤肉。　⑦酢：宾饮尽，而又向主人敬酒。　⑧酬：主人自饮后，又劝宾客饮酒。古代合献、酢、酬为“一献之礼”。

chán chán zhī shí
渐渐之石

chán chán zhī shí
渐渐之石①，　　云暗半空石磊磊，

wéi qí gāo yǐ 维其高矣。	峰峦直上势崔嵬。
shān chuān yōu yuǎn 山川悠远，	山高连天路悠远，
wéi qí láo yǐ 维其劳矣。	日日行军多劳累。
wǔ rén dōng zhēng 武人东征，	士兵东征去打仗，
bù huáng zhāo yǐ 不遑朝矣②。	没有空闲歇歇腿。
chán chán zhī shí 渐渐之石，	云暗半空石崭崭，
wéi qí zú yǐ 维其卒矣③。	峰峦直上路险难。
shān chuān yōu yuǎn 山川悠远，	山高连天路悠远，
hé qí mò yǐ 曷其没矣④。	长路何时能走完？
wǔ rén dōng zhēng 武人东征，	士兵东征去打仗，
bù huáng chū yǐ 不遑出矣⑤。	不知是否能生还。
yǒu shǐ bái dí 有豕白蹢⑥，	黑色母猪白白蹄，
zhēng shè bō yǐ 烝涉波矣⑦。	成群结队渡河汉。
yuè lí yú bì 月离于毕⑧，	月亮靠近天毕星，
bǐ pāng tuó yǐ 俾滂沱矣⑨。	大雨滂沱行路难。
wǔ rén dōng zhēng 武人东征，	士兵东征上战场，

bù huáng tā yǐ
不 遑 他 矣⑩。 其他事情撂一边。

“何代何王不战争，尽从离乱见清平。”（唐·韦庄《悯耕者》）战争是文学作品中的一个永恒主题，而反映征战给士卒带来的劳苦伤痛，又是这一主题的主旋律。本篇即周代东征士卒自叹劳苦的怨诗。诗的首章，展现在读者面前的便是山高路远、士卒劳顿的行军图。第二章与首章复沓重叠，只更换了个别字，而“武人东征，不遑出矣”二句，真实地道出了士卒的忧虑：此次东征，死生未定，也许难以生还。末章则进一步哀叹，此次东征，能生还是万幸，此时一切凄苦都顾不得了……其语气之绝望，令人眼湿。本诗真实地表现了征战士卒的所见所感，反映了征役给人民带来的痛苦，今天仍有很高的认识价值。

①渐渐：今作“崭崭”，山势高峻的样子。 ②不遑：不暇，没有空闲。朝：犹“朝夕”。此句为日日行军，无朝暮之暇。 ③卒：通“崒”，山高而险的样子。 ④没：尽。 ⑤不遑出：指只知深入敌阵不知能否生还。 ⑥豕：这里指天象中之黑云若豕者，为将雨之兆。《述异记》：“夜半，天汉中有黑气相连，俗谓之黑猪渡河，雨候也。”蹢：蹄。 ⑦烝：众。涉：渡。波：指天河、河汉。 ⑧离：通“丽”，靠近。毕：星宿名，又叫“天毕”。古人认为月亮靠近毕星要下大雨。 ⑨俾：使。 ⑩他：其他的事。

tiáo zhī huā
苕 之 华

tiáo zhī huā
苕 之 华①， 一株凌霄独开放，

yún qí huáng yǐ
芸 其 黄 矣②。 花儿鲜亮黄又黄。

xīn zhī yōu yǐ
心 之 忧 矣， 心中忧苦向谁诉，

wéi qí shāng yǐ
维 其 伤 矣！ 满目萧索痛断肠！

tiáo zhī huā
苕之华，　　凌霄花开旷野中，

qí yè qīng qīng
其叶青青。　　叶儿青青多茂盛。

zhī wǒ rú cǐ
知我如此，　　早知遇此大不幸，

bù rú wú shēng
不如无生！　　那还不如不降生！

zāng yáng fén shǒu
牂羊坟首③，　　母羊身瘦大头脑，

sān xīng zài liǔ
三星在罶④。　　渔篓空空星光耀。

rén kě yǐ shí
人可以食，　　饥荒之年人食人，

xiǎn kě yǐ bǎo
鲜可以饱！　　人瘦无肉吃不饱！

这是饥馑之年的哀歌。前两章以凌霄花盎然的生机，反兴歌者的衰弱悲苦。周室衰微，既乱且饥，所谓“大兵之后，必有凶年”，田园荒芜，万户萧疏，歌者深悲其不幸生此凶荒之世。末章则对大灾之年人食人的惨象做了更为具体的描述。这首诗可以说是凶荒之世下层人民的哀号惨叫。读之令人叹息掩涕。

①苕：又名凌霄，花赤黄色。　②芸：深黄貌。　③牂羊：母绵羊。坟：大。绵羊头本不大，因为身体饿得瘦小，故而显得大。　④三星：星宿名，又叫参星。罶：亦作“笱”，渔篓。朱熹《诗集传》：“罶中无鱼而水静，但见三星之光而已。言饥馑之余，百物凋耗如此，苟且得食足矣，岂可望其饱哉！”

hé cǎo bù huáng
何 草 不 黄

hé cǎo bù huáng 何 草 不 黄？	哪有草儿不枯黄？
hé rì bù háng 何 日 不 行？	哪天我们不奔忙？
hé rén bù jiāng 何 人 不 将①？	哪个不去服苦役？
jīng yíng sì fāng 经 营 四 方！	辛苦经营走四方！
hé cǎo bù xuán 何 草 不 玄②？	啥草能够不腐烂？
hé rén bù guān 何 人 不 矜③？	谁不劳瘁受熬煎？
āi wǒ zhēng fū 哀 我 征 夫，	可怜征夫命最苦，
dú wèi fěi mín 独 为 匪 民！	偏偏不被当人看！
fěi sì fěi hǔ 匪 兕 匪 虎，	不是犀牛不是虎，
shuài bǐ kuàng yě 率 彼 旷 野④。	旷野之中赶路途。
āi wǒ zhēng fū 哀 我 征 夫，	我们征夫最可怜，
zhāo xī bù xiá 朝 夕 不 暇！	没有闲暇终日苦！
yǒu péng zhě hú 有 芃 者 狐⑤，	狐狸尾巴毛蓬松，

shuài bǐ yōu cǎo 率彼幽草[6]。	往来窜行深草丛。
yǒu zhàn zhī chē 有栈之车[7]，	役车高大又笨重，
xíng bǐ zhōu dào 行彼周道。	顺着大路向前行。

这是征夫苦于行役不息的哀歌。《诗序》谓幽王之时，“四夷交侵，中国皆叛，用兵不息，视民如禽兽。君子忧之，故作是诗也”。说本诗产生于荒乱的幽王之世，符合诗意，从诗的语气看，其作者并非“君子”，但应是亲历其事的“征夫”。全诗共四章。首章以草的枯黄，比喻征夫的劳瘁不堪，低贱而任人践踏。次章“何草不玄？何人不矜”，再一次呼喊征夫的疲病困苦：“哀我征夫，独为匪民!”哀痛之至。第三章以“兕”“虎”起兴，歌者行役旷野，风餐露宿，不禁想起自己也正像野兽一般被驱赶于野外。末章展现在人们眼前的是一派萧索景象，四处人烟稀少，野草丛生，阴幽可畏。“有栈之车，行彼周道”，最后歌者抹去忧伤的泪水，又随着行役大车向前走去。亡国之音哀以思，本篇即幽王之世的亡国之音，正如清人方玉润所说：“周衰至此，其亡岂能久待？编诗者以此殿《小雅》之终。”（《诗经原始》）

①将：行役。 ②玄：黑色，草腐烂之色。 ③矜：病，劳瘁病苦。 ④率：循，沿着。 ⑤芃：蓬松的样子。 ⑥幽草：深草丛。 ⑦栈：高大的样子。

dà yǎ
大 雅

wén wáng
文 王

wén wáng zài shàng 文王在上①，	文王神灵在天上，
wū zhāo yú tiān 於昭于天②。	他的光辉照天堂。
zhōu suī jiù bāng 周虽旧邦③，	宗周虽是旧邦国，
qí mìng wéi xīn 其命维新④。	受命建立新朝纲。
yǒu zhōu pī xiǎn 有周不显⑤，	宗周功业无限量，
dì mìng bù shí 帝命不时⑥。	上帝旨意光万丈。
wén wáng zhì jiàng 文王陟降⑦，	文王上下左右忙，
zài dì zuǒ yòu 在帝左右。	他在上帝身近旁。
wěi wěi wén wáng 亹亹文王⑧，	勤勤恳恳我文王，
lìng wèn bù yǐ 令闻不已。	美好名声传不止。
chén xī zāi zhōu 陈锡哉周⑨，	频频施惠创宗周，

hóu wén wáng sūn zǐ
侯文王孙子[10]。　天封文王孙与子。

wén wáng sūn zǐ
文王孙子，　何止文王孙与子，

běn zhī bǎi shì
本支百世[11]。　嫡系旁支传百世。

fán zhōu zhī shì
凡周之士，　凡属周家之才士，

pī xiǎn yì shì
不显亦世[12]。　显荣富贵传累世。

shì zhī pī xiǎn
世之不显，　才士世代极荣显，

jué yóu yì yì
厥犹翼翼[13]。　他们献谋自勤勉。

sī huáng duō shì
思皇多士[14]，　如此鸿硕志士多，

shēng cǐ wáng guó
生此王国。　林林总总满宫殿。

wáng guó kè shēng
王国克生[15]，　宗周能出众贤士，

wéi zhōu zhī zhēn
维周之桢[16]。　都是周王好骨干。

jǐ jǐ duō shì
济济多士，　济济熙熙才士多，

wén wáng yǐ níng
文王以宁。　文王因之得心安。

mù mù wén wáng
穆穆文王[17]，　堂堂正正我文王，

wū qī xī jìng zhǐ
於缉熙敬止[18]。　光明勤奋又整饬。

jiǎ zāi tiān mìng
假哉天命[19]，　上帝天命既已决，

yǒu shāng sūn zǐ
有商孙子。　　命令殷商之孙子。

shāng zhī sūn zǐ
商之孙子，　　殷商子孙繁衍多，

qí lì bù yì
其丽不亿[20]。　　数量不止上万亿。

shàng dì jì mìng
上帝既命，　　上帝既降以天命，

hóu yú zhōu fú
侯于周服[21]。　　只有臣服周统治。

hóu fú yú zhōu
侯服于周，　　臣服于周成一统，

tiān mìng mǐ cháng
天命靡常。　　天命从来无定型。

yīn shì fū mǐn
殷士肤敏[22]，　　殷商士臣能敏勉，

guàn jiāng yú jīng
祼将于京[23]。　　助行祼祭于镐京。

jué zuò guàn jiāng
厥作祼将[24]，　　当其行助祼祭时，

cháng fú fǔ xǔ
常服黼冔[25]。　　常用礼服皆可用。

wáng zhī jìn chén
王之荩臣[26]，　　其为王时进用臣，

wú niàn ěr zǔ
无念尔祖[27]。　　永念你祖文王功。

wú niàn ěr zǔ
无念尔祖，　　要念你祖文王功，

yù xiū jué dé
聿修厥德[28]。　　应修你祖文王德。

yǒng yán pèi mìng
永言配命[29]，　　常言人要配天命，

原文	译文
zì qiú duō fú 自求多福[30]。	自求多福福便多。
yīn zhī wèi sàng shī 殷之未丧师，	当年殷之未丧师，
kè pèi shàng dì 克配上帝。	能与上帝相配合。
yí jiàn yú yīn 宜鉴于殷[31]，	现在你应鉴于殷，
jùn mìng bù yì 骏命不易[32]。	大命决不可变革。

原文	译文
mìng zhī bù yì 命之不易，	大命既不可变革，
wú è ěr gōng 无遏尔躬。	勿自遏止你自身。
xuān zhāo yì wèn 宣昭义问[33]，	你应彰明好声誉，
yòu yú yīn zì tiān 有虞殷自天[34]。	殷有祸败自天神。
shàng tiān zhī zài 上天之载[35]，	上天之事渺冥冥，
wú shēng wú xiù 无声无臭[36]。	无声无味不须问。
yí xíng wén wáng 仪刑文王[37]，	效法文王是根本，
wàn bāng zuò fú 万邦作孚[38]。	万国诸侯都深信。

这是诗人赞美文王、告诫后人的诗作。诗人认为殷商的灭亡，是他们违背了天命；宗周据有天下，是文王施行德政，赢得了天命。殷商子孙应听从天命，臣服于周；周人应吸取殷商的教训，敬天从命，效法文王，广施德政，方能长治久安。诗作以宗教为旗帜，行说教之实。全诗充满了神秘的宗教色彩，既符合周人祖先崇拜心理，更阐述了周人顺天应命建立宗周的理论依

据，为巩固宗周政权、促进社会发展起了积极作用，无怪有人将本诗亦称为周人的“史诗”。本诗是《大雅》的第一篇，艺术上也很有代表性。全诗共七章，每章八句，篇幅宏大，句式整齐，围绕着“文王”“天命”反复吟唱。顶针手法的使用，产生语意连贯和音调和谐的艺术效果，对后世文学影响很大。诗的作者后人多以为是周公旦，可备一说。

①文王：姬姓，名昌。季历之子，武王之父，执政五十年，为周灭商奠定了基础。在上：在天上。周文王对周族发祥贡献极大，死后作为祖先神受后人祭祀。 ②於：赞美声。乌乌是周人表示赞美的乐音。 ③旧邦：旧国。周从文王的祖父古公亶父由豳迁岐建国，历时多年，故称为旧国。 ④命：天命。意为周虽是旧国，但文王受命于天，变旧邦为新朝。 ⑤不：通“丕”，作“大”讲。显：光明，荣耀。 ⑥帝：上帝。帝命：天命。时：善。不时：大善，极好。 ⑦陟降：上上下下，勤于劳作。 ⑧亹亹：勤勉的样子。 ⑨陈：借为“申”，反复、频频的意思。锡：通“赐”，赏赐，施予。哉：通“载”，起始。哉周：建立周朝。 ⑩侯：动词，封之为侯。即分封文王子孙为侯王。 ⑪本支：树木的根干和枝叶。本，这里指文王的直系；支，这里指文王的旁系。百世：百代。 ⑫亦世：同“奕世”，累世。意为凡效忠周朝的臣僚，也都累世荣耀。 ⑬厥：其，他的。犹：计谋，谋略。翼翼：恭敬谨慎的样子。 ⑭思：语气词。皇：大，美。多士：众多的贤士。 ⑮克：能。 ⑯桢：本义是筑土墙时夹板两端的立木，引申为支柱，骨干。 ⑰穆穆：仪表端庄、态度恭敬的样子。 ⑱缉熙：勤奋的样子。一说是形容文王品德光明正大的样子。敬：恭谨负责的样子。止：语尾助词。 ⑲假：固，决定。 ⑳丽：数目。不：语助词。亿：古时以十万为亿。 ㉑侯：惟，通“维”。周服：服从于周。 ㉒殷士：指殷商臣服于周的臣僚。肤：壮美。敏：勤勉。 ㉓裸将：为“将裸”的倒文。将，举行，裸：祭礼。于京：前往京师。 ㉔厥：其。作：开始。 ㉕常：通“尚”，还是，仍然。服：穿戴。黼：绣有黑白相间的斧形花纹的礼服。冔：殷人的礼帽。周王允许殷人“黼冔”，表示尊重殷礼。 ㉖王：指周王。一般认为是指成王。荩臣：进用之臣。 ㉗无：语助词，无意义。尔：指成王。祖：指文王。 ㉘聿：发语词。 ㉙永言：长言，即“常言”。配命：配合天命，即顺应自然的命运。 ㉚自求：自己去做，以尽人事。 ㉛鉴：镜子，借鉴。 ㉜骏命：大命。不易：不可变更。 ㉝宣昭：宣明，发扬光大。义：美，善。问：通“闻”，声闻。义问：好名誉。 ㉞虞：祸败。 ㉟载：事。 ㊱臭：气味。 ㊲仪刑：效法。 ㊳作：则。孚：信，悦服。

dà míng
大明

míng míng zài xià
明明在下①，　若有光明在下方，

hè hè zài shàng
赫赫在上②。　才得显赫在天上。

tiān nán chén sī
天难忱斯③，　天道却难守此常，

bù yì wéi wáng
不易维王。　殷不改制立新王。

tiān wèi yīn dí
天位殷适④，　帝位传给嫡子坐，

shǐ bù jiā sì fāng
使不挟四方⑤。　天不使他通四方。

zhì zhòng shì rén
挚仲氏任⑥，　挚国任家女仲行，

zì bǐ yīn shāng
自彼殷商。　出生之地属殷商。

lái jià yú zhōu
来嫁于周，　自殷而来嫁于周，

yuē pín yú jīng
曰嫔于京⑦。　嫁给京师一小王。

nǎi jí wáng jì
乃及王季⑧，　乃与王季为配偶，

wéi dé zhī xíng
维德之行⑨。　怀以德业相辅行。

tài rén yǒu shēn
大任有身⑩，　太任于是有身孕，

shēng cǐ wén wáng
生此文王。　于是生下文王来。

wéi cǐ wén wáng
维此文王，
说起这位周文王，

xiǎo xīn yì yì
小心翼翼。
小心谨慎不轻率。

zhāo shì shàng dì
昭事上帝，
光明磊落事上帝，

yù huái duō fú
聿怀多福[11]。
引得诸多幸福来。

jué dé bù huí
厥德不回[12]，
品行道德皆不坏，

yǐ shòu fāng guó
以受方国。
接受四国的朝拜。

tiān jiān zài xià
天监在下[13]，
天监文王于下民，

yǒu mìng jì jí
有命既集[14]。
大命遂已集其身。

wén wáng chū zǎi
文王初载[15]，
文王为政之初年，

tiān zuò zhī hé
天作之合。
天帝为之配夫人。

zài hé zhī yáng
在洽之阳[16]，
其人曾居洽水阳，

zài wèi zhī sì
在渭之涘[17]。
其人现住渭水滨。

wén wáng jiā zhǐ
文王嘉止[18]，
文王婚礼期已至，

dà bāng yǒu zǐ
大邦有子[19]。
大邦真有好女子。

dà bāng yǒu zǐ
大邦有子，
大邦有女即太姒，

qiàn tiān zhī mèi
伣天之妹[20]。
天仙少女降尘世。

wén dìng jué xiáng
文定厥祥[21]，　　文王以礼定其祥，

qīn yíng yú wèi
亲迎于渭。　　亲自迎接渭水旁。

zào zhōu wéi liáng
造舟为梁[22]，　　建造彩舟为浮桥，

pī xiǎn qí guāng
不显其光[23]。　　大显其人之光芒。

yǒu mìng zì tiān
有命自天，　　乃有大命自天降，

mìng cǐ wén wáng
命此文王。　　天帝命令此文王。

yú zhōu yú jīng
于周于京，　　要在周邦在京师，

zuǎn nǚ wéi shēn
缵女维莘[24]。　　继太任女出莘邦。

zhǎng zǐ wéi xíng
长子维行[25]，　　莘君长女出嫁行，

dǔ shēng wǔ wáng
笃生武王[26]。　　婚后诞生此武王。

bǎo yòu mìng ěr
保右命尔[27]，　　帝既佑王又命王，

xiè fá dà shāng
燮伐大商[28]。　　协和诸侯伐殷商。

yīn shāng zhī lǚ
殷商之旅，　　殷商调动卫国军，

qí huì rú lín
其会如林。　　旌旗招展如森林。

shǐ yú mù yě
矢于牧野[29]，　　武王誓师于牧野，

wéi yú hóu xīng
维予侯兴[30]。　　我为伐商起义军。

shàng dì lín rǔ
上帝临女[31]，　　上帝正在看你们，
wú èr ěr xīn
无贰尔心。　　合力伐商无二心。

mù yě yáng yáng
牧野洋洋[32]，　　牧野战场好平旷，
tán chē huáng huáng
檀车煌煌，　　檀木战车亮晃晃，
sì yuán bāng bāng
驷騵彭彭[33]。　　驷马红白多强壮。
wéi shī shàng fù
维师尚父[34]，　　统帅尚父太公望，
shí wéi yīng yáng
时维鹰扬。　　好似雄鹰意气扬。
liàng bǐ wǔ wáng
凉彼武王[35]，　　专心辅佐周武王，
sì fá dà shāng
肆伐大商[36]，　　迅急挥师击殷商，
huì zhāo qīng míng
会朝清明[37]。　　一朝开创新景象。

本诗被誉为周人自叙开国创业的史诗。叙述了王季和太任、文王和太姒的婚姻及武王伐纣的事迹。全诗共八章，诗篇以五章的篇幅写王季和文王娶妻生子，显示周人对家庭及血统的重视，说明武王继位的法统原则和血统原则都是确定无疑的，也流露出周人的女权意识。末尾二章写武王伐纣，文笔精当，意气飞扬，显示出正义之师锐不可当的气势，读来令人神思遐想，血脉贲张。本诗与《生民》《公刘》《绵》《皇矣》等诗性质相同，被誉为反映周人发祥史的史诗。

①明明：光明的样子。　②赫赫：显盛的样子。此二句上下相应，意为天道之常，从而概括全诗。　③忱：信守。斯：指代上述天之道常。　④适：通“嫡”，即嫡子。正妻生的长子叫嫡子，嫡子才有继承权。　⑤挟：通“浃”，达。不挟四方，即政令不行于四方，四

方皆叛的意思。 ⑥挚：殷商所属国名，在今河南汝宁一带。仲：排行居次。氏任：任姓。仲氏任，即是任姓的二姑娘。 ⑦嫔：嫁。京：指周京师。 ⑧王季：太王之子，文王之父。 ⑨维：语助词。之：犹是的意思。此句意为王季与太任遇事以德作为行动的准则。 ⑩大任：太任，王季之妻，前章说的“挚仲氏任”。有身：怀有身孕。 ⑪聿：语助词。怀：来，招引，使……来。 ⑫厥：其。回：违，含有邪僻的意思。 ⑬天监：意为天帝监察文王。 ⑭有：语助词。有命，即天命。集：临，就。意为天命已临其身。 ⑮初载：指文王即位初年。 ⑯洽：古水名，源于陕西合阳县北，向东南流入黄河，今称金水河。 ⑰渭：水名，源于甘肃渭源县鸟鼠山，至陕西与泾水汇合，流入黄河。洽、渭二水皆属莘国，但相距甚远，故以为太姒曾住洽水之阳，又迁居渭水之滨。 ⑱嘉：嘉礼，指婚礼。止：语气词。 ⑲大邦：大国，指莘国。子：指莘国国君的女儿。 ⑳伣：好比，好像。妹：少女。意为太姒好像天仙少女。 ㉑文：文王。定：定礼。指问名占卜后，以礼定其吉祥。 ㉒造舟：联舟、编舟。梁：桥。 ㉓不：通“丕”，大。 ㉔缵：继。意为太姒是继太任之后，莘国又一位好姑娘。 ㉕长子：太姒是莘君的长女。维行：出嫁。 ㉖笃：语助词，一说为赞叹之语。 ㉗保右：保佑。命：命令。此句主语为天帝，即天帝保佑武王，又命武王继承文王的事业。 ㉘燮：“袭”的假借字。燮伐，即袭伐，讨伐。 ㉙矢：通“誓”。古时战前主帅向战士训诫鼓励之词，谓之誓师。牧野：地名，在今河南省淇县以南。 ㉚维：发语词。予：武王自称。侯：乃。兴：兴起，起兵。 ㉛临女：监视着你们。 ㉜洋洋：宽广的样子。 ㉝驷：一辆战车配有四匹战马。骠：赤毛白腹的马。彭彭：强壮有力的样子。 ㉞师：官名，又称太师。尚父：吕尚的尊称。后世称之为姜子牙、姜太公、姜尚、太公望、吕尚、吕望等。 ㉟凉：辅佐。 ㊱肆：疾速的样子。肆伐，即迅猛攻击的样子。 ㊲会朝：一朝，一个早上。形容周师锐不可当，商军土崩瓦解，一触即溃。清明：指牧野一战结束了殷商的残暴统治，从此天下太平，政治清明。

mián
绵

mián mián guā dié 绵 绵 瓜 瓞①，	大瓜小瓜连不断，
mín zhī chū shēng 民 之 初 生②，	想我周人之祖先，
zì dù jū qī 自 土 沮 漆③。	自杜迁到漆水边。

gǔ gōng dǎn fǔ
古公亶父[4]，　　古公亶父执掌权，
táo fù táo xué
陶复陶穴[5]，　　挖洞掏窑避风雨，
wèi yǒu jiā shì
未有家室[6]。　　不知建房筑宫殿。

gǔ gōng dǎn fǔ
古公亶父，　　古公亶父周先祖，
lái zhāo zǒu mǎ
来朝走马[7]。　　清晨策马忙赶路。
shuài xī shuǐ hǔ
率西水浒[8]，　　沿着渭水向西迁，
zhì yú qí xià
至于岐下[9]。　　一直走到岐山麓。
yuán jí jiāng nǚ
爰及姜女[10]，　　偕同妻子姜氏女，
yù lái xū yǔ
聿来胥宇[11]。　　勘察地势建新屋。

zhōu yuán wǔ wǔ
周原膴膴[12]，　　周原肥沃土地广，
jǐn tú rú yí
堇荼如饴[13]。　　种下苦菜如蜜糖。
yuán shǐ yuán móu
爰始爰谋[14]，　　认真谋划细商量，
yuán qì wǒ guī
爰契我龟[15]：　　钻刻龟版求神帮：
yuē zhǐ yuē shí
曰止曰时[16]，　　卜辞吉利可安居，
zhù shì yú zī
筑室于兹。　　在此居住最吉祥。

nǎi wèi nǎi zhǐ
乃慰乃止[17]，　　于是安心居此邦，

nǎi zuǒ nǎi yòu
乃左乃右[18]。　　前后左右划界疆。

nǎi jiāng nǎi lǐ
乃疆乃理[19]，　　丈量土地又开荒，

nǎi xuān nǎi mǔ
乃宣乃亩[20]。　　挖洞松土陇成行。

zì xī cú dōng
自西徂东，　　自西到东全周邦，

zhōu yuán zhí shì
周爰执事[21]。　　男女老少上下忙。

nǎi zhào sī kōng
乃召司空，　　召来司空管工程，

nǎi zhào sī tú
乃召司徒，　　司徒掌管地人丁，

bǐ lì shì jiā
俾立室家。　　他们建筑新宫庭。

qí shéng zé zhí
其绳则直，　　拉开墨绳画直正，

suō bǎn yǐ zài
缩版以载[22]，　　树起夹板墙平整，

zuò miào yì yì
作庙翼翼[23]。　　建成宗庙多威风。

jū zhī réng réng
捄之陾陾[24]，　　铲土扔土声陾陾，

duó zhī hōng hōng
度之薨薨[25]，　　投土倒土声薨薨，

zhù zhī dēng dēng
筑之登登[26]，　　捣土夯土声登登，

xuē lǚ píng píng
削屡冯冯[27]。　　削土刮土声嘭嘭。

bǎi dǔ jiē xīng
百堵皆兴，　　百堵高墙同时成，

gāo gǔ fú shèng
鼛鼓弗胜[28]。　大鼓不敌欢呼声。

nǎi lì gāo mén
乃立皋门[29]，　先将王都外门建，
gāo mén yǒu kàng
皋门有伉[30]。　外门高大气势雄。
nǎi lì yīng mén
乃立应门[31]，　再将王都正门立，
yīng mén qiāng qiāng
应门将将。　正门庄严又威风。
nǎi lì zhǒng tǔ
乃立冢土[32]，　于是堆土作祭坛，
róng chǒu yōu háng
戎丑攸行[33]。　大众祭祀态度恭。

sì bù tiǎn jué yùn
肆不殄厥愠[34]，　夷狄未灭仇未断，
yì bù yǔn jué wèn
亦不陨厥问[35]。　聘问不断暂敷衍。
zuò yù bá yǐ
柞棫拔矣[36]，　柞树棫树一扫全，
háng dào duì yǐ
行道兑矣。　交通要道无阻拦。
kūn yí tuì yǐ
混夷駾矣[37]，　昆夷败退忙逃窜，
wéi qí huì yǐ
维其喙矣[38]。　疲惫病困气又短。

yú ruì zhì jué chéng
虞芮质厥成[39]，　虞国芮国结了盟，
wén wáng guì jué shēng
文王蹶厥生[40]。　文王美德感众人。

yú yuē yǒu shū fù 予曰有疏附[41]，	我有团结上下臣，
yú yuē yǒu xiān hòu 予曰有先后[42]，	我有辅佐前后臣，
yú yuē yǒu bēn zòu 予曰有奔奏[43]，	我有奔走效力臣，
yú yuē yǒu yù wǔ 予曰有御侮。	我有折冲御侮臣。

本诗也被誉为周人自叙开国创业的史诗。叙述了古公亶父率领族人迁都岐山、修建宫室、平定夷狄、开国奠基，以及文王继承余烈，外结友邦、内用贤良，使周族日益强大的事迹。古公亶父是周人发祥史上一位举足轻重的领袖：他率领族人进行民族大迁徙，摆脱了狄人的攻击，为民族发展赢得了时间；他领导族人大兴土木，建筑宫室，使周人彻底告别了"陶复陶穴"的原始生活，走进了文明的大厦；他选定了文王作为事业的接班人，为巩固政权、统一宇内奠定了坚实的基础。因此，周人把古公亶父当作神一样顶礼膜拜，并作此诗来歌颂他。诗篇句式工整，语言生动，富于变化。尤其是第六章四个拟声叠字的使用，令人有置身热火朝天的建筑工地之感，令人赞叹不已。

①绵绵：连绵不断。瓜：大瓜。瓞：小瓜。诗篇以瓜瓞连绵不断喻周朝子孙众多。②民：指周族。初生：指周族开始发祥的时期。　③土：读为"杜"，古水名，在豳地。沮：借为"徂"，往的意思。漆：古水名，在岐山地区。自土沮漆，即由豳地迁往岐山。　④古公亶父：王季的父亲，文王的祖父。古公亶父为周人的发祥奠定了坚实的基础，故武王定天下后，追尊其为太王。　⑤陶：借为"掏"。复：借为"寝"。从山崖旁向里掏的洞叫寝，向下挖的洞叫穴。　⑥家室：房屋。　⑦来：是。走马：驰马。意为这个早上，古公亶父驰马离开豳地。　⑧率：沿着。西：豳地之西。浒：水边。　⑨岐：山名，在今陕西省岐山县东北。岐下：岐山之下。　⑩爰：乃，于是。姜女：姜姓的女子，指古公亶父之妻。⑪聿：发语词。胥：观察，视察。宇：居处。指考察可以建造宫室的地点。　⑫周：地名，在岐山南。原：高而平的地方。膴膴：肥沃的样子。　⑬堇：植物名，又名苦堇、堇葵，野生，味苦。荼：植物名，又名苦菜。饴：麦芽糖。此句意为周原土地肥美，种下的苦菜也甜似饴糖。　⑭始、谋：都是计划、谋划的意思。　⑮契：钻刻。龟：龟甲。古人用龟甲占卜凶吉，要先钻孔，然后用荆条烧，根据龟甲的裂纹来判断凶吉。　⑯曰：卦象上说。止：居

住。时：借为“跱”，停住，也是居住的意思。 ⑰慰：安居。止：居定。此句意为卦象与人们观察到的完全一致，因此便安心地在此居住了。 ⑱左、右：指划定前后左右的界线。 ⑲疆：丈量土地，划定田地疆界。理：治理土地。 ⑳宣：按农时开垦土地。亩：修治田垄。 ㉑周：普遍。爰：语助词。执事：执行其事。意为人人各有所事。 ㉒缩版：绑住建筑用的长板。周人筑墙时要立上木柱，把长板横着绑在木柱上，在板内填土夯实，然后去其板柱，则墙成。载：亦作“栽”，筑墙时所立的木柱。 ㉓庙：宗庙。翼翼：严整的样子。 ㉔捄：把土扔进筐里。陾陾：装土声。 ㉕度：填入，把土倒在直板内。薨薨：填土声。 ㉖筑：捣土，夯土，使墙坚实。登登：捣土声。 ㉗削屡：削平墙隆起的地方。冯冯：削括的声音。 ㉘鼛鼓：大鼓，据说直径达一丈二尺。弗胜：胜不过。意为鼛鼓声胜不过热火朝天的工地各种劳动发出的声音。 ㉙皋门：外门。 ㉚伉：高大的样子。有伉：即伉伉。 ㉛应门：正门。 ㉜冢土：大土堆。堆积大土堆作祭神的祭坛。 ㉝戎丑：大众，众人。攸：所。行：往。意为众人按顺序排列前往拜祭祈祷。 ㉞肆：因此，所以。殄：杜绝，消灭。厥：其，指狄人。此句意为由于狄人未灭，古公亶父及周人的愤怒也未消除。 ㉟陨：坠落，此处指断绝。厥：其，仍指狄人。问：聘问。此句意为周人也未完全与狄人断绝关系，而且时有聘问，敷衍关系。 ㊱柞：树名，一种有刺的灌木。棫：树名，丛生有刺的小树。拔：拔掉。柞、棫乃不成材的树，因此要拔除尽净。 ㊲混夷：亦作昆夷。古种族名，属西戎的一部分。駾：受到惊吓而奔逃。 ㊳维其：何其，多么的意思。喙：通“瘃”，疲劳病困的样子。 ㊴虞：国家名，在今山西平陆县东北。芮：国家名，在今山西省芮城县西。质：评判。成：指虞、芮两国在国人感化下，平息纠纷，互相结好。据《毛传》讲，此事发生在文王时代。 ㊵蹶：感动。厥：其，指虞、芮两国。生：通“性”。意为文王感化了虞、芮两国君主的本性。 ㊶予：我。周人自己认为。曰：语助词。疏附：能使疏远者亲附之臣。 ㊷先后：在前后参政议事之臣。 ㊸奔奏：奔走效力之臣。

棫（yù）朴（pǔ）

芃（péng）芃（péng）棫（yù）朴（pǔ）①，　　棫树朴树长得壮，
薪（xīn）之（zhī）槱（yǒu）之（zhī）②。　　堆为祭柴烧得旺。
济（jǐ）济（jǐ）辟（bì）王（wáng）③，　　周王庄严又恭谨，
左（zuǒ）右（yòu）趣（qū）之（zhī）④。　　左右大臣紧跟上。

jǐ jǐ bì wáng
济 济 辟 王，

周王恭谨又端庄，

zuǒ yòu fèng zhāng
左 右 奉 璋。

左右大臣奉玉璋。

fèng zhāng é é
奉 璋 峨 峨[5]，

奉璋之臣重礼仪，

máo shì yōu yí
髦 士 攸 宜[6]。

俊士举动有法章。

pì bǐ jīng zhōu
淠 彼 泾 舟[7]，

船行泾水逆波上，

zhēng tú jí zhī
烝 徒 楫 之[8]。

众人划船齐举桨。

zhōu wáng yú mài
周 王 于 迈，

周王出兵去征伐，

liù shī jí zhī
六 师 及 之[9]。

六军同仇随王往。

zhuō bǐ yún hàn
倬 彼 云 汉[10]，

银河浩渺广无边，

wéi zhāng yú tiān
为 章 于 天。

星光灿烂绘长天。

zhōu wáng shòu kǎo
周 王 寿 考，

周王长寿受人敬，

xiá bù zuò rén
遐 不 作 人[11]？

怎不树人育新贤？

duī zhuó qí zhāng
追 琢 其 章[12]，

仪表精琢有彩纹，

jīn yù qí xiàng
金 玉 其 相[13]。

品质高贵如玉金。

miǎn miǎn wǒ wáng 勉勉我王，	我王勤勉又努力，
gāng jì sì fāng 纲纪四方[14]。	治理四方得人心。

这是一首歌颂周王的诗作。前两章写周王祭祀时庄重恭敬的态度。第三章写周王率师出征，众人团结一致、同仇敌忾的情景，显示了周人"国之大事，在祀与戎"的文化心态。第四章以天文喻人文，赞美周王培养造就了大批贤才，为巩固政权奠定了坚实基础。末章高度评价周王其人：言其仪表如精雕细刻过的金玉一般，完美无瑕；言其品质如美玉纯金一样高贵难得；言其工作起来勤勉努力、孜孜不倦，有效地治理着四面八方。诗作虽多溢美之词，但诗人重视人的修养品德，重视国君对国家、国事的责任感，仍有借鉴意义。旧说本诗是写文王祭祀天神后领兵伐崇，可作一解。

①棫：树名，有刺的丛生灌木。朴：树名，丛生灌木。　②槱：堆积薪柴，点火燃起，以此祭祀天神。　③济济：庄严恭敬的样子。辟：国君。辟王：君王。　④左右：指周王左右的大臣。趣：通"趋"，快走的样子。　⑤峨峨：庄严、肃穆的样子。　⑥髦士：英俊之士。攸：所。宜：适合，合乎法度。　⑦淠：船行驶的样子。泾：水名，源于宁夏六盘山，经甘肃入渭河。　⑧烝：众。烝徒，即众多服役之人。　⑨师：古代二千五百人为一师。及：同，和。意为六师随同周王出征。　⑩倬：广大的样子。　⑪遐：同"何"。遐不，即何不。作人：培养人，造就人。　⑫追："雕"的假借字。琢：刻。金曰雕，玉曰琢。此句意为周王仪表如雕琢过的金玉一样完美无瑕。　⑬相：本质。言周王的品质如金玉一样尊贵。　⑭纲纪：治理，统治。有以法纪政纲治理天下的意思。

hàn lù
旱麓

zhān bǐ hàn lù 瞻彼旱麓[1]，	远望旱山之山麓，
zhēn hù jǐ jǐ 榛楛济济[2]。	密密榛树和楛树。

kǎi tì jūn zǐ
岂 弟 君 子[3]，　　平易温和的君子，
gān lù kǎi tì
干 禄 岂 弟[4]。　　温和平易有福禄。

sè bǐ yù zàn
瑟 彼 玉 瓒[5]，　　洁净鲜明之玉瓒，
huáng liú zài zhōng
黄 流 在 中[6]。　　秬鬯美酒流中间。
kǎi tì jūn zǐ
岂 弟 君 子，　　平易温和的君子，
fú lù yōu jiàng
福 禄 攸 降[7]。　　大福大禄降身边。

yuān fēi lì tiān
鸢 飞 戾 天[8]，　　苍鹰展翅飞在天，
yú yuè yú yuān
鱼 跃 于 渊。　　游鱼跃跃在深渊。
kǎi tì jūn zǐ
岂 弟 君 子，　　平易温和的君子，
xiá bù zuò rén
遐 不 作 人？　　怎不树人育新贤？

qīng jiǔ jì zài
清 酒 既 载[9]，　　清醇美酒已斟满，
xīng mǔ jì bèi
骍 牡 既 备[10]。　　红色公牛涮洗完。
yǐ xiǎng yǐ sì
以 享 以 祀，　　献上礼品祭祖先，
yǐ jiè jǐng fú
以 介 景 福。　　以求福大禄无边。

sè bǐ zuò yù
瑟 彼 柞 棫[11]，　　柞树棫树长得壮，

mín suǒ liáo yǐ 民所燎矣[12]。	人们祭祀火烧旺。
kǎi tì jūn zǐ 岂弟君子,	平易温和的君子,
shén suǒ lào yǐ 神所劳矣[13]。	天神保佑守四方。
mò mò gé lěi 莫莫葛藟[14],	茂密葛藟长又长,
yì yú tiáo méi 施于条枚[15]。	蔓延盘绕枝条上。
kǎi tì jūn zǐ 岂弟君子,	平易温和的君子,
qiú fú bù huí 求福不回[16]。	正道求福理应当。

这是一首赞美君子平易温和、能培养人才、祭神求福得福的诗作。本诗的价值,首先在于作品塑造了一个“岂弟君子”的形象,这一形象完全符合周人“谦谦君子,温润如玉”的审美观念。其次,诗篇不仅记叙了周人祭神的形式,而且还说“干禄岂弟”“求福不回”,反映了周人以德求福、以正道求福的宗教意识,与《周书》的“皇天无亲,惟德是辅”“黍稷非馨,明德惟馨”的宗教观不谋而合。可以说,本诗反映了周人的宗教观念和道德观念,有较高的文化价值。诗作大量使用比兴手法,尤其是“鸢飞戾天,鱼跃于渊”两句,形象生动,有风诗的特色,为大雅中所不多见。

①旱:山名,在今陕西省南郑县。 ②楛:树名,形似荆条的丛生灌木。 ③岂弟:亦作“恺悌”,平易近人的意思。君子:指贵族。 ④干:求。禄:福。此句意为君子以平易近人的美德祭神求福。 ⑤瑟:洁净鲜明的样子。玉瓒:祭神时所用的一种玉质酒器。 ⑥黄:即勺。流:酒。黄流其中,即秬鬯之酒自勺中流出。周人祭神时,在神位前铺上白茅,以玉瓒洒酒于茅上,象征神饮酒了。 ⑦攸:乃。 ⑧鸢:鸟名,鹰类的飞禽。戾:至。意为鸢飞得很高,能飞到天那么高。 ⑨载:设置,陈设。 ⑩骍牡:赤色的公牛。周人崇尚赤色,故祭祀时用毛色赤黄色的牛作牺牲。 ⑪瑟:众多的样子。 ⑫燎:同“尞”,烧柴祭天。 ⑬劳:保佑。 ⑭莫莫:茂盛的样子。 ⑮施:蔓延。条:树枝。枚:树干。 ⑯回:邪僻。此句意为君子不以邪僻的手段来祭神求福。

思齐
sī zhāi

sī zhāi tài rén
思齐大任[1]，　　端庄恭谨的太任，
wén wáng zhī mǔ
文王之母。　　她是文王的母亲。
sī mèi zhōu jiāng
思媚周姜[2]，　　周姜美好又和顺，
jīng shì zhī fù
京室之妇[3]。　　太王妻子周京人。
tài sì sì huī yīn
大姒嗣徽音[4]，　　太姒继承好声誉，
zé bǎi sī nán
则百斯男[5]。　　多生贵子有佳音。

huì yú zōng gōng
惠于宗公[6]，　　文王孝顺列祖先，
shén wǎng shí yuàn
神罔时怨[7]，　　列祖列宗无怨言，
shén wǎng shí tōng
神罔时恫[8]。　　列祖列宗无忧烦。
xíng yú guǎ qī
刑于寡妻[9]，　　能为妻子做典范，
zhì yú xiōng dì
至于兄弟，　　推广兄弟与同宗，
yǐ yù yú jiā bāng
以御于家邦。　　以此治国有经验。

yōng yōng zài gōng
雍雍在宫[10]，　　在家平易又从容，
sù sù zài miào
肃肃在庙。　　在庙严肃亦庄重。

pī xiǎn yì lín
不显亦临[11]，　　视事光明复磊落，
wú yì yì bǎo
无射亦保[12]。　　保民治国不放松。

sì róng jí bù tiǎn
肆戎疾不殄[13]，　　西戎祸难已根除，
liè jiǎ bù xiá
烈假不瑕[14]。　　各种瘟疫不发生。
bù wén yì shì
不闻亦式[15]，　　听到善言要采用，
bù jiàn yì rù
不谏亦入[16]。　　各种劝谏要听从。

sì chéng rén yǒu dé
肆成人有德[17]，　　所以成人品德好，
xiǎo zǐ yǒu zào
小子有造。　　少年造就有所成。
gǔ zhī rén wú yì
古之人无斁[18]，　　文王育才爱人才，
yù máo sī shì
誉髦斯士[19]。　　举荐提拔皆贤能。

这是一首歌颂文王美德的诗作。前两章赞美了文王的家庭环境及个人的道德修养。修身、齐家、治国是文王的美德，更是千百年来无数儒家学者追求的道德目标。后两章赞美文王为官清正，处事得当，善于育人，虚心纳谏，使国家兴旺发达。该诗塑造了一位能施展宏图、安邦治国，上报天帝、下抚黎民的政治家形象，而这一形象又正是儒家学者所追求的。千百年来，文人学子读此诗，想文王之为人，无不受其影响，出现了多少“致君尧舜上，再使风俗淳”的忠君爱民之士，可见本诗奠定了儒家学者的道德观念和政治模式，对后世影响极为深远。

①思：发语词。齐：通“斋”，庄重、恭敬的意思。　②媚：美好。此处专指品行道

德。 ③京室：王室。 ④徽音：美誉，好声誉。 ⑤百：虚数，言其多。斯：语助词。此句意为太姒有近百个孩子。 ⑥惠：孝顺。宗：宗庙。公：先公。宗公，即指宗庙中的列祖列宗。 ⑦神：指宗庙中的祖先神。时：所。时怨，所怨恨。 ⑧恫：伤心。 ⑨刑：通“型”，典范，示范。寡妻：文王对自己嫡妻的谦称。 ⑩雍雍：和睦的样子。宫：室，古代的家室均称宫。 ⑪不：通“丕”，大的意思。显：光明。亦：语气助词。临：临视，视察。 ⑫无：不，从不。射：借为“斁”，厌倦之意。保：指治国安民。 ⑬肆：所以。戎：西戎，指西戎带来的祸患。不：语助词。殄：断绝。 ⑭烈假：为“疠瘕”的通假，意为瘟疫疾苦。不：语助词。瑕：通“遐”，远去。 ⑮式：采用。 ⑯入：采纳。 ⑰肆：所以。 ⑱古之人：指文王。无斁：无厌倦。 ⑲誉：推荐，举拔。髦：英俊之士。

huáng yǐ
皇 矣

huáng yǐ shàng dì
皇 矣 上 帝①， 上帝伟大又英明，

lín xià yǒu hè
临 下 有 赫②。 俯览下界诸事清。

jiān guān sì fāng
监 观 四 方， 观察四国天下事，

qiú mín zhī mò
求 民 之 莫③。 了解民间疾苦情。

wéi cǐ èr guó
维 此 二 国④， 夏商两朝末代君，

qí zhèng bù huò
其 政 不 获⑤。 不得民心施暴政。

wéi bǐ sì guó
维 彼 四 国， 想此四方诸侯国，

yuán jiū yuán duó
爰 究 爰 度⑥。 谋虑发展求安定。

shàng dì qí zhī
上 帝 耆 之⑦， 上帝意在岐周围，

zēng qí shì kuò
憎 其 式 廓⑧。 增其边土为我用。

nǎi juàn xī gù
乃眷西顾，　　顾念岐周望西方，
cǐ wéi yǔ zhái
此维与宅[9]。　　周住岐山周兴盛。

zuò zhī bǐng zhī
作之屏之[10]，　　杂树杂草全铲除，
qí zì qí yì
其菑其翳[11]。　　砍掉枯枝与朽木。
xiū zhī píng zhī
修之平之[12]，　　精心修剪与治理，
qí guàn qí lì
其灌其栵[13]。　　灌木丛丛长新树。
qǐ zhī pì zhī
启之辟之，　　开辟道路扩土地，
qí chēng qí jū
其柽其椐[14]。　　清除柽树与椐树。
rǎng zhī tī zhī
攘之剔之[15]，　　各种杂树全铲掉，
qí yǎn qí zhè
其檿其柘[16]。　　山桑黄桑有用途。
dì qiān míng dé
帝迁明德[17]，　　上帝保佑明德主，
guàn yí zài lù
串夷载路[18]。　　犬戎败退踪影无。
tiān lì jué pèi
天立厥配[19]，　　苍天立他为天子，
shòu mìng jì gù
受命既固。　　受命于天权巩固。

dì xǐng qí shān
帝省其山，　　上帝亲自视岐山，
zuò yù sī bá
柞棫斯拔，　　柞棫拔光成良田，

sōng bǎi sī duì
松柏斯兑[20]。　　松柏挺立路平坦。

dì zuò bāng zuò duì
帝作邦作对[21]，　　上帝建我宗周国，

zì tài bó wáng jì
自大伯王季[22]。　　大伯王季始为先。

wéi cǐ wáng jì
维此王季，　　王季其人好国君，

yīn xīn zé yǒu
因心则友[23]。　　友爱兄弟与人善。

zé yǒu qí xiōng
则友其兄，　　敬爱兄长知礼节，

zé dǔ qí qìng
则笃其庆[24]。　　天赐吉祥福无边。

zài xī zhī guāng
载锡之光[25]，　　天赐王位荣光显，

shòu lù wú sàng
受禄无丧，　　安享福禄到永远，

yǎn yǒu sì fāng
奄有四方[26]。　　尽有天下世代传。

wéi cǐ wáng jì
维此王季，　　王季本是英明君，

dì duó qí xīn
帝度其心[27]，　　天使法度存于心，

mò qí dé yīn
貊其德音[28]。　　上帝努力传美名。

qí dé kè míng
其德克明[29]，　　是非曲直能辨明，

kè míng kè lèi
克明克类，　　善恶美丑能分清，

kè zhǎng kè jūn
克长克君。　　堪为表率称仁君。

wàng cǐ dà bāng
王此大邦，　　在此大国称人君，

kè shùn kè bǐ
克顺克比[30]。 万民顺从上下亲。

bì yú wén wáng
比于文王[31]， 到了文王续大统，

qí dé mǐ huǐ
其德靡悔[32]。 美德善政无休尽。

jì shòu dì zhǐ
既受帝祉[33]， 承受上帝赐福禄，

yì yú sūn zǐ
施于孙子。 福泽绵延至子孙。

dì wèi wén wáng
帝谓文王， 上帝告诉周文王，

wú rán pàn yuán
无然畔援[34]， 不要专横休狂妄，

wú rán xīn xiàn
无然歆羡[35]， 不要羡慕他人强，

dàn xiān dēng yú àn
诞先登于岸[36]。 先据要位拓边疆。

mì rén bù gōng
密人不恭[37]， 密国之人不恭让，

gǎn jù dà bāng
敢距大邦， 胆敢与周来对抗，

qīn ruǎn cú gōng
侵阮徂共[38]。 侵阮袭共太嚣张。

wáng hè sī nù
王赫斯怒， 文王勃然大震怒，

yuán zhěng qí lǚ
爰整其旅， 整军誓师御寇强，

yǐ àn cú lǚ
以按徂旅[39]。 阻止向莒大扩张。

yǐ dǔ yú zhōu hù
以笃于周祜[40]， 周人福气是益厚，

yǐ duì yú tiān xià
以对于天下[41]。 民心安定有四方。

yī qí zài jīng 依其在京[42]，	周人兵强马又壮，
qīn zì ruǎn jiāng 侵自阮疆[43]。	出兵阮国返旧疆。
zhì wǒ gāo gǎng 陟我高冈，	登上岐山远瞭望，
wǔ shǐ wǒ líng 无矢我陵[44]，	不得侵犯我山冈，
wǒ líng wǒ ē 我陵我阿；	高山丘陵归我王；
wú yǐn wǒ quán 无饮我泉，	不得饮我池泉水，
wǒ quán wǒ chí 我泉我池。	清泉绿池属我王。
duó qí xiǎn yuán 度其鲜原[45]，	察度小山及平原，
jū qí zhī yáng 居岐之阳，	定居岐山面向阳，
zài wèi zhī jiāng 在渭之将[46]。	紧靠滔滔渭水旁。
wàn bāng zhī fāng 万邦之方[47]，	万国以你为榜样，
xià mín zhī wáng 下民之王。	天下人民心向往。

dì wèi wén wáng 帝谓文王，	上帝告诉周文王，
yú huái míng dé 予怀明德[48]，	美好品德我欣赏，
bù dà shēng yǐ sè 不大声以色[49]，	从不注重声与色，
bù zhǎng xià yǐ gé 不长夏以革[50]；	不仗武力来逞强；
bù shí bù zhī 不识不知，	犹如不知又不觉，

shùn dì zhī zé
顺帝之则。　　顺乎天意循旧章。

dì wèi wén wáng
帝谓文王，　　上帝告诉周文王，

xún ěr qiú fāng
询尔仇方[51]，　　团结邻国为友邦，

tóng ěr dì xiōng
同尔弟兄；　　联合同姓之君王；

yǐ ěr gōu yuán
以尔钩援[52]，　　拿起大钩和戈刀，

yǔ ěr lín chōng
与尔临冲[53]，　　登上临冲赴沙场，

yǐ fá chóng yōng
以伐崇墉[54]。　　讨伐崇国以剪商。

lín chōng xián xián
临冲闲闲[55]，　　周人临冲缓缓前，

chóng yōng yán yán
崇墉言言[56]。　　崇人城墙高耸天。

zhí xùn lián lián
执讯连连[57]，　　捉来俘虏连成串，

yōu guó ān ān
攸馘安安[58]。　　割敌左耳若等闲。

shì lèi shì mà
是类是祃[59]，　　出师祭天祈胜利，

shì zhì shì fù
是致是附[60]，　　招降崇人在军前，

sì fāng yǐ wú wǔ
四方以无侮[61]。　　四方诸侯不敢犯。

lín chōng fú fú
临冲茀茀[62]，　　周人临冲真强健，

chóng yōng yì yì
崇墉仡仡[63]。　　崇人城墙高入天。

shì fá shì sì
是伐是肆，　　周人征伐又袭击，

shì jué shì hū 是绝是忽[64]，	誓将崇人全灭完，
sì fāng yǐ wú fú 四方以无拂[65]。	四方臣服归于前。

这是周人叙述自己开国历史的史诗。诗篇从古公亶父徙居周原，开辟岐山，为周的兴起奠定基础说起；接着又记叙了王季秉承父志，团结上下，励精图治，使周崛起于西方，并传位于文王的经历；最后叙述了文王内修明德，外伐崇密，完成统一天下的大业的经过。值得注意的是：全诗十一处提及"帝"，意在说明周之兴起是顺乎天意；周人伐崇、伐密之获胜，也是天意。"帝"是周人的保护神，周人代表"帝"的意志处理事务，各方诸侯应像服从天、帝一样服从周人的统治，这便是周人史诗的内涵。可以说周人创作史诗的目的，不仅在于叙述先民的发祥史，以振奋民族精神，加强民族团结，而且在于创造天人合一的格局，为巩固统治服务。而这种人神一体的模式，即成为奴隶社会、封建社会的主要的行政形式，是集王权、神权、族权于一身的雏形。

①皇：光明伟大。 ②临：自上而下视。有赫：赫赫，明亮的样子。意为上帝在天上，把世间诸事看得很清。 ③莫：通"瘼"，疾苦的意思。 ④维：通"惟"，想。二国：夏、商两个朝代的亡国之君。 ⑤获：得。意为夏、商两朝末代国君不得民心。 ⑥爰：于是。究：谋划，考虑。度：估计。 ⑦耆：通"指"，意向。指上帝有意辅佐岐周。 ⑧憎：通"增"，增加。式廓：规模。 ⑨此：指周王。维：是。宅：居住。意为上帝与周王同住岐山，保佑周王，使周人兴盛发达。 ⑩作：同"斫"，砍伐树木。之：指草木。屏：除去。⑪菑：直立未倒的枯木。翳：通"殪"，倒在地上的枯木。 ⑫平：治理。 ⑬灌：灌木。栵：在老树桩子上发出的新树。 ⑭柽：木名，又名西河柳、观音柳。椐：木名，又名灵寿木，多肿节，可做手杖等。 ⑮攘：除去。剔：挑选。 ⑯檿：木名，又名山桑。柘：木名，又名黄桑。 ⑰迁：迁就。明德：品德光明的人。 ⑱串夷：昆夷，犬戎，当时对周人有威胁的一个部族。路：通"露"，失败。 ⑲厥：其。配：佐。古人认为世间的王是天帝的辅佐，乃上帝所立，故为天子。 ⑳兑：直立。意为杂树被剔除，良树得以更好地生长。㉑作：建立。邦：指周国。对：疆。古代国家常在边界上种植树木作为标志，略似后代的柳条边，为之对。（用高亨先生说） ㉒大伯：太伯，为太王的长子。据传说太王有三子，长子太伯，次子仲雍，少子季历（即王季）。季历之子昌，有才。太王想传位于昌，太伯、仲雍为满足父亲的意愿，逃往南方。太王死后，季历为君，后传位于昌，是为文王。 ㉓因：同"姻"，姻心，亲热的心。 ㉔笃：厚，多。庆：善。意为王季多做好事。 ㉕载：乃。锡：

赐。光:光荣。意为上天赐给王季以光荣。 ㉖奄:包括,全部。 ㉗帝:上天。帝度:意为上天使王季明了法度。 ㉘貊:也作“莫”,通“漠”,广大的意思。意为上天使他的美名传播四方。 ㉙克:能够。 ㉚克顺:万民和顺,接受王季的统治。比:通“俾”,服从之意。 ㉛比于:及于,到了。 ㉜悔:小过为悔。 ㉝祉:福。 ㉞畔援:专横跋扈,暴虐狂妄。 ㉟歆羡:羡慕。此处有嫉妒之意。 ㊱诞:发语词。岸:喻高位。此句意为先占据有利地位。 ㊲密:密须,古国名,在今甘肃灵台县西。 ㊳阮:古国名,在今甘肃泾川县。徂:到。共:古国名,在今甘肃泾川县北。 ㊴按:抑制,遏制。旅:通“莒”。莒,古国名,在周附近,周的属国。 ㊵祜:福禄。 ㊶对:通“遂”,安定。 ㊷依其:依依,原为茂盛的样子,这里引申为强盛。京:周京。指周人兵强马壮。 ㊸侵:“寝”的假借字,指停战,息兵。意为周人出师阮国,大获全胜,息兵而归。 ㊹矢:陈兵,指侵凌。 ㊺度:察度。鲜:小山。 ㊻将:旁边。 ㊼方:法则,榜样。 ㊽怀:念。明德:美德。 ㊾大:注重。声、色:声色之乐。 ㊿长:依恃。夏:戟。革:甲。夏革,即武力。 51询:谋,商量。仇:匹,伴侣。仇方:邻邦。询仇邦,即团结友邦,寻求友邦的支持。 52钩:古兵器名,似剑而曲。援:古兵器名,戈上的横刃。 53临:临车。可以居高临下攻城的战车。冲:冲车,可以从旁冲破城墙的战车。 54崇:古国名,在今陕西西安。墉:城墙。 55闲闲:强盛的样子。 56言言:高耸的样子。 57执:捉。讯:俘虏。连连:接连不断。 58攸:所。馘:割下敌人的左耳以计军功。安安:从容不迫的样子。 59类:通“禷”,出师前祭天。祃:出师后军中祭天。 60致:招致敌人投降。附:同“抚”,安抚。 61侮:侵犯。 62茀茀:强盛的样子。 63仡仡:同“屹屹”,高大的样子。 64忽:消灭,此处指灭亡崇国。 65拂:违抗,抗拒。

灵台
líng tái

jīng shǐ líng tái
经始灵台①, 文王开始建灵台,

jīng zhī yíng zhī
经之营之。 精心规划巧安排。

shù mín gōng zhī
庶民攻之②, 黎民百姓齐努力,

bù rì chéng zhī
不日成之。 用时不多建起来。

jīng shǐ wù jí
经始勿亟，
始建之时并不急，
shù mín zǐ lái
庶民子来③。
人民自愿来建台。

wáng zài líng yòu
王在灵囿④，
文王游园乐融融，
yōu lù yōu fú
麀鹿攸伏⑤。
母鹿伏在草丛中。
yōu lù zhuó zhuó
麀鹿濯濯⑥，
母鹿肥大肤色好，
bái niǎo hè hè
白鸟翯翯⑦。
白鸟洁净羽毛丰。
wáng zài líng zhǎo
王在灵沼⑧，
文王游览到灵池，
wū rèn yú yuè
於牣鱼跃⑨。
啊！满池锦鳞齐欢动。

jù yè wéi cōng
虡业维枞⑩，
木架牙板悬半空，
fén gǔ wéi yōng
贲鼓维镛⑪。
大鼓大钟齐整整。
wū lún gǔ zhōng
於论鼓钟⑫，
啊！鼓声钟声多协调，
wū lè pì yōng
於乐辟廱⑬。
啊！文王作乐在离宫。

wū lún gǔ zhōng
於论鼓钟，
啊！鼓声钟声多协调，
wū lè pì yōng
於乐辟廱。
啊！文王作乐在离宫。
tuó gǔ péng péng
鼍鼓逢逢⑭，
鼍皮大鼓响嘭嘭，
méng sǒu zòu gōng
矇瞍奏公⑮。
乐师奏乐颂成功。

这是一首记叙文王建造灵台和游赏欢乐的诗。从字面上看是文王修建灵台,人民积极主动参加;文王游览灵囿、灵池,鹿、鸟、鱼不惊不扰;又有钟鼓奏乐,人各相得,可谓一派祥和太平景象。故孟子说:"文王以民力为台为沼,而民欢乐之,谓其台曰灵台,谓其沼曰灵沼,乐其有麋鹿鱼鳖。古之人与民偕乐,故能乐也。"细审诗篇可以发现,诗篇是通过歌颂物——灵台、灵囿、灵池,来歌颂物质的占有者文王的神明、伟大和富有。严格地讲,汉赋的创作手法即是由此而来,只不过更加铺张扬厉而已。

①经始:开始规划营造。灵台:台名,故址在今陕西西安西北。 ②攻:建造。 ③子来:像儿子服侍父亲那样来建筑灵台。 ④囿:古代君王畜养禽兽的园林。 ⑤麀鹿:母鹿。攸:助词。 ⑥濯濯:肥硕的样子。 ⑦翯翯:洁白的样子。 ⑧灵沼:沼池名。 ⑨於:叹词,相当于"啊"。牣:满。 ⑩虡:悬编钟的木架。业:悬鼓的木架。维:犹"与"。枞:悬挂钟磬的木架上所刻的锯齿。 ⑪贲:一种大鼓。镛:大钟。 ⑫论:通"伦",排列有序之意。 ⑬辟廱:文王水上的离宫。 ⑭鼍:扬子鳄,皮坚,可制鼓面。逢逢:鼓声。 ⑮矇、瞍:都是盲人。古代乐师常以盲人充当,故此处"矇""瞍"皆指乐师。奏公:歌唱。

xià wǔ
下　武

xià wǔ wéi zhōu
下武维周①,　　继承祖业有周人,
shì yǒu zhé wáng
世有哲王。　　世世都有英明君。
sān hòu zài tiān
三后在天②,　　三代贤王已在天,
wáng pèi yú jīng
王配于京③。　　武王在镐做国君。

wáng pèi yú jīng
王配于京,　　武王在镐做国君,
shì dé zuò qiú
世德作求④。　　祖先美德他继承。

yǒng yán pèi mìng
永言配命[5]，　　永远顺应上天命，
chéng wáng zhī fú
成王之孚[6]。　　成王守信有美名。

chéng wáng zhī fú
成王之孚，　　成王守信有美名，
xià tǔ zhī shì
下土之式[7]。　　臣民效法为典型。
yǒng yán xiào sī
永言孝思，　　永远敬祖守孝道，
xiào sī wéi zé
孝思维则[8]。　　敬祖守孝为人敬。

mèi zī yī rén
媚兹一人，　　天下谁不爱周君，
yīng hóu shùn dé
应侯顺德[9]。　　顺应祖德有昌运。
yǒng yán xiào sī
永言孝思，　　永远敬祖守孝道，
zhāo zāi sì fú
昭哉嗣服[10]。　　光大祖业有后人。

zhāo zī lái xǔ
昭兹来许[11]，　　光大祖业有来人，
shéng qí zǔ wǔ
绳其祖武[12]。　　继承伟业立殊勋。
wū wàn sī nián
於万斯年[13]，　　呜呼再过千万年，
shòu tiān zhī hù
受天之祜。　　永享洪福受天恩。

shòu tiān zhī hù
受天之祜，　　永享洪福受天恩，

sì fāng lái hè
四 方 来 贺。　　四方宾客贺明君。

wū wàn sī nián
於 万 斯 年，　　呜呼再过千万年，

bù xiá yǒu zuǒ
不 遐 有 佐⑭。　　怎不需要股肱臣。

这是歌颂武王、成王能继承祖先业绩的诗作。诗作热情地赞美了武王、成王坚持孝道，注重自身的品行修养，励精图治以使国祚绵长，反映了武王、成王时代积极进取的时代风貌及周人的道德意识。对于研究周人的治国思想与文化思想，都有一定的价值。

①下：大的意思。下武：全面继承。意为唯有周人能全面继承祖先的业绩。　②三后：指太王、王季、文王。　③王：指武王。配：配合。京：镐京，周的都城。周人认为只有周人的国君，才有资格“克配上帝”（《大雅·文王》），故此句意为武王在镐京做了国君。　④世德：世世代代的优秀品德。作：为。求：读为捄，法则的意思。　⑤言：语助词。配命：合乎天命。　⑥成王：武王之子，姬姓，名诵。孚：信。意为成王能继承父业，守信誉。　⑦下土：天下。式：法式，榜样。　⑧则：法则。　⑨应：应当。侯：是。顺德：遵循道德。　⑩嗣服：继承先人的事业。　⑪兹：哉。来许：意与“嗣服”同。　⑫绳：继续。武：脚印，足迹。祖武：祖先的业绩。　⑬斯：语助词。　⑭遐：胡，何。不遐，即“遐不”的倒文，犹言“何不”。

wén wáng yǒu shēng
文 王 有 声

wén wáng yǒu shēng
文 王 有 声，　　文王文王好名声，

yù jùn yǒu shēng
遹 骏 有 声①。　　他的声誉大无朋。

yù qiú jué níng
遹 求 厥 宁②，　　一心求得民安宁，

yù guān jué chéng
遹 观 厥 成。　　终于看到大功成。

wén wáng zhēng zāi
文王烝哉[3]！　文王文王该歌颂！

wén wáng shòu mìng
文王受命，　文王接受上天命，
yǒu cǐ wǔ gōng
有此武功。　立下赫赫征战功。
jì fá yú chóng
既伐于崇，　举兵讨伐崇侯虎，
zuò yì yú fēng
作邑于丰[4]。　又在丰邑筑都城。
wén wáng zhēng zāi
文王烝哉！　文王文王该歌颂！

zhù chéng yī xù
筑城伊淢[5]，　挖起城壕筑起城，
zuò fēng yī pǐ
作丰伊匹[6]。　丰邑左右相对称。
fěi jí qí yù
匪棘其欲[7]，　祖先之道不能改，
yù zhuī lái xiào
遹追来孝[8]。　敬祖守孝第一宗。
wáng hòu zhēng zāi
王后烝哉[9]！　文王文王该歌颂！

wáng gōng yī zhuó
王公伊濯[10]，　文王建立赫赫功，
wéi fēng zhī yuán
维丰之垣。　恰似丰都保护城。
sì fāng yōu tóng
四方攸同，　四方诸侯齐归顺，
wáng hòu wéi hàn
王后维翰[11]。　王为栋梁大任撑。
wáng hòu zhēng zāi
王后烝哉！　文王文王该歌颂！

fēng shuǐ dōng zhù
丰 水 东 注⑫， 丰水东流注河中，

wéi yǔ zhī jì
维 禹 之 绩。 这是大禹治水功。

sì fāng yōu tóng
四 方 攸 同， 四方诸侯齐归顺，

huáng wáng wéi pì
皇 王 维 辟⑬。 武王真是好典型。

huáng wáng zhēng zāi
皇 王 烝 哉！ 武王武王该歌颂！

hào jīng pì yōng
镐 京 辟 廱⑭， 定都镐京建离宫，

zì xī zì dōng
自 西 自 东， 诸侯晋见自西东。

zì nán zì běi
自 南 自 北， 或是来自南北方，

wú sī bù fú
无 思 不 服。 无不诚心把命从。

huáng wáng zhēng zāi
皇 王 烝 哉！ 武王武王该歌颂！

kǎo bǔ wéi wáng
考 卜 维 王⑮， 武王占卜问苍穹，

zhái shì hào jīng
宅 是 镐 京。 筛选吉地定镐京。

wéi guī zhèng zhī
维 龟 正 之⑯， 再用龟板定吉庆，

wǔ wáng chéng zhī
武 王 成 之。 武王迁都已完成。

wǔ wáng zhēng zāi
武 王 烝 哉！ 武王武王该歌颂！

fēng shuǐ yǒu qǐ
丰 水 有 芑⑰， 丰水芑菜多繁盛，

wǔ wáng qǐ bù shì
武王岂不仕[18]？　　武王诸事岂放松？

yí jué sūn móu
诒厥孙谋[19]，　　治国方针留子孙，

yǐ yàn yì zǐ
以燕翼子[20]。　　保护子孙诸事平。

wǔ wáng zhēng zāi
武王烝哉！　　武王武王该歌颂！

这是一首歌颂文王、武王的诗作。文王伐崇，定都丰邑，为武王统一天下奠定了基础。武王灭殷，臣服诸侯，建都镐京，光大了文王的事业；并将敬天守孝的道德观念、治国安邦的谋略方针传给后世，为周人的长治久安做了安排。从艺术上看，全诗共八章，每章五句，尾句都是“××烝哉”，结构整齐、典雅，抒情气氛浓郁，充分显示了周人对文王、武王恭敬、礼赞的心理。

①遹：发语词。骏：大。　②厥：其。　③烝：美。此句是歌颂赞美之意。　④作邑：建城。丰：地名，在今陕西省西安北沣水以西，原为崇地，文王灭崇，于此建立丰城，并迁都于此。　⑤淢：通“洫”，护城河。意为文王在丰筑起城墙，挖了护城河。　⑥匹：配，称。　⑦匪：同“非”。棘：同“革”，改变的意思。《礼记·礼器》引“匪棘其欲”作“匪革其猷”。　⑧追来孝：孝顺已死的祖先。来，语助词。　⑨王后：此处指文王。　⑩公：同“功”，王功，即文王的业绩。濯：显著。　⑪翰：骨干。意为君王为骨干，公侯为枝叶。⑫丰水：沣水，源于陕西省西安西南秦岭山，与渭水合流后注入黄河。　⑬皇王：指武王。辟：法则。　⑭辟廱：离宫。　⑮考：问。考卜：问卦。　⑯龟：以龟板问卦占卜。正：定。意为周王又以龟板占卜迁都一事，得了吉兆，因而决定迁都镐京。　⑰芑：水芹菜。　⑱仕：通“事”。意为武王怎能无所事事。　⑲诒：通“贻”，留下。　⑳燕：安定。翼：保护，庇护。

shēng mín
生民

jué chū shēng mín
厥初生民①，　　周初人民之根源，

shí wéi jiāng yuán
时维姜嫄②。　　就是起始于姜嫄。

shēng mín rú hé 生民如何，	姜嫄如何始生人？
kè yīn kè sì 克禋克祀[3]，	她能祀神又祀天，
yǐ fú wú zǐ 以弗无子[4]。	祓除无子之灾难。
lǚ dì wǔ mǔ xīn 履帝武敏歆[5]，	践帝拇趾动欣然，
yōu jiè yōu zhǐ 攸介攸止[6]，	或躺或坐神情变，
zài zhèn zài sù 载震载夙[7]，	乃感孕娠乃戒严，
zài shēng zài yù 载生载育，	果然生养一儿男，
shí wéi hòu jì 时维后稷[8]。	就是后稷周祖先。
dàn mí jué yuè 诞弥厥月[9]，	姜嫄怀胎十月满，
xiān shēng rú tà 先生如达[10]。	头生顺利如射箭。
bù chè bù pì 不坼不副[11]，	母体不裂也不割，
wú zāi wú hài 无灾无害，	没有灾来没有难。
yǐ hè jué líng 以赫厥灵[12]，	姜嫄以此告灵巫，
shàng dì bù níng 上帝不宁[13]，	巫说上帝很不满，
bù kāng yīn sì 不康禋祀[14]，	责你不续祀神天，
jū rán shēng zǐ 居然生子[15]。	居然生下小儿男。

dàn zhì zhī ài xiàng 诞寘之隘巷，	姜嫄置稷于窄巷，
niú yáng féi zì zhī 牛羊腓字之[16]。	牛羊卫护喂乳浆。
dàn zhì zhī píng lín 诞寘之平林[17]，	姜嫄置稷于树林，
huì fá píng lín 会伐平林。	正值伐林难隐藏。
dàn zhì zhī hán bīng 诞寘之寒冰，	姜嫄置稷于冰上，
niǎo fù yì zhī 鸟覆翼之。	群鸟以羽来相帮。
niǎo nǎi qù yǐ 鸟乃去矣，	姜嫄走来群鸟去，
hòu jì gū yǐ 后稷呱矣。	后稷呱呱哭找娘。
shí tán shí xū 实覃实訏[18]，	哭声真大又真长，
jué shēng zài lù 厥声载路。	其声满路娘收养。
dàn shí pú fú 诞实匍匐，	后稷刚刚会爬时，
kè qí kè nì 克岐克嶷[19]，	便能懂事能识辨，
yǐ jiù kǒu shí 以就口食[20]。	要求吃食自己办。
yì zhī rěn shū 蓺之荏菽[21]，	种植大豆以当饭，
rěn shū pèi pèi 荏菽旆旆[22]，	大豆长得极茂盛，
hé yì suì suì 禾役穟穟[23]。	谷穗长得沉甸甸。
má mài méng méng 麻麦幪幪[24]，	麻和麦子密丛丛，

guā dié běng běng
瓜瓞唪唪[25]。　大瓜小瓜一片片。

dàn hòu jì zhī sè
诞后稷之穑，　后稷种地种得好，
yǒu xiàng zhī dào
有相之道[26]。　他有妙道来助苗。
fú jué fēng cǎo
茀厥丰草[27]，　田间杂草被铲除，
zhòng zhī huáng mào
种之黄茂[28]。　选择良种颗粒饱。
shí fāng shí bāo
实方实苞[29]，　种籽发芽嫩油油，
shí zhǒng shí yòu
实种实褎[30]，　禾苗出土向上冒，
shí fā shí xiù
实发实秀[31]，　拔节抽穗结果实，
shí jiān shí hǎo
实坚实好，　颗粒饱满成色好，
shí yǐng shí lì
实颖实栗[32]，　禾穗匐匐收成高，
jí yǒu tái jiā shì
即有邰家室[33]。　就在邰地把家造。

dàn jiàng jiā zhǒng
诞降嘉种，　秬得嘉种如神赐，
wéi jù wéi pī
维秬维秠[34]，　有秬籽啊有秠籽，
wéi mén wéi qǐ
维穈维芑[35]。　有赤粟啊有白粟。
gèn zhī jù pī
恒之秬秠[36]，　遍地秬子和芑子，
shì huò shì mǔ
是获是亩[37]；　边收获啊边堆积；

héng zhī mén qǐ 恒之穈芑，	遍地穈子和芑子，
shì rèn shì fù 是任是负[38]，	或用肩扛或背驮，
yǐ guī zhào sì 以归肇祀[39]。	归来即向天神祀。

dàn wǒ sì rú hé 诞我祀如何？	我祖后稷祭如何？
huò chōng huò yóu 或舂或揄[40]，	或管舂米或拾掇，
huò bǒ huò róu 或簸或蹂。	有人搓米有人簸。
shì zhī sōu sōu 释之叟叟[41]，	淘米嗖嗖快如梭，
zhēng zhī fú fú 烝之浮浮[42]。	蒸米腾腾热气多。
zài móu zài wéi 载谋载惟[43]，	祭祀大事郑重谋，
qǔ xiāo jì zhī 取萧祭脂[44]。	拿来香蒿和脂酒。
qǔ dī yǐ bá 取羝以軷[45]，	再取公羊把皮剥，
zài fán zài liè 载燔载烈[46]，	或用火烧或火烤，
yǐ xīng sì suì 以兴嗣岁[47]。	以祈来年收获多。

áng chéng yú dòu 卬盛于豆[48]，	我盛祭肉于豆中，
yú dòu yú dēng 于豆于登[49]，	既盛于豆又于登，
qí xiāng shǐ shēng 其香始升。	祭肉香气始上升。

shàng dì jū xīn
上帝居歆[50]，　　上帝安然来享用，

hú chòu dǎn shí
胡臭亶时[51]。　　馨香浓烈又及时。

hòu jì zhào sì
后稷肇祀，　　后稷始创祭祀功，

shù wú zuì huǐ
庶无罪悔[52]，　　神明保佑无灾祸，

yǐ qì yú jīn
以迄于今。　　至今继承好传统。

这是一首记叙周始祖后稷事迹的史诗。诗篇内容丰富，信息量大，对于研究古文化史、文学史、民俗史、宗教史、经济发展史均有重要意义。姜嫄"履帝武敏"而孕的传说，反映了在上古社会母系民族时期男女关系不固定，人们知其母不知其父的事实。姜嫄"弃子"，反映了生产力低下，人们控制生育，有意识让新生儿经受各种锻炼，以筛选更优秀人才的风俗。后稷发明农业，实际上是周人共同努力的结晶，记载了周人作为一个农业民族走过的艰辛历程。后稷于丰收后的祭祀活动，集中反映了周人敬天敬祖的宗教意识，反映了周人对天和祖先虔诚、恭敬的宗教心理。从文学上看，本诗叙事详密，情节曲折生动，塑造了一位生而不凡、长而不俗的神异英雄，并在这位神异英雄的身上，倾注了先民的理想、智慧和美德，使之成为我国文学史上第一位英雄形象，对于研究《诗经》的人物塑造手法，有着重要的意义。

①民：指周部族的人民。　②时：是。姜嫄：传说中有邰氏之女，帝喾之妃，后稷之母。　③克：能够。禋：一种野祭。用火烧牲，使烟气上冲于天。　④弗：借为"祓"，用祭祀来消除灾难。弗无子，即祭祀天神，希望除去无子的灾难。　⑤武敏：脚大拇指。歆：心有所感的意思。意为姜嫄脚踩巨人脚印的大拇指感而有孕。　⑥攸：语助词。介：舍，卧。止：息。意为姜嫄怀孕之后，注意休息。　⑦载：乃。震：通"娠"，怀孕。夙：通"肃"，儆戒。　⑧后稷：姬姓名弃。相传他在尧、舜时是主管农业的官，为周人的始祖。⑨诞：发语词。此句指姜嫄满其怀孕的月份。　⑩先生：第一次生产，俗称头生儿。达：射。　⑪坼：裂开。副：割开。指产子顺利，姜嫄身体未受损害。　⑫赫：显明，有告诉、讲明之意。灵：神巫。意为姜嫄为自己的奇异遭遇而惊讶，并告诉巫者，征求吉凶之

兆。 ⑬宁：愿意。此句是巫者以上帝的名义告诉姜嫄的。 ⑭康：同“赓”，继续。指姜嫄没有再去祭祀。 ⑮居：胡，何。 ⑯腓：庇护。字：养育，指给后稷乳汁喝。 ⑰平林：平原上的树林。 ⑱实：是。覃：长。訏：大。 ⑲岐：知。嶷：识。意为后稷在爬行时，就已具有一定知识了。 ⑳就：趋往。 ㉑蓺：种植。 ㉒旆旆：茂盛的样子。 ㉓役：借为“颖”，禾穗。穟穟：禾穗沉甸甸下垂的样子。 ㉔幪幪：茂密的样子。 ㉕瓜：大瓜。瓞：小瓜。唪唪：果实累累的样子。 ㉖相：帮助，辅佐。道：方法。 ㉗茀：拔除。丰草：茂密的杂草。 ㉘黄茂：良种。 ㉙方：长大。苞：茂盛。 ㉚种：种子长出幼苗。褎：禾苗渐渐长高。 ㉛发：禾稼拔节。秀：禾抽穗结实。 ㉜颖：禾穗末梢下垂。栗：栗栗，形容收获众多的样子。 ㉝即：就。有邰：当时一氏族名，在今陕西武功县。 ㉞维：是。秬：黑黍。秠：黍的一种，一个黍壳中含有两粒黍米。 ㉟穈：谷子的一种，又名赤粱粟。芑：一种白苗的高粱。 ㊱恒：通“亘”，遍，满。 ㊲亩：堆积。 ㊳任：肩扛。负：背负。 ㊴肇祀：开始祭祀。 ㊵揄：舀出臼中已舂好的米。 ㊶释：淘米。叟叟：淘米的声音。 ㊷烝：同“蒸”。浮浮：形容蒸饭时热气腾腾的样子。 ㊸谋：谋划。惟：思考。古人以祭祀为大事，要郑重谋划。 ㊹萧：香蒿。脂：牛羊之脂。二者皆祭祀时所用。 ㊺羝：公羊。軷：祭路神。 ㊻烈：放在火上烤。 ㊼兴：兴旺。嗣岁：次年，来年。 ㊽卬：我。 ㊾登：古代食器，形似豆而浅。 ㊿居：安然。歆：享受。 (51)臭：香气。亶：信。亶时：信得其时。意为香气浓烈又及时。 (52)庶：幸。悔：过失。意为周人有始以来，就无获罪于天之事，因此无灾无害。

háng wěi
行　苇

tuán bǐ háng wěi
敦彼行苇①，　　路边芦苇发新芽，

niú yáng wù jiàn lǚ
牛羊勿践履。　　牛儿羊儿勿践踏。

fāng bāo fāng tǐ
方苞方体②，　　芦苇发芽长得高，

wéi yè nǐ nǐ
维叶泥泥③。　　芦叶柔嫩日渐大。

qī qī xiōng dì
戚戚兄弟④，　　骨肉兄弟多亲密，

mò yuǎn jù ěr
莫远具尔⑤。　　不要疏远莫分家。

huò sì zhī yán
或肆之筵⑥，　　摆开筵席畅怀饮，

huò shòu zhī jī
或授之几。　　酒席桌前把话拉。

sì yán shè xí
肆筵设席，　　摆好酒席设好宴，

shòu jī yǒu qī yù
授几有缉御⑦。　　侍臣轮流把菜端。

huò xiàn huò zuò
或献或酢⑧，　　主人敬酒客回敬，

xǐ jué diàn jiǎ
洗爵奠斝⑨。　　洗爵斟酒把杯传。

tǎn hǎi yǐ jiàn
醓醢以荐⑩，　　多汁肉酱献贵客，

huò fán huò zhì
或燔或炙。　　烧肉烤肉令人馋。

jiā yáo pí jué
嘉殽脾臄⑪，　　牛胃牛舌下酒好，

huò gē huò è
或歌或咢⑫。　　有唱有和乐开颜。

diāo gōng jì jiān
敦弓既坚，　　彩色雕弓硬又强，

sì hóu jì jūn
四鍭既钧⑬。　　四支利箭等重量。

shě shǐ jì jūn
舍矢既均⑭，　　拉弓射箭箭中的，

xù bīn yǐ xián
序宾以贤⑮。　　依照胜负论排行。

diāo gōng jì gòu
敦弓既句⑯，　　彩色雕弓已拉满，

jì xié sì hóu
既挟四镔。　　手持四支锋利箭。

sì hóu rú shù
四镔如树[17]，　　四支利箭均入靶，

xù bīn yǐ bù wǔ
序宾以不侮[18]。　　负不辱来胜为先。

zēng sūn wéi zhǔ
曾孙维主[19]，　　周王曾孙为主人，

jiǔ lǐ wéi rú
酒醴维醹[20]。　　清酒甜酒味甘醇。

zhuó yǐ dà dǒu
酌以大斗，　　斟上美酒一大斗，

yǐ qí huáng gǒu
以祈黄耇[21]。　　祈求寿比黄发人。

huáng gǒu tái bèi
黄耇台背[22]，　　黄发老人行不便，

yǐ yǐn yǐ yì
以引以翼。　　左右搀扶又牵引。

shòu kǎo wéi qí
寿考维祺，　　长命百岁称心愿，

yǐ jiè jǐng fú
以介景福。　　神明保佑福临门。

这是一首反映贵族和兄弟宴会、比射、祭神、求福的诗歌。从表面上看，这是一首普通的宴飨欢娱之作，仔细分析却不尽然。诗作以整齐的句式、丰富的内容、淳朴的气质，反映出周人的理性思维和文化意识，堪称研究周人生活习俗、心理机制、思维模式的上乘佳作。首先，诗歌以“行苇”起兴，强调骨肉亲情；尾章又说“黄耇台背，以引以翼”，更是重视人伦之情，反映了以血缘为纽带的周人宗法社会特有的心理机制。其次，宴饮以较射排列顺序，胜者为先，负者不辱，反映了以礼治为核心的宗周社会的生活习俗。此外，第二章具体描述宴饮的场面，对研究周人的饮食文化提供了可靠的史料；第四章的祭神祈福，从侧面反映了周人的宗教意识和宗法意识。由此理解《诗

序》所说之“《行苇》,忠厚也。周家忠厚,仁及草木”,也就不困难了。

①敦:草丛生的样子。行:道路。 ②方:开始。苞:茂盛。体:长成形体,指芦苇已长成细高的形体。 ③维:发语词。泥泥:苇叶嫩绿润泽的样子。 ④戚戚:亲近的样子。 ⑤莫远:不要疏远。具:通“俱”,都。尔:通“迩”,近。 ⑥肆:陈,铺上,摆上。 ⑦缉:继续。御:侍者。 ⑧献:献酒致敬。酢:以酒回礼。 ⑨爵、斝:均为酒具。洗爵:周人礼仪。主人敬酒时,从几上拿起一个酒杯,先洗一洗,然后斟酒献客以表敬意。奠斝:客人饮毕,把酒杯放在几上。 ⑩醓:多汁的肉酱。醢:肉酱。荐:进献。 ⑪脾:通“膍”,牛胃。臄:牛舌。 ⑫咢:附和。 ⑬钧:通“均”,同样。指箭轻重、质料完全一样。 ⑭舍矢:射箭。既均:已经射中。 ⑮序宾:评定宾客射箭的成绩,谁是第一,谁是第二。贤:指射箭的才能。 ⑯句:“彀”的假借字,张弓。 ⑰树:立。指四支箭射在靶上。 ⑱不侮:不怠慢、轻侮。意为评论宾客射箭时,以有礼貌为原则,对射箭不中者不轻侮怠慢,以免伤了宾客的自尊心。 ⑲曾孙:贵族主人自称为神的曾孙。 ⑳醹:酒味醇厚。 ㉑黄耇:长寿的老人。言贵族以斗酒祭神,祈求长寿。 ㉒台背:驼背。

既醉
jì zuì

jì zuì yǐ jiǔ
既醉以酒, 畅饮美酒人欲醉,

jì bǎo yǐ dé
既饱以德。 您的恩德我领会。

jūn zǐ wàn nián
君子万年, 祝君长寿万万年,

jiè ěr jǐng fú
介尔景福。 神必赐你大福贵。

jì zuì yǐ jiǔ
既醉以酒, 畅饮美酒人欲醉,

ěr yáo jì jiāng
尔殽既将①。 您的佳肴风味美。

jūn zǐ wàn nián
君子万年，　　祝君长寿万万年，
jiè ěr zhāo míng
介尔昭明。　　神赐前程多明媚。

zhāo míng yǒu róng
昭明有融[2]，　　前程远大又光明，
gāo lǎng lìng zhōng
高朗令终。　　光明伟大能善终。
lìng zhōng yǒu chù
令终有俶[3]，　　善终必定能善始，
gōng shī jiā gào
公尸嘉告[4]。　　神主嘏辞仔细听。

qí gào wéi hé
其告维何？　　神主嘏词讲什么？
biān dòu jìng jiā
笾豆静嘉。　　笾豆祭品丰而精。
péng yǒu yōu shè
朋友攸摄[5]，　　亲朋好友齐相助，
shè yǐ wēi yí
摄以威仪[6]。　　遵守礼仪心虔诚。

wēi yí kǒng shí
威仪孔时[7]，　　各种礼仪尽美善，
jūn zǐ yǒu xiào zǐ
君子有孝子。　　身为孝子心甘愿。
xiào zǐ bù kuì
孝子不匮，　　孝子之心无亏损，
yǒng xī ěr lèi
永锡尔类[8]。　　神降福禄千千万。

qí lèi wéi hé
其类维何？　　神赐福禄是什么？

shì jiā zhī kǔn
室家之壸[9]。　　家族同心又同德。
jūn zǐ wàn nián
君子万年，　　祝君长寿万万年，
yǒng xī zuò yìn
永锡祚胤[10]。　　子孙幸福代代和。

qí yìn wéi hé
其胤维何？　　子孙后代有何福？
tiān bèi ěr lù
天被尔禄。　　天降他们大福禄。
jūn zǐ wàn nián
君子万年，　　祝君长寿万万年，
jǐng mìng yǒu pú
景命有仆[11]。　　天赐妻小及依附。

qí pú wéi hé
其仆维何？　　妻小依附怎么样？
lí ěr nǚ shì
釐尔女士[12]。　　天赐才女为新娘。
lí ěr nǚ shì
釐尔女士，　　天赐才女为新娘，
cóng yǐ sūn zǐ
从以孙子[13]。　　传宗接代福无疆。

这是一首嘏歌。周人祭祀祖先时，必要有少男或少女充做祖先神，端坐其上，享受祭祀，名之曰尸。尸是不能发表意见的，祭祀完毕，由负责祭祀程序的祝代表尸神向主祭者发表赐福、祝福之类的贺词，这些充满吉祥如意的语言叫做“嘏辞”，又称“嘏歌”。本诗记述的周人的祭祀活动和他们企求的“景福”内容，具有很大的史料价值，反映了周人的宗教意识，又有着认识意义。从艺术上看，“顶真”是本诗最突出的特点。句与句之间，章与章之间，使用顶真手法达十次之多，形成了承上启下、连绵不断的气势，使诗篇语意连贯，节奏明快，增添了诗的美感。

①将：美。 ②有融：融融，长远的样子。 ③俶：开始。意为有善终必有善始。 ④公尸：尸是祭祀时装祖先神的人，其祖先是君主，故称公尸。嘉告："嘏辞"，祝代表尸向主祭者发表的祝词，其内容都是良好的祝愿及吉祥如意的赐福，故为嘉告。 ⑤攸：则。摄：辅佐。意为宾客在祭祀中辅佐主祭人进行各种祭祀活动。 ⑥威仪：礼节。 ⑦孔时：很好，非常好。 ⑧锡：通"赐"。类：属，指家属。 ⑨壸：作"同"讲。指贵族家中同心同德。 ⑩祚：福。胤：嗣，指后代子孙。 ⑪景命：大命。仆：附属。指主祭人命中有妻子、子女及随从附属等。 ⑫釐：通"赉"，赐予。 ⑬从：随。孙子：子孙。

凫鹥（fú yī）

凫鹥在泾[①]，（fú yī zài jīng） 野鸭鸥鸟河中游，
公尸来燕来宁[②]。（gōng shī lái yàn lái níng） 神主赴宴乐悠悠。
尔酒既清，（ěr jiǔ jì qīng） 您的美酒清且醇，
尔殽既馨。（ěr yáo jì xīn） 您的佳肴为珍馐。
公尸燕饮，（gōng shī yàn yǐn） 神主开怀饮美酒，
福禄来成[③]。（fú lù lái chéng） 神赐福禄有成就。

凫鹥在沙，（fú yī zài shā） 野鸭鸥鸟在沙滩，
公尸来燕来宜[④]。（gōng shī lái yàn lái yí） 神主赴宴心喜欢。
尔酒既多，（ěr jiǔ jì duō） 您的美酒清且多，
尔殽既嘉。（ěr yáo jì jiā） 您的佳肴味道鲜。
公尸燕饮，（gōng shī yàn yǐn） 神主开怀饮美酒，

fú lù lái wéi
福禄来为[5]。　大福大禄又增添。

fú yī zài zhǔ
凫鹥在渚，　野鸭鸥鸟在沙洲，
gōng shī lái yàn lái chǔ
公尸来燕来处。　神主赴宴多停留。
ěr jiǔ jì xǔ
尔酒既湑[6]，　您的美酒清且冽，
ěr yáo yī fǔ
尔殽伊脯[7]。　您的肉脯真可口。
gōng shī yàn yǐn
公尸燕饮，　神主开怀饮美酒，
fú lù lái xià
福禄来下[8]。　福禄绵绵似水流。

fú yī zài cóng
凫鹥在潨[9]，　野鸭鸥鸟在河口，
gōng shī lái yàn lái zōng
公尸来燕来宗[10]。　神主赴宴乐无休。
jì yàn yú zōng
既燕于宗[11]，　宗庙里面设盛宴，
fú lù yōu jiàng
福禄攸降。　天降福禄于宗周。
gōng shī yàn yǐn
公尸燕饮，　神主开怀饮美酒，
fú lù lái chóng
福禄来崇[12]。　福禄绵绵无尽头。

fú yī zài mén
凫鹥在亹[13]，　野鸭鸥鸟在峡谷，
gōng shī lái zhǐ xūn xūn
公尸来止熏熏[14]。　神主赴宴心欢畅。
zhǐ jiǔ xīn xīn
旨酒欣欣[15]，　美酒香冽香气远，

fán zhì fēn fēn
燔炙芬芬。　　烧肉烤肉味芬芳。

gōng shī yàn yǐn
公尸燕饮，　　神主开怀饮美酒，

wú yǒu hòu jiān
无有后艰。　　无灾无难福无双。

这是行宾尸之礼所唱的歌。周代贵族在祭祀祖先的次日，为了酬谢尸的辛劳，摆下酒食款待尸，谓之“宾尸”。全诗五章，虽然充满了清酒佳肴、福禄欢宴的世俗生活场景，但更生动地记叙了宾尸的程序，充满了浓郁的宗教气氛。即使是谈大吃大喝，也蕴含了一种深厚的文化气质，显现出吃喝是为了履行宗教义务，酒清肴馨是虔诚的宗教心理的物化表现，为我们研究周人的祭祀活动和宗教意识提供了宝贵的史料。从艺术上看，本诗采用了重章叠句的结构形式，五章相应地变换个别字词，反复地吟唱，依靠旋律强化主题，这在《大雅》中是不多见的。

①凫：野鸭。鹥：鸥鸟。泾：水的中流。　②公尸：神主。燕：通“宴”，指宴饮。宁：安宁。　③成：帮助。　④宜：神享受祭祀。　⑤为：帮助。　⑥湑：清。　⑦伊：是。脯：肉干。　⑧来下：来降。　⑨潀：两水交汇之处。　⑩宗：借为“悰”，欢乐。　⑪宗：宗庙。　⑫崇：聚。意为众多的福禄聚集在这里。　⑬亹：两岸对峙如门的峡谷。　⑭熏熏：和悦的样子。　⑮旨酒：美酒。欣欣：香气强烈的样子。

xià lè
假乐

xià lè jūn zǐ
假乐君子①，　　完美和善的周王，

xiǎn xiǎn lìng dé
显显令德②。　　品德高尚美名扬。

yí mín yí rén
宜民宜人③，　　安抚百姓用贤人，

shòu lù yú tiān
受禄于天。 受禄于天有四方。

bǎo yòu mìng zhī
保右命之， 皇天保佑多帮助，

zì tiān shēn zhī
自天申之[4]。 多赐福禄国盛强。

gān lù bǎi fú
干禄百福[5]， 千禄百福降周邦，

zǐ sūn qiān yì
子孙千亿[6]。 子孙千亿世无双。

mù mù huáng huáng
穆穆皇皇[7]， 为人肃敬又光明，

yí jūn yí wáng
宜君宜王。 为君为侯理应当。

bù qiān bù wàng
不愆不忘， 不犯过失不忘本，

shuài yóu jiù zhāng
率由旧章。 遵循先王旧典章。

wēi yí yì yì
威仪抑抑[8]， 仪表堂堂有风范，

dé yīn zhì zhì
德音秩秩[9]。 聪明多智美名传。

wú yuàn wú wù
无怨无恶， 无人恨来无人怨，

shuài yóu qún pǐ
率由群匹[10]。 统领群臣皆俊贤。

shòu lù wú jiāng
受禄无疆， 受天福禄无穷尽，

sì fāng zhī gāng
四方之纲。 四方长治得久安。

zhī gāng zhī jì
之纲之纪[11]， 四方八国君为首，

yàn jí péng yǒu
燕及朋友。 大宴诸侯及亲友。

bǎi bì qīng shì
百辟卿士[12]， 文武群臣皆赴宴，

mèi yú tiān zǐ
媚于天子。 爱戴天子齐敬酒。

bù xiè yú wèi
不解于位， 忠于职守不懈怠，

mín zhī yōu jì
民之攸塈[13]。 万民归附国运久。

这是周王宴会群臣，群臣为周王颂德祝福的诗作。前人称本诗"谀"，这正点中其要害。诗作反复歌颂了周王受命于天，安民任吏、重用贤人、肃穆端庄、恪守旧章、聪明多智、善治四方的美德与能力，并教诫群臣要忠于职守，切莫有负于天子的厚望，应君臣一心，使国家长治久安，福禄无疆。当然，这些只能是美好的理想，但也表现出周人对理想政治的追求和顺天从命、求稳怕乱的心理。难得的是，所有这一切，都是在宴会上的赞歌颂词，结合《大雅·凫鹥》等篇，我们可以深切体会到，周人的宴请，绝非仅仅是为了满足口腹之欲，更是与政治、宗教、文化有密切关系，是独特的饮食文化。从艺术上看，诗篇韵脚较密，适宜表演歌唱。

①假：借为"嘉"，赞美。乐：喜爱。君子：指周王。旧说为武王、成王或宣王，皆不可信。 ②显显：光明的样子。令德：美德。 ③宜：安。民：庶民。人：贵族卿士。 ④申：重复，一再。指上天一再赐福于周王。 ⑤干：应作"千"，形似而误。千、百皆虚指数量之多。 ⑥亿：周人以十万为亿。千亿，言其多也。 ⑦穆穆：肃敬的样子。皇皇：光明的样子。 ⑧抑抑：借为"懿懿"，端庄美善的样子。 ⑨秩秩：聪明多智的样子。 ⑩群匹：群臣。 ⑪之纲之纪："四方之纲""四方之纪"的省文。仍指四方诸侯皆服从王命，遵守朝纲。 ⑫百辟：众诸侯。 ⑬攸：所。塈：通"暨"，归附。意为万民归附，政权巩固。

gōng liú
公 刘

dǔ gōng liú 笃 公 刘[1]，	公刘忠厚又老实，
fěi jū fěi kāng 匪 居 匪 康。	不甘安居把福享。
nǎi yì nǎi jiāng 乃 埸 乃 疆[2]，	整治土地日夜忙，
nǎi jī nǎi cāng 乃 积 乃 仓。	屯积粮食存粮仓。
nǎi guǒ hóu liáng 乃 裹 糇 粮[3]，	揉面蒸米备干粮，
yú tuó yú náng 于 橐 于 囊[4]。	装满大橐与小囊。
sī jí yòng guāng 思 辑 用 光[5]。	团结和睦扬国光。
gōng shǐ sī zhāng 弓 矢 斯 张，	箭上弦来弓已张，
gān gē qī yáng 干 戈 戚 扬，	盾戈斧钺手中扬，
yuán fāng qǐ háng 爰 方 启 行[6]。	准备停当奔豳方。

dǔ gōng liú 笃 公 刘，	公刘忠厚又老实，
yú xū sī yuán 于 胥 斯 原[7]。	视察豳地日夜忙。
jì shù jì fán 既 庶 既 繁，	豳地草木多茂盛，
jì shùn nǎi xuān 既 顺 乃 宣[8]，	遍视平原与山冈，

ér wú yǒng tàn
而无永叹。　　没有感叹不悲伤。

zhì zé zài yǎn
陟则在巘[9]，　　忽而登上小山坡，

fù jiàng zài yuán
复降在原。　　忽而来到平原上。

hé yǐ zhōu zhī
何以舟之[10]？　　身上佩戴是什么？

wéi yù jí yáo
维玉及瑶，　　美玉宝石放光芒，

bǐng běng róng dāo
鞞琫容刀[11]。　　玉饰刀鞘闪闪亮。

dǔ gōng liú
笃公刘，　　公刘忠厚又老实，

shì bǐ bǎi quán
逝彼百泉[12]，　　亲自前往看百泉，

zhān bǐ pǔ yuán
瞻彼溥原[13]；　　瞻望辽阔之平原；

nǎi zhì nán gāng
乃陟南冈，　　健步登上南山冈，

nǎi gòu yú jīng
乃觏于京[14]。　　京师之地被发现。

jīng shī zhī yě
京师之野[15]，　　京师之野地势好，

yú shí chǔ chǔ
于时处处[16]。　　百姓纷纷居其间。

yú shí lú lǚ
于时庐旅[17]，　　于是纷纷建新房，

yú shí yán yán
于时言言，　　你一语来我一言，

yú shí yǔ yǔ
于时语语。　　七嘴八舌开心颜。

dǔ gōng liú
笃公刘，　　公刘忠厚又老实，
yú jīng sī yī
于京斯依[18]。　　选择京师把身居。
qiāng qiāng jǐ jǐ
跄跄济济[19]，　　群臣端庄威仪好，
bǐ yán bǐ jī
俾筵俾几[20]。　　摆好短几铺好席。
jì dēng nǎi yī
既登乃依，　　宾主入席靠矮几，
nǎi zào qí cáo
乃造其曹[21]。　　招呼同伴讲礼仪。
zhí shǐ yú láo
执豕于牢，　　牢中捉猪做佳肴，
zhuó zhī yòng páo
酌之用匏[22]。　　匏爵斟酒有风趣。
sì zhī yìn zhī
食之饮之，　　酒足饭饱皆欢喜，
jūn zhī zōng zhī
君之宗之[23]。　　尊为君长无异议。

dǔ gōng liú
笃公刘，　　公刘忠实又厚道，
jì pǔ jì cháng
既溥既长[24]，　　开拓荒地宽又广。
jì jǐng nǎi gāng
既景乃冈[25]，　　为定疆界上山冈，
xiàng qí yīn yáng
相其阴阳，　　山南山北看阴阳，
guān qí liú quán
观其流泉。　　再看水流及走向。
qí jūn sān shàn
其军三单[26]，　　组建军队三班换，
duó qí xí yuán
度其隰原，　　洼地平原齐测量，

chè tián wéi liáng
彻田为粮。　　开垦荒地好种粮。

duó qí xī yáng
度其夕阳[27]，　　再去测量山西坡，

bīn jū yǔn huāng
豳居允荒[28]。　　豳地实在宽且广。

dǔ gōng liú
笃公刘，　　公刘忠实又厚道，

yú bīn sī guǎn
于豳斯馆[29]。　　又在豳地建宫室。

shè wèi wéi luàn
涉渭为乱[30]，　　造船横渡渭河水，

qǔ lì qǔ duàn
取厉取锻[31]。　　采来磨石与捶石。

zhǐ jī nǎi lǐ
止基乃理[32]，　　生产工具修整好，

yuán zhòng yuán yǒu
爰众爰有。　　人员物资纷沓至。

jiā qí huáng jiàn
夹其皇涧[33]，　　皇涧两岸盖房屋，

sù qí guò jiàn
溯其过涧[34]。　　过涧上流建城池。

zhǐ lǚ nǎi mì
止旅乃密，　　移居人口日繁密，

ruì jū zhī jí
芮鞫之即[35]。　　渭水岸边为京师。

这是周人的史诗之一，记叙了公刘率领族人自邰迁豳的过程。公刘是后稷的后裔，约生在夏末商初，因避夏桀而迁豳。作品抓住“迁豳”这一历史事件，从迁豳、择地、定居三个层次，记述了这一具有历史意义的民族大迁徙。首章写公刘为迁徙准备干粮、组建武装，说明这是一次有组织、有计划、有目的的武装迁徙，绝非盲目的流窜。第二、三章写审视、选择豳地的过程

和理由，表现出公刘的远见卓识。后三章写公刘修建城池、燕劳群臣、祭天祀祖、整训军队、发展农业，表现了公刘非凡的组织才能。从艺术上看，本诗叙事周详，人物形象丰满鲜明，不乏风雅传神之笔。如第二章正叙述公刘择地时，却有“何以舟之？维玉及瑶，鞞琫容刀”一笔，轻轻一点，形象更为疏朗生动，画面也显得活跃闪烁，可谓别有风致。

①公刘：后稷的后代，周人的首领。“公”为爵，“刘”为名字。 ②埸：田界。意为公刘乃治理土地。 ③糇粮：干粮。 ④橐：没底的口袋，装上东西后，用绳子扎住两头。囊：有底的口袋，装上东西用绳子扎住一头即可。 ⑤思：发语词。辑：团结合睦。用：而，因而。光：光荣，光显。意为周人以团结和睦而光耀一时。 ⑥爰：于是。方：开始。⑦胥：观察、视察。 ⑧顺：巡行。宣：周遍。指公刘普遍地巡视豳地。 ⑨巘：小山。⑩舟：佩戴，环绕。 ⑪鞞：刀鞘。琫：刀鞘口部的玉质装饰。容刀：装着刀。 ⑫逝：往。百泉：极言泉水之多。 ⑬溥原：广阔的原野。 ⑭觏：看见。京：高大的山丘。⑮京师：王城建在大丘之上，为周人的都城，故称之为京师。野：京师城外的郊野。⑯于时：于是。处处：居住。 ⑰庐旅：旅旅，有次序地陈列。 ⑱依：安居。 ⑲跄跄：走路有节奏的样子。济济：态度从容端庄的样子。 ⑳俾：使。筵：铺在地上的席。几：筵席上摆酒肴的短桌。 ㉑造：借为“告”。曹：群，伙伴。 ㉒匏：葫芦。葫芦一剖为二充做酒器，称为匏爵。 ㉓君：做君主。宗：当族长。意为公刘做周人的君主和族长。反映了周人家族、国家一体的宗法制社会政治结构。 ㉔溥：宽阔。长：漫长。 ㉕景：通“疆”，划定疆界。 ㉖单：通“禅”，更番轮换。意为军分为三，只用一军服役，轮流代替。 ㉗夕阳：山的西面。 ㉘允：实在。荒：大，辽阔。 ㉙馆：房舍，指在豳地建造房屋。 ㉚乱：横流而渡。 ㉛厉：通“砺”，用来磨物的一种粗糙的坚硬磨石。锻：借为“碫”，大块的坚硬捶石。此句意为取磨石和捶石，来生产劳动工具。 ㉜止基：亦作“镃錤”，锄地。理：修整好。 ㉝皇涧：豳地涧名。此句意为在豳地居住的人越来越多，皇涧两岸都是人，皇涧被夹在其中。 ㉞溯：逆流而上。过涧：涧名。意为过涧上流也是居住的人。 ㉟芮：通“汭”，水边向内凹处。鞫：水边向外凸处。芮鞫，泛指水边。即：就。意为公刘率领族人在水边安居。

泂酌

jiǒng zhuó

jiǒng zhuó bǐ xíng lǎo
泂酌彼行潦[①]，　远处去舀那沟水，
yì bǐ zhù zī
挹彼注兹[②]，　沟水注入到缸里，
kě yǐ fēn chì
可以餴饎[③]。　水能饮用能蒸米。
kǎi tì jūn zǐ
岂弟君子[④]，　君子高尚又端庄，
mín zhī fù mǔ
民之父母。　爱民如子民欢喜。

jiǒng zhuó bǐ xíng lǎo
泂酌彼行潦，　远处去舀那沟水，
yì bǐ zhù zī
挹彼注兹，　沟水注入到缸里，
kě yǐ zhuó léi
可以濯罍。　可把酒壶来冲洗。
kǎi tì jūn zǐ
岂弟君子，　君子高尚又端庄，
mín zhī yōu guī
民之攸归。　民心所向众所依。

jiǒng zhuó bǐ xíng lǎo
泂酌彼行潦，　远处去舀那沟水，
yì bǐ zhù zī
挹彼注兹，　沟水注入到缸里，
kě yǐ zhuó gài
可以濯溉[⑤]。　可以清洗漆酒器。
kǎi tì jūn zǐ
岂弟君子，　君子高尚又端庄，

mín zhī yōu jì
民之攸塈[⑥]。　　万民爱戴众口一。

这是一首歌颂统治者能得民心的颂诗。诗篇以“行潦”起兴，说遥远的沟水，汲取过来即可以蒸饮洗涤。君子品德高尚、注意修养，即可以得到人民的拥护爱戴。以水作为媒介，将人民的生活与政治的得失结合起来，反映出高原地区人们对水的重视与对“为民父母”理想政治的追求，可谓用心良苦。从艺术上看，本诗采用复沓的创作手法，遣词造句与比兴手法的使用都近乎风诗，这在《大雅》中是不多见的。

①泂：遥远。行：借为“衍”，水沟。潦：积水。一说“行潦”为路边的积水，亦通。②挹：舀。　③餴：蒸。饎：酒食。　④岂弟：德行高大。君子：指周王或诸侯。　⑤溉：通“概”，盛酒的漆器。　⑥塈：归附。

quán ē
卷阿

yǒu quán zhě ē
有卷者阿，　　曲曲丘陵多崔嵬，
piāo fēng zì nán
飘风自南。　　劲劲旋风自南吹。
kǎi tì jūn zǐ
岂弟君子，　　和善可亲的君子，
lái yóu lái gē
来游来歌，　　载歌载舞来欢会，
yǐ shǐ qí yīn
以矢其音[①]。　　献诗述见有作为。

bàn huàn ěr yóu yǐ
伴奂尔游矣[②]，　　江山随你逍遥游，
yōu yóu ěr xiū yǐ
优游尔休矣。　　从容自得闲悠悠。

kǎi tì jūn zǐ
岂弟君子，　　和善可亲的君子，
bǐ ěr mí ěr xìng
俾尔弥尔性[3]，　　尽享天年得长寿，
sì xiān gōng qiú yǐ
似先公酋矣[4]。　　继承先烈之成就。

ěr tǔ yǔ bǎn zhāng
尔土宇昄章[5]，　　您的疆土无尽头，
yì kǒng zhī hòu yǐ
亦孔之厚矣[6]。　　辽阔山河为你有。
kǎi tì jūn zǐ
岂弟君子，　　和善可亲的君子，
bǐ ěr mí ěr xìng
俾尔弥尔性，　　尽享天年得长寿，
bǎi shén ěr zhǔ yǐ
百神尔主矣[7]。　　百神祭主为宗周。

ěr shòu mìng cháng yǐ
尔受命长矣，　　你受天命已长久，
fú lù ěr kāng yǐ
茀禄尔康矣[8]。　　福禄安康尽享受。
kǎi tì jūn zǐ
岂弟君子，　　和善可亲的君子，
bǐ ěr mí ěr xìng
俾尔弥尔性，　　尽享天年得长寿，
chún gǔ ěr cháng yǐ
纯嘏尔常矣。　　大福大禄年年有。

yǒu píng yǒu yì
有冯有翼[9]，　　君子德高辅佐多，
yǒu xiào yǒu dé
有孝有德，　　敬老尊贤有善德，
yǐ yǐn yǐ yì
以引以翼。　　引导辅佐君臣得。

kǎi tì jūn zǐ
岂 弟 君 子，　　和善可亲的君子，
sì fāng wéi zé
四 方 为 则。　　天下奉你为准则。

yóng yóng áng áng
颙 颙 印 印[10]，　　群臣肃敬气轩昂，
rú guī rú zhāng
如 圭 如 璋[11]，　　纯洁高贵似圭璋，
lìng wèn lìng wàng
令 闻 令 望。　　美名声誉传四方。
kǎi tì jūn zǐ
岂 弟 君 子，　　和善可亲的君子，
sì fāng wéi gāng
四 方 为 纲。　　天下奉你为榜样。

fèng huáng yú fēi
凤 皇 于 飞，　　凤凰展翅高飞翔，
huì huì qí yǔ
翙 翙 其 羽[12]，　　百鸟振羽随其上，
yì jí yuán zhǐ
亦 集 爰 止[13]。　　凤落鸟栖聚一方。
ǎi ǎi wáng duō jí shì
蔼 蔼 王 多 吉 士[14]，　　周王身旁多贤士，
wéi jūn zǐ shǐ
维 君 子 使，　　王命是从不彷徨，
mèi yú tiān zǐ
媚 于 天 子。　　爱戴天子不违抗。

fèng huáng yú fēi
凤 皇 于 飞，　　凤凰展翅高飞翔，
huì huì qí yǔ
翙 翙 其 羽，　　百鸟振羽随其上，
yì fù yú tiān
亦 傅 于 天[15]。　　直摩青天奋飞扬。

ǎi ǎi wáng duō jí rén
蔼蔼王多吉人， 周王身旁多贤士，
wéi jūn zǐ mìng
维君子命， 王命是从不彷徨，
mèi yú shù rén
媚于庶人。 爱护人民理应当。

fèng huáng míng yǐ
凤皇鸣矣， 凤凰鸣叫呈吉祥，
yú bǐ gāo gāng
于彼高冈。 盘旋降落高山冈。
wú tóng shēng yǐ
梧桐生矣， 高冈生有梧桐树，
yú bǐ zhāo yáng
于彼朝阳。 梧桐朝阳引凤凰。
běng běng qī qī
菶菶萋萋⑯， 梧桐枝茂叶苍苍，
yōng yōng jiē jiē
雝雝喈喈⑰。 凤鸟和鸣声悠扬。

jūn zǐ zhī chē
君子之车， 天子送客有大车，
jì shù qiě duō
既庶且多。 大车华丽数量多。
jūn zǐ zhī mǎ
君子之马， 天子送客有骏马，
jì xián qiě chí
既闲且驰⑱。 骏马娴熟又协和。
shǐ shī bù duō
矢诗不多⑲， 贤臣献诗真不少，
wéi yǐ suì gē
维以遂歌⑳。 颂美劝谏作新歌。

这是一首记述周王游卷阿，诗人陈诗颂美周王的作品。诗人歌颂周王

土地辽阔，福禄长寿，重用贤人，品德高尚，深受人民的拥护爱戴。虽有“谄谀”之嫌，但也反映了周初贤人荟萃、国势强大的虎虎雄威，反映了诗人对理想政治的渴望和对阳刚之美潜意识的追求。尤其是第九章，作品以凤鸣高冈、梧桐朝阳的镂空之笔，将诗篇写得更为壮美飘逸、典雅脱俗，当属《诗经》中的上乘之作。

①矢：陈。矢其音，即献其诗，唱其歌。 ②伴奂：纵情，尽情。 ③俾：使。弥：久。性：命。意为使你延长你的生命，即使你健康长寿。 ④似：通“嗣”，继承。先公：先君。酋：通“猷”，谋略，事业。 ⑤土宇：封疆。昄：同“版”。昄章：即版图。 ⑥孔：很，非常。厚：广大辽阔。 ⑦主：主祭者。意为你是主祭百神的人。 ⑧茀禄：福禄。 ⑨冯：辅。翼：助。意为君子有辅佐之人。 ⑩颙颙：庄重肃敬的样子。 ⑪圭、璋：都是玉制的礼器。圭为条状上端尖的玉板，璋是长条形一端作斜锐角形的玉板。此句意为君子的品质如玉如璋一样可贵。 ⑫翙翙：众多的样子。羽：鸟的代称。 ⑬集：鸟停在树上。爰：于。爰止：凤凰停止的地方。 ⑭蔼蔼：众多的样子。吉士：善士，指群臣。 ⑮傅：至。 ⑯菶菶、萋萋：均为草木茂盛的样子。 ⑰雍雍、喈喈：均是形容凤凰鸣声和谐的样子。 ⑱闲：熟练，娴熟。 ⑲不：语助词。 ⑳遂：对，答。

民劳
mín láo

mín yì láo zhǐ 民亦劳止[①]，	人民劳苦多忧伤，
qì kě xiǎo kāng 汔可小康[②]。	该让他们得安康。
huì cǐ zhōng guó 惠此中国[③]，	应该爱护京师人，
yǐ suí sì fāng 以绥四方[④]。	进而才能安四方。
wú zòng guǐ suí 无纵诡随[⑤]，	别听狡徒骗人话，
yǐ jǐn wú liáng 以谨无良[⑥]。	不良之辈须谨防。

shì è kòu nüè 式遏寇虐[7]，	制止暴虐与劫掠，
cǎn bù wèi míng 憯不畏明[8]。	公然违法太嚣张。
róu yuǎn néng ěr 柔远能迩[9]，	安抚远民亲近人，
yǐ dìng wǒ wáng 以定我王。	王权稳定国运昌。
mín yì láo zhǐ 民亦劳止，	人民劳苦多忧伤，
qì kě xiǎo xiū 汔可小休。	稍得喘息理应当。
huì cǐ zhōng guó 惠此中国，	应当爱护京师人，
yǐ wèi mín qiú 以为民逑[10]。	使民欢聚得安康。
wú zòng guǐ suí 无纵诡随，	别听狡徒骗人话，
yǐ jǐn hūn náo 以谨惛怓[11]。	谨防喧吵乱朝纲。
shì è kòu nüè 式遏寇虐，	制止暴虐与劫掠，
wú bǐ mín yōu 无俾民忧。	莫使人民心悲凉。
wú qì ěr láo 无弃尔劳[12]，	努力工作建功劳，
yǐ wèi wáng xiū 以为王休[13]。	天子美名四海扬。
mín yì láo zhǐ 民亦劳止，	人民劳苦多悲伤，
qì kě xiǎo xī 汔可小息。	稍得喘息理应当。

huì cǐ jīng shī
惠此京师，　　应当爱护京师人，
yǐ suí sì guó
以绥四国。　　安抚四国定八方。
wú zòng guǐ suí
无纵诡随，　　别听狡徒骗人话，
yǐ jǐn wǎng jí
以谨罔极[14]。　　谨防多变无纲常。
shì è kòu nüè
式遏寇虐，　　制止暴虐与劫掠，
wú bǐ zuò tè
无俾作慝。　　勿使邪恶逞凶狂。
jìng shèn wēi yí
敬慎威仪[15]，　　严肃谨慎有礼节，
yǐ jìn yǒu dé
以近有德。　　亲近贤德崇高尚。

mín yì láo zhǐ
民亦劳止，　　人民劳苦多悲伤，
qì kě xiǎo qì
汔可小愒[16]。　　稍得休息理应当。
huì cǐ zhōng guó
惠此中国，　　应当爱护京师人，
bǐ mín yōu xiè
俾民忧泄。　　让民忧怨发泄光。
wú zòng guǐ suí
无纵诡随，　　别听狡徒骗人话，
yǐ jǐn chǒu lì
以谨丑厉[17]。　　险恶之人慎提防。
shì è kòu nüè
式遏寇虐，　　制止暴虐与劫掠，
wú bǐ zhèng bài
无俾正败[18]。　　莫使政局起动荡。
róng suī xiǎo zǐ
戎虽小子[19]，　　你虽还是年轻人，

ér shì hóng dà 而式弘大[20]。	作用之大难估量。
mín yì láo zhǐ 民亦劳止，	人民劳苦多悲伤，
qì kě xiǎo ān 汔可小安。	稍得安逸理应当。
huì cǐ zhōng guó 惠此中国，	应当爱护京师人，
guó wú yǒu cán 国无有残[21]。	国无损害民无恙。
wú zòng guǐ suí 无纵诡随，	别听狡徒骗人话，
yǐ jǐn qiǎn quǎn 以谨缱绻[22]。	谨防拉派结黑帮。
shì è kòu nüè 式遏寇虐，	制止暴虐与劫掠，
wú bǐ zhèng fǎn 无俾正反[23]。	莫使政权轻易丧。
wáng yù yù nǚ 王欲玉女[24]，	我王重财贪女色，
shì yòng dà jiàn 是用大谏[25]。	我今苦谏为我王。

这是一首西周贵族的政治讽刺诗。《诗序》说：“《民劳》，召穆公刺厉王也。”从内容看，该诗作于厉王时期可能性很大，是不是召穆公所作，难以确定。厉王是成王七世孙，为政暴虐，在位时徭役繁重，任用奸人，草菅人命，制造了“道路以目”(《国语·周语》)的恐怖局面，终于导致国人起义，被流放于彘。本诗即是从关心厉王的角度，劝诫他应安民防奸，亲近贤人，稳定局面，字里行间流露出强烈的忧患意识。本诗是大雅中五篇所谓“变雅”之一，通篇充满了无良、惽怓、罔极、丑厉等冷色词语，显示出严峻悲愤的气氛和激烈忧伤的感情，与颂赞为主的诗篇格调迥然有别，对抒发诗人的忧患意识起到了良好的作用。

①止：语气词。 ②汔：庶几，将近。康：安居，休息。意为人民应当安居啦，应当休息啦。 ③惠：爱。中国：周王朝直接统治的区域，又称“王畿”。因四方均有诸侯国，所以称中国。 ④绥：安抚。 ⑤纵：同“从”，听从的意思。诡随：狡诈欺骗的人。 ⑥无良：歹徒。 ⑦式：发语词。寇虐：掠夺人民的人，残害人民的人。 ⑧憯：犹“曾”，乃。明：光明。意为那些残害人民的人，竟然敢在光天化日之下为非作歹，肆无忌惮地作恶。 ⑨柔：安抚。远：远处的人们。能：亲善。迩：近，指近处的人们。 ⑩逑：聚集，集合。 ⑪惛怓：喧扰争吵。 ⑫尔：指当时在位者。 ⑬休：美。意为成就周天子的美名。 ⑭罔极：没有法纪，没有原则。 ⑮敬慎：严肃谨慎。威仪：容貌举止有礼节。 ⑯愒：休息。 ⑰丑厉：恶人。 ⑱正：通“政”。败：毁坏。 ⑲戎：你，指当时执政者。小子：年轻人。 ⑳式：作用。弘：大。 ㉑残：害。 ㉒缱绻：固结不解之意。指拉帮结派，结党营私。 ㉓政反：违背政事的正规，反正道而行之。 ㉔玉：金玉宝贝。女：女色。 ㉕是用：因此。大谏：深切地劝谏。

bǎn
板

shàng dì bǎn bǎn 上 帝 板 板[①]，	上帝反常为哪般，
xià mín cuì dàn 下 民 卒 瘅[②]！	下民遭殃不堪言！
chū huà bù rán 出 话 不 然[③]，	张开口来鬼话多，
wéi yóu bù yuǎn 为 犹 不 远[④]。	制定策略目光浅。
mǐ shèng guǎn guǎn 靡 圣 管 管[⑤]，	不行圣道太随便，
bù shí yú dǎn 不 实 于 亶[⑥]。	言多虚诈难实现。
yóu zhī wèi yuǎn 犹 之 未 远，	制定政策没远见，
shì yòng dà jiàn 是 用 大 谏。	为此作诗深劝谏。
tiān zhī fāng nàn 天 之 方 难，	上天正把灾降临，

wú rán xiàn xiàn
无然宪宪[7]。 不能这般喜欣欣。
tiān zhī fāng guì
天之方蹶， 上天正在酿骚乱，
wú rán yì yì
无然泄泄[8]。 不能这般论纷纷。
cí zhī jí yǐ
辞之辑矣， 朝纲政令协调好，
mín zhī qià yǐ
民之洽矣[9]。 人心和谐民殷殷。
cí zhī yì yǐ
辞之怿矣[10]， 朝纲政令太混乱，
mín zhī mò yǐ
民之莫矣[11]。 人民受难苦难忍。

wǒ suī yì shì
我虽异事[12]， 你我职务不一样，
jí ěr tóng liáo
及尔同寮[13]。 同朝为官助我王。
wǒ jí ěr móu
我即尔谋， 我往你处议国事，
tīng wǒ áo áo
听我嚣嚣[14]。 拒听忠言不商量。
wǒ yán wéi fú
我言维服[15]， 我的意见合情理，
wù yǐ wèi xiào
勿以为笑。 切莫当作戏言讲。
xiān mín yǒu yán
先民有言： 哲人圣贤话在先：
xún yú chú ráo
询于刍荛。 求教樵夫理应当。

tiān zhī fāng nüè
天之方虐， 老天施威把灾降，

wú rán xuè xuè
无然谑谑[16]。　不要嬉笑不成样。

lǎo fū guàn guàn
老夫灌灌[17]，　老夫恳切又忠诚，

xiǎo zǐ jué jué
小子蹻蹻[18]。　小子骄傲装模样。

fěi wǒ yán mào
匪我言耄，　非我说话太糊涂，

ěr yòng yōu xuè
尔用忧谑[19]。　言语相谑甚荒唐。

duō jiāng hè hè
多将熇熇[20]，　多做坏事如火旺，

bù kě jiù yào
不可救药。　难以救国家将亡。

tiān zhī fāng qí
天之方懠[21]，　老天愤怒发脾气，

wú wéi kuā pí
无为夸毗[22]。　你别献媚笑嘻嘻。

wēi yí zú mí
威仪卒迷[23]，　君臣之间无礼仪，

shàn rén zài shī
善人载尸[24]。　善人尸居把口闭。

mín zhī fāng diàn xī
民之方殿屎[25]，　人民悲苦哀不已，

zé mò wǒ gǎn kuí
则莫我敢葵[26]。　朝廷大政不猜疑。

sāng luàn miè zī
丧乱蔑资[27]，　社会动荡物资尽，

céng mò huì wǒ shī
曾莫惠我师[28]。　从未施恩给庶黎。

tiān zhī yǒu mín
天之牖民[29]，　上天诱导下界民，

rú xūn rú chí
如埙如篪[30]，　如制埙篪奏和音，

rú zhāng rú guī
如璋如圭，　如琢圭璋使成器，

rú qǔ rú xié
如取如携[31]。　如提如携不费神。

xié wú yuē ài
携无曰益[32]，　因势利导无滞碍，

yǒu mín kǒng yì
牖民孔易。　教育人民多便顺。

mín zhī duō pì
民之多辟，　下民行为多邪僻，

wú zì lì pì
无自立辟[33]。　王侯不可再荒淫。

jiè rén wéi fān
价人维藩[34]，　军队仍是国藩篱，

dà shī wéi yuán
大师维垣[35]，　民众乃是国城墙，

dà bāng wéi píng
大邦维屏，　大国乃是国屏障，

dà zōng wéi hàn
大宗维翰。　宗族乃是国栋梁。

huái dé wéi níng
怀德维宁[36]，　品德高尚国安宁，

zōng zǐ wéi chéng
宗子维城[37]。　太子犹如国之墙。

wú bǐ chéng huài
无俾城坏，　千万莫使墙毁坏，

wú dú sī wèi
无独斯畏[38]。　害怕宗子不应当。

jìng tiān zhī nù
敬天之怒，　敬畏上天发脾气，

wú gǎn xì yù
无敢戏豫[39]。　　不敢松懈不敢戏。

jìng tiān zhī yú
敬天之渝[40]，　　敬畏上天降灾难，

wú gǎn chí qū
无敢驰驱。　　不敢放纵别随意。

hào tiān yuē míng
昊天曰明，　　上天光明又公正，

jí ěr chū wǎng
及尔出王[41]。　　与你永远在一起。

hào tiān yuē dàn
昊天曰旦，　　上天公正又光明，

jí ěr yóu yǎn
及尔游衍。　　与你永远在一起。

这是西周贵族所作的政治讽刺诗。诗人假托劝谏同事，实际上是在劝告厉王，同时批评执政者荒淫昏愦、邪僻骄妄，使人民陷于苦难之中。诗歌反映了诗人强烈的忧患意识。从艺术上看，本诗作为大雅中的五篇“变雅”之一，感情激烈、口气严峻。为忌讳对厉王的直接批判，诗篇多用比喻甚至旁敲侧击的手法，使作品形象鲜明生动，更具艺术魅力。

①上帝：喻周王。板板：乖戾，不正常。　②下民：下方之民，对上帝而言。卒：与“瘁”同，疲病。卒瘅：劳累痛苦。　③不然：不对，不是。意为掌权者说的话都是错误的。　④犹：与“猷”同，谋略。为犹：为政。意为统治者为政没有远见。　⑤靡圣：没有圣人，即没有圣人之道。管管：随心所欲、无所依据的样子。　⑥不实：不实在，不忠实。亶：诚信。意为言论多虚诈，不能诚信于言。　⑦无然：不要这样。宪宪：欣欣喜悦的样子。　⑧泄泄：喋喋多言的样子。　⑨洽：和谐，团结。　⑩怿：借为“斁”，败坏。意为政令败坏。　⑪莫：通“瘼”。　⑫异事：指职务不同。　⑬及：和。同寮：同僚，同事。　⑭嚣嚣：借为“謷謷”，出言反对，拒绝批评。　⑮服：用。意为我的话是有用的。　⑯谑谑：嬉笑快乐的样子。　⑰老夫：作者自称。灌灌：犹“款款”，情意恳切的样子。　⑱小子：作者称年轻的掌权者。旧说指周厉王，可备一说。蹻蹻：骄傲的样子。　⑲用：通“乃”。忧：犹“优”。忧谑：言语相戏谑之意。　⑳多将：多做。熇熇：火势炽盛的样子。　㉑懠：愤怒。　㉒夸毗：谄媚，吹牛拍马。　㉓卒：尽。迷：乱。意为君臣间的礼节被掌权的人搞乱了。　㉔善人：好人，正直的人。载：则。尸：祭祀时的尸。意为正人君子均缄默无

言。 ㉕殿屎：痛苦呻吟。 ㉖葵：借为“揆”，猜测。意为王朝前途，我不敢猜测。㉗蔑：无。资：资材。 ㉘惠：施恩。师：民众。 ㉙牖：通“诱”，诱导。 ㉚埙：古代一种陶制圆形吹奏乐器。篪：古代一种竹制的管乐器。 ㉛取、携：均是提。意为上天教导人民，提之、携之，防止他们出错。 ㉜益：通“隘”，阻碍。意为上天因势利导教育人民。㉝无自立辟：意为掌权者不要自己做邪僻之事。 ㉞价：同“介”。介人，即甲士，指军队。藩：篱笆。 ㉟大师：大众。 ㊱怀德：有好的德行。宁：国家安宁。 ㊲宗子：太子，周王的嫡长子。 ㊳独斯畏：即独畏斯。 ㊴豫：借为“娱”。戏豫，即娱乐。 ㊵渝：变，指天灾。 ㊶王：通“往”，进出往返。

dàng
荡

dàng dàng shàng dì 荡荡上帝①，	上帝恣肆又狂妄，
xià mín zhī bì 下民之辟②。	枉为万民之君王。
jí wēi shàng dì 疾威上帝③，	荒淫暴虐的上帝，
qí mìng duō pì 其命多辟④。	本性邪僻又乖张。
tiān shēng zhēng mín 天生烝民⑤，	天生芸芸众民生，
qí mìng fěi chén 其命匪谌⑥。	命运多蹇堪忧伤。
mǐ bù yǒu chū 靡不有初⑦，	万事皆为开头好，
xiǎn kè yǒu zhōng 鲜克有终⑧。	无有善终很正常。
wén wáng yuē zī 文王曰咨⑨，	文王幽幽叹息长，
zī rǔ yīn shāng 咨女殷商⑩。	叹息你们这殷商。

zēng shì qiáng yù
曾是强御[11]，　　这等民贼与强梁，
zēng shì póu kè
曾是掊克[12]。　　凶暴贪狠似豺狼。
zēng shì zài wèi
曾是在位，　　竟然如此执朝政，
zēng shì zài fú
曾是在服[13]。　　竟然如此称君王。
tiān jiàng tāo dé
天降滔德[14]，　　上天降下凶灾象，
rǔ xīng shì lì
女兴是力[15]。　　佞臣助凶再逞狂。

wén wáng yuē zī
文王曰咨，　　文王幽幽叹息长，
zī rǔ yīn shāng
咨女殷商。　　叹息你们这殷商。
ér bǐng yì lèi
而秉义类[16]，　　你若任用善良辈，
qiáng yù duō duì
强御多怼[17]。　　强暴之徒怨恨长。
liú yán yǐ duì
流言以对，　　流言蜚语损忠善，
kòu rǎng shì nèi
寇攘式内[18]。　　寇盗结党执朝纲。
hóu zǔ hóu zhòu
侯作侯祝[19]，　　诅咒贤良善忠臣，
mǐ jiè mǐ jiū
靡届靡究[20]。　　罪恶无尽怨恨长。

wén wáng yuē zī
文王曰咨，　　文王幽幽叹息长，
zī rǔ yīn shāng
咨女殷商。　　叹息你们这殷商。

rǔ páo xiāo yú zhōng guó
女炰烋于中国[21]，　咆哮逞凶于王畿，

liǎn yuàn yǐ wéi dé
敛怨以为德[22]。　聚集凶暴为贤良。

pī míng ěr dé
不明尔德[23]，　能辨善恶知是非，

shí wú bèi wú cè
时无背无侧[24]。　臣子无叛无朋党。

ěr dé bù míng
尔德不明，　不辨善恶不知明，

yǐ wú péi wú qīng
以无陪无卿[25]。　无有公卿佐君王。

wén wáng yuē zī
文王曰咨，　文王幽幽叹息长，

zī rǔ yīn shāng
咨女殷商。　叹息你们这殷商。

tiān bù miǎn ěr yǐ jiǔ
天不湎尔以酒，　天使沉湎于美酒，

bù yì cóng tè
不义从式[26]。　不行仁义从奸党。

jì qiān ěr zhǐ
既愆尔止[27]，　行为乖戾无礼节，

mǐ míng mǐ huì
靡明靡晦。　无日无夜酗酒狂。

shì háo shì hū
式号式呼，　酒后狂呼又乱叫，

bǐ zhòu zuò yè
俾昼作夜。　昼夜颠倒太荒唐。

wén wáng yuē zī
文王曰咨，　文王幽幽叹息长，

zī rǔ yīn shāng
咨女殷商。　叹息你们这殷商。

rú tiáo rú táng
如蜩如螗[28]，　　百姓悲叹如秋蝉，

rú fèi rú gēng
如沸如羹[29]。　　群情激愤如滚汤。

xiǎo dà jìn sàng
小大近丧[30]，　　大小政事全办错，

rén shàng hū yóu xíng
人尚乎由行[31]。　　你还不改老主张。

nèi bì yú zhōng guó
内奰于中国[32]，　　对内欺压国中人，

tán jí guǐ fāng
覃及鬼方[33]。　　对外侵略到远方。

wén wáng yuē zī
文王曰咨，　　文王幽幽叹息长，

zī rǔ yīn shāng
咨女殷商。　　叹息你们这殷商。

fěi shàng dì bù shí
匪上帝不时，　　并非上帝心不善，

yīn bù yòng jiù
殷不用旧。　　是你不守旧典章。

suī wú lǎo chéng rén
虽无老成人，　　虽无老成练达人，

shàng yǒu diǎn xíng
尚有典刑。　　尚有法规与纲常。

zēng shì mò tīng
曾是莫听，　　竟然如此不听劝，

dà mìng yǐ qīng
大命以倾。　　天命难违国将亡。

wén wáng yuē zī
文王曰咨，　　文王幽幽叹息长，

zī rǔ yīn shāng
咨女殷商。　　叹息你们这殷商。

rén yì yǒu yán 人亦有言[34]，	前贤曾经这样讲，
diān pèi zhī jiē 颠沛之揭[35]。	大树拔出根上扬。
zhī yè wèi yǒu hài 枝叶未有害[36]，	枝叶暂时未受伤，
běn shí xiān bō 本实先拨[37]。	无本之木已死亡。
yīn jiàn bù yuǎn 殷鉴不远[38]，	殷商镜子并不远，
zài xià hòu zhī shì 在夏后之世[39]。	看看夏桀何下场。

这是一首讽刺周王的诗作。《诗序》说："《荡》，召穆公伤周室大坏也。厉王无道，天下荡荡无纲纪文章，故作是诗也。"全诗共八章，首章为纲，全面阐述了诗人对历史的认识，"靡不有初，鲜克有终"，正是对夏、商覆亡的总结和对西周政权的警告。余下七章，从用人、享乐、纳谏、远小人、守典章等几个方面，指责西周政权的每个失误，势必造成"大命以倾"的局面。诗人疾呼："殷鉴不远，在夏后之世。"强烈的忧患意识溢于言表。在艺术上，本诗最突出的特点是借文王之口指责殷纣王，来讽刺谴责周王，这种托古讽今的手法，别具风格，开咏史诗之先河。此外，以"上帝"喻周王，以"本实先拨"喻周政权即将覆亡，手法巧妙自然，既显示出诗人文笔的高妙，也反映了诗人忧国愤世而不敢直言的苦衷。

①荡荡：任意恣肆、不守法则的样子。上帝：指周王。 ②辟：君主。 ③疾威：暴虐。 ④命：本性。辟：通"僻"，邪僻。 ⑤烝民：众民。 ⑥命：命运。谌：常。此句意为百姓命运多蹇。 ⑦靡：无。意为一个政权开始时总是好的。 ⑧克：能够。意为一个政权很少能将好的政策保持到底，总是渐渐走向自己的反面。 ⑨咨：嗟叹声。 ⑩女：你。此二句是假托文王批评殷商，来讽刺周王。以下四句均为批评内容。 ⑪曾：乃。是：这样。强御：强横暴虐。 ⑫掊克：聚敛。指周王贪婪钱财，聚敛剥削。 ⑬服：事，执行职务。 ⑭滔德：溢出常执的德象，指凶灾。 ⑮兴：助长。是：此。此句指责周王在天降灾害时，借助灾害行施暴政。 ⑯而：通"尔"，你。秉：用。义类：善类。意为你若能任用忠善之人。 ⑰怼：怨恨。 ⑱攘：盗。寇攘：奸佞邪僻之人。式：于，在。内：

指朝廷内。 ⑲侯:维。作:借为"诅",向神请求加祸于旁人。祝:通"咒",祈求鬼神加祸于敌对之人。此句意为周王不仅不任用忠良,反而诅咒他们。 ⑳届:尽。究:穷。此句说周王罪行罄竹难书。 ㉑炰烋:咆哮,怒吼。中国:王畿。 ㉒敛怨:聚集可恨之人。德:忠善之人。意为指责周王招敛邪僻之人为臣子。 ㉓不:通"丕",大。意为能明辨是非,知道善恶。 ㉔时:是。背:反叛。侧:邪僻。意为君王能明辨善恶,臣子就不会反叛,没有邪僻之人。 ㉕陪:辅佐。意为君王不能明辨善恶,则没有公卿来辅佐。(用高亨先生说) ㉖不义:不行仁义。从:听从。式:读为"慝",奸佞。意为不行仁义,听从奸佞之人。 ㉗愆:过失,错误。止:行为,举止。 ㉘蜩:蝉的一种。螗:蝉的一种。 ㉙羹:菜汤。意为群情激愤,如沸水,如滚汤。 ㉚小大:指大大小小的事。丧:失败。 ㉛人:指周王。尚:犹。由行:照老样子做。意为周王依然我行我素,刚愎自用。 ㉜奰:压迫。 ㉝覃:延。鬼方:殷及西周将北方狎狁称为鬼方。意为周王对外欺压至鬼方。㉞人:指古人,前贤。 ㉟颠沛:跌倒。指被拔倒的树木。揭:高举。意为树木倒地后根部上扬。 ㊱害:损伤。意为大树刚被连根拔出来时,枝叶并未受到损伤。有"百足之虫,死而不僵"的含义。 ㊲本:树根。拨:败。意为由于根已死,树亡已成定局。 ㊳鉴:镜子。 ㊴夏后:周人称夏朝为夏后氏。意为夏朝的亡国是殷商的镜子,言外之意,殷商的亡国也应是周王的一面镜子。

抑(yì)

抑(yì)抑(yì)威(wēi)仪(yí)[1],	哲人礼节多缜密,
维(wéi)德(dé)之(zhī)隅(yú)[2]。	品德高洁又正义。
人(rén)亦(yì)有(yǒu)言(yán):	古人曾经这样说:
"靡(mǐ)哲(zhé)不(bù)愚(yú)[3]。"	"哲人时常冒傻气。"
庶(shù)人(rén)之(zhī)愚(yú),	常人若是不聪明,
亦(yì)职(zhí)维(wéi)疾(jí)[4]。	定是本身有问题。
哲(zhé)人(rén)之(zhī)愚(yú),	哲人若是不聪明,

yì wéi sī lì
亦维斯戾[5]。　　那是装傻把人欺。

wú jìng wéi rén
无竞维人[6]，　　治国在于求贤人，
sì fāng qí xùn zhī
四方其训之[7]。　　四方诸侯皆归顺。
yǒu jué dé xíng
有觉德行[8]，　　君子德行正且直，
sì guó shùn zhī
四国顺之。　　四方诸侯甘称臣。
xū mó dìng mìng
讦谟定命[9]，　　宏伟大计已审定，
yuǎn yóu chén gào
远犹辰告[10]。　　远大谋略告群臣。
jìng shèn wēi yí
敬慎威仪，　　敬重礼节又谨慎，
wéi mín zhī zé
维民之则。　　万民以此为标准。

qí zài yú jīn
其在于今，　　国家之事到如今，
xīng mí luàn yú zhèng
兴迷乱于政[11]。　　政治混乱哪堪论。
diān fù jué dé
颠覆厥德[12]，　　道德品行全败坏，
huāng dān yú jiǔ
荒湛于酒[13]。　　但知逸乐把酒饮。
rǔ suī dān lè cóng
女虽湛乐从[14]，　　一味沉湎耽淫乐，
fú niàn jué shào
弗念厥绍[15]。　　不念祖业及先人。
wǎng fū qiú xiān wáng
罔敷求先王[16]，　　先王之道不广求，

kè gōng míng xíng
克共明刑[17]。　　焉能执法治国民。

sì huáng tiān fú shàng
肆皇天弗尚[18]，　　皇天不肯来帮忙，
rú bǐ quán liú
如彼泉流，　　犹如泉水空流淌，
wú lún xū yǐ wáng
无沦胥以亡[19]。　　君臣相率一起亡。
sù xīng yè mèi
夙兴夜寐，　　早早起床晚晚躺，
sǎ sǎo tíng nèi
洒埽廷内，　　洒扫内室与外堂，
wéi mín zhī zhāng
维民之章。　　为民表率做榜样。
xiū ěr chē mǎ
修尔车马，　　整治马具与车辆，
gōng shǐ róng bīng
弓矢戎兵。　　修好弓矢及刀枪。
yòng jiè róng zuò
用戒戎作[20]，　　以此警备战事起，
yòng tì mán fāng
用逷蛮方[21]。　　征服异族及蛮邦。

zhì ěr rén mín
质尔人民[22]，　　安定臣民与百姓，
jǐn ěr hóu dù
谨尔侯度，　　谨守诸侯之法度，
yòng jiè bù yú
用戒不虞。　　以防意外与事故。
shèn ěr chū huà
慎尔出话，　　开口说话要小心，
jìng ěr wēi yí
敬尔威仪，　　恪守礼节要严肃，

wú bù róu jiā 无 不 柔 嘉。	温柔和善好相处。
bái guī zhī diàn 白 圭 之 玷，	白玉上面有污点，
shàng kě mó yě 尚 可 磨 也；	尚可雕磨去尘污；
sī yán zhī diàn 斯 言 之 玷，	开口若是出毛病，
bù kě wéi yě 不 可 为 也[23]。	严重后果难消除。
wú yì yóu yán 无 易 由 言[24]，	为人不可随便说，
wú yuē gǒu yǐ 无 曰“苟 矣，	莫道“只是随口说，
mò mén zhèn shé 莫 扪 朕 舌”[25]，	没人能够扪我舌”，
yán bù kě shì yǐ 言 不 可 逝 矣[26]。	一言既出如水泼。
wú yán bù chóu 无 言 不 雠[27]，	没有善言无报应，
wú dé bù bào 无 德 不 报。	行善积德福禄多。
huì yú péng yǒu 惠 于 朋 友，	广施恩惠于朋友，
shù mín xiǎo zǐ 庶 民 小 子。	百姓子弟多负责。
zǐ sūn shéng shéng 子 孙 绳 绳[28]，	子子孙孙传下去，
wàn mín mǐ bù chéng 万 民 靡 不 承[29]。	万民拥戴多快活。
shì ěr yǒu jūn zǐ 视 尔 友 君 子，	看你款待诸朋友，

jí róu ěr yán
辑柔尔颜[30]，　温柔和悦笑开颜，

bù xiá yǒu qiān
不遐有愆。　没有过错可批判。

xiàng zài ěr shì
相在尔室[31]，　看你独处在室内，

shàng bù kuì yú wū lòu
尚不愧于屋漏[32]。　无愧神明无愧天。

wú yuē bù xiǎn
无曰“不显，　莫道“不会显于外，

mò yú yún gòu
莫予云觏[33]”。　没人能把我看见”。

shén zhī gé sī
神之格思[34]，　神明到来渺无迹，

bù kě duó sī
不可度思，　难以揣测无法辨，

shěn kě yì sī
矧可射思[35]。　怎可厌倦不敬天。

bì ěr wéi dé
辟尔为德，　修明节操与德行，

bǐ zāng bǐ jiā
俾臧俾嘉。　使之美善更端正。

shū shèn ěr zhǐ
淑慎尔止[36]，　行动谨慎举止美，

bù qiān yú yí
不愆于仪。　仪态端庄有貌容。

bù jiàn bù zéi
不僭不贼[37]，　没有错误不害人，

xiǎn bù wéi zé
鲜不为则[38]。　一举一动为典型。

tóu wǒ yǐ táo
投我以桃，　别人送我以鲜桃，

bào zhī yǐ lǐ
报之以李。　我以李子来回赠。

bǐ tóng ér jiǎo
彼童而角[39]，　　头上无角能伤人，
shí hóng xiǎo zǐ
实虹小子[40]。　　实是惑乱周天庭。

rěn rǎn róu mù
荏染柔木[41]，　　嘉木柔软做琴瑟，
yán mín zhī sī
言缗之丝[42]。　　精选丝线做琴弦。
wēn wēn gōng rén
温温恭人，　　温和谨慎恭敬人，
wéi dé zhī jī
维德之基。　　深厚道德为本原。
qí wéi zhé rén
其维哲人，　　你若是位明智人，
gào zhī huà yán
告之话言[43]，　　他会告你前贤言，
shùn dé zhī xíng
顺德之行。　　依德而行无阻拦。
qí wéi yú rén
其维愚人，　　你若是个糊涂蛋，
fù wèi wǒ jiàn
覆谓我僭[44]，　　反会说我把人骗，
mín gè yǒu xīn
民各有心[45]。　　人各有心古难全。

wū hū xiǎo zǐ
於乎小子，　　可叹小子太年轻，
wèi zhī zāng pǐ
未知臧否。　　事情好坏全不懂。
fěi shǒu xié zhī
匪手携之[46]，　　不但亲手提携你，
yán shì zhī shì
言示之事。　　还要指点你言行。

fěi miàn mìng zhī
匪面命之，　　不但当面教导你，

yán tí qí ěr
言提其耳。　　还提耳朵来面命。

jiè yuē wèi zhī
借曰未知，　　假若说你尚无知，

yì jì bào zǐ
亦既抱子。　　已为人父怎能行。

mín zhī mǐ yíng
民之靡盈[47]，　　人不可能无缺点，

shuí sù zhī ér mù chéng
谁夙知而莫成[48]。　　比比皆是器晚成。

hào tiān kǒng zhāo
昊天孔昭，　　悠悠苍天明白我，

wǒ shēng mǐ lè
我生靡乐。　　我这一生太难过。

shì ěr méng méng
视尔梦梦，　　看你终日糊涂样，

wǒ xīn cǎo cǎo
我心惨惨[49]。　　我心烦闷无法说。

huì ěr zhūn zhūn
诲尔谆谆，　　谆谆耐心教导你，

tīng wǒ miǎo miǎo
听我藐藐[50]。　　不听忠言捂耳朵。

fěi yòng wéi jiào
匪用为教，　　不知我是教导你，

fù yòng wéi nüè
覆用为虐[51]。　　反而当作笑话说。

jiè yuē wèi zhī
借曰未知，　　如果说你尚无知，

yì yù jì mào
亦聿既耄[52]。　　你已年迈算白活。

wū hū xiǎo zǐ
於乎小子，　　可叹小子太年轻，

gào ěr jiù zhǐ
告尔旧止。　　听我告你旧章程。

tīng yòng wǒ móu
听用我谋，　　你肯听用我的计，

shù wú dà huǐ
庶无大悔[53]。　　没有悔恨有光明。

tiān fāng jiān nán
天方艰难，　　上天正把灾难降，

yuē sàng jué guó
曰丧厥国[54]。　　国家将亡苦难重。

qǔ pì bù yuǎn
取譬不远，　　犹如就近打比方，

hào tiān bù tè
昊天不忒[55]。　　上天惩罚是非明。

huí yù qí dé
回遹其德[56]，　　品德邪僻不改过，

bǐ mín dà jí
俾民大棘[57]。　　百姓遭殃难善终。

这是一首讽刺、劝告周王的诗。从语气上看可能是位元老重臣所作。《诗序》《国语》都说是卫武公所作，可备一说。诗人以长者身份劝周王守礼修德、谨言慎行、任用贤明、广开言路，讽刺周王沉湎酒色、政治腐败、拒听忠言、愚昧无知。诗作语气虽不如《民劳》《板》《荡》等篇激烈，但反映了社会矛盾激化、统治者腐朽无能、动乱即将爆发的现实，流露出诗人沉重的忧患意识。从艺术上看，本诗突出的特点是感情浓郁，“於乎小子”“慎尔出话，敬尔威仪”“视尔梦梦，我心惨惨”等，无不饱含了诗人对后辈的关心与爱护，犹如长者耳提面命，谆谆教诲。此外，本诗语言精警，概括力强，富有生命力。如“靡哲不愚”“白圭之玷，尚可磨也；斯言之玷，不可为也”“投我以桃，报之以李”“匪面命之，言提其耳”等，都是智慧和知识的结晶。

①抑抑：缜密。威仪：容止礼节。　②隅：屋角，引申为方正，正直。　③靡：没有。哲：聪明人，智者。此句意为聪明人也有愚蠢的时候。　④亦：语助词。职：只。维：是。疾：毛病。此句意为这是庶人自身有了毛病。　⑤戾：罪。　⑥无：发语词。竞：竞争。

维：于。 ⑦训：顺从。 ⑧觉：高大，正直。 ⑨讦：大。谟：谋。 ⑩犹：同“猷”，谋略。辰：时。 ⑪兴：语助词。 ⑫颠覆：败坏。厥：其。 ⑬荒湛：沉湎，过度逸乐。 ⑭女：汝。虽：同“惟”，只，一味。湛乐：吃喝玩乐。从：从事。 ⑮绍：继承。意为不考虑继承先人业绩的事。 ⑯罔：无，不。敷：广，博。先王：先王治国之道。 ⑰克：能够。共：借为“拱”，执。刑：法，法典。 ⑱肆：发语词。尚：保佑。 ⑲沦胥：相率。以：而。 ⑳戒：准备。戎：战事。作：起。意为准备武装，以防战事。 ㉑逷：剪除。蛮方：指异族。 ㉒质：安定。 ㉓为：治。意为无法解决，无法消除。 ㉔易：轻易。由：于。 ㉕扪：执。朕：我。古人自称为朕，秦始皇始定为皇帝的自称。意为不要说“我是随口说的，尽管没有人强迫我”。 ㉖逝：及。有说出的话，泼出的水，难以收回的意思。 ㉗雠：答。意为我出恶言，则人以恶言相答；我出善言，则人以善言相报。 ㉘绳绳：连接不断。 ㉙承：顺从。 ㉚辑：和。柔：柔和。意为和颜悦色，笑容可掬。 ㉛相：看，有省检之意。 ㉜尚：借为“当”。屋漏：屋魍，屋中之鬼名。意为在屋内应不愧于屋中的鬼神。有不欺暗室之意。 ㉝莫予云觏：亦作“莫觏予”。觏，看见。 ㉞格：至。思：语助词。 ㉟矧：况且。射：通“斁”，厌倦。此三句意为神之往来，难以揣测，不可厌倦不信神的存在，不尊敬神祇。 ㊱淑：美好。慎：谨。止：行为举止。 ㊲僭：差错。贼：残害。意为举止光明端庄，没有差错，没有害人之处。 ㊳则：法则，榜样。意为很少有哪些举动不可以作为后人的榜样。 ㊴童：秃。意为有些人头上无角，却能抵人伤害人。 ㊵虹：通“讧”，惑乱。小子：指周王。 ㊶荏染：柔韧。柔木：指能做琴瑟的椅、桐、梓等树。 ㊷言：语助词。缗：安加。丝：琴瑟的弦。 ㊸之：你。话言：亦作“诂言”（用程俊英说），古话，前贤的名言。 ㊹覆：反。僭：差错。 ㊺民：人。意为哲人与愚人各有各的想法。 ㊻匪：不仅，不但。携：搀，引申为提携。 ㊼盈：满。意为人没有十全十美的，总是会有缺点的。 ㊽夙知：早慧。莫：同“暮”。莫成，即晚成。意为谁能知道早慧之人竟然大器晚成。 ㊾惨惨：犹“懆懆”，忧烦的样子。 ㊿藐藐：轻视的样子。 (51)虐：借为“谑”，戏谑，开玩笑。 (52)聿：语助词。 (53)庶：庶几，希望的意思。悔：过失。 (54)厥：其。 (55)忒：偏差。意为上天的奖惩没有偏差。 (56)回遹：邪僻。 (57)棘：通“急”，紧急，引申为危难，灾难。

桑柔
（sāng róu）

苑彼桑柔①，（yù bǐ sāng róu） 郁郁葱葱是柔桑，

qí xià hóu xún
其下侯旬[2]，　　桑树下面好乘凉，

luō cǎi qí liú
捋采其刘[3]，　　捋采之后树凋残，

mò cǐ xià mín
瘼此下民[4]。　　百姓病苦堪忧伤。

bù tiǎn xīn yōu
不殄心忧[5]，　　忧思愁苦难断绝，

chuàng huǎng chén xī
仓兄填兮[6]。　　失意困苦独彷徨。

zhuō bǐ hào tiān
倬彼昊天[7]，　　皇天在上多光明，

nìng bù wǒ jīn
宁不我矜[8]？　　为何不肯把我帮？

sì mǔ kuí kuí
四牡骙骙，　　四匹公马多强壮，

yú zhào yǒu piān
旟旐有翩。　　各色旌旗随风扬。

luàn shēng bù yí
乱生不夷，　　祸乱发生难平定，

mǐ guó bù mǐn
靡国不泯[9]。　　各国无不遭祸殃。

mín mǐ yǒu lí
民靡有黎[10]，　　百姓遭乱人稀少，

jù huò yǐ jìn
具祸以烬[11]。　　乱世逢祸更绝望。

wū hū yǒu āi
於乎有哀，　　哀叹人民命多蹇，

guó bù sī pín
国步斯频[12]。　　国运危急雪加霜。

guó bù miè zī
国步蔑资，　　国运艰难资助无，

tiān bù wǒ jiāng 天不我将。	上天不肯将我助。
mǐ suǒ zhǐ yí 靡所止疑[13]，	没有地方可安身，
yún cú hé wǎng 云徂何往。	想走不知往何处。
jūn zǐ shí wéi 君子实维[14]，	贵族君子扪心问，
bǐng xīn wú jìng 秉心无竞。	持心端正无争逐。
shuí shēng lì jiē 谁生厉阶[15]，	是谁生出祸乱根，
zhì jīn wéi gěng 至今为梗[16]。	至今为害祸未除。

yōu xīn yīn yīn 忧心殷殷，	我心忧伤长叹息，
niàn wǒ tǔ yǔ 念我土宇[17]。	思念故土和旧居。
wǒ shēng bù chén 我生不辰，	生不逢时事难办，
féng tiān dàn nù 逢天僤怒[18]。	又逢苍天发脾气。
zì xī cú dōng 自西徂东，	自西到东天地大，
mí suǒ dìng chǔ 靡所定处。	竟然无处可安息。
duō wǒ gòu mín 多我觏痻[19]，	天灾人祸全遇到，
kǒng jí wǒ yǔ 孔棘我圉[20]。	再加边境又告急。

wéi móu wéi bì 为谋为毖[21]，	国事谨慎谋划好，

luàn kuàng sī xuē 乱 况 斯 削[22]。	祸乱状况会减少。
gào ěr yōu xù 告 尔 忧 恤[23]，	告诉你应忧国事，
huì ěr xù jué 诲 尔 序 爵。	官爵次序莫颠倒。
shuí néng zhí rè 谁 能 执 热[24]，	谁能解除炎热苦，
shì bù yǐ zhuó 逝 不 以 濯[25]。	又不用在水中泡。
qí hé néng shū 其 何 能 淑[26]，	国家之事不办好，
zài xū jí nì 载 胥 及 溺[27]。	大家一起沉没掉。

rú bǐ sù fēng 如 彼 溯 风，	犹如顶风来行驶，
yì kǒng zhī ài 亦 孔 之 僾[28]。	呼吸困难欲窒息。
mín yǒu sù xīn 民 有 肃 心，	即使民有进取心，
pēng yún bù dài 荓 云 不 逮[29]。	却又力所不能及。
hào shì jià sè 好 是 稼 穑，	喜爱春种与秋收，
lì mín dài shí 力 民 代 食[30]。	与民同劳自食力。
jià sè wéi bǎo 稼 穑 维 宝，	春种秋收是个宝，
dài shí wéi hǎo 代 食 维 好。	代替禄食好无比。

tiān jiàng sāng luàn 天 降 丧 乱，	死亡祸乱降自天，

miè wǒ lì wáng 灭我立王。	灭我周王可咋办。
jiàng cǐ máo zéi 降此蟊贼，	天降蟊贼和害虫，
jià sè zú yáng 稼穑卒痒[31]。	各种庄稼全吃干。
āi tōng zhōng guó 哀恫中国，	哀痛王畿之人民，
jù zhuì zú huāng 具赘卒荒[32]。	荒芜土地连成片。
mǐ yǒu lǚ lì 靡有旅力，	没有尽心努力干，
yǐ niàn qióng cāng 以念穹苍。	以何感动那上天。
wéi cǐ huì jūn 维此惠君，	通情达理好君王，
mín rén suǒ zhān 民人所瞻。	人民自然就景仰。
bǐng xīn xuān yóu 秉心宣犹[33]，	持心光明又通达，
kǎo shèn qí xiàng 考慎其相[34]。	慎重考察择良相。
wéi bǐ bù shùn 维彼不顺，	违背情理昏君王，
zì dú bǐ zāng 自独俾臧[35]。	自认众臣皆忠良。
zì yǒu fèi cháng 自有肺肠，	别有一翻怪心肝，
bǐ mín zú kuáng 俾民卒狂。	使民迷乱又疯狂。
zhān bǐ zhōng lín 瞻彼中林，	看那野外小树林，

shēn shēn qí lù
甡甡其鹿[36]。　　鹿儿亲亲一群群。

péng yǒu yǐ jiàn
朋友已谮[37]，　　同僚朋友反相骗，

bù xū yǐ gǔ
不胥以穀[38]。　　不能相助无诚心。

rén yì yǒu yán
人亦有言：　　前人曾经这样讲：

jìn tuì wéi gǔ
进退维谷[39]。　　进退两难无路寻。

wéi cǐ shèng rén
维此圣人，　　唯有圣人能远虑，

zhān yán bǎi lǐ
瞻言百里。　　高瞻远瞩看百里。

wéi bǐ yú rén
维彼愚人，　　唯有蠢人无远虑，

fù kuáng yǐ xǐ
覆狂以喜。　　反而狂妄沾沾喜。

fěi yán bù néng
匪言不能，　　不是我们不能讲，

hú sī wèi jì
胡斯畏忌？　　为何如此有顾忌？

wéi cǐ liáng rén
维此良人，　　这些忠厚善良人，

fú qiú fú dí
弗求弗迪[40]。　　不求利禄无进步。

wéi bǐ rěn xīn
维彼忍心[41]，　　那些心地残忍人，

shì gù shì fù
是顾是复[42]。　　反被顾惜被庇护。

mín zhī tān luàn
民之贪乱，　　人民本来好作乱，

nìng wéi tú dú
宁为荼毒[43]。　　又遭暴政及荼毒。

dà fēng yǒu suì
大风有隧[44]，　　大风猛烈又迅速，
yǒu kōng dà gǔ
有空大谷。　　穿越长长空山谷。
wéi cǐ liáng rén
维此良人，　　这些心地善良人，
zuò wèi shì gǔ
作为式穀[45]。　　善事做得难计数。
wéi bǐ bù shùn
维彼不顺，　　那位心地不顺人，
zhēng yǐ zhōng gòu
征以中垢[46]。　　行事肮脏令人吐。

dà fēng yǒu suì
大风有隧，　　大风猛烈呼呼吹，
tān rén bài lèi
贪人败类。　　贪财之人非善辈。
tīng yán zé duì
听言则对[47]，　　顺耳话儿你回答，
sòng yán rú zuì
诵言如醉[48]。　　听到讽谏就装醉。
fěi yòng qí liáng
匪用其良，　　忠善之人你不用，
fù bǐ wǒ bèi
覆俾我悖[49]。　　反而让我遭颠沛。

jiē ěr péng yǒu
嗟尔朋友，　　叫声朋友和同僚，
yú qǐ bù zhī ér zuò
予岂不知而作[50]。　　你们做事我知道。
rú bǐ fēi chóng
如彼飞虫，　　犹如天上翻飞鸟，

shí yì yì huò
时 亦 弋 获。　　有时也被射中了。

jì zhī yīn rǔ
既 之 阴 女[51]，　　你的内情我了解，

fǎn yú lái hè
反 予 来 赫[52]。　　反来吓我逞霸道。

mín zhī wǎng jí
民 之 罔 极[53]，　　国人办事无法则，

zhí liáng shàn bèi
职 凉 善 背[54]。　　反叛皆因待遇薄。

wèi mín bù lì
为 民 不 利，　　你做不利国人事，

rú yún bù kè
如 云 不 克。　　手段用尽亦难克。

mín zhī huí yù
民 之 回 遹[55]，　　国人行事固邪僻，

zhí jìng yòng lì
职 竞 用 力[56]。　　知用暴力求解脱。

mín zhī wèi lì
民 之 未 戾[57]，　　国人不善坏事做，

zhí dào wéi kòu
职 盗 为 寇[58]。　　知道为盗去掠夺。

liáng yuē bù kě
凉 曰 不 可[59]，　　诚恳劝你不能干，

fù bèi shàn lì
覆 背 善 詈[60]。　　反在背后辱骂我。

suī yuē fěi yú
虽 曰 匪 予[61]，　　虽然你把我诽谤，

jì zuò ěr gē
既 作 尔 歌[62]。　　我仍为你作首歌。

这是周贵族讽刺厉王的诗作。据《左传·文公元年》《史记·周本纪》《潜

夫论·遏利篇》记载，本诗为周贵族芮良所作。诗篇反映了厉王贪婪暴虐、国政黑暗腐败、奸佞之徒得宠、人民受苦遭殃的现实，怨恨自己耿耿忠心得不到厉王的理解，忧国伤时之情溢于言表。但诗人恪守怨而不怒的信条，他讥讽厉王，却不能容许对王权的动摇；他同情人民，却反对以暴力砸碎强加在他们身上的枷锁；他渴望政治清明，却企望上天及君王赋予他们机遇与权力。这种价值取向及审美观念，对后世文人“忠君”“悯民”心态的形成，起了很大作用。本诗是雅诗中最长的一篇，但结构十分整齐，112句中，111句为四字句，确有典雅庄重之风。

①菀：茂盛的样子。桑柔：柔桑。 ②侯：维，是。旬：树荫均布。 ③捋：用手把叶子从茎上捋下来。刘：剥落稀疏的样子。 ④瘼：病，害。以桑叶被捋采净尽，人民不得庇荫，喻人民被盘剥净尽，无以生存。 ⑤殄：断绝。 ⑥仓兄：同“怆怳”，失意悲伤的样子。填：通“瘨”，憔悴困苦的样子。 ⑦倬彼：倬倬，光明的样子。 ⑧宁：何。矜：怜。 ⑨泯：乱。 ⑩黎：众。此句意为民多死于战乱，因此人丁稀少。 ⑪具：通“俱”。以：通“而”。烬：灭绝。意为人民都是由于祸乱而濒临灭绝。 ⑫国步：国运。斯：是。频：危急。 ⑬疑：通“凝”，定。止疑：停息。意为无处可以安身。 ⑭君子：指包括作者在内的贵族。维：通“惟”，想。意为君子们都在想，在思考。 ⑮厉阶：祸端。 ⑯梗：灾害。 ⑰土宇：土地房屋，指家园。 ⑱倬怒：盛怒，大怒。 ⑲痻：灾难。意为遭受许多灾难。 ⑳棘：通“急”。圉：边疆。意为有外敌入侵，边境告急。 ㉑毖：谨慎。意为谋划谨慎。 ㉒乱况：乱状。斯：则。削：减少。 ㉓尔：指周王朝执政的贵族。忧恤：忧患，忧患国事。 ㉔执热：解除炎热。 ㉕逝：发语词。濯：沐浴。 ㉖淑：美善。 ㉗载：则。胥：皆，都。溺：沉没。 ㉘僾：呼吸困难。 ㉙荓：使。云：有。 ㉚力民：与人民出力劳动。代：代替。意为与人民劳动，以劳动所得代替禄食。 ㉛痒：病。 ㉜赘：通“缀”，连属。 ㉝秉心：持心。宣：明。犹：通“猷”，道，引申为通达、顺理。 ㉞考慎：慎重考察。相：辅佐大臣。 ㉟俾：使。 ㊱甡甡：同“莘莘”，众多的样子。 ㊲已：同“以”。谮：谗。 ㊳胥：助。以：同“与”。榖：善。 ㊴维：是。谷：穷。意为进退两难。 ㊵迪：进用。 ㊶忍心：内心残忍之人。 ㊷顾：顾惜。复：借为“覆”，盖，包庇之意。 ㊸宁：乃。荼毒：残害。 ㊹有隧：亦作“隧隧”。形容风速疾快的样子。 ㊺式：语助词。 ㊻征：往。中垢：指宫中丑闻。 ㊼听言：顺从的话。对：回答。 ㊽诵言：劝告讽谏之言。 ㊾覆：反而。悖：颠沛。 ㊿予：我，诗人自称。 51阴：通“谙”，熟悉，了解。 52赫：通“吓”。 53罔极：没有原则。意为人民不愿遵守周贵族的礼法。 54职：通“识”，知道，晓得。凉：刻薄。善背：善于背叛统治者。意为人民知道自己所受的不公正待遇，惯于反抗统治者。 55回遹：邪僻。 56用力：使用暴力。意为人民知道使用暴力。 57戾：善。 58职盗为寇：意为人民知道为盗作寇去反抗统

治者。 [59]凉：通“谅”，诚恳。 [60]覆：反而。背：背后。詈：责骂。 [61]匪：通“诽”，诽谤。 [62]既：终。作尔歌：为你作歌。意为我为你作了这首歌，对你加以讽刺和揭露。

yún hàn
云 汉

zhuō bǐ yún hàn 倬彼云汉[1]，	河汉浩浩渺无边，
zhāo huí yú tiān 昭回于天[2]。	光明旋转于苍天。
wáng yuē wū hū 王曰於乎[3]，	周王仰天长感叹，
hé gū jīn zhī rén 何辜今之人？	百姓今有何罪愆？
tiān jiàng sāng luàn 天降丧乱，	天降死亡与祸乱，
jī jǐn jiàn zhēn 饥馑荐臻[4]。	饥馑灾荒年复年。
mǐ shén bù jǔ 靡神不举[5]，	没有神祇未祭典，
mǐ ài sī shēng 靡爱斯牲。	不惜牺牲多奉献。
guī bì jì zú 圭璧既卒[6]，	祭神圭璧已告罄，
nìng mò wǒ tīng 宁莫我听！	为何不听我一言！
hàn jì tài shèn 旱既大甚[7]，	旱灾已经很严重，
yùn lóng chóng chóng 蕴隆虫虫[8]。	闷热如熏似火蒸。
bù tiǎn yīn sì 不殄禋祀[9]，	祭祀求雨未曾断，

zì jiāo cú gōng
自郊徂宫。　　从郊外到太庙宫。

shàng xià diàn yì
上下奠瘗[10]，　　上祭天神下祭地，

mǐ shén bù zōng
靡神不宗。　　各路神祇无不敬。

hòu jì bù kè
后稷不克，　　后稷未能止旱情，

shàng dì bù lín
上帝不临。　　上帝不来保众生。

hào dù xià tǔ
耗斁下土[11]，　　民力资财遭摧残，

nìng dīng wǒ gōng
宁丁我躬[12]。　　灾难偏降我身中。

hàn jì tài shèn
旱既大甚，　　旱灾已经很严重，

zé bù kě tuī
则不可推[13]。　　想要消除不可能。

jīng jīng yè yè
兢兢业业，　　周人小心又谨慎，

rú tíng rú léi
如霆如雷。　　如怕霹雷当头轰。

zhōu yú lí mín
周余黎民，　　京畿剩余老百姓，

mǐ yǒu jié yí
靡有孑遗[14]。　　难有几人能逃命。

hào tiān shàng dì
昊天上帝，　　叫声上帝喊声天，

zé bù wǒ wèi
则不我遗[15]。　　不肯赐食把善行。

hú bù xiāng wèi
胡不相畏，　　祖先怎能不害怕，

xiān zǔ yú cuī
先祖于摧[16]。　　子孙断绝祭成空。

hàn jì tài shèn
旱既大甚，　　旱灾已经很严重，
zé bù kě jǔ
则不可沮[17]。　　想要停止不可能。
hè hè yán yán
赫赫炎炎[18]，　　烈日炎炎暑气热，
yún wǒ wú suǒ
云我无所。　　无处避身躲灾情。
dà mìng jìn zhǐ
大命近止[19]，　　阳寿已尽亡期到，
mǐ zhān mǐ gù
靡瞻靡顾[20]。　　神祇不顾心不动。
qún gōng xiān zhèng
群公先正[21]，　　前辈王侯及公卿，
zé bù wǒ zhù
则不我助。　　不肯助我建奇功。
fù mǔ xiān zǔ
父母先祖，　　父母列祖及列宗，
hú nìng rěn yú
胡宁忍予[22]。　　忍心看我水火中。

hàn jì tài shèn
旱既大甚，　　旱灾已经很严重，
dí dí shān chuān
涤涤山川[23]。　　山川草木都枯干。
hàn bá wéi nüè
旱魃为虐，　　旱魔为害逞凶残，
rú tán rú fén
如惔如焚[24]。　　如火焚烧烈炎炎。
wǒ xīn dàn shǔ
我心惮暑，　　我心亦畏暑气热，
yōu xīn rú xūn
忧心如熏。　　忧心如熏似火煎。
qún gōng xiān zhèng
群公先正，　　前辈诸侯及公卿，

zé bù wǒ wèn
则不我闻[25]。　毫不过问我之难。

hào tiān shàng dì
昊天上帝，　叫声上帝喊声天，

nìng bǐ wǒ dùn
宁俾我遁[26]？　你要让我逃哪边？

hàn jì tài shèn
旱既大甚，　旱灾已经很严重，

mǐn miǎn wèi qù
黾勉畏去[27]。　勉力在位心恐惧。

hú nìng diān wǒ yǐ hàn
胡宁瘨我以旱[28]？　为何降旱害我人？

cǎn bù zhī qí gù
憯不知其故[29]。　不知其故心焦急。

qí nián kǒng sù
祈年孔夙[30]，　祈求丰年早早起，

fāng shè bù mù
方社不莫[31]。　祭祀方社迟不宜。

hào tiān shàng dì
昊天上帝，　叫声苍天喊上帝，

zé bù wǒ yú
则不我虞[32]。　不肯助我出力气。

jìng gōng míng shén
敬恭明神，　恭恭敬敬祭神明，

yí wú huǐ nù
宜无悔怒。　应该对我无恨意。

hàn jì tài shèn
旱既大甚，　旱灾已经很严重，

sǎn wú yǒu jì
散无友纪[33]。　人心散漫无法纪。

jū zāi shù zhèng
鞫哉庶正[34]，　公卿百官皆穷困，

jiù zāi zhǒng zǎi
疚哉冢宰[35]。　　冢宰求雨心焦急。
qù mǎ shī shì
趣马师氏[36]，　　趣马师氏齐祈雨，
shàn fū zuǒ yòu
膳夫左右。　　膳夫左右尽心意。
mǐ rén bù zhōu
靡人不周[37]，　　无人心中不悲伤，
wú bù néng zhǐ
无不能止[38]。　　旱情未止再拜祭。
zhān yǎng hào tiān
瞻卬昊天，　　仰望苍天喊上帝，
yún rú hé lǐ
云如何里[39]？　　怎不悲伤和焦虑？

zhān yǎng hào tiān
瞻卬昊天，　　仰望苍天喊上帝，
yǒu huì qí xīng
有嘒其星。　　星光满天无雨意。
dà fū jūn zǐ
大夫君子，　　公卿大夫及君子，
zhāo gé wú yíng
昭假无赢[40]。　　虔诚祈祷也无益。
dà mìng jìn zhǐ
大命近止，　　阳寿已尽亡期到，
wú qì ěr chéng
无弃尔成[41]。　　敬神诚意不放弃。
hé qiú wèi wǒ
何求为我[42]，　　求雨并非为自己，
yǐ lì shù zhèng
以戾庶正[43]。　　安定百官鼓士气。
zhān yǎng hào tiān
瞻卬昊天，　　仰望苍天喊上帝，
hé huì qí níng
曷惠其宁？　　何时安宁趁心意？

这是周宣王求神祈雨的诗。宣王时天降丧乱,饥馑连年。宣王亲自率领文武公卿祭祀苍天及祖宗神灵,希望能消除灾害,拯救百姓。诗篇记叙了周王在天神面前毕恭毕敬的宗教心态和对百姓受灾的关切与同情,为我们研究周代的宗教活动及社会心态提供了可靠资料。诗作以整齐的句式,将对天的敬畏之情,对久旱不雨的怨愤之情、对黎民百姓的哀怜之情娓娓道来,时而庄重,时而激昂,将抒情诗以情感人的作用发挥得淋漓尽致,收到了良好的效果。

①倬彼:倬倬,高大、浩大的样子。云汉:河汉,银河。 ②昭:明。指银河的光。回:旋转。 ③王:指周宣王。姬姓,名静。於乎:感叹词,即"呜呼"。 ④饥:五谷没有收成。馑:蔬菜欠收。荐:再,屡次。 ⑤举:祭祀。 ⑥圭、璧:玉器。古人以玉器祭祀,祭天则烧玉,祭山神则埋玉,祭水神沉玉,祭人鬼就藏玉。 ⑦大:同"太"。甚:过。 ⑧蕴:通"煴",闷热。隆:盛。虫虫:通"爞爞",热气熏蒸的样子。 ⑨殄:断绝。禋祀:古代祭天的礼节,先烧柴升烟,再加牲体及玉帛于火上焚烧。此处泛指祭祀。 ⑩上下:指天地。奠:陈列祭品以祭天神。瘗:埋,将祭品埋在地下祭地神。 ⑪耗:损耗。斁:败坏。 ⑫宁:乃。丁:当,遭逢。意为灾难竟落在我的身上。 ⑬推:排除。 ⑭孑遗:剩余,遗留。 ⑮遗:借为"馈",赐予食物。 ⑯于:而。摧:灭绝。 ⑰沮:止。 ⑱赫赫:阳光显耀的样子。炎炎:暑气炽热的样子。 ⑲大命:生命。止:死亡。意为寿命已尽。 ⑳瞻、顾:看的意思。意为阳寿已尽,神祇仍不屑一顾。 ㉑群公:前代的王公。先正:前代的贤臣。 ㉒忍予:对我忍心。 ㉓涤涤:光秃无草的样子。 ㉔惔:火烧。 ㉕闻:借为"问",过问。 ㉖宁:难道。遁:逃。 ㉗黾勉:勉力。去:借为"怯",畏怯,小心恐惧。 ㉘瘨:病,害。 ㉙憯:曾,乃。 ㉚祈年:向神祈求丰年。孔夙:很早。 ㉛方:祭四方之神。社:祭土神。莫:古"暮"字,晚。 ㉜虞:助。 ㉝散:散漫。友:借为"有"。纪:法纪。意为人都在死亡线上挣扎,因此散漫,没有法纪。 ㉞鞫:穷困。庶正:众官员。 ㉟疚:忧虑。冢宰:官名,职位如后世的宰相。 ㊱趣马:掌管国王马正的官。师氏:主管教育的官。 ㊲周:借为"惆",悲伤失意。 ㊳无:求雨之祭。意为举行求雨的祭祀也未能止住旱情。(用高亨说) ㊴里:通"悝",忧伤。 ㊵昭:祷。假:借为"祜",福。赢:益。意为祈祷求福也没用处。 ㊶成:亦作"诚"。意为不要放弃你们的诚心。 ㊷何求为我:意为你们求雨不是为我一人。 ㊸戾:安定。

sōng gāo
崧高

sōng gāo wéi yuè 崧高维岳[1]，	嵩山高居五岳中，
jùn jí yú tiān 骏极于天[2]。	巍巍高耸半天空。
wéi yuè jiàng shén 维岳降神，	嵩山降下神灵气，
shēng lǚ jí shēn 生甫及申[3]。	甫侯申伯降于宫。
wéi shēn jí lǚ 维申及甫，	这个申伯与吕侯，
wéi zhōu zhī hàn 维周之翰[4]。	辅佐周王立大功。
sì guó yú fān 四国于蕃[5]，	他是四国之屏障，
sì fāng yú xuān 四方于宣[6]。	四方安全他提供。

wěi wěi shēn bó 亹亹申伯[7]，	勤勉能干数申伯，
wáng zuǎn zhī shì 王缵之事[8]。	继承祖业为辅佐。
yú yì yú xiè 于邑于谢[9]，	赐邑建邑于谢地，
nán guó shì shì 南国是式[10]。	南国诸侯奉法则。
wáng mìng shào bó 王命召伯[11]，	宣王命令召伯虎，
dìng shēn bó zhī zhái 定申伯之宅。	确定申伯居住所。
dēng shì nán bāng 登是南邦，	建成南方新都邑，

shì zhí qí gōng
世执其功。 子孙万世都承祚。

wáng mìng shēn bó
王命申伯， 宣王有令于申伯，
shì shì nán bāng
式是南邦。 要在南国为法则。
yīn shì xiè rén
因是谢人[12]， 紧紧依靠谢地人，
yǐ zuò ěr yōng
以作尔庸[13]。 修筑城墙建新国。
wáng mìng shào bó
王命召伯， 宣王又命召伯虎，
chè shēn bó tǔ tián
彻申伯土田[14]。 开发土地与山河。
wáng mìng fù yù
王命傅御[15]， 宣王再命办事臣，
qiān qí sī rén
迁其私人[16]。 迁移家臣于新所。

shēn bó zhī gōng
申伯之功[17]， 申伯之邑已竣工，
shào bó shì yíng
召伯是营。 全靠召伯苦经营。
yǒu chù qí chéng
有俶其城[18]， 谢邑建得很齐整，
qǐn miào jì chéng
寝庙既成[19]， 寝庙同时也完成，
jì chéng miǎo miǎo
既成藐藐[20]。 城池华美人称颂。
wáng xī shēn bó
王锡申伯， 王赐申伯礼品重，
sì mǔ jiǎo jiǎo
四牡蹻蹻[21]， 四匹骏马驰雄风，

gōu yīng zhuó zhuó
钩膺濯濯[22]。　　黄铜繁缨色彩明。

wáng qiǎn shēn bó
王遣申伯，　　宣王隆重送申伯，
lù chē shèng mǎ
路车乘马。　　辂车驷马快如梭。
wǒ tú ěr jū
“我图尔居[23]，　　“我细考虑你封地，
mò rú nán tǔ
莫如南土。　　最佳莫若住南国。
xī ěr jiè guī
锡尔介圭，　　赐你大圭为礼物，
yǐ zuò ěr bǎo
以作尔宝。　　传国之宝宫中搁。
wǎng jì wáng jiù
往近王舅[24]，　　舅舅尽管放心去，
nán tǔ shì bǎo
南土是保。”　　安享南国好处所。”

shēn bó xìn mài
申伯信迈[25]，　　申伯果真赴谢城，
wáng jiàn yú méi
王饯于郿[26]。　　宣王郿郊来饯行。
shēn bó xuán nán
申伯还南，　　申伯高兴回南国，
xiè yú chéng guī
谢于诚归[27]。　　诚心返谢赶路程。
wáng mìng shào bó
王命召伯，　　宣王又命召伯虎，
chè shēn bó tǔ jiāng
彻申伯土疆，　　申伯土地细经营。
yǐ zhì qí zhāng
以峙其粻[28]，　　粮食用品多储备，

shì chuán qí xíng
式遄其行[29]。　速办此事切莫停。

shēn bó bō bō
申伯番番[30]，　威武轩昂数申伯，
jì rù yú xiè
既入于谢。　进入谢城返南国。
tú yù tān tān
徒御啴啴[31]，　步卒战车排成队，
zhōu bāng xián xǐ
周邦咸喜[32]。　全城人民放声歌。
róng yǒu liáng hàn
戎有良翰[33]，　宣王从此有辅佐，
pī xiǎn shēn bó
不显申伯[34]。　高贵显赫是申伯。
wáng zhī yuán jiù
王之元舅，　宣王大舅是俊杰，
wén wǔ shì xiàn
文武是宪[35]。　能文善武为法则。

shēn bó zhī dé
申伯之德，　申伯具有好品质，
róu huì qiě zhí
柔惠且直。　温柔和顺又正直。
róu cǐ wàn bāng
揉此万邦，　安抚天下各诸侯，
wén yú sì guó
闻于四国。　名扬四海世人知。
jí fǔ zuò sòng
吉甫作诵[36]，　吉甫欣然作此诗，
qí shī kǒng shuò
其诗孔硕[37]，　诗歌赞美申伯事，
qí fēng sì hǎo
其风肆好[38]，　曲调高雅声漫漫，

yǐ zèng shēn bó
以赠申伯。　　赠送申伯表心志。

这是尹吉甫赠送申伯的诗。申伯是周宣王的母舅，申伯来朝，宣王给予礼遇，增加了他的封地，派召伯虎给他建筑谢城，经营土地，临行并赐予申伯车马、介圭，并饯行于郿。大臣尹吉甫为此作是诗，赠给申伯。诗篇反映了宣王时代建立在血缘关系基础上的宗法社会的亲情观念、道德意识、赏赐制度及王室的富有、城市的建筑，为我们全面认识西周社会提供了丰富的资料。诗作描写细腻，善用人物语言表达人物内心的感情。

①崧：亦作“嵩”。嵩高，即嵩山，在今河南省登封市。维：是。岳：高大的山。②骏：借为“峻”，高大。极：至，到。　③甫：读为“吕”，国名，在今河南省南阳市西，姜姓。申：国名，在今河南省南阳市北，姜姓。此二句意为嵩山有神下降，生吕侯和申侯。④翰：辅佐，栋梁。　⑤于：为，是。蕃：通“藩”，藩篱，屏障。意为四方之国以之为藩篱。⑥宣：借为“垣”，围墙。意为申、吕为四方之国的城墙。　⑦亹亹：勤勉的样子。　⑧王：指宣王。缵：继承。意为宣王使申伯继承了先王的事业与传统。　⑨于邑：封之以邑。于谢：在谢地。谢，古地名，在今河南省唐河县南。　⑩南国：指周南一带。式：法。意为南国诸侯以申伯为准则。　⑪召伯：名虎，亦称召穆公，宣王的大臣。　⑫因：依靠。谢人：谢邑的人民。　⑬庸：通“墉”，城。　⑭彻：治理，开发。　⑮傅御：辅佐周王办事的大臣。　⑯私人：家臣。意为周王命令傅御帮助申伯的家臣迁往谢城。　⑰功：事，指经营土地，建筑谢城等。　⑱有：发语词。俶：善。　⑲寝庙：泛指周代的宗庙。凡庙，前面为庙，后面为寝，合称寝庙。　⑳藐藐：华丽的样子。　㉑蹻蹻：强壮威武的样子。㉒钩膺：亦作“繁缨”，套在马胸前颈上的带饰。濯濯：光泽鲜明的样子。　㉓我：指宣王。图：考虑。尔：指申伯。意为我考虑你的住处。　㉔迈：语气助词，相当于“啊”。㉕信：真。迈：行。意为申伯果真走了。　㉖郿：地名，在今陕西省郡县东北。　㉗谢于诚归：“诚归于谢”的例文。诚，真心，诚心。　㉘以：乃。峙：储备。粻：粮食。　㉙式：乃。遄：迅速。指召伯迅速办理整治土地、储备粮食一事。　㉚番番：勇武的样子。㉛徒：步兵。御：车夫。啴啴：众多的样子。意为申伯的士兵、战车浩浩荡荡。　㉜周：遍。邦：谢邑。　㉝戎：你。良翰：好的辅翼。　㉞不：通“丕”，大。显：显赫。　㉟宪：法式，模样。意为申伯文武才能均称楷模。　㊱吉甫：姓尹名吉甫，宣王大臣。诵：歌。意为尹吉甫作了这首诗赠送申伯。　㊲硕：大，引申为美。　㊳风：曲调。肆好：极好。

zhēng mín
烝民

tiān shēng zhēng mín
天生烝民①，　　天生百姓数量多，
yǒu wù yǒu zé
有物有则。　　所有事物有原则。
mín zhī bǐng yí
民之秉彝②，　　人民自然有常理，
hào shì yì dé
好是懿德③。　　喜爱美善好品德。
tiān jiān yǒu zhōu
天监有周，　　上天观察我周朝，
zhāo gé yú xià
昭假于下④。　　祈祷明神心诚焯。
bǎo zī tiān zǐ
保兹天子，　　保护我王周天子，
shēng zhòng shān fǔ
生仲山甫⑤。　　天降山甫为王佐。

zhòng shān fǔ zhī dé
仲山甫之德，　　仲山甫啊好品德，
róu jiā wéi zé
柔嘉维则。　　温柔和顺有法则。
lìng yí lìng sè
令仪令色⑥，　　仪态从容有悦色，
xiǎo xīn yì yì
小心翼翼。　　恭敬谨慎又谦和。
gǔ xùn shì shì
古训是式⑦，　　遵循古训不走样，
wēi yí shì lì
威仪是力⑧。　　勤习礼仪合规格。
tiān zǐ shì ruò
天子是若⑨，　　天子认为山甫好，

míng mìng shǐ fù
明命使赋[10]。　颁布明令及政策。

wáng mìng zhòng shān fǔ
王命仲山甫，　王委山甫以重任，
shì shì bǎi bì
式是百辟[11]。　树立榜样于诸君。
zuǎn róng zǔ kǎo
缵戎祖考[12]，　继承祖先未竟业，
wáng gōng shì bǎo
王躬是保。　辅佐天子为重臣。
chū nà wáng mìng
出纳王命[13]，　发布王令听意见，
wáng zhī hóu shé
王之喉舌。　你是周王代言人。
fù zhèng yú wài
赋政于外，　颁布政令于诸侯，
sì fāng yuán fā
四方爰发[14]。　四方执行把令遵。

sù sù wáng mìng
肃肃王命，　王命严肃又明正，
zhòng shān fǔ jiāng zhī
仲山甫将之。　山甫认真来执行。
bāng guó ruò pǐ
邦国若否[15]，　国家政事好与坏，
zhòng shān fǔ míng zhī
仲山甫明之。　山甫心中如明镜。
jì míng qiě zhé
既明且哲，　山甫聪明又博学，
yǐ bǎo qí shēn
以保其身。　保全节操有人情。
sù yè fěi xiè
夙夜匪解，　日夜工作不松懈，

yǐ shì yī rén
以事一人。　　侍奉周王心耿耿。

rén yì yǒu yán
人亦有言：　　前贤经常这样道：

róu zé rú zhī
“柔则茹之，　　“软的东西就吃掉，

gāng zé tǔ zhī
刚则吐之。”　　硬的吐出一边撂。”

wéi zhòng shān fǔ
维仲山甫，　　只有山甫不一般，

róu yì bù rú
柔亦不茹，　　软的东西一边撂，

gāng yì bù tǔ
刚亦不吐。　　硬的东西能吃掉。

bù wǔ guān guǎ
不侮矜寡[16]，　　孤老鳏寡从不欺，

bù wèi qiáng yù
不畏强御。　　不畏强悍与残暴。

rén yì yǒu yán
人亦有言：　　前贤经常这样道：

dé yóu rú máo
“德輶如毛[17]，　　“品德即使轻如毛，

mín xiǎn kè jǔ zhī
民鲜克举之[18]。”　　很少有人举得高。”

wǒ yí tú zhī
我仪图之[19]，　　我对这话细思考，

wéi zhòng shān fǔ jǔ zhī
维仲山甫举之，　　只有山甫举得高，

ài mò zhù zhī
爱莫助之[20]。　　爱民助民建功劳。

gǔn zhí yǒu quē
衮职有阙[21]，　　即使龙袍有破损，

wéi zhòng shān fǔ bǔ zhī
维仲山甫补之。山甫也能修补好。

zhòng shān fǔ chū zǔ
仲山甫出祖[22]， 山甫出使往东方，

sì mǔ yè yè
四牡业业， 四匹雄马多强壮，

zhēng fū jié jié
征夫捷捷， 仆从勤快又敏捷，

měi huái mǐ jí
每怀靡及[23]。 常把任务记心上。

sì mǔ bāng bāng
四牡彭彭， 四匹健马奔腾疾，

bā luán qiāng qiāng
八鸾锵锵。 八枚铃铛锵锵响。

wáng mìng zhòng shān fǔ
王命仲山甫， 周王命令仲山甫，

chéng bǐ dōng fāng
城彼东方[24]。 筑城东方为周王。

sì mǔ kuí kuí
四牡骙骙， 四匹骏马多健壮，

bā luán jiē jiē
八鸾喈喈。 八枚铃铛锵锵响。

zhòng shān fǔ cú qí
仲山甫徂齐[25]， 山甫到齐去筑城，

shì chuán qí guī
式遄其归[26]。 完成任务早归乡。

jí fǔ zuò sòng
吉甫作诵， 吉甫作歌把友送，

mù rú qīng fēng
穆如清风[27]。 美如清风拂身上。

zhòng shān fǔ yǒng huái
仲山甫永怀， 山甫临行长思念，

yǐ wèi qí xīn
以慰其心。　　作诗慰友放眼量。

这是尹吉甫赠送仲山甫的诗。仲山甫是宣王卿士，宣王派他往齐地筑城，临行时尹吉甫作诗相赠。诗作热情地歌颂了仲山甫的和顺善良、谨慎公正和学识渊博、恪尽职守，赞其是宣王的好辅佐。诗篇以通俗晓畅的语言热情歌颂一位官员贵族，这在大雅中并不多见，开后世溢美之作的先河。但诗作塑造了仲山甫这一理想的贵族形象，反映了西周贵族的审美情趣及道德观念、处世原则等，为我们全面认识西周社会提供了宝贵的资料。

①烝：众。 ②秉：通“禀”，禀受，禀赋。彝：常理。意为人具有的常理。 ③懿德：美德。 ④昭假：向神祈祷，表明诚敬心于神灵。 ⑤仲山甫：人名，宣王时卿士，封于樊，又称樊仲、樊仲山或樊穆仲。 ⑥令：善。仪：仪容，态度。 ⑦式：榜样，效法。意为仲山甫能遵循前人的遗教。 ⑧威仪：礼节。力：勤，勉力。 ⑨若：善。意为天子认为山甫美善。 ⑩明命：政令。赋：通“敷”，颁布。意为天子使他颁布政令。 ⑪辟：国君。百辟：指诸侯。意为山甫是诸侯的榜样。 ⑫缵：继续。戎：你。考：死去的父亲。 ⑬出：向外发布。纳：接受。 ⑭爰：乃。发：执行。 ⑮若：善。否：恶。 ⑯矜：通“鳏”，老而无妻。 ⑰輶：轻。 ⑱克：能够。 ⑲仪图：揣度。 ⑳莫：通“慔”，勉力。意为山甫爱民，努力使民有德。(用高亨说) ㉑衮：古代王侯穿的绣有龙纹的礼服。职：通“适”，偶然。阙：缺。意为周王的礼服偶有破损。 ㉒祖：祖道。古时为出行吉利而祭祀路神，并设宴送行。意为仲山甫祭神出行往周述职。 ㉓每怀靡及：常常想着没办完的事情。意为总是忧心忡忡，有强烈的使命感。 ㉔城：筑城。意为到东方(齐国)筑城。 ㉕齐：齐国，姜姓，疆土在今山东省中部和东北部。 ㉖式：乃。遄：速。意为仲山甫很快完成任务，返回镐京。 ㉗穆：和美。

hán yì
韩奕

yì yì liáng shān
奕奕梁山，　　巍巍梁山高又高，

wéi yǔ diàn zhī
维禹甸之①，　　大禹治理有功劳，

yǒu zhuō qí dào 有倬其道[2]。	宽宽阔阔修驿道。
hán hóu shòu mìng 韩侯受命[3]，	韩侯受封入周朝，
wáng qīn mìng zhī 王亲命之：	周王亲自下令道：
zuǎn róng zǔ kǎo “缵戎祖考[4]，	“祖先事业你继承，
wú fèi zhèn mìng 无废朕命[5]。	我的命令莫忘掉。
sù yè fěi xiè 夙夜匪解，	日夜工作不松懈，
qián gōng ěr wèi 虔共尔位[6]。	忠于职守要勤劳。
zhèn mìng bù yì 朕命不易，	我的册命不轻发，
gān bù tíng fāng 干不庭方[7]，	你将叛逆快征讨，
yǐ zuǒ róng bì 以佐戎辟。”	以此辅佐我王朝。”
sì mǔ yì yì 四牡奕奕，	四匹健马神采奕，
kǒng xiū qiě zhāng 孔脩且张[8]。	又高又大美无比。
hán hóu rù jìn 韩侯入觐，	韩侯入周朝天子，
yǐ qí jiè guī 以其介圭，	手捧大圭有礼仪，
rù jìn yú wáng 入觐于王。	入朝拜见周天子。
wáng xī hán hóu 王锡韩侯，	王赐韩侯以重礼，
shū qí suí zhāng 淑旂绥章[9]，	五色绣龙饰羽旗，

diàn fú cuò héng
簟 茀 错 衡[10]，　　缕金路车绘彩漆，

xuán gǔn chì xī
玄 衮 赤 舄[11]，　　黑色龙袍红色鞋，

gōu yīng lòu yáng
钩 膺 镂 钖[12]，　　金属马饰好工艺，

kuò hóng qiǎn miè
鞹 鞃 浅 幭[13]，　　浅色虎皮蒙轼上，

tiáo gé jīn è
鞗 革 金 厄[14]。　　马轭笼头金光奕。

hán hóu chū zǔ
韩 侯 出 祖，　　韩侯祭祀路神灵，

chū sù yú tú
出 宿 于 屠[15]。　　出行夜宿在杜陵。

xiǎn fǔ jiàn zhī
显 父 饯 之，　　显父设宴迎又送，

qīng jiǔ bǎi hú
清 酒 百 壶。　　百壶美酒醇又清。

qí yáo wéi hé
其 殽 维 何？　　席上荤菜是什么？

páo biē xiān yú
炰 鳖 鲜 鱼[16]。　　大鳖鲜鱼煮或烹。

qí sù wéi hé
其 蔌 维 何？　　席上蔬菜是什么？

wéi sǔn jí pú
维 笋 及 蒲[17]。　　炒鲜竹笋嫩蒲蓑。

qí zèng wéi hé
其 赠 维 何？　　临行赠送何礼物？

shèng mǎ lù chē
乘 马 路 车。　　驷马路车亮晶晶。

biān dòu yǒu jū
笾 豆 有 且[18]，　　有笾有豆盘碗多，

hóu shì yàn xū
侯 氏 燕 胥[19]。　　韩侯宴饮真高兴。

hán hóu qǔ qī
韩侯取妻，　　韩侯结婚娶娇妻，

fén wáng zhī shēng
汾王之甥[20]，　　她是厉王外甥女，

guì fǔ zhī zǐ
蹶父之子[21]。　　亦是蹶父之小女。

hán hóu yíng zhǐ
韩侯迎止[22]，　　韩侯驾车去迎亲，

yú guì zhī lǐ
于蹶之里[23]。　　车到蹶邑心欢喜。

bǎi liàng bāng bāng
百两彭彭[24]，　　百辆大车有顺序，

bā luán qiāng qiāng
八鸾锵锵，　　八只鸾铃响声齐，

pī xiǎn qí guāng
不显其光[25]。　　荣耀富贵有瑞气。

zhū dì cóng zhī
诸娣从之[26]，　　众多侍妾紧相随，

qí qí rú yún
祁祁如云[27]。　　花团锦簇如云集。

hán hóu gù zhī
韩侯顾之[28]，　　韩侯行其曲顾礼，

làn qí yíng mén
烂其盈门[29]。　　灿烂满门映闾里。

guì fǔ kǒng wǔ
蹶父孔武，　　蹶父威武又有力，

mǐ guó bù dào
靡国不到。　　诸侯列国均游历。

wèi hán jí xiāng yōu
为韩姞相攸[30]，　　为女寻觅理想家，

mò rú hán lè
莫如韩乐。　　莫如韩国最如意。

kǒng lè hán tǔ
孔乐韩土，　　韩国堪称乐土地，

chuān zé xū xū
川泽讦讦[31]，　　河流湖泊多无比，

fáng xù fǔ fǔ
鲂鱮甫甫[32]，　　鳊鱼鲢鱼一群群，

yōu lù yǔ yǔ
麀鹿噳噳[33]，　　母鹿公鹿相亲昵，

yǒu xióng yǒu pí
有熊有罴[34]，　　林深之处有熊罴，

yǒu māo yǒu hǔ
有猫有虎[35]。　　山猫猛虎奔东西。

qìng jì lìng jū
庆既令居[36]，　　庆幸得了好地方，

hán jí yàn yù
韩姞燕誉[37]。　　韩姞安乐心欢喜。

pǔ bǐ hán chéng
溥彼韩城[38]，　　努力扩大韩城邑，

yān shī suǒ wán
燕师所完[39]。　　燕民筑城尽心力。

yǐ xiān zǔ shòu mìng
以先祖受命，　　韩国祖先受王命，

yīn shí bǎi mán
因时百蛮[40]。　　凭借百蛮及北狄。

wáng xī hán hóu
王锡韩侯，　　周王再次赐韩侯，

qí zhuī qí mò
其追其貊[41]，　　追貊两族归于你，

yān shòu běi guó
奄受北国[42]，　　号令北方各小国，

yīn yǐ qí bó
因以其伯[43]。　　方伯重任交给你。

shí yōng shí hè
实墉实壑[44]，　　修筑城墙挖城濠，

shí mǔ shí jí 实 亩 实 籍[45]。	制定赋税整田地。
xiàn qí pí pí 献 其 貔 皮[46]，	属国献来貔子皮，
chì bào huáng pí 赤 豹 黄 罴。	亦有赤豹与熊罴。

这是一首描写韩侯迎亲、歌颂韩侯的诗。全诗共六章，首二章写韩侯入觐周王，周王赏赐他许多物品；第三章写韩侯离镐京，路过屠邑，显父为他饯行；第四章写韩侯迎亲于蹶里，与韩姞完婚；末二章写韩地物产丰富，韩姞乐得其所，最后周王任命韩侯为统领北方诸侯的方伯。蹶父愿把女儿嫁给韩侯，是因为韩国有惊人的富饶。韩侯娶韩姞为妻的直接政治效益，是晋升为北国诸侯之长。婚姻与政治、经济完全联系在了一起。诗作大量使用了赋笔，反映了诗人对物质的崇拜及炫耀心理，这种手法对行人、策士说辞风格的形成及汉赋的形成，都起了潜移默化的作用。此外，诗作对韩地物产、风俗、民情均有介绍，从民俗学的角度看，诗篇亦很有价值。

①甸：治。传说中国山川均经过大禹治理，故说“维禹甸之”。 ②倬：大。意为自韩至周有宽阔的道路。 ③韩侯：春秋前有两个韩国，均为姬姓。一个册封于武王，在今陕西韩城市南，春秋时为晋所灭。一个册封于成王，在今河北省固安县东南，即本诗的韩侯。受命：受周王册命。韩侯新立，来朝于周，周王在宗庙中举行册命之礼，并赏赐车旗等物。 ④缵：继承。戎：你。考：死去的父亲。意为你要继承祖先的事业。 ⑤废：背弃。 ⑥共：奉行。 ⑦干：正。正通“征”，征伐。不庭：不来朝见周王。方：方国。⑧孔脩：很长。张：大。 ⑨淑：美。旂：画有蛟龙的旗。绥章：旗杆头上饰以染色的鸟羽或旄牛尾。这是周王赏赐的礼物，以下五句皆然。 ⑩簟茀：遮蔽车厢的竹席。错衡：有花纹或涂有金色的车前衡木。 ⑪玄衮：黑色画有蛟龙的礼服。赤舄：贵族穿的红鞋。 ⑫钩膺：套在马胸前的带饰。镂：刻。钖：马额头上的金属装饰物。 ⑬鞹：去毛的兽皮。鞃：蒙在车厢前供人依靠的横木上的兽皮。浅：浅毛虎皮。幭：车轼上的覆盖物。浅幭，即用虎皮制的车轼上的覆盖物。 ⑭鞗革：马笼头。厄：通“軶”，马颈上人字形的马具。 ⑮屠：地名。即鄠县杜陵，在今陕西省西安市东。 ⑯炰：烹煮。 ⑰蒲：水生植物，嫩时可食。 ⑱且：多的样子。 ⑲侯氏：韩侯。燕胥：安乐。 ⑳汾王：指厉王。厉王流亡于彘，彘地在汾水旁，故时人称之为汾王。意为韩侯娶的妻子是厉王的外甥女。 ㉑蹶父：周宣王时的大臣，姞姓。 ㉒迎止：迎之。 ㉓里：邑。 ㉔两：借为“辆”。 ㉕不：通“丕”，大。 ㉖娣：古代诸侯嫁女，以同姓诸女陪嫁做妾，谓之娣。

㉗祁祁：众多的样子。　㉘顾：曲顾。古代贵族到女家迎亲，有三次回顾的礼节。　㉙烂其：烂烂，灿烂有光彩的样子。　㉚韩姞：韩侯之妻，姞姓。攸：住所。意为蹶父为女儿找婆家。　㉛讦讦：广大的样子。意为韩国土地辽阔。　㉜鲂：鳊鱼。鲊：鲢鱼。甫甫：众多的样子。　㉝麀：母鹿。鹿：公鹿。噳噳：鹿群相聚的样子。　㉞罴：熊的一种，又称马熊。　㉟猫：山猫。形似虎而小。　㊱庆：贺。既：取得。令居：好住处。　㊲燕：安。誉：借为"娱"，乐。　㊳溥：大。　㊴燕：国名。周有二燕，一为南燕，在今河南汲县，姞姓，为黄帝之后；一为北燕，在今河北大兴，姬姓，召公奭始封于此。此处指北燕。意为韩城为燕国民众所筑。　㊵因：依靠，利用。时：通"是"，这。百蛮：指北狄诸部。意为韩国是凭借百蛮以成国。　㊶追、貊：都是北方国名。意为周王把追、貊赐予韩侯。　㊷奄：包括。　㊸以：为。伯：长。意为韩侯因而成为北国诸侯之长。　㊹墉：筑城墙。壑：挖城濠，即挖护城河。　㊺亩：开垦田地。籍：定收税赋。　㊻貔：一种猛兽，似虎。此句及下句意为北国诸侯给韩国贡献貔皮及熊罴。

江汉（jiāng hàn）

江汉浮浮①，（jiāng hàn fú fú）
武夫滔滔②。（wǔ fū tāo tāo）
匪安匪游，（fěi ān fěi yóu）
淮夷来求③。（huái yí lái qiú）
既出我车，（jì chū wǒ chē）
既设我旟④。（jì shè wǒ yú）
匪安匪舒⑤，（fěi ān fěi yù）
淮夷来铺⑥。（huái yí lái pū）

江汉滔滔水流长，
出征将士真强壮。
不图安逸不遨游，
征讨淮夷安南方。
驾起戎车快如飞，
鹰隼彩旗迎风扬。
不求安逸与娱乐，
陈师淮夷报我王。

jiāng hàn shāng shāng
江 汉 汤 汤， 江汉滔滔水浩荡，
wǔ fū guāng guāng
武 夫 洸 洸[7]。 出征将士真雄壮。
jīng yíng sì fāng
经 营 四 方[8]， 奉命出征伐四方，
gào chéng yú wáng
告 成 于 王。 捷报飞传告我王。
sì fāng jì píng
四 方 既 平， 四方叛乱已平定，
wáng guó shù dìng
王 国 庶 定[9]。 国家安定有希望。
shí mǐ yǒu zhēng
时 靡 有 争， 时局平安无征讨，
wáng xīn zài níng
王 心 载 宁。 周王安宁国兴旺。

jiāng hàn zhī hǔ
江 汉 之 浒， 就在江汉岸边处，
wáng mìng shào hǔ
王 命 召 虎[10]： 周王命令召公虎：
shì pì sì fāng
"式 辟 四 方， "为我开辟四方地，
chè wǒ jiāng tǔ
彻 我 疆 土。 精心治理我疆土。
fěi jiù fěi jí
匪 疚 匪 棘[11]， 莫害人民莫着急，
wáng guó lái jí
王 国 来 极[12]。 遵守国策莫含糊。
yú jiāng yú lǐ
于 疆 于 理[13]， 规划边疆治国土，
zhì yú nán hǎi
至 于 南 海。" 远及南海之蛮族。"

wáng mìng shào hǔ
王 命 召 虎[14]， 周王册命召公虎，

lái xún lái xuān
来 旬 来 宣[15]：　　百官面前来公布：

wén wǔ shòu mìng
“文 武 受 命[16]，　　“文王武王受天命，

shào gōng wéi hàn
召 公 维 翰[17]。　　召公本是擎天柱。

wú yuē yú xiǎo zǐ
无 曰 予 小 子[18]，　　不要说我还年轻，

shào gōng shì sì
召 公 是 似[19]。　　学习召公将朕助。

zhào mǐn róng gōng
肇 敏 戎 公[20]，　　迅速建立新功业，

yòng xī ěr zhǐ
用 锡 尔 祉[21]。　　天将赐你大福禄。

lài ěr guī zàn
厘 尔 圭 瓒，　　赐你玉勺珍收藏，

jù chàng yī yǒu
秬 鬯 一 卣[22]。　　黍酒一壶甜又香。

gào yú wén rén
告 于 文 人[23]，　　祭告祖先文德人，

xī shān tǔ tián
锡 山 土 田。　　赐你山田作奖赏。

yú zhōu shòu mìng
于 周 受 命，　　你到岐周受册命，

zì shào zǔ mìng
自 召 祖 命[24]。”　　继承祖业扬荣光。”

hǔ bài qǐ shǒu
虎 拜 稽 首：　　召虎拜谢又叩头：

tiān zǐ wàn nián
“天 子 万 年！”　　“我愿天子寿无疆！”

hǔ bài qǐ shǒu
虎 拜 稽 首：　　召虎拜谢又叩头：

duì yáng wáng xiū “对扬王休[25]，	“感谢天子赏赐厚，
zuò shào gōng kǎo 作召公考[26]，	特作铜簋记此事，
tiān zǐ wàn shòu 天子万寿！	恭祝天子万年寿！
míng míng tiān zǐ 明明天子[27]，	天子英明又勤勉，
lìng wén bù yǐ 令闻不已。	佳名美誉永不朽。
shǐ qí wén dé 矢其文德[28]，	施行礼法文德治，
qià cǐ sì guó 洽此四国[29]。”	协和四方之诸侯。”

这是记叙周王命令召虎讨伐淮夷一事的诗作。《后汉书·东夷列传》载，宣王六年曾命召公讨伐淮夷，本诗记的正是这段史实。诗共六章，首二章写召公率师沿汉水、长江而下以及一举获得胜利的豪壮气势。中间三章写召公凯旋后，宣王赐封召公的情况，并希望召公努力开发南疆。末章写召公作簋，铭记其事。结构十分谨严，48句中，47句为四字句，形式十分整齐，显示出雅诗的风格与特点。至于这首诗是否就是“召伯虎簋铭”，可作另案探讨。

①江：长江。汉：汉水。浮浮：水流盛大的样子。 ②武夫：指出征淮夷的将士。滔滔：广大的样子。有人认为此二句应为“江汉滔滔，武夫浮浮”，可作一说。 ③淮夷：指当时住在淮水南部到江苏一带的民族。来：是。求：讨伐。意为此行是讨伐淮夷。 ④设：树起。旟：画有鹰隼的旗。 ⑤舒：读为“豫”，娱乐。 ⑥铺：陈列军队。 ⑦洸洸：威武的样子。 ⑧经营：指征伐叛逆。 ⑨庶：庶几，差不多。 ⑩召虎：召伯，名虎，谥召穆公，宣王卿士。 ⑪疚：害，病。棘：通“急”。意为不要损害人民，不要操之过急。 ⑫极：准则。 ⑬疆：划分边界。理：治理土地。 ⑭命：册命。 ⑮旬：通“徇”，当众宣示。此二句意为周王在宗庙册命召虎，并向百官宣示。 ⑯文武：文王、武王。受命：受天命为王。 ⑰召公：指召虎祖先召公奭，姬姓，封于召，助武王灭商有功。翰：辅佐，栋梁。意为召公奭为文王、武王的辅佐大臣。 ⑱无曰：不要说。予小子：我是年轻人。 ⑲似：通“嗣”，继承。此二句意为你不要说我是年轻人，应该继承召康公的事业。 ⑳肇：敏。肇敏：敏捷。戎：你。公：通“功”。意为你要迅速建立功业。 ㉑锡：

赐。祉:福。 ㉒秬:黑黍。鬯:郁金香草。秬鬯,即用秬鬯酿制的酒。卣:有柄的酒壶。 ㉓文人:指召虎祖先为有文德之人。 ㉔召:借为“绍”,继承。祖命:祖业。意为要召虎继承祖业。 ㉕对:报答。扬:颂扬。休:美。意为为报答周王的称赞和丰厚的赏赐。 ㉖考:“簋”的假借字。簋为古代食器,圆口,两耳。青铜或陶制。意为召虎作簋,以资纪念。 ㉗明明:勉勉,勤勉。 ㉘矢:通“施”,施行。意为施行礼法文治之德。㉙洽:协和。四国:四方诸侯之国。

cháng wǔ
常 武

hè hè míng míng
赫赫明明①, 周王显赫又明白,
wáng mìng qīng shì
王命卿士②。 于卿士中选将才。
nán zhòng tài zǔ
南仲大祖③, 太祖庙中命南仲,
tài shī huáng fǔ
大师皇父④。 太师皇父为统帅。
zhěng wǒ liù shī
“整我六师, “调整我王之六军,
yǐ xiū wǒ róng
以修我戎。 修理我军诸器材。
jì jìng jì jiè
既敬既戒⑤, 既警惕啊又戒备,
huì cǐ nán guó
惠此南国⑥。” 将加恩惠南国来。”

wáng wèi yǐn shì
王谓尹氏⑦, 周王命令尹吉甫,
mìng chéng bó xiū fǔ
命程伯休父:⑧ 命令再传至休父:
zuǒ yòu chén háng
“左右陈行⑨, “士卒左右列为队,

jiè wǒ shī lǚ
戒我师旅。　　训诫官佐及士卒。
shuài bǐ huái pǔ
率彼淮浦，　　沿着淮水岸边行，
xǐng cǐ xú tǔ
省此徐土[10]。　　视察目的在徐土。
bù liú bù chǔ
不留不处，　　我军不留亦不住，
sān shì jiù xù
三事就绪[11]。”　　三事就序便还都。”

hè hè yè yè
赫赫业业[12]，　　我王显赫气宇轩，
yǒu yán tiān zǐ
有严天子。　　天子威仪多庄严。
wáng shū bǎo zuò
王舒保作[13]，　　王既从容又稳健，
fěi shào fěi yóu
匪绍匪游[14]。　　不延缓来不游宴。
xú fāng yì sāo
徐方绎骚[15]，　　徐方居然要骚乱，
zhèn jīng xú fāng
震惊徐方。　　闻我军至吓破胆。
rú léi rú tíng
如雷如霆，　　我军迅猛如雷霆，
xú fāng zhèn jīng
徐方震惊。　　徐方惊骇魂欲散。

wáng fèn jué wǔ
王奋厥武，　　我王奋发展威武，
rú zhèn rú nù
如震如怒。　　如雷震天如天怒。
jìn jué hǔ chén
进厥虎臣[16]，　　令其猛士急前进，

hǎn rú xiāo hǔ
阚如虓虎[17]。　　大吼一声如啸虎。

pū dūn huái fén
铺敦淮溃[18]，　　搏击进驻淮水边，

réng zhí chǒu lǔ
仍执丑虏[19]。　　引诱擒获徐方虏。

jié bǐ huái pǔ
截彼淮浦[20]，　　切断淮滨取其地，

wáng shī zhī suǒ
王师之所。　　王师就地把兵驻。

wáng lǚ tān tān
王旅啴啴[21]，　　王师威武谁都晓，

rú fēi rú hàn
如飞如翰[22]。　　行军神速如飞鸟。

rú jiāng rú hàn
如江如汉，　　动如江汉水流急，

rú shān zhī bāo
如山之苞[23]，　　静似青山不动摇，

rú chuān zhī liú
如川之流，　　如川之流无阻挡，

mián mián yì yì
绵绵翼翼[24]。　　连绵夹铺声势高。

bù cè bù kè
不测不克[25]，　　不可测度不可识，

zhuó zhēng xú guó
濯征徐国[26]。　　远征徐国不辞劳。

wáng yóu yǔn sāi
王犹允塞[27]，　　王之谋略求实用，

xú fāng jì lái
徐方既来。　　徐方已经来朝贡。

xú fāng jì tóng
徐方既同[28]，　　徐方既愿与我同，

tiān zǐ zhī gōng 天 子 之 功。	乃是天子之大功。
sì fāng jì píng 四 方 既 平，	四方既已得承平，
xú fāng lái tíng 徐 方 来 庭。	徐方朝拜于王庭。
xú fāng bù huí 徐 方 不 回㉙，	徐方从此不谋反，
wáng yuē xuán guī 王 曰 还 归。	周王下令回镐京。

这是赞美宣王平定徐国叛乱的诗。诗作从太庙拜将发布军令写起，再写军威之盛、将士之猛，最后以王师获胜、凯旋收笔，结构严谨，中心突出。诗篇有三个特点：其一，标题与诗句无关。细品诗意，似乎是仿效武王克商作《大武》之乐，有继承先世、恒建武功之意，由此可以判断诗作应是征徐凯旋后庆功喜宴上的乐歌。其二，诗篇虽是伐徐之作，但我们既看不到阵云密布的对垒，亦没有刀光剑影的厮杀，更没有血肉横飞的拼搏，这不仅是囿于"天子之师，有征无战"的观念，更是以"中和"为美的审美意识在起作用。其三，诗篇第五章形容王师声威措辞精妙，比喻贴切。程俊英《诗经注析》说此诗"气势浩穰，有天地褰开，风云变色之象"。事实上，这种模式奠定了古典诗歌中边塞诗的基本模式，从这点讲，本诗堪称边塞诗之祖。

①赫赫：显赫的样子。明明：明智昭察的样子。 ②卿士：西周王朝的执政官，犹如后世的宰相一般。 ③南仲：人名，宣王时大臣。大祖：太庙。意为周王在太庙中任命南仲为将。 ④大师：太师，官名，为三公之一。皇父：人名，宣王时大臣。 ⑤敬：借为"警"，警戒。 ⑥惠：施恩。南国：南方诸国。意为征伐南国，将给南方诸国带来恩惠。 ⑦尹氏：指尹吉甫。 ⑧程伯：封在程地（今陕西省咸阳东）的伯爵，休父是其名，亦是宣王时大臣。 ⑨陈行：列队。 ⑩省：巡视，视察。徐土：徐国，在今安徽省泗县北，是淮夷中的一个大国。 ⑪三事：指工、农、商诸事。绪：业。意为军队不要打扰民众，让工、农、商安心各就其业。 ⑫业业：举止有威仪的样子。 ⑬舒：徐缓。保作：安行。 ⑭绍：缓。 ⑮绎骚：扰动，骚乱。 ⑯进：进军。虎臣：形容将帅之勇猛。 ⑰阚如：阚然，虎怒的样子。虓：虎叫。 ⑱铺：布阵。敦：通"顿"，整顿。濆：水边的高地。 ⑲仍：亦作"扔"，拉。执：捉。丑虏：对俘虏的蔑称。意为捉住了一批俘虏。 ⑳截：断

绝。 ㉑啴啴：人多势盛的样子。 ㉒翰：高飞。意为王师行动迅速。 ㉓苞：借为“抱”，意为军队驻守如山之环抱，不可动摇。 ㉔绵绵：连绵不断的样子。翼翼：壮盛的样子。意为军队阵势浩大，连绵不断。 ㉕不测：不可测度。不克：不可认识。意为军队神出鬼没，不可测知。 ㉖濯：远。 ㉗犹：同“猷”，谋划。允：信，真。塞：踏实，实用。 ㉘同：一致，一统。 ㉙回：违抗，叛逆。

zhān yǎng
瞻 印

原文	译文
zhān yǎng hào tiān 瞻 印 昊 天①，	抬头仰望茫茫天，
zé bù wǒ huì 则 不 我 惠。	为何对我不爱怜。
kǒng chén bù níng 孔 填 不 宁②，	天下许久不安宁，
jiàng cǐ dà lì 降 此 大 厉。	反降大灾和大难。
bāng mǐ yǒu dìng 邦 靡 有 定，	国家处处不安定，
shì mín qí zhài 士 民 其 瘵③。	人民受苦受熬煎。
máo zéi máo jí 蟊 贼 蟊 疾④，	犹如害虫吃庄稼，
mǐ yǒu yí jiè 靡 有 夷 届⑤。	没有尽头没个完。
zuì gǔ bù shōu 罪 罟 不 收⑥，	滥用酷刑不收敛，
mǐ yǒu yí chōu 靡 有 夷 瘳⑦。	苦难无尽不堪言。
rén yǒu tǔ tián 人 有 土 田，	别人如有好地产，
rǔ fǎn yǒu zhī 女 反 有 之⑧。	你却把它来霸占。

rén yǒu mín rén
人有民人，　　别人有人去做工，
rǔ fù duó zhī
女覆夺之。　　你却抢来种你田。
cǐ yí wú zuì
此宜无罪[9]，　　这些本是无罪人，
rǔ fǎn shōu zhī
女反收之。　　你却拘捕收入监。
bǐ yí yǒu zuì
彼宜有罪，　　那些本是有罪人，
rǔ fù tuō zhī
女覆说之[10]。　　你却开脱使其返。
zhé fū chéng chéng
哲夫成城[11]，　　有才男子能立国，
zhé fù qīng chéng
哲妇倾城[12]。　　有才女子把国翻。

yì jué zhé fù
懿厥哲妇[13]，　　可叹哲妇太聪明，
wéi xiāo wéi chī
为枭为鸱[14]。　　恶如枭鸟猫头鹰。
fù yǒu cháng shé
妇有长舌，　　妇人长舌进谗言，
wéi lì zhī jiē
维厉之阶[15]。　　祸患根源自此生。
luàn fěi jiàng zì tiān
乱匪降自天，　　祸乱不是自天降，
shēng zì fù rén
生自妇人。　　出自妇人乱朝政。
fěi jiào fěi huì
匪教匪诲，　　不可教诲难改变，
shí wéi fù sì
时维妇寺[16]。　　妇人内侍受宠幸。

jū rén zhì tè
鞫人忮忒[17]，　　奸人巧于为邪僻，

jiàn yí jìng bèi
谮始竟背[18]。　　进谗欺诈谋叛离。

qǐ yuē bù jí
岂曰不极[19]，　　怎说作恶不过分，

yī hú wéi tè
伊胡为慝[20]？　　作恶何不留余地？

rú gǔ sān bèi
如贾三倍[21]，　　犹如商贾能赚钱，

jūn zǐ shì shí
君子是识[22]。　　君子经商反无益。

fù wú gōng shì
妇无公事[23]，　　女子不该管国事，

xiū qí cán zhī
休其蚕织。　　否则蚕织全放弃。

tiān hé yǐ cì
天何以刺[24]？　　上天为何责罚我？

hé shén bù fù
何神不富[25]？　　明神为何不赐福？

shě ěr jiè dí
舍尔介狄[26]，　　武装狄人不警惕，

wéi yú xū jì
维予胥忌[27]。　　对我忌恨说我忤。

bù diào bù xiáng
不吊不祥，　　人民有难不怜悯，

wēi yí bù lèi
威仪不类[28]。　　礼仪败坏心不古。

rén zhī yún wáng
人之云亡，　　贤良之士全逃光，

bāng guó tiǎn cuì
邦国殄瘁[29]。　　泱泱邦国将倾覆。

tiān zhī jiàng wǎng
天之降罔[30]，　　天降刑罚之网罟，

wéi qí yōu yǐ
维其优矣[31]。　名目繁多真残酷。

rén zhī yún wáng
人之云亡，　贤良之士全走光，

xīn zhī yōu yǐ
心之忧矣。　忧国忧时心悲苦。

tiān zhī jiàng wǎng
天之降罔，　天降刑罚之网罟，

wéi qí jī yǐ
维其几矣[32]。　国家危急将倾覆。

rén zhī yún wáng
人之云亡，　贤良之士全走光，

xīn zhī bēi yǐ
心之悲矣。　我悲没有回天术。

bì fèi jiàn quán
觱沸槛泉[33]，　泉水翻腾四处流，

wéi qí shēn yǐ
维其深矣。　是因涓涓有源头。

xīn zhī yōu yǐ
心之忧矣，　我心忧伤由来久，

nìng zì jīn yǐ
宁自今矣[34]？　岂是于今才悲愁？

bù zì wǒ xiān
不自我先，　祸乱恰与我同时，

bù zì wǒ hòu
不自我后。　既不先来也不后。

miǎo miǎo hào tiān
藐藐昊天，　茫茫苍天多高远，

wú bù kè gǒng
无不克巩[35]。　约束万物威力有。

wú tiǎn huáng zǔ
无忝皇祖，　不要辱没你祖先，

shì jiù ěr hòu
式救尔后。　也为子孙得挽救。

这是一首讽刺周幽王乱政亡国的诗作。诗篇以凄楚激越的语言，抨击幽王宠幸褒姒、任用奸佞、斥逐忠良、败坏纲纪及种种倒行逆施，弄得天怒人怨，终致国家衰亡。由于诗人也是受迫害者，因此在抒发强烈的忧国伤时的激愤之情时，也悲叹了自己的不幸。诗篇塑造了一位充满忧患意识的知识分子形象：他关心国事，疾恶如仇；他重视自身的价值，希望有所作为。尽管他的社会动乱、国运濒危"生自妇人"的观点反映了对妇女歧视的社会意识，但仍不失为大胆直率、富有进取心的爱国忧民的贵族知识分子。客观地讲，诗作对中国文人参政议政、敢于大胆进谏的文化心态的形成，起了重大作用。因此，诗作对后世的影响，也远远超出了作品本身所包含的意义。

①印：通"仰"。昊天：苍天。 ②孔：很，非常。填：通"尘"，长久。 ③士民：士卒和人民。瘵：病。 ④蟊：吃庄稼的害虫。贼：残害。疾：害。意为蟊虫为贼，蟊虫为病。 ⑤夷：语助词。届：终极。意为奸邪作恶，没有终了。 ⑥罟：网。罪罟：指名目繁多的酷刑。收：收敛。 ⑦瘳：病愈。意为人民的苦难没有尽头。 ⑧有：取。 ⑨此：指被欺凌者。宜：应该。 ⑩说：通"脱"，开脱。 ⑪哲夫：才能见识高于常人的男子。城：指国家。成城：立国。 ⑫哲妇：指幽王宠妃褒姒。 ⑬懿：通"噫"，叹词。 ⑭枭：相传长大后食母的恶鸟。鸱：猫头鹰。枭、鸱均为恶鸟，用以喻"哲妇"。 ⑮维：是。阶：阶梯，含有根源之意。意为祸患的根源是"哲妇"的嘴。 ⑯维：只。寺：通"侍"，指周王的近侍宦官。 ⑰鞫人：好人。(用高亨说)忮：借为"技"，巧。忒：邪。意为奸人巧于为恶。 ⑱谮：谗，进谗言。始：读为"诒"，欺骗。背：背叛。意为奸人进谗言，搞欺骗，争着做叛逆之事。 ⑲极：甚。意为奸人所做之事，哪能说不过分呢？ ⑳伊：发语词。胡：何。慝：邪恶。意为为什么要做邪恶之事呢？ ㉑贾：商人。三倍：指获得三倍的利润。 ㉒君子：指贵族。识：通"职"。意为商贾知道获三倍利润，却不能参政，参政是贵族的事。 ㉓公事：政事。意为女子和商贾一样，不可从政。 ㉔刺：责问。意为上天为什么要责罚我呢？ ㉕富：借为"福"。意为上天为什么不赐福于我呢？ ㉖舍：放弃。介：甲。介狄：武装了的狄人。 ㉗维：同"唯"，只。胥：相。忌：恨。 ㉘威仪：礼节。类：善。 ㉙殄瘁：困病。意为贤人奔亡，国家将加速灭亡。 ㉚罔：同"网"。降网，即下网，意为加人罪名。 ㉛优：厚，多。引申为严重。 ㉜几：危险。 ㉝觱沸：泉水翻腾上涌的样子。槛：借为"滥"，泛滥。意为泉水翻腾四处流。 ㉞宁：难道。 ㉟克：能。巩：约束。意为天帝虽远，但对世间的一切，无不具有约束力。

召旻
shào mín

mín tiān jí wēi
旻天疾威[1]，　　苍天暴虐又凶残，
tiān dǔ jiàng sāng
天笃降丧[2]。　　接二连三降荒乱。
diān wǒ jī jǐn
瘨我饥馑[3]，　　饥馑严重灾情重，
mín zú liú wáng
民卒流亡。　　人民流亡弃家园。
wǒ jū yǔ zú huāng
我居圉卒荒[4]。　　国土荒芜至境边。

tiān jiàng zuì gǔ
天降罪罟[5]，　　天降刑罚之罟网，
máo zéi nèi hòng
蟊贼内讧。　　蟊贼内讧吵嚷嚷。
hūn zhuó mǐ gòng
昏椓靡共[6]，　　谗言乱政不供职，
kuì kuì huí yù
溃溃回遹[7]，　　昏聩邪僻逞凶狂，
shí jìng yí wǒ bāng
实靖夷我邦[8]。　　实是要毁我家邦。

gāo gāo zǐ zǐ
皋皋訿訿[9]，　　欺诈诽谤心藏奸，
céng bù zhī qí diàn
曾不知其玷。　　却不自知有污点。
jīng jīng yè yè
兢兢业业，　　君子兢兢业业做，
kǒng chén bù níng
孔填不宁[10]，　　依然许久不得安，

wǒ wèi kǒng biǎn
我位孔贬。　职位低下连遭贬。

rú bǐ suì hàn
如彼岁旱，　犹如大旱之年景，
cǎo bù kuì mào
草不溃茂[11]，　百草长得不茂盛，
rú bǐ qī chá
如彼栖苴[12]。　就像枯草地上挺。
wǒ xiāng cǐ bāng
我相此邦，　我看国家这个样，
wú bù kuì zhǐ
无不溃止[13]。　四处崩溃事严重。

wéi xī zhī fù bù rú shí
维昔之富不如时[14]，　从前富人讲美德，
wéi jīn zhī jiù bù rú zī
维今之疚不如兹[15]。　今日穷人比他善。
bǐ shū sī bài
彼疏斯粺[16]，　人吃粗粮他吃米，
hú bù zì tì
胡不自替[17]，　该退不退把位占，
zhí kuàng sī yǐn
职兄斯引[18]。　情况危机难上难。

chí zhī jié yǐ
池之竭矣，　池中之水要枯干，
bù yún zì pín
不云自频[19]。　自然开始于水边。
quán zhī jié yǐ
泉之竭矣，　泉中之水要枯干，
bù yún zì zhōng
不云自中[20]。　自是始于源头断。
pǔ sī hài yǐ
溥斯害矣[21]，　这场灾难太普遍，

zhí kuàng sī hóng
职兄斯弘[22]，　　情况危急四处乱，
bù zāi wǒ gōng
不灾我躬[23]。　　我亦难免受灾难。

xī xiān wáng shòu mìng
昔先王受命[24]，　　往昔受命为君王，
yǒu rú shào gōng
有如召公。　　贤臣召公为栋梁。
rì pì guó bǎi lǐ
日辟国百里，　　一天开辟百里地，
jīn yě rì cù guó bǎi lǐ
今也日蹙国百里[25]。　　而今日把百里丧。
wū hū āi zāi
於乎哀哉！　　呜呼哀哉真悲伤！
wéi jīn zhī rén
维今之人，　　如今尽是昏佞臣，
bù shàng yǒu jiù
不尚有旧[26]。　　哪里还有旧忠良。

这是讽刺幽王荒淫无道的诗作。诗人是位不得志的小官吏，因此他目睹幽王任用奸邪，败坏朝纲，政治黑暗，饥馑连年，以致天怒人怨，政权岌岌可危，满心郁愤难以化解，只有以迫切哀楚之音，道出这无尽的忧思。如同《瞻卬》一样，诗作对后世文人忧患意识的形成，对关心国事、敢于直谏传统的形成，以及善于将政治、经济、文化等社会问题综合起来思考的思维定式的确立，都有较大影响。诗以《召旻》为名，后世说法不一。较为合理的是末章言及召公，故取名“召旻”，以别于小雅《小旻》。

①旻天：秋为旻天，此处泛指上天、昊天。疾威：暴虐。　②笃：厚，严重。　③瘨：降灾。　④居：国中。圉：边疆。意为从国中到边疆，到处是一片荒芜。　⑤罟：网。降网，即加人以罪名。　⑥昏：乱。椓：通“诼”，谗毁。共：通“供”，供职。意为蟊贼们昏乱谗毁，无恶不作，而不供奉其职守。　⑦溃溃：昏乱的样子。回遹：邪僻。　⑧靖：图谋。夷：诛灭。意为这些蟊贼阴谋覆灭我们国家。　⑨皋皋：通“諕諕”，相互欺骗的样子。訾

訾:诽谤。 ⑩孔填:很久。 ⑪溃茂:“溃”与“茂”同义,即丰茂之意。(用程俊英说) ⑫栖:指草偃伏在地如栖息。苴:枯草。 ⑬溃:崩溃。止:陷,沦陷。 ⑭时:是,指今时。意为古代的富人不像现在这些富人那样坏,还讲点道德良心,行善积德。 ⑮疚:病,引申为贫穷。意为现在的穷人也不像这些富人那样坏。(用高亨说) ⑯疏:稷、高粱。斯:此。粺:精米。意为人家吃粗粮他吃精米。 ⑰替:废。意为统治者为什么不自己下台呢? ⑱职:此。兄:同“况”,情况。斯:语助词。引:延长。意为这种情况还在发展中。 ⑲频:水边。意为水池的干涸是从水边开始的。喻国家灭亡从人民贫穷开始。 ⑳中:指泉水中。意为泉水的干涸,是从泉水源头干涸开始。喻国家灭亡自王朝本身腐朽开始。 ㉑溥:通“普”,普遍。斯:此。意为国中普遍受到残害。 ㉒弘:大。 ㉓躬:身。 ㉔先王:指武王、成王。 ㉕蹙:缩小。指幽王时,狄人入侵,诸侯外叛,国土日趋减少。 ㉖尚:还,犹。旧:指先朝旧臣。

三颂

zhōu sòng
周 颂

qīng miào
清 庙

wū mù qīng miào 於 穆 清 庙[①]，	啊，肃穆庄严之清庙！
sù yōng xiǎn xiàng 肃 雍 显 相[②]。	助祭恭敬风度好。
jǐ jǐ duō shì 济 济 多 士[③]，	济济众士有威仪，
bǐng wén zhī dé 秉 文 之 德。	文王德教记得牢。
duì yuè zài tiān 对 越 在 天[④]，	报祭文王在天灵，
jùn bēn zǒu zài miào 骏 奔 走 在 庙[⑤]。	奔忙庙中如风飘。
pī xiǎn pī chéng 不 显 不 承[⑥]，	光辉美德传万代，
wú yì yú rén sī 无 射 于 人 斯[⑦]。	后人景仰无终了。

本诗是《颂》诗的第一篇，《诗经》“四始”之一。《孔疏》云：“祭宗庙之盛，歌文王之德，莫重于《清庙》，故为《周颂》之首。”诗章只有开头“於穆清庙”礼赞文王太庙的肃穆庄严，其余则着重写祭者。诗人从侧面进行烘托，使人不难想见文王德行之光明盛大，影响之深远，其人虽已没，而后人景仰不已。诗的字里行间表现出对一代贤君的虔诚崇拜。本诗篇幅虽简短，却具有雍容、肃穆的气象，很能代表《颂》诗的风格。

①於：叹词。穆：肃穆。清庙：《郑笺》云："清庙者，祭有清明之德者之宫，谓祭文王也。天德清明，文王象焉，故祭之而歌此诗也。" ②肃：敬肃。雍：和，和谐。显：明，显赫。相：助，指助祭之公侯。 ③多士：指有很多参加祭祀的人。 ④越：颂扬。《尔雅》："越，扬也。" ⑤骏：敏疾。 ⑥不：犹"丕"，语气词。显：光明。承：继承。 ⑦射：厌。无射：不厌。斯：语气词。

维天之命
wéi tiān zhī mìng

wéi tiān zhī mìng 维天之命①，	天道运转不知停，
wū mù bù yǐ 於穆不已。	肃穆恢宏无始终。
wū hū pī xiǎn 於乎不显，	啊！真是光华被四表，
wén wáng zhī dé zhī chún 文王之德之纯。	文王德行很纯正。
xià yǐ yì wǒ 假以溢我②，	善言嘉行传给我，
wǒ qí shōu zhī 我其收之③。	我要全部来继承。
jùn huì wǒ wén wáng 骏惠我文王④，	沿着文王指引路，
zēng sūn dǔ zhī 曾孙笃之⑤！	子子孙孙向前行！

本篇也是祭文王的诗。《诗序》说："《维天之命》，大平告文王也。"诗章从天道运行不息言起，颂扬文王德行纯正，光耀天下，合乎天道，并称要继承文王德教，沿着文王足迹治国安邦。本诗言简而意丰，冲融而隽永，是《颂》诗中的佳作。

①维：同"惟"，想。 ②假：嘉，善。溢：通"谧"，静，安。 ③收：受。 ④骏：顺。惠：顺。 ⑤曾孙：统言孙之子以下的后世子孙。笃：厚，为"笃行"之省略。

维清

原文	译文
维清缉熙[1]，	天下澄清而明亮，
文王之典。	文王典章多辉煌。
肇禋[2]，	祭祀用兵受天命，
迄用有成[3]，	直至成功定国邦，
维周之祯[4]！	周家天下永祯祥！

关于这首诗的内容，《诗序》说："《维清》，奏《象舞》也。"陈奂云："《象》，文王乐，象文王之武功曰《象》。"（《诗毛氏传疏》）可见此篇是祀文王奏《象舞》之乐歌。文王曾率兵伐密、伐崇，壮大了周的势力，为武王灭商奠定了基础。此诗着重颂扬文王"肇禋"之功。《郑笺》云："文王受命，始祭天而枝伐也。"（按：枝伐，意即伐纣之枝党，如崇侯之属。）文王开始禋祀征伐之礼，直至武王灭商而有"大成"，实为周家之祯祥。本诗歌颂文王盛德，简练省净，辞约而意旨深远。

①维：发语词。清：清明。缉熙：光明的样子。　②肇禋：犹言"肇祀"。陈奂云："盖言始禋祀而征伐，义不系于祭天。"（《诗毛氏传疏》）　③有成：陈奂云："言文始行禋祀，至武王伐纣，用能有此成功也。"（《诗毛氏传疏》）　④维：是。祯：吉祥。

liè wén

烈文

liè wén bì gōng
烈文辟公①，　武功文德诸侯公，

xī zī zhǐ fú
锡兹祉福。　赐汝助祭福无量。

huì wǒ wú jiāng
惠我无疆，　效忠宗周到永远，

zǐ sūn bǎo zhī
子孙保之。　保护子孙永祯祥。

wú fēng mǐ yú ěr bāng
无封靡于尔邦②，　莫在你邦为祸殃，

wéi wáng qí chóng zhī
维王其崇之③，　先王推崇有嘉奖。

niàn zī róng gōng
念兹戎功④，　应念你祖立大功，

jì xù qí huáng zhī
继序其皇之⑤，　光荣传统要发扬。

wú jìng wéi rén
无竞维人⑥，　亲近贤人国富强，

sì fāng qí xùn zhī
四方其训之⑦。　四方学习好榜样。

pī xiǎn wéi dé
不显维德，　先王德行放光芒，

bǎi bì qí xíng zhī
百辟其刑之⑧。　各国诸侯要效仿。

wū hū qián wáng bù wàng
於乎，前王不忘！　啊，先王遗德永不忘！

关于《烈文》一诗的内容，《诗序》说："成王即政，诸侯助祭也。"武王死后，周公摄政，七年而致政成王，成王祀于宗庙，诸侯前来助祭，成王便作此诗诫勉诸侯：首先是希望他们不要在封地上作恶造孽；其次希望各国诸侯要

常念先人之功，继承先人创业精神并发扬光大，建立新功；再次希望诸侯任人唯贤，以求富强；最后号召大家效仿先王德行，永远不忘先王遗德。本诗表现出成王清醒的政治头脑和成熟的执政策略，这些对于周初政权的巩固，无疑具有积极意义。

①烈文：有功有德。辟公：指诸侯。 ②封：大。靡：侈靡，淫靡，指罪过。 ③崇：尊重。 ④戎功：武功。 ⑤皇：大。 ⑥无：有“莫”的意思。竞：强。人：指贤人。 ⑦训：顺。 ⑧刑：通“型”，典范。

tiān zuò
天 作

tiān zuò gāo shān 天作高山①，	上天生成岐山冈，
tài wáng huāng zhī 大王荒之②。	太王率众来拓荒。
bǐ zuò yǐ 彼作矣，	艰苦奋斗奠基业，
wén wáng kāng zhī 文王康之③。	文王继承又发扬。
bǐ cú yǐ 彼徂矣④，	万民归顺齐前往，
qí yǒu yí zhī háng 岐有夷之行⑤，	岐道平坦无阻挡。
zǐ sūn bǎo zhī 子孙保之！	子孙守业永无疆！

这是周成王祭祀岐山的乐歌。首二句赞美太王即古公亶父迁岐拓荒创业之功。太王的率众迁岐，使周部族得以发展壮大，故祀岐山首颂太王。三、四两句歌颂兴邦安民、光前裕后的文王。五、六两句则语义双关，谓周有仁义之道，故万民咸来归顺。正如郑《笺》所说：“彼，彼万民也。徂，往。行，道也。使万民居岐邦者，皆筑作宫室，以为常居，文王则能安之。后之往者

又以岐邦之君有佼易之道故也。”末句祝愿周之子孙永保王业。本诗质朴雄健而又耐人寻味。

①作:生。高山:指岐山。 ②大王:太王,周文王之祖,即古公亶父。荒:开垦治理。 ③康:通“赓”,继续。 ④彼:指人民。徂:往,到。指归周。 ⑤夷:平坦。行:道路。

hào tiān yǒu chéng mìng
昊天有成命

hào tiān yǒu chéng mìng 昊天有成命①,	昊天上帝有定命,
èr hòu shòu zhī 二后受之②,	文武接受周邦兴。
chéng wáng bù gǎn kāng 成王不敢康③,	成王不敢贪安乐,
sù yè jī mìng yòu mì 夙夜基命宥密④,	早起晚睡谋国政。
wū qī xī 於缉熙⑤!	向前进啊步莫停!
dān jué xīn 单厥心⑥,	竭心尽力不懈怠,
sì qí jìng zhī 肆其靖之⑦。	国泰民安天下定。

这是一首祭祀成王的乐歌。诗章先言天有定命,文、武顺承天命灭商兴周。继谓成王守业居安思危,不敢逸乐懈怠,他早起晚睡,竭心尽力,勤于政事,遂使国泰民安。诗人赞颂之情溢于言表。

①成命:定命。 ②二后:犹“二王”,指文王、武王。 ③康:安,逸乐。 ④基:谋。宥:读作“有”,语助词。密:细致。 ⑤缉熙:奋进。 ⑥单:通“殚”,尽。 ⑦肆:于是。

wǒ jiāng
我 将

wǒ jiāng wǒ xiǎng
我将我享[1]，　　我奉养来我献飨，

wéi yáng wéi niú
维羊维牛，　　祭祀有牛又有羊，

wéi tiān qí yòu zhī
维天其右之！　　上天保佑永无恙！

yí shì xíng wén wáng zhī diǎn
仪式刑文王之典，　　效法文王之典章，

rì jìng sì fāng
日靖四方。　　日日谋求安四方。

yī gǔ wén wáng
伊嘏文王[2]，　　文王光荣而伟大，

jì yòu xiǎng zhī
既右飨之。　　保佑我们得受飨。

wǒ qí sù yè
我其夙夜[3]，　　我要早晚勤政事，

wèi tiān zhī wēi
畏天之威，　　敬畏天命安周邦，

yú shí bǎo zhī
于时保之。　　上天保佑万年长！

这是一首祭天并祭祀文王的乐歌。前三句是写祭天。主祭者献上牛羊之类的牺牲，以丰盛的供品祈求上天降福。接下来四句祭祀文王，表示要以伟大的文王为榜样，安定四方，并希望得到文王神灵的佑护。末三句表明主祭者的心迹：要早起晚睡，勤于政事，敬畏天命，以保国泰民安。诗章语言质朴，简练有致。

①将：奉。享：通“飨”，祭献。　②伊：语助词。嘏：大。　③其：语中助词。

shí mài
时迈

shí mài qí bāng 时迈其邦[1]，	出巡万邦显神威，
hào tiān qí zǐ zhī 昊天其子之[2]，	上苍赐我天子位，
shí yòu xù yǒu zhōu 实右序有周[3]。	佑护大周百事遂。
bó yán zhèn zhī 薄言震之[4]，	讨伐商纣有武功，
mò bù zhèn dié 莫不震叠[5]。	诸侯震动心惊恐。
huái róu bǎi shén 怀柔百神，	天地众神得安祀，
jí hé qiáo yuè 及河乔岳[6]。	至于黄河与岱宗。
yǔn wáng wéi hòu 允王维后[7]，	武王英明有主张，
míng zhāo yǒu zhōu 明昭有周。	如同太阳放光芒。
shì xù zài wèi 式序在位[8]，	依照顺序封诸侯，
zài jí gān gē 载戢干戈[9]，	天下干戈尽收藏，
zài gāo gōng shǐ 载櫜弓矢[10]。	弓矢无用袋里装。
wǒ qiú yì dé 我求懿德[11]，	追求善德行仁政，
sì yú shí xià 肆于时夏[12]。	四方臣民沐春风。
yǔn wáng bǎo zhī 允王保之！	周家天下永康宁！

武王克商，既定天下，时出行巡守邦国，并举行朝会，燔柴祭天，望祭山川，周公述其事而作此颂歌。诗的开头三句语气宏阔，俨然是坐明堂、拥万国的天子气象。下面"薄言震之"四句，着重显示武王君临天下的赫赫威势，他使各地诸侯恐惧，让山川百神感动。而"允王维后"至结尾八句，则重在表现武王的德政。武王顺民心，分封诸侯，崇尚善德，建立了新的统治秩序。全诗表现出上升期周统治者的雄心壮志。语言质朴，气势宏大。

①时：犹"是"，语助词。迈：行，此指巡行。 ②子之：把他当作儿子，"子"在此作动词。 ③序：助。 ④震：以威震慑。 ⑤叠：通"慑"，恐惧。 ⑥乔岳：即高岳。《毛传》："乔，高也。高岳，岱宗也。" ⑦允：确实。维：是。后：君王。 ⑧式：发语词。序：顺序。此句谓：确定在位诸侯之次第顺序而封赏之。 ⑨载：则。戢：收藏。 ⑩橐：装弓箭的袋。这里用作动词。 ⑪求：谋求。懿德：善德，美德。 ⑫肆：施，布。时：是。夏：指中国。

zhí jìng
执竞

zhí jìng wǔ wáng 执竞武王①，	铲除暴虐有武王，
wú jìng wéi liè 无竞维烈②。	千秋功业最辉煌。
pī xiǎn chéng kāng 不显成康③，	成康继续帝王业，
shàng dì shì huáng 上帝是皇④。	昊天上帝也赞赏。
zì bǐ chéng kāng 自彼成康，	自从成王与康王，
yān yǒu sì fāng 奄有四方⑤，	天下一统有四方，
jīn jīn qí míng 斤斤其明⑥。	政治清明人敬仰。

zhōng gǔ huáng huáng
钟 鼓 喤 喤⑦，　　钟鼓咚咚震天响，
qìng guǎn qiāng qiāng
磬 筦 将 将⑧，　　玉磬大管声铿锵，
jiàng fú ráng ráng
降 福 穰 穰⑨。　　神灵惠赐福无量。
jiàng fú jiǎn jiǎn
降 福 简 简⑩，　　降下洪福大吉祥，
wēi yí fǎn fǎn
威 仪 反 反⑪。　　祭礼严肃又端庄。
jì zuì jì bǎo
既 醉 既 饱，　　酒足饭饱神安乐，
fú lù lái fǎn
福 禄 来 反⑫。　　厚赐福禄佑周邦。

这是一首合祭武王、成王、康王的乐歌，大约产生于昭王时代。诗的前七句赞颂三后功德之盛。“执竞武王，无竞维烈”谓武王铲除商纣、基业初创之大功。“自彼成康，奄有四方”等语，言成王、康王善于继承发扬祖德，使统一天下之伟业得以完全实现。后七句是说今日奉祭获福之隆。当祭祀之时，钟鼓声则喤喤然，磬筦则锵锵然，降福则穰穰然，而大祭者之威仪愈加谨慎持重，因而神灵惠赐福禄，佑护周邦。全诗洋溢着自豪、自信、欢乐的情绪。

①执：服。竞：强。执竞，即指武王制服强暴。　②无竞：无比。维：其。烈：功业。　③成康：成王、康王。　④皇：美，嘉。　⑤奄：尽，包括一切。　⑥斤斤：通“昕昕”，有昭明、清明之意。　⑦喤喤：象声词。　⑧磬：古代石制乐器。筦：古代吹奏乐器，竹制。将将：亦作“锵锵”，象声词。　⑨穰穰：众多的样子。　⑩简简：盛大的样子。⑪反反：《韩诗》作“昄昄”，慎重的样子。　⑫反：反报。

sī wén
思 文

sī wén hòu jì
思 文 后 稷①，　　后稷文德万口传，

kè pèi bǐ tiān
克配彼天[②]。 功绩伟大配上天。

lì wǒ zhēng mín
立我烝民[③]， 米粮养活众百姓，

mò fěi ěr jí
莫匪尔极[④]。 莫不感谢您恩典。

yí wǒ lái móu
贻我来牟[⑤]， 留下小麦大麦种，

dì mìng shuài yù
帝命率育[⑥]。 天命种植供民餐。

wú cǐ jiāng ěr jiè
无此疆尔界， 不分此疆与彼界，

chén cháng yú shí xià
陈常于时夏[⑦]。 遍施中国育黎元。

这是郊祀后稷以配天的乐歌。诗篇没有过多地叙述后稷的事迹，而是重在歌颂其功德，表达祭者的无限敬仰之情。张所望说："后稷配天，一事也。《生民》述事，故词详而文直；《思文》颂德，故语简而旨深。"（引自王鸿绪《诗经传说汇纂》）所言极是。

①思：语助词，无义。文：指有文德。 ②克：能。配彼天：指祭天而以先祖配之。③立：通"粒"，有养育的意思。 ④极：最，指最大的好处。 ⑤来：小麦。牟：大麦。⑥率：皆，全。育：养。 ⑦陈：遍布。常：常规，指稼穑之道。夏：中国。

chén gōng
臣工

jiē jiē chén gōng
嗟嗟臣工[①]， 叫声群臣并百官，

jìng ěr zài gōng
敬尔在公[②]。 忠于职守莫怠慢。

wáng lí ěr chéng
王厘尔成[③]， 王赐尔等来助耕，

lái zī lái rú 来 咨 来 茹④。	咨议谋虑要周严。
jiē jiē bǎo jiè 嗟 嗟 保 介⑤，	叫声田官仔细听，
wéi mù zhī chūn 维 莫 之 春。	暮春农事快商定。
yì yòu hé qiú 亦 又 何 求？	你们还有何要求？
rú hé xīn yú 如 何 新 畬⑥？	新田熟田怎样耕？
wū huáng lái móu 於 皇 来 牟，	选出麦种要饱满，
jiāng shòu jué míng 将 受 厥 明⑦。	将会得到好收成。
míng zhāo shàng dì 明 昭 上 帝，	上帝英明又伟大，
qì yòng kāng nián 迄 用 康 年⑧。	赐我五谷尽丰登。
mìng wǒ zhòng rén 命 我 众 人，	叫声群众听我说，
zhì nǎi jiǎn bó 庤 乃 钱 镈⑨，	备好你们铲与锄，
yǎn guān zhì yì 奄 观 铚 艾⑩！	银镰飞舞看收割！

这是周王耕种籍田时诫敕群臣、田官及农人的诗。所谓耕种籍田，《礼记·月令》说："孟春之月，天子亲载耒耜，措之于参保介之御间，帅三公、九卿、诸侯、大夫躬耕帝籍。天子三推，三公五推，卿诸侯九推。"本诗所载主要是在此仪式上周王的"训话"：前四句是告诫诸侯百官，要恪尽职守，细致考虑农事。中间八句告诫田官，要做好耕作、选种等方面的安排。末三句是告诫农夫要及早备好除草、收割用的农具。周先王力农开国，稼穑乃是为政首务，本诗即突出地表现了周统治者对农业的高度重视。

①嗟:发语词,重言之以加强语势。臣工:指诸侯群臣百官。 ②在公:犹"供职"。 ③王:指周王。厘:通"赉",赐。成:指促成耕籍之礼。 ④来:犹"是",语词。咨:谋。茹:忖度。 ⑤保介:田官,又叫田畯。郭沫若《由周代农事诗论到周代社会》:"介者界之省,保介者保护田界之人。" ⑥新畬:《尔雅》:"田二岁曰新,三岁曰畬。" ⑦厥:其。明:成。 ⑧康年:犹"乐岁",丰年。 ⑨庤:准备。钱:古农具名,如后世之铲。镈:古农具名,如后世之锄。 ⑩奄:尽。铚:古农具名,如镰刀。艾:通"乂",又作"刈",收割。

噫嘻
(yī xī)

原文	译文
噫嘻,成王①!(yī xī, chéng wáng)	噫嘻,周成王!
既昭假尔②。(jì zhāo gé ěr)	把那农事来宣讲。
率时农夫③,(shuài shí nóng fū)	田官率领众农夫,
播厥百谷。(bō jué bǎi gǔ)	快将百谷都种上。
骏发尔私④,(jùn fā ěr sī)	开发私田多益善,
终三十里⑤。(zhōng sān shí lǐ)	三十里地平整完。
亦服尔耕⑥,(yì fú ěr gēng)	耕种之事抓得紧,
十千维耦⑦。(shí qiān wéi ǒu)	并力耦耕人十千。

本诗的主要内容是写周成王告诫田官率领农人耕种,并描述了农夫开垦土地、大规模并耕劳作的情形。其中"骏发尔私,终三十里。亦服尔耕,十千维耦"四句,作者以不无夸张的语气,描摹出广袤的原野上万头攒动、铲锹飞舞这样一派热火朝天的劳动画面,很有感染力。

①噫嘻：叹美之词。 ②昭：明。假：此处训为“告”。 ③时：犹“是”。 ④骏：迅速；又训为“大”，大大的。私：私田。 ⑤终：尽。三十里：方玉润《诗经原始》谓“‘三十里’者，一望之地也。……以见其地之宽，非有成数在其胸中”。 ⑥亦：语气词。服：从事。 ⑦十千：一万。维：其。耦：朱熹《诗集传》云：“耦，二人并耕也。”

zhèn lù
振　鹭

zhèn lù yú fēi 振鹭于飞[①]，	白鹭飞翔多悠然，
yú bǐ xī yōng 于彼西雍[②]。	在那西边水泽畔。
wǒ kè lì zhǐ 我客戾止[③]，	我的宾客已来到，
yì yǒu sī róng 亦有斯容。	风度翩翩很不凡。
zài bǐ wú wù 在彼无恶[④]，	在其本国无人怨，
zài cǐ wú yì 在此无斁[⑤]。	来朝更让人喜欢。
shù jī sù yè 庶几夙夜[⑥]，	幸望朝夕自勉励，
yǐ yǒng zhōng yù 以永终誉[⑦]。	赢得美名永流传。

这是周王宴饮来朝诸侯时所唱的乐歌。诗章先以悠然飞翔的白鹭起兴，象征来朝诸侯雍容文雅的气度，赞赏之意溢于言表。接着，赞扬诸侯在国内不招人怨，来朝受人欢迎。最后希望诸侯朝夕自勉，勤政爱民，以赢得永久的美名。诗篇充满着君臣上下相互信任、谐畅欢乐的气氛，无疑是盛世之作。

①振：群飞的样子。 ②雍：水泽。 ③我：周王自称。客：宾客，此指来朝之诸侯。

戾:至。止:语助词。 ④无恶:无怨恨憎恶者。 ⑤无斁:无厌恶者。 ⑥夙夜:指早晚勤于政事。 ⑦终誉:犹“众誉”,“终”与“众”为双声叠韵,古通用。

fēng nián
丰年

fēng nián duō shǔ duō tú
丰 年 多 黍 多 稌①, 多黍多稻丰收年,

yì yǒu gāo lǐn
亦 有 高 廪, 粮仓高高耸入天,

wàn yì jí zǐ
万 亿 及 秭②。 万斛亿斛量不完。

wéi jiǔ wéi lǐ
为 酒 为 醴, 酿成白酒与甜酒,

zhēng bì zǔ bǐ
烝 畀 祖 妣③, 大碗小碗敬祖先,

yǐ qià bǎi lǐ
以 洽 百 礼④, 合祭百神与上帝,

jiàng fú kǒng jiē
降 福 孔 皆⑤。 降赐洪福满人间。

这是秋天大丰收后祭祀祖先百神时所唱的乐歌。前三句展示出大丰收的喜人景象:收获的黍子、稻谷堆满场圃,新建的粮仓高高耸立,新打的粮食千斛万斛。古代农业丰收与否,很大程度上取决于上天是否风调雨顺。先民们认为大丰收首先应归功于冥冥之中祖先神灵及上帝百神的佑护,因而后四句写他们以米粮酿酒,祭神祈福,希望来年获得更大的丰收。本诗辞简而意丰,令人过目不忘。

①稌:稻。 ②秭:《毛传》:“数万至万曰亿,数亿至亿曰秭。” ③烝:进。畀:给。祖妣:男女祖先。 ④洽:合。百礼:指报祭祀上帝百神的各种礼仪。 ⑤孔:甚。皆:普遍。

yǒu gǔ
有瞽

yǒu gǔ yǒu gǔ 有瞽有瞽①，	盲乐师啊盲乐师，
zài zhōu zhī tíng 在周之庭。	在那宗庙大庭里。
shè yè shè jù 设业设虡②，	钟架鼓架陈列好，
chóng yá shù yǔ 崇牙树羽③。	精雕崇牙饰彩羽。
yìng tián xuán gǔ 应田县鼓④，	小鼓大鼓皆悬挂，
táo qìng zhù yǔ 鞉磬柷圉⑤。	鞉磬柷圉排整齐。
jì bèi nǎi zòu 既备乃奏，	乐器摆好就演奏，
xiāo guǎn bèi jǔ 箫管备举⑥。	箫管吹响乐声起。
huáng huáng jué shēng 喤喤厥声⑦，	乐声洪大盈庙庭，
sù yōng hé míng 肃雍和鸣⑧，	旋律雍和又肃敬，
xiān zǔ shì tīng 先祖是听。	列位先祖来倾听。
wǒ kè lì zhǐ 我客戾止，	我的宾客都来到，
yǒng guān jué chéng 永观厥成⑨。	长久观赏礼大成。

本诗是一首反映合乐祭祖情形的诗。诗章先写乐师陈设各式乐器，展现出乐器品种之盛多。续写演奏，“喤喤厥声，肃雍和鸣”二句，贴切地道出了庙堂音乐敬肃雍和的特色。最后写人神共听，祭礼大成。诗篇简练而生动。

①瞽：盲者，此代指盲人乐师。 ②业：古代乐器架子横木上的大板，为悬挂乐器之用。虡：悬挂乐器的木架两侧的竖柱。 ③崇：犹“重”。崇牙，古代乐器架上刻饰如重牙者。《毛传》：“崇牙，上饰，卷然可以悬也。”树羽：在崇牙之上插以鸟羽，作为装饰。④应：古乐器中的一种小鼓。田：一种大鼓。县：古“悬”字。 ⑤鞉：一种小摇鼓，有柄，两耳。磬：玉石制的板状打击乐器。柷：古打击乐器名，状如方桶，中有椎柄连底，桐之令左右击。圉：形如木虎，背上刻有参差不齐之齿，以木棍敲击以止乐。 ⑥箫、管：都是古代用竹管制的管乐器。 ⑦喤喤：形容乐声洪亮。厥：其。 ⑧肃雍：形容乐声庄重雍和。 ⑨成：指祭礼完毕。

qián
潜

yī yú qī jū 猗与漆沮[1]，	啊，漆水沮水泛涟漪，
qián yǒu duō yú 潜有多鱼[2]。	无数鱼儿清波里。
yǒu zhān yǒu wěi 有鳣有鲔[3]，	既有鳣来又有鲔，
tiáo cháng yǎn lǐ 鲦鲿鰋鲤[4]。	还有鲦鲿和鲇鲤。
yǐ xiǎng yǐ sì 以享以祀，	鲜美佳肴献列祖，
yǐ jiè jǐng fú 以介景福。	求得洪福无尽期。

周代统治者真诚地信奉神灵，常以最好的食品献祭，以祈求福安。本篇就是一首以鱼献祭于宗庙的乐歌。《诗序》谓“季冬荐鱼，春献鲔也”。诗中“有鳣有鲔，鲦鲿鰋鲤”二句，接连道出六种鱼名，突出了鱼的种类之多及祭品之盛，表现出先民对神灵的虔诚与敬仰。

①猗与：叹词。漆、沮：岐周之二水名。 ②潜：深藏水中。一说通“槮”，在水中列木围鱼的器具。 ③鳣：鳇鱼。鲔：鲟黄鱼。 ④鲦：又称“白鲦”，体扁长，银白色。鲿：又名黄鲿鱼。鰋：鲇鱼。

yōng
雍

yǒu lái yōng yōng 有来雍雍[1]，	来朝和睦复雍容，
zhì zhǐ sù sù 至止肃肃。	至庙严谨亦谦恭。
xiāng wéi bì gōng 相维辟公[2]，	诸侯王公来助祭，
tiān zǐ mù mù 天子穆穆[3]。	天子端庄又肃静。
wū jiàn guǎng mǔ 於荐广牡[4]，	献大牲啊表心意，
xiàng yú sì sì 相予肆祀[5]。	快用牛羊来供奉。
xià zāi huáng kǎo 假哉皇考[6]，	先父光荣又伟大，
suí yú xiào zǐ 绥予孝子[7]。	保佑孝子得安宁。
xuān zhé wéi rén 宣哲维人[8]，	聪明智慧是人臣，
wén wǔ wéi hòu 文武维后。	能文能武君圣明。
yàn jí huáng tiān 燕及皇天[9]，	安及皇天无灾害，
kè chāng jué hòu 克昌厥后[10]。	子孙昌盛好运兴。
suí wǒ méi shòu 绥我眉寿，	赐我健康享长寿，
jiè yǐ fán zhǐ 介以繁祉[11]。	惠施百福一身中。
jì yòu liè kǎo 既右烈考[12]，	既请先父来宴飨，

yì yòu wén mǔ
亦右文母[13]。　　　先母太姒亦在请。

这是周武王享祀考妣于宗庙的诗。《诗序》云："《雍》，禘大祖也。"朱熹辨析说："《祭法》，'周人禘喾'。……周之大祖即后稷也。禘喾于后稷之庙，而以后稷配之，所谓禘其祖之所自出，以其祖配之者也。《祭法》又曰，'周祖文王'。而《春秋》家说三年丧毕，致新死者之主于庙，亦谓之吉禘，是祖一号而二庙，禘一名而二祭也。今此《序》云'禘大祖'，则宜为禘喾于后稷之庙矣，而其诗之词无及于喾、稷者……恐序之误也。"(《诗序辨说》)此说辨序之误甚为明晰，可无疑义矣。诗中摹写庙堂中庄严肃穆的气氛，有很强的表现力。

①雍雍：和貌。　②相：助，此指助祭。维：是。辟公：指诸侯。　③天子：指周武王。穆穆：此指仪容风度端庄肃敬。　④於：叹词。荐：进献。广牡：大牲。　⑤肆祀：马瑞辰《毛诗传笺通释》："牛之体荐曰牛肆，羊之体荐曰羊肆。举全体而荐之，与体解为折俎异。"　⑥假：大。又，犹"嘉"，美善。皇考：对已故父亲的尊称，这里指文王。　⑦绥：安抚，或训"赐"。孝子：武王自称。　⑧宣哲：犹"明哲"。维人：为人臣。　⑨燕：安。　⑩克：能。厥后：其后代。　⑪介：助。　⑫右：通"侑"，拜劝神灵享受祭物。烈考：犹云"皇考"，指文王。　⑬文母：有文德之母，指武王之母太姒。

zài jiàn
载见

zài jiàn bì wáng
载见辟王①，　　　诸侯始来见君王，

yuē qiú jué zhāng
曰求厥章②。　　　求取治国好典章。

lóng qí yáng yáng
龙旂阳阳，　　　龙旗飘飘有文采，

hé líng yāng yāng
和铃央央③。　　　和铃摆动响叮当。

tiáo gé yǒu qiāng
鞗革有鸧④，　　铜制马辔闪光亮，

xiū yǒu liè guāng
休有烈光⑤。　　光耀道路神采扬。

shuài xiàn zhāo kǎo
率见昭考⑥，　　诸侯相率至祖庙，

yǐ xiào yǐ xiǎng
以孝以享⑦。　　一片孝心祭武王。

yǐ jiè méi shòu
以介眉寿，　　求得健康享长寿，

yǒng yán bǎo zhī
永言保之，　　保佑子孙永安康，

sī huáng duō hù
思皇多祜⑧。　　惠施众人福无量。

liè wén bì gōng
烈文辟公⑨，　　诸侯王公文德厚，

suí yǐ duō fú
绥以多福，　　先王赏赐福禄长，

bǐ qī xī yú chún gǔ
俾缉熙于纯嘏⑩。　　使他显耀福永享。

这是成王即政后率诸侯祭祀武王的乐歌。《诗序》谓："《载见》，诸侯始见乎武王庙也。"王鸿绪《诗经传说汇纂》申其说曰："成王新即政，率百辟见于昭庙，以隆孝享。一以显耆定之大烈弥光，一以彰万国之欢心如一。有丕承王业、畏怀天下气象，故曰始也。"甚切合诗意。前六句写诸侯来朝，突出觐见仪式之隆；后八句写祭武王庙，突出先王威德之盛。全诗章法分明。

①载：始。辟王：君王，这里指成王。　②曰：语助词。厥：其，那。章：法度典章。③和、铃：轼前之铃叫"和"，衡上之铃叫"铃"。央央：铃声。　④鞗革：马辔首。鸧：《郑笺》："鸧，金饰貌。"　⑤休：美。烈光：光耀。　⑥率：指与祭之诸侯相率从。昭考：指武王。《诗集传》："庙制，太祖居中，左昭右穆。周庙，文王当穆，武王当昭。"　⑦享：献祭。　⑧思：语助词。皇：通"贶"，赐。祜：福。　⑨烈文：光明而有文德。　⑩俾：使。缉熙：光耀。纯嘏：洪福。

yǒu kè
有 客

yǒu kè yǒu kè 有客有客①，	客人来啊客人来，
yì bái qí mǎ 亦白其马②。	马儿雪白惹人爱。
yǒu qī yǒu jū 有萋有且③，	随从人员真不少，
diāo zhuó qí lǚ 敦琢其旅④。	个个和善品行高。
yǒu kè sù sù 有客宿宿，	客人当晚这里宿，
yǒu kè xìn xìn 有客信信⑤。	二夜三夜挽留住。
yán shòu zhī zhí 言授之絷⑥，	让人用绳拴住马，
yǐ zhí qí mǎ 以絷其马。	好使贵客再住下。
bó yán zhuī zhī 薄言追之⑦，	我为贵客来饯行，
zuǒ yòu suí zhī 左右绥之⑧。	左右群臣都欢送。
jì yǒu yín wēi 既有淫威⑨，	能够宽宥显仁义，
jiàng fú kǒng yí 降福孔夷⑩。	天降洪福无尽期。

关于本诗的内容，《诗序》说："微子来见祖庙也。"微子，名启，商纣之兄，为纣王卿士，纣王淫乱无道，屡谏不纳，去之。武王灭商，复其官。《诗集传》亦谓："周既灭商，封微子于宋，以祀其先王，而以客礼待之，不敢臣也。"本诗表现出周武王作为胜利者的宽厚胸怀，因是迎送之乐歌，所以通篇在格调上

显得轻松明快，这在《周颂》中是不多见的。

①客：指宋微子。　②亦：语助词。白其马：其马白。　③有萋有且：随从众多的样子。　④敦琢：雕琢，此谓雕琢之美玉，喻随行人员之贤美。“敦即彫字之假借字，亦作雕。”（《毛诗传笺通释》）旅：众，指微子随从之众臣。　⑤信：《毛传》：“一宿曰宿，再宿曰信。”　⑥絷：绳索。　⑦薄言：发语词。追：饯送。　⑧左右：指周王之左右群臣。绥：安抚。　⑨淫：大。威：《广雅·释言》：“威，德也。”　⑩夷：大。

wǔ
武

wū huáng wǔ wáng 於 皇 武 王①，	啊！英明伟大周武王，
wú jìng wéi liè 无 竞 维 烈②。	赫赫业绩多辉煌。
yǔn wén wén wáng 允 文 文 王③，	文王诚笃有文德，
kè kāi jué hòu 克 开 厥 后。	能把大业来开创。
sì wǔ shòu zhī 嗣 武 受 之，	后嗣武王承遗业，
shèng yīn è liú 胜 殷 遏 刘④，	推翻殷商杀纣王，
zhǐ dìng ěr gōng 耆 定 尔 功⑤。	赢得胜利安国邦。

这是赞颂武王克商大功的乐歌，为《大武》系列乐歌之一。《诗序》说：“《武》，奏《大武》也。”《吕氏春秋·古乐》谓《大武》为伐殷奏凯后周公所作。纣王暴虐无道，民众身陷水火，武王“革命，顺乎天而应乎人”（《易·革》），因而诗的开头便饱蘸深情，颂扬武王的辉煌功绩。接着，歌者追念文王之德——是他奠定了灭商大业的基石。最后，又回到歌唱武王的主题上来，“胜

殷遏刘，耆定尔功”两句，高度概括了周武王推翻暴政、安定天下的伟大功业。诗章情感热烈，气势雄放。

①於：叹词。皇：美，大。 ②竞：强。无竞：指强大无比。烈：功业。 ③允：信，诚然。文：有文德。 ④遏、刘：均为“消灭”之意。 ⑤耆：通“厎”，致。

mǐn yú xiǎo zǐ
闵予小子

mǐn yú xiǎo zǐ
闵予小子[1]， 想起自身心难宁，
zāo jiā bù zào
遭家不造[2]， 幼年丧父遭不幸，
qióng qióng zài jiù
嬛嬛在疚[3]。 凄凄惶惶叹零丁。
wū hū huáng kǎo
於乎皇考， 啊！英明武王我的父，
yǒng shì kè xiào
永世克孝。 终生尽孝有大功。
niàn zī huáng zǔ
念兹皇祖， 遥念文王我的祖，
zhì jiàng tíng zhǐ
陟降庭止[4]。 陟罚臧否很公平。
wéi yú xiǎo zǐ
维予小子， 想我年幼继王位，
sù yè jìng zhǐ
夙夜敬止。 早晚恭敬要勤政。
wū hū huáng wáng
於乎皇王， 叫声先王在天灵，
jì xù sī bù wàng
继序思不忘[5]。 继承大业记心中。

这是周成王即政后，祭祀先王并自戒自勉的乐歌。《诗序》说：“《闵予小

子》，嗣王朝于庙也。”成王在诗中首先表达了幼年丧父、孤凄悲苦的哀伤之情，继而追念武王、文王的功德，最后向先王表白自己夙夜恭谨、勤于政事、继承遗业的决心，表现出一代明君的非凡之志。方玉润云：“此当为成王冲幼第一章诗，而其志向已如此，无怪其能缵承文武大业，为圣世明王，夫岂无因而致此哉？”（《诗经原始》）

①闵：通“悯”。予小子：成王自称。小子，年纪幼小者。 ②不造：不善，可引申为不祥，不幸。 ③嬛嬛：《说文》及《汉书·匡衡传》引此诗均作“茕茕”，孤独无依的样子。疚：忧伤。 ④陟降：犹“升降”“黜陟”。庭：通“廷”，公正。 ⑤序：犹“绪”，事业。思：语助词。

fǎng luò
访 落

fǎng yú luò zhǐ 访 于 落 止①，	继位初询治国道，
shuài shí zhāo kǎo 率 时 昭 考。	遵循武王不动摇。
wū hū yōu zāi 於 乎 悠 哉②，	我心忧虑长声叹，
zhèn wèi yǒu ài 朕 未 有 艾③。	阅历浅来经验少。
jiāng yú jiù zhī 将 予 就 之④，	左右群臣多协助，
jì yóu pàn huàn 继 犹 判 涣⑤。	先王遗策要记牢。
wéi yú xiǎo zǐ 维 予 小 子，	我继王位年纪轻，
wèi kān jiā duō nàn 未 堪 家 多 难⑥。	邦家多难力不胜。
shào tíng shàng xià 绍 庭 上 下⑦，	应效先王善用人，

zhì jiàng jué jiā
陟降厥家[8]。　　赏善罚恶家邦宁。

xiū yǐ huáng kǎo
休矣皇考，　　叫声英明好父亲，

yǐ bǎo míng qí shēn
以保明其身[9]。　　佑儿治国大成功。

这是初继位的成王在武王庙前向群臣咨询政事、表白心情的乐歌。《诗序》说："《访落》，嗣王谋于庙也。"年幼的成王自知阅历浅、经验不足，因而面对父王死丧，兼遇管、蔡、武庚叛乱及淮夷之难，深感忧虑，唯恐力不能胜。正如《尚书·大诰》中所云："惟予小子，若涉渊水，予惟往求朕攸济。"诗中成王希望得到群臣的协助，遵从先王治国之道，并祈求武王在天之灵给予佑护。诗篇感情真切，"宛转曲折"(姚际恒《诗经通论》语)。

①访：咨问。落：始。　②悠：《说文》："忧也。"　③朕：我，成王自称。艾：阅历。④将：扶，助。就：随，遵从。之：指先王治国之道。　⑤犹：通"猷"，谋略，策略。判、涣：均是"大"的意思。　⑥多难：指武王之丧及管叔、蔡叔、武庚叛乱和淮夷之难。　⑦绍：继。庭：公正。上下：升降官吏。　⑧陟降厥家：指正确地升降臣下以安定国家。⑨保：佑助。明：通"勉"，尽力。保明：即明保。尽力佑助。其身：指成王自身。

jìng zhī
敬之

jìng zhī jìng zhī
敬之敬之[1]，　　恭敬谨慎莫懒散，

tiān wéi xiǎn sī
天维显思，　　天道显赫自运转，

mìng bù yì zāi
命不易哉！　　保有天命实在难！

wú yuē gāo gāo zài shàng
无曰高高在上，　　莫道上帝很遥远，

zhì jiàng jué shì
陟降厥士，　　赏罚臣下莫随便，

rì jiān zài zī
日监在兹。　日日监临有上天。

wéi yú xiǎo zǐ
维予小子，　想我年幼无经验，

bù cōng jìng zhǐ
不聪敬止[2]。　应知自警纳善言。

rì jiù yuè jiāng
日就月将[3]，　日积月累学遗训，

xué yǒu qī xī yú guāng míng
学有缉熙于光明[4]。　先王思想照心田。

bì shí zǐ jiān
佛时仔肩[5]，　群臣助我挑重担，

shì wǒ xiǎn dé xíng
示我显德行[6]。　美德昭示我向前。

这是周成王自我戒勉并告群臣的诗。周初统治者总结殷亡周兴的历史经验，得出了“天命靡常”（《大雅·文王》）、唯德是辅的结论，因而诗中成王在慨叹“天维显思，命不易哉”的同时，戒勉自己要陟降慎重，要察纳雅言，要勤于学习先王遗则，以期日臻光明之境。最后他希望臣下多予协助，示之以显明的德行。本诗表现出周成王清醒的理性思维和在政治上的成熟。

①敬：戒慎恭谨之意。之：语气词。　②不：语助词，无义。聪：耳有所闻，指善于察纳雅言。止：语助词。　③就：久。将：长。　④缉熙：积渐广大。　⑤佛：通“弼”，辅助。时：是。仔肩：责任。　⑥显德行：显明之德行。

xiǎo bì
小毖

yú qí chéng
予其惩[1]，　沉痛教训慎莫忘，

ér bì hòu huàn
而毖后患[2]。　未来祸患要谨防。

mò yú pīng fēng
莫予荓蜂[3]，　　年幼孤单少扶助，

zì qiú xīn shì
自求辛螫[4]。　　躬亲劳瘁日日忙。

zhào yǔn bǐ táo chóng
肇允彼桃虫[5]，　　始信小小鷦鷯鸟，

fān fēi wéi niǎo
拚飞维鸟[6]。　　转眼成雕生祸殃。

wèi kān jiā duō nàn
未堪家多难，　　不堪家邦多灾难，

yú yòu jí yú liǎo
予又集于蓼[7]。　　如落苦辣蓼草上。

这是在管、蔡、武庚之难后，周成王惩前毖后、自儆而又自伤的诗。成王在自责未能防患于未然的同时，更自悼家室多难而孤单少助，哀痛不已。方玉润《诗经原始》云："自《闵予小子》至此，凡四章，皆成王自作，若他人则不能如是之亲切有味矣。然除《闵予小子》一篇似祝辞外，余皆箴铭体，非《颂》之正也，不可不知。盖箴铭体近颂，故附乎《颂》尔。至于笔意清矫，思致缠绵，四诗实出一手，故知其为成王作。至今读之，令人想见其忧深虑远，道醇术正气象，非太平有道明王而能若是哉!"所言甚是。

①予：成王自称。惩：警诫，此指惩于管、蔡、武庚之难，有所伤而知戒。 ②毖：戒慎。此句《唐石经》作"毖彼后患"。 ③荓蜂：通"甹夆"，牵引扶助。 ④螫：通"赦"，勤劳。《尔雅·释诂》："赦，劳也。" ⑤肇：始。允：信。桃虫：又名鷦鷯，小鸟名。 ⑥拚：通"翻"。鸟：此指大鸟。陆玑：《毛诗草木虫鱼疏》："俗语'鷦鷯生雕'。"这里比喻武庚由弱小而强大终至变乱，为始料未及。 ⑦蓼：草名，其味苦辣。

zài shān
载芟

zài shān zài zé
载芟载柞[1]，　　荒草杂树都除去，

qí gēng shì shì 其耕泽泽[2]。	深耕翻松黄土地。
qiān ǒu qí yún 千耦其耘[3]，	千对农夫齐除草，
cú xí cú zhěn 徂隰徂畛[4]。	走在低田小道里。
hóu zhǔ hóu bó 侯主侯伯[5]，	田主带着大儿子，
hóu yà hóu lǚ 侯亚侯旅[6]，	还有其他众子弟，
hóu qiáng hóu yǐ 侯强侯以[7]。	个个身强力无比。
yǒu tǎn qí yè 有嗿其馌[8]，	田头用饭声声起，
sī mèi qí fù 思媚其妇[9]，	农妇温良容颜丽，
yǒu yī qí shì 有依其士[10]。	男人壮健又有力。
yǒu lüè qí sì 有略其耜[11]，	看那犁铧多锋利，
chù zī nán mǔ 俶载南亩[12]，	开始耕种向阳地，
bō jué bǎi gǔ 播厥百谷。	快播百谷莫误期。
shí hán sī huó 实函斯活[13]，	土里种子含生机，
yì yì qí dá 驿驿其达[14]。	嫩芽破土出地皮。
yǒu yàn qí jié 有厌其杰[15]，	上等苗儿特高大，
yàn yàn qí miáo 厌厌其苗[16]，	一般苗儿也整齐，
mián mián qí biāo 绵绵其麃[17]。	耘草频繁又仔细。

zài huò jǐ jǐ 载获济济，	大获丰收人欢喜，
yǒu shí qí jī 有实其积，	粮食堆积场圃里，
wàn yì jí zǐ 万亿及秭[18]。	千亿万亿无从计。
wéi jiǔ wéi lǐ 为酒为醴，	酿成美酒味芬芳，
zhēng bì zǔ bǐ 烝畀祖妣，	供奉先祖与先妣，
yǐ qià bǎi lǐ 以洽百礼。	配合祭礼大吉利。
yǒu bì qí xiāng 有飶其香[19]，	献祭酒食味道香，
bāng jiā zhī guāng 邦家之光。	邦家富庶有荣誉。
yǒu jiāo qí xīn 有椒其馨[20]，	美酒飘香神欲醉，
hú kǎo zhī níng 胡考之宁[21]。	祖妣佑你寿无期。
fěi qiě yǒu qiě 匪且有且[22]，	稼穑不是今人创，
fěi jīn sī jīn 匪今斯今，	丰收亦非今日举，
zhèn gǔ rú zī 振古如兹[23]。	自古以来便延续。

这是一首农事诗，是周王用以祭祀社稷的乐歌。《诗序》说："《载芟》，春籍田而祈社稷也。"诗篇详尽地记叙了农夫开荒、耕作、播种、除草、收获及贵族祭祀祈福的全过程，展示了当时农业生产的情况。同时，诗篇也反映出周代社会的阶级对立关系：无数的农夫在田野上劳筋骨、洒汗水，才换来了禾苗绿油油、谷穗沉甸甸、禾垛遍地、粮囤满盈；而贵族统治者在丰收之后，只忙着尝新谷、酿美酒、祭祖妣、宴宾客。在贵族们的眼里，一切美好的物质享受都是神灵的赐予，祖先的荫庇。此外，本诗在艺术上虽纯用赋法，但却不

乏生动鲜活之处，“描写苗处尤工绝，‘函’‘杰’是险字，‘厌厌’‘绵绵’，得态，语不多而意状飞动，所以妙”（孙月峰《评诗经》）。

①载：始。芟：割除杂草。柞：砍伐树木。 ②泽泽：泥土松散的样子。 ③耦：二人并耕为耦。 ④畛：田边小道。 ⑤侯：发语词。主：家长，田主。伯：长子。 ⑥亚：叔、仲诸子。旅：子弟辈。 ⑦以：与，指帮手。 ⑧有：语助词。嗿：《诗集传》：“众饮食声也。”馌：给田间耕作者送的饭食。 ⑨思：语助词。 ⑩依：通“殷”，壮盛的样子。士：指耕作的男子。 ⑪略：锋利。 ⑫俶：始，开始。载：读作“菑”，初耕翻草。《尔雅·释地》：“田一岁曰菑。” ⑬实：种子。函：含。活：有生机。 ⑭驿驿：连续不断的样子。达：《郑笺》：“达，出地也。” ⑮厌：美。杰：指先长而特出之禾苗。 ⑯厌厌：《韩诗》作“稖稖”，指禾苗整齐的样子。 ⑰绵绵：《韩诗》作“民民”，众人绵绵不绝的样子。麃：通“穮”，犹“耘”，锄田间之草。 ⑱亿、秭：《毛传》：“数万至万曰亿，数亿至亿曰秭。” ⑲飶：酒食。 ⑳椒：犹“飶”。 ㉑胡考：寿考，长寿。 ㉒且：犹“兹”“此”，指稼穑之事。 ㉓振古：自古。

良耜（liáng sì）

畟畟良耜[①]，（cè cè liáng sì）	良耜深耕土松散，
俶载南亩。（chù zài nán mǔ）	翻草初犁向阳田。
播厥百谷，（bō jué bǎi gǔ）	将那百谷来播种，
实函斯活。（shí hán sī huó）	新芽萌生出地面。
或来瞻女[②]，（huò lái zhān rǔ）	送饭之人来田头，
载筐及筥。（zài kuāng jí jǔ）	方筐圆筥装得满。
其饷伊黍[③]，（qí xiǎng yī shǔ）	农夫吃的黍面饭，

qí lì yī jiū 其笠伊纠[4]。	头戴斗笠布带拴。
qí bó sī zhào 其镈斯赵[5]，	手中锄头很锋利，
yǐ hāo tú liǎo 以薅荼蓼[6]。	将那荼蓼杂草铲。
tú liǎo xiǔ zhǐ 荼蓼朽止，	荼蓼杂草都腐烂，
shǔ jì mào zhǐ 黍稷茂止。	黍稷茂盛人喜欢。
huò zhī zhì zhì 获之挃挃[7]，	收割庄稼声挃挃，
jī zhī lì lì 积之栗栗[8]。	谷物大垛满场院。
qí chóng rú yōng 其崇如墉[9]，	大垛高高如城墙，
qí bì rú zhì 其比如栉[10]。	又像梳齿紧相连。
yǐ kāi bǎi shì 以开百室，	建成粮仓上百个，
bǎi shì yíng zhǐ 百室盈止，	上百粮仓都盛满，
fù zǐ níng zhǐ 妇子宁止。	妇女孩子心安然。
shā shí chún mǔ 杀时犉牡[11]，	宰杀公牛飨神明，
yǒu qiú qí jiǎo 有捄其角[12]。	公牛角儿弯又弯。
yǐ sì yǐ xù 以似以续[13]，	学习先人行祭典，
xù gǔ zhī rén 续古之人[14]。	继承传统祈福安。

这是秋收后报祭神灵的乐歌，内容与《载芟》略同。诗章可分四小节，首

节四句言始耕、播种，次节八句言饷田、耘草、苗盛，第三节七句言收获之盛，末节四句言田事毕而祭祀，可谓有条不紊、章法分明。本篇在“赋”中还兼用“比”法，“其崇如墉，其比如栉”二句摹写谷垛之高大盛多，夸张而不失真，令人叫绝。

①畟畟：耜深耕入土的样子。　②瞻：犹“赡”，供养，这里指送饭。女：汝，指耕种者。　③饷：以食物给人吃，或给人吃的食物。黍：指用黍面做的饭食。　④笠：斗笠。纠：姚际恒《诗经通论》：“谓以绳纠结于项下也。”　⑤镈：锄头。赵：通“掤”，有铲除义。　⑥薅：除草。荼、蓼：均为野草名。　⑦挃挃：收割庄稼之声。　⑧栗栗：众多的样子。　⑨崇：高。墉：城墙。　⑩比：紧密并列。栉：梳子，此指梳齿。　⑪时：是。犉：七尺以上的大牛。牡：公牛。　⑫有：语助词。捄：通“觩”，兽角弯曲的样子。　⑬似：通“嗣”，续。马瑞辰《毛诗传笺通释》：“祭无已，故为似续。”　⑭古之人：先人。

sī　yī
丝　衣

sī yī qí fóu
丝衣其紑①，　　洁白丝衣多鲜亮，

zài biàn qiú qiú
载弁俅俅②。　　华美弁冠戴头上。

zì táng cú jī
自堂徂基③，　　从那前堂至门内，

zì yáng cú niú
自羊徂牛。　　祭品有牛又有羊。

nài dǐng jí zī
鼐鼎及鼒④，　　大鼎中鼎和小鼎，

sì gōng qí qiú
兕觥其觩，　　弯弯兕觥案上放，

zhǐ jiǔ sī róu
旨酒思柔⑤。　　陈年美酒飘清香。

bù wú bù ào
不吴不敖⑥，　　不喧哗来不傲慢，

hú kǎo zhī xiū
胡考之休。　　神赐福寿永无疆。

这是周天子举行祭祀之礼的乐歌。诗篇描述了主祭者穿着鲜亮洁白的丝衣，戴着爵弁，显得十分端庄有礼。他从明堂到门内祭地，巡视牺牲准备的情况，又察看鼐、鼎、鼒等炊器以及弯曲的兕觥酒器，闻到了柔和的美酒的馨香。祭祀时大家严肃谦恭，神赐福禄吉祥如意。本诗生动地展现了一次祭祀活动的过程和风貌，具有珍贵的文献价值。

①丝衣：这里指祭服。紑：衣服洁白鲜亮的样子。　②载：通“戴”。弁：此指爵弁，古代的一种礼帽。俅俅：冠上修饰美丽的样子。　③基：通“畿”，门槛。　④鼐：大鼎。鼒：小鼎。鼐、鼎、鼒都是古代炊器，多用青铜制成，三足两耳。　⑤柔：指酒性柔和。　⑥吴：喧哗。敖：通“傲”。

zhuó
酌

wū shuò wáng shī
於铄王师①，　　啊！武王军队真辉煌，

zūn yǎng shí huì
遵养时晦②。　　消灭商纣靖四方。

shí chún xī yǐ
时纯熙矣③，　　政治清明人称颂，

shì yòng dà jiè
是用大介④。　　百事吉祥大盛昌。

wǒ chǒng shòu zhī
我龙受之⑤，　　荣幸嗣位有天下，

jiǎo jiǎo wáng zhī zào
蹻蹻王之造⑥，　　赫赫功业要弘扬，

zài yòng yǒu sì
载用有嗣，　　父王遗志子继承，

shí wéi ěr gōng yǔn shī
实维尔公允师⑦。　　先王是我好榜样。

这是《大武》系列乐章之一。《诗序》云:"《酌》,告成。《大武》也。"诗的内容亦为成王赞美武王灭商之功,并告奏武王,自己要继承伟业,效法父王,保国安民。诗篇用语雄健,气势不凡。

①铄:通"烁",辉煌的样子。 ②遵:率。养:取。时:是。晦:昏暗,晦昧,指昏庸腐朽的商纣。 ③纯:大。熙:光明。 ④介:善。 ⑤我:成王自称。龙:通"宠",荣幸。 ⑥蹻蹻:强健勇武的样子。造:为,事业。 ⑦维:是。尔公:你的先公,指武王。允:语中助词。师:法,效仿。

huán
桓

suí wàn bāng 绥 万 邦,	平定天下国民安,
lǚ fēng nián 娄 丰 年①,	实行善政屡丰年,
tiān mìng fěi xiè 天 命 匪 解②。	承受天命更勤勉。
huán huán wǔ wáng 桓 桓 武 王③,	赫赫武王有威势,
bǎo yǒu jué shì 保 有 厥 士④。	州土平乐万民欢。
yú yǐ sì fāng 于 以 四 方⑤,	玉宇澄清无纤尘,
kè dìng jué jiā 克 定 厥 家。	室家和睦好风范。
wū zhāo yú tiān 於 昭 于 天,	啊!武王功德参天地,
huáng yǐ jiàn zhī 皇 以 间 之⑥!	美善辉煌永流传!

本篇也是《大武》系列乐章之一,歌颂武王克商建国、屡获丰年、天下平

乐的无量功德。读此颂诗,不难想见在肃穆的庙堂前,数百名精心装扮的舞师列阵舞蹈,在钟鼓笙磬的伴奏下,合唱队唱出:“绥万邦,娄丰年,天命匪解……”那宏大的场景、雄放的气象、热烈的气氛、激越高昂的歌声,正是空前统一壮盛的周王朝强大的反映。

①娄:同“屡”。 ②解:通“懈”,怠惰,松懈。 ③桓桓:威武的样子。 ④士:似应为“土”。《毛诗传笺通释》:“士与土形近,古多互讹。《吕刑》‘有邦有土’,《史记》作‘士’。……此诗当作‘保有厥土’,与‘克定厥家’为韵。‘保土’犹言保邦也。” ⑤于:于是。以:犹“有”。 ⑥皇:美,盛大。间:犹“参”。《诗经原始》:“盖间天即参天之意,德可参天,故祭用配天,与文王并配上帝于明堂也。”

lài
赉

wén wáng jì qín zhǐ 文 王 既 勤 止,	文王勤勉业初创,
wǒ yīng shòu zhī 我 应 受 之。	我应继承与发扬。
fū shí yì sī 敷 时 绎 思①,	发扬光大向前进,
wǒ cú wéi qiú dìng 我 徂 维 求 定②。	讨伐商纣安四方。
shí zhōu zhī mìng 时 周 之 命③,	诸侯受封承周命,
wū yì sī 於 绎 思。	啊,文王懿德慎勿忘。

这是武王克商凯旋后,在文王庙前追念文王遗德,分封并诫勉诸侯的乐歌。《诗序》说:“《赉》,大封于庙也。赉,予也,言所以锡予善人也。”《郑笺》云:“大封,武王伐纣时封诸臣有功者。”在诗中武王以谦恭的心情,谓自己伐纣除暴是对文王勤政爱民之德的继承和发扬,并告诫诸侯牢记文王遗训,同时也有自勉之意。此诗语调迂徐深婉,发人深思。

①敷：铺，施陈。绎：连续不断。思：语助词。 ②徂：往，指前往伐纣。 ③时：犹“承”。

pán
般

wū huáng shí zhōu 於 皇 时 周，	啊！赫赫大周疆域阔，
zhì qí gāo shān 陟 其 高 山。	登上山巅放声歌。
duò shān qiáo yuè 隋 山 乔 岳①，	群山俯首拱乔岳，
yǔn yóu xī hé 允 犹 翕 河②。	众川顺势归大河。
fū tiān zhī xià 敷 天 之 下③，	普天之下尽王土，
póu shí zhī duì 裒 时 之 对④，	四荒之内皆属我，
shí zhōu zhī mìng 时 周 之 命。	天佑大周永安乐。

这是武王克商之后巡守而祭河岳的乐歌。诗篇先言登山所望之景象：群山环绕，岳峰高耸极天；众川汇入，大河浩荡东流。周王朝疆域广阔，山河壮丽。继而抒发情怀：普天之下，皆属大周，周承天命，永远昌盛！这里景与情相互映衬，相得益彰，充分表现出大一统的周王朝统治者的自信及奋发向上的气魄，读之令人感奋不已。

①隋山：小山。乔：高。 ②允：语助词。犹：通“猷”，顺，指顺地势。翕：聚合。 ③敷：犹“溥”“普”。 ④裒：包括。时：是。对：封疆，边界。此句的疆界包括各诸侯国的疆界。

lǔ sòng
鲁 颂

jiōng
駉

jiōng jiōng mǔ mǎ
駉 駉 牡 马[1]，　公马成群多健壮，
zài jiōng zhī yě
在 坰 之 野[2]。　在那青青牧场上。
bó yán jiōng zhě
薄 言 駉 者！　马儿健壮又漂亮！
yǒu yù yǒu huáng
有 驈 有 皇[3]，　既有驈来又有皇，
yǒu lí yǒu huáng
有 骊 有 黄[4]，　既有骊来又有黄，
yǐ chē bāng bāng
以 车 彭 彭[5]。　用来驾车威风扬。
sī wú jiāng
思 无 疆，　虑事长远无限量，
sī mǎ sī zāng
思 马 斯 臧！　这些马匹真叫棒！

jiōng jiōng mǔ mǎ
駉 駉 牡 马，　公马成群多健壮，
zài jiōng zhī yě
在 坰 之 野。　在那青青牧场上。
bó yán jiōng zhě
薄 言 駉 者！　马儿健壮又漂亮！
yǒu zhuī yǒu pī
有 骓 有 駓[6]，　既有骓来又有駓，
yǒu xīng yǒu qí
有 骍 有 骐[7]，　既有骍来又有骐，

yǐ chē pī pī
以车伾伾[8]。　　用来驾车有力气。
sī wú qī
思无期，　　思虑长远无穷期，
sī mǎ sī cái
思马斯才！　　这些马匹是良驹！

jiōng jiōng mǔ mǎ
駉駉牡马，　　公马成群多健壮，
zài jiōng zhī yě
在坰之野。　　在那青青牧场上。
báo yán jiōng zhě
薄言駉者！　　马儿健壮又漂亮！
yǒu tuó yǒu luò
有驒有骆[9]，　　既有驒来又有骆，
yǒu liú yǒu luò
有駵有雒[10]，　　既有駵来又有雒，
yǐ chē yì yì
以车绎绎[11]。　　用来驾车快如飞。
sī wú yì
思无斁[12]，　　思虑周详无厌弃，
sī mǎ sī zuò
思马斯作[13]！　　这些马匹能奋蹄！

jiōng jiōng mǔ mǎ
駉駉牡马，　　公马成群多健壮，
zài jiōng zhī yě
在坰之野。　　在那青青牧场上。
bó yán jiōng zhě
薄言駉者！　　马儿健壮又漂亮！
yǒu yīn yǒu xiá
有骃有騢[14]，　　既有骃来又有騢，
yǒu diàn yǒu yú
有驔有鱼[15]，　　既有驔来又有鱼，

yǐ chē qū qū
以 车 祛 祛[16]。　　用来驾车有力气。

sī wú xié
思 无 邪，　　思虑严正无邪僻，

sī mǎ sī cú
思 马 斯 徂[17]！　　良马奔驰多迅疾！

关于此诗的内容，《诗序》说："《駉》，颂僖公也。"陈奂《诗毛氏传疏》阐释云："初，伯禽（周公之子）就封鲁，本大国，至春秋时为次国。闵公又遭庆父之乱，宗国颠覆。齐桓公救而存之，遂立僖公。僖公从伯主讨淮夷，能复伯禽之业，如大国之制。鲁人遵其教……"古代言及国君之富，国家之强，常以马的数量作答，马匹的多寡意味着军事力量的强弱。本诗中虽以浓墨铺写各种良马，而颂美僖公之功德，却是诗旨之所在。

①駉駉：马肥壮的样子。　②坰之野：遥远的郊野，此指牧场。坰：远。　③驈：黑马白胯。皇：黄白之马。　④骊：纯黑之马。黄：金栗色之马。　⑤彭彭：通"騯騯"，马壮盛有力的样子。　⑥骓：毛色苍白相杂之马。駓：毛色黄白相杂之马。　⑦骍：赤黄之马。骐：青黑色相间之马。　⑧伾伾：有力的样子。　⑨驒：有鳞状黑斑纹的青毛马。骆：黑鬣黑尾的白马。　⑩駵：黑鬣黑尾的赤马。雒：黑身白鬣的马。　⑪绎绎：跑得快的样子。　⑫斁：厌。　⑬作：奋起。　⑭骃：浅黑带白色的杂毛马。騢：赤白杂毛马。　⑮驔：脚胫有长毫的马。鱼：二目周围有白毛的马。　⑯祛祛：强健有力的样子。　⑰徂：行，此指马善奔走。

yǒu bì
有 駜

yǒu bì yǒu bì
有 駜 有 駜[1]，　　肥又壮啊壮又肥，

bì bǐ shèng huáng
駜 彼 乘 黄。　　四匹黄马有力气。

sù yè zài gōng
夙 夜 在 公，　　从早到晚在公所，

zài gōng míng míng
在公明明②。　置办舞会与酒席。
zhèn zhèn lù
振振鹭③，　手里拿着白鹭羽，
lù yú xià
鹭于下。　表演白鹭向下飞。
gǔ yuān yuān
鼓咽咽④，　鼓声咚咚震天响，
zuì yán wǔ
醉言舞⑤。　乘醉起舞更惬意。
yú xū lè xī
于胥乐兮⑥！　大家狂欢乐无极！

yǒu bì yǒu bì
有駜有駜，　肥又壮啊壮又肥，
bì bǐ shèng mǔ
駜彼乘牡。　四匹公马强有力。
sù yè zài gōng
夙夜在公，　从早到晚在公所，
zài gōng yǐn jiǔ
在公饮酒。　在那公所吃酒席。
zhèn zhèn lù
振振鹭，　手中拿着白鹭羽，
lù yú fēi
鹭于飞。　表演白鹭翩翩飞。
gǔ yuān yuān
鼓咽咽，　鼓声咚咚震天响，
zuì yán guī
醉言归。　吃饱喝醉方归去。
yú xū lè xī
于胥乐兮！　大家狂欢乐恣意！

yǒu bì yǒu bì
有駜有駜，　肥又壮啊壮又肥，

bì bǐ shèng xuān
驳彼乘駽⑦。　　四匹青马有力气。

sù yè zài gōng
夙夜在公，　　从早到晚在公所，

zài gōng zài yàn
在公载燕。　　在那公所吃宴席。

zì jīn yǐ shǐ
自今以始，　　从今而后天保佑，

suì qí yǒu
岁其有。　　年年都是大丰收。

jūn zǐ yǒu gǔ
君子有穀⑧，　　大人君子享俸禄，

yí sūn zǐ
诒孙子⑨。　　子孙后代也无忧。

yú xū lè xī
于胥乐兮！　　大家狂欢乐个够！

这是颂美鲁国贵族饮宴欢娱的诗。鲁国多年饥荒，僖公时采取了一些措施，农业获得了丰收，国政有了转机，贵族们便以为从此太平无事，于是他们乘坚策肥，饮宴歌舞，夜以继日。陈子展《诗经直解》评此诗："君子有谷贻孙子，人民之力也。君子庖有肥肉，厩有肥马，而人民苦矣！《颂》也而似《风》。"语极精当。

①駜：马肥壮的样子。　②明明：通"勉勉"，此指勤于饮宴之事。　③振振：鸟群飞的样子。　④咽咽：鼓声。　⑤言：犹"焉"，语词。　⑥于：发语词。胥：都。　⑦駽：铁青色的马。　⑧穀：善，指福禄。　⑨诒：留给。

pàn shuǐ
泮水

sī lè pàn shuǐ
思乐泮水①，　　泮水欢腾翻波浪，

bó cǎi qí qín
薄 采 其 芹。　　采摘水芹装满筐。
lǔ hóu lì zhǐ
鲁 侯 戾 止，　　鲁侯大驾已来到，
yán guān qí qí
言 观 其 旂。　　看那龙旗随风扬。
qí qí pèi pèi
其 旂 茷 茷[2]，　　龙旗飘扬有威势，
luán shēng huì huì
鸾 声 哕 哕。　　车上鸾铃响叮当。
wú xiǎo wú dà
无 小 无 大[3]，　　官员无论小与大，
cóng gōng yú mài
从 公 于 迈。　　紧随鲁侯在路上。

sī lè pàn shuǐ
思 乐 泮 水，　　泮水欢腾翻波浪，
bó cǎi qí zǎo
薄 采 其 藻。　　采摘水藻装满筐。
lǔ hóu lì zhǐ
鲁 侯 戾 止，　　鲁侯大驾已来到，
qí mǎ jiǎo jiǎo
其 马 蹻 蹻。　　他的马儿多健壮。
qí mǎ jiǎo jiǎo
其 马 蹻 蹻，　　他的马儿多健壮，
qí yīn zhāo zhāo
其 音 昭 昭[4]。　　他的声音很洪亮。
zài sè zài xiào
载 色 载 笑，　　和颜悦色不发怒，
fěi nù yī jiào
匪 怒 伊 教[5]。　　善为教导人敬仰。

sī lè pàn shuǐ
思 乐 泮 水，　　泮水欢腾波浪翻，

bó cǎi qí mǎo
薄采其茆[6]。　　采摘莼菜竹筐满。

lǔ hóu lì zhǐ
鲁侯戾止，　　鲁侯大驾已来到，

zài pàn yǐn jiǔ
在泮饮酒。　　聚会饮宴泮水边。

jì yǐn zhǐ jiǔ
既饮旨酒，　　众人尽情饮美酒，

yǒng xī nán lǎo
永锡难老[7]。　　永赐安康福寿延。

shùn bǐ cháng dào
顺彼长道，　　沿着长路出征去，

qū cǐ qún chǒu
屈此群丑。　　制服叛敌万民安。

mù mù lǔ hóu
穆穆鲁侯，　　鲁侯和蔼又端庄，

jìng míng qí dé
敬明其德。　　修明德行坦荡荡。

jìng shèn wēi yí
敬慎威仪，　　恭敬谨慎有威仪，

wéi mín zhī zé
维民之则。　　他是民众好榜样。

yǔn wén yǔn wǔ
允文允武[8]，　　文德武功都具备，

zhāo gé liè zǔ
昭假烈祖[9]。　　可比英明众先王。

mǐ yǒu bù xiào
靡有不孝[10]，　　凡事皆效祖宗法，

zì qiú yī hù
自求伊祜。　　自求多福大吉祥。

míng míng lǔ hóu
明明鲁侯[11]，　　鲁侯恭谨又贤明，

kè míng qí dé
克明其德。　　发扬德行显奇能。
jì zuò pàn gōng
既作泮宫[12]，　　泮宫巍巍已建好，
huái yí yōu fú
淮夷攸服[13]。　　征伐淮夷令其从。
jiǎo jiǎo hǔ chén
矫矫虎臣，　　勇武矫健猛虎将，
zài pàn xiàn guó
在泮献馘[14]。　　献上敌耳在泮宫。
shū wèn rú gāo yáo
淑问如皋陶[15]，　　如同皋陶善审讯，
zài pàn xiàn qiú
在泮献囚。　　献上俘虏在泮宫。

jǐ jǐ duō shì
济济多士，　　朝中济济多才俊，
kè guǎng dé xīn
克广德心[16]。　　能将善心来发扬。
huán huán yú zhēng
桓桓于征[17]，　　威武雄壮出征去，
tì bǐ dōng nán
狄彼东南[18]。　　讨伐淮夷东南方。
zhēng zhēng huáng huáng
烝烝皇皇[19]，　　众将美盛有度量，
bù wú bù yáng
不吴不扬[20]。　　谦虚谨慎不宣扬。
bù gào yú xiōng
不告于讻[21]，　　不争功来不吵嚷，
zài pàn xiàn gōng
在泮献功。　　在泮献功有荣光。

jiǎo gōng qí qiú
角弓其觩，　　牛角雕弓手中拿，

shù shǐ qí sōu 束矢其搜[22]。	腰中挂着束束箭。
róng chē kǒng bó 戎车孔博[23]，	浩浩荡荡战车队，
tú yù wú yì 徒御无斁[24]。	官兵奋勇又争先。
jì kè huái yí 既克淮夷，	淮夷已经被攻占，
kǒng shū bù nì 孔淑不逆[25]。	俯首听命不敢反。
shì gù ěr yóu 式固尔犹[26]，	执行鲁侯好指示，
huái yí zú huò 淮夷卒获。	平定淮夷奏凯还。
piān bǐ fēi xiāo 翩彼飞鸮[27]，	猫头鹰儿翩翩飞，
jí yú pàn lín 集于泮林。	落在泮岸大树林。
shí wǒ sāng shèn 食我桑黮[28]，	啄食我的桑葚果，
huái wǒ hǎo yīn 怀我好音[29]。	为我唱出悦耳音。
jǐng bǐ huái yí 憬彼淮夷[30]，	淮夷悔悟表诚意，
lái xiàn qí chēn 来献其琛[31]。	派人前来献宝琛。
yuán guī xiàng chǐ 元龟象齿，	献上大龟和象牙，
dà lù nán jīn 大赂南金[32]。	还有巨玉和黄金。

这是歌颂鲁僖公派兵征伐淮夷并取得胜利的诗。诗中极言僖公文德武功，与《春秋》所载不合，或为颂祷溢美之辞。此诗篇幅宏大，结构严整。诗

人从僖公率部下来至泮水、饮宴诸臣宾客、咸和民众写起，接着写他明德孝祖、以德服人，再转写他济济多士、战备精良、终服淮夷，最后以颂鲁侯能使淮夷来献方物作结，可谓有条不紊。诗中“赋”法与“比”“兴”合用，造语入细，叙事颇有生气。

①思：语助词。泮水：水名。姚际恒《诗经通论》：“按《通典》载‘鲁郡泗水县，泮水出焉’，泮为水名可证。” ②茷茷：通“旆旆”，旌旗飘扬的样子。 ③无：无论。小、大：指官职大小。 ④昭昭：明亮。 ⑤匪：非，不。伊：犹“是”。 ⑥茆：莼菜。 ⑦锡：赐。难老：长寿的意思。 ⑧允：诚然，确实。 ⑨假：格，至。烈祖：指鲁国有功的祖先，如周公、伯禽等。 ⑩孝：效法。 ⑪明明：英明。 ⑫泮宫：指建在泮水边的宫殿。 ⑬攸：犹“是”。 ⑭馘：古代战时割下所杀敌人的左耳以计功，馘，即指所割下的左耳。 ⑮淑问：善于问讯。皋陶：舜时有名的掌刑狱的官。 ⑯广：推广。德心：善心。 ⑰桓桓：威武雄壮的样子。于：去，往。 ⑱狄：通“剔”，此指讨伐。东南：指东南方的淮夷。 ⑲烝烝皇皇：美盛的样子。 ⑳吴：喧哗。扬：高声宣扬。 ㉑讻：争辩。《诗集传》：“师克而和，不争功也。” ㉒束矢：成束的箭。搜：有“聚”“众”的意思。 ㉓孔：甚，很。博：众多。 ㉔徒：步兵。御：驾车的官兵。斁：厌，倦怠。 ㉕孔淑：甚善。不逆：不违命。 ㉖式：语助词。固：坚定。犹：通“猷”，谋略。 ㉗鸮：猫头鹰。 ㉘黮：同“葚”，桑果。 ㉙怀：给。 ㉚憬：觉悟。 ㉛琛：珍宝。 ㉜大赂：通“大璐”，巨玉。南：指南方。

閟宫
(bì gōng)

閟宫有侐①， (bì gōng yǒu xù)	庙宇深深很安静，
实实枚枚②。 (shí shí méi méi)	气象宏大又严整。
赫赫姜嫄③， (hè hè jiāng yuán)	光明伟大有姜嫄，
其德不回④。 (qí dé bù huí)	无偏无邪德纯正。
上帝是依， (shàng dì shì yī)	敬依上帝行祭礼，

wú zāi wú hài
无灾无害。　　无灾无害甚安宁。

mí yuè bù chí
弥月不迟[5]，　　十月怀胎不拖延，

shì shēng hòu jì
是生后稷。　　后稷顺利得降生。

jiàng zhī bǎi fú
降之百福，　　上天赐他福无穷，

shǔ jì tóng lù
黍稷重穋[6]，　　黍子高粱收获丰，

zhī zhì shū mài
稙稚菽麦[7]。　　大豆麦子黄澄澄。

yǎn yǒu xià guó
奄有下国[8]，　　后稷拥有普天下，

bǐ mín jià sè
俾民稼穑。　　他教百姓学耕种。

yǒu jì yǒu shǔ
有稷有黍，　　黍苗稷苗绿油油，

yǒu dào yǒu jù
有稻有秬[9]。　　稻谷黑黍都茂盛。

yǎn yǒu xià tǔ
奄有下土，　　后稷拥有普天下，

zuǎn yǔ zhī xù
缵禹之绪[10]。　　大禹功业能继承。

hòu jì zhī sūn
后稷之孙，　　后稷之孙力量强，

shí wéi tài wáng
实维大王[11]。　　太王兴周颇有方。

jū qí zhī yáng
居岐之阳，　　立足岐南求发展，

shí shǐ jiǎn shāng
实始翦商。　　开始准备灭殷商。

zhì yú wén wǔ
至于文武，　　到了文王和武王，

zuǎn tài wáng zhī xù
缵大王之绪。　　太王事业大发扬。

zhì tiān zhī jiè
致天之届[12]，　　顺从天命诛商纣，

yú mù zhī yě
于牧之野。　　商郊牧野是战场。

wú èr wú yú
“无贰无虞[13]，　　“莫有二心莫欺妄，

shàng dì lín rǔ
上帝临女！”　　上帝监察在头上！”

dūn shāng zhī lǚ
敦商之旅[14]，　　商纣军众全俘获，

kè xián jué gōng
克咸厥功。　　一举成功定国邦。

wáng yuē shū fù
王曰叔父：　　成王恭敬谓叔父：

jiàn ěr yuán zǐ
“建尔元子[15]，　　“立您长子为侯王，

bǐ hóu yú lǔ
俾侯于鲁，　　他做鲁侯在东方，

dà qǐ ěr yǔ
大启尔宇，　　大大开拓疆与界，

wéi zhōu shì fǔ
为周室辅。”　　作为周朝之屏障。”

nǎi mìng lǔ gōng
乃命鲁公，　　成王爵命封鲁公，

bǐ hóu yú dōng
俾侯于东。　　使他称侯在远东。

xī zhī shān chuān
锡之山川，　　赐予高山与河流，

tǔ tián fù yōng
土田附庸[16]。　　又有小国为附庸。

zhōu gōng zhī sūn
周公之孙[17]，　　周公之孙鲁僖公，

zhuāng gōng zhī zǐ 庄公之子。	庄公之子掌国政。
lóng qí chéng sì 龙旂承祀，	高举龙旗承祭祀，
liù pèi ěr ěr 六辔耳耳[18]。	六辔如丝显威风。
chūn qiū fěi xiè 春秋匪解，	春秋祭祀不懈怠，
xiǎng sì bù tè 享祀不忒。	无差错来心恭敬。
huáng huáng hòu dì 皇皇后帝！	天帝伟大又光明！
huáng zǔ hòu jì 皇祖后稷！	先祖后稷显神灵！
xiǎng yǐ xīng xī 享以骍牺[19]，	奉献牺牲尽纯色，
shì xiǎng shì yí 是飨是宜，	神飨祭品甚喜庆，
jiàng fú jì duō 降福既多。	降赐鲁邦福无穷。
zhōu gōng huáng zǔ 周公皇祖，	伟大先祖周公旦，
yì qí fú rǔ 亦其福女。	也将大福赐僖公。

qiū ér zài cháng 秋而载尝[20]，	秋天尝祭始献享，
xià ér bì héng 夏而楅衡[21]。	夏日栏养牛肥壮。
bái mǔ xīng gāng 白牡骍刚[22]，	公牛有白又有黄，
xī zūn qiāng qiāng 牺尊将将[23]。	酒樽高大声锵锵。
máo páo zì gēng 毛炰胾羹[24]，	烤猪肉块鲜羹汤，

biān dòu dà fáng
笾豆大房[25]。　　装入笾豆与大房。

wàn wǔ yáng yáng
万舞洋洋，　　场面宏大跳万舞，

xiào sūn yǒu qìng
孝孙有庆[26]。　　孝孙僖公大吉祥。

bǐ ěr chì ér chāng
俾尔炽而昌！　　使您炽盛而荣昌！

bǐ ěr shòu ér zāng
俾尔寿而臧！　　使您长寿而安康！

bǎo bǐ dōng fāng
保彼东方，　　神明永远保东方，

lǔ bāng shì cháng
鲁邦是常。　　鲁邦永固万年长。

bù kuī bù bēng
不亏不崩，　　不亏损来不崩毁，

bù zhèn bù téng
不震不腾[27]。　　不翻腾来不震荡。

sān shòu zuò péng
三寿作朋[28]，　　三寿合一福常在，

rú gāng rú líng
如冈如陵。　　如冈如陵永无疆。

gōng chē qiān shèng
公车千乘，　　鲁公战车有千辆，

zhū yīng lǜ téng
朱英绿縢[29]。　　红缨绿縢好漂亮。

èr máo chóng gōng
二矛重弓[30]，　　手持双矛与双弓，

gōng tú sān wàn
公徒三万。　　徒众三万有力量。

bèi zhòu zhū qīn
贝胄朱綅[31]，　　贝饰头盔缀红线，

zhēng tú zēng zēng
烝徒增增[32]。　　步兵威猛向前闯。

róng dí shì yīng 戎狄是膺[33]，	教训西戎与北狄，
jīng shū shì chéng 荆舒是惩[34]，	严惩荆舒威风扬，
zé mò wǒ gǎn chéng 则莫我敢承[35]！	试看天下谁敢当！
bǐ ěr chāng ér chì 俾尔昌而炽！	使您荣昌而炽盛！
bǐ ěr shòu ér fù 俾尔寿而富！	使您长寿而富强！
huáng fà tái bèi 黄发台背[36]，	黄发鲐背得长寿，
shòu xū yú shì 寿胥与试[37]。	堪称寿星之榜样。
bǐ ěr chāng ér dà 俾尔昌而大！	使您荣昌又强大！
bǐ ěr qí ér ài 俾尔耆而艾[38]！	使您寿延福又长！
wàn yǒu qiān suì 万有千岁[39]，	千秋万岁永不老，
méi shòu wú yǒu hài 眉寿无有害。	无灾无害寿无疆。

tài shān yán yán 泰山岩岩[40]，	泰山高耸入云端，
lǔ bāng suǒ zhān 鲁邦所詹。	鲁邦万众仰头看。
yǎn yǒu guī méng 奄有龟蒙[41]，	龟蒙二山都属鲁，
suì huāng dà dōng 遂荒大东[42]。	边境直到东海边。
zhì yú hǎi bāng 至于海邦，	海边小国都归顺，
huái yí lái tóng 淮夷来同。	还有淮夷来朝见。

mò bù shuài cóng
莫不率从，　无人胆敢不服管，

lǔ hóu zhī gōng
鲁侯之功。　这是鲁侯把功建。

bǎo yǒu fú yì
保有凫绎[43]，　保有凫山和峄山，

suì huāng xú zhái
遂荒徐宅[44]。　又把徐国来占领。

zhì yú hǎi bāng
至于海邦，　海边小国都降顺，

huái yí mán mò
淮夷蛮貊。　淮夷诸邦皆听命。

jí bǐ nán yí
及彼南夷，　荆舒南蛮都慑服，

mò bù shuài cóng
莫不率从。　无人胆敢不顺从。

mò gǎn bù nuò
莫敢不诺，　无人胆敢唱反调，

lǔ hóu shì ruò
鲁侯是若[45]。　都把鲁侯话儿听。

tiān xī gōng chún gǔ
天锡公纯嘏，　天赐鲁公大福禄，

méi shòu bǎo lǔ
眉寿保鲁。　延年益寿保东鲁。

jū cháng yú xǔ
居常与许[46]，　占据常邑与许邑，

fù zhōu gōng zhī yǔ
复周公之宇。　恢复周公旧疆土。

lǔ hóu yàn xǐ
鲁侯燕喜，　鲁侯饮宴乐融融，

lìng qī shòu mǔ
令妻寿母。　美善之妻长寿母。

yí dà fū shù shì
宜大夫庶士[47]，　　大夫诸士皆亲近，

bāng guó shì yǒu
邦国是有。　　保有邦国常稳固。

jì duō shòu zhǐ
既多受祉，　　天赐福祉已多受，

huáng fà ní chǐ
黄发兒齿[48]。　　黄发新齿永安舒。

cú lái zhī sōng
徂来之松[49]，　　徂徕山头千年松，

xīn fǔ zhī bǎi
新甫之柏[50]。　　新甫山上柏青青。

shì duàn shì duó
是断是度[51]，　　砍倒树木再截断，

shì xún shì chǐ
是寻是尺[52]。　　或长或短皆为用。

sōng jué yǒu xì
松桷有舄[53]，　　松木方椽粗又大，

lù qǐn kǒng shuò
路寝孔硕[54]，　　宫殿巍巍势恢宏，

xīn miào yì yì
新庙奕奕[55]。　　新庙耸立亦建成。

xī sī suǒ zuò
奚斯所作[56]，　　大夫奚斯作此颂，

kǒng màn qiě shuò
孔曼且硕[57]，　　洋洋洒洒显才情，

wàn mín shì ruò
万民是若[58]。　　唱出万民之心声。

这也是一首颂美鲁僖公的诗。鲁僖公承先祖功业，开拓疆土，修建新庙，保有鲁国，诗人依古礼以其成功告于神明。全诗共九章，一百二十句，是《诗经》中最长的一篇。一、二两章推原僖公之祖始于谷神后稷，进而至于功业赫赫的文王、武王，终言伯禽以其父周公之荫受封于鲁。第三章由伯禽而

递及僖公祭天祀祖之盛。第四章言僖公祭神获福。第五、六、七三章着重赞美僖公击戎狄、征荆舒、伐淮夷，南征北战，开拓疆域，雄视天下。第八章赞美僖公能在“复周公之宇”的同时，使室家和睦、上下亲近。末章盛赞宫室庙宇之美，并以自述作颂收尾。全诗洋洋洒洒，极尽铺排摹写之能事，虚辞溢美，开汉代辞赋夸诞之先声。

①閟宫：深闭之宫庙。恤：静。 ②实实：广大的样子。枚枚：严整的样子。 ③赫赫：光明显耀。姜嫄：后稷的母亲。 ④回：邪僻。 ⑤弥月：满了怀孕的月份。 ⑥重：指后熟的谷物。穋：指先熟的谷物。 ⑦稙：指先种的谷物。稚：指后种的谷物。 ⑧奄有：尽有。 ⑨秬：黑黍。 ⑩缵：继续，继承。绪：事业。 ⑪大王：太王，古公亶父。 ⑫致：表达。届：通“殛”，诛戮。 ⑬贰：有二心。虞：欺骗。 ⑭敦：聚，此谓俘虏敌众而屯聚之。旅：军队。 ⑮建：立。元子：长子，指周公长子伯禽。 ⑯附庸：小国。朱熹《诗集传》：“附庸，犹属城也。小国不能自达于天子，而附于大国也。” ⑰周公之孙：此指僖公。朱熹《诗集传》：“庄公之子，其一闵公，其一僖公。知此是僖公者，闵公在位不久，未有可颂，此必是僖公也。” ⑱耳耳：美盛的样子。 ⑲骍牺：纯色之牲。 ⑳载：始。尝：秋祭之名。 ㉑楅衡：牛栏。 ㉒刚：通“犅”，公牛。 ㉓牺尊：镂刻文饰之酒樽。将将：锵锵，器物相碰撞声。 ㉔毛炰：将猪带毛全涂泥烤熟。胾：切成大块的肉。羹：肉汤。 ㉕大房：一种盛大块肉的食器，形如高足盘。 ㉖孝：享。孝孙：祭祀的孙，指僖公。 ㉗震：震荡。腾：沸腾，翻腾。 ㉘三寿：指上寿、中寿、下寿。《文选》李善注引《养生经》：“上寿百二十，中寿百年，下寿八十。”作：犹“则”。朋：合并。 ㉙朱英：古代矛、戟等兵器上的红色羽饰。绿縢：缠在弓上的绿色丝绳。 ㉚二矛：夷矛和酋矛。重弓：两张弓。 ㉛贝胄：用贝壳装饰的头盔。朱綅：缀贝于胄的红线。 ㉜烝徒：众徒。增增：蜂拥向前的样子。 ㉝戎：西戎。狄：北狄。膺：击。 ㉞荆：楚的别名。舒：楚的属国，在今安徽庐江县。 ㉟承：御，抵挡，对抗。 ㊱黄发台背：指老人。黄发，老人之发色黄。台背，《鲁诗》作“鲐背”，谓老人背部生斑如鲐鱼背，故以“鲐背”代指长寿的老人。 ㊲胥：相。试：比。 ㊳耆：古称六十岁为耆。艾：古称五十岁为艾。耆、艾是对老人的尊称，或祝人长寿之词。 ㊴有：又。 ㊵岩岩：高峻的样子。 ㊶龟、蒙：二山名，在鲁境。 ㊷荒：犹“奄有”。大东：极东，指鲁东之境。 ㊸凫、绎：二山名，均在鲁境。绎：通“峄”。 ㊹徐宅：犹“徐国”。 ㊺若：从。 ㊻居：占据。常、许：二地名。常，在鲁国薛城附近。许，即“许田”，在鲁的西境。 ㊼宜：和顺。庶士：众士，指众臣。 ㊽兒：通“齯”，指老人齿落再生新齿，说明人长寿。 ㊾徂来：山名，在鲁境。 ㊿新甫：山名，又称“梁甫”，在鲁境。 51度：通“剫”，砍开。 52寻：八尺。 53桷：方的屋椽。舄：大。 54路寝：指古代君主处理政事的宫殿。孔硕：很宏大。 55奕奕：高大美盛的样子。 56奚斯：人名，鲁大夫。 57曼：长。硕：指篇幅宏大。 58若：顺应。此句意为顺应万民之望。

shāng sòng
商 颂

nuó
那

yī yú nuó yú 猗与那与[1]，	多盛大啊多漂亮，
zhì wǒ táo gǔ 置我鞉鼓[2]。	鞉鼓竖立庙堂上。
zòu gǔ jiǎn jiǎn 奏鼓简简[3]，	奏起鼓来咚咚响，
kàn wǒ liè zǔ 衎我烈祖[4]。	娱乐烈祖使欢畅。
tāng sūn zòu gǔ 汤孙奏假[5]，	汤王子孙行祭礼，
suí wǒ sī chéng 绥我思成[6]。	先祖赐我大吉祥。
táo gǔ yuān yuān 鞉鼓渊渊[7]，	鞉鼓咚咚震天响，
huì huì guǎn shēng 嘒嘒管声[8]。	管声婉转韵味长。
jì hé qiě píng 既和且平，	音调雍和且平缓，
yī wǒ qìng shēng 依我磬声。	配合磬声更清扬。
wū hè tāng sūn 於赫汤孙，	啊，赫赫汤孙功德盛，
mù mù jué shēng 穆穆厥声。	乐声和美多动听。
yōng gǔ yǒu yì 庸鼓有斁[9]，	大钟大鼓有无数，

wàn wǔ yǒu yì 万舞有奕[10]。	万舞气势多恢宏。
wǒ yǒu jiā kè 我有嘉客[11]，	我有嘉宾来助祭，
yì bù yí yì 亦不夷怿[12]。	无不欢悦乐融融。
zì gǔ zài xī 自古在昔，	遥想往昔先民们，
xiān mín yǒu zuò 先民有作。	祈求福安始祭神。
wēn gōng zhāo xī 温恭朝夕，	朝夕温和又恭谨，
zhí shì yǒu kè 执事有恪[13]。	执行祭礼极敬慎。
gù yú zhēng cháng 顾予烝尝[14]，	秋冬祭祀神灵降，
tāng sūn zhī jiāng 汤孙之将[15]。	汤孙奉祀表诚心。

这是春秋时商之后裔宋君祭祀"烈祖"的乐歌。《诗序》以为"祀成汤"，从诗的内容看，似以祀包括成汤在内的"烈祖"为确。诗中为何不写牺牲供品而着力描写奏乐及舞蹈的情景呢？方玉润《诗经原始》引陈氏际泰曰："商人尊鬼而尚声，声者，所以诏告于天地之间。声召风，风召气，气召神。惧其杂而集焉，则有汤孙之思矣。思者，气之精者也。鬼神非其类也，不至；心有精气而借声以召之，神无不格矣。"由此可见，汤孙的雍容和美的乐舞，意在格至神明，神飨而福降，如同周人"取萧祭脂"之意。

①猗、那：美盛的样子。与：通"欤"，叹词。 ②置：《郑笺》"置读曰植"，竖立。 ③简简：形容鼓声洪大。 ④衎：和乐，欢乐。烈祖：光荣的先祖。 ⑤汤孙：商汤的子孙，这里指主祭者宋君。奏：进。假：通"嘏"，告。 ⑥绥：赠予，赐予。思：语助词。成：马瑞辰《毛诗传笺通释》："成为备，即为福。" ⑦渊渊：鼓声。 ⑧嘒嘒：吹管的声音。管：竹制吹奏乐器。 ⑨庸：通"镛"，大钟。斁：通"绎"，盛，多。 ⑩有奕：舞蹈场面宏大的样子。 ⑪嘉客：此指助祭者。 ⑫不：语助词。夷：通"怡"，悦。怿：喜悦。 ⑬执事：执行其事。恪：谨慎，恭敬。 ⑭顾：光顾，降临。烝尝：冬祭曰烝，秋祭曰尝，此以"烝尝"代称时祭。 ⑮将：奉，奉祀。

liè zǔ
烈祖

jiē jiē liè zǔ
嗟嗟烈祖①！　　啊，先祖伟大而光荣！

yǒu zhì sī hù
有秩斯祜②。　　赐予我们福无穷。

shēn xī wú jiāng
申锡无疆③，　　齐天洪福一再赏，

jí ěr sī suǒ
及尔斯所④。　　恩泽遍及疆域中。

jì zài qīng gū
既载清酤⑤，　　献飨清酒已备好，

lài wǒ sī chéng
赉我思成⑥。　　先祖赐福多喜庆。

yì yǒu hé gēng
亦有和羹⑦，　　又有调和美汤羹，

jì jiè jì píng
既戒既平⑧。　　五味平正香气浓。

zōng gé wú yán
鬷假无言⑨，　　默默无言暗祈祷，

shí mǐ yǒu zhēng
时靡有争⑩。　　没有争吵很肃敬。

suí wǒ méi shòu
绥我眉寿，　　赐我健壮寿命长，

huáng gǒu wú jiāng
黄耇无疆⑪。　　福寿安康永无疆。

yuē qí cuò héng
约軝错衡⑫，　　红漆轴头错金衡，

bā luán qiāng qiāng
八鸾鸧鸧。　　八只鸾铃响叮当。

yǐ gé yǐ xiǎng
以假以享⑬，　　宋君献享行祭礼，

wǒ shòu mìng pǔ jiāng
我 受 命 溥 将[14]。 我受天命广且长。

zì tiān jiàng kāng
自 天 降 康， 神赐康乐从天降，

fēng nián ráng ráng
丰 年 穰 穰[15]。 年年丰收有余粮。

lái gé lái xiǎng
来 假 来 飨， 先祖神灵享祭品，

jiàng fú wú jiāng
降 福 无 疆。 赐予我们福无疆。

gù yú zhēng cháng
顾 予 烝 尝， 先祖光临烝与尝，

tāng sūn zhī jiāng
汤 孙 之 将。 宋君奉祀神安享。

《烈祖》也是宋国君主祭祀先祖的乐歌，也有人认为是祭祀成汤的诗作。王质云："商尚声，亦尚臭（气味）……《那》奏声之诗，此荐臭之诗也。"（《诗总闻》）诗篇充分表现出宋人的祖先崇拜意识，其备酒馔、行祭礼的最大目的，就是寻求强有力的先祖神灵的佑护，因而诗中有"赉我思成""绥我眉寿""丰年穰穰"等多处呼告祈祷。本诗总的看来风格朴实，多呼告语，但其中描写备酒馔、行祭礼的情形，也还显得有声有色、鲜活生动。

①嗟嗟：赞叹词。烈：光耀，显赫。 ②秩：大。祜：福。 ③申：重复，一再。 ④斯所：此处，指宋国疆土。 ⑤载：犹"陈""备"。酤：酒。 ⑥赉：赐。成：犹"福"。 ⑦和羹：调和的浓汤。 ⑧戒：备，此指五味皆备。平：平和。 ⑨鬷：同"奏"。假：通"格"，感通。 ⑩时：犹"是"。 ⑪黄耇：黄发老人，长寿者之称。 ⑫约軧：以皮革缠束车毂而涂以红漆。错：涂金为文饰。衡：车辕前端的横木。 ⑬享：祭。 ⑭溥：广大。将：长。 ⑮穰穰：丰盛的样子。

xuán niǎo
玄鸟

tiān mìng xuán niǎo 天命玄鸟[1]，	神异玄鸟受天命，
jiàng ér shēng shāng 降而生商[2]，	降临人间商契生，
zhái yīn tǔ máng máng 宅殷土芒芒[3]。	殷土广阔田宅定。
gǔ dì mìng wǔ tāng 古帝命武汤[4]，	起初上帝命成汤，
zhèng yù bǐ sì fāng 正域彼四方[5]。	征服四方大一统。
fāng mìng jué hòu 方命厥后[6]，	发号施令普天下，
yǎn yǒu jiǔ yǒu 奄有九有[7]。	拥有九州显威风。
shāng zhī xiān hòu 商之先后[8]，	殷商先君受天命，
shòu mìng bù dài 受命不殆，	敬慎不懈国运兴，
zài wǔ dīng sūn zǐ 在武丁孙子[9]。	全靠武丁很贤明。
wǔ dīng sūn zǐ 武丁孙子，	高宗武丁很贤明，
wǔ wáng mǐ bù shèng 武王靡不胜[10]。	能将宏业来担承。
lóng qí shí shèng 龙旂十乘，	龙旗大车有十乘，
dà chì shì chéng 大糦是承[11]。	满载酒食祭神灵。
bāng jī qiān lǐ 邦畿千里[12]，	封畿本土上千里，

wéi mín suǒ zhǐ 维民所止⑬，	民众安居乐融融，
zhào yù bǐ sì hǎi 肇域彼四海⑭。	四海之内尽服从。
sì hǎi lái gé 四海来假，	天下诸侯来朝贡，
lái gé qí qí 来假祁祁⑮。	祁祁众盛盈王庭。
jǐng yuán wéi hé 景员维河⑯，	黄河奔流景山下，
yīn shòu mìng xián yí 殷受命咸宜，	殷商适合受天命，
bǎi lù shì hè 百禄是何⑰。	承受天赐福无穷。

这是宋君祭祀颂美殷高宗武丁的乐歌。《诗序》谓："《玄鸟》，祀高宗也。"本诗篇幅虽不长，但构思颇具匠心。诗人先道简狄吞燕卵而怀孕生契，契建国于商的传说，为其始祖涂上一层神秘的灵光；接言成汤拥有九州，威风显扬。所有这些，都是为颂扬高宗武丁"蓄势"。"商之先后"以下，则着重歌颂武丁能继嗣赫赫祖业，继往开来，祭祀神明，开拓封疆，为天下至尊，使四海诸侯来朝。最后，诗人不禁赞美景山下、黄河畔的商王朝的光荣、正确并予以祝福。全诗饱含着宋人对先祖的敬仰之情，洋溢着强烈的自豪感。

①玄鸟：燕子。一说为凤凰。 ②商：指商的始祖契。传说有娀之女简狄吞燕卵而怀孕生契，契建国于商（今河南商丘）。《列女传》："契母简狄者，有娀氏之长女也。当尧之时，与其妹娣浴于玄邱之水。有玄鸟衔卵过而坠之，五色甚好。简狄得而含之，误而吞之，遂生契焉。" ③宅：居住。殷土：指商地。殷在盘庚迁都前称商，迁殷（今河南安阳小屯）后称殷。芒芒：广大的样子。 ④古：起初。帝：上帝。武汤：成汤自号为武王。 ⑤正：治。域：封疆。 ⑥方：古通"旁"，普遍。厥：其，那。后：君，此指诸侯。⑦奄有：尽有。九有：通"九域"，即指九州。 ⑧先后：先君。 ⑨武丁：殷高宗。"武丁孙子"是"孙子武丁"的倒文，指成汤的子孙武丁。 ⑩靡不胜：无不胜任。 ⑪糦：同"饎"，酒食。承：供奉。 ⑫邦：通"封"。畿：疆。 ⑬止：居。 ⑭肇域：疆域。肇，通"兆"。 ⑮祁祁：众多的样子。 ⑯景：景山，在今河南省商丘市，商的都城。员：周围。维：是。河：指黄河。 ⑰何：通"荷"，蒙受。

长发

cháng fā

jùn zhé wéi shāng 濬哲维商[①]，	睿智圣明是商王，
cháng fā qí xiáng 长发其祥[②]。	上天常示大吉祥。
hóng shuǐ máng máng 洪水芒芒，	洪水泛滥成灾害，
yǔ fū xià tǔ fāng 禹敷下土方。	大禹治理定四方。
wài dà guó shì jiāng 外大国是疆[③]，	域外大国归夏有，
fú yuán jì cháng 幅陨既长。	幅员既已广而长。
yǒu sōng fāng jiāng 有娀方将[④]，	有娀氏国始壮大，
dì lì zǐ shēng shāng 帝立子生商[⑤]。	简狄生下商玄王。
xuán wáng huán bō 玄王桓拨[⑥]，	玄王威武又刚强，
shòu xiǎo guó shì dá 受小国是达[⑦]，	受封小国能管好，
shòu dà guó shì dá 受大国是达。	受封大国治得棒。
shuài lǚ bù yuè 率履不越[⑧]，	遵守礼法不逾越，
suì shì jì fā 遂视既发[⑨]。	遍为视察促推广。
xiāng tǔ liè liè 相土烈烈[⑩]，	相土威势谁能挡，

hǎi wài yǒu jié
海外有截[11]。　　海外臣服不对抗。

dì mìng bù wéi
帝命不违，　　一向不违上帝命，
zhì yú tāng qí
至于汤齐[12]。　　至于成汤更恭敬。
tāng jiàng bù chí
汤降不迟[13]，　　态度谦卑不懈怠，
shèng jìng rì jī
圣敬日跻。　　圣敬之德日日升。
zhāo gé chí chí
昭假迟迟[14]，　　精诚祈祷不消停，
shàng dì shì zhī
上帝是祗[15]，　　唯有上帝是尊崇，
dì mìng shì yú jiǔ wéi
帝命式于九围[16]。　　帝命成汤将九州率领。

shòu xiǎo qiú dà qiú
受小球大球[17]，　　小法大法受自天，
wéi xià guó zhuì liú
为下国缀旒[18]，　　能为诸侯好典范，
hè tiān zhī xiū
何天之休[19]。　　承蒙上天降福安。
bù jìng bù qiú
不竞不絿[20]，　　不争逐来不急躁，
bù gāng bù róu
不刚不柔。　　不强硬来不怯软。
fū zhèng yōu yōu
敷政优优，　　施行政教极温厚，
bǎi lù shì qiú
百禄是遒[21]。　　赢得天赐福百端。

shòu xiǎo gǒng dà gǒng
受小共大共[22]，　　小法大法受自天，

wéi xià guó jùn máng
为下国骏厖[23]。 能把诸侯来庇护。
hè tiān zhī chǒng
何天之龙[24]， 承蒙上天赐荣禄，
fū zòu qí yǒng
敷奏其勇[25]。 大施勇武展宏图。
bù zhèn bù dòng
不震不动， 不震惊来不摇动，
bù nǎn bù sǒng
不戁不竦[26]， 不胆怯来不恐怖，
bǎi lù shì zǒng
百禄是总[27]。 赢得天赐百样福。

wǔ wáng zài pèi
武王载旆[28]， 发兵伐桀有武王，
yǒu qián bǐng yuè
有虔秉钺[29]。 手持大钺很坚强。
rú huǒ liè liè
如火烈烈， 如同烈火熊熊燃，
zé mò wǒ gǎn è
则莫我敢曷[30]。 试看谁人敢阻挡。
bāo yǒu sān niè
苞有三蘖[31]， 一棵老树有三枝，
mò suì mò dá
莫遂莫达[32]。 已经不能再生长。
jiǔ yǒu yǒu jié
九有有截， 征服九州安四方，
wéi gù jì fá
韦顾既伐[33]， 讨平顾国与韦国，
kūn wú xià jié
昆吾夏桀[34]。 昆吾夏桀一扫光。

xī zài zhōng yè
昔在中叶[35]， 商朝中期国兴盛，

yǒu zhèn qiě yè
有震且业[36]。　　威势赫赫大一统。

yǔn yě tiān zǐ
允也天子，　　汤为天子多诚信，

jiàng yǔ qīng shì
降予卿士。　　天降卿士甚贤明。

shí wéi ē héng
实维阿衡[37]，　　贤明卿士是伊尹，

shí zuǒ yòu shāng wáng
实左右商王。　　辅佐商王建大功。

本篇是宋君颂美契、成汤等先祖的诗。全诗由禹治洪水引出商始祖契，说明上天早已昭示商王之圣哲吉祥。继之盛赞契威武刚强，善于治国，遵循礼法，注重实效，并言及契孙相土之威势。而后又颂美成汤之德：谨顺天命，日日敬慎，灭夏立商，君明臣贤。诗篇感情充沛，善于铺排渲染，气象盛大，堪称颂诗中的上乘之作。

①濬：通“睿”，明智，智慧。维：是。　②长：常。发：发现，显现。　③大国：指夏。外大国，指夏邦畿以外的地区。　④有娀：古国名，在今山西运城蒲州镇。方：始，正。将：大，壮大。　⑤帝：指传说中简狄的丈夫高辛氏。子：指有娀氏国的女子简狄。生商：生契。因后来契受封于商，诗人遂以生契为生商。　⑥玄王：指契，是商之后代对契的尊称。桓：威武的样子。拨：《韩诗》作“发”。马瑞辰云：“发，当读如发强刚毅之发……桓发二字平列，皆刚勇之貌。”（《毛诗传笺通释》）　⑦受：承受，接受。达：通达顺利。　⑧率：循。履：通“礼”。不越：不超越礼法之准则。　⑨发：施行。　⑩相土：契的孙子。烈烈：威武的样子。　⑪海外：四海之外，泛指边远之地。截：整齐，有“统一”之意。　⑫齐：指与天命一样。　⑬降：谦卑。迟：怠慢。　⑭昭假：虔诚祈祷。迟迟：长久的样子。　⑮祗：敬。　⑯式：法，典范。九围：九州。　⑰球：通“捄”。《广雅》：“捄，法也。”　⑱下国：指诸侯国。缀旒：表率之意。　⑲何：通“荷”，蒙受。休：吉庆，福禄。⑳絿：急躁。　㉑遒：通“揫”，聚。　㉒共：通“拱”，法。　㉓骏厖：通“恂蒙”，有庇荫之意。　㉔龙：通“宠”。　㉕敷奏：施展。　㉖戁：惊恐。竦：恐惧。　㉗总：聚集。　㉘载：始。旆：通“发”，发兵。　㉙虔：强健勇武的样子。　㉚曷：通“遏”，阻挡。　㉛苞：本。蘖：分枝。《诗集传》：“言一本生三蘖也。本则夏桀，蘖则韦也、顾也、昆吾也。”　㉜遂、达：皆言草木生长。　㉝韦：韦国，在今河南滑县东，彭姓。顾：顾国，在今河南范县东南顾城，己姓。　㉞昆吾：昆吾国，在今河南许昌东，己姓。夏桀：夏朝末代君主，名癸，荒淫无

度。汤起兵伐之，败之于鸣条，夏朝灭亡。 ㉟中叶：中世，指成汤之时。 ㊱震：威。业：大。 ㊲实维：是为。阿衡：伊尹，汤的大臣，名挚。

殷（yīn）武（wǔ）

tà bǐ yīn wǔ 挞彼殷武[1]，	商王武丁勇无比，
fèn fá jīng chǔ 奋伐荆楚。	讨伐荆楚显威力。
mí rù qí zǔ 罙入其阻[2]，	率兵深入险阻地，
póu jīng zhī lǚ 裒荆之旅[3]。	大败楚军擒顽敌。
yǒu jié qí suǒ 有截其所[4]，	马踏之处皆俯首，
tāng sūn zhī xù 汤孙之绪[5]。	赫赫汤孙有功绩。
wéi rǔ jīng chǔ 维女荆楚，	荆楚之邦听我讲，
jū guó nán xiāng 居国南乡。	尔等居住在南方。
xī yǒu chéng tāng 昔有成汤，	遥想成汤我先祖，
zì bǐ dī qiāng 自彼氐羌[6]，	即使边远羌与氐，
mò gǎn bù lái xiǎng 莫敢不来享，	也得臣服来献享，
mò gǎn bù lái wàng 莫敢不来王，	不敢不来朝商王，
yuē shāng shì cháng 曰商是常[7]！	皆云服从我大商！

tiān mìng duō bì
天命多辟[8]，　上天降命众诸侯，

shè dū yú yǔ zhī jī
设都于禹之绩[9]。　禹治水处建都城。

suì shì lái bì
岁事来辟[10]，　岁岁按时来朝见，

wù yǔ huò zhé
勿予祸适[11]，　不给你们降罪名，

jià sè fěi xiè
稼穑匪解！　勤于稼穑莫放松！

tiān mìng jiàng jiān
天命降监[12]，　天命商王四方察，

xià mín yǒu yán
下民有严。　下民严恭无偏差。

bù jiàn bù làn
不僭不滥[13]，　不敢妄动违律令，

bù gǎn dài huáng
不敢怠遑。　不敢懈怠偷闲暇。

mìng yú xià guó
命于下国[14]，　布施政教于各国，

fēng jiàn jué fú
封建厥福[15]！　福泽遍及普天下！

shāng yì yì yì
商邑翼翼[16]，　商都繁荣且盛昌，

sì fāng zhī jí
四方之极[17]。　天下诸侯尽效仿。

hè hè jué shēng
赫赫厥声，　高宗名声极显著，

zhuó zhuó jué líng
濯濯厥灵[18]。　威灵光辉照四方。

shòu kǎo qiě níng
寿 考 且 宁， 身体安康享长寿，
yǐ bǎo wǒ hòu shēng
以 保 我 后 生。 保佑后代福禄长。

zhì bǐ jǐng shān
陟 彼 景 山⑲， 登上景山放眼望，
sōng bǎi wán wán
松 柏 丸 丸⑳。 苍松翠柏满山冈。
shì duàn shì qiān
是 断 是 迁， 伐取松柏运下去，
fāng zhuó shì qián
方 斫 是 虔㉑。 或砍或削合度量。
sōng jué yǒu chān
松 桷 有 梴㉒， 松木椽子长又长，
lǚ yíng yǒu xián
旅 楹 有 闲㉓， 楹柱粗大排成行，
qǐn chéng kǒng ān
寝 成 孔 安㉔。 寝庙安稳大吉祥！

《诗序》云："《殷武》，祀高宗也。"高宗前期，殷道中衰，荆楚背叛。武丁勤政无逸，伐荆楚，修宫室，安定天下。本诗即宋君追念高宗功业，建寝庙而祀高宗之乐歌。全诗前数章言高宗之赫赫威势，笔带锋芒，辞色甚壮；末章写营建寝庙，洋溢着欢快的气氛，语言晓畅生动。

①挞：勇武的样子。殷武：殷王武丁，即高宗。 ②罙：亦作"深"。阻：险阻。 ③裒：俘获。旅：军众。 ④有截：讨平。其所：其地。 ⑤汤孙：成汤之子孙，指武丁。绪：功业。 ⑥氐、羌：古代两个民族名，居住在今陕西、甘肃、青海一带。 ⑦常：服从。 ⑧多辟：众诸侯。 ⑨绩：通"迹"。 ⑩岁事：谓诸侯每年秋季朝见天子之事。来辟：犹"来王"，来朝见。 ⑪祸：音义同"过"，罪过。适：音义同"谪"，谴责，惩罚。 ⑫降监：下察。 ⑬僭：越礼。滥：妄为。 ⑭命：教令。 ⑮封：大。建：创造。 ⑯翼翼：繁盛的样子。 ⑰极：准则。 ⑱濯濯：光明。灵：神灵。 ⑲景山：商都附近的山名。 ⑳丸丸：笔直挺拔的样子。 ㉑虔：削。 ㉒梴：木材长长的样子。 ㉓旅：众。楹：堂前之柱。闲：大。 ㉔寝：寝庙，此指为高宗新建的寝庙。孔安：甚安。

《诗经诠译》再版后记

20世纪90年代，我偶然读到河南人民出版社出版的一本旨在向外国人介绍《诗经》题为《人间春色第一枝》的著作。该书的体例很简单，由《诗经》正文、注音、英文翻译三部分组成。全书虽然没有注释、评析、考据、音韵等国内一般学术著作应有的内容，但作者能将《诗经》的全部篇什都注上汉语拼音、译成英文还是让我感到震撼，同时也启发我萌生编写一部带有注音的普及本《诗经》的想法。于是，我和边家珍同志、乘舟同志几经研究，共同努力，终于完成了《诗经诠译》的撰写，并于1997年在大象出版社顺利出版。

《诗经诠译》一书的体例是集注音、注释、翻译和评析于一体，其最大的特点是便于初学者能顺利阅读《诗经》、理解《诗经》，所以该书问世之后，很受青年读者的欢迎，并于2001年得以重印。此后许多年，经常有青年朋友通过各种方式和我联系，索取此书，可惜我手中的样书早已告罄，甚为遗憾。这也促使我曾想再版此书，但由于各种原因，未能如愿。

2012年7月，河南大学原党委书记孙培新同志见到我，言其正在致力于推广诵读《诗经》的文化活动，希望我能讲讲《诗经》，并表示可以帮助出一部适合青少年阅读的《诗经》。讲《诗经》是一个《诗经》研究者义不容辞的责任，我自然满口答应；但出版一部适合于普及的《诗经》著作，却不是一个小问题。考虑再三,我提出《诗经诠译》的再版问题,并简单介绍了该书的主要特点。不料,孙书记一听十分赞同,当场拍板《诗经诠译》再版的有关事宜,并叮嘱我尽早将修改好的书稿送交出版社。

要想在短时间内拿出完整的、高质量的修改稿,难度极大。好在《诗经诠译》刊行后,出于教学需要我翻阅多次,发现尽管当时编校已十分细心,但其中仍有许多错误,尤其是注音上的问题就更多了。因此,在遗憾之余常常将此问题随手记下,标注出来。河南大学文学院副教授耿纪平博士、副教授孔漫春博士在平时翻检此书时,更是十分用心,曾将所发现的错误都一一批注在书头,多次同我进行交流。他们认真细致的学习态度使我感动,自然也为我在修改中节省了大量的时间和精力。为了保证每一个注音的准确,此次再版,又请他们重新核对了《毛诗正义》《诗集传》《经典释文》等典籍,参考了向熹先生的《诗经词典》、董治安等先生的《诗经词典》及《汉语大字典》《古汉语大辞典》等工具书。他们的努力,无疑使再版的《诗经诠译》在质量上有了一个新的飞跃。

在将书稿送交出版社之际,我衷心感谢孙培新书记和河南牧野文化基金会的先生们,没有他们的大力支持和资助,《诗经诠译》的再版谈何容易!

感谢耿纪平博士和孔漫春博士,他们为此书再版质量的提高付出了艰辛的努力,没有他们的帮助,我无法在短时间内完成如此浩大的修改工程。

感谢大象出版社王刘纯社长、邵培松编辑,他们为本书的再版付出了大量的心血。

感谢所有关心、支持本书出版、再版的朋友们。

华　锋

2012年8月于河南大学探微庐

《诗经诠译》校后记

再认真校对一次《诗经诠译》的想法在我心头已经萦绕许久，可是由于种种原因，一直没有实现。大象出版社想出版增订本《诗经诠译》，嘱我再看一遍，我欣然从命。2018年11月中旬，大象出版社的孙波主任和我接洽，正式开始校对工作。尽管我感觉如果时间允许我可以再仔细打磨打磨，可以打磨出一部更为理想的著作来，但就目前粗略看看，还是有很大的收获。现就校对中发现的问题做以下分析：

一、修订书中原有的错误

在校对过程中发现了2017年版《诗经诠译》(以下简称"原书")还有可以进一步修改完善的地方，这些与改版没有关系，是时代和对《诗经》本身认识的提高而产生的。

例如，此次修订将"匪"字读为三声fěi。原书统统读为一声fēi，当然，读为一声也不能说错，因为"匪"字在上古时通"非"，也做"非"讲，所以在2012年版、2017年版的《诗经诠译》中都是把"匪"字注为fēi，这是时代所造成的问题。我们在与青少年朋友交流的过程中，许多青少年朋友会问这个"匪"字为什么要读为一声，而不读为三声，我们不得不反复把其中的原委解释清楚。当然，"匪"字读为一声好还是读为三声好，还可以再议。我们这部书属于通俗读物，本着简单、准确、实用的原则，故有此改动。

再如，原书《大雅·公刘》"既顺乃宣"的"顺"字，读为xún，这是前人根据"顺"有"巡行"之意，故可读为xún，今还是改为shùn比较好。同样的例子很多，如《周南·关雎》"寤寐思服"的"服"字，大家公认"寤寐思服"的"服"字读为bì最恰切，但我们在做《诗经》的普及工作时往往难以用几句话把这个问题讲清楚。时间久了，干脆读为本音最省事。《小雅·蓼萧》中"为龙为光"的"龙"字是读为lóng还是读为chǒng，我们也是考虑再三，最后认为不改更为稳妥。这里面最重要的问题就是读音，读什么音涉及到对这个字的理解。

之所以产生这些问题，其中主要的一个原因是重要的参考书换了。出版2012年版的《诗经诠译》时，参考了重要的有关《诗经》的著作，主要以向熹先生1986年版的《诗经词典》为依据。我们此次校对，使用了向熹先生2016年版的《诗经词典》，相比较之下，2016年版的《诗经词典》自然更为科学、合理。客观地说，这一类的错误与出版社、与责任编辑没有关系。例如对《小雅·楚茨》"执爨踖踖"中"踖踖"二字的解释，1986年版的《诗经词典》释为"谨慎的样子"，2016年版则释为"恭敬而行为敏捷的样子"。1986年版的《诗经词典》将《周南·螽斯》中的"蛰蛰兮"注为zhī zhī xī，2016年版则注为zhé zhé xī，显然，新版的《诗经词典》的注音可信度更高。

二、关于字音问题的探讨

《诗经》有"五经"之首的说法，内容博大精深，文字也是艰涩难懂。同一个字有两种以上的读音很正常。这种有两种读音的字，历史上就有不同的读法，不同的读音就有不同的解释。这不仅涉及《诗经》今古文之争，而且涉及对文本的诠释。

一字有几个读音的在《诗经》是屡见不鲜的。如"不"字有bù、pí和fū三种读音，这三种不同的读音有不同的含义：读为bù时做否定副词；读为pí时做“大”讲,《大雅·思齐》有“不显亦临”;读为fū时做“柎”讲。再如,《魏风·园有桃》有“其谁知之,盖亦勿思”,句中的“盖”有gài和hé两个读音,两个读音代表着对这个字的不同理解。当读为gài时做“大概,大略”讲,朱熹《诗集传》就持有这种改动;陈奂《诗毛氏传疏》认为“盖与盍同,盍,何也”,当读为hé时通“盍”,做“何”讲。

在读音方面尤其以下几个例子比较特殊。如“嚣嚣”一词,在《小雅·车攻》里读为xiāo xiāo,在《小雅·十月之交》里读为áo áo,在《大雅·板》里也读为áo áo。为什么同一个词有两种不同的读音呢?这是因为二者的含义不同。当“嚣嚣”读为áo áo时,指众口诽谤攻击的样子;当“嚣嚣”读为xiāo xiāo时,形容声音嘈杂。同样,《周南·螽斯》有“宜尔子孙,振振兮”,《鲁颂·有駜》有“振振鹭”,但是两个“振振”的读音和意义也不相同。“振振兮”的“振振”读为zhēn zhēn,意为“兴旺众多的样子”;“振振鹭”的“振振”读为zhèn zhèn,意为“鸟群飞的样子”。

有些字向熹先生也拿不定主意应该读什么音。例如《大雅·皇矣》“修之平之,其灌其栵”的“栵”字,就有两个读音lì和liè,究竟哪个更为准确,向熹先生自己也拿不准。因为陆德明的《经典释文》说:“栵,音例,又音列。”《广韵·祭韵》《中华大字典》也认为有两个读音。清代诗经学者王引之、马瑞辰认为应该读为liè,《诗集传》和程俊英先生的《诗经译注》都认为应该读为lì,《古代汉语词典》未收这个字,可见这个字的读音还是大有研究之处。那么,这个字究竟是应该读作lì还是读作liè?我们仔细考察之后认为,读为两个音的根本原因是由于这个字有双重含义:王引之、马瑞辰认为“栵”字读为liè,是小树丛被砍了又新生出来的枝条;朱熹认为“栵”字应该读为lì,意为“行生者也”。程俊英先生也认为应该读为lì,但她将“栵”释为“老树桩上发出再生的树”。可见程俊英先生是综合了清代学者两方面的意见而形成的观点,是比较准确的。《诗经诠译》就采纳了程俊英先生的观点。

三、尚需探讨的问题

本书此次校订责编下了很大的功夫，发现了许多我们之前没有注意到的错误，他们认真负责的态度令我们感动，他们对细微的问题都一一加以关注的学术精神令我们敬佩。学术的进步在于不断地探讨，因此，在此次修改中有些问题我愿意与责编进一步探讨。

《小雅·采绿》"不盈一匊"中的"匊"，《诗经词典》以"匊"入字，以"掬"为规范字；《古代汉语词典》以"掬"为规范字，以"匊"为异体字；《辞海》中单列"匊"字字条，注为"掬的本字"。是以哪个为正确的写法？其实，"匊""掬"亦都不为错。还是考虑到本着保留典籍原貌的原则及本书读者特点，取"匊"字而不用"掬"字，并加以注释。

《诗经》中有些字的读音就是一笔烂账，很难算得清。例如：

《召南·摽有梅》中"顷筐塈之"的"塈"字，原书注为xì。此字《古代汉语词典》注为jì；《诗经词典》有两个注音——一个是xì，一个是jì，在解释"塈"字时认为这个字与"摡"字通，"取"的意思，读为jì比较合适。

《邶风·柏舟》"日居月诸"的"居"，2012年版中注音是jī，2017年修订版改为jū，这次根据《诗经词典》又改回jī。当然，改来改去正反映了我们对学术问题的不断探讨。

因时间和篇幅关系，许多问题在此就不再一一列举了，总之，这次校对还是收益多多的。本书能有今天，要非常感谢大象出版社，感谢王刘纯先生，感谢邵培松先生，感谢那些为此书出版默默付出的先生们、女士们。特别要感谢的是孙波女士，她对工作认真负责的态度，校对过程中一丝不苟的责任感深深地感动了我，可以说《诗经诠译》此次校订，孙波女士付出甚巨。此外，还要感谢在出版《诗经诠译》时帮我一遍又一遍做校对的耿纪平博士、孔漫春博士，没有他们的帮助，《诗经诠译》也不会有今天。

我们所做的一切都是为了把《诗经诠译》打造成一部真正的精品，一部读者喜爱的普及读物，让《诗经》这部中华优秀传统文化中的经典在中华大地上永远流传。

华　锋

2019年1月16日于古都开封雅音堂